典藏纪念版

ODYSSEY OF KANT

若星汉天空

今何在

作品

上

北京联合出版公司
Beijing United Publishing Co.,Ltd.

图书在版编目（CIP）数据

若星汉天空 / 今何在著. — 北京：北京联合出版公司，2017.7
ISBN 978-7-5596-0514-6

Ⅰ. ①若… Ⅱ. ①今… Ⅲ. ①长篇小说－中国－当代
Ⅳ. ①I247.5

中国版本图书馆CIP数据核字（2017）第132661号

若星汉天空

作　　者：今何在
选题策划：北京磨铁图书有限公司
责任编辑：李　征
装帧设计：VIOLET

北京联合出版公司出版
（北京市西城区德外大街83号楼9层　100088）
北京嘉业印刷厂印刷　新华书店经销
字数453千字　700毫米×980毫米　1/16　印张33
2017年7月第1版　2017年7月第1次印刷

ISBN 978-7-5596-0514-6
定价：64.00元（全2册）

当命运无法改变时，你真的有勇气承担这一切吗？

十年之后，你还记得当初的承诺吗……

THE CONTENT

目录

THE CONTENT

目录

第二卷　重返阳光之土(上)

缘起

魔王们做过许多事情，比如在大地上建了许多堵墙，并不是为了守护他们的领地，只为了拼出一个单词让天主看到，当那句太空中能看到的唯一脏话被印在辽阔的大地上时，众神一定会后悔他们有那么好的眼力。

或把男男女女抓来放牧在一片几千公里的草原上，下令他们除了相爱不许做别的事情，但是又不许他们建造任何一间房屋。他们喜欢看人们像驯鹿一样活着，喜爱看男人和女人在草原上追逐，而嘲笑教堂里的钟声与誓言。

魔都是个奇怪的地方，没有一座建筑是风格相同的，但是却被涂成相同的黑色。你会觉得走进了一块黑板，却无处不现出诡异的线条，那些线条可以无限地远近组合，所以每天早上人们醒来都发现自己在一个新的地方。巨大的广场上是血池和肉林，所有人都到这里来吃饭饮酒，因为没有人家里有锅，也没有钱币、黄金和白银，因为任何和黑色作对的耀眼的东西都被视为丑陋。

所以魔都的人没有容貌的概念，因为他们永远都在黑暗中，没有人知道对面的人长什么样，只能用语言和歌声交流，声音浑厚动人者成为王。男女之间用互相抚摸来感知，强壮和性感主宰婚姻，以便生下卓越的孩子。而孩子们从小就被送去训练战斗，他们不知道自己的父母是谁，魔王是他们的唯一信仰，可是……没有人知道魔王在想什么。

所有的魔族都怕光，因为他们长期生活在地下，当他们出现在地面上时，他们一定戴着面具——狰狞的面具。魔族把自己隐藏在黑铁之后，用血在地上写字，倔强地捍卫着某些被看来是可笑的东西，比如关于神龙化育人类的传说。

在礼天教统治大地三千年之后，在天主造人的故事成为不可动摇的学院经典后，龙早就成为被骑士们寻找屠杀用来证明勇气与武力的邪恶物种。事实上龙只是龙，出生、求偶、死亡，守护自己的山谷。如果他们被神官宣布是邪恶的，那么只是因为他们听不懂礼天教的布道。

魔族和人族总是难以沟通，和精灵与矮人一样，人族歧视精灵和矮人，因为礼天教说天主在第一天造了人，然后在第二天造了精灵和矮人作为人的随从。至于魔族，好像天主不想造他们，他们却自己从地下钻了出来，这似乎证明天主并非全能地控制一切。于是天主说魔族的出现是为了考验人族的信念与忠诚，所以人族的使命就是把魔族赶回地下。

于是，魔族和人族几千年的战争就注定不能停息了。人族勇敢的圣骑士与大法师们总能获得最后的胜利，之所以说“总能”是因为魔族就像地下的草根一样，白雪一化就又冒了出来，魔王终于被杀死，但魔王又总是存在着，一代一代。假如魔王不愿意被打败，那么故事就永不能结束。它们被写成各种版本，庄严的、动情的、诙谐的、无稽的，而这一个，是你从未听过的，也无法证实的，显然是编造的，但又是确有其事的——关于魔王的真面目。

第一卷

魔王归来

看来我们要永远战斗下去了，即使在一个身体内。以后，你将不会再意识到我的存在。但你要记住，魔王就在你的心中，当你需要力量时，我将被唤醒，同时你献祭出你的灵魂。那时，我们将融为一体，无法再区分。

年轻的女修习生云迪惊异地看着眼前的一切，落入黑暗的魔掌使她心乱如麻。火光在铜壁上跳动着，那些邪恶的雕刻仿佛正跳着癫狂的舞蹈。

她被带入黑暗殿堂的最深处，最深处的最阴冷的角落里，蜷缩着邪恶的康德。

几十尺高的大门在她身后訇然关闭，世界陷入了一片漆黑。云迪恐惧地向后退缩，倚在冰冷的铜门上，她觉得全身的血都要冻结了，僵直着连手指也不敢晃动。

黑暗中，渐渐有什么显现了出来。

那是一个人影，是魔王的影子？却又不像，更像是一个着甲的骑士，那微光，正是从这甲胄上散发出来的，在黑暗中惊心动魄地刺眼，似一个闪光的幽灵。

云迪没有想到恶魔出现是这样的，没有气势逼人的宝座，只有一把再简陋不过的木椅，邪恶的康德坐在椅子上，头深深地伏下去，抱紧双臂像是很冷似的。

声音从那着甲者深处传出。

“你还好吗……”

云迪更加用力地抵住了门，像是恨不得和背后的浮雕融为一体。

“和我说话的是谁？是骑士身体里的魔王，还是那个曾经的骑士？”

“你不必害怕……一切已不再重要，因为结局即将来到，骑士终将和魔王一同消失。有人会救出你，一切都会过去……但是……”

“但是什么……”

“结局终会来到……但是，却没有一个结局是注定的……云迪，只有你能帮助我。”

“帮助你？我能做什么？”

“没有一个结局是注定的……”黑影只喃喃地重复着这一句话。

然后黑暗中一片静默，过了许久，都再没有听到声音。

忽然，背后的铜门被砰地撞开了，云迪被撞得扑向那个光环，但她脚下绊到了什么东西摔倒了，是康德坐着的那把木椅。

冲进来的人形形色色，有盔甲闪闪的圣剑士，有举着大斧的矮人勇士，有举着法杖捏着光芒之诀的法师，还有演员、诗人、信使、画家、小贩……

“魔王呢？没有等到我来就已经被打败了？”他们高喊着，“但这不重要！魔王掉下的宝藏和装备呢？”

有人一把拎起了云迪：“啊！我救了你，美丽的女孩，献上你激动的爱吻吧，我们将幸福地度过一生！你准备要几个孩子？”

“嘿，是我先发现她的！你这个无耻的土豆商人！”另一个壮汉挤来。

“是我先捡起来的！你这个恶俗的小市民！”

“不要扯……”云迪气愤地喊，“嘿，谁偷走了我的腰带……放开我的靴子……”

忽然有一种力量使处在胜利欣喜狂欢中的人群安静了，纯白的光芒直射进来，他如星辰降落，使所有人都敬畏地退开了。

那是年轻的法师罗恩，他是打败邪恶的康德的至高法术的掌握者。

决战就要开始了。

“邪恶的康德，魔王的灵魂占据了你的身体，你背弃了圣骑士的尊严，多少年来你操纵着这个国家，使无数人死于战乱，使大地陷入血与火。现在，是洗清你邪恶灵魂的时刻了。”

人们包围了那极暗的殿堂，愤怒的声音在天空汇聚。

而那坠入黑暗的骑士冷笑了：“你们一边喊叫着一边退后，打败我？请走上前来。虽然我已经只有最后一息，但我仍愿接受你们每个人的挑战。”

然后那个终极的法术出现了，赤红天空似粉碎的镜子般裂开，金色光线从裂缝中涌出，在晦暗大地上映出网般的光痕。树木、城堡、人脸，世界像是由无数碎片拼起来的。

人们敬畏地退开，退到那邪恶者百米之外，神怒将汇聚的地方。

而那伟大的施法者，有史以来最年轻的大法师，古卷系法术的开创者——佛斯·罗恩，正站在远处的山头，高举着他的神杖，来完成这最后的壮举。各地来的骑士与法师在山冈下抬头仰望，看奇迹如何发生。

远处，把灵魂献给魔王的圣骑士在狂笑着，当遍布大地的光芒猛地向他聚集的时候。

云迪看着那紫色的云升腾起来，魔王康德那极暗王座开始向下崩塌。

“魔王康德终于被打败了，世界将获得安宁吗？”

“这也许是一场新的战斗的开始，邪恶总是会不断地降临大地的。”

“可是，我听说康德在变成魔王之前，曾经是一位正直的骑士，他因为贪恋强大的力量而把灵魂献给了魔王，是这样的吗？”

“是的，但是，再强大的魔王，也终逃不过失败的结局……”

忽然有人喊道：“大法师罗恩，这儿有一样东西，请你来看一看。”

在极暗之殿倒下去的废墟里，那金色的光环正在闪耀着，喷出炽热。

“这是……”大法师罗恩的表情变得很奇怪，仿佛寒风一下子吹僵了他的脸，“这是一个时空之门。”

“它通向哪里？”云迪惊异地问。

“这其中必然有一个可怕的阴谋。”罗恩转头望向云迪，“不论它通向哪里，也许战争还没有结束。魔王可能重新归来。”

黑暗重新包裹了这里，所有的人开始疑惑与恐惧。

第一章

就要远行

康德抬起头，看着眼前阳光斜照着的这面高大的城墙。此刻，他除了一身破旧衣装，只有八十个铜币。

每天都有无数渴望闯荡与历险的新面孔出现在这里，他们在青鹅卵石铺就的窄小街道上行走，他们在灰泥骑楼的夹缝中行走，他们在泥泞的马车小路上行走，光辉照在纪念圣堂的巨大雕塑柱上，把那些历史上伟大的人形印在地面上，如巨大的阴影压在渺小者的头顶。历险者们站在城门口呢喃不休，或苦苦发呆。在遥远的未来，他们或将成为一个打败恶魔的英雄骑士，或是一个屠龙的伟大法师，或是一个模范民工。而现在，他们会聚向同一条坑洼不平的碎砖路，两边全是板棚的店铺，挂着五花八门的招牌：

“绝对有效的魔药，伤口一抹就消失。”

“强力手套，让你可以轻松举起一头大象，只需五十铜币。”

“魔狼召唤卷轴，基洛岗魔法行会信誉制作，绝对保证能有五十只，免费传授口诀。”

普通的农夫在走过这条路之后，掏光兜里的钱，就能变成一个全身包铁的罐头，或是挥舞着不知从哪棵树上折下来的魔杖的法师了。但没有人知道他们之后去了哪里，如一场浩浩荡荡的长跑，人们只会记住最后在终点看到的人。

康德踢了踢他那沉重的靴子，他的脚指头立刻露了出来。这位破落骑士叹了一声，一眼望见街道的拐角，鞋匠哈什米安正站在木楼梯上冲他笑。

哈什米安的木屋中摆满了各种改后的旧靴，有高帮的、有厚底的、有镶铁跟的、有鲱鱼皮的、有插孔雀毛的，就是没有康德买得起的。

“请帮我补一块牛皮。”骑士把脚跷高，“最近路上的石头还真是多啊！”

“给你补上一块铁也没有用，”哈什米安一挥鞋锤把他的脚扫开，“这鞋已经不能穿了，再说你还欠我十六个铜币。”

“可是我下午要去参加云迪家的舞会。”

“你下午应该去街上看看有什么背包的活儿可以做，或者去和广场上那些吉米赛人混在一起吧，里面有几个姑娘，跳起舞来真是够劲儿。”

“请不要这样对一个骑士说话，你要知道我们是有世传的……”

“知道……阿帕亚红衣骑士是吗，自从上一次神殿战争，你们的爷爷辈跟随国王丁鲁克十六出征被那些依德尔人修理之后，这个名字就已经像街边鱼摊上的黄尾鱼一样难闻了。快跟你的破靴子一起消失吧，别让我又想起那该死的十六个铜币！”

康德仓皇逃出木屋，在下木梯时他那不争气的靴子又滑了一下，整个人栽进街上的泥水里。

似乎四处都传来了笑声，好像突然全镇的人都从巷子里、木门后、窗子下冒出来，大声地笑着：“看啊，这就是那个自称是有世传骑士封号的可怜家伙。”

他使劲晃晃头，握着拳头愤怒地站起来，但并没有人围观他，街上零落的几个人都在走自己的路，连石墙根的小摊贩也懒得看他一眼。是的，没有人注意他，一个骑士摔了一跤和一个乞丐摔了一跤，在外行人眼里看不出什么不同，有世袭勋位的也并不会摔得更精彩一点。

笑声却的确是有的，在这条小石街通向的广场上，有男人的口哨声和女人跳舞时的兴奋喊声，还有音乐声，想必就是那个什么流浪帐篷族的辣妹歌舞团在演出。

“其实我小时候也会跳这种野街舞的……还挺像那么回事，小时候我也天天跑去街上看这种演出，学大人样讨论女人们的腿……那时候我好像没觉得自己和这些市井小民有什么两样，从什么时候开始变的呢？从我发现那些勋章？从姑母告诉我我们家其实是有世袭封号的，但因为我父亲不是长子，所以他就不再是男爵了，家道也赌穷了，留下来跟我过一辈子的，只有一个阿帕亚骑士的称号而已……”

“无论如何，我还是一个骑士，虽然口袋里几乎没有铜板。”康德想着，挺了挺腰板，“我是不会上街去做苦力或者向那些商人低头哈腰的，一个骑士不会放弃他的高贵使命而活下去……可是……使命在哪儿呢？在去参加齐米丽亚的舞会之前我需要找个地方吃点什么，但愿下午那个该死的门房会让我进门，上回我真想揍他——居然转身进去拿了一条咬了一半的面包给我叫我滚蛋……可是女孩们对我也越来越冷淡了，她们更多的是做出各种笑脸围着那个该死的费迪南德。同样是骑士，我显然比他更英俊一点，可为何她们对我视而不见呢？难道穿着一身鲜亮的镶银带骑士礼服和穿着一身灰色磨掉了毛的旧紧腿套装真有那么大的不同？”

他一边咒骂着这个势利的社会，一边来到一座漂亮的带小花园的白色小楼前，那是他姑母的家。

“又来蹭饭啦？”女佣用眼神愤怒而无奈地问。

“是啊，怎么着——你敢不让我进去？”康德同样用眼神坚定而无畏地回答。

这无声的较量后，女佣终于努力屏住气，沉重地挪到了一边，康德知道她正和她自己那大肚子里要翻腾的嘲骂做斗争，生怕一吐了气就全蹦出来。

他大模大样地在饭厅中坐下，迅速扫了一眼桌上是否有油光：“怎么，齐斯姑母呢？你们……”康德努力把“你们不是都这个时候吃饭的吗？”咽回肚子，权当饭前小吃。

女佣拿过拖把在他坐的椅子前的地板上使劲地擦着，那里很多街上的泥点也兴奋地跟着康德一涌而入。想到弄不干净一会儿准被一顿好骂，女佣就恨不得这地板是康德的脸，想到这儿她好像看到自己真的拿拖把在康德的脏脸上蹭着，不由脸上露出一丝幸福的笑意。

这笑容使小康骑士信心大增：“我那两位可爱美丽的表妹呢？阿兹若亚和香其亚，哦，她们见到我一定非常开心，从小她们就爱跟在我屁股后面。”

“可惜人是会长大的啊！”女佣心里冷笑着，嘴中说，“女主人去访友了，要晚上才能回来，两个小姐在楼上吃，你不应该打扰她们。”

听见楼上传来女孩隐隐的说话声，康德心中发痒：“她们还不知道我来了吧？”

“不，她们知道，可她们有事情。”女佣的声音硬得掉在地板上叮当作响。

她们明知我来却都不肯下来见我，康德心中发冷，看来我的两位纯真无邪的表妹也消失在这个世界上了，剩下来的只有一个个被这世道改变得冷漠势利的壳而已，不知她们的母亲和那些闲亲戚在她们面前怎样轻蔑地把我说成一个好吃懒做只会蹭饭的流浪汉呢——虽然这也是事实——但他们就从来不曾看到一个人破旧的外套下那高傲而正直的心吗——哦见鬼，连我自己都觉得这没用……

坐在空荡荡的桌前，感受着世态炎凉人情淡薄，骑士心中不由奏起哀伤的乐曲，忽然想就这样大步出门而去，不立下功业就再不回来。但是一听到女佣在厨房里叮当作响地弄着什么，他就又觉得世上还有一丝希望。这可怜的人就在这若有若无的憧憬中静坐着，听着钟声的嘀嗒，默默体会着时间带给人的伤怀和腹中的火烧，还有眩晕感。他抬头看见厅中祖父的画像，那老骑士身上挂满勋章，威武地望着他……我的长相还真随祖父啊……康德这样想着，不觉站起身来到画像前，单膝跪下去默默祈祷：

“祖父啊，我们那高贵称号的光荣呢？为何它也像那老橱里铁盒中的勋章一样锈蚀得没有了光亮，阿帕亚听说是过去骑士团中的豪门，但现在它的后人们却连一个骑上马的机会也没有啊！我不想再过这样终日混迹无着的生活，但我也不愿像我的伯父那样守着世袭的爵位变成酒囊饭袋坐吃山空，也不想去扛米袋或是做一个鱼贩度过一生。先辈啊，以你的慈爱和威严指引我吧。”

他将额头靠上手背，无声抽泣。

背后一阵楼梯响，他大表妹阿兹若亚走了下来，这男人不落于人前的眼泪让她心软。

“亲爱的康德表哥，你还没有吃饭吗？我让丽斯给你做。”

康德抹去眼泪回头，突然不愿再在这里待下去。

“我不是来吃饭的，我只是来看看你们，看看……祖父的画像。嗯，你们一切都好就好。我就要远行了。”

“你要去哪儿？”阿兹若亚惊奇地问。

康德也有些惊讶于自己的脱口而出，他只是下意识地不想再让人们看到他这个样子过活：“我……我要和几个朋友去开采金矿，很远……但我发誓，我会带着几大车的金银财宝回到这里来的。”

是的，我要成为一个英雄，康德想。我必须去开始历险。只有战斗才能改变一个骑士的命运，美丽女孩只会投入勇士的怀抱。

当我成为一个英雄的骑士，我将要求所有败在我剑下的人承认我爱的人是世上最美的女子，并传颂她的名字。

一路想着哪儿有魔巫与恶龙，康德却发现自己的脚走到了齐米丽亚家的府园外。他知道他想见云迪。

齐米丽亚家是他们家的世交。小时候康德经常与她在她们家大厅宽阔巨大的石阶上跑上跑下，在花园里追逐。但是孩子不会知觉时世的变幻，两家的情分却早就随着康德家的败落而淡漠了。齐米丽亚长大后也及时懂得了不要虚伪的道理，所以只对那些望族子弟投去微笑。康德经常成为舞会上的开心菜，人们喜欢看他穿着他父亲那不合身的旧式礼服，却举手投足硬要摆出一副骑士架子的模样。康德知道他们在笑，却不明白为什么。向往骑士的道德与荣耀有错吗？还是这个时代只习惯向女孩子们炫耀赛马、打猎与收藏？

唉，骑士的年代已经过去了，魔族被打败已经三百年，剑与甲都锈蚀了，伟大的神殿战争只有通过戏剧和小说才能追寻了。

站在大厅中，康德觉得时光又回到与云迪相识的那个时刻。

那一天也是这样的舞会，齐米丽亚从康德的身边目不斜视地走了过去。康德觉得自己虽然穿得暗旧，可也不致连面目也一起模糊了。

“齐米丽亚。”他喊道。

“哦，是亲爱的康德啊。”齐米丽亚连脖子也不愿费力转回来似的挥挥手，“你先吃些点心，我现在很忙。”

是啊，她忙着要去谈论时装呢。

倒是旁边那个爱在姑娘们面前取笑他来显示自己不凡的费迪南德耳朵尖，觉得又找到了拿康德逗乐的好机会，过来亲热地和他碰杯。

“嘿，我们神奇的骑士康德，听说你有了一个新的计划？”

旁边的女士们立刻捧场似的笑起来，可康德一点也不觉得这谈话有什么好笑。

“是啊，我准备去学习马术和剑术。也许哪儿有人需要我去帮助，也许魔族正在黑暗中蠢蠢欲动。”

一阵哄堂大笑。康德越发纳闷儿了，自己的话哪儿幽默吗？

“哦，正好。”费迪南德神色忽然变得一本正经，“我刚得到消息，富里斯海上有一位公主的船被巨龙击翻了，公主也被龙带去了龙岛，富里斯国王正以半个王国和公主本人为犒赏来请求英雄相助。”

“这是真的？”

一阵爆炸式的狂笑。康德没有想到那些淑女能笑出那么可怕的高音，有人都倒在地上快要打滚儿了。

康德叹了一口气，忽然觉得这舞会以后倒也没有什么可留恋的了，当初是为了一份虚荣，觉得自己属于这个阶层，可现在既然自己要远行了，倒可以不必在社交圈与受轻视间为难了。只需要一匹马一把剑，高山的风雪和路边的羊群不会嘲笑他的。

忽然笑声全部停止了，大厅中变得安静无比。人们都望向一个方向，仿佛真有一个魔族从那儿冒出来似的。

康德也望过去，他看见那个女孩从门口走进来，像星辰忽然降临在人间，是她使所有的人鸦雀无声。所有的男士心无旁骛，所有的女士心生暗妒。她那褐金色的长发舒卷着，眼眸像蔚蓝的深湖，缓步走来，脚步轻盈得像漫步在云端。

事实证明，看到太不寻常的东西并不是好的征兆，但康德现在不知道。

这个女孩直接向康德走来了。

“是什么这么好笑？”

“我来介绍，”一位即将受勋的年轻准男爵跳了出来，“这位是云迪小姐，来自伟大的荷华德家族，西兹夫人的侄女，刚刚来到本城居住，她使我们的基洛岗城更加美丽了。”

齐米丽亚上前亲热地揽住云迪：“是啊，自从我们上次在西兹夫人家相遇，我们就成了好朋友，我们亲热地讨论了当前的文艺与潮流。”

康德在那一瞬间看见，这个叫云迪的女孩的笑容中闪过一丝无奈。他忽然就觉得，这女孩应该不属于这群人。她是那么不同，不论是因为优越或是卑微，他们的孤独是一样的。

“你在谈论些什么？”云迪问。

“哦，关于历险。”不等康德张口，费迪南德便抢着说，同时使劲微笑，“我们在讨论龙和魔族是否存在。”

“怎么有人想去寻找魔族吗？”云迪说这话的时候，却只看着康德，这也许是因为他的衣装、神色与周围格格不入。

“是的。”康德说，不知为何又充满了勇气，“我认为人应该去做点什么，而不是在闲聊与牌戏中度过一生。这个世界上的某处，也许就在哪座山的背后，就有我们所不知道的奇迹存在。”

所有人都在等着一场新的笑声，但是云迪说：“康德，如果你要去历险，也请通知我好吗？我愿意一路与你同行。”

康德一直觉得云迪的来到像是一个梦，因为太美好而变得不真实，不敢相信。

是的，几乎所有人都厌弃康德，补鞋匠、水果贩、修下水道的、门房、杀猪的，就因为他们是平民而他有世袭骑士的封号，可是他却不得不和他们生活在一起，因为他破落的家世。当他们工作时，他穿着破衣在街上游荡，企图以自己的好吃懒做讨得一点骑士阶级的优越感，结果却换来更多的嘲笑和白眼。

但即使这世上所有人都抛弃他，有一个人却不会，那就是美丽的云迪。天主虽然剥夺了康德的荣誉与财运，却给了他一个美丽的奇迹：她的褐金色的长发和蓝色星辰般的眼眸。自从那次偶然相逢，这女孩就总是对他投入热情与关切，她不嫌弃他居住在贫民区，经常坐着马车来邀他游玩。每当那白马的蹄声敲响石子路，康德就觉得心中变得明亮，所有人看他的目光都变得不同，云迪就是他的荣耀。

他们一起讨论骑士文学，谈论古代英雄的传说，去旧书店寻找古卷，把里面的诗歌当成魔法咒语来互相逗笑；他们去郊外骑马，云迪策马跑起来时就像草原上的轻风，她是那样与其他娇气做作的贵族千金不同。康德相信云迪与他有着共同的兴趣——渴望冒险，也相信她对他有着暗中的好感。不论有多少酸溜溜的家伙打击过他的妄想，康德仍然执着地相信云迪注定是属于自己的奇迹，为了云迪，他发誓将来一定要成为一位真正的英雄骑士，那时他将向她求婚，报答她所给他的荣光与快乐。

所以即使他只有一件没有破洞的衣服，哪怕经受其他名门子弟再多的白眼，他也要去参加云迪的舞会——像一个骑士一样！

那美丽的白石大厅里，康德一人捧着酒不安地站着。除了云迪，没有多少人会愿意过来与他说话。而他也全不在乎，只等待着云迪。他知道她应酬完其他朋友之后一定会向他走来，热情地对他微笑，询问他今天的经历。她似乎永远对他的一举一动充满兴趣。他不知道是否该与云迪做一次道别，告诉她他决心作为一个骑士去历险，去为她立下丰功伟绩，向各国英雄传扬她的美丽。如果她坚持要和自己去，他会深情地说："不，艰难的道路请让我来探寻，你只需要眺望远方，鹰会传来我新的功绩，而四方的人也将传诵你的名字。"

他想她一定会感到高兴的，为他终于有了勇气。

可是当云迪真的向他走来，听到他这话时，眼中的星光却立刻蒙上了阴影。

她几乎是惊叫了起来："别傻了，康德。放弃这个不切实际的念头吧。你能做什么？一只城外的野狗也可能让你丧命，这么多人都平凡地生活着，你为什么不能安分一点？我不在乎你天天游荡街头，但你能不能少一些这样幼稚的念头？"

她的声音如此之大，连周围的人都听见了。康德觉得所有人都在嬉笑着望着他，说："看啊，那个被女孩子教训的家伙。"

康德忽然觉得很沮丧，原来他的梦想、他的动力……他一直以为唯一能理解他、欣赏他的人，也和其他人没有什么分别。

"呃，我只是说说……我其实……呃……算了……如果你不喜欢这个主意，就当我没有说过。"

康德逃也似的走出了大厅，云迪却从背后追来了。

"康德……"

康德回过头。

“我们去广场上散散步吧……”

他们漫步在基洛岗城的广场上，夕阳在广场上洒满暗金色的光，霞光像是涂上去的一样不真实。这个时候，如果能牵上心爱人的手，一起远眺，那该多么美好。可是他们只是低头默默地行走，能感到彼此间的距离。

“云迪，我要走了。”

而云迪只是注视着他，像他们第一次相见时那样：“康德，你所相信的，你会一直这样坚持吗？”

“当然。”

“不，这世上一切都会变的。你也一样。”

“为什么你对未来这么悲观？”

“因为……未来本就是希望消亡的过程，一切都将展现在你的眼前，再不会有悬念、不会有盼望，你以为你所能追寻到的一切，最后都消失在遥远的天际。”

“云迪……”康德叹了口气，“你阻止不了我，也许未来真的和你说的一样糟，但对我来说，没有什么比待在这里更糟。”

云迪勉强地微笑着：“别再胡思乱想了，明天我去找你，我们一起去庄园骑马吧？”

不，康德想说，明天你不会再看到我，我会独自远行。

但他却说不出口。走出很远，回头云迪还站在那儿，一直望着他，霞光洒在她的身上。

第二章

看到未来的人

摸着口袋中可怜的八十个铜币，康德在集市上转了半天也没敢掏一个子儿。思来想去只有一把铁片刀是他能买得起的含铁物体。不过，一张小纸片标明着“常磨防锈”，使这英勇的骑士有些犹豫了。

兵器铺老板大胖子古拉恩费力地抬起眼皮，看了看对着店中最便宜的商品思考了半个下午的康德，从鼻子中哼了一声：“没关系，你这样的家伙不用担心修理兵器那么长远的事。”

“那就给我最便宜而且又不用修理的，谢谢！”这布衣骑士一气之下说。

一分钟后，康德拿着把木剑出了门，身上还剩下七十五个铜币。好心的老板想附赠他一个纸袋作剑鞘，高傲的康德扬了扬手果断地拒绝了，他不想让人觉得他抱着长条面包去与恶魔战斗。

药品店里，面对满柜注明“二十四小时迅速补充体力”的药瓶，康德想起了兵器店老板的话，但最便宜的也要二十个铜币。

“我觉得这只值两个铜币，这是用什么草药捣的？我看着像红叶花不是吗？”

“从哪儿来的这么多苍蝇！不要弄脏我的药。”瘦瘦高高的药店老板看着柜台上飞舞的苍蝇骂。

“这多少钱？”康德指着门口一叠布袋。

“那是给人买了药装药用的。”

“也就是说不要钱啰？”康德说着抓了一把扬长而去。

装备铺的老板娘阿加莎像是哪个秘密帮会的成员，康德不说对暗号她就不搭理，后来康德发现暗号就是——钱币落在桌上的声音。最便宜的布衣也要五十个铜币一件，腰带十五个，靴子三十个。“头盔……不好意思，”康德说，“我的意思是角落里那顶遮阳帽——这也要三十五个？那么……五十加十五加三十加三十五等于……七十，这答案绝对正确。不是我算术不好，我就只有这些，你收不收吧？”

老板娘看了看康德，发出一声叹息，把布衣的袖子扯下来后扔给了他。

康德穿着背心戴着遮阳帽举着木剑在街上高兴地走着，现在一个游历战士该有的他全有了。接下来，他该像那传说中的伟大骑士一样迈出第一步了。

他正要迈出第一步，忽然有个声音在康德的耳边响起来，是的，就在耳边。

“有人想知道自己的命运吗？”

康德四下张望，可看到的是路边空地上的一个老头儿。他无力地靠在树下，穿着一件破旧的灰袍，脸上泛着发青的病色，脚边还放着一个装了几个铜币的破碗，看他那瘦弱的身体，像是坐下之后就再也站不起来了。

“五个铜币，五个铜币就能知道自己的未来……”那老头儿看见康德望着他，立刻用有气无力的声音喊了起来。周围人来人往，似乎没有人喜欢五个铜币就能看到的廉价命运。

“嘿，年轻人……”他正要走开，那老头儿探身向他招手，像是召唤一块会走路的面包。

康德有些盛情难却地移了过去。

“不想知道你的命运吗……”老头儿打量康德像打量一棵长满金币的树。

“不妨说来听听。”

“如果你不相信，我为什么要说呢？”

“告诉我今后一周会发生什么？”

“你会遇上来自远方的人，你要小心那些出现在你身边的奇怪美女，尤其是她们对你表现出格外的兴趣时。”

“然后呢？”康德听得很有兴趣。

“我饿了。”

康德抓了抓脑袋，拿出一个铜币丢在碗中：“我就只能给你一个铜币……”

“真可惜啊……本来你可以成为这世界上最强大的人，这下只能成为某个不知名的剑士了。”老人捡起那铜币研究着它的真假。

康德抓抓脑袋：“你，你说什么？”

“天主本来准备让我给你以神示，告诉你到哪儿去取得无穷的力量，可是你太小气了，我决定另选他人。”

“天主的嘱托你也能随便改？……那、那么成为最强大的人收多少钱？”康德瞪大眼睛。

“五个铜币。”

“倒还挺便宜。如果我给你八十个铜币我会变成什么？”

“如果你把身上所有的钱给我，我就什么都不说，立刻收摊去找个地方吃顿饱的。”

这个坦白的老头儿使康德笑了，他又丢下了两个铜币：“这也够你今天的面包了。”

“这下你升级成普通骑士了……”老头儿点着钱说。

这时一个金币丢在了老头儿的碗中，有个富家子把康德挤到了一边。

“你会成为圣骑士的。天主赐福给你。”老头儿点头哈腰地说。

“老兄，你亏了，一个金币够当两百次圣骑士了。”康德对那浑身鲜亮的家伙说。

那富家子白了他一眼，弯腰凑近那老头儿：“我才不稀罕什么圣骑士，我只想知道城里最美的比利娜会不会看上我。”

“哦，这可比拯救世界难多了。”老头儿收起碗就想溜。

这时有一群人冲到了他面前：“浑蛋老骗子，刚才我们老大丢了五个铜币当圣骑士，可刚出了城就被怪兽咬断了腿，退钱！”

老头儿把碗死死护在怀里喊：“死人也能做圣骑士，断腿又有什么关系？”

可他还是被踢倒在地，碗中的钱散了一地，那些冒险者把它们全部捡起来。

“嘿，其中有一个金币是我的！”那富家子喊着冲上去，可立刻挨了劈面一棒，晕倒在地上。

当他们散去，老头儿哆嗦地在地上摸着，看有没有剩下的钱。

康德叹了一口气，蹲下去又把一个铜币放在老头儿手中：“好了，换一种安全点的职业吧。”

“你刚才为什么不冲上去和他们搏斗，帮我抢回那些钱？”老头儿气冲冲地问。

康德觉得又好气又好笑：“我还不想在历险的前一天就倒在地上。”

“真可惜，你怕什么？在你快要被打死那一刻，自然就会有一个美女来救你，她又碰巧是这个国家军队统帅之女，你便顺理成章地走上了圣骑士之路。可现在好了，你贪生怕死，机会没有了。”

“你被打糊涂了吗？”

“不，因为我有一双可以看到未来的眼睛。”

这时，几匹骏马跑到他们身前。为首一位衣着华贵的美丽女子，神情高傲，后面跟着随从的军士，他们看也没看康德就跑了过去。如果这时候康德正在与人搏斗……

“我不要神示了，我只要你那双眼睛就行！”康德扑向老头儿。

老头儿护住眼睛：“玩笑，玩笑而已，我只不过是碰巧看见他们跑过来。”

“哼哼，我也是玩笑。”康德站起来转身走开。

广场的一角，康德听见一位弹唱者正在人群中卖力地唱着关于古代骑士历险的歌本：

那少女终于开启了她的玫瑰的嘴唇
低吟在夜行者的耳边
她的娇羞使那骑士心醉
那把沾着魔血的宝剑落在脚边
打败魔龙的手此刻抚上那柔弱双肩
那冰雪的肌肤在微微颤抖

这骑士再也不能抑制自己身上的火焰

他一把抱起公主叫着她的名字

把那洁净玉体外的白纱扯落

哦……哦啦……啦啦……

“别啦了，快接着唱下面的！”人群中有人喊。

康德皱起眉头，走上前去，喊起来：“不是这样的！”

“别打岔，正唱到关键的时候！”人们回头瞪来。

“不是这样的，”康德喊，“这段《阿菲格》我听过两百遍，阿菲格骑士虽然是十二位骑士里第一个见到公主的，可是那时他已经受重伤了。一路把她送到巨鳍港，交给前来的赫兰骑士和静水骑士，就伤重而亡。一路上，连她的手都没有碰一下，所以后人才称他是骑士的典范，哪有他和公主那个……的一段啊，怎么给改成这样了？”

人群中的唱歌者一下冲了出来：“哪个浑小子在阿依古王的雕像下面说疯话？我唱的是正宗的《若星汉史诗之范克德尔王和他的十八骑士带领人族英雄们在这片大地上的伟大而永不可磨灭的胜利》，卡休理大神官亲自修订的版本，你又是从哪儿听来的？”

“哦？这叫《若星汉史诗》吗？我一直以为它叫《十二骑士传》，是我小时候我们村阿尔沁大爷讲给我听的。”

人群中发出笑声。

“快走，小子，别在这儿捣乱！”人群中有人向康德挥着拳头。

康德悻悻地从人群中走出来：“那故事绝不是这个样子的。”

这时一个小孩扯了扯康德的衣服。

那是一个戴尖帽的小孩，穿着捡来的成人衣服剪成的不合身的袍子，如果那也算袍子的话，破成一条条长须拖在脚边，手从衣服上的大洞里伸出来，一看就知道是从流浪者营地来城中心乞讨的。

“我没有钱了，小家伙。”康德说，“真的，我和你一样穷。”

“不！我想告诉你，我听过一个人和你有一样的抱怨。他也说：‘现在真正的《若星汉史诗》已经失传了，要不就是被后人改得面目全非。’他也是一个游吟歌手。他叫罗恩。”

“哦？他会唱真正古卷版本的《若星汉史诗》吗？”

“不，他也不全知道。他一直流浪各地就是想补足全本的史诗，上次他还为这事和其他的歌者打了一架。他就在广场的那一边，我可以带你过去。”

康德走过广场，午后的阳光使楼塔上的石条发出乳白色的光。他看见了那个年轻人，抱着一把橙色的琴懒懒地躺在阳光下，仿佛世上的一切都和他无关。

“我看见你的帽子里没有半个钱。”康德说，“为什么来到一个游吟歌手面前却听不见歌声？”

“我的歌曲里没有他们喜欢的东西，”罗恩说，“我不知道范克德尔王曾经娶过十六个美女，也没法把他每夜如何求欢这些无聊的事编成歌来唱。”

“那你的歌里有什么呢？”

罗恩手指懒懒地抚过琴弦，忽然一股音乐涌了出来，像是光的泉冲洗了广场的喧闹，使那些早已破碎的古老大钟重新回荡鸣响。

“我的歌里有当路里兹走过教堂时的钟声……”

他又抚了一下琴弦，这回康德仿佛听见了风雪声和马啸。

“还有卡利尔带着军团翻过坎帕拉山……”

罗恩的手指飞快地拨动着，无数个音跳了出来，像火星，开始燃烧成火焰。

“依德尔人攻占了古都，他们的弯刀上血色焦黄，漫天大火烧了七十天。”

康德好不容易才让自己从眼前的历史幻境中跳出来，他摇了摇头：“我不明白，你有这样好的琴技，却没有人听你演奏？”

“人们浑然梦游，根本听不见我的呼唤。而我嗅到不好的气息，我在阳光明亮的大地上看到了黑暗，有些什么正躲在阴影里，等待夜的来临。”

“真棒，你什么时候说话都和念诗一样吗？”康德说。

“不，这是《当黑夜从大地涌出》中的经典唱词，你这白痴。”罗恩不满地瞪着他，“你或许该知道这段诗歌的典故。”

“是指四百年前魔族从地下涌出吗？”

“是的，是战争的开始。”罗恩望着广场上游动的人群，“太阳落下前一瞬，人们浑然不知，它将不再升起。”

三个人都陷入了沉默。

“我倒希望魔族能再来一次，”康德忽然变得高兴了，“没有壮举的人生是多么乏味，我正期待着这样的冒险。如果魔族再次涌出地下城，我可以再一次打败他们，成为新的英雄。”

罗恩怔怔地看了眼前这个家伙好久：“成为新的英雄？你？我想你或许会在故事的第二十八页就死掉。”

“至少我是一个剑士不是吗？”康德挥舞着他的木剑，“而你呢？用你的歌声使恶魔流泪并理解和平与爱吗？”

“看不起一个游吟者？”罗恩冷笑着，“你们都是些在白天行走的盲人。你们看不到我所看到的事情。”

“等等，我呢？也许我才是未来的英雄。”刚才那一直跟着康德的流浪儿突然说。

“你？哦，对不起，主角大人。我们把你忘了，呃……你叫什么？”康德问。

“柯斯丁·米泰尔·柯斯丁。”

“哦，”康德的确有些惊讶了，“一个流浪儿居然有一个这么高贵的姓，柯斯丁？我几乎以为你是三百年前那个最伟大王族的后裔了，以后别乱给自己起名字了好吗？”

罗恩忽然站了起来：“你们根本意识不到什么即将来临，和你们在一起只是浪费我的时间。”他拔腿就往远处走去，把康德和流浪儿甩在原地。

“我听说……事实是我猜的，他有个很了不起的老师，因为他懂很多东西，比如你看不出来的事他一眼能看出来，而且他懂古精灵语，这是很了不起的事，没有一个大师级的人物教授，根本不可能学会。”

“听起来倒是比我更有本事，可现在他只是在这里流浪，怪不得会像一只开水壶上的锅盖，他所说的什么将要来临，那是怎么回事？”

“没有人知道，或许他有预见或占星的能力。你也可以去找人推算一下命运，听说城中的法师史台比的水晶球就很灵验，可以看到未来，不过算一次要五个金币。”

“天哪，我身上只有五个，不，四个铜币，有没有便宜点的？”

“当然，‘这世上有你所需要的一切，’”流浪儿柯斯丁做出一副饱经世事的劝导者模样，“‘……只要你愿掏空你的口袋。’知道是哪位诗人说的？”

“现在我的脑袋和我的肚子一样空，我现在得找个地方去弄点钱，再见，我的小王子殿下。”康德装模作样地向他行了个礼。

“再见！我的首席骑士！”

游吟歌手罗恩回到了他的住所。

这不过是一个流浪者的营地，这样的营地在基洛岗这样的大城有好几个，毁弃的破屋、临时的草棚、乱飞的苍蝇，连到处窜的野狗看起来都是一样的。罗恩这个月已经把几个地方都住过了。他想找一个能在月光下静静弹琴的地方，但这种地方老是臭气熏天、嘈杂不堪，半夜也常听见酒鬼的干号、斗殴的喊声和男女吵架的尖叫。看来只有城中心的花园区和城外的树林是安静的。但花园里警卫在巡逻，不准流浪汉进入，而城外则潜伏着野兽和传说中的妖魔。

“这个时代是不需要歌手的。”罗恩在一间只有一半屋顶的破屋的一角叹了一口气，拨弄琴弦，听见了敲破锅般的声音。这琴算是修不好了，他一生气，把琴狠狠甩了出去。但刚扔出手他又后悔了，于是他纵身蹿出，在琴撞到墙上之前又把它接在了手里。

他警惕地看看周围，被人发现他有这样的速度会是一件可能招来麻烦的事，没准儿会招来卫队的审查，那会牵出很多事。但除了一个以算命为生的老头儿傻傻地望着这边之外，没有人发现他刚才瞬间的动作。他觉得累了，靠坐在墙边沉沉地睡去。

……

“罗恩，你要拯救我们。”一个女子的声音说，“从魔王的手中。”

他似乎正站在一个无边的黑暗殿堂中。

殿头响起了脚步声，那个可怕的黑影正一步步走来。

“未来的魔王正在苏醒，快去从若星汉古卷中寻找力量，你是唯一能与他抗衡的人。”

那个身影越来越近了，罗恩想使用魔法，却发现自己一个咒语也不会。

“我不会！”他大声喊着，“我的老师什么也没教给我。”

黑影越走越快、越来越近，大殿倒塌了，一切直压过来。

……

罗恩醒来，忽然发现眼前，有一双大得吓人的眼睛正盯着自己。

“罗恩失踪了，”小流浪汉柯斯丁匆匆来找康德，“哪儿也看不到他。”

“是吗？他会去哪里呢？也许只是吃早饭去了。”康德满脑子都是早饭。

“听说有人看见他被一个可怕的怪人拉入地下带走了，他的琴还落在地上。人们都说那可能是生活在城外森林中的魔怪干的。”

“啊，看来是需要我出城历险的时候了。”康德挥舞着木剑。

“就你这么弱，我看还是不要出去了……”柯斯丁一脸难色。

“哪个英雄没有经历过风险？若是不从现在就开始锻炼，将来怎么与魔王的大军战斗呢？”康德壮志满怀。

“魔王？”柯斯丁抓着脑袋，“可三百年前就没有魔王了啊……”

“不，只要魔族还在，他们终究不甘心失败的。不然我们怎么有机会成为英雄并拯救公主呢？”

“那就是骑士小说家们需要不停地出版小说的缘故吧。可这世上，还有魔族这种东西吗？”

是啊，世界上，真的还存在魔族吗？

第三章

不可能完成的使命

这是巨大而黑暗的地下城。

在地下数千里的地方，没有光与暗的交替，时间仿佛也失去了意义。城市与岩石结合为一体，在巨大的峭壁上无尽地延伸着。没有人知道这地下城邦的规模有多大，只知道如果所有的窗口都点起灯火，那么地下将变成赤红的星空。

是的，仍然有光，它们从巨大岩石的内部涌出来，从地心喷薄出来，带着无比的热度，让人激奋也让人恐惧，像生活在这里的民族一样。

在一面山壁上，一座巨大的建筑正涌出光线，它有着旧纪元的古典风格，石柱、拱顶、廊顶和柱基上的石雕，看起来它本不应该在这里，倒像是被什么巨大的力量给按入了巨岩之中。可它又的确是一石一砖在峭壁上建造起来的，虽然大部分都在石壁的内部，可建筑者还是把本该属于地面的风格高难度地展现在了垂直的岩壁上，这是为什么呢？在这黑暗的地下，一种观念仍顽强地生长着，从坚硬中破壳而出。

建筑的内部是灯火通明的，炽热的熔岩被导入，在穹顶上沿人造的裂纹流动着，却不会滴落，的确是杰出的建筑技法。这使建筑内部变得温暖，抵消了地下那极黑处传来的刻骨寒意。

这里是死亡法则学院，魔人和亡灵们在这里接受教育——黑暗种族也需要知识，尽管和那些生活在阳光下的人所学的截然相反。

在这巨馆顶层的阁楼中，许多排书架几乎顶到了天花板，蒙满灰尘，书也散落得到处都是，似乎很久没有人整理过了。

这里当然不是正规的藏书室，而是——可怕的禁书封存地。

可现在，禁书正被两双手翻得七零八落，似乎一点不害怕书里跑出什么恶魔或死灵……也的确，翻着它们的本来就是两个魔族。

“嘿，我说难道，”一个声音响起来，“你在看什么？快帮我找《若星汉骑士传之阿菲格》的第四本，为什么这套书从来就不全呢？这帮死骷髅放书的时候从来不按次序和作者……我急着要看结局。”

“别吵！如果，我好像又发现一本不错的，是骑士传第四卷，讲一个骑士如何打败魔王……”那个被叫作“难道”的魔人在书架后面答着。

“所有的禁书里骑士都会打败魔王！如果换成魔王打败了骑士，那它们就不会在这儿了……”他那名叫“如果”的同伴说。

“可这本有点不同，骑士受到了魔王的诱惑，一度迷失，终于……”

“终于在美丽的爱人的召唤下重拾意志，最后还是打败了魔王，是吧？你就不能少看点肉麻兮兮的情啊爱的，还是《阿菲格》好，通篇都是战争，血肉横飞，那描写真棒，居然找不到第四本……”

“你说，为什么所有的魔王，最后都是被打入地心或是被神器封印起来呢？难道这真是我族之王必然的命运吗？”

“看小说的人居然被小说给骗了，你的头脑是用花岗岩雕的吗？所有的小说里骑士都娶到了最美的公主，世上哪有那么多公主？”

“你说，这世上为什么就没有一本以我们魔族为主角的书：我们打败了可恶的骑士，把教皇封印了起来，然后和公主一起过着幸福安宁的生活……”

“因为这样的书都在地面上人族的禁书库里！所以我们看不到……”

“我听说，传说中有一套若星汉古卷，记录着真实的历史，那里面人族并不是总能战胜魔王，不知道它们是不是也在地面上的禁书库中，据说它们一共有好几百卷——上千本，没有人能读完它们。最重要的是，它们是用古精灵语写的，没有人能看得懂。”

“没人能看懂的东西和不存在有区别吗？”如果说，“我讨厌历史书，还是看骑士小说来得直截了当。”

“有时候我在想，”难道说，“人族这种东西，真的存在吗？还有精灵，我只在书中听到过他们，可是从来没有见过……说是他们都在我们头顶上千里外的地面上，可是我从来也想象不出地面是什么样子……自从上一次战争结束，我们的魔王被封印后，三百年来再没有人去过地面了。”

“哼哼，如果将来我升为黑暗骑士，我一定要重回地面，看看那些光明骑士在我们面前还能不能像小说里那样神气十足。”如果说。

“我也要去啊，”难道也合上书陷入憧憬中，“看看人族的公主是不是都像小说中那么漂亮……”

“她们看见你只会尖叫，然后那些爱装英雄的人族骑士就高兴了，又有了表现的机会。”如果作为一个军事狂，他鄙视所有温情脉脉的幻想。

忽然一团雾爆开了，一只蝙蝠冒了出来：“你们两个原来在这儿，去深暗殿堂，大祭司在召唤你们……”

两人露出了敬畏的神情。

亡灵大祭司也许是世界上最可怕的，它掌握着所有死亡的躯体和恐怖力量，也可以用深不可测的魔力左右活人的命运。但对于魔族战士如果和难道来说，面见大祭司往往意味着新的使命。

他们走入深暗殿堂那虚无的黑色，这里仿佛一切都不存在，只有一团青色的光雾，在极远处弥漫着。

没有人说话，声音已经传入了脑海：“你们可曾想过未来？”

“未来，”如果想，“未来是古岩石上滴下的一滴水，三千年后才能到达地心，我们世代居住在这黑暗巨穹之下，时间是没有意义的。”

“未来，”难道想，“未来就是下一顿饭的菜单，我希望今天能有焦黄的虫面包和石酸酪。我不明白为什么在地下我们还要给这些吃食起这些古老的名字，也许在怀念某些传统，某些曾经不用吃这些狗食的岁月。”

而大祭司的意志在轰鸣着：“未来就是巨轮重新转动，是大地将在你们面前开启，你们会看见天空，看见你们一生中从未见过的，而我已然看见，未来的你们继承了魔族的力量，重新使大地颤抖。”

“这真是太好了。”如果想，“也许将来会有第一部以魔人如果为主角的书。”

“哦不，”难道想，“我讨厌地震，尤其是在吃饭的时候震。”

“去吧，到地面上去，去寻找那被封存的魔王的力量，寻找新的魔王，我将指引你们。”

当这两个魔人从深暗殿堂中走出时，如果为即将到来的历险而兴奋不已，而难道却意志低沉。

“你刚才听明白大祭司要我们做什么了吗？”难道问。

“没有。”如果说。

难道像要哭出来的样子。

“那又怎么样，我只知道我们能去地面了，这太好了！魔族三百年没有去过地面了。伟大的复仇之战要开始了。”

“是的，”难道低下了头，“复活魔王，然后开始一场新的战争，然后是再一次的失败，再一次地被打入地下，给人族们留下一些新的英雄传说。”

“嘿，为什么你对复生魔王这么伟大的任务都提不起精神？”

“你傻了吗？这种任务是不可能完成的，我们是邪恶的、嗜血的、危害世界和平的种族，所以我们最后一定会被人族的英雄法师们打败，然后我们咆哮着坠入地下，他们得到美人的芳心。我们已经争斗了千百年，可哪一次不是在眼看取得胜利时倒下去，这不过是我族战士的必然宿命罢了……”

“你看骑士小说看傻了吧！”如果气愤地挥着手，“你活在真实的世界中，所以未来并未注定……”

是的，未来，并未注定……

在这永远与光隔绝的殿堂中，忽然涌起了微弱的希望之光，也许这一次并不是重复与轮回，如人出生便必然死亡，正如魔族战斗便必然失败。但历史却仍倔强地前进，无数个意外与必然碰撞流涌。当时代的光芒被浓缩成发黄纸页上的寥寥数字，真实，也不过是永恒面前的一个短小的笑话。

第四章 拯救歌手罗恩

康德终于决定去寻找失踪的罗恩。作为一个英雄骑士的第一步，踏入可怕的魔境之地，然后遇上一系列的奇遇，救美女或被美女救，得到大法师的真传，或是上古英雄的宝剑，这些奇遇必然就像基洛岗城里的装备店一样满大街都是，康德深信自己也能遇上二三十件。

这片黑暗的魔境森林中到处传来奇怪的声响，时而像笑声，时而像笛声。地下妖精从地洞中探出头来张开大口高唱，这声音在森林中四处回应，像多声部的大合唱。野兽与怪物搏斗的乱吠，巨足怪行走时低沉的吼叫。康德就在这怪兽的剧院中小心地走着。两个小时后他听见前面传来乱哄哄的声音。

“我发现他们啦！”

“向东，向右，向左，向四面八方，包围矮人们！”

“包围圈组成了，现在所有的矮人都被我们围在了圈子里面！”

“我们攻进了矮人的小屋，他们早就被我们吓得跑到了外面，现在我们决定长期占领，让外面的矮人没有地方住，感冒而死！”

“啊！不准往屋子里丢蜂窝，这是战争公约禁用的！”

“有人在进攻矮人村落想捉矮人去做奴隶？”康德想，“听起来他们并不走运。”

此时林外的另一处，矮人阿兹正在他的半地下的树洞屋中，看着墙上紫色的蘑菇像气泡一样一个又一个飞快地长出来。他的身边坐着一个忧郁的年轻人，那是被他从城中带来的游吟歌手罗恩。

“林子那边吵吵闹闹是为了什么？奴隶和金钱？还是独居的生活好啊！”阿兹伸出黑胖的手指，用尖指甲划开蘑菇，津津有味地吸吮着流到指上的汁液，“我施过法术的蘑菇长得快不快？一会儿就有紫蘑菇炖肥虫汤喝了。”

“一个喜欢魔法的矮人？真是稀有。我还以为你们都喜欢挥着大斧子呢。”歌手罗恩坐在潮湿的地面上缩着身体，这个树洞对他来说太小了，他试图伸一个懒腰，可是顶棚立刻咯吱怪叫起来。

“我的同族不喜欢我，正如我不喜欢他们。我立志要改变矮人族只会使用蛮力的冲锋队形象，结果他们就不让我住在矮人村里，说我煮魔法药水的味道让他们吃不下饭。”

“为什么把我带到这儿来？我在城中以游吟弹唱为生，没有做过伤害矮人的事情。”

“没有为什么，我只是听说你是这世上少数知道真正《若星汉史诗》原始版本的人，我说的是原始的，不是那些被改得面目全非无聊透顶的版本。”

“看来我面前还是个热爱文化和考古的矮人？很少有人对什么原始版本感兴趣，人们喜欢被改得更传奇和香艳的版本不是吗？诸如银子骑士得到了一条母龙的爱情，然后又得到了一山洞的财宝，最后他碰到过的女人全嫁给了他，其中有三分之一是公主，于是他得到了十八个王国……”

“好了，你知道我想要什么。愚蠢的人怎么知道真实的价值。我只要那失传的古精灵语版本的《若星汉史诗》。”

“你看，你也陷入了某个虚妄的幻想之中，你一定是又听某个人说原始的古精灵语版《若星汉史诗》中记载着伟大的咒语是吧？怎么会有人去信那些？我的老师一生致力于收集原版若星汉古卷和研究古精灵语，但他成为大法师了吗？不，他连一根火柴都划不着。他只是一个可怜的对古文化执着的老学究而已。而我也不是他想要的好学生，我没法记下那几万行的诗歌。所以很绝望地跑了出来，你找错人了。”

“嗯……这没有关系。”矮人阿兹说，“你应该早遇上我，我可以让你能记下大图书馆里的所有东西，只要……你把这个喝下去。”他笑起来，脸上堆满皱纹，举起一杯冒泡的绿色药水。

“不，别想。你这变态混合狂，我刚看见你把黏虫放进去了。”罗恩大叫起来，他一挺身，头冲破顶棚，从地下穿了出来。头上顶起一根树桩，脸上全是泥土与草根。

可是矮人阿兹却已站在地面上他的面前，把怪笑的脸凑到他的面前，捏住他的鼻子，把那杯绿色药汁全部给他灌了下去。罗恩只觉得一阵恶心，一股气体从腹中冲到脑里，他一阵眩晕，感觉脑袋一下大了几倍。不，不是感觉，是真的大了几倍，那根树桩已经从他的头上挤掉了。

“哦，真好，这样再喝几杯，你的头脑就足够装下所有的《若星汉史诗》了。”

“见鬼！你这个蹩脚三流巫师，这就是你的‘增强记忆’的方法？我走在路上，别人会以为我是个蘑菇的！”罗恩大叫。

阿兹把他从树洞中拉了出来：“嗯，你现在开始回忆，看是不是能想起很多东西。”

“哦……是的。我现在满脑袋的过去，我想起了我小时候偷了古曼农庄的瓜，是五个，四个大的一个小的；我还记得和我一起去的小孩的名字，他们是史奇、华斯、阿德尔；阿德尔那时穿着一件大衬衫，有两个洞五个半扣子……”

“想些有用的！你那个老师都教给你什么了？”

“哦，太多了，现在每一句都一清二楚。”罗恩情不自禁地去摸身边的琴，猛地大叫起来，“我的琴呢！”“被抓你的几个家伙给摔了。”“没有琴我怎么唱歌？”

“你就不能清唱？或者念给我听就行。”

“不，不不不不。我手上没有琴就张不开口，念不顺任何一句诗，这是我老师长期训练的结果。”

“哦，见鬼！”阿兹站起来在火堆边来回地转，“好吧，好吧，我去给你弄一把。不过你可别走远，这儿到处都是树妖和鬼怪！”

“好的，你认为我顶着这个见鬼的大头能跑步吗？再说我也不想死在这恐怖的树林中的某个地方。”

阿兹念动咒语，忽然跳起来，像跳水一样头朝下栽入了土中，而那地面竟也像水面一样收容了他。地表泛开如涟漪一般的波痕。波痕平静后，阿兹不见了。

“这就是精灵族的地行术？嗯，看来他给我喝的药水还真有点用，他念的咒语每个音我都记得明白。可惜我没有魔力来驱动这个咒语。不过这并不是我不逃走的理由，在我看来没有比这片树林更恐怖的地方了。”罗恩说着，四下看看，忽地箭一般射入了森林，他的行动竟比豹子还要敏捷。

“歌手罗恩究竟会在哪儿呢？”康德正在林中东张西望，忽然树丛中什么东西冲了出来，一张比常人宽两倍的脸伸到了他面前。

“啊——蘑菇怪！”康德大叫起来。

“叫什么？少见多怪。不就是头大了一点吗？”罗恩气恼地说，现在他脸上身上全挂满了草和树叶。

“这个蘑菇会说话？”康德伸过头来张望。

罗恩用大头狠狠地撞了康德一下：“插路标的，注意你在和一个艺术家说话。”

“艺术家，你为什么戴着这个大头面具在树林里走？不过你真是匠心独具，你怎么能把这张脸弄得这么好笑？哈哈哈。”康德笑得倒在地上，罗恩无奈地瞪着他。

康德忽然反应过来，立刻停止了笑跳起来：“我不是插路标的。”

“你不是插路标的，为什么手里拿一块路牌？”

“天哪！你难道认不出来这是一把剑吗？”康德气恼地说，“是木剑骑士康德，并且是未来可能成为圣骑士的康德。我没时间和你废话，我还有很重大的使命要完成。”

“骑士康德！”罗恩冷笑了，“一个拿木牌子的徒步骑士？”

正说到康德的痛处……

“我承认，你在蘑菇怪中算是相当英俊的……”康德决定安慰一下罗恩，“但我认为没有一本精神还正常的作者的小说会以大头蘑菇为主角，当然，烹饪书除外。”

正说到罗恩的痛处……

“这是历险者的奇遇明白吗？如果一个人一生没有遇到一些奇怪的事情，那么他一定是个碌碌无为的庸夫，是不是，插路标的先生？”罗恩奋起还击。

“奇遇？我倒知道那些骑士小说中一个骑士在成为英雄之前总会先遇上几个美女，这样他就有了无穷的斗志，但没有听过会先变成蘑菇的。”

“那么你的美女在哪里呢，未来的骑士？”罗恩冷笑着。

“不过我倒知道会有女人在等着你，因为主妇们正需要蘑菇做汤。”

两个未来的大英雄、今天的刻薄鬼哼了一声，各自走开。

“该死，我要救的歌手罗恩到底会在哪儿呢？”当康德在林子里转了五十多圈后，开始纳闷儿。这个任务的难度也太高了吧……

第五章

罗恩与康德的美丽奇遇

罗恩穿行于密林之间，他极敏捷地穿过树枝间的缝隙，在重重交错的树根间跳跃，跑动带起的风牵动了草叶，这不是常人所能拥有的速度。照这个速度，他天亮之前就可以跑出密林了。当然——如果他认识路的话。

一声大吼，就在罗恩的身边，一只长爪兽从树丛中猛地探出，将巨爪扫来。但罗恩的奔跑是如此之快，使它扑了空。罗恩刚有点后怕，面前很近的地方土地忽然分开了，这次是一只几十英尺高的长毛巨兽从地下拱出，狂吼着，在他面前像山耸立起来。

罗恩冲得太快，已停不下自己的脚步，慌忙之中从巨兽的身下钻了过去，正回头张望着，身子却悬空了，前面的树丛后藏着一个陡坡。罗恩大叫一声就踩空摔下坡去，噗的一声落进落叶堆里。

长毛巨兽吼着从坡上露头了，罗恩拼命挣扎着，却在极厚的落叶堆里连地面也踩不到。

忽然巨兽停止了吼声，它像看见了什么极可怕的东西，缩低了身子，慢慢地转过头，忽然飞也似的跑了。

罗恩好不容易从落叶堆里爬了出来，忽然抬头，看见了一幅让人吃惊的景象。

他前方的坡上，一个金红相间的极绚丽的光环正在慢慢缩小。

“天哪！好惊人的魔法光环，像是……像是一个空间门？这是高等法师才能用的法术，有大法师来过这里了？”

忽然噗的一声，一个什么东西从他身边的落叶堆里冒了出来。罗恩吓得跳了开去。

“什么怪物？”

那东西抖去身上的落叶，罗恩更瞪大了眼睛。他看清楚了，那不是怪物，而是一个人……是一个女人……是一个女孩……是一个极漂亮的女孩!

当落叶从她身上片片飘落，一个纤巧秀美的身影显露了出来，紫色的长发，银色的轻甲，她就像当风吹过草丛，突然显出的一朵葩蕾。

罗恩不由精神振作，觉得这是显示男人的优雅风度的时候了。他伸出手去：“可爱的姑娘，你怎么会从落叶坑里冒出来呢，还是让我来帮你吧。”

那女孩边拍着落叶边伸出手去：“谢谢……”这时她抬起头看了罗恩一眼，忽然吓得一抽手，把罗恩又给拉得一头倒栽回了落叶坑里。

女孩在罗恩头顶上一通乱踩：“好吓人，大白天也有蘑菇怪！”女孩踏着他跳上坡去，转眼消失了。只剩罗恩愣愣地站在落叶堆里。

“我不是蘑菇怪！”罗恩愤恨地喊。他恨自己的大头，下次抓到那个矮人阿兹，一定要给他灌一百瓶他自己做的记忆药水。

忽然他身边噗地又有一个东西冒了出来。

“啊？又长出美女来了，这可真是个奇妙的落叶坑啊！”

可是这回是——矮人阿兹，他咧开大嘴，露出长期喝魔法汤汁而染得紫一块黄一块的牙齿，冲罗恩怪笑着。

“我亲爱的小蘑菇，你的记忆力好些了吗？”

“不！救命啊——”

可怜的康德在森林中迷路了，而黑夜幸灾乐祸一般很快地赶来了。他摸黑跌跌撞撞地走了很久，撕破了衣服撞起了大包后，康德忽然停下了。

脚下的土地似乎有了一些不同。他抬起头，眼前一片豁然，漫天的星光像是突然扑下来，一下洒在他的身上，天穹尽收眼中，半透明的淡彩色星云在天空飘移变幻着，像是海中的发光水母。

康德抬头望了好久，才想起为什么密林中能突然看到星河。

那是一片空旷焦黑的土地，就这样在密林中毫无迹象地突然展开了，像是有一颗巨大的火陨星降临过这里，或是十条火龙在这儿发泄过暴怒。

许多焦黑的躯干倒伏着，不知道是人的还是树的。而在这黑暗的中心，似乎有什么仍立着。

康德努力地聚了眼神去看，却仍然不敢确定。有什么不容怀疑地存在着，它却与周围的夜色融为一体。如果那是一个人影，不可能会那样幽暗，像是吸收了所有的光。

不知不觉中，他发现自己正在向那黑影靠近，像是受到了某种诱惑。即使他停住脚步，仍然能感觉到自己身体里的什么东西正移向它，或者说，它正在逼入他的内心。

突然，一个女孩子像是凭空冒了出来："当当当当！吓着了吧？"

康德大叫着倒摔了出去，好半天才回过神来。

"你……你是怎么突然冒出来的？"

女孩得意地扬了扬手中的黑色纱披："隐身斗篷……可是……我不明白……我躲在隐身斗篷里，你是怎么看见我的呢？还凑得那么近傻看，鼻子都要碰到我脸上了。"

康德打量着眼前这个女孩，她的紫色长发在星光下发出水纹般的光泽，眼眸中仿佛也和淡彩色的星云一样深幽，像是一个和环境格格不入的幻影。

"你？你为什么大半夜站在这里啊？"

"我在睡觉啊。"

"站着睡觉吗？"

"我平常还喜欢倒吊着睡觉呢。"

"真是奇怪的习性，听起来有点像蝙蝠……"

"啊，既然你把我吵醒了，就把你的血作为我的夜宵吧……你去哪儿？"

康德刚转身想走，女孩的手已经搭在他的肩头了。

"我去……我去帮你找点别的动物，你不挑食的吧？"

“你倒挺聪明，这样吧，不吸你血也行，做我的奴隶吧！”

“凭什么啊？”

“我需要很多的奴仆来供我驱使，因为我要找一个人。”

“你要找谁？”

“一个叫康德的人。”

“康德？你为什么要找他？”

“因为……他将成为我的主人……”

“主人？为……为什么？”

“咳！你少问！烦了用魔法把你的嘴巴变到屁股上！”

“呃……那……你至少要告诉我，你要找的康德，长什么样？”

“这……我没见过他的真面目。他从来都戴着厚重可怕的甲胄，连脸都罩了起来。”

“原来她说的不是我……”康德心想，如果让她知道我也叫康德，她也许会生气地把我变成一只兔子什么的，“好吧……你答应不吃我……我就帮你找这个人……”

“做我的奴仆可没那么简单，”女孩手一点，一件什么冰凉的东西嵌在了康德的脑门上，“这样才算是做了标志。”

“这是什么？”康德伸手去摸，额头上像是被嵌了一颗小小的钻石，不痛，却怎么也拿不下来。

“这是魔族使者的标志，你是最低一级，所以是灰色的晶石，看我额头上这颗，比你的漂亮吧？是紫色的，这说明我是地位很高的魔使，仅仅比最高的红钻魔使差一级呢。”

“魔……魔族？”康德叫起来，“你是魔族？”

“叫什么叫？没见过吧，稀罕吧，别再傻盯着我，信不信我把你眼睛变到脚丫子上去。”

康德一心想遇见作恶的魔族，大打一仗然后成为英雄，可是魔族真的出现了，他却傻眼了。

“我……我没想到魔族是这个样子的。你要找的康德，也是魔族？”

女孩的神情忽然暗淡了：“我的主人……他已经死了。他也许是世上最奇特的一代魔王，也是最失败的，但我仍然尊敬他，因为我了解他的与众不同……没有人真正了解过他……人们只想打败他成为英雄……我恨所有自以为光明的法师和骑士！”

“他死了？”康德开始摸不着头脑，“那你还要找他？”

“叫你不要多问！记住！你现在是我的奴仆了，去帮我找一个叫康德的人，一发现就立刻告诉我，你按着额头上的灰晶石呼唤我的名字，我就会听到了。”

“好的，再见！”康德完全没有了战斗的意志，只想快点逃开去拧自己一下看看是不是做梦。

“再见个鬼！回来！你知道我的名字吗就再见？”

“对不起……请问主人……你的名字？”

“我叫百亚！百亚！你要是忘了，就去死吧。记住！见到叫康德的就通知我，按着额头上的灰晶石呼唤我的名字。”

“知道啦！烦不烦哪！”康德像上学要迟到一样逃也似的不见了。

康德正狂奔着，忽然一头撞在一个人身上。

“不要再用你那隐身披风啦，很容易出交通事故的你不知道吗？”康德对着黑暗中骂。

“康德？你……你在说什么？”

“云迪？”康德听出了这声音，睁大了眼睛。

云迪从树林的月光阴影下走了出来：“康德，我一直在找你，一整天了。你怎么了，你半夜跑到树林来做什么？快和我回去吧！”

“我……我在历险啊……你怎么能找到这么深的密林中来？”

“你现在离城外只有五百米啊。你抬头看看，那边就是城墙……”

“啊……真的……”康德有点沮丧，可忽然想起了什么，“云迪，我刚才遇见了一个奇怪的人……”

“那一定是幻觉。”云迪手扶住他的胳膊，“你知道这晚上林中的雾气会结成很多幻妖，让人产生各种各样的幻觉，比如你想有钱你就会看到一个藏满财宝的小屋，你想成为英雄就会看到魔鬼正在作恶。但是天一亮起来，一切都会消失，什么都不是真的……”

“也许吧……”康德想刚才的事的确太不真实了，“可是……”

可是地面就在这个时候裂开了。

康德和云迪都瞪大了眼睛看着眼前，从地下钻出来两个……人。

他们穿着黑色的不知名金属的战甲，戴着黑色巨兽骨的头盔，拿着巨大的武器，盔甲上到处都是骨刺，脸藏在巨兽的骷髅中，黑洞洞的眼眶令人感到死亡的冷酷。

这种穿着只会让人想到一个种族。

这个种族已经有许多年没有出现在地面上了，但没有人会忘记他们，多少代以来，他们在史书、戏剧小说中布下了无数可怖的阴影。现在的人们也只在图画和露天剧场里见过魔族的装束，正和眼前这两个人穿的一样。这个三百年来没有再出现在地面上的种族，今天就这样突然地冒出来了。

两个魔族战士走到了他们面前。双方互相对峙着，空气像要凝滞了……

忽然其中一个叫了起来：“原来人族是这个样子啊，这回终于见到活的了。”

“不要大惊小怪，难道，准备战斗。”另一个魔人喊。

那个名叫“难道”的魔人对着云迪上前一步：“嘿，很高兴遇见你，你叫什么名字？我叫难道。”

“你还想对敌人行吻手礼吗？”他的同伴气得大叫。

“嘿，如果，对丑陋的敌人当然不用，可是这么美丽的敌人……”

“叫你少看些女作者写的骑士小说！她们通篇就会写舞会啊、王子啊、骑士风度啊什么的，遇到战争场面就一下子跳过去，然后就是女人们哭哭啼啼地又想念啊、相思啊，写上几百行的诗，腻烦死人了。”魔人如果暴跳着说。

“难道魔族就不需要骑士精神吗？”难道反驳。

“那又有什么用？反正最后还是要砍得谁也不认识谁！”

“如果你们真是魔族，那么到地面上来做什么？”康德想，他应该显示出勇气。虽然如果没有女孩在身边，他会逃跑。

“如果，大祭司说魔王灵魂被封印之处就在这片森林中，是吗？”难道像想起来什么似的问。

“别说得那么大声，生怕别人不知道我们是来干吗的啊！”

“有什么好瞒的，但凡看过骑士小说的都能猜到了，魔族来到地面上除了复生魔王还能做什么？”

如果在难道的头上狠狠拍下去：“和你这个军团最笨最不知所谓的家伙出来一起执行任务真是我的不幸！刚才在地下你又撞在石头上了吧。”

“你也不怎么样，运气值为负的家伙，六翼神龙军团第一倒霉蛋。有你在的任务没一个能完成的，哪怕是最简单的到隔壁打壶开水的任务，你也肯定会在路上把壶打碎掉！”

“你们真的是魔族？太出乎我的想象了。”云迪嘟囔着。

她的话被难道听见了，他放弃了和如果的厮打：“怎么，你以为魔族就是清一色只穿一身黑没有个性的民族吗？那是老一辈了，我们也是有艺术审美力的，比如我现在这身战甲，我就把它改成夜光的，晚上会发出七色光芒……”

“哇！怪不得我们上回夜袭血族堡会被发现，原来是你这个笨蛋……我说怎么那时城堡上所有的箭都向一个发光的东西射过去。”如果向难道扑去。

“还说呢，我帮战友们吸引了几万支骨箭，你们才能顺利攻进去。不过可惜身为军团第一倒霉蛋的你，进门的时候被掉下来的吊桥给砸了……”

“够了！你们这些黑怪物！”云迪喊，“回地下再去争吵吧！”

“她叫我们什么？”如果问。

“怪物啊！”难道说，“地面上的女人和地下的审美观竟截然相反？”

“那是因为我们戴了这头盔。”

“你的意思是我们把头盔摘下来让她瞧瞧咱们的英俊相貌……”

“那也不必，反正她很快就要死了，看了也没用。”

“可是她很漂亮，她死后我能不能把她做成标本带回地下去？”

“你居然喜欢这种的？皮肤这么苍白，身子又细……”

“你们这两个家伙闭嘴！”云迪气得脸色发白。

“嘿，我们可是有名字的，能死在六翼神龙军团难道与如果的剑下是你的幸运。”难道说。

康德忽然想到，在《若星汉史诗》黑雪篇中曾这样记载：

六翼的神龙接受了魔王的命令/飞上天空/无边的风暴从它的翼中涌出/一对翼是毒雨的箭/一对翼是火焰/还有一对翼鼓出让人窒息的黑雪/魔族战士看见了它/发出狂热的呐喊/连东方骑士也挡不住他们的冲击/凡奥里斯城被一片黑色所吞没/日月无光/只有六翼神龙在天空狂啸

传说中的故事是真的吗？

康德这时才反应过来战争已经开始了，他愤怒地扬起木剑：“可恶的魔人，你们胆敢出现在光天化日之下……哦，现在是晚上，但是也一样必遭……那个……呃……正义之剑的惩罚！”

难道定睛看了一眼康德的剑，然后就忽然倒了下去。因为他笑得在地上打滚儿。

“我被打败了……哈哈哈哈……”他用手捶着地，“正义之剑……一把木锹……啊哈哈哈……”

他的同伴如果恼火地在一边盯着他。

“我们是让人族恐惧的魔族，你也好歹像个可怕家伙的样子吧。”

康德觉得身体正在分裂，他想自己也许连这魔人的一根手指头也对付不了，战斗的热血和面对可怕的魔人的恐惧把他向两边撕开。那一瞬间，他心中涌现出许多骑士小说中的英雄形象，他们都是因为勇敢地为了美女与邪恶战斗而成为英雄。看着一边无助的云迪，康德终于选择了大吼一声向前扑去。

可胸口随即就挨了重重一下，他眼前一黑就摔倒在地，痛苦地颤抖着。

“为什么我们都遇不上一个像样的对手啊？”如果看了看倒在地上的康德，

“你该庆幸战士的道德使我不杀没有武器的人。”

“我有武器……”康德挣扎着，“你可以嘲笑我……但是不能……嘲笑我的剑……”

可是如果一脚踢来，康德晕了过去。

魔人抬起头看了看云迪：“美丽的小姐，我们该拿你怎么办呢？”

第六章

冒险组队

康德醒来的时候，天将要亮了。

他在林中疯狂地跑着，却没找到被魔族带走的云迪，心中充满悲凉。

那么可爱的姑娘现在已经被利刃切开了吗？他几乎不敢再想下去。他想狂奔，可眼前无数树丛的枝叶挡着他、拉扯着他，他连这些树枝也战胜不了，甚至连一丛灌木也可以嘲笑他的无力。

天大亮起来后，疲惫的康德终于找到了回城的路，他急切地冲进了战士们的行会。

“我需要帮助！有几个魔族带走了一个美丽的女子！有没有志愿的勇敢者，我们需要去森林中搜寻。”

“魔族？三百年前就没有魔族了。”倚靠在桌边模样粗野的剑士们嘲笑着。

“这是个要看着墙上的戏剧海报去救龙爪下的公主的家伙吗？”

“你能出多少钱请我们？”

“我想他有一龙窟的宝藏呢。”

然后是一阵疯狂的大笑，人们总是为所有能笑的事情尽量地发笑，因为他们是如此强壮，如此富有精力。

康德愣了愣，转身慢慢向外走去，背后的笑声还在响着，康德忽然转过头来大骂：“你们这些猪圈里的猪，你们也算是剑士？”

剑士们很快证明了他们是强大不可辱的，康德被暴打一顿扔到了街上。

他仰躺着，看到城市中的人流从身边走过，看着蓝天上云流缓缓。忽然有什么在手中动了一下，原来有车轮轧在了他那把还死死握着的木剑上，木剑跳了一下从他的手中滑开了，接着被行人踢了开去。康德艰难地爬起来去拿那剑，它却被越踢越远了。

笑声又在街头响了起来。

木剑被踢到了一双赤脚边，那人弯腰将它捡了起来，来到康德身边递回给他。

康德猛地抓过剑，忽然发觉它已经变成了一块裂开的碎木片，挥手想把它狠狠地抛出去，却又慢慢收了回来。他紧紧地握着那木柄，像是要把它捏碎似的。

那人蹲了下来，他是小流浪汉柯斯丁，向康德递出半块面包。

"吃吧，这可是好东西。上面蘸了黄油呢，我好不容易从街边那只狗嘴里抢下一半。"

"我不能吃你的口粮，我不饿。"康德说，他的肚子饿得要命，但现在他没有胃口。

"你现在什么也没有了，以后就跟着我混吧，像你这样无依无靠的外来汉在这座城里往往是这样的，不必难过，适应了就好了。"

"我可以养活自己，我还要去丛林救出那女孩。"

"你又陷入幻想了吧，也许那些都是你的幻想，你去那女孩子家看一看，也许她正好好地坐在家里呢。赶走那些幻想，好好找份工作吧。"

工作？康德闭上眼，眼前出现了挑水的康德、卖柴的康德、修果园的康德、拉车的康德、挖沟的康德、耍猴的康德……他晃晃脑袋，把这些景象全从自己头脑里赶走，他想起了一个骑着踏着火焰的飞马、金色战甲、身后飞着几只龙的康德，那是他小时候在一册发黄的没有封面的古书上看来的骑士形象，他把那人像换成了自己。村中老人就是照着那书讲的范克德尔王的飞骑士的故事，可惜那本书的名字他并不知道，他一直管那本故事书叫"若星汉骑士传"。

这时，一阵琴声响了起来，有人开始唱起了歌谣：

这一天我终于要像个骑士一样上战场
心爱的姑娘她的泪掉在我的剑鞘上
我将要去四方传颂她的美丽啊
她的名字闪耀在我走过的大地四方

“哦，若星汉古卷中凤凰骑士的出征唱段，很少能听到有人把这里唱得这么好。”康德想着，觉得伤痛也减了许多。

他支撑起身体慢慢走向吟唱者：“游吟歌手，现在只有你的歌能给我力量……”

“啊？插路标的？”那歌手叫起来。

“你是……大头蘑菇？”

“我头上的恶魔法消失了。”罗恩气呼呼地说，“而你呢？路标插完了？”

康德忍着痛在他身边坐了下来：“我遇到了很多事……现在，我需要帮手去救一位姑娘，可是没有人相信我。”

“你遇到了什么？”

“一个美丽又娇蛮的魔族，说要寻找一个叫康德的人做她的主人。然后是两个凶恶却贫嘴的魔族，他们抢走了我最心爱的姑娘。”

“得了吧，妄想狂！这些不是那些三流骑士小说里最常有的情节吗？你一定是在租书摊看得走火入魔了。我最看不起说谎的家伙，你的美女呢？在哪儿？我倒是遇上了一个从落叶中长出来的美女……”罗恩忽然想起被狂踩的经历，发现自己很想哭，“唉，不说也罢，我才不喜欢把一点小事四处炫耀。”

“连你也不相信我？你看看我额头上的晶石！”

“嗯，是挺好看的……你哪儿捡的？”

“我……我干吗要骗你？”康德急得乱跳。

罗恩望了康德的眼睛一会儿，说：“好吧，等我唱完这支歌，我们也许需要一些钱去请几个佣兵。”

康德这才疲惫地倒在歌手的身边。他的身体冰冷而麻木，饥饿像一种毒药从腹中渐渐浸透了全身。他有些恍惚，只有眼睛还闪着希冀，这时他听到清扬的琴声，罗恩又唱起了歌谣：

哦我从来不知明天将怎样
劳累永无止境高贵我也曾向往
但却偏偏走向那寂静荒凉
只为采一朵世上无双的玫瑰给那姑娘
可四季轮转那美丽人儿是否已将我遗忘
在这个黑夜里我只能抬头仰望
唯有星辰闪亮

“如果你说的是真的，”酒馆里，一群人围在了康德和罗恩的旁边，“那么金发女孩代表你对纯洁爱情的向往，而魔女代表你的放纵欲望，至于那两个凶恶的魔人抢走了你的女孩，这代表你对自己的魅力没有自信。”

“你们到底都听了些什么？我们现在是在找人去和魔族战斗，搭救一位从未来来的女子。”康德恼火地喊。

“怎么你们不是在做心理测试题的吗？”

“是啊，快公布答案吧！”

“走开！你们这些穷极无聊的酒鬼！”罗恩恼火地骂。

当人群散开，康德叹道：“真的没有人相信我们吗？”

“这个年头，没有钱，没有人会为了你几句话就甘愿去卖命的。”

“那么请一支佣兵队伍要多少钱？”

“这个，据你所描述的那两个魔族战士的能力，我想他们至少相当于我们战士行会所评出的四十级战士吧。这样的话，请两个同样四十级的战士需要八千左右的金币……”

“八千金币？用金子铸两个人也够了！”

“当然，你知道要达到四十级战士的标准是多么不容易吗？有些人苦苦锻炼了十几年也就能评到二十几级而已。”

“那我们怎么办呢？等我们赚到钱，那女孩的儿子都该长大娶妻了吧。”

“看来，我们只有换一种讲故事的方式了……”

“嘿！你们，先把酒钱付了！”忽然酒店老板的声音传来。

康德吓得立刻要滑到桌子底下。

“好像不是说我们呢？”罗恩望着另一边。

“老板，不要这样，我们很快就会有钱了。”墙角的桌边，几个剑士模样的人正坐着，其中一个金发年轻男子赔笑着。

“昨天你们也是这样说的……”

“里德，你说基洛岗城这个地方有很多赏金任务可接，我们才跟着你来的，现在可好，连住店的钱也没了。”一个大个子掐着那金发男子的脖子摇晃着，他一人坐着三张椅子，手掌比那金发男子里德的脸还要大。

“亚漠斯，你掐死他也没有用啊。”一位剑比人还要高的矮个子剑士说。

“还是西坦懂道理啊。”里德在大个子亚漠斯掌心中翻着白眼。

“我们应该把里德卖到矿山去当苦力，让他还我们路费！”懂道理的西坦接着提议。

“我可是你们的队长……咳……咳……”里德喊。

“不能带大家赚到钱的队长就是出气的对象！”

“唉，这年头魔族也不出现了，龙也找不着了，连吸血鬼都见不着一个，当剑士真是没法混啊，魔法师至少还可以去变戏法赚戏，我们剑士就只能去挖煤和修路了。”

罗恩向康德使了个眼色，大声说道：“朋友，你刚才提到的魔王的宝藏是怎么回事？”

“啊？”康德一愣，也立刻会意，“这个……也没什么，就是有一位女孩告诉我，她知道魔王的宝藏在哪儿。可是还没说完就被两个可怕的家伙抓走了，我想还有另外的人也要争夺这个宝藏吧。”

角落里吵得正热闹的那一桌人忽然不说话了，罗恩知道他们的耳朵都正竖着听向这边呢。

“唉，可惜啊，要是我们能找到并打败那两个魔人，就能得到这宝藏了，可惜我们都没有这本领啊。”

“要是有人能帮我们夺到这宝藏，就是和他们对半分都行啊。”康德大声叹气。

那边的大个子忍不住就要站起身走过来了，可是金发里德却拉住示意他坐下沉住气。

这时忽然另一张桌上有人说话了：“请问你们所说的魔族来到地面上是怎么回事？”

康德向说话人的方向看去，一张木桌边坐着一位黑衣的剑士，他脸形瘦削，看起来个子很高，却似乎总是不肯抬起头来看人，牛皮的护肩与护腕泛出一种奇异的青色，那是因为用药水浸泡过，这似乎是来自西北的多斯维亚猎人的装束。

“终于有人肯相信我了吗？”康德高兴地说，“我见到了两个魔族，我知道这听起来很荒谬，魔族三百年没有出现在地面上了，谁知道他们是不是还在地底下活着，但我确定看到了两个魔人。”

“你知不知道他们来要做些什么？”那猎装剑士问。

“不知道，但他们好像自称来自什么魔族六翼神龙军团？”

“哦？这倒是三百年前的神殿战争中相当有名的魔族军团啊，你确信不是有人在搞恶作剧吗？”

“那两个人的举止和格斗术的确相当特别。他们的战甲也不像是粗劣伪造的。”

“如果你愿意用人格担保你所说的是真的，我愿意帮你们去找那两个魔人，我叫都里斯。”那猎装者说。

“这太好了！”康德兴奋地站了起来。

另一张桌上的落魄佣兵团沉不住气了，大个子亚漠斯跳了过来，连地板都震动了：“你刚才说，只要有人帮你找到那两个魔人，得到的魔王宝藏就对半分是不是真的？”

“笨蛋亚漠斯，至少得要七成！”金发里德在后面喊。

“我只要救出被他们捉走的那个姑娘，宝藏你们分吧。”康德喊。

另一张桌上的都里斯冷笑着站了起来：“我也对宝藏没什么兴趣，我只是很想看看那两个出现的魔人。”

于是一个临时的夺宝救美军团成立了，成员有木剑骑士康德、吟游歌手罗恩、猎装独行者都里斯，还有落魄佣兵团的金发里德、大酒桶亚漠斯和小个子短刀猎人西坦。

“可我们到哪里去找那几个魔人呢？”西坦问，“站到广场中央去喊他们吗？还是贴寻人启事？”

“如果那真的是魔族，在漫长的时间后重新来到地面上一定有不寻常的任务吧？”都里斯说。

“是的，”康德说，“他们提到了任务，但是我不知道那是什么。当时我们正在谈论魔族，而那两个魔人就像变戏法似的出现了。”

都里斯似乎在想着什么。

“好吧，”金发里德说，“既然这样，我们也来预言一下，也许那两个魔人立刻就会从酒馆外走进来呢。”

忽然酒馆的门砰地被撞开了，大家全吓了一跳。可是冲进来的是一位女箭手。

“我是斯马拉古骑士城堡的琼娜，我需要人手！有可怕的黑暗力量侵入了那里！”

看着大家都望着她，这女箭手气恼地喊：“有人在听我说话吗？”

的确没有人注意听她说了什么，大家都在忙着欣赏她那双小巧的红色鹿皮靴，然后是上面有着阳光下良好肤色的修长的腿，上面裹着一条皮短裙，系着红色的丝带，挂着镶铜飞鸟纹的箭壶，然后上面是短箭士装所无法遮盖的曲线与柔韧的腰部，然后上面是……

“哎呀！干吗打我？”康德捂着眼睛叫。

“傻看什么？”女箭士已经跳到了他面前，又指向众人：“你们到底有没有听到我说的话？这事很紧急！”

“你说的黑暗力量入侵了斯马拉古城堡是什么意思？”黑袍剑士都里斯饶有兴趣地问。

“不知道，像是遭到了某个可怕的诅咒或是被某个黑暗的星宿力量笼罩了一样，整个城堡都变得十分可怕！各种本来在邪恶之地才能看得到的妖花与魔藤吞没了那里，有恶灵在各个无人的角落游荡，蝙蝠，还有各种奇异的怪东西……一下全涌出来了。”

“这和你说到的什么魔王的宝藏有关吗？”金发里德一把揪过康德。

“我想，这之间一定有什么联系。”康德开始兴奋，而后又不安。

“好了，驱除魔物，是我们剑士义不容辞的责任！”里德跳了起来，“但等等……报酬不高可不行。”

“如果你们能驱走城堡中的魔物，报酬……五十个金币！”琼娜喊。

“好，先说定了，这份我们也要收七成。”里德看向康德和罗恩。

都里斯开始冷笑。

“你有什么意见吗？”里德恼火地问。

“五十个金币？能引发某个地方黑暗力量如此暴涨的东西，也许是英雄骑士和大法师都无法打败的东西呢……”都里斯握紧了他黑袍中的刀。

这时，他们没有注意，桌子下面，地板漾着奇异的魔法波纹，那个曾绑架罗恩的矮人阿兹从地下探出了头，津津有味地听着，露出怪异的笑容。

第七章

看见了魔王

斯马拉古城堡很大，叮当的响声中，死人的灵魂正升上天堂。云迪累了，心里茫然一片。她靠着石栏，想着过去的事，她的手比石栏还凉。但是夜里了，她等的还没有来。

忽然大钟响起来了，午夜来临，所有的灵魂都望着城堡大门外。

那里响起了敲门声。

声音很轻，但每个人都听得见。这时所有动着的人都凝固了，云迪知道时间已停止，这一天将不可能过去了。

康德一行人走进了斯马拉古城堡，并没有想象中的魔怪扑面而来，城堡现在像是一座大的原始雨林，只能隐约看见石雕的衣纹。各种奇异的植物吞没了这里，咯咯作响的生长声蔓延在每个地方。

“怎么办？”琼娜焦急地说，“斯马拉古骑士还在城堡里和魔物们战斗，但愿他没事。”

“我只关心魔王的宝藏在什么地方。”里德在怪树丛中翻找着，“哇，这些东西会咬人。”

“离它们远点儿。”亚漠斯说，“这些东西吃人可不吐骨头。”

“我发现了一个怪物！”西坦忽然大叫着把一个什么东西从树丛中拽了出来。

“你才是怪物！”那东西咆哮着，“我是来帮你们的……那个歌手可以做证！”

罗恩忽然很想躲到树丛中去，因为他看见正是那个逼他背《若星汉史诗》古精灵语版本的矮人阿兹。

“这矮人你认识？”西坦问罗恩。

“请把这垃圾丢回食人花丛中去吧！”罗恩一偏头。

“嘿！我给了你那么珍贵的增智药水，你却这样对待我！”

“不要提增智药水！”罗恩一听就有气。

“好吧，也许你能对我们有用。”亚漠斯说，“这时候多一个帮手总是好的，尤其是碰上怪物时可以冲在前面当肉盾的矮人……”

“你才像个肉盾！”阿兹反击道，“我可是个伟大的魔法师！”

“矮人用魔法？”所有的人一齐大叫。

“有什么可大惊小怪的！”阿兹暴叫着。

“那么看来我们剑士该去学驯兽或是召唤元素什么的。”里德嘲笑着。

“楼梯都被树藤长满了，我们要怎样才能到城堡二层去？”西坦望着高处发愁地说。

黑衣剑士都里斯独自站在队伍的最后，打量着四周，他看着高顶上，那些植物正慢慢伸延下来。

“我们的空间越来越小了。它们正在围过来。”都里斯说。

“这时候有个魔法师就好了。”里德嘟囔着说，“可以放把火什么的，用剑来对付这些东西真是太麻烦了。”

“这个矮人据说是！”西坦往阿兹一指。

“我是土系法师，放火不归我管！”阿兹抱着手一歪头。

“所以说法师有什么用啊，这事面包师都能做呢……”小个子西坦从怀里掏出一个小玻璃瓶，里面装着橘黄色的药粉，将它摔向楼梯，熊熊的火焰立刻燃烧了起来，魔藤在火焰中发出吱吱的叫声。

“不，你惹怒它们了。”都里斯大声说着，他按住剑，“它们的生长加快了！”

“好了，现在楼梯上全是火，我们更加上不去了。”里德抱怨说。

“当初是谁吵着要放把火的？”西坦气得大叫。

“谁让你只会放不会灭……哇，火烧过来了……”里德踩着火苗。

“接住这根藤。”忽然一根被斩断的藤条从上面甩了下来。

众人抬起头。“都里斯，你什么时候上去的？”亚漠斯惊奇地问。

“只要你们的动作足够快，在它们缠住你们之前攀上来。”都里斯将藤条系在楼栏上，自己向城堡二层的深处走去。

“嘿！他怎么跑得那么快？是想独吞宝藏吗？快跟上！”里德大叫着领着落魄佣兵团向上攀去。

罗恩看了看康德：“你先请吧。”

“还算是有一个人懂得风度。”康德说，“不，还是你先请吧。”

“可你的裤脚烧着了。”罗恩说。

冒着烟的康德大叫着从藤上的亚漠斯、西坦和里德的头上踩了过去。

当所有的人都攀上二楼，他们看见，前面已经有都里斯开出的一条通道直通向长廊深处。

“那个家伙一定是在丛林中长大的野人吧？”西坦说，“他到了这儿好像老鼠进了水管一样。”

“那是因为有魔王宝藏在前面！”里德从后面踢了西坦一脚，“还不快追上去！”

“有本事去踢亚漠斯啊！”西坦恼火地回踢过去。

“啊，亚漠斯卡在洞口了。”里德看着正在长廊入口乱挣扎的大个子亚漠斯嘲笑着。

“那是因为它们在生长，洞口又缩小了。”罗恩说。

一行人连砍带钻，好不容易来到走廊的另一头，一个个衣破脸伤，可眼前的景象却让他们顾不得这些了。

“这里似乎完全被改造成魔境了。”里德望着那弥漫的雾惊叹道。

“小心，这雾气往往能使人迷幻。”西坦说。

雾气中，隐隐地有女子的歌声传来了。

“怨灵的歌声吗？听了会丧失心智的。”里德说，“来，亚漠斯，唱两嗓子对抗一下。”

“哦不！那我宁愿丧失心智。”西坦痛苦地说。

他们走入了雾中，这雾果然是有魔力的，雾中的空间仿佛被无限地伸展了。大家本来紧挨着走着，不知什么时候，康德忽然发现只剩下自己一人了，叫喊也听不到回应，浓雾仿佛把声音也隔绝了。

康德忽然看见，雾深处隐约有一个影子站着。

“是谁？”

没有回答，雾忽浓忽淡，那影子似乎有，似乎又是幻觉，而雾稍薄些时，那影子恍然又移近了不少。

康德害怕地向另一处奔去，忽然被什么绊倒了，一些湿滑的东西立刻卷上了他的手臂，他吓得猛力一挣，一头撞到了厚重的板壁，竟然有一扇门被撞开了，他一下摔入了黑暗中。

黑暗中有人大叫：“啊，还是被发现了……”

“你这个笨蛋，我早说躲在这儿不如躲到房顶上。”

康德听出了那两个声音：“难道、如果！你们这两个可恶的魔人，快把云迪交出来！”

“嘘……”难道上前一把捂住了他的嘴，“你不能小声点儿吗？不要让她听见了。”

看着两个魔人紧张的样子，康德有点纳闷儿了。

远处，黑暗的雾中，有什么声音传来了。

可两个魔人立刻像听到了喷火龙的啸声似的向另一边跑去，把康德带得转了两个圈摔在地上。

康德奇怪地向前走去。

穿过漫长的黑暗，他看见两个身影正相对而站，他竟然都认识，站在左侧的是他要找的云迪，而站在右侧的是那个娇小姐脾气的魔使百亚。

“没想到你居然提前几年来拦截我，但你无法阻止我的，也无法阻止命运。”百亚手中握着一把紫色的水晶之剑。

“百亚，无法改变命运的是你。魔王必然被打败，你把他带出黑暗，他仍然会走向那个结局的。”

“但那是他自己的选择，不是吗？”

“当然不是！”

“难道作为敌人的你，会比我更了解他？”

“这些年我一直在他身旁！”

百亚冷笑着：“那么现在你的使命结束了。”她慢慢举起了她的剑。

“不！”康德从一旁冲了出来，“不要伤害她！”他转头对云迪喊着：“你快逃走啊！”

两个女孩子都吃惊地望着他，那眼神好像他才是真正危险的人物。

“你……”百亚吃惊地用手指着，“你不是……”

“康德，快走！”云迪尖叫着。

“康德？”百亚发出了更高的喊声。

云迪忽然发现自己说错了什么，抬起手，忽然一道电光在她的指间闪过，啪地击向百亚，将猝不及防的魔使击倒在地。

康德张大了嘴巴，他和云迪在一起相处了这么久，谈过无数关于魔法师的传奇，可他没有想到这个女孩子竟会魔法。

云迪紧接着又念动着什么，许多冰刺在百亚身边凭空地凝结了出来，悬浮在空中，这魔使一动就可能被冰刺所刺伤。而云迪冲过来拉了康德就跑。

康德觉得自己就像被一阵风扯着，脚都不能沾地。他看到自己脚下滚动着光环，那是云迪给两人施了加速的魔法。他们的背后，冰刺飞散开去，百亚挥动水晶剑击打着围追她的冰刺，不顾它们在她身上划出血痕，疾追了过来。

云迪手向后一挥，一道火墙在他们身后燃烧起来。可魔使百亚用披风罩住自己，从火焰中冲出。

但火墙后，一道光华闪耀的魔法门打开了，百亚一下撞进门去，云迪立刻把魔法门关上了。

“你把她送去哪儿了？”康德惊问。

"真可惜我没有制造时间门的魔力，我只能把她先送到远方某处去，但她也有开启空间门的力量，所以立刻就会回来的……哎呀……"

云迪只顾边说话边往后看，没想到一道橙色的空间门在她的面前展开了。她和康德一头撞了进去。

云迪立刻想回头，可空间门却拒绝了他们。

"橙门？这门是不可逆的，能进不能出。"云迪摇头无奈地说。

"这……这是什么地方啊？"康德惊望着四周。

天空是紫色的，星辰仿佛被什么强风撕扯成了长缕，高远的群山在远处连绵着，泛出青色的光，像是龙的脊背。而脚下的大地是蓝黑色的，没有植物，只有远处的如鳞的冰苔，在天光下如波浪推进而闪耀着。

"这是一个魔法创造的异空间，那是过去由伟大的魔法师们按自己的想象创造出来的，为了隐居或是修行，或是藏匿珍宝。我们只有希望这是一个隐居地了，不然就可能遇上那些魔法师创造出来的许多可怕的东西。"云迪四下张望着，手紧紧地抓着康德。

"我们不能再开扇空间门回去吗？"

"我刚才开启过一扇了，我的魔法力还没恢复，短时间内不足以再开启一扇新门。"

"那你需要多久？"

"一会儿……只要一会儿的时间……"

"可惜你不会再有时间了。"魔使百亚从远处的冰苔上走了过来，她的背后，还跟着两只扑翼悬飞的奇怪魔兽，它们的翅膀像是半透明的，有着蝴蝶般的幻彩，却又长着毛发和利爪。

康德能感受到云迪的紧张，因为她抓着自己的手越来越紧了。

"喜欢这个地方吗？"百亚望着康德问，"当年你曾带我来过这里。不，应该说……是多年后……"

康德不敢多望她的眼睛，因为那里像是无尽之海，会让他深陷。她痴痴的，仿佛已经忘记了要战斗。康德能感到云迪握着他的手心中渗出了汗，这女孩一定在担心他会受到这语言的诱惑，走回到百亚那边去。

“我不明白这魔女在对我说什么，似乎在她的心中有另外的一个我，那也许是她自己的想象，也许是她故意的幻惑。”康德想，“虽然我能感受到她深深的忧伤，但我不能让这侵入我的心灵。”

云迪紧抓住康德的手，把他挡在了自己身后。康德忽然感觉到一丝幸福，虽然这太像一个不可思议的梦境，但是在梦中能感觉到所爱的姑娘也是如此在乎他是多么好。

“不，云迪，应该是我保护你才对……”康德想把云迪拉向身后，可云迪坚决地推开了他。

百亚对云迪冷笑着：“怎么，你想保护魔王，你有这个资格吗？”

“他在未来的命运也许是魔王，但现在他是有选择的！”

“不……”百亚摇摇头，神情有些凄然，“没有选择，我们都没有选择。”

那两只幻兽忽然尖啸着冲来，云迪抬手用电光魔法击打着它们。而百亚趁机以不可思议的速度跃了过来，把剑插入了云迪的身体。

“不！”康德尖叫起来，他抱住倒下的云迪，将木剑挥向百亚。木剑砸在魔使的头上破碎了，百亚竟然没有躲闪，只是怔怔地望着康德。

“为什么要用剑对我，主人？是你要求我来到这个时代帮助你。”百亚伤心地说，因为完全没有防御，她的头被木剑划破了，血顺着额头流下来。

“你在说什么？我不知道！”

“你是不是康德？”

“我……你为什么要找康德？”

“因为他将成为我的主人——未来的魔王。”

“魔王？”康德瞪大了眼睛。

“是的……我来自未来的时代，在魔王被打败的最后一刻，他不甘心这样的结局，让我回到过去，帮助这个时代的他，改变魔王终将失败的宿命。而你怀中的云迪，是你在未来的敌人，她用魔法回到了更早的时间，一直待在你的身边，可她居然没有舍得动手杀你，这也许是宿命的力量。”

“这不可能！”

百亚蹲了下来，凑到康德面前极近处，睁大双眼注视着他。康德能感到她的气息吹到自己脸上，她的眼眸中淡蓝的星云无限深远，能使注视的人迷失。

“吃下去！”百亚手中多了一个东西。

“什么？”

“吃心虫。它到你肚子里以后，你要是说谎，它就会吃掉你的心脏的一部分，到你说第三次谎的时候，你的心就会完全被吃掉。”

康德看了看那小黑球，一横心把它吞进了肚里。

“好，我问你，你是不是真的叫康德？”

“你说我在未来是你的主人，你却不知道我长什么样？”

“我说过了，未来我成为你的属下时，你总是把自己包裹在厚厚的盔甲中，没有人知道你的真面目。”

“好吧。我……是康德。”

百亚紧盯着康德，康德觉得那目光都要把他烧穿了。

“真……真的？你没有事？”百亚抬起头来怔怔地望着康德，康德看见她眼中的光乱了，像落入石子的水面。

忽然百亚一把抱住了康德：“呜呜呜呜呜……魔王大人……终于重新见到你了……呜呜呜呜……我一个人好孤单啊。”

康德怔怔地愣在这女孩儿的怀中，不知道拥抱是温暖还是刺痛。

百亚抬起头来：“这下好了，我们又重新在一起了，等我们找到封存着魔王力量的神器，这世上就再没有人能打败我们了，我们可以重新征服世界……”

“等等……”康德打断她，“百亚，我不想什么征服世界，你所说的魔王，我想他和我也没有任何关系……你不是说我是你的主人，你只听我的命令吗？”

百亚愣在了那里，她的眼神让康德不忍对视，像是感觉到了将要发生的，只在怔怔地等着一个答案。

好半天，百亚才说：“是的……”

“那么，如果这是真的，你救救云迪。”

百亚怔怔地望着康德："如果……她醒来之后要杀死我，你也会允许吗？"她眼中闪着泪。

康德垂下眼帘："我……我不希望看到任何人死。"

"这是战争！关系到你的将来和整个世界的将来！我可以死！但是你不能这样糊涂！"百亚愤恨地喊着。

"百亚……我不明白我在你所说的未来是怎么成为魔王的，但是我一点也不想成为他。我的梦想是成为一位英雄的骑士，你明白吗？我……就算那未来是真的，我也不希望它是注定的宿命……"

百亚呆望着康德："你想不想知道……未来的你……在将被打败的时刻，把我送入那个时间之门前，对我说的最后一句话是什么？"

"不……"康德怀中的云迪握紧了康德的手，"离开她……康德……立刻……"

康德感到她抓痛了自己的手，那魔王的最后一句话是否这么可怕？将成为影响他的灵魂与命运的预言。

康德长呼了一口气，望向百亚："你不要告诉我了，我再说一次，我不是他。十年后的我是什么样，要由我自己来把握。百亚，你如果真的把我看作主人，就请像一个梦一样，消失在我的生命中吧，我希望再回到现实世界的时候，一切又都恢复原样了……"

"恢复原样……"百亚木然地摇摇头，"不……永远不可能恢复原样了……"她又望向康德，像是最后的希望。

"就留在这儿，百亚，好吗？"

"你又要把我一个人留在这里了吗？孤独地，一个人？"百亚目光中的悲怆让谁看了也会心伤。

康德沉默了。

百亚也不再说话，康德扶着云迪慢慢站起来，云迪咬牙用最后的魔法力打开了一扇可离开的门。当他们向门走去时，康德回头看着百亚，她仍然是那样半跪着的姿势，眼睛呆呆地望着前方的地面，像一尊塑像。

康德和云迪摔出了光门，光门在他们身后合上了。

“你还好吗？”康德扶起云迪，她的身体柔软却冰凉，康德只觉得身体里的热量全都被吸去了。

“这样也好，至少她能暖和一些。”康德想着，没有放开手。

不知什么时候，周围渐渐亮了起来，他们竟然是在冰冷的野外。

第八章

云迪的心事

好不容易，康德背着云迪回到了基洛岗城中。可是城中的医生和法师却摇着头，说这种剑伤十分奇怪，像是夹有魔法的力量，一般的治疗药剂效果甚微，只有看这女孩自己的生命力能支撑多久了。

身上没有一分钱的康德连店也住不起，他只好背着云迪来到了广场边的草地上。

“我现在忽然希望我是魔王了，因为魔王不会这么无能地看着你躺在草地上什么也做不了。”

云迪抖着苍白的嘴唇苦笑：“如果你真是魔王，我现在就要喊救命了……”

康德也笑了起来，多么奇怪的相遇，两个多么奇怪的女子，想把他带向不同的未来。

可云迪的愁容比她的脸色更让人忧心，她似乎总是有着很重的心事。

眼见城市的黄昏又来临了，广场上人马喧嚷，可这繁华又显得那么遥远，他们身边只有静寂的光线和摇动的细草。

“多好啊……”云迪眼神迷蒙地望着远处，像是留恋又像是怀想，“可惜……”

“可惜什么？”

“可惜，战争就要来了……”

“你们都有看到未来的眼睛吗？”

“我们，本来就是自未来而来。”

“奇怪，我曾是那么热切地希望一场战争，让魔族涌出大地，这样我就好去成为一个英雄，可当一切突然就这样发生，我却觉得无比害怕了。”

“这是对的……如果你见过未来有多可怕，你就会留恋这宁静的每一秒钟，可以静静躺在草地上的每一秒钟。”

“你们不是说，在未来，魔王还是被打败了吗？”

“是的。这是魔王的必然命运吧。”

“也会是我的吗？”

云迪叹了口气，望向远方。

过了很久，她才说：“其实，我也很希望知道魔王在最后一刻和百亚说了什么呢……”

她转眼注视着康德：“康德，答应我一件事好吗？”

“是什么？”

“永远，不要变成魔王。”

康德愣了愣：“好啊。”

“唉，我真傻。”云迪翻了一个身，“这个诺言有什么用呢？我为什么会让自己去相信呢？”

“可我既然说了，就会遵守的。”

云迪却冷笑了起来：“没有用的……你也把握不了自己，没有人可以预言自己未来会怎样。”

他们又沉默了一会儿。

“天要黑下来了，风冷了，我先找个旅店让你住下吧，然后我会去想办法弄钱的。”

云迪不说话，只一直看着康德。

“为什么这么看着我？”

“康德。”

“什么？”

“康德？”

“嗯？”

“康德是个什么样的人啊？”

“你问我吗？”

云迪却又把身翻了过去，自己想着心事。

“你好像有很多东西闷在心里啊，我倒宁愿你像那个百亚，什么都说出来，或者写在脸上。”

“那你去找她啊！”云迪竟然急了，她一下子坐起来了，气急使她伤口疼痛，她面色苍白，剧烈地喘息着。

康德怔怔地望着失态的她，云迪也垂下了眼帘，重新轻轻地叹了一口气。

“诺言是不能信的，未来不是注定的。康德，告诉我，有什么是可以依靠的呢？”

夜风中，云迪坐在草地上，望着远方天际的最后一抹深色说。

“你想那么多干吗啊？今天的晚饭还不知道在哪儿才是真的呢。”康德枕着手靠在草地上，觉得自己又饿又困。

“可惜我受伤了，不然以我的魔法，想弄些钱还是很容易的。”

“对了，你会变钱吗？复制总会吧！”康德一下子精神振作，两眼放光。

“不会……”云迪拨弄着指头，“我们是正规魔法学院生，不能学这些违反道德的魔法。”

“好吧，那你就不用管了，我会去想办法的。”康德忽然把云迪抱了起来。

“啊！你干吗？”

“我先找个旅店把你放下，然后我去想办法弄钱和吃的，我们总不能就睡在草地上啊。”

“唉，如果我还有力量开启空间门，我倒是知道有个异空间是烤火鸡满地乱跑，香肠在空中飞来飞去的……”

“那你倒底有没有力量开门啊？”

“我连合眼皮的力气都快没有了。”

“那么有没有满地财宝的异空间啊？”康德不由起了小小的贪念。

“有啊，不过那种财宝要么只是魔法变出的虚幻物，一带回现实中就消失了；要么就是由主人创造出的无数可怕的怪物守着，不然岂不是人人都发财了？”

“那还是没钱来买面包，活着真不容易啊……”康德抱着云迪，脚步发沉地向城中走去。

康德终于把云迪安顿在了旅店的床上：“好了，你好好休息养伤吧，我去帮你找些吃的。”

云迪忽然一把拉住了康德：“不，不要离开我身边……”

“这女孩子竟然已经这么依恋我了吗？”康德想，“或许她只是怕我重新遇到百亚变成什么魔王吧。”

他挣开了云迪的手，笑着：“想和我同归于尽，一同饿死吗？我才不干。要死也一起撑死嘛。”

康德走在城市的夜中，肚子一直咕咕作响，上哪儿去弄钱和吃的呢？那柄烂木剑也卖不出钱啊。现在又没有力气也没时间去接任务了。罗恩、里德他们在哪儿呢？还迷失在城堡中吗？不会碰上那两个可怕的魔人难道、如果了吧？

忽然，骑兵们的马蹄击碎了街巷的宁静，他们从康德身边奔过，差点儿撞翻了他。

“这是怎么了？”康德想，“全部戒备的样子，是因为城堡中魔族的出现吗？”

果然，城中到处都是士兵，似乎正在进行全城的大搜查。

在路口，士兵也设起了路岗打量着这夜中的行人。康德刚走过去，就被叫住了。

“你是做什么的？这么晚还在城里逛？”

“现在晚吗？才刚天黑一小时啊。”

“魔族重新出现在地面上了，而且袭击了斯马拉古骑士的城堡，所以圣佑骑士团发布了宵禁令，你不知道吗？”

“我今天才刚从城堡回来……所以不知道。”

“什么？你说什么，你从斯马拉古城堡回来的……你怎么会在那儿？”

“我……”康德心想：“我要跟他们说什么魔女魔王还有未来之类的，这些士兵哪听得明白啊。”

忽然一个士兵大叫起来：“看他的头顶，那是魔人的标志！”

康德吓得跳了起来，他想起了头上的晶石，忙捂住头转身就跑。

“抓住那个魔人！”士兵们在后面紧紧追着。康德想：“回去一定要向云迪学她那个加速魔法才行。”

奔到旅馆门口，那里却也正在进行搜查。旅客全被赶下了楼来，康德看见云迪被两个士兵拉了出来，粗暴地推倒在地，急得立刻冲了过去：“你们放开她！”

士兵们冲上前，把康德和云迪围了起来。

一匹高头大马奔来，上面坐着一位全副武装的骑士，可康德一眼看见了后面随着的一位女箭士，正是那天带他们去城堡的琼娜。

“琼娜！是我啊，你不记得我了吗？我是康德，你带我们去城堡救斯马拉古骑士的，我不是什么魔人，你可以做证的是吧？”

琼娜看看康德，靠近那位骑士：“尊敬的斯马拉古骑士阁下，这个人的确是我带去的佣兵战士之一啊。”

那骑士策马靠近了康德：“你头上为什么会有魔使徽记？”

“那是一个魔族女孩给我安上的，可我没有听从她的命令。”

“把那可恶的魔徽从他头上抠下来！”骑士回头命令士兵。

“不！”云迪惊喊着，“硬抠下来的话，他会死的。”

斯马拉古骑士冷冷地看了云迪一眼：“做了魔族的仆从，难道还能饶过吗？”

他抽出了剑：“看我斩除邪恶的骑士之剑。”

骑士挥剑向康德砍来，康德举起他的木剑一挡，可木剑啪的一下就折断了，康德被剑砍得旋转了一圈摔倒在地上，剧痛包围了他。云迪的惊呼声响起，可已经像在极远处了……

云迪扑过去抱住了康德，手中泛起白色光芒，想用魔法支撑他的生命，可那一瞬间，她又犹豫了。

如果就让他这样死去，是否未来就不会再有魔王康德了呢？

可是他还没有做任何邪恶的事，也没有成为魔王，他有什么罪应该死呢？

犹豫间斯马拉古的马已经到了她身后。

有一个身影直冲了过来，架起了斯马拉古的剑，另一只手拉起云迪冲出了人群。

是跟着康德他们一起进城堡的那个黑袍剑士都里斯。

接着一个大个子从士兵们背后冲了进来，把七八个士兵撞得飞出去老远，那是落魄佣兵团的亚漠斯，接着坏嘴里德、小个子猎手西坦也跟着跑了进来，后面是罗恩和矮人阿兹。

“你们想干什么？”斯马拉古暴跳着，“你们难道是魔族的同伙吗？”

可佣兵团没工夫搭理他，他们从士兵包围圈的这头冲进来，又从另一头冲了出去，好像被什么东西在后面不要命地追着似的。

只有里德百忙之中回了一下头：“魔族？你很快就会见到了。”

士兵们的喊叫声又响了起来，这回队列被更加凶狠地冲开了。斯马拉古回过头去，看见了他最不想看见的两个家伙。

“这里人真多啊。”难道打量着周围的环境，“我们好像一不小心冲进包围圈来了。”

“看，”如果发现了地上的康德，“那个女魔使正在找的人。”

“那小丫头说他是什么未来的魔王，一心想要把我们魔王被封存的力量给他呢。”

“他看起来快死了……无论如何，他是戴着魔徽的人，先救活再说。”难道取出一个黑色小药瓶，将药水倒入康德的口中。

“笨蛋！他是人族，我们的药水对他们来说就是毒药！”如果气得猛击自己的头盔。

康德的身子开始剧烈地抽搐起来，黑血从他的口鼻中涌了出来。难道吓得把他一把推开。

“两个魔人，消灭他们！”斯马拉古骑士挥剑指着，士兵们涌了上来。

“战争爆发了吗？”如果兴奋地喊，“六翼神龙军团全体，列阵，应战！”

“就我们两个列什么阵！你病得不轻。”难道一点也不想听指挥。

魔箭手琼娜搭上箭，一道白光射向如果，箭扎在如果的盔甲上，忽然变得赤红，一个附着在箭上的魔法发动了，火焰爆开，裹住了如果。

难道一个飞步跳到了琼娜的马前，琼娜忙一个翻身从马背上倒翻了下去，马已经被砍倒了，琼娜脚刚落地就又发出了箭，这次一箭扎在难道的头盔上。难道翻着眼睛，不安地等待着这次箭上会有什么样的魔法，忽然噗地一团烟雾炸开，一群魔法蜂冲了出来，魔人难道暴叫着乱蹦起来。

琼娜回头喊着：“趁机进攻吧，骑士！骑士？”

斯马拉古骑士早骑着马跑远了。

这时如果恼怒地从火焰中走了出来：“就用这种小火苗来对付在熔岩瀑中修炼的魔族精英战士吗？太可笑了，是不是，难道？难道！你在乱蹦什么？”

人群外，云迪甩开都里斯的手，挣扎着扑向康德：“我们不能让他落入魔族人之手！”

如果冷笑着：“女法师，我们又见面了。”举刀走来。

都里斯却猛地跳到了他面前，挥刀向他砍去，如果发现这位黑衣武士力量虽然不大，刀术却十分出众，不由也惊讶了。他自来到地面后，第一次有人可以把他逼得后退了。

“那个黑衣武士开始反击了，”落魄佣兵团在远处看见了，亚漠斯大喊，“我们也冲回去吧。”他和里德、西坦一齐高呼着杀回来，和琼娜会合在一起。

云迪试图运用治疗法术救活康德，可她受伤后太虚弱，一下昏伏在了康德的身上。都里斯逼开如果，一纵身跳到云迪身边，抱了她又飞奔而去了。

“啊？我们刚冲回来，他又跑了？”亚漠斯和里德、西坦互相望着。

“这个人眼里从来没有别人的吗？”西坦恼火地骂着。

“有，他不是把漂亮的女法师扛跑了吗？”里德无奈地说。

“那我们怎么办？”三个人互相望着，看着又逼上来的难道与如果，一齐撒腿又跑了。

琼娜愣愣地看着他们跑远，又回头看看走近的魔人："我……他们……这个……刚才不小心射了你们两箭，痛吗？"她眨巴着大眼睛。

"不小心射了两箭？"如果正要举刀上前，忽然脚抬不起来了，一下摔倒在地。回头一看，自己的脚不知什么时候被土堆埋住了。另一边，地上的泥土也像会生长一般涨起，包住了难道的半个身子。

矮人阿兹从土中探出头来："还是要靠我的土系法术啊。趁他们还没有挣脱，快跑吧！"

琼娜和士兵们转身逃去，阿兹也消失在了土里，如果和难道愤怒地踢开土堆，追了上去。

纷乱的街口突然变得安静了，只有康德倒在那里，偶尔身体还抽动一下。

第九章

惊恐的长夜

直到天色将亮，康德长长呻吟了一声，睁开了眼睛。仿佛经过长睡，他的眼中放出黑色的异样光彩。

“啊，”康德说，“我这是在干什么？我在哪儿？”他拍了拍头，然后望向前方，“怎么我好像已经睡了几百年？”

路上的人都在奇怪地看着这个人：脸色惨白，浑身是伤，还淌着血，自己却毫无察觉一般，只有那双眼睛放着怪异的光。

康德也觉得路上的人目光很异样，他却并不在乎。经过一夜，他的心境似乎变了许多，不再小心翼翼，也不再思前想后。

“人生不过是周而复始，未来总是虚不可测，你不知道下一刻会不会来。”康德忽然想起《若星汉史诗》里的话，好像是法师修玛在教导天壤骑士时说的话。他又站在广场上，感觉到光线温暖地流过他的身体，这是童年后少有的细微感觉。同时却觉得又有一股阴暗的力量在反向流动着。

“光明总使我愉悦，而黑暗让我冷静，在黑暗中我发现了自己的存在，从而明白力量的源泉。”这是当年魔族法师暮希发尔领悟黑暗系魔法“蕴”时所说的。不知为何现在康德发现体内像是有一种暗黑的力量使他分外舒服，市井的嘈杂一点也不能影响他的冷静，仿佛有一层罩子让他超脱于世间，心中却豁然明亮，从前的一切疑惑现在都不再是问题，并对自己的力量有了无比的信心。但是走在阴影中时他就会感到很冷，仿佛身体再也不会产生热量，而且他居然也毫无疲倦与饥饿之意了。

他发现他能自由控制自己的听觉与视觉，可以在嘈杂声中听清他想听的声音，也可以在一片纷乱中一下就看到他要找的东西，而且每个细微处都能看得清楚，他可以清楚地看到远处一只苍蝇的飞行，听到墙里有老鼠在爬，自己的感知力竟已变得非同一般。

这时几个剑士从他对面骑着马走来，康德和他们曾经在行会中多次见面。

“又是你这小子，几天不见看起来混得更惨了？你像是刚被人暴打过。躲开，别挡了大爷的路！”一个剑士一鞭就甩了过来。

康德听见鞭子扬起的风声，清清楚楚看见那鞭子的运动轨迹。他一抬头就把鞭子抓在了手里，再一拉，那剑士就一个跟头从马上摔了下来。这时他又听见了背后的风声，他不用回头就知道一根棍子从右上方劈了下来，他想躲开，但是他的身体却有些跟不上他的思想，啪，那棍子重重打在他右肩上，他觉得右肩一沉，但一点也不痛。他一回头就把那个恶棍扇倒在地。剑士群冲上来，拳脚棍棒全落下来，康德笨拙地抵挡着，但没有人能打倒他。

那被拉下马的剑士从地上爬了起来，他恼羞成怒，拔出了腰中短刀，对着康德后背刺去。康德只觉得一股尖锐的风袭向他的后心，但转身已来不及了。

哧的一声，那刀深深插入了康德的后背。

所有的人都退开了，那剑士也退到一旁，没想到自己这么轻易地就杀了人。

有人大喊：“杀人了！”市集一片混乱。

剑士们惊骇地看着康德还站着，他伸手在自己背上摸，但够不着那把刀。

“快跑！”他们一哄而散。

偌大的市集上一下空出一大块地方，只有康德一人，很多人躲得远远地看着，房屋里也有人把窗户开一条缝往外看。

小流浪汉柯斯丁飞跑过来：“康德，康德！你怎么了！”他抱住康德，泪流满面。

康德摸了摸他的头：“看来我的冒险就要结束了。”

他推开柯斯丁向前走，柯斯丁看见了他背后的刀子，惊得说不出话来。

康德走了一步、两步、三步……所有的人都看着他，所有的人都在等他倒下。

康德走了十步、二十步、三十步……他走过的路上全是血，他还在走，所有的人都屏住了气。

康德就要走出集市广场，忽然他转头看向街一边，然后转身向这边走了过来。人们惊叫着四散开来。

可康德走进了一家店铺，对两腿打战的老板说："来碗空心面。"

围观的人们险些全摔倒。

康德坐在店铺里，外面是里三层外三层围着看他的人，包括闻讯赶来的卫兵和几个好奇又跑回来的剑士。老板想从后门溜掉，但被人堵了回来，他只能哆嗦着把面包和水端出来。康德吃了一口，忽然觉得一阵反胃，全吐了出来。

人群中有人惊叫道："他不能吃东西，他死了！"

"他果然是个僵尸！"人群中有人大喊。于是妇女和小孩发出尖叫，人跑了大半。

康德愣愣地坐在那儿，他不明白发生了什么。他心里能感觉到光线的移动和风的路径，但身体却毫无知觉。他发现自己手脚冰冷，且不知疼痛。但这不能说明什么。他难道不是好好地坐在这里吗？

忽然康德想到一个问题，他坐在那儿，静静地等了一分钟、两分钟，忽然他跳了起来，用最大的声音撕心裂肺地叫喊，那声音像怪兽中了致命的一击倒下前的嘶叫。

他发现自己没有呼吸！

城里出现了一个僵尸的消息传遍了全城。

人们惊恐地叫着："快去叫圣佑骑士团。"强壮的男人们拿起了棍棒，向康德围了过来。

最初几下棍棒重重敲在康德头上、身上时他还愣着，一支耙子打在康德身上，钉出几个血洞，又是一根铁棍横扫过来，康德听见自己的身体里响起了骨头的碎裂声。柯斯丁在人群中喊："康德，跑！快跑！"

康德推倒了桌子向店外跑去，人们跟在后面追打。又是一根棍子别住了康德的脚，他摔倒在地，爬起来又跑，背上已重重挨了好几下。"为什么要打我？"他大喊，疯狂地推开人群向外跑去，跑到中央的大街上，人们不敢紧跟上来，在几米外拿着棍棒跟着他。忽然一块石头重重砸在他额头上，把他的左眼砸得睁不开，紧接着更多的石块雨点般飞过来，康德几乎被打得分不出方向。

"你们不要打他，他是个人，是个好人！"柯斯丁冲过去，却被人一把抱住，他乱挣乱踢也无济于事。

康德一路跌跌撞撞奔跑着，撞翻了很多摊子。背后传来了马蹄声，一队骑兵冲过来喊："冲进城的怪物在哪儿？"

康德觉得自己的头脑里空白一片，这城市突然陌生得让他害怕，那天空、那每面墙、每扇窗仿佛都张开了大嘴。他跑步的样子很怪，好像身体被打坏了。他穿大街越小巷跑到城市边缘，躲进一座废弃楼房后的阴暗的垃圾堆。人们谈论着他、在城中来回搜捕着他。

康德缩在垃圾堆中发抖，他不知道为什么会变成这样，不知道为什么自那个妖异花园的一夜后一切都改变了。自己已经死去了吗？可为什么灵魂还在身体里？不去天国或是地府？自己真的已变成了那种东西？不，僵尸是行走的尸身，没有灵魂只受邪恶气息的支配。而自己分明还有思想，还是自己。可身体为什么失去了知觉？为什么不再饥饿和寒冷？这种从前令他厌恶的感觉现在却这么可亲，失去了这些常人的感觉原来是这么可怕。康德一眼看见身旁的一只猫的尸身，这使他恐惧不已。

夜幕已来临，人们还在各处谈论着这事，越传越恐怖。康德听见从他身边走过的人在说他是如何在街头咬死了一个小孩，并说圣佑骑士团发誓要找到他把他投进火里烧死。

"听说大法师史台比也被请去了，他有个水晶球可以探出一切恶灵的所在是吗？"一个人说。

"是，我想骑士团现在正向怪物藏身的地方进发吧。"另一个说。

“一想到那东西就在城里某个地方……哦，真是可怕。”

“所以快点回家吧，骑士团说别在暗中逗留。”

“我家就够暗的了！我又没钱买蜡烛了。”

说话的人们并没注意到，身边的垃圾堆正在微微发抖。

城中的骑士殿堂里，史台比正面对水晶球沉思。

圣佑骑士团的斯马拉古骑士和他的副手琼娜走了进来。

“全城这么大，没有你的帮助我们很难找到那东西。法师你是否已准备给我们指出他的所在……”

史台比伸出一根手指示意他不要说话。

水晶球上的光点不断飘移，大家都静静地望着它。忽然水晶球急闪了一下，史台比的脸色一下变了。

“找到他了吗？”斯马拉古上前一步问。

史台比的脸色看起来有点白：“怎么会这样……也许水晶球出了点小问题。”

“发生了什么？”琼娜问，“找不到吗？”

“不，找到了。”史台比说，他转过身来，“很明确，他就在那个地方，但是……”

“但是什么？”两人追问。

史台比指向桌上城市地图的边缘一处：“就在这儿，这股黑暗力量是我所见过的最强大的力量，也许整个魔境森林的魔力加起来也不如这家伙的力量大……你们最好多带些人去，如果需要我的帮助，随时告诉我。”

“我明白了，多谢你，史台比大师。”斯马拉古对琼娜说，“我们走！”

骑士们的马蹄敲碎黑夜，他们旋风般卷过城市。市民们从家中探出头来观望，这样大规模的行动使每一户人家都在不安着。

斯马拉古带着人来到了史台比指出的那巨大的黑暗力量所在的地点，那里是市郊一片空地上的一座废弃的小楼，它破败得可以看见里面，好像什么也没有。下面那层一半在地下，有阶梯通向它的门口。阶梯旁到处都是垃圾。

“进去看看！”斯马拉古命令道。有武士点起了火把，走上前，一脚踢开了那扇门。

黑暗的屋中被火光照亮，看起来什么可疑的东西也没有。

斯马拉古走了进来，在狭小的屋内站了一会儿。琼娜在门外握剑紧张地环顾四周。

可怕的黑暗力量就在这屋中吗？斯马拉古静静地在屋中站着，渐渐地，他似乎听见了微弱的嘶嘶的风声。

这时屋外起风了，斯马拉古向门外看去，仰视中漫天沙尘卷起来拂过琼娜他们的战甲。

此时，躲在屋中废木橱中的康德也正不安地听着外面的动静，他想换一个地方，可是却碰响了脚下的破瓦罐。

斯马拉古立刻拔出了剑。“谁？”他的声音也在发颤。士兵们围了过来。

紧张的片刻寂静后，破木门咔一声打开了，走出来的却是一位穿着破旧袍子的老人。

所有的士兵都向后退了几步，举刀紧张地向前指着。

“你们这是干什么啊？打扰一个老人的好梦是不礼貌的。”

“这不是那个在中心广场给人算命骗钱的老占卜师吗？”有军官认出了他。

“没有什么可怕的魔物进入屋子中吗？”斯马拉古发现不是魔族，便恢复了威严。

“魔物？哦，不要吓我这可怜的老头儿了……”

“水晶球的指示有误呢……”斯马拉古想着，“去附近搜索一下！”

士兵们走远了，老头儿走回了屋中，看着康德藏身的破木橱：“你不知道不经允许藏在别人的木橱中是不礼貌的吗？”

“老占卜师？”康德不愿走出木橱去，“我慌张中躲来了这里，我不知道这是你家，我以为这屋子没人住，它这么破……”

“它的确没有主人，我也是在这儿躲避寒冷的夜风……”老占卜师咳了两下，“我们见过，是吗？”

“是的……在广场，你预言我会成为圣骑士的，可是现在……我已经……”康德看着自己僵冷的手，它正在苍白枯萎中。

“你有力量，你看你头上的晶石，抚弄它就能召唤来绝对忠于你的魔使，为什么不使用它？”

“你怎么会知道这秘密的？”康德吃惊地喊。

“因为城中到处贴满了要市民小心一个头顶有晶石的魔鬼的布告啊。”老人笑着。

“你不怕我吗？”

“一个明知受骗还要给这可怜老头儿钱的人，会邪恶到哪儿去呢？”老占卜师在康德身边坐了下来。

“可是为什么，为什么我会变成这个样子……我是死了，还是活着？”

“你的身体已经死了，可你的灵魂还在，这也许是某种魔族力量将你的灵魂强行锁在了身体中，使天主和魔鬼都不能收取它。”

“世间真的有天主吗？为什么我会遭遇这样的命运？我从未想过背叛光明与道德，可是却有人希望我变成魔王。”

“哦？魔王？那也不是一件坏事，你可以拥有这世上最强大的力量与权势。”

“可是魔王是被人人痛恨的。”

“有了力量和权力，被痛恨又有什么关系？”

“不，那不是我想要的，我可不希望美丽的姑娘们都恨我。”

“哈哈，如果你真的成为魔王，身边会有无数的美女。”

“嗯……”康德沉思着，“百亚的确是非常美的，她的美和云迪完全不同，云迪像是透明的珍宝，而百亚像是艳丽的魔花，可是她望着自己时眼光中流露的感情，是由何而来呢？”

“可是我不明白，谁能给你魔王的力量呢？上一代魔王的灵魂与力量不是在三百年前的战争中被封存在一套圣骑士的装备中了吗？经历了如此多的变迁，没有人知道这装备现在在何处。”老占卜师说。

“她说她是知道的。”

“她是谁？”

“她自称来自未来，受到未来的魔王，也就是我的命令……很可笑不是吗，未来的我派遣她来到此地，改变我作为魔王最终被打败的命运。”

“那，你或许是害怕那最终被打败的宿命才不愿当魔王的吧。”

“不，我完全无法想象，自己怎么会成为一个魔王，我并不邪恶……”

“别这么肯定，谁也不能说真正看清自己，每个人心中都有光明的一面，也有黑暗的一面。在不同的环境中，它们就会像昼夜一样交替。我不相信你心中没有欲望，比如对财富、权力，还有美女……”

“我当然有，但是我会凭自己的力量去得到它们！”

“那是因为你还太年轻，你不明白有些东西并不是仅靠努力就能得来的……当你想得到一样东西却又感觉到自己的无力时，你就会倒向黑暗……”

“我现在只想知道，怎么才能重新使我的身躯复活。”

“这我可帮不了你，或许你说的那个来自未来的魔使知道一切……”

“是的……”康德猛然想道，“她或许是知道这一切事情将发生的……如果她真的来自未来，她也该知道以后会怎样……可是，我真的很害怕再见到她，她会逼我成为魔王的。”

“你自己考虑吧……这里四处漏风，我要去找一处更暖和的地方了……”

云迪睁开了眼睛，木屋中跳动着温暖的火苗。这里围坐了一群人，黑袍独行者都里斯，落魄佣兵团的里德、亚漠斯、西坦，还有罗恩和矮人阿兹。

“康德！”云迪第一句就喊着，她坐了起来，“康德？他在哪儿？我要去找他！”

“别傻了，你现在这样虚弱。你都昏迷一整天了，”都里斯说，“而且士兵们在到处找你。”

“必须找到康德，不然一切就完了！”云迪挣扎着就要下床。

“今天士兵们满城搜查，说是出现了一个僵尸，”西坦说，“很多人说那就是昨天被斯马拉古骑士杀死的人……难道是康德吗？”

云迪一下愣在那里，好半天才说：“完了……一切又开始了……他还是要变成魔王了……”

罗恩忍不住问：“这一切到底是怎么回事啊？”

云迪一看罗恩，忽然完全呆在那里，好半天才说：“你……你叫什么名字？”

“我是罗恩，游吟歌手罗恩。”

“罗恩？”

“你怎么了？我们见过吗？”罗恩觉得云迪的眼神有点怪。

“不……没什么。”云迪摇摇头。

在小屋中，云迪说完有关自己、康德与百亚的一切，所有人都面面相觑，觉得在听一个离奇的故事。

“好吧，”阿兹说，“没什么了不起，不就是魔王吗？反正他是注定要被打败的，不同的是谁成为打败他的英雄而已，我认为这是天降重任在我的肩上，这将是一个矮人英雄拯救世界的故事。”

“滚开，”里德骂道，“这会是一支落魄但英勇、虽然时常内讧但关键时刻决不退缩的佣兵团队的故事，当然我的同伴最后可能都会因为掩护我而挂掉，我会怀念他们的……”

西坦和亚漠斯立刻把这未来的英雄按倒在地一顿痛扁，仿佛他就是魔王的表舅。

只有都里斯似乎一直在认真地思考：“如果你说的是真的，那么康德将从哪里得到魔王的力量呢？”

“没有人知道，”云迪摇头，“在未来谁也不知道康德是从何处得到魔王的力量的，他似乎没有透露给任何人。也许，只有那个同样是从未来回来的魔使百亚知道。”

“可她现在在哪儿？”

“康德要求她留在一个魔法创造的异空间里，但我不知道她是不是真的那么听现在这个康德的命令。无论如何，我们只要能找到康德，就能掌握未来。”

“找到他又怎么做？杀死他吗？”亚漠斯问。

云迪沉默了。她所遇见的康德还是一个充满单纯理想的正直的年轻人，他还从魔族手中救下并照顾了自己，她现在忽然有些恨自己为什么要知道未来。

“不……也许没有必要……也许我们只要跟随他、保护他，他就不会被那神器中的魔王力量控制而变成魔王……”

“好吧，或许，我们该把这一切告诉圣佑骑士团的斯马拉古骑士，”里德说，“因为他正在搜查康德呢。如果这位女士也能骗到他……咳，我的意思是说能让他相信并帮助我们，那就容易多了。”

第十章

她将与你在一起

天将亮了，城边的小水潭中，一面映出淡蓝的星光，一面映出绯红的霞光。

康德的脸在这水面上露了出来，他看见一个陌生的自己，脸色深黑，眼眶深陷，头发脱落，身上到处都是无法愈合的伤痕，手骨折断了从胳膊里穿出来。他明白他看见了一个死人，一个正在腐朽的身体。他忽然扑进了水里想淹死自己。水灌进了他的身体，他觉得身体变得沉重，却毫无呛水的痛苦，而现在没有比不痛苦更让他痛苦的事了。他的心和他的身体一样绝望得沉到水底，然后过了许久，他才慢慢地走上来。水从他的各个伤口处流出来，把血液也带走了，现在他的脸色就像剥了皮的木头。

“为什么会这样？”他大喊。

“这样有什么不好？”有人在他背后说。

康德一惊，他的身后站着一个脸色和他一样难看的家伙，穿着破烂的衣服，眼珠突出，牙齿露在嘴唇外面。

“你……也是……”

“一个僵尸？不，僵尸没有自己的灵魂，他们只受黑暗力量驱使，但你还知道自己是谁，你的灵魂还在你身体里，不是吗？”

“你是谁？”

“我是个亡灵法师，你要了解身体不过是人的束缚，如果懂得灵魂的搬运，你就可以随意更换你的身体，甚至进入物品之中，你会像风一样自由。看我这个身体怎么样？还很英俊吧，我十天前刚捡的。”

“很臭了……”

“嗯……不要紧，一会儿再去墓地看看有没有新来的英俊人物。你要不要也来一个？我收藏有各种各样的脸、人皮、耳朵、眼睛……”

“够了，你这个亡灵族的家伙。”康德说，不知为什么他现在一点也不怕这种东西了。

“什么你，是我们！我们是同族不是吗？我看你的体内似乎有一种黑暗的力量禁锢住你的灵魂使它不能脱离这个身体，这很奇妙。我生前是个法师，喜欢鼓捣一些不死之术什么的，结果喝了配出的药水后就变成这个样子了。我现在已经习惯了，就是有点孤单，在地面上像咱们这样的亡灵不多。我叫福肯斯达，你呢？”

“我什么也不是！我不是亡灵族！走开，别来烦我！”康德大喊起来，双手乱挥，仓皇地向林中跑去。

福肯斯达望着康德远去摇了摇头：“可怜的孩子，我刚变成亡灵族那会儿也和他一样，会习惯的。”

康德在丛林里漫无目的地走，觉得自己已和这地面上的世界格格不入，树木水天都成了虚幻的东西，这就是死者的心情吗？他忽然很希望有什么跳出来把自己嚼碎，但从前四处潜伏着的树妖猛兽似乎也对他不感兴趣了，也许该说“它”才对。他似乎能听见自己的身体在沙沙地一点点腐朽下去，他想用不了几天他就会变成一具行走的骷髅。他满脑子只在想一件事，怎么才能真正地死去。他用树藤上吊，用石头砸自己的头，可是除了在身体上多几道伤口之外，一点用也没有。

最后康德决定试一试从高处摔下来，他爬上林中小山的石崖，这个高度足够把人摔个稀烂。他抬头望了一眼天空，发现蓝天白云下的魔境森林竟是那样美丽。

“永别了，你这嘲弄人的世界！”康德喊出了这句毕华斯王被妻子和手下背叛后自尽时的名言，然后一头栽了下去。

大地在飞速逼近，康德闭上了眼睛，他的头终于触到了地面。

但是他的头并没有粉碎，康德睁开眼，自己的头颅离大地还有半寸，一个气泡笼住了他，并将他慢慢地托了起来。

一只小小的翼精灵扑扇着翅膀洒落着银色光尘飞了过来，笑嘻嘻地望着气泡中的康德："世界这么好，为什么死呢？"

"小朋友，我可不是寻死，我已经死了。"

翼精灵仔细打量了一下康德："真奇怪，你的身体的确已经死去了，但你的灵魂却还在身体中，真是奇怪的现象，你是否受过什么魔族诅咒或是喝了伪劣魔法药水？"

"不知道，我为救一个女孩被一位骑士砍了一刀，在昏昏沉沉中听到很多声音，很多人说话，很多人在我身边走过，我感觉一会儿在烈日下暴晒，一会儿又在暴风雨的大海中沉浮，当我终于清醒过来时，就变成这样了……"

"真可怜……我是翼精灵水晶，帮助人是我快乐的源泉。我有什么可以帮你的呢？"

"你知道用什么方法可以复活我的身体吗？"

"嗯……关于生命与复活的法术，那是精灵族的特长了。"

"你不就是精灵族吗？"

"翼精灵和精灵可不一样啊，精灵族和人长得差不多，耳朵尖些，崇尚自然源力，聚居在大森林中。而我们翼精灵是四处乱飞、贪玩好乐的。你要复活你的身体，也许该去大陆西南广阔的精灵之森去寻找精灵族的自然系法师们。"

"好的，谢谢你……"康德又燃起了希望，"可是有几千里远呢，我只希望我的身体在走到之前不会烂掉……"

"这样的身体至少有个好处就是用不着吃饭喝水了，嘻嘻……"水晶说，"我们翼精灵是不知忧愁的，我们有句格言是'一切事中都有乐子'，你也该学着这么想。"

"一切事？如果你遇到我遇到的这些事，你就不会这么说了。"

"咦？你头上的晶石好漂亮，我能摸一下吗？"水晶兴奋地飞过来。

"不要碰！"康德大叫，可是晚了，水晶轻轻一触，紫色光芒闪过，魔使百亚出现了。

“主人，你终于召唤我了……”百亚幸福地扑向康德，“我在那空间中像度过了一万年一样……还好你仍然没事……咦？你的脸色看起来好糟……”

“等等，这是操作失误，我还没有喊你的名字……”

“我不管！你碰了就算是召唤了，你要是再敢要我回到那空间去，我……我就宰了你！”百亚立起眉毛揪住康德。

“你竟然恐吓主人？”

“嘻嘻，”百亚搂住康德，“不要再赶我走了，好不好？”

“可是……为什么要对我这么好？我们又不……”

“因为那是未来的你、魔王大人的重托，为了我所敬爱的魔王，也就是你，我一定会把你培养成强大的魔王的。”

“百亚，你如果真为我好……就放过我吧……”

“咦，你的身体好凉啊……”百亚惊异地看着康德，“你……你的身体怎么了？”

“啊……不小心被人砍了一刀……就……”

百亚呆立在那里：“果然发生了……我只没在你身边一会儿……你就已经被杀死了……正如那不可抗拒的命运之轨，你正在走向魔王之路。”

“百亚……可是，为什么？我并不想做什么魔王，我不想做被人憎恨的人。你为什么要改变我的生活？”

“你原本是不想成为魔王的？”百亚惊愕地望着康德，“那你的理想是什么？”

“成为一个优秀的骑士，在历险与战斗中获得光荣。”

百亚却露出了冷笑：“可是生活，哪会就按你的设想来行进？”

“可假如你不出现，一切都是好好的！”

“你不希望我出现在你的生命里吗？”百亚睁大了眼睛望着康德，“我愿意用生命来护卫你，你却觉得我是多余的或不该出现的？”

“你要奉献的不是我，而是你心中的那个所谓的魔王而已。”

“可你就是他啊。”

“我不是！”

百亚呆呆地望了他好久，叹了一口气："是的，你不是。你和他真的差别太大了，十年时间原来可以让一个人脱胎换骨。"

"未来的我真的那么邪恶？"

"邪恶？"百亚冷笑着，"你不会懂得作为一个魔王要承受什么。"

"魔王也不过是有征服世界的野心与残暴。"

"或许魔王只是不想被打败？"

"总之没有魔王就不会有战争与屠杀。"

"这是谁告诉你的？战争什么时候停止过？是魔王创造了战争，还是战争需要魔王？"

"你的意思是如果这个角色不可缺少，我应该去扮演好它？"

"因为你总会了解你别无选择。"

"我当然可以选择。"

"人总是以为他能选择，"百亚摇着头，"可是最后他们只不过是选了唯一的答案。你以为没有我，将来还有谁会守在你的身旁？"

"不会有吗？"康德想着。他可不喜欢这样的预言。

百亚站了起来，她的目光坚决，长发在夜色中飞舞："不要犹豫，走吧，去迎向你的宿命。魔王终将归来。"

第十一章

在地下

地下的河流哗哗地奔流着，这里寒冷而黑暗，康德与百亚站在河边。

“还是黑暗使人安心，光线中总有无数注视你的眼睛，而这里，只有永恒的水流声，你静听着，一直到时间苍老。”百亚伫立在河边，她与黑暗无比和谐，仿佛这里就是她的归宿，“也许有一天我必将死在这地下河流中，不需要任何人知道我的离去。”

康德不明白为何这个光明中咋咋呼呼的女孩一到了黑暗中却会这样多愁善感，他只是不断地被脚下的石块绊到。“你把我带到这地下岩洞来做什么？”

“你应该知道在《若星汉史诗》中记载的上古的神殿战争，那场战争曾使整个若星汉大陆一分为二，而范克德尔王和他的骑士们又以巨大的牺牲使它复合，那是一场波澜壮阔的战争。它的起因就是魔族的首领——拥有黑暗与地火力量的魔王卡奇云德，他想带领魔族通过神殿下的巨大通道重回地面的阳光之下。经历三百年漫长的战争，骑士们终于在魔界的出口处——金克斯神殿的废墟中与魔王决战，但魔王几乎拥有不死的身躯，只要接触地下涌出的火焰就能延续生命。在最后的时刻，圣骑士们用已战死的暗夜圣骑士的盔甲为容器，以伟大的法师尤路卡的‘封’系咒语将魔王的灵魂吸入盔甲内，睁了三百年的‘魔神之眼’终于闭上了。但由于魔王最后的诅咒，当平衡之神的法力解除、大陆重合之际，两块大陆的撞击竟带来了巨大的地震与海啸，撞击处矗起山脉，火山将无比巨大的岩石喷到万里的高空，再挟着火落下来，几乎没有人能够生还，地壳的翻动把一切都埋入深深的地下，其中就包括那封印着魔王的战甲。”

“这段历史无数小说和戏剧上都有。可是，这和未来的我有什么关系？”

“他当年……事实上就是现在，是在这里得到那封存着魔王力量的盔甲的……就在这河里。”

“可是他当年为什么会到这地下河来？这里不凭借魔法几乎没有人能找到。”

“他没有说……这该问你，”百亚说，“他不就是你吗？那时不就是现在吗？”

“可现在，是一个女孩带我来到这里逼我成为魔王啊。”

“没有谁能逼你成为魔王。”黑暗中忽然有声音说，“这力量不该由你得到，魔王的力量永远是属于魔族的，而不是一个可笑的斯昂人。”

“是谁？”百亚拔出了水晶剑。

黑暗中忽然出现了无数影子，像是一支大军早就包围了他们。

“我带来了来自地下城的火焰军，暗中跟随你们很久了，封存魔王的圣骑士装备所在地在哪儿？是不是就在这条河中？”黑暗中，魔人如果的声音传来。

百亚冷笑着：“你召来了魔军的地狱火军？可惜，得到这力量的人只能是康德，因为这是注定的。你们身为魔族，却要来阻止魔王的复生？”

“魔王只有在亡灵大祭司的主持下才能复生！”如果喊。

“这样骗人的鬼话你们居然相信了。魔族为什么要听亡灵族的命令？”

“魔王不在的时候，是亡灵大祭司以它的力量庇护了地下城。”

“所以它也成为地下城的主宰对吗？它会希望魔王复生取代它的位置吗？它要你们带回封存着魔王灵魂容器的真正用意是什么？用你们的猪头好好想想……啊对不起，我也是魔族，不该这么骂自己人的……但是你们的确笨啊！”

“她说的会是真的吗……”黑暗中难道的声音怯怯地问。

“可恶！”如果喊着，“我们是大祭司训练出来的战士，不会受你的挑拨的，即使你是魔族，现在你的行为也已经成为背叛者了！”

黑暗中无数黑影忽然展开了翼，飞扑而来。

“蝠灵？”百亚惊叫着，也许没有人比她更了解魔族，“快走！去找到那东西！”她一脚把康德踢进了水中。

康德听见水中有无数的女妖的笑声，像许多手伸过来正把他拖入极暗的河心。

康德开始大喊，水灌进了他的口中，大串的气泡冒出来，他开始挣扎，拖住他的女妖惊散而去。

忽然他的脚踩到了水底的沙土，他睁开眼，这里没有急流，是一片极静极暗的世界。

但他的眼睛仍能看清一些东西。

潜流扬起尘雾，水曲折摇动了极微的光线，朦胧中他看见有一个人正坐在水底的石头上沉思。

水妖们像无数微小的气泡组成的鱼一样游来，绕着那影子盘旋，抚摸他后又离开。

康德好奇地走过去。

走近时，他看清了。

那不是一个人，而只是一副盔甲，从头盔到战靴全套的骑士盔甲。奇怪的是这盔甲居然像一个人托住了下颌做沉思状。它的脚边，还靠着一把剑。

康德把头凑近向那头盔里看去。

他仿佛听见了沉重悠长的呼吸声，像是大海的巨潮。

康德爬上了岸，这里已经没有了魔族，也听不到战斗的声音，河水已经把他冲到了很远的地方。他把从河底找到的盔甲也带了上来。它们十分沉重，黑乎乎的，上面附了一层河泥，但用手指一抹，顿时便有晶亮的光泽露了出来。

看起来是一套很不错的骑士装备。

可是这对于一个心如死灰的人，又有什么用呢？财宝对一个弱者来说只能是灾殃。

背后忽然一个声音冷冷地说：“你终于找到它了，很好。”

几个人影不知什么时候站在了他身后。康德回过头，他看见了那个臭面孔的斯马拉古骑士，他身后还有云迪、罗恩，落魄佣兵团的里德、西坦、亚漠斯，以及黑衣剑士都里斯和斯马拉古的士兵们。

“它？它是什么？”康德问。

“不出意外，这就是那上古的圣战装备，封存着神殿战争时魔王的灵魂与力量。如果你穿戴上这盔甲，你就会得到这黑暗力量，同时也失去灵魂，变成新的魔王。”

“斯马拉古？你为什么会在这里？你为什么会知道这些事？”

“因为那个来自十年后的未来的女法师，她告诉了我一切。我们正在四处找你。而我的感应水晶球可以告诉我黑暗力量的所在！但我们是幸运的，天主及时给了我们指引。现在，这一切将被阻止了！”

斯马拉古大步上前，康德向后退去，却摔倒在地。斯马拉古高举双手将剑猛刺而下，康德伸出手去抓住了剑刃，他并不觉得痛，因为他早已没有感觉。

“为什么？我没有做过任何错事！”康德绝望地大吼着。

“等一等！”云迪喊，“我们并不需要杀死他，我们只需毁掉这封存着黑暗灵魂的装备就行了。”

斯马拉古回头望了望云迪，忽然冷笑了起来。

“天真的小姑娘，如果这其中那强大的黑暗意志能被毁去，几百年前那些伟大的骑士和法师就做了，你以为他们为什么要用一套圣骑士的神圣盔甲来封存魔王的灵魂？”

“可是……”都里斯说，“那也不能在他还没变邪恶前就杀死他，他现在并没有做过任何恶事！”

“可是他将变成魔王，这是你自己亲口告诉我们的未来不是吗？如果现在不杀死他，那么一切真的发生，将由谁来负责呢？”

康德绝望地看见，云迪沉默了。众人都在漠然地看着，斯马拉古冷笑着重新举起了剑。

可是康德的头颅并没有掉下来，一块飞石击中了斯马拉古，把他打得大叫了一声。百亚在他身后出现了。

“杀死未来的魔王？你没有资格！他不会死在你这样一个劣等骑士的剑下。”

“这就是那个来自未来的魔使吗？”斯马拉古头转向他的士兵们，“是时候了，拿起你们的武器，杀死她！”

百亚冷笑着先举起了剑，冲向这围猎康德的人群。可康德看见血已经从她的腰间渗出，她在之前与魔族的战斗中已经受伤了。

这是一场实力悬殊的战争，百亚像一条拖着伤腿的鹿站在猎狗群中，她被从四面围住了，左冲右突挥舞着她的剑。

“康德！穿上那盔甲，穿上它，就再没有人能打败你！”她用尽力气焦急地喊道。

斯马拉古和一些士兵想回身走向康德，但百亚发疯地冲向他们，逼得他们回身招架。

康德望着手中的头盔，它乌黑沉重，在河泥中沉埋了太久使它曾经的光辉隐没了，那可怕的黑暗的意志就在里面？毁灭世界的力量正等待着爆发？

“不……”康德想，“我不能这样做……我不能变成被人憎恨的魔王，哪怕……被他们杀死。我不能向他们证明我是灾难的根源。”

“康德，你还在等什么？”百亚的喊声已变得绝望，刀剑从四面向她刺来，她在做最后的拼死努力。周围的士兵都在等待机会，将剑插入她的身体。

“为什么呢……百亚，为什么是我呢？为什么要让我变成魔王呢？”康德死死地看着那盔甲，忽然希望自己从来没有来过这个世界。

那一瞬间他能听到百亚的血滴在地上的声音，可是他知道自己什么也做不了，他没有力量把这个头盔戴在头上，他不能去变成另一个可怕的邪魔，哪怕那力量可以去救那个女孩。

他想对百亚喊你快走吧，但看到她的眼神，康德明白她不会离开的，她宁愿死在这里。这是为什么呢？那个未来冷酷邪恶的自己，有什么力量使这样的一个人甘愿舍弃生命？

而云迪、都里斯和落魄佣兵团一直没有加入战斗，或者他们觉得这么多人围攻一个女子是不公平的，哪怕是在决定黑暗是否重生的关键时刻。或者他们心中各有想法，并不相信未来会这么轻易地被改变。云迪犹豫着，终于缓缓抬起了手。

电光击中了百亚，她惨叫一声弹了出去，摔倒在河滩上。士兵们围了上去。

“等一等！”黑衣剑士都里斯突然冲上前去，挡在了士兵前面，“现在杀死她是不明智的。”

“见鬼，黑衣服的家伙。”斯马拉古忍不住骂了一句粗话，“上次你也跑来从我剑下救走那个女法师，救美女是你的习惯吗？”

“事实证明我总是正确的。”

“但这次你会给黑暗的重生创造机会。躲开！”

斯马拉古忽然想到了什么，转回头，大步走向康德。

“伟大的魔王大人！你还愣着做什么呢？用你可怕的力量消灭我们啊！哈哈哈哈……你就像一只垂死的兔子在颤抖。结局来到了！上天把伟大的使命赐给我，那最后毁灭魔族希望的英雄就是我，柯西·斯马拉古！”

他举起了剑。而康德沉默不语。

可是有一个声音出现了：“你倒是再说一遍？”

忽然黑暗中，现出了无数红色的眼眸。

“刚才是谁说要做打败魔族的英雄？”一个声音大声笑着。

“是那条可怜的长毛猎狗！”像是几万人的声音一起应和着，有一支军队已经出现在河的两岸。

“天哪，魔族军队已经来了！”士兵们惊慌地喊。

“哼，”斯马拉古仍举着他的剑，虽然声音有些打战，“你们改变不了你们的命运，没有人来得及阻止我的剑砍下他的头。”

“没有人想阻止你，我们只听从魔王的召唤，可那家伙还不是呢。魔王的灵魂并没有进入他的身体，他还只不过是个可怜的亡灵行尸。”那个声音嘲笑着。

“是的，我们不会留下任何活的东西，只要把那封存着魔王灵魂的圣骑士盔甲带回去给亡灵大祭司就行了。我们会用地下墓山中魔王自己的身体来完成复生。”

“康德，现在只有你能救我们了。”百亚喊，“戴上那头盔继承魔王的力量，这支军队就会听你的指挥。”

康德睁大眼睛望着手中的头盔，那里面似乎藏着一座深渊，深渊中一个很大的声音正在召唤他。可他知道这头盔有一座山那么重，他是永远也举不起来了。

斯马拉古忽然挥动了剑，但一支箭飞来射中了他，他惨叫着摔倒在地上。

黑暗中传来崩裂般的脚步声，那魔族的军队又向前围拢了。

魔人难道和如果从黑暗中走了出来。

“好了，这终于是一个魔族胜利的结局。”

“胜利？”百亚冷笑着，“你们以为亡灵大祭司会真的希望魔王复生，来取代它地下城守护者的地位？”

“亡灵大祭司一直以它的力量守护着黑暗国度，如果连它都不能相信，还能相信谁呢？”

“如果你们真想复生魔王，那么就在现在，不要夜长梦多了。别忘了我们以前总是在眼看要取胜的最后时刻崩溃的。”

“她似乎说得有些道理？”难道对如果说，“反正魔王的灵魂只需要一个身体就能复生，为什么我们还要把这圣骑士装备带回地下城去？”

“不！”他们背后的声音喊，“大祭司的命令是不可违抗的。复生魔王的仪式只有回到地下城才能进行！”

可难道来到了康德面前：“现在给你选择吧，戴上头盔，成为魔王，或者被我们杀死在这里。”

“为什么是我？”康德怔怔地望着地面，忽然抬头大喊起来，“为什么是我？你们随便一个人戴上这头盔不是也能继承魔王的力量和灵魂吗？”

“不，当然不一样，头盔中魔王的灵魂会强大到吞噬一切同一身体中其他的意志，所以你戴上头盔后，你的灵魂很快就会被吞噬，再站起的那个人，就是魔王，而不再是你了。他将拥有魔王的记忆和性格，而你将永远消失。所以，由一个已死的亡灵来献出身体这再好不过了……”

“也就是说，戴上头盔，我就将永远失去自己……”

“决定吧……成为魔王，或者被杀死。”

如果把剑举了起来。

“不！”云迪喊着，“丢掉那头盔！”

“先杀掉那女人！”如果回手一指，魔族士兵们举刀刺向了云迪。

“等等！”康德喊，“不要杀她……好吧，不过是变成魔王，失去自己，没有什么大不了，就如你们所愿吧。”

他将头盔慢慢举起。

忽然一个人冲了过来，那是百亚，她一脚踢飞了康德手中的头盔，它在空中划出一道弧线落进了黑暗的地下河流中。而魔军的箭也射到了，穿入了百亚的背。

康德震惊地睁大眼睛，不知道为什么一直想让他成为魔王的百亚突然不顾一切地阻止他。

“快去把头盔捞上来！”如果大喊。魔军士兵纷纷向水中跳去。

而百亚倒在了康德的怀中，血不停地从她的口中咳出。

“百亚，为什么呢……”

“因为……我终于明白了一件事情……我一直想让你成为魔王，我认为那是你的宿命，可我突然明白了一件事……”

百亚把一样东西塞进了康德手中：“拿着，这是最后一个神之卷轴，只有它能打开时间之门。现在，也只有它能救你……”

康德触到那神卷的时候，百亚念动了咒语，一扇赤红光焰的门在空间中出现了。

“云迪！”百亚强挣着喊，“你还等什么？错过了就再没有机会回到未来了！”

云迪一愣，随即明白了该怎么做。她手一挥，一道魔法火墙在四周高高地腾了起来。在魔军被阻挡的那一瞬，她跳到康德身边，拉起他冲入红门之中。

随后，红门在他们身后关闭了。

第十二章

看得见的结局

一阵炫目后，康德看清了眼前的世界。

天空是铁黑色的，仿佛永远如此。大地上草木不生，像是被战火焚过，断折的兵器与白骨零落在黑色的泥土中。

“这是什么地方？”康德问。

“这是未来，属于你的未来。”云迪眺望着远方，远处，有一座暗锈色长墙包围着的城市，快要被头顶的黑云压垮了。

“属于我的？”

“是的，魔王康德的未来。”

“魔王康德？”

“他是拯救我们的人，也是奴役我们的人，他有一颗铁石般冷酷的心，他的剑使这世界流尽了所有的血，变成冰冷。他就是十年后的你……”

“我会看到他吗？”

“不……这个时候，那个邪恶的你已经被大法师和骑士们打败了。百亚也许希望你能够在这里重新生活，开始另一种人生……我带你进城吧，那位大法师一定能找到复活你身体的方法……但记住，一定不要说出你的名字，也不要说你来自十年前。”

“云迪……谢谢你……”

云迪像是很惊讶地看着康德，忽然她笑了起来，越笑声音越大，到最后却咬住了自己的手指，才让自己停下来。

“好了……”她擦了擦眼泪，“这真是个有趣的笑话。我们走吧……”

在城门前，他们被拦住了。

“我要去见大法师阁下。”

“什么大法师？真可笑！你说那个正在被通缉的圣骑士康德？把这两个反叛者带走！”

“圣骑士康德？发生了什么事？”云迪惊问着，“康德不是被打败了吗？时光卷轴没能把我们送回准确的时间点？”

士兵们把他们推搡向城内，但这里正陷入骚乱中。

“公民们，是时候了！”一个市民跳上广场的喷泉石台大喊，“圣骑士康德的暴政我们再也不能忍受，他用铁甲兵和魔兽人统治着我们，所有不服从者就被投入大牢。最重要的是，他驱逐了伟大的耿直的神学家卡休理，并撕毁了我们信仰的史书，捣毁了教堂中天主的像，还要按魔鬼的版本修订我们的《圣经》，这是对所有受洗者的侮辱！”

“他根本就是魔鬼的化身！”

“他早把灵魂献给魔王了。”

“银月光华军来了！”人群中有人惊恐地喊。

一群骑兵挥舞着鞭子冲了过来，人群四下奔散。

那个煽动者跳下台来跑入人群，却被一根套索挥来缠住了，一下被拉倒在地。骑兵们向他奔了过来。

这时人群中跳出一个女子，她红色头发，短小打扮，戴着肩甲，握着一柄曲刃剑。她砍断了那绳索，拖起那煽动者就跑。

骑兵很快就追上了她，一根长矛拍在她身后，将她打了个趔趄。两匹马冲到她的前面，将她截住了。

女剑士举剑四下格挡刺来的长矛，她的动作的确很敏捷，但还不够强壮，冲不出骑兵们的重围。银月光华军的战斗素质还是相当高的。

这时外围传来了大吼声，一个挥舞双刃斧的高壮中年人和一个年轻剑士冲了进来，一个骑兵被他们砍倒在地，包围圈被冲开了，骑兵们很快组成一个半圆阵形，轮流刺出的长矛使剑士们难以接近。

很快更多的骑兵追了上来，他们簇拥着一位蓝袍女剑士，当她抽出那细长的骑士剑加入战阵时，局势一下就改变了。

“是百亚。我们快走！”几个反抗者转身退去，却发现从城门处也涌进了许多执盾步兵。

“百亚？”康德惊奇地望着。

“也许……我们来到了比邪恶的康德被打败早一些的时候。”云迪望着马上的百亚呆呆地说。

就在反抗者要被百亚的骑兵队合围的时刻，一个法术在他们的身边发动了，一股灰色烟圈凭空冒了出来。

“罗恩！”反抗者们发出了欢呼，“法师罗恩来了！”

康德抬头看，城头上出现了一个身影。他挥动双手，灰色烟圈裹起了骑兵，把他们抛向天空。

“这个人……这个人是……罗恩！”康德惊叫着，“没想到这小子未来这么厉害。”

“对不起……我一直瞒着你……”云迪低下头，“在这个时代，他可是反对你的暴行的灵魂人物。事实上，我在他之前进入那魔王在最后开启的魔法门……我本来想追踪百亚，却发现到达了十年前的过去，时间之门在我身后关闭了，再没有人可以通过……”

“那么，我的时代的歌手罗恩知道他的命运吗？”

“不……我没有告诉他……”云迪低下头。

“这是为什么？”

“告诉一个人的未来对他有什么意义呢？我本来就是来改变这个未来的。如果你有可能不成为魔王，那么他也就不会再成为打败魔王的救世主，他会恨我的……而且……我也不希望你们互相仇视……”

云迪抬起头注视着康德，康德知道她用心良苦，独自一人承担了太多。她是想毁灭自己，还是想拯救？也许她心中也正苦苦纠结。

“弓箭手！”指挥着骑兵的百亚高喊着，箭向天空射去，它们穿透了罗恩，他的身体不知何时已经变成了幻影。

法师突然出现在百亚的身后，快速地发动一个魔法，一道水柱从地下冲出，百亚连人带马被推上半空，重重地摔下来。

人群中发出大笑，看来没有人喜欢康德的银月光华军。而法师罗恩也似乎是故意用一个花哨的法术来赢得掌声似的，他潇洒地向围观的市民们行了礼，然后分成碎片飞舞向天空，消失了。

“罗恩……罗恩……”所有的市民都在大叫着。而反抗者们趁机逃走了。

“这就是当英雄的感觉吗？什么时候我也可以拥有这样的欢呼呢？”康德羡慕地说。

“你拥有的是另外一种，你出现的时候，所有人都不敢出声，大地一片静默。”云迪声音低沉地说。

“你好像很不喜欢我？”

“没有人喜欢你，你不知道你在未来的十年里做了些什么。”

这时人群传来了喧嚣声，他们向一个地方聚去。

“他们在做什么？”康德问，他和云迪站上高阶，看见市民们围住了那倒在地上的骑兵队长百亚，虽然他们不敢接近，却把石块、烂菜根向她砸去。而那女骑兵队长在地上像是摔得不轻，挣扎着无法站起，那些石块、烂菜根重重地打在她的身上。

“那是百亚，”康德喊起来，“他们会把她打死的。”

“当然，你同情她是天经地义，她正是因为为你卖命才遭到痛恨的。”云迪冷冷地说。

“可是这样有违骑士的道德！”康德愤怒地向人群中挤去，“住手！你们不能不经审判就这样施加暴行！”

“滚开！”愤怒的人群很快把康德也当成了发泄的对象，“你一定也是那魔鬼圣骑士的奸细。”康德立刻被推倒在地，被拳脚包围了。

云迪有些担心地向前走了几步，正想做点什么。但人群中发出了惊叫：

“这不是个活人！”

“他是怪物！”

“是个僵尸！”

他们惊恐地退开去，“亡灵族的力量已经来到这座城市了……他们来了……”市民们向四下逃去，广场上很快变得安静了。

康德慢慢爬起来，他觉得自己的动作越来越不利索了，像是一台齿轮卡住的机器，也许是刚才又有哪里的骨头被打断了。他一瘸一拐地走向地上倒着的女骑兵队长，把她扶了起来。他又这么近地看到了百亚，她紫色的长发披散着，眼睛里有幽怨的光，不，那不是一个邪恶的人会有的神情。

“告诉我人们为什么那么恨你？”

可百亚冷冷地推开了康德，强支着走向她的马，可那马也摔断了足站不起来了。她伏在马身上，心痛地抚摸着马鬃。

“是时候了，我们离开这儿……”云迪冲过来，想伸手拉他，却又缩了回去。康德能感觉到她虽然很着急，却不愿碰到他那正在腐朽的身体。他想：“我为了救她而变成这样的面目，却使她也厌憎我。”不由心中悲伤。

可这时，大队的士兵赶到了，围住了他们。

“这个女人就是自称来寻找罗恩的！”那来自城门的士兵喊着。云迪冷笑了一声，口中默念着，手指上聚起电光，指向想上前的士兵，一道道电击立刻将他们打了回去。

可是忽然间一切都静默了。康德发现所有的声音仿佛都在一瞬间消失在天空中，光线也像被什么吸引去地暗了下来，他望向所有人正望着的那个地方。

那里，声音不敢靠近，光线伏在地面上，是那位骑士。黑色的甲胄罩住全身，座下的黑马喷出火焰般的气息，那是强大与恐惧的象征。他远离这里，可是他的威严已经罩住了每一个人。

“这就是未来的我？”康德呆呆地望着。

云迪轻叹了一声，垂下了手，在黑暗的圣骑士面前，她的轻微魔法是没有用处的。

黑暗的城堡底下，是庞大的黑狱，笼后传来哀苦之声，在这里的人仿佛从此与光明无缘。

康德靠在狱中潮湿的墙上，想着自己正成为自己的囚徒。在百尺之上的城堡中，还有着另一个自己，神秘、强大、冷酷，人人畏惧。这就是未来？是什么？究竟发生了什么，会把十年后变成这个样子？

远处响着铁索的声音，牢门开启又关闭，一切又陷于沉默。康德不知道自己会在这里待多久。他也无心去改变自己的命运，时间对他已毫无意义，没有饮食他也不会死，但身体会慢慢朽散，最后变成一堆白骨，那时自己也许还能动，还能思考。可是当心脏也变成尘土，灵魂又该寄于何处呢？

云迪惊异地看着眼前的一切，落入黑暗的魔掌使她心乱如麻。火光在铜壁上跳动着，那些邪恶的雕刻仿佛正跳着癫狂的舞蹈。

她被带入黑暗殿堂的最深处，最深处的最阴冷的角落里，蜷缩着邪恶的康德。

没有气势逼人的宝座，只有一把再简陋没有的木椅，那万人恐惧的、邪恶的康德坐在椅子上，头深深地伏下去，抱紧双臂像是很冷似的。

几十尺高的大门在她身后訇然关闭了，世界陷入了一片漆黑。云迪恐惧地向后退缩，倚在冰冷的铜门上，她觉得全身的血都要冻结了，僵直着连手指也不敢晃动。

黑暗中，渐渐有什么显现了出来。

那是一个人影，是魔王的影子？却又不像，那像一个着甲的骑士，那微光，正是从这甲胄上散发出来的，却在黑暗中惊心动魄得刺眼，像是一个闪光的幽灵。

声音从那着甲者深处传出。

“你来了……”

“康德……是你吗……”

黑暗中一片静默，过了许久，都再没有听到声音。

牢门被猛地打开，康德看见那女剑士百亚出现在他面前。

“出来，你这肮脏的亡灵。是时候进入角斗场了。”

“百亚，这就是你对我扶起你的报答？”

“真让人惊讶，一个死亡的躯壳在说话？难道你仍有思想？这倒和一般邪恶的亡灵族不同。”百亚打量着康德，“或许这其中藏着什么秘密？奇怪，你怎么知道我的名字？”

“请告诉我康德是如何变得邪恶的，他本来并不是那样的人，是吗？”

百亚忽然笑得有些凄凉：“所有的人都说康德邪恶，但作为他的部属，我仍然忠于他，因为我的誓言。”

“对邪恶的誓言有必要遵守吗？”

“不，是我心甘情愿遵守的……尽管他永远冷酷，但他的铁腕把人族王国紧紧握在一起，所有的国王和他们的骑士们都想打败这个罩在他们头上的身影，并痛斥康德和魔族签下了出卖天主的盟约。”

“和魔族的盟约，那是怎么回事？”

“是允许魔族和人族共同生活在大地上，阳光之下，而那是在天主的训示中绝不能容忍的。”

“当然不可容忍，魔族就该待在那极深的地渊中，人族、精灵、矮人和魔族注定是无法共存的。”

“可是魔族已经涌出了大地，像喷发的熔岩，康德借和魔族的战争建立了强大的军队，控制了所有的王国，但他的手段和魔族没有区别，无情地对待所有不服从他的人。所以人族一面依赖着康德的军队，一面又恨他用铁笼保护人族。而直到盟约的签订，康德允许魔族在大地上建国，违背了天主的意志，各王国都在鼓动人们起来反抗，洪流已经难以遏制了。”

“所以才有我在城市广场看到的那一幕？”

“面对人群的仇视目光是孤独而痛苦的，但我必须忠于我的职责。只是……”百亚叹了一口气，“没想到扶起我来的，却是一个丑恶的亡灵。”

康德沉默了：“那你也可以选择离开康德，去人群的那一边。”

“不……”百亚的声音低了下去，“你不会明白……你没有见过另外一个康德，曾经一心想成为一个英雄，挽救大地的命运。他这么去做了，可他没想到会变成这样，人们都说他的心是块铁石，因为他把血肉献给了魔王来换取力量。而他也的确终日把自己包在铁甲中，没有人能看清他的真面目。我一直在想，如果有人能接近他的身边，了解到他的真实内心，那是多么让人激动的事。我不相信他的骑士面甲之下，真的是一张铁铸的面容。”

“你现在就和我近在咫尺……”康德想，“骑士面甲下的，也许是一张枯朽的面容。难道这就是我的未来？拥有着最高的权势与武力，却在所有人的痛恨下生活，连面目也不敢露出。没有人能接近我，永远躲在黑暗之中……为什么我会有这样的命运？我有机会改变这一切吗？”

“真不明白，我和一个亡灵说了这么多话。”百亚叹道，“平时能和我说话的人真的很少呢，以前的同伴都被派往各地忙于战斗，而圣骑士又是无法接近的。就当眼前的这人是个朽空的木像吧，反正它被劈碎后，也不会记得我说过什么。”

“等等，为什么要劈碎我？”

“因为你浪费路士林狱的牢房，外面还有许多反对者等着被关进来！”

“你无权不经审判就宣布我的死刑！”

“可你已经死了。”

“哦……是吗……我忘了……”康德想：“几小时前她还想把我变成魔王，现在同一个人又要毁掉我了。被劈碎或许是件好事呢，就可以从这个烂躯壳中解脱了，不知那时灵魂会飞升或下坠，还是散入虚无呢？”

“他们进攻了，包围了骑士的城堡！”石阶上有人奔下大喊，“百亚卫士长请快去。”

“是谁？谁敢？”

“是罗恩！还有反叛军和市民！据说能击败圣骑士康德的魔法终于被罗恩研究出来了！”

“圣骑士康德，魔王的灵魂占据了你的身体，你背弃了圣骑士的尊严，多少年来你操纵着这个国家，使无数人死于战乱，使大地陷于血与火之中。现在，是洗清你邪恶灵魂的时刻了。”

人们包围了那极暗的殿堂，愤怒的声音在天空汇聚。

百亚奔向了那城堡的最深处。

一个孤独的影子坐在那里。

“这一天终于来到了，百亚……”

“圣骑士阁下，他们的力量是不足以打败你的……”

“不，这一次不一样了，我知道……若星汉古卷中失传的魔法重现于世了。当年人们用它封存了魔王，今天，同样的宿命又来临了。”

“宿命？为什么要相信宿命？没有人是注定被打败的。”

“百亚，我太累了……去为我做一件事吧。如果有魔法能让时间倒流，我希望我能看到另一个结局。”

那红门缓缓地打开了，像黑暗中睁开的一只魔眼。

城堡黑暗的大门打开了，一个巨大的影子压向人群，那邪恶的骑士出现了。这引起了一阵恐慌，前面的人争相后退着，而后面的人却大叫着推搡。

邪恶的圣骑士狂笑着：“你们一边喊叫着一边退后，打败我？请走上前来。虽然我已经只有最后一息，但我仍愿接受你们每个人的挑战。”

但突然，那个终极的法术出现了，赤红天空似粉碎的镜子般裂开，金色的光线从裂缝中涌出，在晦色大地上映出网状的光痕。树木、城堡、人脸，世界像是由无数碎片拼起来的。

人们敬畏地退开，退离那邪恶者百米之外，远离那神怒将汇聚的地方。

而那伟大的施法者，有史以来最年轻的大法师，古卷系法术的开创者，佛斯·罗恩，正站在远处的山头，高举着他的神杖，来完成这最后的壮举。各地来的骑士与法师在山冈下抬头仰望，看奇迹如何发生。

远处，把灵魂献给魔灵的圣骑士却仍大笑着，当遍布大地的光芒向他猛地全部聚去的时候。

云迪看着那紫色的云升腾起来，魔王康德的极暗王座崩塌了下去。

“魔王康德终于被打败了。世界将获得安宁了吗？”

“可是，这也许是一场新的战斗的开始，邪恶总是会不断降临大地的。”

“所以世界需要你是吗……罗恩？”云迪用奇怪的目光看着这位有史以来最年轻的法师。

忽然背后的铜门被砰地撞开了，把云迪撞了出去，冲进来的人形形色色，有盔甲闪闪的圣剑士，有举着大斧的矮人勇士，有举着法杖捏着光芒之诀的法师，还有演员、诗人、信使、画家、小贩……

“天哪，战斗已经结束了？”他们高喊着，“但这不重要！魔王的宝藏和装备呢？”

有人一把拎起了云迪：“我救出你了，美丽的女孩，献上你激动的爱吻吧，我们将幸福地度过一生。你准备要几个孩子？”

“嘿，是我先发现她的！你这个无耻的土豆商人！”另一个壮汉挤来。

“是我先捡起来的！你这个恶俗的低级趣味的小市民！”

“不要扯……”云迪气愤地喊，“嘿，谁偷走了我的腰带……放开我的靴子……”

忽然有人喊着：“大法师罗恩，这儿有一样东西，请你来看一看。”

在极暗之殿倒下去的废墟里，那红色的光环正在闪耀着，喷出炽热。

“这是……”大法师罗恩的表情变得很奇怪，仿佛寒风一下子吹僵了他的脸，“这是一个时空门。”

“它通向哪里？”学院生云迪惊异地问。

“这其中必然有一个可怕的阴谋。”罗恩转头望向云迪，“不论它通向哪里，也许战争还没有结束。魔王康德可能重新归来。”

黑暗重新包裹了这里，所有的人开始疑惑与恐惧。

第十三章

魔王重来

康德重新跳出了红门。

“这是哪儿？哪一天？百亚，云迪，你们在哪儿？”

眼前仍是一片黑暗，地下河流呼啸奔腾着。

康德沿着河跌跌撞撞地跑着，忽然，他看见前面倒着一个人，那是百亚。

“百亚……百亚你醒一醒！”

“康德……”百亚虚弱地睁开了眼，“你……不是进红门了吗……为什么还出现在这里……”

“我回来了。他们呢？魔军呢？其他人呢？”

“你和云迪跳进红门后，其他人就趁机逃走了，魔军有的去打捞头盔，有的去追击，都散开了。”

“百亚……我看到了未来……也通过那红门回到了这里，但我进得晚了，所以回到的时间不太一样了……百亚，我想我明白了你阻止我戴上那头盔的原因。”

“因为在那最后的时刻，他告诉我，如果有魔法能让时间倒流，他希望能有另一种命运……是我误会了，我以为他想有一个胜利的结局。可我没想过胜利对他已毫无意义，他只想解脱，十年来他其实一直在和体内的魔王灵魂作战斗，在信念与邪恶间挣扎，他的冷酷并不是与生俱来的，因为我看到了你——十年前的他……他其实想的是……按他曾经的梦想生活下去，成为一个健康、正直、快乐的人，而不是让人恐怖畏惧的黑暗骑士。所以……我想通了，我不能让你再变成魔王……康德，我们离开这儿……走吧……”

康德在黑暗中不知走了多久，感觉百亚的身体在他怀中越来越冷了。前面传来了巨大的轰鸣声，像无数魔鬼的笑。

他们最终在那巨大的地下河边停了下来。头顶洞壁的凝水成片地滴下来，在地面上溅开。

“为什么？这一切是为什么呢？”他颤声问。

“不知道，我也不知道。”百亚露出惨淡的笑，“有些事我们都不知为什么，但我们……不能选择。”

因为莫名的事而厮杀？因为虚缈的未来而杀人？

“康德，我无力拯救你……请你原谅我……”

“不要再说这些了。生与死对我已没有意义。”

“我……很冷啊……”

康德的身体也是冷的，他没有体温可以温暖她。

“我一直在想……是什么……使我们相遇……又是什么……使我们分离呢……”百亚忽然抓住了康德的手，“康德……你答应我……你不会……变成魔王。因为……那是，他的梦想。”

“他……”

“他就在你的身体中，也许你不了解他，但你不该忘记你的梦想，你曾想成为一位英雄的圣骑士。面对你身体中的魔王没有人能帮助你，只有你自己……战胜他……”

她太累了，终于不再说话。无边的滴水如雨而下，打在两个冰冷的人身上。

康德抱着百亚的身体，走向地下河中。

当康德沉到了河底，却发现那水，竟是温暖的。

他那已死去的身体本该没有感觉才对，可他分明感受到了暖流。女妖们在他身边轻柔地歌唱，像圣歌一样安详。

死亡来临了吗？

耳边忽然又响起老人的吟唱，那是童年在村庄听到过的若星汉歌谣：

最深的海底

和最遥远的天空

都是同样的黑暗神秘

凡者世间行走

千里万里

遥不可及

因为他们没有飞升的翅膀

和划破未知的剑……

康德觉得自己也在飞翔了，有轻柔的手托着他，他不知是上升还是下降。

星空倒转，时光飞旋，过去的场景飞掠而过。

幼时在若星汉星空下的旷野奔跑，长大后出来历险，被人像沙袋一样地抛在空中，被群氓嘲弄殴打，被怪兽追逐，莫名地行走在世上，莫名地结束了一生。

这一生如此可笑，人们在为他而争斗，好像每一个人都有权决定他的生死，自己却连发言的份儿都没有……

康德把百亚葬在河底。然后长久地静立，身边只有地下河流的滔滔水声。

在这惊雷般的水声中，康德的身子在无声地抖动。

忽然水流把什么送到了他的脚边。

是那封存着魔王灵魂的圣骑士的头盔。

这是无论如何也摆脱不了的宿命吗？

“不要靠近我！”康德在心中恐惧万分地大喊，转身向河岸逃去。

可是头刚探出水面，却听到了另一个狂笑声。

河滩上，站着一个全身笼罩在光芒之中的人，那光芒来自他身上的圣骑士战甲，他高举着的那把圣剑正燃着火焰。

“这力量终于属于我了，强大的不可战胜的力量！哈哈哈！”

“斯马拉古？”康德吃惊地望着，“他让别人以为他死了，却趁大家引开魔人时穿上了那战甲？”

斯马拉古的对面，被光芒逼迫着，云迪、罗恩和都里斯他们都靠在石块旁。

“云迪，我真高兴你也回来了。”康德喊。

“你说什么？我不明白……”云迪只愤怒地盯着斯马拉古，“斯马拉古，没有想到你居然会穿上这战甲，宁愿让自己的身体受魔王灵魂的控制！你从一开始帮助我们就是想得到这力量，对吗？所以你才一直急于杀死康德。”

“随你们如何说！刚才我被魔箭射中，倒在地上，就要死了，我无比恐惧，我忽然想通了……正义、邪恶对死人没有意义，你们都在讨论康德，杀死康德拯救康德，没有人会管脚下一个垂死的人，因为什么？因为康德将得到这力量！而现在，这力量属于我了，哈哈哈哈！”

斯马拉古挥动着剑，一股光焰立刻喷了出去。云迪惊叫着，都里斯一把把她拉到了石块背后。

“这没有用，哈哈哈哈！”斯马拉古再次挥剑，巨大的石块訇然裂开。

“为什么要杀死我们？”罗恩喊，“你如果还有一点灵魂，你就该用这力量去对付魔族。”

“你不明白……小伙子……你不明白……拥有了这力量的人还会在乎什么？多杀一个两个人又有什么关系？杀的人是好是坏又有什么关系？反正魔王的灵魂已经侵入了我的内心，不是吗？与其在未来被你们所打倒，当然应该现在杀死你们！我不是那个傻到宁愿自己死也不肯变成魔王的康德！”

“浑蛋！”康德气得大骂。趁斯马拉古回头看的工夫，都里斯举剑冲了出去，但就在距斯马拉古几尺远的时候，被他轻轻地一挥臂就拂出老远，重重摔落在石块上。

“太可笑了，你以为像骑士小说里一样，凭一点小伎俩就可以打败魔王？”斯马拉古转向康德，“敬爱的康德先生，你是不是后悔了呢？看到我拥有这力量，可以操控一切？”

“可你唯一操控不了的是你自己，你的灵魂很快就要被战甲内魔王的灵魂所吞噬了！”康德怒吼着。

“魔王的灵魂？它在哪儿？我感觉不到，现在我很快乐，因为我终于可以不用掩饰自己的欲望。一切并没有你们想象的那么可怕，我得到了这力量，但我还是我。”

“你没有意识到你的变化吗？你现在完全变了，斯马拉古，以前你是忠诚勇敢的骑士。”

“屁，那些全是装出来的。为了可笑的骑士的名誉，行那些虚伪的礼仪，国王是头猪，还要发誓向他效忠，可笑地想破头吟一些诗句来赞美伯爵的老婆，说是狂热的爱情，其实不过是爱上了她的大腿想求欢。任何时候都要礼善谦和，和敌人见面恨不得用牙咬他却偏要装出骑士风度先客套一番，赢了还要冒着晚上被闷砖报复的危险放他一条生路，所有人都在表演，只为了那该死的骑士道。可现在我不用了，有了这力量，我就可以完全地做我自己，不再顾忌任何人，你难道不羡慕我吗？你内心一定是羡慕的吧。哈哈哈，如果跪倒在我的脚下，我可以考虑饶你不死，还有那边的小美女法师……”

他正笑着忽然脚下一空陷进了地里，矮人阿兹从地下跳了出来：“地面，化成岩石吧！”

一大块泥地凝成了石块，忽然一切又恢复黑暗与安静。

“看，什么魔王骑士啊，不如我伟大的阿兹一个土系的法术。”阿兹趾高气扬地说，“现在，我宣布，打败魔王拯救世界的英雄就是我，矮人族阿兹的名字将被记在历史上……喂，你们去哪儿？跑什么？”

那地上的岩石开始红热开裂了。

“你那法术不可能奈何他太久的，还是快跑吧。”云迪上前去掩受伤的都里斯，“康德，你也快走！”

“宿命改变了，我不会再是未来的魔王，已经无足轻重了，可她还想着我……”这个血已冰冷的人，若有若无的一丝关心也能让他觉得宽慰。

“先逃进水里去，快！”水晶飞了过来，念出咒语，一个水泡在河流中变大了，“这样他就找不到我们了。”

可阿兹冲过来，抢先一步挤进了水泡里。

“臭矮人，你不是一直说你的土系法术比我的水系有用吗？有本事就不要借用我的魔法！”水晶骂着。

“刚才是谁勇敢地跳出来救了你们？现在坐你个泡泡就这么多废话，开船！”

大家挤进水泡之中，水泡沉向河底，顺水漂流着。

“看起来我们安全了，可这水流向哪儿？魔族地下城？”阿兹嘟囔着。

“爱待不待，不愿坐就滚出去。”水晶喊。

“你以为我离开你就走不了？”阿兹探出腿去，冰冷的河水很快让他改变了主意，“可我要留在这儿保护你们。”

前方河底翻滚了起来，光芒冲出河面，那个人影跃了出来。

“斯马拉古！”人们惊叫起来，阿兹死死抓住水晶，“快踩刹车，刹车！”

斯马拉古挥手间，水泡破裂了，河水卷起了众人，云迪发出了一个电光魔法，但这对斯马拉古完全不起作用。斯马拉古手指一弹，一个旋涡便把女法师卷了进去，疯狂地拧转着。

水晶用了一个水柱把自己弹出水面，阿兹则在河底又打开一个洞钻了进去。康德奋力抓住云迪把她拖出旋涡，溺水挣扎中的云迪紧紧地抱住了康德。也许只有在这种时刻她才不厌惧他的身体吧。

康德刚把云迪推上了岸，却看见光亮已经照在河滩上，斯马拉古已经站在那里了。

“谢谢你，把她交给我吧，我会好好照顾她的。”魔鬼骑士狞笑着，把昏迷的云迪揽入了怀中。

似乎一切都没有希望了，也没有奇迹出现。康德怔怔地站在那儿，忽然轻轻地说：“好吧。”他转身跳回了水中。

河滩上又变得安静了，水晶、阿兹、都里斯他们不知躲到了哪里，斯马拉古觉得有些无聊了，他看了看怀中的女法师，狞笑了声抱着她走入黑暗中。

云迪从昏迷中醒来，发现自己正仰躺在冰冷的大石上，强烈的光线使她难以睁开眼，那是斯马拉古的战甲的光芒。

“就剩下你了，可爱的宝贝儿。所有人都逃走了，他们抛弃了你，你看，没有人愿意舍弃自己的生命来救你，你还执着地相信正义的强大吗？”

“康德……”云迪首先想到的是这个名字，但她随即明白现在一切已经和康德没有什么关系了，从未来到现在，她习惯了有这个名字的生活，惧怕康德、打败康德、寻找康德、拯救康德，但现在宿命真的改变了，康德不再是魔王了，可是另外的魔王却出现了。

“当年康德也曾把我掳入他的极暗之殿，可那时他似乎只希望我听他述说什么……魔王康德和魔王斯马拉古完全是截然不同的样子啊……为什么同样是被古代魔王的灵魂侵入了身体，表现却完全不同呢？”

可云迪没有时间思考这些问题了，斯马拉古狞笑着把手伸向了她：“你浑身都湿透了，让我来给你温暖吧。”

云迪踢打着想挣扎，可触及那冰冷的战甲时，却忽然笑了起来。

“为什么笑？”斯马拉古疑惑了。

“可怜的人，你的力量全来自这套战甲，脱下它你就什么都不是，你永远只能在这套战甲里生活了，因为一旦脱下它，失去了这力量的扶助，你就会重新变成那个弱小的、受重伤的斯马拉古，任谁都能轻易地撕碎你！你今后就是一个活在铁壳中的人，不可能再过有血肉的生活，也永远无法享有正常人的快乐了。”

斯马拉古在光影下的脸显得那么苍白、愤怒和绝望。当他理解了得到力量需要付出什么时，这事实才真正使他疯狂。

“即使是这样！但我依然能给你们痛苦，比我的痛苦更可怕！而看着你们恐惧颤抖哀求，就是我快乐的来源！哈哈哈哈。”

云迪终于明白了什么是真正的邪恶，那就是没有任何的理由，只因为嫉妒别人有比自己更多的快乐，就要把一切都毁去。

眼看着自己将被疯狂的斯马拉古捏碎，忽然有声音响了起来。

“痛苦？不，你还不明白什么是真正的痛苦。”

“你是谁？”斯马拉古向四周看去，却似乎什么也看不见，那声音与黑暗融为一体。

“所以你也不会明白什么是真正的力量。可怜的人，穿着一套闪闪发亮的道具，举着一块镀银的铁片，就以为自己能决定世间的命运？”

黑暗中，一个缥缈的影子走近了。

“是你？康德？你以为你装神弄鬼就可以吓到我？”

“你不明白什么是魔王，只有疯狂的欲望是成不了魔王的，那只是暴跳的小丑。”

“可是我还有力量！”斯马拉古举剑猛劈了下去，可是光焰冲到那极暗处就隐没了，像是被吸入了无尽的虚无。

“让我来告诉你什么是魔王，”那影子逼近了，云迪能感到连空气都因为这压力而退开了，她开始窒息，同时一种强大的恐惧侵入了她的内心，像是看见巨大的海潮在自己面前升起，知道无法逃开无法抗拒，绝望得无法思考。这是面对斯马拉古时绝不会有的感受。

“他……他真的回来了……”云迪闭上眼，明白宿命再次重归。

斯马拉古大吼一声，举剑猛冲了过去。可他就像一颗小小流星撞向巨大的黑色暗月。那黑影一下吸去了他战甲上的所有光芒，包括他的生命。他看见自己的战甲变得锈蚀腐朽化成尘灰，自己的身体也一样。忽然一阵强风吹来，他那暴露在空气中的灵魂发出最后一声绝望的呼叫就被吹散了。

而那地面上战甲的灰烬吸附上了黑影的身体，重新凝成了一套华丽甲胄，只是不再发出任何的光芒。

剑重新凝在黑影的手中，他冷笑着：“谁告诉你们就凭所谓的‘圣物’，卑小的意志也可以继承伟大的力量？”

云迪望着那个黑影：“康德，是你吗？”

黑影沉默了一会儿，慢慢地走了过来。

“对不起，云迪。”

“你……你戴上了那被百亚踢入河中的头盔？”

“是的，我回到河中，寻找到那头盔，戴上了它。因为我需要力量来拯救你们。我违背了我许给百亚的诺言，也违背了我许给自己的诺言，因此未来会发生什么，我顾不得了，希望我能独自承担。”

云迪不知道自己还能说什么，一切终于又发生了，可她却像是解脱了，懒懒的，倦倦的，什么也不愿说什么也不愿做了。也许一切人力都改变不了，魔王终于归来，风暴又将卷起，而她已经厌倦了担负所谓拯救苍生的责任，只想做一片暴风中的树叶，随波逐流吧。

过了好久，她才又说：“可那刚才说话的人，不像是你。”

“是的，我能感觉到他的存在，另一个灵魂，在战甲之中。斯马拉古得到了战甲的坚固与剑的破坏力，但他没有得到头盔中的意志。现在，这个意志将时常代替我说话，直到……有一天，它完全占据我的内心，和我融为一体，那时……魔王就真正复生了……”

……

“我是谁？”他问着。

“我是谁？”另一个声音，一个洪大的声音，来自他的身体深处。

“你就是魔王吗？”

“那你呢？”

夜。

明月挂在魔境森林的上空。矮人废弃的村落中静悄悄的，只有一堆篝火燃烧着。

康德坐在远离篝火的地方，打量着那把巨大的剑。

而坐在篝火边的人们正忧心忡忡地望着他。

“他真的会是未来的魔王吗？”水晶问，“好可怕，他随时都会变成一个魔鬼，是吗？他爱吃翼精灵吗？”

“现在他体内存在着两个意志，康德的和魔王的。我想，宽容与关怀能保护康德自己的灵魂，而仇恨和欲望会助长另一个。现在康德还能控制自己的身体，然而两个意志最终将融为一体。是他自己，还是魔王，这取决于他的意志力和今后的遭遇。”云迪说。

“那么，是否有办法让他脱下这装备并毁去它？”黑衣剑士都里斯说。

“也许有一个人有办法。”罗恩忽然开口了。

所有的人都望着他。这年轻人停了好一会儿，才说：“去雪山，找我的老师，三百年前神殿战争中的最后一个圣骑士——明康恩，《若星汉史诗》的收集编写者。”

第十四章

雪山上的飞龙

巨大的夫斯山脉如一条巨龙卧在若星汉大陆的中央，古塔利山脉像这条龙的一只足一样伸出来，一直伸到里法尔平原。在这巨龙脚下，有一个小城镇叫路苦达，这个发音已类似矮人族的语言，证明这儿已是里法尔王国的边界，距矮人的领地不远了。而这里正是矮人与人族混居的又一城镇。

这个镇子是人族与矮人进行贸易的重要场所。所以路上经常能看见背着大包提着斧头横冲直撞的矮人。事实上因为短腿矮人们几乎没有“走”这个概念，他们总是以飞快的频率摆动他们的双腿，所以他们很不喜欢弯曲的道路和纵横的篱笆，你经常能在某面墙上或某处栏杆上看见矮人的印迹。因为这些粗壮的小家伙们习惯了在雪山上飞奔追逐巨熊或是雪猿，一旦他们跑得兴起，就很难刹住脚，曾经发生过羊在路上被飞奔而来的矮人撞死，或是在吃午饭时两个嬉闹追逐的矮人冲破泥墙撞进来，然后从另一头撞出去，留下满身是泥的一家人坐在那里这种事情。但镇上的居民以宽厚容忍了这一切，毕竟，矮人总是诚实地以便宜的价格带给他们名贵的兽皮、兽胆或是出色的兵器甲胄，这些在内地都能卖到好价钱。而在这里也许矮人们用一双上好的毛皮靴只不过换你身上的一点发亮的小装饰或是草编的小昆虫什么的，他们喜欢这些玩意儿就像人族喜欢发亮的钻石。矮人视金银珠宝如粪土是因为那在雪山上一点用也没有，雪山上有的是金矿宝石矿，有时矮人在山谷中捡到了这些发亮的东西就高兴地收藏起来好到山下人族的村庄去换点好玩的。所以大家欢迎矮人们，而内地的商人也一批批蜂拥而来，春夏雪化山路好走的时候，更有人直接爬上雪山进入矮人们的营地以换到好的货物，经常能有意外的收获。

这天明康恩走出了他的小屋，眯着眼睛望了望天空，阳光明媚，让他有些睁不开眼，他要到镇中心的小酒馆去买点好的烧酒和下酒菜。半个月待在屋中没有出来使他觉得自己的老骨头有些僵硬了。他回头看了看桌上厚厚的树皮纸，带上了门。

风从窗户偷偷钻进去翻动着那些纸页，上面是密密麻麻的字迹，有一页上写着“若星汉史前4291：魔族与亡灵族战争开始，魔族开始向地面逃亡……”

康德护送队一行也来到了雪山脚下。那是都里斯、阿兹、水晶、罗恩，还有总是心事重重的云迪。而落魄佣兵团的里德、亚漠斯他们却因为兜中没钱，放弃了拯救世界，另寻有赏金的工作去了。

当一行人推开明康恩小屋的门，却空无一人。

都里斯上去翻动着那些发黄的纸页，康德也走上去，漫不经心地看了一眼：

“……魔王卡奇云德以其无比的威力带领地上魔族击溃地下魔族，并迫使亡灵族臣服，统一了地下世界，定都坎图斯蒂，成为第十一代魔王。从此，魔王具备了后来进攻人族与精灵的力量，坎图斯蒂在他的统治下也迅速成为大陆最大的城市，这座地下城市一度达到上千层，横跨数千里。面积是地上人族最大城市平图培的三百倍。……这是前1105年的事情……”

“卡奇云德……”

“当年几乎没有人不知道他，直到现在，大人们还常用这个名字来吓不听话的小孩说‘你晚上不回家，魔王卡奇云德会出现把你抓走的’。”罗恩说。

大家都觉得一点也不好笑。

“那是最强的邪神，当年人族最强大的圣骑士们在最后的神殿废墟的决战里用了整整三个月时间才打败他，而这些英雄也伤亡殆尽。”罗恩说。

“这些纸是什么？是《若星汉史诗》？”阿兹说，把桌上的纸卷翻得乱七八糟，“那些记录古代法师咒语的地方在哪里？”

“别弄乱它们！”罗恩一把把埋在纸堆里的阿兹从桌上揪下来，对众人说，“我老师其实在当年就对古籍有深厚的兴趣，他这么多年来隐居做的事情，就是根据精灵族的原始版本和他自己从大碰撞后保留下来的珍贵资料中整理出真实的忠于真相的若星汉史，而不是礼天教的神学者们出于宗教的目的改得面目全非的那些。”

“这里有一些奇怪的文字，想必就是那无比珍贵的古精灵语的原始版本。”云迪道。

“是啊是啊，就是这些了，那些史前伟大的咒语，只有用古精灵语版上的文字念出才是有用的……啊？全都看不懂！”阿兹又跳上桌去，这次都里斯把他拽了下来。

“我老师可能是大陆上唯一懂得古精灵语的人了，”罗恩说，“其实矮人与精灵从前的文字是统一的，古精灵语就是他们的文字，但分裂和大碰撞使他们的灿烂文化失落了。”

罗恩说着抬头看看变暗的天色，说：“老师为什么出去这么长的时间？我要出去找他。”

罗恩走出门去。

“咦？外面好像暗了许多。雪山怎么是黑色的？”阿兹说。

“天本来就要黑了嘛。”罗恩说，他探头看了一眼，“咦，是有点不对，怎么一点反光也没了，好像大片的雪全化了。”

都里斯凝神听听，好像察觉了什么，脸上露出疑虑。

“有什么不对吗？”云迪问。

“我也出去看一看。”都里斯冲进了门外的夜色。云迪看看屋中，康德对眼前的事无动于衷，只顾看着桌上的若星汉古卷出神。

明康恩看着像是正被画笔涂成黑色的雪山，他知道那是一支暗黑的军队正涌出大地，铁靴踏过雪地，天空变成血色，夕阳躲入了黑云之后，不知道这个小镇还能不能有再一次的黎明了。

“老师。”罗恩奔了过来，“发生了什么事？那是什么？”

“罗恩，你回来了？看，一支魔军来到了这里，几百年来，很少看到魔人出现在地面上了。”

“老师，”罗恩低下头，“我想，他们是来找我们的。”

“你们？”明康恩回过头去。

“老师，现在只有你能救我们了，拿出你圣骑士的力量来吧，要知道，当年你们曾以无数人的牺牲打败那可怕的魔王。现在，他的灵魂正寄存在一个人的体内，随时可能苏醒重生。”

“魔王……”明康恩望着被光折射的赤红的天空，“这可真是个老朋友了。”

明康恩和罗恩回到了小木屋。

“外面雪山上好像发生了战斗？”云迪问着，“都里斯也没有回来。”

“我们的时间不多了。”罗恩说，“老师，请告诉我们如何消灭魔王的灵魂。”

明康恩望了望桌边读着若星汉古卷的康德：“我们去外面谈，不要打扰他吧。”

云迪、罗恩、阿兹和水晶跟着明康恩走到了屋外。

“有一个简单的方法，就是毁灭这个躯体，这样魔王的灵魂就无从依附。”

“杀死他？不，”云迪喊起来，“那是一个活的生命，他并没有错。”

“云迪，你怎么了？”罗恩吃惊地问，“当初要我们来杀死康德的不正是你吗？”

“不知道……我不知道我这是怎么了……”云迪喃喃地说，“也许，当我发现那邪恶的康德也曾是个普通人……当他为了救我而成为亡灵……而戴上那头盔，我觉得这一切都是我的错……”她掩面自责着。

“你不要把所有的事都推到自己身上，现在我们没有时间来思考对错。”罗恩说。

“还有另一种方法……”明康恩叹息了一声，“但太困难了。”

“那是什么？”水晶问。

“使用一个复杂的法术，使我们的灵魂脱离自己的身体，进入他的内心世界，去杀死魔王。”

红色的天幕下，云迪、罗恩、明康恩在一片黑暗空地上站住了。这里空旷冷寂，远处的雪山只有黑黝黝的长影，看不见远方。而未来会如何，可能将在数分钟后揭晓了。

“这里就是康德的内心世界？如此阴暗。”

“光线代表着他的心情，看来他很忧郁。”明康恩说，“你们看那山峰……”

众人看去，远处，一座极高的山峰上正汇聚着庞大的云层，直逼天际，仿佛全世界的风暴都藏在那云山之中。

“真可怕！”罗恩说。

“我想那就是魔王的意志占据的地方，如果暴风冲出云层，开始席卷整个世界，那么康德的内心也将完全被邪恶所占据了。”

“可我们怎么去那儿呢？”

“这是内心的世界，要学会使用冥想的力量。”明康恩闭上了眼睛。一会儿，远处铁青色云际下，一只巨鹰飞来了。

“跳上它的背。”

康德站在高山崖边，望着远处天空中如小点般的巨鹰。

“力量……”康德望着自己的手，“我能感觉到那力量……可我又明白，每使用它一次，邪恶就会侵入我体内一分。”

“成为新的魔王并不幸福，因为他是仇恨与阴谋的汇聚处，承担着雷霆般的愤怒。现在，背叛者的军队就正在想着毁灭他们的王，好让亡灵大祭司统御整个地下城，那才是恐怖的开始。”

“难道我应该帮助你？”

“我从不企求帮助，而是你别无选择。你拒绝我的力量的结果就是被毁灭。看吧，你终会使用我的力量，而那时你就会唤醒我。一次，再一次，直到你再无法将我的意志压制下去，那时我们就将融为一体，新的魔王就诞生了。”

“又一次的战争……”

“是人族自己点燃的仇恨之火，将延续百代。你看到了明康恩留在小木屋里的古卷译本，那是真实的历史，而不是被那些神祭史官篡改过的。你知道一千年前，本来没有人与魔的区别……”

“看啊，下面的大地上，发生了什么事？”巨鹰背上，罗恩顶着强风喊道。

云迪向下望去，她惊呆了，那是两支庞大的军队，正在草原上列阵。一面，是几十个铁甲的方阵，黑压压地移动着，像是巨岛划过绿色的大海。而另一面，数以万计的骑兵正分成几路，如洪流冲下雪山，向那些铁甲的巨礁撞去。

“这里为什么会有一场战争？”罗恩惊讶地说，“还是这么宏大的规模。”

“巨鹰啊，快些高举翅膀吧，我们没有时间了。”明康恩却不知为何视而不见。

可是当巨鹰疾飞，云雾如幕时落时起，每次大地现出来时，都展开着不同的场景，像是史卷上的长幅巨画。

骑兵的阵营被铁甲的军团击败了，大地上满是尸体……火光席卷了草原，无数人冲出帐篷，惊慌逃难……大火焚烧过的地方，迁来了无数的移民，他们建立起村落，开垦田地，村庄像蘑菇群一样长大，连为一体……几十万的工匠被召集起来了，他们挖开了运河，建造起了伟大的城墙……那巨大城市的中心，一座宏伟的圣殿高耸起来……一个王朝诞生了。

“我认识这座城市……”罗恩说。

“这是我们的都城——俄拉培德，大地上最宏伟的城市。”明康恩说。

“是的，也是三百年前被魔军从俄拉培德的地下涌出血洗的地方，漫长的战争由此开始，直到魔王卡奇云德被打败，灵魂被封入圣骑士的盔甲……”罗恩回忆着历史，“但那一刻魔王的诅咒使天空降下陨星，东西两大陆碰撞在一起，雪山隆起，地震毁去了所有的城市，旧王朝毁灭了……那是没有胜利者的战争……”

……

“它是依德尔族的发源地，那里有依德尔人祖先的血和图腾。千年前你们斯昂部族将它从依德尔人手中夺走，千年前你们斯昂族用剑与火将依德尔族赶入地下，然后才有了你们的文明、你们的宗教，才有了天主与魔鬼！千年前本没有人与魔的分别，因为人族将他们的兄弟驱入了地下从此才有了魔族！这些你们的历史上没有写！被修订过的《若星汉史诗》上没有写。现在你们知道了为什么人族和魔族有千年的战火，为什么魔族一直要重返地面，为什么魔王在战败时发下的诅咒居然可以实现，因为触怒神明的不是魔族而是人族！所以神要让他们赢得没有胜利者的战争！所以在魔族重新被绝望地封入地下的那一刻，大陆开始碰撞，海啸发生，地下喷出无数火石，那是战死者的怨灵，把王朝和繁盛建立在其他种族尸骨上的人是不该生存于这个世界上的！人族来自天国，而其他种族是生于地下，天生要受人族支配？这就是你们的教义？圣骑士们的丰功伟业？东征西讨，不过是帝国的铁蹄踏碎无数人的安乐家园，这种东西本就该永远被埋在历史的沉泥中！”

康德觉得心都要被这个声音震碎了，他知道他无法回避这个声音，因为这出现在他的心中，捂起耳朵是没有用的。如果正义与邪恶本来就是胜利者才配定义的事情，那么魔王与天使又有什么分别？

远处，那巨鹰越飞越近了。

“不！老师，您说的这些难道是真的？”鹰背上，罗恩高喊着，“大地上重现的是当年人族把魔族驱入地下的场景？难道经卷上所说魔族自古居住在地下是错误的吗？”

明康恩却沉默着，无比可怕的沉默。

“为什么要告诉我们这些？为什么要现在才告诉我们这些？”罗恩喊着。

“罗恩，这就是为什么我只教给你古精灵语，让你去各地收集《若星汉史诗》的原始版本，而从来没有教过你剑术与魔法的原因。战争，除了仇恨什么也不能证明，因为历史是很快、很容易被忘记和修改的。”明康恩叹息着。

神话崩溃了，历史幻灭了，什么才是真实？当年的圣骑士，是不是也像今天的魔人一样疯狂地毁灭平民的家园？

发黄的古卷，像是一碰就碎，却又是如铁一般的铭碑。

由胜利者书写的历史，是不可信的。

此时魔王是不是复生，又有什么关系？

……

“现在你明白了吧，邪恶与否，并不在于你是魔王还是骑士，而是你为什么而使用力量。”那个声音叹息着。

“接受命运吧，做个勇敢的人，康德。”

……

暴风喷出了山峰之巅的云层，巨鹰在风暴与闪电面前就像一张纸片般无力。

云迪知道，他们无法再接近康德了。

黑暗的风暴席卷了天空。当云迪再次睁开眼的时候，她坐在小木屋中，回到了现实的世界。而康德，却已经不见了。

都里斯静坐在雪山的岩石上，拄着他的长剑，身上已结了一层冰雪，从远处看就像黑岩的一部分。他沉思着，对四周的响声恍如不闻。

这时，一双穿着高筒黑战靴的脚轻轻踏着雪走到了他面前。

“你想好了吗？”是一个女子的声音。

都里斯抬头，他看见了一个戴着面罩，穿着黑色紧身软甲和白色披风，身材姣好的魔族女子。

“路华美亚……”

“你还在犹豫什么？犹豫要不要重回地下城，和自己人作战？几十万精锐魔族战士自相残杀，烈火湖都被尸体填满了！大祭司根本就是要把所有不服从他的魔族力量全消灭，这个时候你却逃到地面上来了！”她越说越气愤，一把将都里斯甩出老远。都里斯撞倒木墙从破屋另一方摔到雪地上。不等他爬起来，那叫路华美亚的女子又跳过来将他拎起。

“路华美亚，和自己人的战争再勇敢又怎么样呢？”

“华优冰其斯！不要再逃了，不论魔王能不能归来，我们站出来阻止这一切吧，我们可以做到的。”

“可是……现在我能做什么？”

路华美亚将一块冰凉而沉重的铁牌交在了他的手上。

“这是你的铁符，虽然你的军团已经毁了……但你还在！这支军队就没有消亡！来吧，给我一个希望！”路华美亚摘下了面罩，那是一张绝美的面容，额上却有着一道伤痕。她注视着都里斯，长发在风中飞舞，“告诉我，华优冰其斯将重新回到我们中间，和我一起战斗。”

都里斯握紧那块铁符，仿佛全身的热量都被它吸去了，血又变得像魔族一样寒冷，他的语调也变得冰冷了：“回到地下城去！夺回属于我们的一切。”

他将铁牌高举向空中凝视着。

他的身体忽然一震，路华美亚从背后抱住了他。

“谢谢你……谢谢……”她终于像个小女孩一样哭起来，“我太孤单了，我就快撑不住了，可现在有你了，我什么也不怕了……”

都里斯走向雪山，对面是黑压压的魔军。

“华优冰其斯，”那魔将大步走上前来，“告诉我，我们伟大的王现在在哪里？”

可都里斯冷笑了：“谁允许你直呼我的名字，侯洛伊？”

“你不再是四大军团长之一了，你已经是地下国度的叛徒！你居然还用法术改变了你的身体，现在我的剑本可以直接刺入你的胸膛。”

“是吗？谁给你的权力？卡奇云德王殿下？你们才是叛军！你们替亡灵大祭司屠杀所有仍忠于王者的将领和战士。现在，你们又想到这里来阻止王者的复生？”

“无耻的谎言，不要企图煽动我的战士们。”

“好吧，既然你们也自称是忠于王者的，那么就站在原地，复生王者的事由我去做。保卫国王不需要这么多军队，杀死国王才需要！”

侯洛伊冷笑了：“现在最先要杀死的，是你。”

他一挥手，魔军们拔出了剑。

“等等，”如果跳了出来，“这个人真的是华优冰其斯？四大军团长之一？”

“是的，那个叛徒。”侯洛伊咆哮着，“现在他还和人族站在一起。”

“叛徒？可我族的军队却正想找到并杀死自己的王！”华优冰其斯冷笑着。

“我们该信谁？”如果望着难道，“华优冰其斯是我从小就崇敬的英雄，他虽然叛逃出了地下城，可他不会撒谎的。”

“可大祭司抚养并保护了我们。”难道抓着头，“我不能相信它是想消灭卡奇云德王而独占地下国度的。”

“你们现在醒悟还来得及。忠于卡奇云德王的战士，站到我这边来！”华优冰其斯喊着。

“杀了他……”侯洛伊狂怒地喊。

忽然间，他惊慌地转头，听着山后传来的声音。

“那是什么？”

“好像是……龙的啸声……”有人喊。

一双巨翼突然从山后腾起，那火龙跳上了山顶的岩石，伸头向下狂啸着。它的背后，数百个巨大的黑影急掠而出。

“这是叛军的飞龙！”侯洛伊惊叫着。

体形小而快速的长翼飞龙喷出火焰，飞龙背上的骑手射出强力的弓箭。飞龙掠过之处，侯洛伊的步兵阵中士兵如风吹过麦田一般大片倒伏了下去。

但飞龙们的两翼上很快飞来了密集的弓箭，这纵然射不穿飞龙的厚皮，却也有许多骑手倒栽了下去。而它们飞过的地方，许多卧倒躲避的兵士又站了起来，从背后射出弓箭。

“强弩！用强弩！”侯洛伊喊道。

巨大的弩车架起来，三个士兵用一架，一人调整方向，两人拉弩。强弩可以穿透飞龙的身体，很快就有龙的尸体落在了雪地上。

飞龙军在魔军阵中翻飞，四处遇上箭雨，左冲右突而不能出去，很快要变成地面魔军的靶子了。

“歼灭叛军的功劳将由我立下了。”侯洛伊得意地狂笑。可这时一只飞龙向他疾速俯冲而来。华优冰其斯熟练地驾驭着飞龙闪过一支又一支强弩箭，而细密的弓箭被他用剑挡开。就在要接近侯洛伊的时候，侯洛伊察觉了。他举起手中的巨大魔弓就是一箭。华优冰其斯从龙身上猛地跳起来，飞龙被射中在空中炸开，而华优冰其斯也落在了侯洛伊的身旁。

侯洛伊举剑格开了华优冰其斯砍来的一剑，忽然背后一个身影掠过，侯洛伊一回头，路华美亚已落在了他身后。“吃复仇的一剑吧！”随着喊声，侯洛伊被砍出老远。华优冰其斯跳过去，在侯洛伊还没爬起来之前，将剑刺入了他的喉咙。

这时，四周的士兵向他们涌来。几只接应的飞龙从低处掠过，路华美亚和华优冰其斯跳上飞龙，可是一支弩箭射中了路华美亚的飞龙，她又落了下去。

魔军一拥而上，把她围在了中间。她奋力冲杀，身影几乎被淹没了。

华优冰其斯扭转龙缰旋飞了回去，想让路华美亚跳上来，可是路华美亚左劈右挡，她根本没有机会跳起，飞龙也遇上了密集的弓箭，无法再飞低。

忽然山上传来了长长的吆喝之声，几面山坡上，许多粗壮的矮人战士乘着木滑车像雪崩一样冲了下来，啸声遥相呼应，有数千人之多。

魔军遭到这来自背后的冲击，纵使他们训练有素，但失去了指挥官也不免有些混乱。矮人们坐在飞速冲下的厚重木板钉成的滑车上，车四周插着铁刺，撕开了魔军的方阵。力大身沉以善战著称的矮人战士们挥舞着巨斧和链锤，所经之处魔军血肉横飞。

路华美亚身边的魔军也退败了下去。路华美亚精疲力竭地半跪在地上，华优冰其斯从龙背上跳下来到了她身边。

汗与血在路华美亚的长发上结成冰粒。她侧身看着华优冰其斯，却还笑着。

“快些离开这儿吧，在矮人族眼里，魔人是没有区别的。”

“这一战我最大的收获，是重新找到了你——华优冰其斯。”路华美亚紧紧抓住他的衣袖。剩下的数只飞龙掠来，带着他们消失在天际。

风暴过去，雪山顶上露出红霞。那个圣骑士盔甲包裹着的影子站得如同雕塑，望着飞龙远去。

“我们注定只能守着这同一个朽坏的躯体了吗？一个无人怜惜的魂灵和一个无家可归的魔王。”

“虽然亡灵大祭司把控了地下城，但我终将回到那里。”

“可是我作过的承诺，你也无法遵守。”

“你承诺过什么？”

“我答应过一个女孩，永远不成为魔王。”

“即使拥有魔王的力量与威严也不能使你改变？”

“其实我的理想，是成为一位正直光荣的骑士。”

“看来我们要永远战斗下去了，即使在一个身体内。以后，你将不会再意识到我的存在。但你要记住，魔王就在你的心中，当你需要力量时，我将被唤醒，同时你献祭出你的灵魂。那时，我们将融为一体，无法再区分。”

“我不会使用你那黑暗力量而让你占据我的心灵的，不会……能够与魔王相抗衡，是我的荣幸。”

云迪、罗恩、阿兹、水晶、明康恩从后面赶来，看到康德的身影，才长舒了一口气。

“以后我们该做些什么？杀死他？还是看着他走向未来那个宿命？”水晶问。

“难道再没有选择？”阿兹冷得在雪地上跺着脚。

“除非收集到所有的由古代精灵所记述的若星汉古卷，那上面有着古老的失传魔法，包括那曾锁起魔王灵魂的著名的‘封’系，但是现在没有人能集全它们。”

“我们去找它们，我们会一直走，直到看到未来改变。”云迪说。声音坚定，不知何时，犹豫与恐慌远离了她。

因为她一闭上眼睛，就会想起十年后的那一天……

她被带入黑暗殿堂的最深处，最深处的最阴冷的角落里，蜷缩着邪恶的康德。

没有气势逼人的宝座，只有一把再简陋不过的木椅，那万人恐惧的、邪恶的康德坐在椅子上，头深深地伏下去，抱紧双臂像是很冷似的。

几十尺高的大门在她身后訇然关闭了，世界陷入了一片漆黑。云迪恐惧地向后退缩，倚在冰冷的铜门上，她觉得全身的血都要冻结了，僵直着连手指也不敢晃动。

黑暗中，渐渐有什么显现了出来。

那是一个人影，是魔王的影子？却又不像，那像一个着甲的骑士，那微光，正是从这甲胄上散发出来，却在黑暗中惊心动魄地刺眼，像是一个闪光的幽灵。

声音从那着甲者深处传出。

“你来了……”

“康德……是你吗……”

“我已经等候你很久了……”

“你等候我看到历史的真相？”

“我与身体中的黑暗抗衡，已经太久了……请原谅我以冷酷的心去对待每一个人。”

“我明白……原来，你的身体中早已没有热量与血了……”

“我允许魔族——依德尔人，与其他种族共同生活在大地之上，所有的人都恨我吧……”

“我不知道……也许，只能让时间去证明。”

“所以我必须用自己的生命来作一个偿还，愤怒的火焰已经燃起在大地上，也许我的死能够平息仇恨。”

“你太天真了，仇恨会永远存在。”

“我没有时间了……魔王在我的体内迅速苏醒，仇恨越来越多地占据我的内心，使我想毁灭一切。我必须和它同归于尽。”

“你明知道罗恩掌握了若星汉古卷中的法术，你希望他来打败你？”

“是的……是一种解脱……力量对我毫无用处……我统一了各个王国的力量，阻止了魔军的脚步，盟约终于签下了。和平来临，不论人们多么唾骂我屈服于黑暗……我所该做的事，都已经做完了……”

“你与这黑暗的强大灵魂抗争了十年……你已经是个了不起的骑士了……”

“你……你说什么……”黑影沉默了许久，“你仍称呼我为骑士吗？”

云迪也低下头来，她不知该说些什么。

“云迪……你可知当年我见你的第一眼，是多么爱你。但是……十年里……我再不可能有爱的感觉了，我的心脏已经腐朽碎去，现在，我用一块铁代替着它……它不会再为任何事而跳动了……”

“我……我知道……我该怎么办……”云迪靠在墙壁上，开始哭泣。

“我希望……你能给十年前的我，一种新的命运……虽然，我已经无法看到了。”

外面愤怒的喊声传来，人群包围了城堡。

“我该出去面对他们了……当你早就知道，有一天必然到来，这样的人生就已经毫无意义。十年来，我从来没有为自己而活过。云迪……当年我为了救你而堕入黑暗，现在，我请求你，不要抛弃十年前的我……”

“我……我答应你……”

巨大的铜门訇然开启，雪白的光芒像巨柱倒在极暗之殿中，砸起飞尘无数。骑士的影子，向门外走去，直到被光芒吞没。

而云迪静静地望着，那扇开启的时光之门，仿佛也是她的宿命。

不知何时，她已经明白了自己该做的事。和死去的百亚一样，今后她的生命，也无法不与那个盔甲中的人联系在一起了。

【第一卷完】

第二卷

重返阳光之土（上）

记住你的职责，记住守护神殿里的话，记住我族的发源圣地在地面，在人族的手中。为了魔族延续，终有一天重返阳光之土，你必须残酷和忍受黑暗，每一个倒在你刀下的同族，他们的高尚的血都是你未来决不动摇的力量！

第十五章

难道与如果的难题

外面的雨下得很大，魔人难道和如果走进了一个山洞。

“如果，解释一下，发生了什么事？我们是在进行着复活魔王的大事呢，为什么要像老鼠似的在洞里钻？”

“因为我们似乎又一次失败了。这次我们的军队居然被自己的叛军打败。又或者我们才是叛军……我们要去寻找魔王……可是有人说我们寻找到魔王只会危害魔王。”

两个魔人遇上了他们前所未有的难题，就算他们钻到地下三千米也不能避开的问题，事实上越接近地下，他们就觉得这个问题越逼近他们。所以他们宁愿待在地面上潮湿的山洞里。

“真有趣，突然有一天，你发现什么都可能有另外一种答案，对会变成错，好会变成坏，神灵会变成恶魔，美人也会变成母猪。”难道说。

对面的黑暗中没人说话。

“如果，嘿，如果……如果，吭声！”

“好了……”如果沮丧的声音传来，以前从未见他如此低沉，“我发现，在地面上待久了，我会越来越虚弱，光线下我没法好好休息。”

“那你就建一个血池睡上一觉。”

“我现在要睡上三个月才行呢，可是我们没有时间……再说了，地面上能收集到的血总是有那么一股膻味儿，像人族的味道一样。”

洞外的雨声听得很分明，雨越来越大了。

“我忽然觉得……这世界上只剩下我们两个人了呢。”

“这怎么可能，昨天我还看见很多人……下午都看见了……”

“你怎么一点感性都没有？我是说感觉！感觉你懂吗？”

“要那东西干吗？”

“我们现在被孤立了，是的，是这样的，几天前，我们背后还有强大的魔族，现在，我们连该不该回到地下城都不知道，因为据说大祭司想做掉魔王。”

“魔族是人族的叫法，请记住我们是光辉的斯拉诺·德拉尔·依德尔族。你的骑士小说看得太多了。”

“够了，够了！大祭司也管我们叫魔族，我一点也不觉得这个名字有什么不好。我只知道那是一种让人族恐惧的东西。”

“是啊！”难道跳了起来，“反正闲着也是闲着，我们趁黑到山下人族村庄去吓吓他们！”

“我一点也不觉得这好玩！我不想引出些麻烦误了正事。”

“这可真不像你。待在这里看着你皱着你那张脸真是太累了。不管怎样我要出去找些乐子！”难道站起来。

“外面下着雨！”

“你就像我妈一样烦！”

难道走出洞口才发现雨真的不小，雨对长居地下的魔族来说可是种使人厌恶的东西，很多魔族敢于在熔岩中修炼，却有着恐水症，比如如果。可难道此刻发现自己并不是那么厌恶这些空中掉下的水，站在雨中他的头脑能清醒很多。

“我并不是像如果说的那样没有脑子吧？”难道动动思维，发现它还在，“只不过长期以来习惯了跟着如果行动，自己就懒得再去想些事情了。”

“可是这次连如果也发愁了。”难道摘下头盔，他有着像人族一样的金发，而魔族的头发通常是黑紫色的，若不是脸上的刺纹和红色的瞳孔，也许别人不会辨认出他是魔族。

“如果现在一定在纳闷儿我的最后一句话，我们明明都不知道自己的母亲是什么样的。也许我也是看人族的小说看得太多的缘故吧。”难道抬头，雨水让他有点睁不开眼，他随手戴上头盔，盔里的积水全倒在了他头上。

难道自己嘿嘿地笑起自己来。

一只不知哪里来的羊在雨中逃奔，难道跳过去把它拎了起来。这是做血池的材料，他想自己该收集些血来建个血池，也许睡上一觉后如果的心情就会好起来的，那时候他就又知道该怎么办了。

难道抱着羊向山下走去，凭着魔族对生命的气息的体察术，他很快发现他接近了一个村庄。他像回到幼时的游戏时那样兴奋了起来，蹿到了村边的墙下，虽然村中全是根本无力对抗他的普通人，可他还是觉得这游戏紧张好玩。

可是他手中的羊却觉得一点也不好玩，它大声地叹起气来，这下子全村的羊都与它应和起来了。难道忽然想起他应该把这羊弄死在什么地方，如果如果在，他一定会提醒他的，可是他现在不在，自己就要把最简单的事弄砸了。

这时有人的气息来到了难道的背后，它是如此微弱以至于忙着说服那头羊的难道都没有顾上。

“把我的爱丽丝还给我！”一个小女孩气冲冲地说。

难道一回头，他的红色瞳孔在黑夜中仍然闪亮。

“啊，你是一个吸血鬼？”小女孩有些紧张与兴奋。

难道觉得非常羞愧，吸血族在地下城是低等种族，可一个优秀的正宗魔族战士确实不该抱着别人的羊。

“不……不是，还给你。”他一松手，那羊欢呼着向村里跑去。小女孩紧追其后，大声喊：“妈妈！我找到我在山上丢的羊了，一个红眼睛的山鬼偷了它！”

然后是大人们的训斥声，她的妈妈站在檐下用一块大毛巾狠狠地擦着她，擦得她左右乱晃，嘴中骂个没完：“小捣蛋，下这么大雨乱跑，淋病了又要我侍候，弄湿了衣服还要胡说八道。哪天让山里妖精把你抓了当新娘，妖精最喜欢抓撒谎的小孩子。”

小女孩笑着一直看着村口矮墙下那注视着这里的胆小的鬼怪，直到她发现那红光变得暗淡而忧郁。难道蹲在远处扶着墙看着这些，心里好像透不过气来，他觉得自己从里到外湿透了，心情都粘在了一起，他也不知这样比喻对不对，反正他就是这么感觉的。

这就是如果所说的“感觉”？感觉是这种样子的吗？他为什么会突然这样？他自己也不清楚。看着小女孩被她的母亲推进屋，随着门“砰”地一关，难道也靠在了墙上。

如果说的是对的，这个世界上只有他们两个。其他的东西，都不属于他们。小女孩淋雨会被人骂，而自己在雨中淋上半年也不会有人来管。她可以“砰”的一声把所有使她湿透的东西留在门外，可自己怎么也躲不开这场该死的雨。

这种感觉变成了另外一种东西，难道跳起来拔出了他的刀。作为魔族，他血液中的性格，使他现在想要破坏些什么，他紧跑几步，一纵便上了村中最高的那座房的房顶。

这时他觉得他看见了什么熟悉的东西。

一间屋内，几个人围着壁炉坐着。

“云迪，你能不能算算这场雨还要下多久？这里潮得我骨头都痛了。”矮人中的异类阿兹边烤着靴子边说。

“别把你的臭鞋放在壁炉前烘，受不了啦！”翼精灵水晶在屋里乱飞。

“再吵我就用另一只鞋把你套起来！”

“康德，你干吗还把自己套得严严实实的？会霉的，就像阿兹的靴子。”水晶说。

“你别管那个死人，更别把他和我扯到一块儿。”阿兹说。

云迪在炉边擦着自己精美的白色小靴，罗恩在另一边就着火光看老师明康恩整理出的一些古卷的译本。而康德裹着厚厚的黑袍倚在窗边，睁着眼睛听着外面的雨声。任何人若想到正和一具朽坏的身体共处一室都会不是滋味，尽管康德已经把自己包得够严，尽量不出声，可是那更使人觉得他不像活着的东西。长途的旅行里，精灵和矮人对这位准亡灵族的容忍度越来越低了。

“死人康德，你真的不来点儿？动一动，让我们知道你还没灵魂出窍。”阿兹口里大嚼着牛油面包，举一块给康德。

“够了，阿兹，你明知道他吃不下东西。”罗恩说。

“看你的书吧，快研究哪儿能找到剩下的若星汉古卷。我是担心他整天不吃不喝，哪天走在路上就垮成一堆骨头了。”

“是啊，下雨这么潮会加速他的腐烂的，我不敢确定我制的防腐药水能持续多久。”水晶说，“对了，那味道真是阿兹的臭鞋发出来的吗？”

“你们再吵就全给我出去！”云迪头也没抬地说。

可站起来的是康德，他开门走了出去，身体的朽坏使他走路的样子也变得难看。

“康德……”罗恩忧心地看着他。

“也许我们该用冰冻术把他冻上再抬着走……”阿兹说。

云迪抬手就是一道闪电，闪电从阿兹身边划过去，在墙上穿出了一个大洞。

阿兹颤抖着举起手：“好了，我发誓看在十年后的他救过我们的分儿上再不说了……”

云迪跳起身来：“这不是打你，是给墙外的魔人。”

这下所有的人全跳了起来，外面传来了惊呼声。

屋中的人冲出去，看见一个魔人恼怒地站在那里，头盔上冒出青烟。

“雨箭术！”精灵水晶首先开始了她的行动，天空一片范围里的雨丝忽然变成银针。

“瞄准些再打！”阿兹跳着躲开那些落向他的雨针。

“雨太小了……”水晶不无遗憾地说，那些雨针在魔人的盔甲上布了银亮亮一层，但显然只有装饰作用。

云迪的闪电再次出手，这次魔人举起他的刀封住了那个闪电。

但是云迪另一只手发出的回旋光球击中了他的后背。

魔人一颤并没有倒下，他盯着云迪：“你变强了。”

“你们前几次见到我时我一直在虚弱中，现在可以让你见识我的真正力量了。”

如果在黑暗的山洞中惊醒过来，他觉得似乎他的同伴遇上了点麻烦。这种感觉让他出洞向山下奔去。

“也许很快他就会召来黑暗的军队，我们快些离开这里吧。”望着逃走的难道，云迪说。

一回头，她看见康德裹着黑袍站在黑暗中。一碰上她的目光，立刻转身走回屋中去了。

“他现在的样子，真像个冷酷的亡灵法师。”云迪想，心里又沉重了些。魔王的灵魂正被封印在这个身体中，他们究竟能不能在康德完全被黑暗吞噬之前得到精灵法师们的帮助呢？

魔人难道奔出很远，他觉得浑身发冷，那些插在他盔甲上的冰针现在也许正在渗入他的身体，而最主要的是他中了那个该死的女魔法师的光球，寒气沿着血管漫延着。

也许受到了魔法的影响，难道觉得现在的心情也糟透了。他开始不由自主地打冷战，想着若是有军团士兵看到他现在的样子一定会让他名声扫地。他刻苦努力了几十年才在这次的比武中赢得了“黑暗之子”的称号，获得了这次任务。可是现在，一切都一团糟。是的，糟透了。从华优冰其斯口中说出的大祭司的阴谋扰乱了一切。地下城是他的家乡，可他却不知是该回去，还是继续寻找魔王。就在刚才，当他正要一刀结果那个女魔法师时，他分明在她的身后又看到那双冷冷的眼睛，放出死亡的暗光。他震惊得连刀也偏了，怔怔地挨了一下，无心恋战地狂奔而去。

“哦，如果这是一本书，我是书中不幸的主角，烦请作者出来解释一下到底发生了什么事情吧。”难道抬头喊着，不过他忽然生出一个念头，假如自己原本只是一个配角呢？这个想法比冰冷的法术更快寒透了他的心。

“如果是这样，如果这是那创造命运的人在通过我的灵魂暗示我，那么也许我会在某个地方莫明其妙地死去，也许就是现在……哦，我感觉死神就要来了，刚才那双眼睛……那种眼神，那分明是死神的目光……嗯，等一等，魔族的宗教里并没有死神的，只有亡灵族才认为死神是世间最大的主宰，我在呼天喊地之前也许要先端正我的信仰……”

可随后难道发现他本是无所信仰的，大祭司已被怀疑，魔王又形迹难寻，至于从小偷看的禁书——那些人族的骑士小说中骑士死前呼喊的礼天教圣主，那是魔族故事中的欺世大骗子……在失去魔王的三百年光阴中，原来魔族也正流逝着自己的文化与历史。大祭司在不知不觉中，已经消解了魔族的传统意志，其中包括对他和如果这样从小接受亡灵族教育的人委以重任，他相信大祭司是真的寄期望于他们，在死亡法则学院，他们受到魔族中最好的教育和训练，知识、魔法、格斗，当然也包括有机会偷翻图书馆中那些作为反面批判教材的人族骑士小说。难道相信，假如他和如果能完成任务回到那个地下城，大祭司必然将不顾资历年纪破格升他们为黑暗骑士，然后他们将真正作为大祭司的心腹而成为黑暗中高人一等的骄子，直到有一天，成为魔王不在时魔族最高的武力掌握者——军团长。可现在，这条令人神往的无限黑暗的道路，就这样消失在一团烂泥和迷雾中。一切因为怀疑。怀疑的开始，怀疑自己所依存的支柱，于是将自己悬在了虚无的半空……

难道从虚无的半空中落回实地是在漫长的时间后，在雨中他冻成了一个大冰块，醒来后看着身边一大堆碎冰，他纳闷儿着是谁把他敲了出来？他观望四周，发现自己正躺在一如城堡石室中的石床上，壁炉中的炉火在一边熊熊地烧着。难道想那必然是他在飘失的梦中能重回地心的力源。

他起身时发现自己身上还浮着淡淡的绿色微光，他惊讶地想到那一定是人族的圣洁疗伤法术的结果。对于一个从小接受黑暗系训练的魔人来说，这可是致命的，如同他当日将黑暗力量输给人族康德造成的结果一样，可能使身体遭受极大的损害。难道惊慌地调动体内的力量，发现他除了感觉不到自己的黑暗力量之外身体还是很舒适的，但这已足够糟糕，必是某个精通此道的阴险的人族故意使自己无法运用黑暗力，而再遇战斗时他就不得不像一个普通剑士一样完全依靠肌肉的力量与刀法了。

难道伸手去腰间只摸到空空的刀鞘，忽然不确定自己是否在恍惚中把心爱的战刀扔在了某个地方。他跳起来疯狂地寻找，忽然发现刀就在自己左手里紧捏着。任何时候也不把武器丢掉，是魔族战士的基本准则。常年的训练才使他在昏迷中也能紧握着刀。难道松了一口气，有这把陪他经历过无数次战斗的刀在手中，即便是现在门口就冲进一群人族武士他也不会惧怕了。

门打开了，一位穿着和她的年纪不相称的褐布法术袍的人族姑娘瞪大了眼睛看着指到她鼻尖的刀锋，说："你这么快就醒……"

难道一把将她扯过来，踢飞她手中拿着的一个魔法药瓶，药水打在墙壁上，发出绿色光辉。他按住她，刀顶住她的后颈骨节。只需一旋，那头颅就会完美地打着转儿离开身体。对于获得过人族解剖学满分的难道来说，没有比这拿捏得更准的事了。

他回头没有看见其他的人族出现，刀便没有急着下去。他静静听了听，确定百步之内的城堡中再没有人，便放开了那女子。

那女子吓得不轻，半天说不出话来。她起身看着难道，脸色苍白喘了半天气，才说："你……你……好精神啊。"

难道正想盘问，她却接着说："我不是坏人，你不要怕。我是杨基城堡的魔法……嗯，魔法学习者。我采集药品回来路上看见……你很奇怪地在一块冰里头。我就找旁边村的人把你抬来，试着治……你还好吧，看你刚才那样，应该是没事了。"

难道想起自己黑暗力量的失效，气就不打一处来。骑士小说中的礼节和魔族的残忍在他心里打了一百个转儿。最后他想，综合的结果是——他应该温柔可亲地杀死眼前这个好事的人族女人。

年轻的魔法学生并没有察觉到眼前这张冷漠的脸下面藏着的坏念头，还在继续说着："我这还是第一次对人试我的治疗法术，我刚才真紧张。知道吗，你很奇怪，普通法术书上的方法对你没有效果，后来我就试着自己换了一下方案，没想到《天礼圣导书》的九三咒语还可以配上《精灵之森医事纪》三卷上的九号符咒使用……"

难道脸上的表情越发难看了，他想是做成前后截面的标本呢还是左右截面的？这小姑娘长得不好看，如果鼻子再高一点儿会好些，一会儿替她修一修……所以后面的话他就没再专心听下去。

就像难道在死亡法则学院听人族解剖学时常常走神儿一样，难道常常从学科本身想到万里之外，从刺哪个部位可以致命最快地想到做个理发师要设计哪些花哨的发型，从人族的骨骼结构想到禁书上公主的镂空长裙的花式。他喜欢把任何东西和他的艺术创造力联系起来，正如他那件著名的曾使整个兵团偷袭计划失败的夜光战甲。如果不是军令禁止破坏兵器，他还想在他的刀上刻出十四行爱情诗。他的诸多梦想之一就是拥有一个自己的人体标本以研究他的刀法。今天他又打起了这个主意。

“……然后我又用第七号药水加高浓度的风琪粉末，才阻止了你的不良反应，”魔法修习生拿出一本笔记开始读，“可这时你仍然肌肉僵硬，于是我想到用化石剂先将你肌体固化然后再法术解化，结果就行了。哈，连老师都一定想不到可以这样做，然后我用活血草泡黑血蝠干做药汤，按七比一配入吸化药水……这全是我自己想出来的，书上全没有……然后擦在你身上再用圣华术，然后你开始能动弹了，然后我想到可能还需要一些补充体力的药，然后我就出去拿……然后……咦，你能听懂我在说什么吗？干吗直直地看着我？”

难道想到在这之前自己一直反倒是别人的试验品，他脸色青中透红，这女人当时满心想怎么救活他，而他现在想的却是把她从什么角度切分。

“你用了风干的黑血蝙蝠？唔，很对，那是强力的活血药材。可是人族圣术师是从不会把圣洁药水和这些东西混用的，你学的是什么旁门左道？另外，你说的这些方法也没有可能使我恢复，人族的医疗法术对我的身体不可能有用……因为……”难道瞪着她冷冷地说，“我是魔人。”

修习生愣了一下，忽然大笑起来：“你真会装神弄鬼，一开始我看见你的这身盔甲也吓了一跳，差点儿去叫城里的骑士团，可是仔细观察发现你分明是个人族，否则我用那样的圣洁法术治你，你现在不可能还活着……”

“可我是个魔人！”难道像被抢了苹果的小孩一样跳起来，“这有什么奇怪，你看我的眼睛……”

女修习生盯着他的双目好一会儿：“是的……刚开始时，它们是红色的，但是现在——它们变成黑色了。”

难道立刻蹦起来去寻找镜子。

然后在某一处，传来他惊骇的叫喊。

第十六章

康德决心叛逃

冒着大风雨，云迪一行为了躲避可能被召来的魔军而行进到了杨基城堡。当他们在大门前敲击门环时，就听见那灯火阴暗的城堡里的一声惨叫。

着急的水晶先从高处的石窗飞了进去，不甘示弱的阿兹也开始向地下钻去。罗恩想跟着，云迪拉住了他的领子，轻蔑地翘翘嘴角。康德一动不动地站在他们身后，裹着黑袍，像几千年来就站在那儿，与黑夜融为一体。

阿兹打开了大门，云迪等人握紧手中的兵器与法杖，缓缓地走进了阴暗的城堡。

城堡像是没有什么人住的样子，石廊中满是灰尘与蛛网。他们的脚步声回荡着，除此再没有任何动静了。

忽然又是一声尖叫，这次是水晶。人们跑上前去，看见她从回廊拐角冲出来，一头撞在墙上，摔个半死。

阿兹跳过去托起她："嘿，你就像个没头的苍蝇！发生了什么事？有一只大蜘蛛在追你吗？"

"我看见那些、那些石头……"水晶说了几个字，眼冒金星栽倒在阿兹手上。

几十个黑影静静站立在廊后一间大厅中，当罗恩、阿兹刚看见他们时，都被吓得后退出去，举起了手里的匕首和木棒。

云迪冷笑一声走上前去，右手搭上黑影的肩头："是松嘎石人，这里也许是个索尼巫师的住处。"

“一个可以操纵石像的索尼巫师？也许我们不该随便进别人的房子，我想我应该先出去敲敲门。”阿兹说。

“也许他正在楼上做着索尼教派那些邪恶的试验，刚才那声音听起来真是不祥。”罗恩抬头望着，他记起明康恩曾说索尼巫师是所有正派魔法师所不齿的对象。

他们走上宽大的阶梯，木板像从来没有见到这许多人似的叫起来。

“你就不能轻点吗？”阿兹对他身边的人抱怨。

“你在对我说？你居然让我轻点？”水晶在空中叫道。

“见鬼，你把周围三百里的野兽和恶灵全吵醒了。”

“可是那是你，是你叫我轻点我才……”

忽然楼上传来门的响声。

“我想他躲到某扇门后去了。”罗恩说。

楼上有许多门，厚重的木板镶着铁边，神秘的城堡主人会在哪扇门后呢？

“云迪，我相信你是大陆杰出的魔法师之一，很少有法师强过你，对吧？”阿兹向云迪靠拢着。

“千万别这么说，我只不过是新银月光华军中一个小小的军医而已，事实上我主修圣光明治疗术，这方面我已达到四十级，而我的火系、电系、水系都还是可怜的二十多级……”

“别对一个从来没有参加过魔法行会职称考试的赤脚法师说这些，至少我没见过有人能像你同时精于这多么系……当然在土系方面你还需多向行家请教，那……你看我的土系能有多少级？”

“非科班出身的土法师是很难评级的，你的那些法术正规教材上根本没有，你早就偏离正道了。”云迪眼光警惕地打量着身边的门，不看阿兹一眼。

“难道我就没有希望像尤里卡那样自创出伟大的魔法？”

“可你的法术全是手法错误、缺乏指教、不入流的野地法术……”水晶急忙地说。

“我没有问你！”

忽然云迪指向一扇门，周围的人凑过来，她压低了声音："在这里。"

而她的目光随即又转过去望向走廊尽头的另一扇门，疑惑地想了想，仍然把手指向身边这扇。

阿兹立刻跳到了阵形的后面。

"这时我才觉得一个能冲在前面的肉盾是多么必要。"罗恩说，"我们的队伍中居然没有一个骑士或是矮人。"

"阿兹，他们忘了你是矮人。"水晶在阿兹背后推着他。

"那正好，我本来就不想当，我要立志改变矮人在其他种族眼中的冲锋队形象。"

"所以你现在站在最后面？"罗恩回头嘲笑道。

"康德是骑士……哦，我是说曾经是……我现在倒希望魔王还在他的身体里……康德？"

康德全身裹在黑袍里，不知什么时候早站在了走廊的尽头，在云迪曾望着的那扇门前站定。

"他什么时候到那边去的，我都没听见他的脚步声。"水晶说。

"他的造型看起来像个夜行吸血魔，他会吓着门里的孩子们的。"阿兹龇牙笑着。

罗恩看了看云迪，云迪也笑望着他。罗恩叹了口气，虽然他手无缚鸡之力，可是也说不出"女士先行"几个字来。他把手按在了门上，一推，像是锁上了。

"他看起来不想见我们，我们真的有必要去惊动他吗？"

"如果你不想在外面的风雨中过夜或是半夜被什么惊醒，最好还是找到这里的主人。"云迪也把手按在了门上。

"里面有很重的魔法气息，这个人的力量也许不在你之下，但是……我能感觉到一种惊慌……他在害怕……"罗恩说。

"你的体察术相当不错。"云迪有些惊讶。

"是的，我的老师也只肯教我这些没用的东西。"

云迪想了想，伸手在门上敲了两下。

敲门声把阿兹和水晶吓了一跳："嘿，你在干什么，我们可以在门厅过一夜。"阿兹说，"吵醒睡梦中的东西是不礼貌的，尤其是在你还不知道那是什么的时候。"

长廊的那一头，康德已无声地推开门，走进了那屋中。

一种极熟悉的气息，竟让他觉得无比亲切，那是黑暗的气息，是死亡。

屋的正中央，一具人体正躺在石台上，看样子已被解剖得七零八落，身体的许多部件都被换过了，一个比人眼大几倍的眼球鼓在外面，不知是什么东西的眼，另一只眼却被缝上了，腹中散发着浓烈的药味。

但康德明白，这个人还活着，因为他有着和自己一样的——亡灵的气息。这是云迪和罗恩都难以体察到的。

在屋子的四周有许多的箱子，康德的眼睛早就能在黑暗中视物，他看到箱子上的标号，知道那里面是各种肢体，"左足：来自长腿精灵""眼类：巨蛙复眼""爪类：黑狼魔""齿类：剑齿"……

康德忽然想到基洛岗城外亡灵福肯斯达对他说的："身体不过是人的束缚，你如果懂得灵魂的搬运，你就可以随意更换你的身体。"

是的，他现在确实有强烈的欲望，抛弃这个日渐腐烂的身体，换一个新的健康的。每天他在路上见到那些健壮的人，就有扑过去的欲望，这种心理使他害怕不已，即便对于同伴，他也每天躲得远远的，不仅是因为身上的恶臭，更怕他们察觉自己心中疯狂增长的阴暗。

如果可能，他愿意抛弃血肉，换上铁的躯壳，僵硬但至少不再腐朽。水晶为他配的洗澡的带魔法力的消毒药水像刀一样刺痛他，他的身体早已没有触觉，但那种药水却是亡灵暗黑族的大敌，它折磨着被黑暗感染的灵魂。幸好药不是每天都可以弄到，何况只能暂时阻止身体的朽坏。近些日子，水晶他们已经越来越懒得再去辛苦地寻找草药，任由他躲得远远的，甚至每夜睡在门外。他们已经开始厌恶他了不是吗?

是的，云迪厌弃他的身体，可是百亚不会。

换一个身体，换一个身体！这声音在康德心中越来越响了。哪怕是异形的恶魔，也比现在朽坏不堪的强。

可是他并不知道该怎么做，他知道云迪、罗恩他们也决不会允许，那是暗黑邪恶的亡灵族才会做的事，信仰礼天教的种族是绝对不能这么做的，身体是上天赐予的，要与它共存亡。

他明白，他已不再是人族，也不是精灵或矮人，他已被种族所不容。等到同伴发现他无法救治的那一天，他们也许会毫不犹豫地抛弃他或毁灭他。

既然如此，为什么不现在就离开呢？独自去过在黑暗中的、食腐的亡灵生活，那样会让他更自在些，他已无法合群。

每当想到自己在变成一个彻头彻尾的亡灵族，康德就心寒如冰，就想逃离人群，逃开每一个知道他、关心他的人。

“不要进那扇门！”当罗恩用开锁术的时候听见了一个女子的叫声。

康德听见旁边台子上的怪人重重喘息了一声，像是一台老旧的机器正发动起来。他并不太害怕，对黑暗与异类的恐惧正日渐从他心灵中消去。这时他听见门外走廊上，一行人正惊呼起来，乒乒乓乓的像是很多家具被打翻了。一场战斗又开始了，康德心中蔓延着对一切深深的厌倦，他决心逃离。

阿兹在那些东西冲出来的时候下意识地把手里的东西全扔了过去，事后他有些后悔，那里面还有他明天的早饭。虽然眼前的家伙让他很倒胃口，可是他还是不想明天被吃露水的水晶嘲笑。云迪用震撼术削弱了前面冲出来的几个东西的势头，然后审时度势地转身就跑。她发现罗恩已经在楼梯口等她了，更远的地方是水晶，她好像从来就没上来过。罗恩对云迪笑了笑想申辩自己不是故意先跑而是本来速度就这么快，他控制不住，但他看到云迪好像没有听他解释的心情，只怪他挡在了楼梯口。阿兹如一块飞滚的圆石追在云迪后面，好几次差点儿把云迪拱一个跟头。在他的后面，一堆堆奇形怪状的东西正从那个门里涌出来。

吓跑了难道的那个女修习生这会儿从三楼楼梯上冲了下来，眼前的景象让她很是恼火。“你们怎么可以随便打开别人屋里的门？喂，别跑，替我拦住那些试验品，他们跑了，老师回来会大发脾气的！”

可那四个人好像从来不懂人族语言一样。

“没有办法了……”女修习生开始念动一种语言，她的声音不大但好像足以让一楼大厅中的石人们听见。

很快，惊呼声中那四个人又从下面噔噔噔地冲了上来。

面对满满一走廊的怪物，云迪反应奇快地打开手边的一扇门，阿兹先一步冲了进去，然后在里面大叫一声，云迪立刻打开对面的门走了进去，罗恩很有礼貌地跟在她后面，然后很有礼貌地随手关上了门，把水晶和怪物全关在了门外。这时阿兹从另一边又撞了出来，头上缠着一堆乱藤，像是那些拼接怪人中的一个。他习惯性地想采用土遁，然后他发现在楼板上使用这种魔法是不需要法力的，于是楼道上一声巨响石屑尘飞后就多了一个大洞。只剩下水晶尖叫着从这一头蹿到另一头，最后一头撞进人族女修习生的怀里，长舒一口气，放心地晕了过去。

黑暗的房间里，罗恩和云迪屏息听着外面的动静，罗恩一直紧张地想去抓住云迪的手，可云迪的手很灵活。

“你不觉得我们应该出去帮帮他们？”罗恩说，他想好了感人的下一句是“我愿意同你一起赴险”。这样的对白在《若星汉史诗》里都被骑士们用烂了，屡试不爽。

“如果你愿意的话我不会介意的，不过出去后请随手关门。”云迪的对白在史诗剧中就少见了一点，这倒充分证明了明康恩的那句话：“唉，世风日下，你看现在战士不像战士，矮人不像矮人，魔法师不像魔法师。”

罗恩想起老师的这句话随后才想起了康德，那么：“康德他……”

“见鬼……”云迪轻咳了一声，像是恼火罗恩的提醒。她的尖跟小魔法靴在罗恩脚上猛跺一下，放出了一个火球魔法，轰开了窗户，“我们从这里走。”

罗恩被她拉着重重地摔到了窗下雨中积水的草地上，他发现提到康德的名字总能使这个女子充满无限勇力，看着猛烈燃烧的窗台他想说只要重重一脚就可以省下那个魔法，但想到对于美女魔法师来说体力值永远比法力值更宝贵就闭嘴了。

“我感觉不到他在哪里，他的气息一天比一天微弱了。”大雨中，云迪着急地说，这个时候她才不自觉地抓紧了罗恩的手。

事实上在罗恩看来这不过是云迪对自己糟糕的体察术的掩饰，因为康德在他的人族圣华力越来越弱的同时，黑暗气息却日益高涨，罗恩只用了一偏头的时间就感觉到了，在古堡院墙东南有两个黑暗系物体正在跑动着。

一阵风吹来，云迪也皱了皱眉：“我感觉到了，他在东南方向。”

对于云迪用鼻子代替优秀的体察术的行为罗恩甚为不满，但康德身上的气味的确不适合站在上风。

雨像是越下越大的样子，让人想起了恶灵山谷中那永无休止的惊雷与黑夜。

第十七章

死灵夜

康德在雨中裹紧黑袍缓慢地走着，在他后面跟着那个独眼的拼接怪，也许是受到他身上黑暗气息的吸引，拼接怪像被绳子牵住一样与他始终保持着一定距离。

这种被跟踪的感觉实在不是太好，就像死亡的跟随一样让人厌恶，康德尽量走得快些，但仍甩不脱那个没有灵魂的跟随者。

忽然一个声音响了起来："哦，你们居然全跑出来了，我可爱的木偶们？是这雷声吓坏了你们，还是有人侵扰了你们的好梦？"

康德抬起头，看见山坡上一个瘦小的影子正站着。他发现那人并没有开口喊叫，那声音是直接在自己的头脑里响起来的。

于是他的某个记忆顿时被唤醒了，显然当年村里的老者讲过有关这种人的故事：孤独地住在远离人群的废城堡里，与他的各种石偶木偶为伴，甚至是死人的身体，他制造黑色的意志注入偶人的体内，从此他们只听他的召唤。

这就是索尼巫师，恶灵的召唤者。乡间流传的若星汉传说故事中最臭名昭著的那一种，经常以魔族的跟班或是背后的捣鬼者的形象出现。有关他们的俗语是：黑暗的夜里莫独自行，当心背后恶毒的诅咒。

康德想加快跑开，可这时他无比清晰地听到了法师在心中暗诵咒语，这本该是只有偶人们才能听得见的，康德觉得手脚都在麻木僵硬，难道这朽坏的身体要背弃他而去听从法师的召唤？

法师开始大踏步向城堡走去，康德的身体不由自主地转身跟去，康德急得在他的身体里跳脚，恨不得灵魂能跳出来独自狂奔。谁都知道，落在亡灵法师手中的灵魂不会有什么好下场。

这时云迪和罗恩追了过来。看着在大暴雨夜中如闲庭信步般走来的法师，云迪停下并拦住了罗恩。

而法师好像没有看见他们一样，直接从他们身后走了过去，后面跟着一瘸一拐的拼接怪，罗恩不由后退了几步，而云迪早向康德迎了上去。

康德头脑清醒身体却不受控制，看着云迪在他身边转着也束手无策的样子，他连任何一种表情都做不出。

云迪鼓起勇气，对前面的法师大声喊着："对不起，我并不想打扰您的行程，可是，你是否也在无意间用咒语锁住了并不属于你的活人？"

法师回过头来，他的面孔干瘦，像羊的头骨，正是索尼巫师的标准形象。

"如果那是个还活着的人，我敢保证他不会听到我的咒语也不会受控制。"他开口说话时，声音便显得中气不足，几乎要看口型才能知道他说什么。

"这情况也许有点复杂……"云迪焦急地喊，雨水在她的长发上成行流下，"他的身体的确已死去，但请你相信我，那里面还有灵魂存在。"

"凡是死亡的身体，都是属于我们的；凡是被光明所遗弃的游魂，也都是属于我们的。不要和索尼巫师抢夺死去的东西，我看得出，你也是魔法师，难道不懂得法师间的规矩？"

"按规矩的确如此……"云迪在心中想着，"但这时候大家也顾不得许多了。"

她来到康德的身边，蒙住他的双眼，对他说："静下心听我的声音，一定要专心听！"

她的手如雪一样凉，她的声音如泉水一样动听，但康德的身体里却产生了极大的抗拒反应，他觉得自己那朽躯好像就要裂开两半一样，不由痛苦地大叫起来。

法师惊讶地回过头："我的偶人居然开口了？你正让他觉得痛苦，他已不属于光明，不要试图把他从我手中抢走。"

然后他愤怒地一哼，那一直跟随着他的拼接怪人就狂暴地向云迪扑来。

这个家伙并不能使云迪感到威胁，她伸出手指使出了一道五级的电光术，准确地击中了目标，但拼接怪除了变得看起来更焦一点之外没有什么大碍，他抖了一下又继续冲了过来。

云迪有些恼火，她的电光术可以用来对付难道、如果这样的高等级魔战士，却对不知痛苦的黑暗亡灵系没有什么效果，她想也许这老索尼巫师还在他的手下的身上加了魔法防护。三道电光过后，那拼接怪看起来像烧成黑炭的猴子，但他仍在靠近。

“这时候我们需要的是战士，是矮人，只需要一剑就能解决问题，可是你们毫无用处，什么都要靠我，为什么？天下哪有这样的队伍？”云迪愤慨地喊着，一半是出于气愤，一半是出于恐惧。她开始退后，连续快速地使用魔法使她呼吸急促。

她的喊声使罗恩很是羞愧，作为大陆最后一位圣骑士的唯一传人，他竟然不懂得任何攻击作战的技巧，也完全不具备战士的力量和体魄，而就算是明康恩一心只想把他培养成一个吟游者，他也没有时间学到其他吟游者所会的说服术、惑心术、安抚术、激励术等心理法术。他在明康恩身边的所有时间都用来学习该死的极难懂的拗口的古精灵语，他不知道这有什么用处，现在根本没有人再说这种语言，用它在街头唱歌也赚不着一个钱。他现在唯一能做的事，就是从地上捡起一根枯枝，冲了上去。

树枝打在焦煳的拼接怪身上发出“咔嚓”一声，断了。罗恩感到什么黑乎乎的东西溅到他脸上，极为恶心。而拼接怪迅速做出了反应，他右手的不知什么动物的爪子抡起来，一下划在了罗恩的胸口上。

云迪惊呼一声，罗恩摔倒在地，那爪子在打中他的时候断了，也许是云迪的电击已使它变脆的缘故，那断爪现在正插在他胸口上，而且随着索尼巫师嘴巴轻动，那断爪竟然又动了起来，像一只凶残的昆虫向罗恩的胸口里钻去。

罗恩因恐惧和剧痛而惨叫起来，他死死抓住那爪子，但胸前已被刨得血花飞溅。云迪迅速使全力发出一道闪电向法师击去，但法师一挥手中的法杖，那闪电的力量就被引入杖中了。

云迪明白自己完全不是这法师的对手，她所能做的只有扑过去拉住罗恩的双手帮助他，而他们两人的力量还抵不过那一只断爪。

忽然云迪发出惊叫，那拼接怪一把将她拎起死死地抱住，这时她的法术已没有一个能派上用场，她只能看着罗恩在地上翻滚，发出非人般的惨叫。

“我求你，我求求你……放过他……”云迪哭起来，雨水淋满了她的脸，这时候她完全变成了一个恐慌无助的女子，被一个焦腐的拼接怪物紧紧抱住的恐惧让她几乎要晕过去了。

“放过谁？他？他？还是你自己？你只能选择一个。”索尼巫师的山羊脸得意地皱起来，他很爱玩这种游戏。

云迪感到那拼接怪的脏脸就紧紧贴在她的后脑上，她的身体完全在不停地颤抖，嘴唇发抖，再说不出一个字。她希望自己现在就晕过去，但可惜银月光华军的训练又让她刚好坚强到完全清醒地领略到恶心、屈辱与恐惧。

“为什么要让我来进行这样的事……和我一起来的同伴都死了……剩下我一个人在这个大陆上……为什么？为什么没有人再能依靠，为什么再没有一个人？”

她心里响着这样的声音，忽然失去理智用尽力气挣扎哭喊起来：“康德，救我啊！康德，救我！……”

这再不是平日那个无比坚强冷静的她，康德在他囚笼一般的身体里听见她的呼喊，那麻木萎缩的心里又感到刺痛，这个时候她最希望在她身边救助她的人仍然是他。可他却连自己的身体都操纵不了。

索尼巫师的脸皱得更厉害了，那是笑容把他的皮全挤到一堆：“康德？让我猜猜他是谁，你的心上人？是他还是他？”他指向罗恩和康德，最后手指停留在康德身上，“我想是他吧，我能感觉到这个冰冷的身体里内心的不安呢。他果然还有灵魂！可惜……他的身体现在却由我掌管。”

法师恶毒地驱动起康德的身体，康德在心中大骂着，却抗拒不得分毫，看着自己的身体一步步移到云迪的面前。

“你所喜欢的就是这样一个男人吗？”法师的声音抑制不住恶毒的欢愉，他觉得自己已经把游戏推到了极致。“有着这样一个臭烘烘身体的男人？你想看看他那朽坏的脸吗？你想让他抱抱你吗？”

康德内心已到了疯狂的边缘，他用一切词汇咒骂索尼巫师、他的全家和他的所有同派别。他发誓他将来能活着的话，定要杀光所有的索尼教法师，但狂怒也不能给予他力量，他的手摘下了他黑袍上的帽子，他看见他的脸正凑近云迪，他看见她紧闭两眼不肯看他，嘴唇颤抖。他心中充满了自惭形秽、对自己的无比厌恶，他希望自己现在立刻被雷击中，化成一股灰，等云迪睁开眼，就再也不会看到他。

他的脸贴上了云迪的脸，他能感觉到她那冰凉的鼻尖、光滑的脸庞，也能感觉到她的颤抖。

再见了，云迪，我知道你讨厌我，而你不会再看到我了。为了你的安宁，我将出卖我自己的灵魂。

康德安了心，放心地与自己腐朽的身体融为一体，他感觉自己正向深渊中沉去，这种坠落的快感有如飞翔，他觉得他又重新拥有自己了，或者说，黑暗终于拥有了他。

而索尼巫师突然觉得一种恐惧感正在扑面袭来，那种强大的仿佛来自未来不可预知的力量，那种黑夜里突然暴涨的黑暗气息，虽然黑暗正是他力量的源泉，但这股黑暗却是如此血腥，铺天盖地袭来。

“唰——”他忽然变轻而飞了起来，他在空中打了个旋儿，回头看见自己的身体，正在地上，颈上的空洞里喷出血柱。

“哦……漂亮……”头颅喜悦地叹了一声，重重地摔进泥地里，发出清脆的声响。

拼接怪的力量忽然消失了，它很快地塌碎成一堆黑泥，原来云迪的电击并非没起作用，而是索尼巫师的魔力一直在支撑着它。罗恩也停止了惨叫，从胸前的血洞中拔出那断爪，瘫倒在地。

等雨水重新使云迪清醒，她睁开眼睛，看见一个黑色的身影正站在前方不远的地方，脚下倒着索尼巫师的尸体。

黑暗的杀气围绕在他的四周，他低着头，手仍笔直地伸出，保持着挥砍之后的动作，血水正一滴滴地在刀上流动着。

云迪明白了眼前的人是谁。一场战斗只怕又要开始了，相比这次，刚才不过是热身罢了。

如果挥刀的右臂还潇洒地举在那里，他伸出左手慢慢地把右手拉回来："啊……刚才用力过猛有点扭到……"

"你为什么要杀他？"云迪问，"他虽是人族，可你们都是黑暗系……"

"我高兴！"

云迪闭了嘴，对这样的魔族，还有什么好说的。

如果也在想自己为什么一高兴就蹿过来把那个索尼巫师给杀了，按理说自己是大祭司一手养大，对亡灵法师应该让上几分才对。或许是那个法师笑得太难听的缘故，他讨厌这样猥琐的家伙，战斗应该以互相致意开始，以崇高的战死而结束，这样戏弄对手简直让他无法容忍。

他半夜跑出来，完全是为了找那个该死的难道，而黑暗的气息把他引向这里，当他到达时，那气息突然暴涨，那一刻他几乎以为那是魔王。但他杀死索尼巫师后，那气息却又完全不可察寻了。

云迪脸有些红，被敌人看到了自己的脆弱面实在是难为情的事情。她准备魔力一恢复，就使出最强的闪电攻击。她并不知道如果已无意和他们作对，只想着必须速战速决，因为罗恩还躺在血泊中，而康德……

"康德！"云迪吃惊地环顾四周。

康德不见了。

索尼巫师的嘴吃力地一张一张着，像一条将干死的鱼。

这个被如果砍掉的头颅并没有死，凭着最后的魔力，它还在试图召唤它的奴隶们来帮助它。

一个黑影慢慢走到了它的面前。

法师的头抬起眼皮，可一只脚踩在了它脸上，把它向泥里踩去。

"不……饶过我……我会给你报答……"法师的头大喊着，泥水灌进它的嘴里。

那人弯下腰把它从泥里拔了出来："从现在起，你是我的奴隶。"

法师的头看清了，那是那个曾被它控制的人。

头颅开始念动咒语。

康德把头颅抛向空中，一脚踢飞出去："别想控制我！"

法师的头撞在树上又摔落泥水中，痛得龇牙咧嘴："你的动作变得很灵活了……"

"你现在那微弱的体力已不可能再控制我。"康德来到它面前，抬起脚再次将它踢飞了出去，"别忘了你刚才怎么羞辱我和我的伙伴！"

"是的……可那不是我，我只是那个人的头而已……我就要死了……救命……你需要我的力量……不是吗？"

康德捡起被踢得青一块紫一块的头颅放在自己的手臂上，那头颅立刻贪婪地吸附在他腐朽的身体上，开始吸收他的生命力。

"你的身体已经干涸了，我吸不到圣华力，带我回城堡！"头颅喊。

"我在用我的灵魂滋养你！你今后要学习吸收黑暗力活下去，成为一个真正的亡灵族法师。"康德说，"我相信我体内这种力量足够，那是魔王留在我身体里的，它使我痛苦不堪，但相信对你来说它美妙无比……"

"的确，"头颅转为吸收黑暗力，它的眼睛渐渐又开始在黑暗中放光，"这正是我多年来一直找寻的力量，没想到在死亡后才明白它的滋味。原来我的生命一直在阻碍我的魔法境界的提升，我的力量会在我死后才真正得到强化！"

"你答应做我的奴仆了？"康德问。

"我们是朋友不是吗？互相依存……"

"真的？"康德把头颅从他手臂上拔下来。

"哦，不……好吧，主人！快把我放回去，我还不能独自产生黑暗力，我会死掉……"

"你已经死了。"

"不，我是说，我会失去我的意志。我发誓，我愿服从于你，别让我完蛋……"

于是康德带着头颅，向那个闪电照亮的城堡走去。

"我给你起个什么名字呢？阿巴？"

"我不是宠物狗！"

此时城堡里

石人们已经镇压了怪尸们的暴动，把他们赶回了石室中。

三楼的寝室里，点起小小的烛光，魔法修习生正在和水晶聊天。

"我还没有见过这么小的翼精灵，你整天飞来飞去一定很好玩吧？"烛光照着修习生充满兴奋的脸。

"如果你也整天飞来飞去脚不能沾地，一阵风也能把你吹跑，一粒飞沙也能打得你生痛，你就不会这么说了。"

"我终年待在这个城堡里学习魔法和炼药术太无聊了，这里只有石人和拼接怪尸，没有一个活物，你做我的朋友吧。"

"我才不要待在这地方！不过那些石人似乎很听你的话？"

"石人比拼接怪们可爱多了，他们单纯又老实，绝不会发狂。拼接怪就很难控制，只有我老师能控制他们，我还没有学会控制这些亡灵族。"

"你一个女孩，为什么要学习这么恶心的魔法系？"水晶不老实地飞来飞去，却又不敢离开修习生太远。

"恶心吗？从小对着这些东西，我也不觉得了，可我有时到外面去采药，人们看见后不是躲着我就是用石头打我，还说要抓住我烧死，吓得我从那以后再不敢出去了。"

"可怜的姑娘……还不知道你叫什么名字？"

"我叫于斯蒂娜。"

"呃……于斯蒂娜，你还记得你是如何来到这里的吗？"

"我……我好像一出生就在这里了……"

可怜的孩子，她的记忆已经被索尼巫师消去了，也许是为了好管教吧。水晶想。

这时楼道上传来跑步声，一扇门被打开了，又重重关上。

“是谁？”水晶紧张地望向门口。

“也许是我的那个病人，”于斯蒂娜说，“他的神志有点不清，好像受了什么刺激，明明是人族，却一直说自己是个魔人，穿着一身奇怪的盔甲到处乱跑。”

康德带着头颅走进了城堡，一进门，头颅就大叫起来。

“是谁把这儿弄得那么乱？于斯蒂娜，快给我出来！”

康德狠狠拍了头颅一下。

“哦，对不起。主人，这城堡现在是属于您的，这里面的一切都等待您的召唤。”头颅低眉顺眼地说。

这座城堡阴暗的气息使康德感到很舒心，他开始彻底享受被黑暗包容的感觉，忽然有了要永远躲藏在这里的想法。

于斯蒂娜慌张地从三楼奔了下来。

头颅又喊起来：“这里刚才发生了什么事……哦，对不起，我又多嘴了。”

“头儿，你怎么变成这样了？”于斯蒂娜惊奇地问。

“我刚才遇上了人族法师和魔人的联合攻击，一不小心就栽了。现在这座城堡，还有这里的一切，包括你，全属于这位康德先生。”

于斯蒂娜一点没有惋惜的样子，她望着脸隐在黑袍中的康德，眼里涌出和善的光。

康德的心像被雨水泡得发冷后，终于找到了火堆，很久都没有人这样友善地正视过他，那才是看着同类的目光。而在阿兹、水晶和罗恩眼中，他只是异类，云迪也总是尽量不去看他，是怕眼中的厌恶刺伤了他吧。

而康德这么想着的时候，城堡的大门又被撞响了。

“是那个可怕的魔人？快把我藏起来！”头颅恨不得长出四条腿跑掉。

而康德想到的是云迪，她也许正在焦急地找他。

康德跑向城堡的楼上，转身对于斯蒂娜道：“不要让他们找到我。”

“我会带你去一个隐秘的地方的，跟着我好了。”头颅说，好像它真的能带路似的。

内堡的门被打开了，风雨猛吹进来，如果带着一股冷风站到了于斯蒂娜的面前，他身后跟着搀着罗恩的云迪。

于斯蒂娜微笑着，并不害怕眼前这个魔族，她看到了如果身上的六翼神龙战甲："咦？你也穿这样的盔甲？"

"你看到了另一个穿这盔甲的人？他在哪儿？"如果一把抓住了于斯蒂娜的手腕。

于斯蒂娜痛得咧着嘴，指了指楼上。

如果一下就蹿了上去，大喊着："嘿，难道，死东西，快出来！我要砍了你，浑蛋！"

"他们有仇吗？"于斯蒂娜好奇地回头望着。

而云迪也站在那儿有些不知所措。

这时于斯蒂娜也转过头看，看到了罗恩，她的脸色变了。

"哎呀，他的伤很重！"于斯蒂娜奔了过来帮云迪扶住罗恩，"快扶他到楼上去。"

城堡二楼

"难道，浑蛋，我在叫你，快出来！"如果一间房一间房地翻着，当他踢开又一扇门，忽然一愣，一堆拼接怪物张牙舞爪地冲了出来。如果愤怒地举起刀左右乱砍。

于斯蒂娜和云迪扶着罗恩从他身边走过，躲着四处乱飞的断肢。

"一会儿请把这儿打扫干净，行吗？"于斯蒂娜没忘了提醒刀光翻飞中的如果。

城堡墙壁后的密室里

"你考虑好了没有？"康德问放在托盘上的头颅。

"你确定要更换一个新的身体？你可能会永远失去你的旧身体的。"头颅说，"这托盘太凉了，能不能垫块布？"

"我已毫无留恋，从前我还幻想着得到精灵的药水，回到过去那个年轻健康的自己，但现在这一切对我都没有意义了。”

“可是总得我先换上身体，然后才能给你更换身体……”

“我所要的是整个更换，我只需要一个结实好用的新身体，而这些，你只需要一个灵魂搬运术就能做到。”

“那你也要等我储备好魔力，我现在太虚弱了，强用这种高等法术的话会出问题的。”

“你需要多久？”

“一天。”

……

如果切完了二楼的所有怪物，又冲上了三楼。

“难道这个浑小子你在哪儿？刚才那么乱你也不出来帮我一下？你又躲起来偷看骑士小说了是吗？”

一扇门里传来了一声响。

如果冲过去一脚踢开门。

他看见的是一扇在狂风中摇晃的窗户。

他扑过去望着外面漆黑的雨夜。

“他为什么要躲我，这个浑小子？他不想再理我了吗？”

那一刻如果突然有种预感，他可能再也找不着难道了。

他觉得心中有点古怪，像是心里有什么东西也逃走了。

是叫感觉的东西吗？

“蠢猪难道！”他对着黑夜狂喊着。

“您觉得这个怎么样？全钢甲，有可伸缩长臂，机械发条动力，配墨晶鱼眼，可看六个方向，还防水……”密室里，头颅问。

康德摇头。

头颅念动咒语，暗柜一转，又换成了一个瘦长的东西。

“这是敏捷型，雪豹的腰，上肢是黑山猴的，下肢是跳狼的，可每天奔跑三千里，也可轻松跳过高墙、断峡……”

康德摇头。

“我想，您还是最爱您自己本来的这一副，这我能理解，看见自己变成另一种样子，一开始总是会不习惯的。”

康德沉默着。

“您已经把我所有心爱的作品全看过了，您到底想要什么样的呢？”头颅不满地说。

康德还是沉默，忽然他说：“那个女孩……”

“什么，你喜欢那一个……原来，原来，你是想变成……”

康德抓起烛台扔了过去，头颅吓得几乎在盘子上跳起来，烛台摔到了桌上，滚动着。

“我是说，那个女孩，我能感觉到她体内的黑暗力量……”

“哦，头儿，那是你体内的超凡黑暗力的作用，使你能感应到魔族血统者的存在。”

“告诉我她是怎么到你这儿来的？”

头颅努了努嘴，不情愿地开了口：

“那是近一年前，我看到她从空中飞来，事实上，是有一双翅膀抓着她。我用魔法使她落了下来，她已经快饿死了，我发现她有奇怪的血统，光明的圣华力与黑暗力竟能在她身体里转换自如，简直就像是传说中的夜行者一族，也就是在大战后留在地面并用‘月神镜上的露水’改换血统成人族的魔族。我太喜欢她的血统，想把她收为我的弟子，但又怕她不好管束，就洗去了她的记忆。果然，她对亡灵系魔法的领悟力是极高的，而且更惊奇的是，她同时也不会产生对光明力的抗拒，要知道，能兼修光、电、水、火，对于一些天才也许还不是太难，但能同时兼修黑暗与光明的人简直就是奇迹，因为在礼天教法里光明与黑暗是绝不相容的，这个人是可以证明神的错误的人……她将来，她将来也许会成为动摇人族信仰的法师……”

头颅越说越激动，忽然停了下来。

黑暗中的沉默持续了一会儿，头颅接着说："这很可怕……不是吗？有时我想想都怕……"

康德也沉默着，好一会儿才缓缓地开口："以前，我也是个绝对相信天主的奇迹的人……直到神把我弃入黑暗。"

如果的心情此刻不太好，本来这个新任务就无比艰难麻烦，偏偏难道又不见了，搭档找不着，明天该如何是好？

他心烦意乱得真想砍人。

而二楼的拼接怪全被他砍完了，他想去一楼砍石人，可石人们理也不理他。

云迪、水晶、于斯蒂娜和罗恩坐在三楼难道曾待过的那一间房里，于斯蒂娜为罗恩的身体施了药剂后，他看起来好多了。

"我真没用，是吗？"罗恩苦笑着。

"别这样说。"云迪想笑，却笑不出来。

"你还在担心康德？我的伤没事了，我们可以一起出去找他。"罗恩说着，心里一阵酸楚。

"我在外面都找过了，我想他就在这座城堡里。"云迪说。

罗恩静下心来体察了一会儿："这城堡里的黑暗气息越来越重了。"

"我真担心康德他……"云迪显出难过的神情。

"你担心他会沉沦入黑暗？"

云迪低下头，神情暗淡。

"我不明白，你们所说的感觉到黑暗是什么？为什么我什么感觉都没有呢？"于斯蒂娜纳闷儿地说，"咦，我和你们说件事吧，今天我在外面救了一个浑身被冰冻的人，他的眼睛是红色的……"

门猛地被撞开了，如果冲了进来，一把拎起于斯蒂娜。

"到底发生了什么事？那个叫难道的家伙怎么回事？他为什么要跑掉？"

"你放开她！"云迪站了起来。

如果一伸手便把她推了出去，她重重撞在墙边，痛苦地倒在地上。

罗恩想一跃而起，胸口却剧痛起来。

如果转过头："你又想怎样？"然后一脚踢翻了床。

水晶左右寻找哪里有水可以让她施展法术，只看见墙边木架上的一排药瓶。她一挥手，那些五颜六色的药瓶全飞了起来，在空中倒转瓶口，支支水箭射向如果。

"小心我的药水！"于斯蒂娜话未喊完，已被如果一把拎了起来挡在身前，就在水箭即将射进她身体那一刹那，水晶一挥手，水箭变成了弧线，绕过于斯蒂娜射向如果。

如果丢开于斯蒂娜跳后一大步，极快地挥开战刀，水箭碰上刀，彩珠飞溅，但水晶再次施法，彩珠又变成弹片一般疾射向如果。

如果一转身，那水珠全打在他的战甲和头盔上，腾起缕缕白烟。

这时云迪缓过气来，一个光球飞向如果，如果再举刀挥格，光球在刀面上炸开。

"住手，不要打了！"于斯蒂娜大喊，可这没有作用。

于斯蒂娜一生气，念了一个咒语。

如果忽然觉得自己身子被拎了起来，然后是一股大力将他向外一甩，他撞破墙壁飞了出去，摔倒在院子里。

他一个鱼跃站起来，却只是愣愣地看着于斯蒂娜。

于斯蒂娜也怔怔地站在那里，像是也被自己所做的吓着了。

如果愣了半天，忽然说："我错了……对黑暗伯爵的女儿无礼，真是太不应该。刚才，是黑暗的守护神在惩罚我吧？"

黑夜里滚动起雷鸣，像是一个巨人极低沉地说着什么，渐渐消失了。

如果头上不由冒出了冷汗。

"你听见了什么？"密室里，康德问头颅。

头颅也怔在那里。

"黑暗的守护神！糟了，居然有人用了这样的召唤法术，"头颅顿了顿，像被什么压住了声音地说，"大祸将来了……"

第十八章

魔族战歌

地下

巨大的空洞直贯入地心，它的尽头，是熔岩汹涌的烈火之湖，它的面积可以吞下十个人族第二大城市基洛岗。传说当年沉埋在地下千年的魔神巨龙丁康醒来，怒吼着向地面冲去，整个大地都被顶得颤动。最后留下了这条巨大的通路。在千里长的洞壁上，从底层的烈火湖开始向上密布着如雕刻出的圈痕，那是上千层的魔族地下都市：坎图斯蒂。

墨苦城军团长杨特克里达

六翼神龙军团长齐格扎里特

地狱火军团长路华美亚

炼雷震军团长华优冰其斯

看着守护神殿中的四块铭牌，齐格扎里特叹了一口气，亲手将后两块摘了下来。每一块黑石铭牌，都重达千斤，除非军团长死去，他们的名字本是不会被摘下来的。

齐格扎里特拎了拎那铭牌，感受着它的分量，又轻轻地放下，擦去上面的尘土。

自从魔族烈火湖兵乱以来，它好久没有被擦拭过了。而这之后，这两块牌将被丢入熔岩形成的烈火湖中，永远地沉入湖底。

战靴敲击着神殿上黑色光洁的石面，一员魔将走了上来。

“达克召武，找到叛将路华美亚和华优冰其斯的踪迹了吗？”齐格扎里特直起身来。

“自从他们突破雪山第四入口要塞进入地下后，就再没有踪迹了……我军团各部正全面搜索中……”

“他们回来，魔军又将再起战事了。”

“这全怪大祭司的那两个心腹，他们的密告挑起我军团间的内乱，而且又在雪山叛变军团，现在下落不明了。如果发现也应立刻审问，地狱火军团显然是受诬陷的！”

“如果和难道……他们受大祭司的控制太深了，”齐格扎里特恼怒着，“我也很想知道他们到底去哪了。”

“我此次来报告是关于另一个重要的讯息。”

“讲！”

“是关于黑暗的守护神，这种力量被发现在地面银月洲某处被召唤。”

“只有特别高贵的姓氏才能被赐予使用此力量，难道……地面上还有这样的特别血统存在吗？”

“三百年前魔神之眼闭合，大陆重合时，有一些我族军队，包括一些强大战将的后裔来不及回到地下，被留在地面上。他们大多被杀死，而一些人据说找到了改变体质的方法，变换成人族的身体生存了下来，等待着重新被我族召唤的那一天，他们被叫作夜行者。”

“我们有责任去把他们找回来，不能再让他们在地面上孤独流浪。达克召武，你立刻带一支精锐去办这件事，要快速找到力量的使用者，不要惊动人族。”

“遵命！”达克召武施礼而出。

那个晚上，雪山之上明康恩的梦里忽然响起了沉重的铁蹄声，无边黑云之下，乘着铁甲魔兽骑的大军正如浪涛汹涌而来。

而战阵的这一边，只有几位孤零零的骑士，盔甲中露出的衣带在狂风中飞舞。

他醒来了，月光正照入木屋，窗外的雪山发出圣洁安详的光芒。

明康恩伸出满是皱痕的苍老的手抚着那桌上散落的羊皮古卷。

“我死后，有谁再来书写历史？”

同一个晚上，魔族第一大将，齐格扎里特也不能入眠。

坎图斯蒂是没有夜与昼之分的。这里是永远的黑暗之城。只有底层烈火湖的光芒永不熄灭。在城市中，大地的缝隙里流出火红岩浆，那是魔族的生存血源。而亡灵族们堆起骨墙，燃起青幽幽的暗淡死光，只需看红与暗青色的分布，便知魔族与亡灵族的聚集所在了。

魔族并不喜欢亡灵族，甚至厌恶他们，亡灵族不过是恶魂、骷髅与僵尸，除了那些不散的恶魂，大多没有思想，智力低下，只逐臭而居。而魔族却是有血有肉的一群，有着自己的信仰，崇尚与诸神抗争的勇气，视痛苦为磨炼，视战死为光荣。但人族却总是把他们与亡灵族混为一谈，这使魔族感到一种侮辱。

魔族从前并不生存在地下，只是在数千年前的战争中，被驱入地下，从一代魔王格顿到卡奇云德，无不梦想着重回地面，因而发动一次又一次的战争，最庞大惨烈的一次一直打了九百多年，从卡奇云德开凿里姆可依通道直通人族都市，到金克斯神殿拉锯战，到人族亚德古王朝灭亡，大陆被神一分为二，三大族在整个银月洲展开混战，再到银月光华军的建立，魔族流尽最后一滴血。魔族在漫长的战争中有数千万人战死，在地下，所有的孩子一到四岁就开始接受训练，一到十二岁就送上地面战场，整场千年战争中，魔族共建立过一万九千一百一十二个军团，阵亡的军团长多达六千零七十九人，守护者神殿里刻满了名字。这千万名字簇拥着神殿中心那块由卡奇云德亲手刻出深槽，熔岩流淌其上而形成的大字：

重返阳光之土!

而到今天，魔族总共也只有四个常备军团而已，现在，还有两个军团被削号了。

齐格扎里特知道华优冰其斯为什么要弃职逃走，他也知道自己恐怖大王之号的由来，并不是来自重返阳光之土的神圣战争，而是镇压地下的内乱。

随着三百年前魔族被重新封存于地下，恐慌与绝望笼罩了整个种族，在魔王被封存不知所终的日子里，曾与魔王一同作战的亡灵族大祭司以他的死亡信仰安抚着魔族，成为魔族与亡灵们的共同精神引导者。然而这是一些魔族无法容忍的，他们无法接受让一个恶魂取代魔王的位置，从而发起反抗，这其中包括许多在战争中幸存的、死忠于卡奇云德的高级将领和士兵。但那时清醒的魔族将领明白，经历千年战争，魔族几乎流尽了所有的血，而亡灵族却通过卑劣地向尸体里灌入恶魂的所谓不知恐惧、不知痛苦的死亡信仰急速壮大，魔族那时根本不可能取得胜利。为了魔族能在地下生存下去，这些将领不得不宣布忠于大祭司而开始镇压本族的反抗者。

那是魔族历史上最黑暗的一页，无数忠勇的、经历千年战争仍幸存的战士却倒在自己人的刀下。而齐格扎里特，正是这样靠踏着同族的尸骨一步步从一个士兵成为军团长，成为大祭司最倚重的魔族将领。每年，齐格扎里特还选拔出军团里最优秀的战士送去给大祭司亲自训练，同时把大祭司向他推荐的魔族孩子放在军团最有希望的岗位，他们被称为黑暗之子。

而齐格扎里特明白，所谓黑暗之子，不过是大祭司未来控制整个魔族的黑暗火种，十年二十年后，这些年轻人将占据几乎所有魔军的高级将领位置，那时，魔族就再没有意志与大祭司对抗了。

齐格扎里特看着自己的双手，守护神殿里的熔岩之光照亮它，他仿佛又看见了在自己这双手下倒下的同族的惨状，也仿佛听见当年他还是士兵时，他的军团长对他所说的话：

“记住你的职责，记住守护神殿里的话，记住我族的发源圣地在地面，在人族的手中。为了魔族延续，终有一天重返阳光之土，你必须残酷和忍受黑暗，每一个倒在你刀下的同族，他们的高尚的血都是你未来决不动摇的力量！”

而在那之后，他也无数次对他的士兵们说起这句话，未来的那场对人族重新发起的复仇之战，成了他的战士们的无上动力，成了他们用刀刺进同族心脏时的冷酷决心。六翼神龙军团，这支曾经在千年战争中威名远扬的军团，如今又在魔族内乱中战功赫赫。

这样的每一条战功，都是齐格扎里特心中的一道血痕。他解开自己的护腕，看着上面道道深深的刀痕。那是每诛灭一支反抗军，他就在自己手腕上划下的耻辱之印。而这种坚忍，几乎不是正常人可以做到的。

当炼雷震军团长华优冰其斯把刀插入他儿时好友的胸膛后终于崩溃，弃刀大喊“不，谁来结束这一切吧！”时，齐格扎里特冷冷地看着他，他本可在那时一刀刺入华优冰其斯的背心，但他明白，如果那样，他也不知自己会不会崩溃。

什么时候才是结束的时候？

他必须撑住，哪怕只剩下他最后一个军团长。他必须保存六翼神龙这样一支力量，魔族未来的神圣使命需要这样的力量。而想保存这力量，就不得不依附于大祭司。

曾经想反抗的魔人，都灭亡于亡灵军和魔军的打击之下了。魔军的武装，最后只剩四大军团。

而即便保有这四大军团，大祭司凭借他自己的近神的可怕法力，凭借他手下上千万的骷髅兵，还有来去无踪的恶魂法师们，也能把魔族整个消灭。而大祭司一直不这样做，也许并非像他说的出于宽容怜悯，而是还想借助魔族强悍的生命力，毕竟没有生哪有死，魔族全灭了，亡灵族不仅失去了灵魂的来源，也不得不独自面对人族与精灵。所以大祭司是决心要控制魔族的。

而魔族在三百年的镇压与不见阳光的日子里，也渐渐意志消磨，许多新生代完全没有了重回地面的想法，忘记了千年战争与卡奇云德是谁，他们甚至也不排斥亡灵族，堕落地与它们一起过逐臭食腐的生活。他们总说，与其进行屠杀自己人的战争或被兄弟所杀，还不如一开始就去做个没有痛苦没有灵魂的行尸走肉，不是吗？齐格扎里特看着魔族的变质，消沉的死亡信仰正取代魔族的热血崇拜。他痛在心中却什么也不能做。

而现在，随着诸反叛军的被消灭、华优冰其斯的出走、地狱火的蒙冤被雪洗，魔族有战斗力并保持纯洁信仰的只剩下他的六翼神龙和杨特克里达的墨苦城捍卫军团了。

齐格扎里特叹道：“再不能出变故了，不然大祭司使魔族完全失去信仰与战斗力的目标便将得逞了。”

而就在这时，一员魔将狂奔了进来，不顾礼节地大声喊着：“杨特克里达叛乱了，墨苦城军团正在被亡灵军团围攻，大祭司调我们去协助平叛！”

齐格扎里特的心一直沉了下去，仿佛沉进了无底的深渊。

连墨苦城军团也……

齐格扎里特的心像在深渊中炸碎了，变成燃烧的火球。他抽出战刀，狂乱地想砍掉些什么。

但守护神殿里的一切都是神圣的。

那魔将上前一步，跪倒在刀下：“大将，我明白你的心情，请杀死我吧，我不想再去参加这场平叛了，原谅我的怯懦吧！”

“得坎尔，你终于也动摇了吗？”齐格扎里特看着他的爱将，发出狮子般的暴吼，高举起刀。

“我族，已经没有血可以流了。”魔将抬起头，眼中没有慌乱，“我真希望，我的是最后一滴。”

齐格扎里特的刀挥了下去，血光飞溅在守护神殿。

临阵动摇是军法不容的，可是……得坎尔也真的是勇士。

齐格扎里特突然仰天狂笑。

什么时候才是结束的时候？

墨苦城

在坎图斯蒂近千里远的地方，有着延绵不绝的地心空洞，这地下空间的上下高度超过了地面上最高的山脉。站在这空洞地表的山峦上抬头仰望，那顶仍如同天空一样遥不可及。魔族把可装下地面几个国家的空间叫作巨龙国度。

墨苦城就建在这巨龙国度矗立的最高山明里峰上。

明里峰和它顶上倒垂下来的木达峰就像是一根巨柱被从中截去，但木达峰因为长期的地质侵蚀，已经形成无数极尖锐的刺峰，每根刺峰都有几百里的长度。看起来若是哪一天这些刺峰落下，就会把下面的墨苦城刺成筛子。这些刺峰顶端狭尖，只够盖一间小屋，但许多魔族的贵族和隐士喜欢这里，他们把他们的家挂在这些刺峰上，靠魔法与飞龙来往于木达和墨苦之间。

而明里峰则不同，它的表面像是刀切一样平整，传说是当年的地下巨龙丁康通过这里，被这巨柱挡住去路，用龙尾扫过而成。墨苦城就建立在这平台上，利用明里峰四周断柱般垂直的山壁，形成极难攻取的要塞。它纯粹就是一个魔族兵营，里面只有士兵和士兵家属，整个墨苦城军团就驻扎在这里，他们又被称为墨龙军团，他们的职责只有一个：守护魔王卡奇云德的身体，直到他的灵魂挣脱封存归来重生的那一天。

杨特克里达站在墨苦城城墙上，看着对面群山涌动的无数骷髅丧尸所组成的死灵大军，还有满天飞动的恶魂法师、骨龙骑士。他须发皆张，已经出离愤怒。

墨苦城捍卫军团自三百年前创立就只有一个任务，守卫魔王的躯体，任谁也不得擅自调动。杨特克里达自己也只能管理指挥，而决不能调动这支军团。所以墨苦城军团又被称作“永远站立的捍卫之山”。和六翼神龙以机动神速、“如雷霆狂怒般降临敌前”成名不同，他们在魔军的印象中，就是一支不论遭遇什么强敌都永远坚守不动如矗立的队伍。如果说六翼神龙是魔军中最锐之剑，墨苦城就是军中最坚之盾。齐格扎里特在墨苦城观看军容后也曾感叹：“即使是六翼神龙装备了全部的飞龙军，想攻破墨苦城，也是几乎不可能的啊，即便杀死了墨苦城所有的战士，六翼神龙也没有人可以活着降落到城头了。”

这是当时的笑谈，今天会变成现实吗?

杨特克里达知道亡灵族为什么不进攻，他们在等着六翼神龙军团的来到，然后看着魔族的最后两个军团上演火拼的惨烈大戏。

“齐格扎里特老友，对不起了，我无法同你并肩战斗到最后一刻，因为今日，我已被逼得毫无退路。”

在数月前，大祭司命令调墨苦城一部去平息地狱火兵团叛乱时，杨特克里达就气愤得几乎吐血。亡灵族完全无视魔族的传统与信念，居然调用魔王身体的守备部队去镇压魔族反叛，这对魔王卡奇云德是莫大的不敬。何况杨特克里达深知地狱火军团长路华美亚的为人，地狱火三百年来一直战斗到今天，怎么可能再反叛？是齐格扎里特飞书劝他要忍耐，不要给亡灵族以借口，他才忍痛派出六万士兵中的一半，结果地狱火军团退守烈火湖上龙焰岛，借善用的火焰使魔族三大军团损失惨重，炼雷震军团在华优冰其斯出走后由副将阿里克暂为帅，有一队亡灵法师名为辅助实际挟持着他，墨苦城又从来没有在熔岩湖上作过战，六翼神龙飞龙军虽强，但齐格扎里特决心保存实力，决不肯让珍贵的飞龙军毁在火海里，三大进攻军团军心不齐，地形不利，路华美亚感觉被同族抛弃的绝望之余又背水一战。结果地狱火虽全灭，三大军团却也元气大伤，炼雷震阿里克因不明原因阵亡，大祭司竟然命令撤销番号，这对于以炼雷震为荣的魔族战士来说又是一大羞辱，几乎酿成兵乱，但亡灵军早已把他们围住了。杨特克里达一回城中，不顾身体带伤立刻重新调配防务，派人去挑选强悍的新兵来补充兵源。他有一种预感，下一次打击就将降临到墨苦城上。

而那一时刻终于来临，今天杨特克里达接到大祭司信使传书，竟然要求墨苦城军团弃城，取出魔王身体，迁至七百里外的苏克里山背下葬！

“魔王并没有死！他的灵魂还被法术封存着，他一定能挣脱而重回的，所有的魔族都在努力着。”听到这命令的那刻，杨特克里达就愤怒地说。

“大祭司也一直在为此而努力着，但从侯洛伊率军出征雪山接应魔王而回来的消息，魔王的确复生，但同时也被人族杀死于雪山上。”那恶魂信使面无表情，语气生寒，使杨特克里达背心一阵阵发凉。

“这不能相信，侯洛伊带兵出雪山遇袭战死，一个死人如何传回这消息？”

“那你是不准备接受大祭司的命令了吗？”恶魂信使冷冷说道。

那一刻杨特克里达明白，他只有两种选择了：一是退出墨苦城圣地埋葬魔王，同时也埋藏魔族的最后信仰，还有一种……

他缓缓抽出了剑。

“请转告大祭司，守卫墨苦城是我军团的最高职责，没有魔王，就没有任何人可以命令我们退出。”

信使眨眨眼：“很好。”他一转身就消失了。

杨特克里达立刻大步向门外走去，边走边大声呼喊：“吹起号角，准备迎战！”

号角响彻了墨苦城。

杨特克里达忽然从回忆中被惊回，对面山上亡灵军阵开始波动，天空的死灵法师和骨龙们也开始让出通路。杨特克里达知道，六翼神龙军团到了。

他环顾四周，墨苦城士兵的脸上仍然坚定如石，没有任何的迷惑慌乱。

“他们都是我最好的战士……”杨特克里达看向对面，“对面的也是最好的，魔族两大精锐，难道真要皆毁于此吗？”

“齐格扎里特，你到底在想什么？”

“长久以来，人族称我们为魔，后来，我们自己也称我们为魔族，亡灵族也这么叫。大祭司，你能不能告诉我，魔族到底是什么？”齐格扎里特面向黑暗中高处那团青色的雾气问。

大祭司库里华基塔悬在黑暗中的高处，像在沉思。

“失去了魔王，失去了热血崇拜，魔族还剩下些什么？”齐格扎里特问。

雾气那青色的光时隐时现，一个声音传出来：

“热血，我所不能理解的东西，魔族为了它已付出太多。你们总是执迷于所谓的价值，而这些，在死亡信仰里不过是虚无。当你们将热血崇拜换成对死灭的崇拜时，你们就会超越痛苦。”

“因为体内的血液流淌而痛苦？当流尽血的那一刻，就达到解脱？而血不论如何流逝，都是毫无价值的？这就是大祭司你所要教导我们的吗？”

青色的雾气光芒暗淡以默认。

齐格扎里特转头望向对面的墨苦城。

“我希望你亲自下达进攻的命令。”那青色的光说。

齐格扎里特握紧手中的刀，又放松，又握紧，一次，又一次。

隔峡谷相望的六翼神龙与墨苦城军团，如两个巨人沉默着。这一端，六翼神龙数万黑色的甲胄，被埋在一片青黄色的亡灵军海之中，如果齐格扎里特不下令进攻，也许最先被灭的就是他们。

杨特克里达并不再抱任何希望，他知道即便此时六翼神龙军团攻击亡灵军，也是绝不可能胜利的，因为身在明里峰上只靠长长吊桥与外界相连的墨苦城军团的防御力虽极强，机动力却极低，他们是没有办法冲过吊桥去援助六翼神龙军的，只能眼睁睁看着他们被汹涌的亡灵军淹没。而且以理智得近乎冷酷成名的齐格扎里特也绝对不会做这样死拼的事。所以无论如何，这一次没有人能救墨苦城军团。

齐格扎里特，你为何还不下令呢？这样至少也许还能保住六翼神龙的番号。杨特克里达心想。也许大祭司会对这最后一个魔军团感到放心？也许消灭最后一支友军能为齐格扎里特争取到他所需的时间？

可魔族究竟还能等什么？也许只有魔王的重归，那是唯一的希望。

杨特克里达绝不想与六翼神龙作战，但命令墨苦城军团放弃抵抗也是绝不可能的，因为他们身后是卡奇云德神殿。魔族军信奉为使命奋战而死，这些战士和他自己，都不会后退一步，他们已决心用尸身护卫神殿。

齐格扎里特深吸一口气，终于抽出了那重若千斤的饮血之刀。

他忽然想起了他第一次见杨特克里达的时候，那时他还是个训练营中的少年，而杨特克里达已经是副将。在军营火堆旁，这位年轻英气的副将教他们高唱依德尔族的战歌，歌唱了一首又一首，酒喝了一壶又一壶……那时的杨特克里达，是多么英姿勃发啊。

剑指向空中，这是进攻的号令。

“唰——”响亮的一声，万把战刀齐出了鞘，刀光与火光相辉映，照亮了巨龙之国。一万龙骑军从峰后齐齐地扇着翅膀飞起，卷起阵阵狂风。这军容把四周的亡灵惊得乱纷纷地后退，顿时踩烂不少。

然而刀出鞘后，战阵并没有向前冲击吊桥。龙骑军也没有俯冲。

齐格扎里特举着刀，沉默着。

“进攻！”他终于再次下令。

“齐格扎里特！进攻魔王神殿是叛逆之举，你忘了吗？”身边副将尤非鲁正视前方，大声说。只有军团长犯下有违魔族信仰之大错，下属才会用直呼其名的大喝来劝阻。

齐格扎里特怎会不知？但他现在只有两个选择：一、进攻墨苦城。二、与墨苦城军团一齐毁灭。

他能做什么？

“进攻——”他嘶哑着嗓子，暴怒地吼叫着。

没有人见过齐格扎里特如此失态。

但有人托住他的手，拦住了他向下挥的刀。

“齐格扎里特是魔族的骄子，他是不会做进攻魔王神殿这种事情的！”尤非鲁神色镇静，“我明白您的苦衷，这种忤逆的事情，请让我来做吧。”

几个副将一齐跪在了他脚边。

齐格扎里特看着他的副将们很久，终于还刀入鞘。

“我部，向前！”尤非鲁大喊。

他所属的战团五千人走出大阵，忽然齐声呐喊，开始冲向吊桥。

对面没有动静。

连接墨苦城与对面山的吊桥长达几里，而且即便冲过吊桥，也还是在墨苦城极高的城墙下，正好成为靶子。

所以墨苦城军团根本没有弄断吊桥，因为没有必要。

五千人在吊桥上拉成了一条线，末尾拥塞的人群也渐渐小了。

当五千人几乎全部上了桥，前部就要冲到城下时，整个吊桥的所有桥柱忽然都喷出了火焰。

那儿顿时变成一条烈火之桥，远看像一根长长的火绳悬在山间。

这样进攻根本就是送死，两岸的人心里都明白。

但此刻的六翼神龙军面对自己景仰的魔神殿，战也不能战，退也不能退，除了送死，还能做什么？

惨叫声远远从桥上传来，但两岸的六翼神龙军团和墨苦城军团均无人动容。

此时战士不需要感情，只需要钢铁般坚强的意志。

又有谁知道这些魔族最精锐的战士面对这样的战争，心中在想什么？

火渐渐熄了，吊桥丝毫未损，那是坚石与钢绳所结成的。

但桥上却被黑色所塞满，焦臭味散布在山谷间。

“我部第四战团，前进！”又一位副将下了命令。

冲击竟还要进行下去。

齐格扎里特握住刀柄的手在颤抖，全身也开始颤抖。

面对他一手培养起来的军队做这样的自杀进攻，他还能忍受多久？

他还要等多久？

他还在等什么？

“齐格扎里特……”杨特克里达在城头看见这样的进攻，也不由长叹。他太明白一个战将看到这样的战争时的心情。

又一个军团向吊桥前走去，他们整齐地踏步，仿佛面前是一马平川。

忽然对面山上的墨苦城军，开始齐声高唱一首战歌：

挽起我的手我的兄弟

不要害怕莫要叹息

今天你所有最好的兄弟

你的父兄你的同族

都与你同在

哪怕前方是诸神的怒吼

哪怕前方正有黑色的暴风

不必惧怕我的兄弟

挽起我的手

依德尔族的勇敢

祖辈的光辉

巨龙之威武

与你同在

与我同在

我们必能冲垮一切……

齐格扎里特抬起了头，眼睛中放出光彩。

这是六翼神龙的战歌。

对面的“敌军”，在这一刻，竟开始唱起对面敌人的战歌。

而当歌声传到这一边，六翼神龙的进攻部队也开始阔步高唱：

看天边的惊雷 炸响了 炸响了
看海上的风暴 咆哮了 咆哮了
看天国的神殿 动摇了 动摇了
我仰天大笑
是我们进攻的时候了
地下汹涌的熔岩 喷涌了 喷涌了
山中沉睡的巨龙 长啸了 长啸了
魔王狂怒的召唤 听见了 听见了
我仰天大笑
是我们进攻的时候了
我们要重返阳光之土

哈哈哈哈哈哈哈……

此时已是两岸魔军齐声合唱，声音震响天地间。到最后，十万魔军齐声大笑，群山的岩石也被纷纷震落。

这首便是魔族的战歌《重返阳光之土》。

齐格扎里特热血沸腾，他仿佛看见对面杨特克里达正向他遥望，那股力量在他身体里冲突，要逼他拔出战刀，与亡灵大军死战！

最后的理智在死死地按住他的刀：要忍耐！一旦拔刀，就什么机会也没了，魔族必然全灭。

而不拔刀，魔族的血也正在一点点流尽，有什么是值得等待的？

也许只有那可笑的一点希望，魔王突然重新出现在他们面前？

但大祭司却突然发声了：“魔军停止进攻。”

齐格扎里特惊讶地抬起头。

那青色的光用毫无感情的声音开始说：“亡灵军，进攻！”

那一刻齐格扎里特不知是该狂喜还是大哭。喜的是大祭司似乎终于决定保留这一支魔军，他们的忠诚被相信；悲的是他竟然就要在山前亲眼看着墨苦城军团被全灭！

天空响起呼啸，成千上万的骨龙飞骑狂掠而下。

而这一刻，明里峰上千万支火箭射上高空。

一时蔚为壮观。

那青色的光忽然变得深红，大祭司开始使用他的法力。

忽然看见那几十万骷髅军向崖边涌去，像是要跳下山去。

齐格扎里特想这样的进攻根本不会有效果，凭这些骷髅兵，就算下到谷底没摔散架，也根本不可能爬上百仞峭壁的明里峰。

但恐怖的事出现了，那些骷髅竟然在山崖前趴下，然后后面的踩住前面的上前，又在最顶端俯下身，和后面的结成一团，然后……

他们竟然在搭一座骨桥！

从这里搭到对面明里峰上，至少也得近十万骨兵吧。

而此时，大祭司将防火护体术加在另外一群骷髅军上，他们开始疯狂地涌过吊桥，桥上的火焰似乎对这些无血无肉的东西失效了。

杨特克里达正在指挥战斗，忽然身后传来惊呼，城中响起警报的响箭。

发现从城中地下涌出的亡灵军！

这些亡灵是什么时候潜入山中的？

“第四战团第六战团退回去，誓死守卫魔神殿！”杨特克里达大喊。

这时一只骨龙飞掠而下，龙上的亡灵骑士向他射出了一支骨箭。

杨特克里达一挥刀那箭便碎裂了，但箭上附了毒的魔法，一团黑雾笼罩了他。

杨特克里达大怒，虽然眼睛已看不清东西，但抄起身边一支投矛飞去，仍将那高空中的骨龙击成碎片。

此时魔法箭纷纷落下，毒气弥漫城头，而城中也是火光一片。魔法医护师疲于奔命，而城中建起的几十个魔法恢复塔下挤满了人。

墨苦城中的石魔法守护者也全部启动了，向天空发出能自动追踪的精灵光球，这些光球实际是一些简单的培养精灵，追上目标便自爆。这对骨龙是致命的打击。

而墨苦城的空中力量——飞龙军也在天空追杀着骨龙骑士们，骨龙的威力远不如真正的龙，所以即便是飞行魔兽，它们也难以抗衡。

这时对面山上，一群大力僵尸和魔驱石人推来了数百门的铁炮。

齐格扎里特皱了皱眉，这种人族的可笑的东西居然也被用上了，如果大炮有用，还要魔法师干吗？

但亡灵族自有自己的作战方法，他们往炮膛里面塞进了自爆怪和魔藤的种子。

而同时，骨龙骑士们也把这些带上天空，向城中投下。

自爆怪的目标是城中的魔力来源塔，它们卷成一团被抛进城后，一落地便伸出四肢，向那些魔力塔飞奔而去，魔军士兵拼死地拦截它们，不惜冲过去引爆怪物。

但更加恐怖的是魔藤种子，它们一落地便开始生长，无数带毒刺的长藤伸出将魔兵勒死，或开出食人的巨花，而且以惊人的速度蔓延着。

还好魔藤本是魔军惯用的东西，一支举着火焰剑的魔军很快出现，用火焰阻止了魔藤的蔓延。

战斗打了十几个小时，骨桥已搭完，骷髅兵也堆上了城头，墨苦城硝烟四起。城头早看不到魔军的身影。齐格扎里特怔怔地看着，眼睛血红，他几乎没有眨过眼。

杨特克里达带着最后的三千魔兵齐聚在魔神殿前，任凭围攻的亡灵军乱箭射来，也决不后退一步。魔兵一个个倒下去，魔神殿内却如太初时一般安宁洁净庄严。

杨特克里达挥剑高唱：

挽起我的手我的兄弟

不要害怕莫要叹息
今天你所有最好的兄弟
你的父兄你的同族
都与你同在……

魔军应和起来：

哪怕前方是诸神的怒吼
哪怕前方正有黑色的暴风……

声音传到城外，齐格扎里特心如刀绞，他知道墨苦城军已到了最后的时刻。

城外六翼神龙军中有人开始低声跟唱，声音渐渐大了起来。

没有将领阻止。

不必惧怕我的兄弟
挽起我的手
依德尔族的勇敢
祖辈的光辉
巨龙之威武
与你同在
与我同在
我们必能冲垮一切……

城外的魔军士兵有人开始哭了，他不敢擦拭泪水，有将官看见，上前为他擦去。此刻，流泪已不是耻辱。

人们认为魔族从来是不会哭的。

他们错了。

不会哭的，只有亡灵而已。

尸山堆在杨特克里达脚下，他的眼睛已快完全看不清东西了，他抬头只见黑漆漆的空中，隐约有光在闪，他想他这一生竟都没有见过太阳，那是什么样子的？魔人曾经生活在阳光下，那是怎样一种生活？他们唱的歌，还会是今天这首吗？

重返阳光之土，那一天，我看不见了……

第十九章

夜行者

在地下亡灵军与魔军大战的同一时刻，地面上却是又一个黑夜。坎斯山下，一支魔军从山中的秘密出口潜出，他们穿着与难道、如果同样的战甲，还牵着他们的坐骑。魔族的战马与外形和人族的很像，但更加高大，长期生存在地下，使它们有了沉重如铁的马蹄和坚硬粗壮的皮毛，而与人族的马匹最大的不同是，这些战马的眼睛在黑夜中闪着红光，如同他们的主人一样，黑暗是它们最广阔的舞台。

这支魔骑军在黑骑士达克召武的率领下，快速地向地下所感应到的黑暗守护神力量的释放点奔去。

当他们疾驰着通过某个镇子的外围，一位半夜出来解手的农夫被这轰鸣的马蹄声吸引，他走近大路，以为是哪里的人族骑士团正赶回他们的城堡，但他只见数十双红色的暗淡星火从他面前掠过，忽然其中一对红目转过头来盯住了他。可怜的老农觉得浑身冰凉，他想他在做噩梦，要赶快回到床上去，好把看到的全忘记。

这时千里之外，依亚王朝的都城俄拉培德正在沉睡，看不到辉煌的灯光，只有内城的王宫中还灯火通明。

从基洛岗城和从里法尔国边境雪山中传来的有关魔族重新出现的可怕报告正摆在阿依古王的面前，让他难以入睡。

“亲爱的卡休理，你认为这会是魔族重新复苏的征兆吗？哦，大地安静了三百年，为什么偏要在我在位的时候听到这样的消息？”

“各国的国王正与您一样不能入眠呢，敬爱的国王陛下。不过据我从星象上的求卜，魔族并没有变得强大，相反他们正在衰弱中，也许只剩下一口气，就像那颗黑暗星云里的金色星辰，现在已变成暗红色，就快要熄灭了，这也预示着魔王的命运，是天主卡斯对魔族的最好宣判……”礼天教的皇家牧师卡休理优美地挥动着他的银杖，似乎成竹在胸。

“在哪儿？”

“看那儿，我敬爱的王，”卡休理带阿依古王来到阳台上，指给他看。天空是青蓝色的，但在东南面却变得渐黑，那里是黑暗星云的所在，其中一颗暗淡得几乎难以看清的星，正闪着若隐若现的红光。

“哦，是个好的消息！那象征我的王朝的星座在哪儿？”阿依古兴奋地问。

卡休理愣了一下，然后指向了天空另一头一片璀璨的星云：“在那儿，就在那其中……”

“看起来很挤……”

“是有生命力、是兴盛的标志！您不觉得这是个契机吗，国王陛下？”

“什么？看来，你似乎有了一个什么好提议？”阿依古转过头，饶有兴致地看着卡休理。

“魔族出现在地面上，我猜想他们在地下一定遇到了危机，不然他们绝不敢在魔王仍被封印在这世界上不知名的某处时，冒着重新引起无上之神怒的危险重回地面。”

“可也许他们正是来寻找他们的魔王……”

“哦，这正是我们的机会，组织一支军队吧，国王陛下。三百年前这片大地成为一片焦土，强大的范克德尔王和他的银月光华军也尽归尘土。从金星洲回来的人几乎每艘船都建立了一个国家，都宣称自己是范克德尔王的正统，都把自己的军队缝上银月光华徽，三百年来虽然合并了不少，可是还是有上百个，这就是那片星云为什么那么挤的缘故。可我的王，你知道只有由天主卡斯许可的国王才能称为正统，而那就是您，礼天教最忠实的信奉者，天主卡斯的最值得信赖的人间统治者。如果我们在魔族重新蠢蠢欲动、各小国惊恐不安的时刻高举起天主的旗帜，征召大地上的勇士们建立神圣的骑士军团，去扶助那些失去信仰的、迷茫无助的、陷入魔族威胁的国家……”

“又一场神圣战争！听起来真让人激动，卡休理先生。那么，能不能让我再总结一下您的观点……首先……”

“首先您只需要做一件事！”

“是的，天一亮我就会发布榜文去进行这件事。知道吗，卡休理先生，您说出了我童年时的梦想……”

“也几乎是每个国王童年的梦想，每个男孩的梦想，每个受《若星汉史诗》里的那些动人故事感染过的卡斯的子民的梦想，我的陛下……”

“……重建银月光华军团！”

云迪坐在城堡高处斜顶窗外的瞭望台上，望着远处橙色的云从坎斯山上漫过来。

水晶轻轻飞到了她的身边：“你看起来很忧虑呢，我最好的朋友。”

“最好的朋友……”云迪喃喃着，“我是你们最好的朋友？”她脸上露出了自嘲的冷笑。

“还在为那烂梨康德担心吗？哥们儿！”阿兹从窗户里跳了出来，粗声粗气地喊，“我已经挖地三尺去找他，我该做的都做完了，可没啥对不起他的……”

“你为什么挖到地下去找他？”水晶惊讶地叫起来。

“我怕他不小心被谁埋了……怎么了，干吗这样看着我，难道这不是可能的吗？”阿兹叉腰大叫着。

“别这样……云迪很伤心……”水晶小声道，在他眼前晃着，画出“闭嘴”的字样。

“哦，我忘了……”阿兹把大嘴转向云迪，“虽然他长得实在没法看，可他毕竟是你未来的男友……但是……我还是认为……这模样的男友丢掉了是件好事……”

“未来的康德很英俊的，不是吗？”水晶想尽力挽救局面。

“你见过？我只见过圣骑士甲里的康德和黑骑士甲里的康德，全都是不肯拿脸见人的康德，很显然他对自己的相貌没有信心……”

“未来的康德……”水晶忽然想起了什么，飞到云迪的面前，“在未来，真的会再次发生三族间的大战吗？”

云迪点点头。

“我曾听你说过在未来人族只有康德这么一个圣骑士是吗？”

云迪叹了口气，转过脸去继续望着山峦。

可是水晶又移到了她面前：“我又听你说，在未来的战争里，只有康德才能击退魔军？”

云迪没有说话，她的眼神却已不再望向远方，而是盯着近处陷入迷离。

“那么现在康德不见了，我们已经不再有圣骑士了？那么未来我们怎么办？哦，天哪，这回糟了，我们完了！世界要灭亡了！我不要长大……”

“够了，丫头！”这回轮到阿兹受不了了，他跳过去想一把掐住水晶，却忘了水晶现在正悬飞在墙壁的外面，他一下失去重心就要向下掉去，而云迪连一点扶他的意思都没有。

阿兹在空中大叫救命，二楼的罗恩听见了，忙运用起他过人的速度冲下楼梯，赶到室外，但他看了看从空中呼啸而下的沉重矮人，摇了摇头放弃了接住他的想法，转身走开了。

“你们这些……”在要摔到地面的最后时刻阿兹用手指在地面一点，地面展开波纹，他一下没入地中，“……没人情味的家伙！”下半句从地下沉闷地传来。

“我们终于可以清净一会儿了……”水晶向下看着，“现在是女人们的谈话时间……那么，你对康德到底是什么样的感情，你恨未来的他，那现在的他呢？”

云迪叹了一口气：“在未来，我只知道康德是冷酷的军队统帅，拥有着教会和国王联合赐予的圣骑士的勋荣，对异己毫不留情，所有人都传说着他为了得到力量而把灵魂献给了魔王。可我终于明白，别人无法了解他，和魔王的灵魂在一个躯壳里共生了那么久，每个夜晚都在恐惧着，害怕一睡去就被夺去了意志，醒来时就变成了另外一个人。在未来，他仍抵抗着魔族的进攻。但他每运用一次那力量，黑暗就侵入他体内一分，魔王的意志就强大一分……当有一天，他觉得自己再也无法坚持的时候……他会希望有人打败他。”

“听说未来打败康德的大法师是罗恩？他才是你该关心的人，因为他才是救世主嘛。”

“不！”云迪转头直盯着水晶，“只要康德不成为魔王，我们就不需要人来打败他。我不想看到任何一个人被毁灭，不论是罗恩还是康德。”

“可康德不见了，我们怎么办？”水晶的小身体里装满了忧虑，“谁能把握未来？”

“我想他逃走了……”云迪叹了口气，“我知道……只是不愿承认……”风中她用手抱住身体，似乎感觉到有些冷了。

“也许，他也有我们所不能理解的苦衷……”

“受过黑暗折磨的人，往往变得偏激与自私，他会不想再为任何人而活着，只为他自己……可惜我们付出了这么多……”云迪眼圈变红，“他……他们……”

“天黑了，我们回去吧……”敏感的翼精灵也不想把这话题进行下去了。

“我为什么要来到这里？我究竟是为了谁还要存在下去……”云迪的哭声在晚风中传开了，罗恩和爬上地面的阿兹在下面也听见了。

罗恩叹息了一声，心里涌出无限烦愁。

天色晚了，罗恩举起蜡烛回到城堡的三楼，他忽然听见于斯蒂娜的房里传来动静，像是有什么正重重地被移动。他敲了敲门问要不要帮忙，于斯蒂娜打开了门，笑着说她正在找书，她的肩上落了一些土。罗恩觉得，这个女孩的笑容在夜晚不如白天那么爽朗。

毕竟是黑暗伯爵的女儿啊，夜行一族，一个法术就轻松驱走魔人的人。罗恩曾听水晶、阿兹偷偷地谈论过她，那个吓走了魔人的法术，是来自她被压制的记忆吗？如果这个女孩恢复记忆，她会怎样呢？

罗恩不禁有些同情这个女孩，但他知道，只要她在云迪身边一天，云迪就不会让她有恢复记忆的可能。他还知道云迪甚至有过杀死这个有魔族血统女孩的想法，作为一个银月光华军战士，这是必要的果断，但离开战火太久再加上康德的离去已使云迪远不如初见她时那样坚决冷静了，而且，她一个人也难以下这样的决心。所以罗恩暂时还不担心于斯蒂娜的安全。

他回到了他和阿兹的房间，想了想，又打开门走向云迪和水晶的房间，推开门走了进去。

这时云迪和水晶还在顶楼的垛口上，房间里静静的，罗恩走向床边的那个大箱子。

那套圣骑士装备就在其中。

自从魔王卡奇云德沉睡在康德的身体里，康德得以从这套战甲中解脱出来，同时又变成了一个无力的人。事实证明圣骑士战甲本身无法给人带来任何神力，它是因为穿在圣骑士身上而拥有了光华，当它被穿在一个普通人身上，便会暗淡无光。

可罗恩还是觉得这战甲对他有着无尽的吸引力，他经常在梦中一次次地穿上它。罗恩知道，那是来自自己内心对成为圣骑士的狂热的梦想，他相信这梦想绝对超越了康德式的遐想。康德不过是一个听多了骑士小说的农夫，他从来没有成为圣骑士的资本，只能天天想着这样一套战甲从天上掉下来。而自己却是这世界上最后一个真正的圣骑士的唯一弟子，他从小所受的教育，难道不正是为了未来成为一个圣骑士、成为人族的救世主吗？这套圣骑士盔甲难道不本应该属于他，可它却偏偏砸在了康德的头上。因为这是历史，因为这是命运，哦，于是一切都围绕康德旋转，云迪的心里也只有康德，“救援康德”“杀死康德”“盯住康德”“寻找康德”，康德西康德东康德这儿康德那儿……当人们这样喊着的时候，从没有人想过罗恩在哪里吗？

因为我跑得快，所以你们就从来不在乎我，是吗？罗恩不止一次在心里呐喊着。如果我没有高级的逃逸术，那我可能早死在某个地方了，没有人会在乎的，是吗？你们只会流几滴眼泪埋掉我，然后立刻又高喊着“康德在哪里？”奔向他的身边，留下我一个人冰冷地躺在地下，从此你们再不会提到我……

似乎没有人注意到，罗恩为什么要一直跟着队伍，他有逃逸术能照顾自己，作战时又毫无用处，所以完全可以忽略不计。但是，这个世界上真的有人会为了纯冒险或是拯救世界这样虚无缥缈的任务而默默奔波，组成完全为了他人而存在的跟班战队，不惜搭上自己的性命吗？

也许有这样的人，但罗恩知道自己不是。遥远的森林中那可爱的银瓶公主是美丽值得追寻的，但不随队伍他可以少花十倍的时间到达那里。他为什么要一直留在这队伍中？

为了云迪？一个眼中根本没有他的女子？云迪是美丽的，但银瓶公主更美。罗恩知道自己一直在妒忌康德，但他自己是否真心喜欢云迪，他也说不清楚。

现在康德的消失，使罗恩忽然明白了自己潜意识中的动机。

他根本就是一直在等待着这一天！

罗恩捧着那圣骑士装备的手正在发抖……

忽然，门又被推开了，罗恩惊慌地回头看去。

于斯蒂娜探进了脑袋来，看见罗恩在也有些慌乱："我……我只是来借……借针线的……"

她也没问罗恩为什么会在这儿，便关上了门。

这是她常年待的城堡，为什么需要来向别人借针线？罗恩想。

这女孩的笑容在夜晚的确不如在白天那样让人看得舒心。

罗恩的体察术告诉他，黑暗的双眸就在某处注视着。

墙后密室里

"于斯蒂娜没能拿回我的战甲……看起来罗恩很喜欢它……"康德说。

"主人，只要你想要，我的石人们能很轻易地帮你做到。"头颅说，"还有……您什么时候才允许我去找我的身体？"

"石人……"康德显然没有听到后半句，"这也是个办法，我们可以在深夜行动。他们会以为是你在捣鬼……"

"多么英明啊，我的主人！"头颅恼火地说。

深夜很快就来临了。

一楼大厅里的一座石人忽然移动了一下手臂，随后那几十座石像开始吱嘎吱嘎地展开了身躯。

罗恩最先被这声音惊醒，他走到二楼通向大厅的楼梯边，看见了石人笨拙地正要拾阶而上，他向楼上大喊起来："石人，那些石人又动了！"

最先冲下来的是阿兹，他向楼梯看了一眼，便立刻转身去寻找那个自己前夜在楼板上挖出的大洞去了，做出随时准备跳下去的动作。

然后水晶睡眼惺忪地出现了："哦，居然又动了，不过没什么，他们一点危险也没有，反正又不会飞。"于是她打了个呵欠飞到了落满尘灰的大吊灯台上，在那儿躺下了。

当石人们挤满了大半截楼梯，云迪才慢慢地从三楼走下来。

"你在舞会时也让人等这么久吗？"罗恩不满地说。

"我必须要时间整理一下头发和衣服……"云迪向下看了看，"这些家伙想干吗？上来找夜宵吗？"

"如果叫喊的人是康德呢？"罗恩脱口而出，看着云迪的表情他随即就把脸转开了，"哦，对不起……"

这句话使云迪感到烦乱，她很想不管眼前的烂摊子，康德不在了，她已没有任何必要的使命。况且对付没有生命的东西是她所不擅长的，对这些石人电击和扔火球全都效果微弱。

"对付石人应该是战士们做的事情，没有关系，这些动作迟缓的家伙伤不到我们，这正好提醒我们不应该久待在陌生的地方，我建议我们不如连夜就离开这里。"云迪说完就转身准备上楼收拾东西了。

"这是一个好主意。但是……好像堵在了楼梯上……当然，这和我没有什么关系……"阿兹跟着跑上了楼。

"啊呜……很高兴听到要离开了，你们要走时叫我一声……"水晶打着呵欠，舒服地晃着吊灯打起瞌睡。

罗恩气恼地站在楼梯上，他能感到康德的离去使这支队伍正迅速走向瓦解。一个星期前他们还在兴致勃勃地讨论着神秘的南部精灵大森林。那个裹着黑袍的，平日里一声不语，并为水晶阿兹所嘲笑的康德，却是维系这支队伍的核心。他一离去，即便是云迪，也无心团结这队伍继续走下去了。

预感到也许大家各奔东西的日子就在明天，罗恩想这也许并无所谓，但他十分想得到那套圣骑士战甲，也许这能使老师明康恩改变主意开始教导他圣骑士的战术。罗恩暗暗地下定决心，在离开队伍前一定要得到那战甲，唯一的障碍是云迪，这个女人可能会任性地想保有它作为纪念物。自己能否说服她以大陆的未来为重，将成为新圣骑士的希望寄予他呢？

拿定了主意，罗恩在石人的手触到他肩头的那一刻，向楼上奔去。

“云迪，我有件事想和你谈一谈……”

罗恩来到云迪的房门前，却看见云迪怔怔地站在那里，面对着那个空箱子。

“它不见了……”云迪无力地说，像是身体中什么被抽走了。

这是同样使罗恩震惊的消息，他很快反应了过来：“有人利用石人引开了我们……”

“于斯蒂娜！”云迪想到了这个名字，她转身向门外冲去。

于斯蒂娜正站在门外走廊上：“发生了什么事？”她睁着惊讶的眼睛。

“把它还给我们！”云迪一把抓住了她的手，“否则我不会饶过你！”

“云迪，小心她的魔力。”罗恩冲出来，他对于斯蒂娜轻易地将如果摔出城堡的力量印象深刻。

“没有什么是可以吓到我的！”云迪眼中射着愤怒的光，那种在护卫康德时才有的坚决神情又流露了出来，罗恩看在眼里，心中叹息。

“我不明白你在说什么！”于斯蒂娜尽力地想甩开云迪的手，却又不敢正视云迪的眼睛。

“就是你……不会再有别人……谁还能控制这些石人？为什么……”云迪忽然变得吃惊，“你其实根本没有失去记忆？是不是？”

“我当然一直都有记忆，我也从来不能操纵石人，你在说什么？你做了噩梦吗？”于斯蒂娜慌乱地喊。

“女人们，吵完了没有？丢了一件衣服而已，那些石人就要上来了。”阿兹背好了包袱在旁边不耐烦地说。

云迪却一把拉住于斯蒂娜奔向楼梯口：“听着，你再不还给我们，我会把你从这里推下去，我很想知道那些石人是不是真的听你话！”

“云迪，别吓着她了，你冷静点……”水晶被云迪此时表现出的怒火吓住了。

罗恩想，也许他从前认为云迪会把战甲送给他是太过乐观了。

于斯蒂娜吓得发抖，以至于罗恩很害怕她会再次念出那个咒语，但于斯蒂娜只是语无伦次地哭喊着：“真的不是我做的……不要杀我……主人……救我……”

“主人？”云迪听出了破绽，“原来是这样，那个索尼巫师他还没有死？”她警惕地向四周望着，“他在哪里？”

众人也开始紧张地张望。

“让我去教训那个骄狂的女法师！”头颅在密室里嚷着。外面各处的情况通过许多镜片反射在密室的几面镜子上，墙外的声音也能听得很清楚。

“于斯蒂娜的主人已经不是你了，而是我，你不必那么冲动。”康德平静地说。

“哦。”头颅知趣地闭上嘴巴。

石人们已经拥到了二楼通向三楼的楼梯口，就在这时，城堡大厅的木门被重重地推开，铁甲战马巨大的嘶鸣声中，魔骑军们涌了进来。

……

达克召武在队伍的最前面，刚进入大厅的他们还无法看到三楼的事情，但他已经感觉到楼上的人的存在。

“城堡四面都围住了吗？”达克召武问他的部下。

“第一队和第二队在外面！”

“下马，上楼！”

听着楼下的马嘶和战靴的响声，楼上的历险者们明白一支军队突然闯了进来，而听着楼下传来的魔族的语言更让他们脸色发白。

于斯蒂娜却突然觉得，那语言是她所十分亲切的。

云迪忽然用指弓用力一顶于斯蒂娜的后脑，这不是魔法而是她作为银月光华军军医所学到的技能，于斯蒂娜顿时昏迷了过去。

“是魔人！我们快走！”云迪喊着，“罗恩，来背着于斯蒂娜！阿兹、水晶，先从后窗出去！”

阿兹和水晶早在她吩咐之前，就冲到了窗口，突然楼下的院内闪过铁甲的暗光，几个骑兵纵马而来，几支飞箭随声而到，阿兹大叫一声从窗台上翻了下来，箭划破了他的脸，而水晶纵然闪避得快，也被那强劲的箭风裹带得空转了好几个圈。

太了解魔军战术的云迪知道，不力战是不可能逃生了。

她跃向窗口，闪在窗边墙后，似乎已能听见下面魔人弦拉到极满的咯咯声。

她向罗恩使了个眼色。

罗恩明白了她的意思，她终于也有需要自己帮忙的时候，可惜她要的是自己从窗前闪过引开魔人的箭！

但他还在想着的时候，身体就已经向窗前掠了过去。

凭着他的出色的逃逸术，魔人们只看见一个影子从窗前晃过，几支箭扎在了墙上。

云迪明白，魔军训练有素，他们绝不会一次放出所有的箭，一定还有人拉弦待射着，但她已没有选择。她转身来到窗口，在看清了魔人位置的一刹那，把手中早聚好的两个光球放了出去，随后尽力向下一倒，两支箭几乎贴着面门射了过去。她倒在地上，一身冷汗，不确定自己是否有胆量做第二次。

窗外的魔军举起战盾挡住了一个光球，另一魔军骑兵来不及放下弓箭被击中了脸，闷哼着摔到马下。

“康德，没有你，我真不知道为什么还要苦战下去……也许，这一战就是我的归宿了吧。”云迪在心中叹息着。

达克召武走上二楼，面前是满满一楼梯拥塞的石人。

“这都是些什么啊！”他皱了皱眉。楼上的冒险者们只听见一声巨响，楼梯崩起了碎片，无数石块飞上楼来，石人们的脑袋在地上滚动着。

“这次我们恐怕真的会完蛋……”阿兹腿在发抖。

水晶早就把自己塞进了天花板的夹缝里。

罗恩看看坐在地上的云迪，发现她眼中又消逝了那斗志，他犹豫着该不该自己去逃生，毕竟以自己的速度，现在逃还是有希望的。

“是一个黑骑士啊，他们真会凑热闹……”康德看着密室里的镜子，“我们的石宝贝就这样灰飞烟灭了呢。”

“这种时候亏你还有这样轻松的语气，我都恨不得长出四条腿来跑掉……”头颅抱怨着。

“我早已经是死人了，当我决心沉入黑暗中的那一刻，我的感情就消亡了，没有快乐，也没有恐惧，外面的世界已经不能影响我……”

“骗鬼！”头颅嘟囔着，“那你死抱那战甲不放做什么？”

“玩笑，只是一个小小的玩笑……”康德嘴边竟露出了一丝笑容。

达克召武已站在了云迪他们面前，那战盔后的红色眼睛扫视着眼前这一切。

“对不起，打扰你们休息了……”他用人族的语言开口了，“我们深夜来到这里，只是……想明白一件事情。”

他上前一步，用威吓的声音问：“是谁召唤了黑暗的守护神的力量？”

“对不起，我能理解你们在地下接收到警报骚扰的愤怒，如果只是这些使你们来到这里……我能告诉你们元凶，就是……”阿兹抢着说。

“闭嘴！阿兹，你疯了吗？”云迪喝止了他。

“有什么不对？他们并不是为我们而来……”

“你忘了难道和如果在斯马拉古城堡？魔人是不会留下活口证明他们来过的……”水晶藏在天花板夹缝里也忍不住开口指责阿兹的愚笨。

“我承认这一点。”达克召武上前一步，“你们中只有一个人不用死，就是使用过黑暗守护神咒语的人，你不必害怕，我们是来保护你回到同族去的。”

“呃，你看……也许我不是你想象中的那个人的样子……其实……你知道我是个热爱魔法的矮人……所以，我也可能一不小心念出什么怪咒语……”阿兹又开始胡诌。

达克召武上前一把把他拎了起来：“不要嘲笑我们魔族的血统！”阿兹的脸在他手中变得发白，“你还有最后的机会说出那个人的所在！”

“不如来问我吧。”云迪站起身来，来到了罗恩的身边，从他背上扶下昏迷的于斯蒂娜，“这个人就是你们要找的夜行者，但我的魔力随时可以杀死她，我可以把她交给你们，作为交换，你要放我们离开。”

达克召武冷笑着：“我不会接受。”

“我以为你会爱惜同族的性命。”云迪说。

“我站在这里，你居然还以为你有机会伤害那个女孩？”达克召武大笑起来，他手一挥，把阿兹重重地摁到墙上，另一只手指向云迪。

云迪觉得自己的头就像要爆开一样，她知道这是魔族的黑暗诅咒攻击，她在未来的战争中见过无数的战士疯狂或死于这种诅咒之下……她能阻止低级的黑暗诅咒，但现在这力量之强使她本能地放开抓着于斯蒂娜的手去抱住头。

达克召武加大他的力量，云迪痛苦地跪在了地上，揪住自己的头发，发出凄惨的喊声。

“不！”罗恩大叫起来，扑向达克召武，他觉得他像是撞在一根铁柱上，达克召武轻轻一推，就把他摔出老远。如果不是达克召武正在运用魔力，他已经捏碎了罗恩的脑袋。

水晶钻出来想救助云迪，但她还没来得及施展魔法，达克召武身后的一位魔兵队长发出一箭吓得她又缩了回去，看着魔兵们拉开的弓她再不敢动弹。

忽然达克召武收回了手指，云迪的痛苦消失，立时瘫倒在地上，再无力量反抗。

“真遗憾，我以为会遇到强一些的对手，其实我很想会会人族最强大的战士，但这次可能没机会了。”达克召武上前把云迪踢开，抱起于斯蒂娜试图让她醒来，并吩咐身后的魔军：“清扫这里。”

忽然窗外传来了惊呼声，院中守卫的魔骑军纷纷栽倒在马下。

达克召武走到窗前，向下望去。

倒下的魔骑军对面，一匹俊健的白马扬着蹄子，它的额上银月痕放出光辉，马上一位穿着圣骑士战甲的骑士，手中提着一根黑色长矛。

达克召武的眼睛放出光来：“我看见了什么？一位人族骑士？穿着高等的盔甲？这就是传说中的人族圣骑士吗？”

“那位黑骑士，你的对手是我，敢不敢下来决一胜负呢？我，对你们所有！”银色骑士高喊着，他的声音却沙哑难听。

达克召武的血被即将到来的厮杀激奋了：“很好，我接受你的挑战，不过是一对一，等我的部下牵来我的战马，战斗就开始……”

“我改变主意了，”这个银色骑士说，“我突然想起，我把面包放在灶锅上忘了拿下来了，如果你能跟上我，我再决定是否和你作战！”

他一拨马头，那白马出奇地敏捷，一眨眼便消失在城堡大门外。

“挑战可以如此反悔吗？可恶的人族，你也算是骑士？我一定会杀了你！”达克召武咆哮起来，跃下楼跳上身边魔军的一匹战马便追了上去。十几个守备城堡外围的骑兵见主将离开，也疾跟而去。

达克召武一路追击那银甲骑士，在对这位人族骑士的怯懦行为的气恼之下，也不再顾骑士比武之道，在马上使用起了魔法。但作为黑骑士，他所会用的辅助攻击技也只有黑暗诅咒等几样而已。可他的诅咒对远处的骑士似乎毫无作用。

“难道是距离过远的缘故？”达克召武想，可自己的黑暗诅咒的强度是可以到达那里的，看着那仍然狂奔，还不时回头张望的骑士，他不由心中生出疑惧。

“除非这个人的力量强到可以抗拒这种黑暗魔力，又或者，这根本不是一个人……我似乎在陷入某种危险……”想到自己如此轻易地被敌人诱出，达克召武不禁有些担心，齐格扎里特大将是绝不会如此轻易被激诱的，自己还是太轻率了，想到这里他掉转马头而回。

看见达克召武要放弃追击，那银色骑士也掉转马头：“想跑吗？胆小鬼！”

达克召武被气得不行，他用手去摸弓箭，却什么也没有摸到，原来他奔出来得匆忙也没有带矛，只带了一把随身佩刀而已。

那骑士却向他冲了过来，高举着那把黑色长矛：“让你看看圣骑士之矛的威力吧！”达克召武盯着那矛尖，不敢确定上面是否真的凝聚着圣骑士的力量，但他仍拔出刀迎了上去。可就在两马相距还有老远的时候，银甲骑士猛地把那矛掷了出去：“这一掷就将结束战斗！”

达克召武看着那矛在空中晃晃悠悠地飞着，怎么也不像能掷到他面前的样子，他想这是一个诱招，那骑士也许正要抽出他的剑使用光焰攻击。他握紧刀做好准备。

但那骑士却迅速掉转马头，又一溜烟儿地跑了。达克召武策马来到那插在地上的长矛前，伸手拔起它。那只是一支城堡里司空见惯的装饰用木柄矛而已，矛尖早已锈得发黑。他恼怒地握紧了它，矛在他手中燃了起来。

达克召武回到了城堡，士兵们已带着俘虏在那儿等着他。

魔军们取出铁链结成的网，将云迪、阿兹、罗恩各锁入一个网袋中，在他们的脖上套上镶魔符带向内尖齿的项圈，这样当他们想使用魔力或反抗时，项圈就会立刻切断他们的脖子。

至于水晶，她被装进了一个从城堡中找来的铁盒中，一个魔兵好玩似的把盒子在手中翻来倒去地抛着，可怜的水晶在盒子里觉得自己正在晕船。

这支骑兵队正要启程时，魔人如果出现在他们面前。

“天哪，我看见了什么？”如果激动得要哭出来，“六翼神龙的徽记，你们是来找我的吗？”

“这是秘密的任务！和你没有关系。”

“难道他失踪了，我一直在找他。”

于斯蒂娜在后面惊呼了起来：“你所说的那个失踪的魔人，也许我见过……”

当于斯蒂娜讲完她与难道的相遇，如果抱着头走到了一边，达克召武也心中烦闷。

“作为荷坎‘华尔金’，黑暗伯爵之女，于斯蒂娜小姐，你需要明白你的家族有特殊的血统，荷坎家族向来为那些被遗忘在地面上的魔族提供庇护，并帮助他们改变形体转变成人族模样，也就是夜行者，所以你也应拥有特殊的力量，或学习过某种方法来改变魔族的体质……尽管遇到难道时你还没有记起自己的身份，但我想你还是无意中使用了那种力量……”达克召武苦笑着说，“我们不可能用这么多人去寻找难道，会暴露行踪，那是军团长所不愿看到的，我和骑队先带于斯蒂娜和这几个人族回地下，然后再派人来接应你们……”

“好了，我明白了，我一个人也能找到难道的……”可这时如果心中突然想起了雪山上的事，关于华优冰其斯所说的话。他终于改变了决定："我想我还是和你们一道回地下吧，我有很重要的事要禀报给军团长。"

达克召武以为这魔人要回到地下去追究于斯蒂娜的过失，但他也无法命令这个直接从大祭司处接受了任务的人，他想一切只有回到地下再作打算。"好吧，带上战俘出发！"他喊着。

魔军离开后不久，银色骑士回到了城堡。

摘下光亮的头盔，里面是一张腐朽可怕的脸，没有了刚才的张扬，只有疲惫。

他走进一片狼藉的城堡，从秘道来到密室里，发现头颅竟然还在那儿。

"他们也许觉得我没有收藏价值，其实我也很想去地下看看，听说那里有很多很杰出的亡灵法师。"头颅沮丧地说。

"那些人呢？"康德一把抓起头颅。

"他们没有死，但全被带往地下了，魔人也许会在那儿审问并处死他们。"

康德无力地放下头颅，坐倒在椅子上："我尽力了……我不能做到更多了……"

"当然，头儿，虽然你穿起这身来还真像那么一回事，不过大家都知道你是个草包亡灵骑士，没有人会责怪你的……"

"是不是我应该使用那黑暗的力量？可那会唤醒魔王……天哪，我该怎么办？"

"当然你硬要为自己揽上责任，我也没有意见，只不过我想提醒人，责任这种东西，是对活人才有意义的，关我们什么事呢？"

"为什么我已经死了，又为什么我还要有灵魂？"康德低下头，交叉双手，在椅上自语着。

"唉，头儿，与其你在这儿深情独白……我是说，你若真想救那个漂亮妞儿的话，你应该现在就骑上马，跑去最近的城市找个骑士团报信才对！"

"你说得对！"

"别丢下我！"头颅看着跑出去的康德，扯着嗓子痛苦地大叫。

第二十章

重返阳光之土

康德骑着名叫蓝色月光的白马努力奔驰，马儿步伐轻盈而又迅捷无比，就像悬于平地的一阵疾风。

真是一匹好马，跑起来像蹄不沾地一般。康德想。

“等等，似乎真的没有沾地……”这匹云迪心爱的马儿果然有着神奇的一面。

可惜他自己并没有这么神奇。康德觉得有时做一个真正的没有灵魂的亡灵真好，至少不用这样奔波。责任、使命、信义、爱情……这些是对有灵魂的人才有意义的东西吧。他以为把心投给黑暗就不用痛苦。原来没有用，除了身体开始接受黑暗力量而渐渐不再腐朽，心灵却照旧在被各种问题折磨，他抛弃了成为圣骑士的责任，却还是无法坐视云迪他们走向死亡而不管。

“不，这只是我的一个游戏。”康德想，“本来这个世界再与我无关，但与其孤独地待在城堡里对着那个丑头，不如出来走走……”

丑头在他背后的包袱里叫着：“能不能慢点……很颠啊。”

“死人还那么多事！”康德恼怒地骂着。

“这话同样适用于你……我的主人。”头颅回敬着。

一座小城终于出现在康德的面前，当他奔入城镇中，却看见领主城堡的门外挤满了人。

看见一位高头大马战甲华贵的骑士出现，人们不由让开了一条路。

“这个人或许就是来报名的吧。”有城中人这样说。

“看起来很威武的样子，也许不用考验就收入了。”

“什么啊，这分明是从首都来视察的骑兵长吧！”

康德看见了那门前高挂的布幅，他的眼顿时被那几个字充满了：银月光华。整条长幅上写的是：阿依古王征召勇士，加入神圣银月光华军。下面还有一行大字：光辉圣骑士之路从这里开始。康德一直怔怔地看着。

圣骑士之路？云迪预言中的自己邪恶圣骑士的命运，将从这里开始吗？

地下　巨龙国度

墨苦城已变成一片火中废墟。魔军和亡灵们的躯体拥塞着全城。卡奇云德神殿前是尸身堆积最多的地方，这里曾经历最惨烈的战斗。亡灵军正在搬开尸体，那些死去的魔军手足结在一起，难以拉开，像是仍在阻止着亡灵们进入神殿。

巨大的爬行魔虫被驱赶了过来，用它大铲般的前足铲断那些结在一起的尸身，把它们拨到一边。

齐格扎里特站在殿前的废墟上，静静地看着这一切，没有人知道他在想什么。

六翼神龙的众将站在他的身边，没有人说话。

齐格扎里特定睛看着，想找到杨特克里达的尸体。但他明白，在经历魔法与烈火后，这已不太可能了。这些守卫神殿的战士终有一天名字也会被刻进神殿。齐格扎里特暗中发誓，只要他齐格扎里特还活着，纵使他死了，也必有人要去做到。

通向魔神殿大门的道路终于被清理出来了，亡灵们自动地退到了一边。

齐格扎里特和他手下的众将整理衣甲，列队走向神殿。魔王的身体，将由六翼神龙军团亲自运出。大祭司似乎明白，如果让那些脏污的亡灵军踏入魔神殿搬动魔王的金柩，只怕连六翼神龙军这支最后的魔族军团也要被迫拔刀死战。于是他终于还是让魔人自己来完成这件事。但这又成为压上齐格扎里特和他的部下们肩头的重辱。

这些自认为可以为了魔王去死的战士，现在居然要亲自去将魔王的躯体搬出神殿，运往阴暗的山谷吗？

在大殿门口，已经有将官停下了脚步，拒绝踏入神殿了。

无论如何一定要挺住，齐格扎里特对自己说着。现在他一流露出痛苦，全军也许就会立刻崩溃了。

“不想进去参拜魔王吗？”齐格扎里特尽力用最平静的声音说。

几位停下的将官又开始向前走了，但仍有三人站在原处不动。

齐格扎里特明白，他们不进去，将来大祭司也必不会容他们于军中了，这些将官心中明白，也已经做出了选择。

齐格扎里特迈出了那一步。从前他以为力敌千军就是力量，今天才发现，移动自己的脚所需要的，才是真正的力量。他踏入神殿的那一刻，那几位站定不动的将官齐齐把刀抽了出来。

齐格扎里特没有回头。

跟随他的将官们也没有回头。

他们没入了神殿的黑暗中。

他们的背后，那三位将官看着他们远去，将刀横在了自己的项上。亡灵族看着他们倒在血泊中，眼中仍是空洞一片。

魔神殿内终年黑暗，只有中央魔王金柩的所在，才在四周环绕的柱上燃有长明的火焰，但仍不能驱去神殿中的压抑沉郁之黑。

只因卡奇云德曾立誓，此生必战死于阳光之下，所以告诫魔族决不可贪恋易灭之光。中央大殿的顶是中空的，因卡奇云德最不爱抬头便是低沉之顶，所以常提醒魔族他们曾生活在高阔苍天之下。

齐格扎里特想起自己当年也曾随魔王死战于里姆可依通道之口的神殿，那时他还不过是个魔族小兵，只能远远望着魔王在殿外山顶与人族最强大的骑士和法师作战，暴怒的喊声震荡大地，扬起狂风令人难以靠近。

他还记得亲眼看见魔王的力量与人族和精灵大法师们抗衡了十六天之后终于被渐渐压制，卡奇云德身上带着无数伤痕，脚下倒着圣骑士们的尸体，发出最后的咆哮，山下的魔军看着山顶的红光一点点暗淡下去，人人发出癫狂的呐喊，拼死想冲向山峰……

竟然就这样败了，一千年的苦战，竟在今天在这一代人的面前败了。当那一刻终于分出胜负时，那是再坚强的战士也无法接受的结局。

想起那一幕，站在魔王神殿里，齐格扎里特三百年不曾再流的泪终于又淌了下来。他跪倒在卡奇云德的圆形圣座前："齐格扎里特是罪人啊！"

所有的魔将跪倒在地，深深低下头。魔族到今天的境地，他们都自觉再没有抬起头的勇气。

齐格扎里特低头跪着，时间流逝着，他宁愿自己永远这样跪下去，也没有勇气去触碰魔王的圣座。三百年来他也曾多次跪在这里，每次似乎都能听见魔王的呼吸，像黑暗的深沉之音。但今天魔王神殿中静得如此可怕，似乎魔王也因为愤怒而不肯给予任何昭示。

齐格扎里特低着头，在这一片黑暗中，他忽然感到前所未有的冷静，一个决定正在他胸中慢慢成形。

他忽然抬起头，猛地站了起来！

"魔王，请随魔族重返阳光之土吧！"

那磅礴的战争之幕，就此拉开。

……

听见齐格扎里特的大喊，魔将们齐齐抬起了头。

他们知道，军团长终于做出了决定。

齐格扎里特猛地转过身来，望着众将：

"今天在这里的人，将承担起光荣的使命。你们要听好我说的每一个字。我们魔族的祖先，曾生活于阳光之下，那里有广阔的草原与雄壮的山脉、无尽的森林，那是我依德尔族曾生息之地。是战争将我族驱入黑暗，我族也必要以铁血重返若星汉天空之下。地下已不再是我魔族容身之所，我们要冲出亡灵之地，重返阳光之土。亡灵、人族、矮人、精灵，所有阻挡我等者，便是我们的敌人！今日这里跪倒的每一个人，将来都会是这场艰难远征中的核心之人，你们现在在魔王圣座前发誓，不论未来之远征有何等艰险困苦，决不退后一步，直到重回我祖先发源之地，世世代代繁衍，再不离弃家园。”

众将热血激荡，拔出战刀割破手臂，齐声高念立誓。

大殿外的亡灵族听见那殿内的朗朗回音，却仍只知睁着空洞的双眼，不知巨大动荡之潮将要奔涌而至。

齐格扎里特从众将齐声立誓声中，忽然听见了别的声音。

他忍住胸中心潮起伏，等众将立誓完毕，才向黑暗中说：“华优冰其斯、路华美亚，你们好吗？”

众魔将皆惊立起，大柱后，华优冰其斯和路华美亚走了出来。

“齐格扎里特，为什么到了今天，你才能下定决心？”路华美亚感叹着。

“这是极险之路，不是置之于死地，我又怎能带全族踏上此途？”齐格扎里特说，“你们怎么会出现在这里？”

“我们一潜入地下，就来寻找杨特克里达了。”路华美亚说。

齐格扎里特看向华优冰其斯：“你终于肯回来了？”

华优冰其斯并不避开齐格扎里特的目光：“同族相残之时，我选择离去，此刻族人需要战士，我自然又归来了。”

“路华美亚，我以为你是带了你的英雄来找我寻仇的……”齐格扎里特露出苍老的笑，“我这一生征战，倒在我刀下的同族无数，我如何也赎不清了，待我们重回祖先圣地之时，你便将我的头祭于高坛之上吧。”

“你是依德尔族的雄狮苍狼，要为我族开路冲锋，这便是对你的苦罚了。”路华美亚说，“你也知道这是险恶的道路，此时若我还和你争执旧仇，就对不起我地狱火的士兵们了。”

“华优冰其斯！”齐格扎里特喊着那久违大将的名字，重重拍上他的肩。华优冰其斯却不堪重负得几乎摔倒，亏得路华美亚一把上前扶住。

“你怎么如此脆弱了？你的魔族体质还没恢复吗？”齐格扎里特大声问着。

“是黑暗伯爵华尔金用‘月神镜上的露水’将他变成了夜行者生存于人族中，现在还需要找到华尔金才能恢复。”路华美亚说。

“我不知道华尔金现在是否还作为亡灵伯爵而活着……但是……”华优冰其

斯说，“我知道另一个人还活着。”

看见那个影子从柱后转出，疲惫地倚在柱上，齐格扎里特喜悦地大叫着“杨特克里达”奔上前去。

杨特克里达满身血迹，到处是箭伤和魔法伤，只有目光还锐利：“墨苦城的军士，没有那么容易被杀完的……”

“简直像是个梦境，是魔王神殿给我们的奇迹吗？”齐格扎里特放声大笑，“我原先以为就剩我一个人了，可突然间四大军团长又聚齐了……”

“说到魔王神殿，我带来了魔王的消息！”华优冰其斯突然说。

所有魔将的目光都向他射来。

“如果、难道两个受大祭司命令的黑暗之子，还有那些侯洛伊的军队……都是以找寻魔王为名却想毁去魔王灵魂的人。我一直跟随人族的队伍，才发现魔王灵魂的所在，直到雪山之战，我和路华美亚带着地狱火军团仅存的飞龙军阻止了侯洛伊，但我们无法再抵挡雪山的矮人族，只有离开了。之后我们找不到那些人族，只好回到地下城。我想，还没有恢复力量的魔王不应该回到大祭司所控制的危险的地下城，此刻他也许正在等待着我们带着他的身体去地面。我们回到地面时，就是魔王复生之日。”华优冰其斯说。

看着魔将们扛着沉重的金柩缓缓地走出大殿，恶魂们心中欢喜，魔族最后的信念也被拔除，这强悍可怕之族最后终于被压倒，从此地下便是亡灵族的天下了。

他们没有注意，出来的魔将中多了三个人。

魔族出离地下、重返阳光之土的远征，开始紧张秘密地筹划了。

第二十一章

像个骑士一样去战斗

康德站在那城中长榜前，愣愣出神。没有注意到他的高大白马和发亮的战甲已完全吸引了人们的目光。这个小镇的人还没有见过外表这么华贵的骑士。

“尊敬的骑士，你是来参加召选的吗？那就请到城堡里面去吧，国王派来的官员已经在里面等候了。”那榜下的小吏看见这高贵的骑士出现，唯恐把他错过了，上来便牵起了康德的马缰，将他领向城堡内。

康德想他正好要向这里的城主报告关于魔人的事情，便任由那吏官牵马走入城堡。背后的镇民们发出喝彩声来，显然他们认为终于有一位真正的骑士将加入银月光华军了。

城堡外墙内是一个圆形小场，四面是石墙，墙上已站满了人，而对面城堡内门之上的墙垛上，坐着几个衣装华贵的人士，是这个城邑的领主和官员。中间的土场地中心已经被踩得烂泥一片，看来考核已进行很久了，那里放着石杠、稻草箭靶和一些木桩，木桩上还插着一把大斧。一个瘦高个儿正在痛苦地想拔出它。

“阿力巴，下去吧，小心咔吧一声折断了你的瘦腰……”

“你老婆还在家里等着你呢，别把力气全用光喽……”

旁边传来了哄笑声。场内靠着石墙站了一圈人，有蓄须粗壮的大汉，有穿着简陋自制皮甲的农夫，高矮胖瘦，拿着各种稀奇古怪勉强可以称为兵器的东西，大多是用农具改造的，看得出他们多数是邻近的村民。

看到康德进来，几乎所有人的目光都投向他。

很显然没有人想到会有一位真正的骑士来到这里，这小城堡内的场地只能容一匹马转转圈子。

然而那牵马的汉子已大喊起来：“看哪，是我国王伟大的号召力，一位高贵的骑士也准备加入我们了……”

“等一等……”康德说，但他的声音被场中溅起的一片喧哗淹没了。

他抬头对着正前方内堡石墙上的人喊道：“我有重要的事情要对你们说！”

中间的那个人站了起来，他胡须花白，穿着褐色绣金线的袍：“请到里面来吧，骑士先生。”

进入内堡的木门打开了，康德下马走了进去。

内堡大厅内有两排座位，也坐了十几个人，看起来要比外面的精干一些，应该是被选拔出来的人，中间座位上一位神情硬朗的骑士，所穿的皮衣上铜钉闪亮，正在大声说道：

“在俄拉培德将举行盛大的银月光华军组建典礼，各城镇召选出的十万勇士将在那里会合，还有各国闻讯而来的好汉，届时各国的国王都会被请来观礼，还将举行最激动人心的大比武，全大陆最棒的骑士都会来，将排出若星汉的战士名次……”

看见康德进来，他们都停止了说话。

“我是郁丁堡的主人克鲁阿。”那领康德进来有花白胡子的人说，向大厅最里面的位置上一指，那里坐着的是国王特使阿华依骑士，他负责王国南部的选拔工作，昨天刚到达这里。

那名为阿华依的骑士个头儿不矮，但他的威风却被现在踏入大厅的银甲骑士所压盖，他不由从座位上站了起来。

“你好，我就是国王特使阿华依——紫蔓骑士，请问尊姓大名？”

这骑士居然还有一个名号，康德想，这是公认以忠勇有礼成名的骑士才有的标志，不知是由哪个王赐的。可他觉得只有像当年范克德尔王旗下的银月光华骑士那样的，才能算是好汉，名号才能和他自己专用的徽章一起印在旗上，高举着它周游大陆，真是无比的荣光，只不知眼前这人有没有那种本事。

但他没有时间来多研究眼前骑士的等级，他正想说话时差一点儿摘下自己的头盔，但手抬到一半又放下来。

“我是来通报有关魔人出现的消息的，一支魔骑军现在正在赶回他们在坎斯山出口的路上，他们还俘获了几个我们的人，我们应去阻截他们。”

这时他忽然想到以面前的这些人去阻截那支魔骑军，简直是去找死，但大厅内已经涌满了激动的气氛。

“天哪，他们就出现了，简直是为我们特意准备的，正好是我们扬名的机会！”有人喊着。

“让他们知道银月光华军的厉害！”一个胖大汉子扬起大钉棒喊。

这些人还没有被正式列入军籍，就俨然以银月光华军自称了。康德想也罢，反正他们迟早是要上战场的。

阿华依却表现出了冷静的素养：“少安毋躁，先生们，你们还不是军人！只有等到在国王和主教前列阵受阅后，银月光华军才算是正式成军。”随后他转向康德，“你能具体说说吗？”

“呃……是这样的……我是一个……我是洛来村的……不，我是说，我是基洛岗城的康德骑士……我和我的朋友在旅行到这附近的一座恶灵盘踞的城堡时，遭到了魔军的袭击，他们带走了我的朋友……人数很多，还有很强的将领，我想我应该先通知邻近的村镇。”

“你很有责任感，康德骑士，我们的确应通知大家做好准备，魔人这段日子常常出现在地面上，这也是阿依古王要重建银月光华军的原因。”阿华依望着厅中众人，“所以现在我请各位自愿加入这次队伍，我们去看看怎么回事。”

“哦啦……”显然没有人愿意表示退缩。

人族远离战争太久了，他们似乎忘记战争的可怕了。康德想。

“你如何确信我们可以找到他们？”大路上，一支三十几人的队伍正策马奔驰着，阿华依问一边的康德。

“我想，他们的入口应该是在坎斯山中，他们白天赶路是不敢走大路的，不得不绕远，我们可以到山口去阻截他们。”

“说得对，但是……你的马可不可以稍微慢一点儿……”阿华依抱怨着。

此刻，魔军们正在干涸的河床上，躲在山壁阴影里短暂休息一下。

“太阳的光线如此刺眼，真不敢想象，从前我们的祖先就生活在这么强的光下。”达克召武大口大口喝着水，感慨着。

“我宁愿挖一条地道回坎斯山，也好过在阳光下赶路！”如果看着自己喝光的水壶，“我们不是在一条河道上吗？河水都到哪儿去了？见鬼！”

他看了看旁边魔军的水壶，那魔军立刻把水壶递了过来。

“好兄弟！”如果感动地向口中倒去，可立刻发现是空的！

“我只是想向你证明，我并没有偷藏起水而已……”

“可恶！”如果把空水壶扔在了地上。

那水壶跳了两下躺在了地上，但它仍在不停地颤抖。

“怎么回事？”如果盯住那越颤越快的水壶。

突然魔战马发出长嘶，河床侧的峭壁上群鸟飞起，达克召武大喊一声：“上马！”

此时他们的头顶上山壁崩碎了，无数巨石迸飞起来，接着一股巨大的水瀑从山顶狂喷而出。

魔军上马向河岸上奔去，但河岸太高，只有十几骑从斜坡上冲上河岸，后面的人全部被飞泻而下的白流裹挟而去。

达克召武还在回头惊望之时，河岸上的树林里又射出了箭。几个河岸上的魔骑兵又栽倒在马下。

但箭并不密集，力量也不强，有的甚至没有射穿魔兵的盔甲。达克召武纵马冲进林中，挥刀间树木成排倒了下去，林中的人族箭手站起来向后跑去，又被身后的魔骑军追过去用箭一个个射倒。

忽然达克召武看见树叶间闪烁起光芒，那是魔法留下的痕迹。紧接着光束在树木间穿梭，一个光系魔法阵瞬间被触动了，刚冲入树林的魔骑兵们全部陷入这光网中，摔落马下。

达克召武纵马在如蛇游动的光芒中穿出，这光只能烧灼他的战甲。他感到浑身刺烫。但这使他更加愤怒，他策马冲出树林，面前是数十个长矛手加弓箭手组成的战阵，背后是四个法师，但显然他们的等级都很低，弓箭和魔法都无法阻止达克召武的前进，他轻易地冲到了他们面前，发出震耳欲聋的大吼，挥动的战刀上流淌着火焰，在人族阵中砍杀起来。

在大水从山顶上泻下的同时，如果就跃上了河岸，但他回头看见于斯蒂娜和后面的魔军一起被水冲走，他骂了一声又跃进变得波涛汹涌的河中，向于斯蒂娜所在的方向游去。

这时山顶上忽然抛下了许多木筏，接着有人从高处纵身而下，跳在木筏上，随水流追杀被冲走的魔军。前面一人只穿白布衣服，用皮带扎住，手拿一束投矛，见到在水中挣扎的魔军便一矛投去，力大而准，无一不中。后面一筏上是一位女子弓箭手，皮短裙、鹿皮靴，她眼力极好，箭能轻易地穿入水下，连几乎沉底的魔军也没能逃过她的箭。

在如果抓住于斯蒂娜的衣领的时候，背后第一只木筏上的投矛手也到了。如果深吸一口气，抓住于斯蒂娜潜入水下，那人一矛投来，如果看准矛在水中划出的白痕，一把抓住，甩手把矛投回。那投矛手闪身不及肩头中矛翻进水里。另一只筏上的女箭手向水中连连射箭，箭矢划着白痕掠过如果的身边。如果低头抓起河中石块，猛掷过去，击破了她所在的木筏，那女箭手也掉入水中。

如果正想游过去杀死她，但随后而来的又一只筏上，有一位金发男法师，他使起凝结法术。如果听到耳边唰唰声响，身边疾速凝出一块又一块巨大的冰晶，只是水流太急，才没能准确冻住他。如果左拨右砍，不让那些冰块撞上自己，突然觉得半个身子一凉，转眼右臂及肩被冻入一块大冰团，而于斯蒂娜头脸也被冻入冰中，身子却还在冰团的那一边。他忙用刀背击碎冰块，把于斯蒂娜扔向河岸，自己也跳了过去，一前一后摔到河岸沙石地上。

那法师的木筏眼看就要被冲到前方去，他显然没有战士那样纵跃的力量，于是手指点向水面，一块块冰团在水中形成，金发法师试着踩着冰块跳上岸来，但他的敏捷度显然不怎么样，刚踩上第二块冰就身子一歪扑通栽进河里。

如果心中暗自嘲笑，但这时，后面木筏上的几位武士跳到岸上。

“魔人，你真不走运，遇上了伟大的剑士里德。请认准我的标志金发，灵魂去向魔王诉苦吧。”

“这小子刚才给了我一矛，他很厉害，小心点。”那大个子投矛手说。

“好了，是你太笨重，亚漠斯。”另一个矮个儿说，“你的竹筏都漂不动了。”

“当然，西坦，你是不会被丢到的，你目标小嘛。”亚漠斯反唇相讥着。

原来他们是落魄佣兵团的里德、西坦和亚漠斯。

这时，金发法师和女箭手也从水里爬上来。

“嘿，琼娜，你湿透的样子更美了。”里德吹着口哨，“阿里斯汀，你的形象就完蛋了。”

“滚！”两个落汤鸡同时骂着。那个叫阿里斯汀的法师喊：“里德、西坦、亚漠斯、琼娜，上！哦，对不起，琼娜，你和我一起在远处掩护。”

落魄佣兵团的战士们走上前来，呈半圆围住了如果。

如果明白自己不可能同时抵挡这么多人。当武士们发力冲来时，他看准大个子亚漠斯稍慢了一点，一下冲了过去。亚漠斯挡住了他的第一刀，但被他一脚踢中摔入水中。背后里德、西坦已围了过来，女箭手琼娜搭起了箭，金发法师也正念动咒语。

但就在这时，河边树林外传来了黑骑士达克召武的怒吼声。他暴怒地策马向河岸冲来，周围的树木像因恐惧而倒伏下去，叶片被他所掀起的强风飞卷出去。

“快走！”金发法师最先感到事情不妙，拔腿向水中跑去。

他们跑到水中，黑骑士也冲到了河岸边。那金发法师一直在积蓄力量，终于使出了一个较强的水系魔法。面前的水流开始急旋了起来。

“如果，离开水面！”达克召武喊。

如果听见了声音，却已被卷入了急旋之中，狂转之后被猛地抛了起来，随着强大的水柱撞向达克召武。

达克召武见那腾起的水流在空中形成了一只狂怒的水魔兽，猛冲了过来，一旁还有翻腾着的如果。他将马鞍上挂着的长枪一伸，刺入那水魔兽的头部，长枪的力量使水流粉碎开来，炸出一团巨大的雪白水雾。同时另一只手一伸抓住了飞来的如果，把他甩到一旁的河岸上。

水雾消散后，落魄佣兵团却已经不见了。

“这是我所见过的逃跑最快的队伍！”如果举刀冲过来，冲河面大叫着，刚才着了法师的道使他很恼火。

“他们没有走。”达克召武说，“只不过用了某个隐蔽的法术。”他仔细望着水流。

此时的河底，几个人正挤在一个由金发法师的力量形成的空心球中。

“大胖子亚漠斯，靠过去一点……我的脚要露出去了！”西坦抱怨着。

“是谁在搂着我？”琼娜恼怒地说。

“别这样，什么时候了，我们要团结紧密……”里德抱着琼娜的大腿流露出幸福的表情。

“可是你能不能不要摸？滚开！”琼娜一拳打下去。

“别乱动！你们都疯了吗？”金发法师喊着，“我这么尽力地苦撑，你还要打我……”

“原来那只手是你……你真的在苦撑吗？”

这时忽然水球外什么东西猛地扑了进来，把他们全裹在里面，紧接着他们的身体被一拉，便看见了阳光。

“太棒了！我们在飞。是阿里斯汀你的法术吗？”里德喊。

“笨蛋！我们被人用网给打上来了！”亚漠斯大骂着。

六个人被裹在网里重重地摔到了地上。

“你的招数果然有效啊，头儿。”如果得意地说，“你出门执行任务居然还带着休闲的渔网？”

“这是骑兵用的捕猎网，你这笨蛋！”达克召武很想把如果也装进去，“被装进去的人就算用刀也割不开它。”

“你早说嘛！”里德丢下小刀。

达克召武跳下马扶起于斯蒂娜，发现她只是晕过去，放下了心。

“我们又有了新的猎物，希望我们在城堡抓来的另一些猎物没丢。”如果说。

“我们已经找到了他们，但骑兵被冲走了许多，可恶！他们居然挖开了山顶的湖……”达克召武很是恼火，“我们去找辆马车，披上袍子前进，希望以后的路平安些。”

康德和阿华依骑士还有村民勇士们站在山冈上，注视着山路上的动静。终于，他们看到几个黑色的身影和一辆马车出现了。

“很可疑的人，全裹着黑色斗篷，马车上也裹着布，这样狂奔……康德骑士，你认为他们是你说的魔人吗？但我没有看到骑兵。”阿华依张望着说。

康德紧盯着奔来的马车，却没有说话。他当然明白那就是魔人们。可他却不相信凭自己这队人可以阻拦他们。

这样冲下去必死无疑。那我还要不要冲下去呢？他想着。

如果换是云迪，她会毫不犹豫地冲下去救我吗？

康德明白如果是从前那个不知天高地厚，一把木剑走天下的康德，他会毫不犹豫地冲下去的，那时的他，心里充满了英雄骑士的理想，一心期待着英雄救美的奇遇。但现在，他的身体里只有凝固的冷血，人族的活力与激情，似乎对这冷酷的灵魂已不再起作用。

现在再冒死地冲下去，是为了什么呢？爱情？正义？美人？这些词对亡灵族来说不是太可笑了吗？

魔人很快就要通过这个山口了。

死人还会怕死吗？康德忽然这样嘲笑自己，这种冷静，是亡灵才会有的吧。

“阿华依骑士，我先下去挑战那个黑骑士，然后你带人去夺那辆马车，马车上有人。小心那个马车上的魔战士，他很敏捷。”

阿华依惊讶于这个银甲骑士那冷峻的声音，有一种毫不为任何事情动容的力量。他自己也是国王特使，皇家骑士团的队长，但却像是无法拒绝那银甲骑士的命令一样，所能做的只有点头说出一个字：“好。”

康德一拨马向山下冲去。

达克召武忽然看见那草包银甲骑士又出现在了面前。

“我们又见面了。”那银盔后面的阴影中传来冷冷的声音。

虽然目睹了上次这银甲骑士的逃跑，但此刻听到这声音，达克召武仍觉得自己眼前是个劲敌。

因为他的声音中居然听不出一丝恐惧，甚至还有一丝对恐惧的嘲笑。

似乎是死神，才会有这样如冰似铁的声音。

他握紧了马鞍上的长矛。

“如果，你先赶车过去，我和这位骑士还有一场决斗。”

马车从康德身边驶过，康德听见那车里布下传来女子的低低呻吟声，甚至能感到云迪的气息。但他没有偏头，他已不会激动。达克召武不知为何对这骑士如此惧怕，又一直听他提起什么圣骑士的事情，不由心中也更加紧张提防起来。

“这次你如果再逃，你就为全人族骑士抹上了羞辱。”达克召武说。

“好，如果这次我再逃，就让我在黑暗中永世忏悔，不得解脱。”康德想反正也不会比现在还惨。为全人族骑士添羞，那又怎么样？我又不是人。

但他说出这句话的时候，心里竟还有了一丝激动，像个真正的骑士决斗前那样。刚才那已死去的心似乎竟跳动了一下？他抽出了那圣骑士之剑。那剑是明亮的，蓝天白云流动于其上，阳光在汇聚着。

但却没有斯马拉古握它时那种炽热的火焰，毕竟只有具有强大力量的人才能那样催动出它的真正威力。现在拿在他无力的手中，不过是把做工精良的钢剑而已。如何对抗黑骑士达克召武？

“头儿，”那头颅在他的背囊里轻声说，“请允许我使用从你体内吸取的黑暗力量，然后我便可以先给他来一个诅咒，再加一个迟钝，有空的话再来一个亡灵迷惑，然后给你加上暗光环和幻影，我以一个老索尼巫师近百年的魔法造诣保证他头昏眼花把你看成好几个，第一击绝对刺不中你……你要做的就是挥剑砍下他的脑袋就行啦。”

“骑士间的单挑是决不容许帮手的！”康德脱口而出。

“嘿！穿这么一块铁壳，你就真把自己当骑士了？”头颅龇牙笑起来，“听着，小子，我可不能让你就这么被人穿在枪尖上，我还得靠你活下去呢。”

康德想自己的确是糊涂了，一个亡灵骑士是没有资格谈什么勇气与尊严的，骑士的光辉早就离自己远去了，即便是想堂堂正正地战死，对一个死灵来说也是可笑的事。

达克召武看着银甲骑士在一边自个儿嘟嘟囔囔好生纳闷儿，以为这人想必小时候得病以至于脑子疯癫，不然就是完全不把自己看在眼中。他发誓这次绝不能再让他跑掉，一定要决出一个胜负。

“你以为我会卑劣到用帮手？”达克召武大声说，“你嘲笑依德尔族骑士的行为必会在我的枪尖上得到报应，现在放马过来吧！”

卑劣的不是你而是我呢，康德心中痛苦地想，突然发现自己要为了保住那已深陷黑暗的灵魂而不得不背弃从前的信仰，这使他更加无情地嘲笑和看低自己。为什么还想活下去呢？生的激情已无，黄金、美人都失去意义，成为圣骑士的梦想也破灭了，难道只为想回报云迪的苦心而继续强撑下去？

不，我只是不想就这样死去，不想变成被你们所遗忘的一具路边陈骨。他咬着牙这样想着：纵然是用上一切或正义或卑劣的手段，我也不会就这样毫无分量地死去。

突然从那银色盔甲下爆发出一声大喊，把达克召武也吓了一跳，在他听来那声音竟像是发自那骑士的身体深处，像是另外一个灵魂在痛苦地嘶叫，一个被深埋的恶魔。就在这时，那骑士已举剑纵马驰来。达克召武正惊讶于他竟然不用长兵器，但那白马却快如闪电，瞬间冲出竟如不需加速一般，达克召武还没有来得及催动战马，银色骑士的刀光就到了面前。他仓促间也来不及使用防护或攻击技能，抬起枪全凭力量刺去，可就在这时他眼睛一花，天地间竟全部变黑，只见黑暗中那骑士的影子变成白色线条，又幻化出道道重影。达克召武心中暗叫糟糕，竟然中了敌人的精神攻击，这骑士第一次与他碰面时果然是在装蒜，现在才是真正的实力。自己虽曾有疑心，却还是轻敌而没有提早使用精神防护。

他正想凝聚精神，却又头痛欲裂，这回是黑暗诅咒，然后忽然眼前一片黑暗，无数亡魂扑面而至，耳中传来难以忍受的尖厉啸声，是魂惑术。这一瞬间三重精神攻击，即便是一个中级法师也是难做到的，换了别人光是中了这其中一种便早已摔下马去。达克召武也算是一员骁将，心惊之余大喊一声，使出狂战士的咆哮术，手中长矛猛刺出去，聚起全部力量，只求一击即中。

康德冲到达克召武身边眼看得手，却听到达克召武突然大吼，整个身体都不由震颤一下，但可惜达克召武一直把对手当成人族，使用的是肉体震颤，若康德还是从前那个乡下木剑士，此刻如此近又毫无防备地受到黑骑士的强力咆哮，也许心脏早已被震碎了。可康德的心脏早已不会跳动，这一喊只当了心脏起搏的作用，倒还觉得心跳一下舒服得很。

这时康德觉得身后狂风突起，一股大力像是要把自己吸过去似的，那是达克召武的矛从他背后掠了过去。

但达克召武还是低估了蓝色月光的速度，随着矛的刺入空气，达克召武心中也像空了一般，知道一切已完结，如此强的对手不会再给自己机会。

而康德也正是这样做的，他虽然从未经历马上作战，但此时时机却已是绝佳，位置再顺手不过，就在两人刚一交错时，他双脚使劲在马上立起身子，高举圣骑士之剑向达克召武的脖颈斩了下去。

剑丝毫没有偏，重重地斩落在达克召武颈上。达克召武只觉得后颈一凉，突然间头不再痛了，神志一片清醒，他想那是因为自己的头已经离开身体了，他看见自己旋转着飞上高空，那些亡魂正在四周簇拥着。

此刻康德也正抬着头，看着那东西在天上飞旋，转啊转，转啊转，终于跌落进山道下的树林里。

“我的剑……”他心痛地喊。

“我从来没有见过像你这样的废物骑士，”头颅在背囊里大骂，“你平时砍柴时也会崩飞斧子吗？亏刚才那一矛刺来的时刻我陪你冒了多大风险……现在趁那铁脖子魔人还没有从我的精神攻击中清醒过来，赶快骑上你这匹快驴跑吧！”

当他还在啰唆着的时候，康德和他的蓝色月光早已经一溜烟儿地转过山背了。

达克召武仍木然地站在那里，眼前的幻象散去，他的头又回到了他的肩上。他猛然一震想那骑士正在自己身后准备一矛刺来。但什么动静也没有。他回过头去，那银甲骑士竟然消失了。达克召武不知道该如何解释这一切，他伸手轻轻地摸了摸自己的后脑，怕一使劲头就会跌落下来似的。但那里只有一道浅浅的血痕。

“他本来可以一刀砍下我的头然后成名，人族几百年来都没有人杀死过一个黑骑士了，但他却放弃了就这样走了，只给我留下一个警告……我从来没有见过这样高傲的骑士，简直像风一样让人捉摸不透……回到地下，应该提醒所有的魔将小心这样一位骑士。”达克召武这样想着。

就在达克召武得偿所愿遇到一位强大的骑士时，如果在山道上也遇到了袭击。他正在向于斯蒂娜吹着牛，便看见山坡上大呼小叫，一群拿着木叉和钉锤的农夫冲了下来。

“太可笑了……这算什么？打劫？简直是嘲笑一位黑暗之子的威名。于斯蒂娜小姐，想看刀法表演吗？请在马车上安坐吧。”如果跳下车，拔刀向山坡上走去。

“可是……能不能不要杀人……”于斯蒂娜还是不适应自己突然站在魔族一边的身份。

“那么好吧，如你的吩咐，只一人砍掉一条腿……”如果正狂的时候，突然山坡上一声马嘶，一位骑士不顾山陡从高坡上疾冲下来，如果闪到一边，那骑士举矛一挥，便打中了他的面门，将他打得栽出老远。

那些农夫冲上去，举起扁担木棒围住还昏沉的如果一顿群殴。

骑士冲到山坡下，并没有忘了骑士的礼节，掀起面甲，在马上弯下腰牵起夜行者于斯蒂娜的小手吻了一下，满脸微笑地说：“小姐您受惊了吧，在下是依亚王国皇家骑士团团长阿华依，愿随时为您效劳，我的家就在俄拉培德卢阔街九号……”

“骑士，现在怎么办？”有农夫勇士问。

“把马车上的人都抬下来，一人背一个分头向林子里跑，然后回山口会合。”骑士喊着，他没忘了有个可怕的黑骑士还在后面，然后一伸手把于斯蒂娜拉上了马背，“我会誓死保卫您的，小姐，请抱紧我吧。”

于斯蒂娜脸有点红，那一瞬间有点沉浸在被一个英俊骑士相救的幸福中。但她很快想起来自己是被劫才对，大叫起来：“不！不是我，放下我！”

“我明白您想让我去救其他人的高尚品德，但请放心他们都会安全的。”骑士仍笑眯眯地说，然后转头对那些农夫喊，“嘿！你们都快着点儿！”

“把这个女人给我！”

“哇，下面还有一个更漂亮的！”

“不要抢，去搬那个大个子！”

农民军们正在为分赃不均而打成一团。

这时山坡上的人传来惨叫，如果从人群里蹦了出来，一眼看见骑士带着于斯蒂娜：“嘿，猪骑士，你想把她怎么样？”

“猪骑士？”阿华依对于魔人的审美观念十分恼火，“你会为这话付出代价！”

阿华依举矛冲去，于斯蒂娜在他背上惊恐地尖叫。

“不必害怕……咳……不要紧勒我的脖子好吗？”阿华依眼冒金星地说。

如果举刀跳在空中，结果阿华依又是那么看起来随意地一挥矛，如果就又飞到山道边的树林里去了。

“我低估了猪骑士……”如果躺在树丛里哼着，“啊，好痛……腰要断了……”

突然他看见一个农夫背着云迪从他身边跑过，一下就又跳了起来。

“站住……哇，腰痛……别以为我追不上你……我让你先跑三分钟……”如果开始伸腰做准备活动。

阿华依正准备抽剑下马去结果了那个嘴损的魔人，这时山道上，黑骑士达克召武出现了。

达克召武一直在策马缓行，心思还一直停留在刚才的战斗里。转过山道，突然眼前出现了一幅群匪打劫般的场面，看着那些农夫带着他的猎物往山林中狂奔，他眼珠都瞪圆起来。

阿华依明白真正的敌人出现了，他把于斯蒂娜又放回地下，对她说：“小姐你还是快往山林里跑吧，我来对付这个魔人。”

于斯蒂娜觉得自己不跑实在是有点盛情难却，但想想还是说：“不，你快跑吧，我帮你拦住这个黑骑士。”

阿华依感动得要哭，觉得这女孩真太善良了，可惜智力只有五岁。他干笑一声，举矛向黑骑士冲去。

黑骑士正在恼火之时，刚才的轻敌之失决不肯再犯，顿时先给自己加上精神凝聚好减缓敌人的咒语攻击，然后施用热血崇拜催升起自己的战力，狂喊一声冲了上来。

但阿华依是皇家骑士团团长，从小也是训练有素，黑骑士咆哮时产生的肉体震荡没能击垮他，倒是旁边几个还没来得及跑开的农夫摔倒在地。

但达克召武由于无法像亡灵法师那样同时使用多重精神技能，加上新败，所以以防御为重没有使用黑暗诅咒。其实阿华依并非圣骑士没有信仰升华，用黑暗诅咒效果会好得多。

这时二马冲刺到了一处，两矛相击，阿华依的矛尖从达克召武脸旁擦过，而达克召武也没能刺中阿华依，但他立刻双手握矛横挥，矛杆打在阿华依的胸前，把他打下马来。阿华依一落下马，连忙一翻身爬起，抽出剑，准备迎接黑骑士拨回马来的第二轮冲击。

达克召武也正欲这样做。但他看见于斯蒂娜正一人站在山道间，山坡远处林中还有人族手持弓箭武器在张望，便改变了主意，策马奔到于斯蒂娜身边，伸手把她拉上马来，向山中隐秘出口冲去。

“放下那女孩！”阿华依追了两步，又回头去找自己的马，发现那胆小的马正躲在老远的地方看着他。这时他胸口剧痛，喉中涌出血来，只好坐倒在地不再追赶。

这时在树林中，如果追上了那正扛着云迪的农夫，那农夫见如果接近，抛下云迪举刀冲上来，被如果一刀砍翻。如果从地上扛起云迪，向山中走去。

“为何你偏要追着我不放呢……”云迪倒垂在如果肩上，既气恼又无奈。

“我和你最熟嘛。”如果看见黑骑士正带着于斯蒂娜奔过山道，也加快向山中跑去。

地下　坎图斯蒂城

烈火湖畔戒备森严，铁甲魔军列队来去。整座城中，每座魔军兵营全部持刀待命，这座城市像是一个一触便会拔刀跳起的武士一般。

黑暗守护神殿中，魔军四大军团的军团长和主要将领们正在讨论着那重大的远征计划。

齐格扎里特看着众将：“我们为什么要这样做，我已说完了，下面就是具体的计划，华优冰其斯以谋略出名，我想听听你的想法。”

华优冰其斯起身来到大殿中心，开始讲说：

“现在我们可用的兵力——有六翼神龙军团近六万人，其中有一万飞龙军。地狱火军团只剩四千飞龙军；炼雷震军团有将无兵，但仍有三千飞龙在营中驯养；墨苦城军团只剩杨特克里达大将和几员偏将，完全没有军队。我的想法是把所有飞龙军合在一处，再训练一些骑士，这样我们短期内约能有一万五千的飞龙军，这将是我们唯一的飞行力量，也是最强大的一支力量了。这支力量只能聚，不能分，只可用来攻，不可用来守。它是我们空中的神矛，将用来做最强的攻坚主力，并要进行不停地转战，以调开亡灵族的兵力，需有一位骁勇善攻的大将来专任飞龙军团的主将……”

华优冰其斯望向对面众将，齐格扎里特对他微微点头，华优冰其斯明白齐格扎里特已完全支持他的意见，他的目光在路华美亚和杨特克里达面前闪过，说：“齐格扎里特大将将率六翼神龙步兵主力这是肯定的，杨特克里达大将是防守专家，但墨苦城的飞龙军向来是四大军团最弱的，那么……”

路华美亚接口道：“我知道你想把这支军队交给我，很好，我会不辱使命的。飞龙也是我善用的。”

齐格扎里特和杨特克里达均点点头。华优冰其斯继续说：“剩下的步兵不得不分成三支部队，每支约两万人，分别用来做前锋，保护族人的中军和后卫军团。”

“那么我是前锋啰。”齐格扎里特大笑，“我平生最爱踏平关隘、推倒坚墙。”

众将知道他是把最艰险的担子留给自己，都默默无言。杨特克里达也微笑起来：“虽然我头发白了，但是我断后的话，大家就请放心赶路。”

“那么华优冰其斯就是中军啦！”路华美亚笑着说，“这样最好不过。”

“这……”华优冰其斯却犹豫起来，“我想……可暂由六翼神龙军的柯里华将军担任！”

路华美亚一下站了起来：“现在是你推脱重担的时刻吗？”

华优冰其斯沉默不语。

齐格扎里特心中明白他的疑虑，他尚未恢复魔族的体质与力量，做大将只怕有人不服，在战斗中也极其不利。

路华美亚也明白这一点，她猛转身看向众将：“这里有不服华优冰其斯为中军大将的吗？”

众将深知路华美亚的作风，看她手按剑柄，只怕刚开口说个不字，便会身首异处……

但沉默后还是有人开口：“我不服……”

路华美亚昂起头，按剑走过去，那人却是六翼神龙的一位副将达充斯。

路华美亚冷笑着：“你很有勇气，我也明白你的理由，但如果这是军令呢？”

“如果是齐格扎里特大人所下的军令的话……”

魔军相斗多年，四大军团下面的将领互有仇怨，且现在的主力，其实只剩六翼神龙一支，若六翼神龙军不服华优冰其斯为将，的确是为难的事。达充斯的意思已再明白不过：除了齐格扎里特，再没有人能命令六翼神龙军。

齐格扎里特此刻站了起来，达充斯低下头去，不敢正视他的目光。

齐格扎里特却走到华优冰其斯面前，缓缓说：“我明白你在想什么。但现在关系我族生死存亡的这次远征，妇孺身上皆有使命，不论有什么难处，也请你扛下来吧。”他忽然提高了声音，“我齐格扎里特，恳请华优冰其斯将军担任中军大将之职！”

说罢他便要深躬下身去，华优冰其斯赶忙一把拦住。

这回六翼神龙的将领们全站了起来，没有人会在主将躬身行礼时坐着，他们一齐单膝跪下，齐声说道：“请华优冰其斯将军担任中军大将！”

达充斯早已浑身冷汗，跪了下去，路华美亚站在他的面前，冷冷看他一眼，方才转身走开。但转身时她也心中叹了一声，六翼神龙的将领们非是怕她的剑，只怕齐格扎里特的一呼而已。

第二十二章

选择道路

阿华依在山口聚齐了他的军队，总的来说这是一场漂亮仗，夺回了大部分的人族战俘，当然如果自己没有被那个黑骑士打于马下就更完美了。他很担心这事传出去会影响自己皇家骑士团团长的声誉，决心参加这次行动的农夫们一个也不召回军中去。这时他看见银甲骑士从山中晃晃悠悠地出来，看起来很是悠闲。

“你也遇见那个黑骑士了吗？真是可怕……”阿华依非常希望这位银色骑士也有被打落马下的光荣经历，好让他心里的惭愧减轻一些。

“哦，见到了，我给他的后脖上留了一个记号，下次你见到他时可以要求他给你看看。”银甲骑士这样轻描淡写地说着，就从阿华依的面前走过去了。他的剑鞘里依然插着那把剑，在黑骑士过去后他又偷偷把它捡回来了。

阿华依惊得瞪大眼睛，虽然他不能理解这位强大的骑士为何要放过黑骑士来与自己过不去，不过考虑再三后他相信那是因为黑骑士跑得太快他追不上之故。于是他甘心地跟在银色骑士的马后面，像一个僚骑手一样。

康德停马向路边被营救出的落魄佣兵团看去，却没有看见云迪的影子，这使他心中忧伤。

里德他们正在斗嘴，忽然看见一个高大白马上穿着闪亮战甲的骑士向他奔来，又突然拨马走开了。他心中疑惑，觉得那战甲似乎在哪儿见过，却又一时想不起来。

“嘿，你们！战俘群，跟我们一起到城里去！”那边一个农民武士大喊着。

“战俘群？你怎敢如此称呼我们？农夫群！最低等级的兵种，征募费用只要两块钱一个的家伙……”里德蹦起来回敬道，“我们想去哪儿就去哪儿！”

“想打架吗，浑小子，是谁救你们出来的？试试廉价的锄头味道如何？”农夫们举着木棍围上来。

“等等，”康德策马走了过来，“我是见过你们的，不是吗？”

那晚的郁丁堡

“以您的非凡武艺，是否愿与我一起同行去参加即将开始的俄拉培德若星汉骑士大比武？听说连远在夫斯山脉另一头的金星洲骑士都会赶来，我想以阁下的力量，或许可能登上圣骑士之位呢。”阿华依对康德说。

“圣骑士？”

“阿依古王要选出一位骑士，由他和教会共同册封为圣骑士，作为军队的将领，就像当年……”

“就像当年范克德尔王的圣骑士们？”康德在面甲后发出沉闷的冷笑，“我很怀疑当今的圣骑士能否重现过去的光荣，但我确信阿依古绝没有范克德尔王的勇武和天才。”

“传说只是传说而已，也许当年的各位圣骑士的神奇也早已在故事中被夸大了百倍也不止呢，没有人想总是被笼罩在三百年前的巨大身影里是不是？我们需要创造出当今的英雄。”

听说阿依古王身躯肥胖，笑容狡猾，很难想象真正的骑士愿为他效力。康德这样想着。云迪的下落不明，也让他的心思沉重难以飞去俄拉培德。

可是魔王的灵魂正在他的身体里沉睡，他如果去地下城寻找云迪，魔王的灵魂就会苏醒的。

为什么我不是真正的圣骑士呢？如果能冲入邪恶的地下城救出美丽的姑娘，哪怕是把灵魂卖给魔王也有人会做，不是吗？虽然他不能领会那终日与体内邪恶对抗的痛苦，但难道十年后的那个圣骑士又能领会弱小无力眼睁睁看着一切发生却什么也做不了的痛苦吗？

想去地下城寻找云迪的渴望，也许只是体内魔王的声音而已。

“是的，阿华依骑士，您说得对。我想，我的确应该去俄拉培德。”银甲骑士在马上昂起了头说。

“但是，这之前，我有一件更重要的事去做……也许很晚才能回来了。”

……

“你不能去地下城！”片刻后，在另一间房屋中，落魄雇兵团想极力阻止康德，“如果正如你所说，魔王正沉睡在你的体内的话。一旦你被迫使用他的力量，他就会苏醒而借机主宰你的身体。”里德说，“而且别指望我们跟着你，出多少钱也不行。”

“而且，如果真如你从未来所看到的，那么你现在应该去参加骑士的大比武，只要预言正确，那么那位圣骑士就是你。不要放弃这个机会。”西坦说。

“可是怎么可能呢？我这朽坏的身体，就快要连剑也举不动了。而我体内的魔王力量，又是不能运用的。”

“也许……偶尔用一次……也没有……什么……”里德用鼻子哼哼着。

“如果连一个女子都无法援救，我成为圣骑士又有什么用？”

“没有用？那时你就可以成为诸国联军的统帅，有了这样一支军队，你想救谁就救谁！”里德说。

“可那时云迪早死了！”

“唉……我无话可说了，”里德叹道，“去吧去吧，去地下城吧，你真当你是无敌屠龙骑士呢。”

“我也不知道……不知道是对是错……但我知道……我已无法阻止自己的脚步。”

“就这样放弃自己成为圣骑士的未来，而把魔王的灵魂带回地下城？”

“好了！我不知道！”康德暴怒着抱住了头。

“你当然不知道，”里德冷笑着，“最重要的是，你知道地下城的入口在哪儿吗？那些隐秘的入口，没有人知道它们的所在，而且还有可怕的魔军把守。”

康德不再说话了，他长久地沉默了……

难道去成为圣骑士，真的是不可变更的命运？

地下　庞大的坎图斯蒂城

黑暗的守护神殿中。

“大家心里明白，只凭现在这六万军队和一万多飞龙军，其实是完全不可能达成使命的。”华优冰其斯沉重地说。

另外三人都默然。谁都明白这个事实，只不过当着决心誓死一战的众将，没人愿说出来而已。

“我依德尔族经历多年战乱，现在有约八百万人口。有三百万在坎图斯蒂，以烈火湖为中心，与城郊的两百余万亡灵族共居。其他却散居在地下各处，多不过数万，少只有几百人，我族准备远征杀回地面，这些族人如何带走？”

“可以派人密书给地下各城村，让他们自行成队，当坎图斯蒂发兵远征开始时，趁亡灵军被我主军所吸引之时，分路自行选择出口回地面。”路华美亚说，但话出口后却也觉有些思虑欠妥。这些小股族人即便出得地面，却还不是落入地面人族的围捕中？

华优冰其斯看看三人，说：“我看却正可相反。”

齐格扎里特暗暗点了点头，杨特克里达却低头叹息起来。

“我们派人传书给各地族人，让他们先行自择出口冲往地面，待亡灵军四处围捕，兵力分散之机，我们才在坎图斯蒂起事发兵！”华优冰其斯坚声说道。

四人心中明白，这样做未免对那些城外的族人太残酷，但若为了保全主力突围，这却是一个好方法。为了主体而牺牲一些个体，本就是魔族认为天经地义之事，所以虽然大家在心中叹息，却无人反对。

“可只怕那时，大祭司又要我们出动魔兵追捕。”路华美亚担心地说。

“那除非他是想做个人情，让这些魔族全部分散逃出地面了。”齐格扎里特笑道。

“那也不过是把人情做给人族而已，魔族分散出地面，却还不是成为人族捕猎的对象。”路华美亚不忿地说。

“可大祭司是绝不会冒这个险的，”杨特克里达说，“何况有魔兵跟随的魔族，到时谁捕猎谁也未可知。”

“说得是，大祭司绝不肯冒这个险，但他也会很快察觉这不是个别的动乱，从而把兵力转回坎图斯蒂。”华优冰其斯说。

“所以发动远征的时机很重要，在各地起事之时，坎图斯蒂城中要如沉睡一般绝不被看出一点动静，但亡灵军一旦分散，整个城几百万族人就要如闪电一般发动。”齐格扎里特站起来走到地图前，“但我们选择哪个出口为终点呢？”

“不如便选当年魔王卡奇云德的里姆可依之道吧，宽阔无比，容百万人进军毫无问题，出口处被乱石封住，出口之上的地面我早派人去探查过，现在仍是一片废墟，人族把那当作古战场凭吊之地，根本没有人烟。离我们的最终目的地、祖先发源的辽雷草原也较其他出口近。”路华美亚站起走到地图前说。

“但从坎图斯蒂到里姆可依出口一路上全是亡灵族聚居地，通道内也建起了许多亡灵城营，像毒瘤一样阻塞住通道，固然是最近的路线，却也是阻力最大的路线，我们是否能打得过去？”杨特克里达忧心道。

“亡灵族聚居之路不等于亡灵军聚集之路，我们正好一路杀过去，亡灵族没有恶魂法师们的催动，不过是行尸走肉而已。”路华美亚说，“五千魔军就可杀出一条通路来。”

“但恶魂法师们一旦来临，每一个亡灵都会变成战士，何况恶魂们行动如风，是说至就至的。”齐格扎里特说。

路华美亚不再说话，只又把眼看向华优冰其斯。

华优冰其斯正坐在地图前，全神贯注凝望着，仿佛已完全听不见他们的争执。

三人都走过去，看着他的目光缓缓在地图上移过，低谷、地底高山、险峡……

“你竟……想这样走吗？”齐格扎里特惊叹起来。

华优冰其斯抬头看了看众将，将手指向地图：“有几点我们必须考虑。三百万人大远征，是不可能选择险要难行的道路的，事实上平阔易行的道路只有一条，就是当年魔王为出师地面，率众开掘的里姆可依通道。而从坎图斯蒂到达里姆可依通道的入口温泉关，有两条大路，分绕在磐乌山柱的两侧，这就是阿里坎道和苏华达道，阿里坎道上有一片近三十万亡灵族的聚集地——失落荒原。苏华达道却有一段路况很险。若我选，我会从阿里坎道进军，相比让大队人堵塞于险道，倒不如一鼓作气冲破失落荒原。”

“嗯，请继续。”齐格扎里特微微点头，但脸色阴沉。

“第二点大家心里都知道，我们只计算魔军团的战力是极保守的。事实上我族尚武强悍，坎图斯蒂三百万族人中至少有一半可以作战。关键时刻所有人都是士兵，这种力量是强大的。但必要的是有良好的组织和指挥，不然就会自相冲突，内部混乱。如果能有万名军官将族人按区指挥，分为三百人一队，效果将会好很多。但我们现在严重缺乏军官，这些天来，我们轮番派下近万人次的士兵与将官去城中各处建立编制，虽然初步按区划出五大军团，六十万青壮年族人，但纪律性和指挥人员很让人头痛，而且已经引起城中亡灵族的注意。”

此时齐格扎里特的眉头皱得更紧了。杨特克里达身向前倾，开口问：“我们真的要把全城三百万人合成一路吗？我以为这样庞大的队伍太难指挥，至少分成五路才有希望调度得开。”

华优冰其斯将目光投向齐格扎里特。

齐格扎里特站了起来，环视众将，声音低沉如钟鸣：“但是适合的道路只有一条……而且我们只有六万真正的军队，绝不能再分散，不然就会被各个击破。”

“我认为应该相信族人的战力，只要战场展得开，每个平民都是很好的战士，不然就算前队突破到了温泉关，后队却还拥塞在坎图斯蒂，这样的仗我从来没有打过！”一向沉稳的杨特克里达也有些激动了。

“我们可以兵分五路，但我还是那么说，军队绝不能分开！六万的突击力量已经很少了。那么就等于我们再抛弃四路二百四十万的族人让他们引开敌军，我们只带着六十万人出关？”齐格扎里特用手重重地敲着石壁上的地图，坚硬的黑色石壁上现出了裂纹。

“我明白了……”杨特克里达坐了下去，他懂得齐格扎里特此时已不是在讨论战略的优劣，而是再也无法容忍抛下更多的族人，面对这种心情，他又还能说些什么？

华优冰其斯明白，兵分五路从战略上的确是更好的，至少主力的几十万族人可以有更大的希望，行军速度也将更快。但是作为魔将，为了求胜一再把自己的族人当包袱似的抛弃，那算什么呢？也许齐格扎里特心里想的是，若不能一齐突围，便一齐战死吧。

最后究竟有多少人能重见阳光，也许一个都不会有？华优冰其斯突然想起了在雪山上那刺眼的阳光，当初他真该多看几眼……

阳光又重新照在高山间的松林上，针叶变得金黄，风在峡谷山阴处滋长起来，从密林枝叶的倒伏中显露出它庞大的形迹。康德和阿华依策马走在山道上，后面还跟随着皇家骑士的随从以及里德、西坦、亚漠斯，还有法师阿里斯汀组成的落魄佣兵团。

“转过这座山，很快就能看到我们伟大的都城了！”阿华依举着马鞭，有一种归家的兴奋，城中的那些美丽姑娘，的确是好久没去相会了。

康德没有说话，这几十天的行程里他话都很少，因为他可不想让身边的皇家骑士团团长看出自己不过是个乡下木剑武士。阿华依则对这个沉默的骑士很是敬畏，认为他那永不掀开的银色面甲后必有一副深沉凝重的表情。并且康德身后出现的那一群跟班，也都能看出个个本领不凡，这使他更加相信这个骑士来头不小，或许是某个王国的带勋骑士吧。在几次问话都被沉默挡回后，他也就知趣地不再多问。

在他们身后，落魄佣兵团的武士们的心里却也疑虑重重，大家各自想着各自的心事，对未来茫然而又充满希望，这一路都被无尽的遐想与计划充满着。

就在夕阳西下之时，他们转过了一道山弯。突然面前的群山向两边伸开，像是一扇大门豁然洞开，一片夕照下的广阔平原就出现在他们眼前。俄拉培德城像沙滩上的金色城堡，闪亮于平原之上。没有大山的阻挡，平原上的强风向他们扑来，队伍中的未来士兵们，迎着这风发出欢呼声来。

阿华依也掩不住脸上的笑容，但转头去看时，却见那银色骑士呆呆地望着山下的城市，依然毫无兴奋的表示。

在他们地下几千尺的深处，魔族村庄的暴乱正在进行着。地下边远村庄的依德尔族居民开始烧毁村庄，成群结队往岩石间的无数巨大缝隙涌去。他们爬上地下的高山，在巨大岩壁中摸索，凿开古老废弃的通道，一切只有一个目的：向上。

路华美亚率飞龙军巡视过辽阔的地下国度，总能看见很多族人站在高高的石柱之顶，对着仍遥不可及的穹顶悲怆哭喊。她知道这几百万族人像分头去寻找光明的蚁群，大部分都将迷失在无穷的地下孔洞与岩峰中，只有极少能找到畅通的路线走出地面，而即便出了地面，也面临着人族的追捕、矮人与精灵们的猎杀。巨大的阴影如头顶厚厚的岩层压在她的心头，但她却不可能去救助他们，四大将们早已明确了战略，八百万依德尔族只要有十分之一的人出了地面，就是胜利，军队的力量必须全用在保卫坎图斯蒂城的三百万族人出地面的大冲击上。魔军团必须扮演不知情与尽力恢复秩序的角色。因为飞龙军的后面，总有亡灵族的骨龙骑士们在跟随监视。路华美亚总是紧紧握着她的剑，想只要等到那个时刻来临，她就立刻回头把那些“柴火棍”拆成一根根，她会让它们知道什么才叫真正的龙骑士。

亡灵族对于魔族的大流亡措手不及，由于大部分亡灵没有思想和自我意志，只能在恶魂法师的召唤下行动，所以大祭司手下的恶魂法师们不得不分散，赶向四面八方，去驱动亡灵阻拦魔族的逃亡。四大将等待的时机，终于来到了。

坎图斯蒂　黑暗守护神殿

华优冰其斯正指着地图演说着：“据路华美亚飞龙军传回来的情报，现在大祭司手下的三百名恶魂大法师中，已有两百四十余名赶去地下各处。另外各中低等法力的恶魂法师也大都分散在各处，一般一名高等的恶魂法师可以驱动近万名的亡灵军。也就是说，现在大祭司手下所能立刻调动的力量最多不过一百万，以军团的突击能力，即使是十万以上的亡灵军阵也能突破。我们就是要以闪电的速度，在这些亡灵军未聚集之前，从他们的缝隙中冲过去，然后他们就很难再有力量能阻挡我们了……”

这时外面有魔将来报：“达克召武将军从地面上回来了。”

三大将走到守护神殿的偏殿，达克召武和如果已经在那儿等着了。

看见三大将走入，他们单膝跪下行礼。达克召武还未说话，如果却先抬起了头来，一眼看见了华优冰其斯。

“啊？我们好像在哪见过面是吗？你真的就是当年传说的那位炼雷震军团长华优冰其斯？在地面上的几次较量，你不会怪罪于我的，对吧？”

骄狂的家伙，仗着大祭司的力量横行无忌的无知少年。华优冰其斯心里想着，皱起了眉头，还未应答，齐格扎里特已经走了过去，飞起一脚把如果踢出老远。

如果爬起连忙又跪倒，他虽然常在大祭司身边接受训练，但毕竟还是六翼神龙军团的战士，六翼神龙军团中士兵没有不畏怕齐格扎里特的。虽然对华优冰其斯还敢于调笑，但齐格扎里特一发怒他就连头也不敢抬。

“你在大祭司身边待得久了，忘记魔族战士的规矩了吗？”齐格扎里特暴吼着，举起刀鞘上的皮带，便劈头盖脸打下去，“谁允许你直呼军团长的名字？”

如果嘴角流血，连抬手拦也不敢，他刚从地面回来，心中兴奋，加上军中众将包括齐格扎里特平日都对他很客气，才一时忘了规矩，现在见齐格扎里特发火，心里只是又愧又怕，比脸上身上的痛还难受，只咬牙一声不吭，因为受罚时不管是求饶还是喊痛，都只会被打得更惨而已。

齐格扎里特却毫不留情，重重打下，手上的力道足以破碎岩石。如果虽然是精锐战士，也觉得骨头正在根根裂开，五脏像要被震碎，他紧咬住牙，可血仍不住地从嘴里涌出来。

齐格扎里特却心情复杂，像如果、难道这样的少年，天资出众，本来是魔军未来的将帅人才，可被大祭司带去亲自训练，就像熔岩中的火晶被投入了污泥，再无法托付重任。他为了不让大祭司看出自己的心思，一直忍住不去训导他们。现在这一通鞭子，却像是要把这少年心中的污迹打去，盼他能在即将的远征中醒悟担起使命一样。

齐格扎里特责罚属下时，从没有人敢去劝阻，华优冰其斯、杨特克里达也都知道他的心情，只在心中暗暗叹息。达克召武见军团长如此怒火，更加低了头。齐格扎里特打到手累，才抛下鞭子，如果身子摇了摇，猛地向前扑倒，嘴里的血喷了一地，原来早晕了过去。

杨特克里达暗暗忧心，怕如果醒来记齐格扎里特的仇，这小子回地下先不去见大祭司而来见军团长，说明心中还未忘本，可这一通鞭子下去，只怕把他真打向大祭司那一边去了。杨特克里达带兵向来宽厚，不能理解齐格扎里特的带兵之道，但若是为这一通鞭子会记私仇的，早也就不能待在六翼神龙。自己不走，齐格扎里特也会把他打走，他的军中是绝容不得一个心思动摇的士兵的。

齐格扎里特也不去管地上的如果，走到达克召武身边问："如何？"

达克召武忙道："那夜行者我已带回来了，就是黑暗伯爵华尔金之女于斯蒂娜。"

"黑暗伯爵华尔金之女？也就是给华优冰其斯改变体质的那个家族？"齐格扎里特回头看向华优冰其斯，"我想你很快就能重新恢复你的力量与威严了。"

杨特克里达也对华优冰其斯笑了笑，人族体质的华优冰其斯，总是让人不太习惯。

"这个家族血统的人，据说被杀死后会变成亡灵法师？那华尔金如果已被人族所杀的话，现在他的亡灵在哪里呢？"齐格扎里特问。

"你在担心什么？"华优冰其斯问。

"这样有特殊力量的家族对我们很有用，我不希望他们倒向大祭司那一边。"

"我明白您的意思了。"达克召武说，"我会安置好她的。另外……我们还带回来一个人俘，是个女法师。"

第二十三章

迷宫

云迪抬起头来看着这个阴暗的殿堂，像是来到沉入夜中的伟大的古宗教圣殿，这恢宏的建筑不知为何会被建成在这黑暗寒冷无尽的地下。她能看出那巨柱方脚上的浮雕，那一直延入黑暗穹顶的弧梁，在那如沉在深海阴影中的穹顶画上，一些只有在远古传说中才会有的神话人物正飞翔着。这不是在新纪元可以看到的建筑，它来自沉沦的古纪元。在地下，才可能重新看到那个只在神话中的烈火、魔法与剑的时代的遗痕，在那个时代里据说群龙飞过的翼影可以遮蔽天空，而新纪元里看到龙就像看到天使一样稀奇。

现在正有一条龙好奇地在她面前看着她，吃惊地张着的嘴里慢慢飘出烟来。在地下出生的它想必也没有看见过人族的女子，这条大概只有八十岁的幼龙注视着云迪，像是注视着一条来自大海的美人鱼……但愿它不喜欢吃鱼。

脚步声响起来，在空旷幽广的大殿中如沉重的鼓声。三个高大的人影从大殿深处的黑暗里走出来。云迪看见他们全穿着黑色沉重的魔族战甲，戴着獠牙兽面盔，每一步都像会踏碎千年黑石的地面。

有两人来到她面前站定，但还有一个却在不远处停住了。云迪知道他在远远地看着她，那人的目光触及她的身体，使她察觉到一丝奇异的情绪。

"好久没有看到过斯昂族女人了不是吗？"忽然面前一个响亮的声音猛地炸开来，在本如千年沉船般空旷寂静的殿内显得分外震耳，虽然是魔族语言，但云迪依然懂得。她的心里想到了一个名字，恐惧似乎在强逼着她低下头去。这个声音正把人族称作斯昂人，这是来自古纪元的古老称呼，那时人族还和魔族共居于大地之上，而现在，在人族的词典中，早已把其他族排除出了“人”这个种群。

“但这位小女孩似乎被我们吓到了呢。”另一个声音苍老宽厚一点，云迪猜到那是未来的另一强敌杨特克里达，他虽看起来是魔族中最不凶恶的，却也是最难以打败的。

“现在地面上变得怎么样了呢？真想重新上去亲眼看一看啊。”齐格扎里特笑起来，“这个女人，就是如果所说的知道未来命运的女人吗？”

“是这样的。”达克召武的声音响起来，云迪在这里看不到他，他站在很远的黑暗中。魔族能在黑夜中视物，而云迪则完全察觉不到其他魔将的存在，也许在这大殿远方，还站着成百上千的魔人正在注视着她。他们像巨大的歌剧舞台上的和歌者，从不踏入表演的中心。

“事实上关于你的事，有一个人早已告诉了我们，据说未来的历史在我族大军与斯昂人族圣骑士康德对峙于基洛岗城下时戛然而止了……”齐格扎里特发出巨大的笑声，“我倒很愿意相信这是真的，至少我依德尔族又重回地面了。然后一旦我族重返大地之上，你明白……将再没有东西可以阻止这强悍的狮群！”

我不曾向任何魔族提到过关于未来战事的详况……云迪惊讶地想着，即使是如果和难道，也只知道我要杀死康德以阻挡魔王的复生这一点，这时她又感觉到来自齐格扎里特和杨特克里达身后那人眼中投来的目光，那目光竟是让她觉得熟悉的，仿佛来自一个曾朝夕相处的人……

“但我绝对相信那个人所说的话，否则我才不会相信任何关于命运的事！”齐格扎里特说，“我也知道了你是个不寻常的斯昂女子，所以你这么狼狈让我觉得我的猎手们有些失礼，你去换掉你身上的这块破布，洗浴后再来等候你的判决吧……”齐格扎里特说完转身离开，杨特克里达跟着离去。

这时，本站在齐格扎里特和杨特克里达身后的那第三个人已和云迪直面而立，云迪知道，那目光已让她想起了某个人，但她的心却又不肯相信。

魔军把云迪带到偏殿的园内，那里竟有着地热的温泉，魔军解开她的捆绑，将她推进池中便自顾离去了，仿佛一点不害怕她逃走。

云迪从水中探出头来打量周围，园中全是因没有阳光而枯死的树的残躯，看来这大殿真的是从地面上沉下来的，光源来自从宫墙外山壁上流出的熔岩，使园中显得怪影幢幢。看起来附近没有一个人，但云迪不会妄想戴着脖上的魔法锁从齐格扎里特眼皮下逃走，她唯一能做的就是先享受这几月来难得的温暖。

在水雾中她慢慢整理自己的心情，惊讶地发现自己心中已没有了害怕，对死亡和魔族刑罚的恐惧早在被押往地下的过程中就已麻木，作为可以预知未来的人，自己的未来却变成了黑暗中的梦魇，崇敬的人在十年前是一个弱夫，费尽力气地努力却无法阻止命运巨轮的前进，以为可以为了爱而战胜一切却在失败和羞辱中心灰意冷……让未来见鬼去吧，我受够了……云迪想着，把自己深深浸入水中：哪怕一会儿就被切成碎片，现在也不想再受思想的折磨。

竟像完全被世界遗忘了一般，过了许久，也没有魔兵气势汹汹的脚步声出现，一切安静得像地下从来就没有生存过魔族。这一切是个梦吗？云迪想，我被隔绝在千里深的地下了，大地和阳光，城市里的喧闹，是那么遥远，也许，我已经死了……眼前的景象真像地狱，可是……地狱原来是这样舒服啊，她自嘲着，在水中舒展自己的身体。如果时间真的遗忘了她，她会在这个池中一直游下去，变成一条鱼……

巨响声在这时响起来！一个什么巨大的东西忽然从她身下的水中跃了出来，溅起巨大的水花，它跳到岸上，两下就跃到殿中的走廊上消失了。云迪惊魂未定，她相信那是一条长着凶恶尖鳞的巨大的鱼，不过却有着强健的四爪。紧接着水下又传来呼啸声，云迪向旁边一闪，这次蹿出来的是一个魔人。

“浑蛋！那条鱼……”他用依德尔语大喊着，声音非常年轻。

“嘘——小声点……你把坟里的骨头都吵醒了！”紧接着又是一个青年跃了出来，他们似乎没有发现云迪，也许是因为那条鱼的缘故。云迪紧缩在池边惊异地看着，他们身上穿着的盔甲她再熟悉不过，那是黑暗之子。

“于是，这些温泉果然是可以相通的，不过凿穿还是真费劲……”

“住口！不准你再叫我‘于是’！我恨大祭司，世界上还有比他更没文化的家伙吗？我说过要叫我敏德斯！”那个看起来叫“于是”的家伙又忍不住大声喊起来。

“敏德斯，你听说如果被军团长大人一顿好打后连爬也爬不动了吗？私进守护神殿被抓到，我们就会比他更爬不出来！”

“可是我们之间的赌注更重要，不是吗？我说过我有办法穿过这段山壁进入守护神殿的，坎贝米斯，从现在起见呼儿都娅就方便啦！还有你要守诺你不再和我争她！”

“下次我不会再拿暗恋对象打赌了。不过我下一个赌注是她还是不会理你！”

“等一等，那是什么？水里有人啊！”

“那是条鱼吗？”

云迪在听到他们说话的同时，就立刻向温泉深处潜去，水深处翻起浑浊的泥沙，果然是刚被凿开了一个通向外面的水道的洞口。她祈祷着这条水道不要太长，使她不致闷死在水中。

与此同时在殿内温泉口，敏德斯和坎贝米斯听到了一个愠怒的女声。

“你们两个，怎么会在这里！”一个穿软甲披轻袍的女魔将站在那里，手中捧着女装衣袍。

“呼儿都娅！”两人同时咧嘴露出笑容，“我们来看你！你来洗澡吗？”

“你们疯了！你们从哪儿进来的？哎呀，那斯昂族女人呢？”呼儿都娅奔到池边。

云迪的肺快要憋炸了，可水底越来越宽阔，她向上游却总碰上石壁，看来她迷失在了一条地下河中。

一条三人长的怪鱼慢慢摇着从她身边游了过去，云迪赶紧跟了上去。

当她终于冒出水面，疯狂地呼吸着空气，突然发现一个女魔将正站在岸上看着她。

“我是特地来给你送衣服的。”呼儿都娅走到水边，一只手牵着她的飞龙。

云迪又走在守护神殿中，这神殿大得没有边际，在黑暗的长廊中走了许久后，呼儿都娅带她走进了一间偏殿。

那个人正坐在那里等着她。

“炼雷震军团长大人，我是飞龙军副将呼儿都娅，女囚我为你带来了。”

“知道了。”那人说，他的声音不如齐格扎里特那样洪亮，也没有杨特克里达那样苍老，淡淡的，正是云迪熟悉不过的声音。

呼儿都娅行礼退了下去，偌大的殿中似乎只剩下了两个人。

他们沉默了好久，是云迪先开了口。

“都里斯……”

“是华优冰其斯，炼雷震军团的团长。”

这个名字比都里斯好听点，云迪想，同时惊讶自己这个时候居然能胡思乱想。

“我所知的未来里，没有这一点……”云迪低声说。

“也许未来并未注定……”华优冰其斯站起来，向殿边走了几步，望着黑暗中。

“你为什么会……”

“因为当年，我曾经以为自己可以逃开战争。”

“现在呢？”

“我回到我的宿命中了……”华优冰其斯吐了一口气，“你愿意为我依德尔族效命吗？”

“不！”

“你愿意乞求活命吗？”

云迪沉默了一会儿：“不……”

“按地下法典判决前你有权说出一个免死的理由……”

“我……”云迪低下了头，最后说道，“我想不出来……”

“我多么希望我能让你臣服，”华优冰其斯叹了口气说，“我知道你心里在害怕……你想活着，你只是找不到让自己活下去的理由……我也一样……我也找不到理由……”

“判决吧。”云迪说，头却依然低着。

“抬起头来看着我。”华优冰其斯说。

不，云迪想，不能，一看他的眼睛，我就再没法坚强，也许我会哭出来，也许我会失去勇气，崩溃倒地。天主啊，如果你的目光能穿过黑暗到达这地下，就请你赐我勇气撑过这一段吧。

“好吧。”华优冰其斯也注视着她，“这本是我们两族间应有的态度，我们都会死去，将来我的归宿也许是疆场，人族死后被天主接往天堂，而魔族则将永远在地狱受火炼！哈哈哈哈，哈哈哈哈！那么就让我们的灵魂永不相见吧。”

他的声音忽然变得狂傲，他的大笑与所有的魔鬼再无不同，他大步走向黑暗，将云迪一人丢下。

“死刑！”

云迪忽然觉得自己身体碎了，它一片片地落在地上，碎成粉末。

此时的康德，正站在地面的阳光之下，人群之中，望着前方高大壮美的皇家城堡，身边站着无限水的武士们。

“如果一切是真的，那么我什么都不需要做，只需站在这等着看命运如何把我推上圣骑士这个位置……是不是这样呢？”康德苦笑着说。

“如果我有手，我一定狠狠地揍你！”头颅在他背后的布包里低低骂道。

“在他还没有成为圣骑士之前，我们先揍他一顿！以后这样的机会很少了。”里德说，这些日子和这位未来的圣骑士的相处早使他敬畏感全消。

“别吵，大比武就要开始了！”西坦说，伸头张望着。

人群前方的广场中，两排皇家乐手吹起了长号，白石砌就的城堡在阳光下如美玉发射光辉，依亚王朝的王室们出现在城楼之上。

阿依古王今天穿着新的红色缕金王袍，把王冠擦了上百遍，好让自己出现在城楼上时民众们眼前发亮。当他走出大门，面前出现几万人，各方赶来的民众发出看戏时报幕员终于出场时的欢呼，各国的骑士们在各色的旗徽下一起向他弯腰致意，这种感觉让他迷醉，仿佛看到了自己的未来，大陆已统一在他脚下，所有的王国向他拜倒，他觉得自己已经变成了高大的石像，站得比范克德尔的那一座还要高。

但这一切都必须从一个前提开始，一个忠于他的骑士必须赢得今天的比武，成为新银月光华军的主将。不过阿依古对于依亚的勇士们十分有信心，如果若星汉人口最多的依亚王朝没有人能以力量撼服天下，那其他小国也更不会有。

“臣民们，各国英勇富有美德的骑士们，今天是让你们此生都不会忘记的日子，曾在传说中感召我们，昭示我们勇气与力量的银月光华将在这一天后重新放射光芒，从各国赶来的十万勇士已整齐列阵，等待着那个领导他们的英雄！”阿依古拔高了声调，身子激动地晃了晃，“最强的骑士的选拔几个月来一直在各场地进行着。今天，这位英雄将在最后也是最优秀的十位骑士中产生，他们将进行历史上最激动人心的大比武，最后仍高傲立于马上的人将是若星汉新的英雄！他将宣誓效忠于天主卡斯，带领这支强大的军队捍卫我们的信仰和神圣的道德，铲灭所有贪欲与恶行，扶助弱小的在邪恶的风暴中无法自持的国家，建立一个和谐秩序人人遵守道德的大陆。”

“天哪，听起来好像最后决赛的人选已经定下来了？可我们才刚来呢！”里德失望地喊着，当然他的声音在一片喧哗声中无法被注意。

“阿华依这个骗子，他说进王宫后就会向阿依古极力推荐我们……我是说，是我们的头儿，康德骑士，可是现在他走了就再也连半个人影都没出现过了。”亚漠斯也愤怒地骂着。

“等等，也许那最后的名单里会有康德的名字也不一定。”里德说。

康德却对这一切毫无意外之感，阿华依就是真的笨到去推荐一个连真面目也没见过的骑士，阿依古王就是真笨到把他列入比武决赛，他的身子骨也经不住随便哪位骑士的一击，更何况带着这张无法见人的面孔，他实在无法想象有哪一种可能可以使他成为银月光华的领袖，云迪故事中的那个康德因为借助魔王的力量而成为圣骑士，现在魔王已脱壳而去，光华四射的甲胄下，只剩一副朽坏的躯壳。听到阿依古的这番话，他心中一直的不安反而淡去了，有一种逃脱了责任的轻松感。看，不是我不想当圣骑士去拯救世界，老天真的是没有给我机会。康德的心里这样想着，随后又遭到自己或许还存在着的灵魂的强烈反击，这么多人为了他历经危险，云迪现在还生死未知，他却一味退缩着。可是在如此境地，他又该如何再去争取呢？

号角再一次响起来，“参选的十位骑士出场了！”西坦喊着。

城堡的城门打开了，十位连战马都披着华丽布袍的骑士高举着闪亮的长枪，分两排齐步出场，他们的仪容和马术都引起人群中的喝彩声。

这才是真正的主角，人们关注的对象，我看来永世都无法达到像他们那样的地位了。康德想，未来要属于他们了，他们中将有一位在今天一战成名，成为天下的传奇，未来的勇士，历史里最常出现的名字，炉火边民间故事中孩子最敬仰的英雄。哦，那不是我，我为什么还要站在这儿。康德忽然很想脱下这盔甲，让这阳光把自己晒死算了。

“看哪，左边第三个不是阿华依吗？这个浑蛋，把我们的名额自己用了吧！”里德指着正在比武场两头分列开的骑士们喊着。

康德知道里德只是在胡扯，阿华依作为皇家骑士团团长，自然是阿依古希望寄托的对象，他本来就该有一个这样的位置，也本就没义务再为康德争取一个。再说，就算有，也不过是又一次丢丑失败的机会罢了。

这次号角响了第三次，城堡门中一位骑红袍马的褐色甲的骑士策马行了出来。

“那是毕斯麦公爵，阿依古的姑父，依亚军的老帅，他应该是今天比武的主持者。”阿里斯汀说。

“我们还是回家吧，闪亮盔甲的先生，你被骗了，不是吗？”

康德没有回头，他不知道自己还会不会再愤怒，他知道在这些人心里他已无足轻重，他没有力量使这些人尊重他，人们只会尊重有用的人，而他还不如他身上这套圣骑士战甲值钱，他身边任何一个人穿上它，都会比他更威风。

可是愤怒还是在他心中产生了，他知道那是什么在推动着他，他忽然催动了战马蓝色月光向前。为了那看起来可笑的未来的结局，为了一个已死去但还会生气的男人的尊严，为了一个曾对他投来期望目光的姑娘云迪，他即便是马上就会死在比武场上，还是得在理想泯灭的最后一刻大喊一声：“等我来！”

这声音从康德口中喊了出来，响亮得让他自己也吃了一惊，像是四周都有人在回应着。

“没有我的比武是毫无意义的！”这样的豪言又吓了康德一跳，他想去捂住自己的嘴，因为它似乎有点自作主张。不过随即又发现那不是从他口中发出来的。

主持毕斯麦公爵和城堡上的阿依古都皱起了眉头，看着冲出来的这几位不速之客。

“请问尊贵的客人，为何如此无礼地干扰这盛会呢？”毕斯麦皱起他金黄色的眉毛。

“原来阿依古王请我们各国骑士到此，只是为观摩依亚骑士们的出操的吗？难道没有其他国骑士参加的比武，最后的胜利者也敢自称天下第一的勇士吗？”为首的一位黑袍者，有着鹰一般的眼神。

毕斯麦看了看他们的旗徽：“向来自阿吉亚的斯图康达家族致意，这位也许就是莫若旺伯爵，而后面的就是您那三个以勇力著称的儿子吗？当然，我们欢迎任何一位骑士参加这场比武，不过，你们必须通过那事先的考核，看见那边山上的那座大石堡了吗？那是我们的武士训练场，任何一位骑士只要能进入并穿过它回到这比武场，他就有权参加挑战。”

人群中开始喧哗，许多跟着莫若旺冲出来的骑士都回头望去，王宫边的一座小山上，一座巨大的白石堡正如巨兽伏着，向英雄们张着大口。

“你说的是真的？”已有一些骑士按捺不住开始拨马转向。人群中发出一阵欢呼声，所有想一举成名的、自恃勇猛的、看热闹的，形成了一个潮头向山坡涌去。

“让我们走！”里德也兴奋地说，仿佛看到了自己取代康德的希望。

“哦哦……”西坦、亚漠斯和里德也发出欢呼声。

“真是不公平啊……为什么不是选举魔法师领导大军？”阿里斯汀愤愤地说，“历史都要被一群头脑简单四肢发达的家伙书写了。”

“请注意看门口的告示！”毕斯麦大声喊，“每个进去的人都将视为自愿承担死亡的后果！”

“唬谁啊？他当那是方王克斯的迷宫啊（方王克斯，旧纪元最可怕的黑暗系法师之一，他做了一个迷宫来守护他的神奇魔法宝物，他死后迷宫更加无人控制成为禁地，十八骑士之原野骑士即为替同伴求破魔毒之药死在此迷宫中）。”里德撇嘴说道。

“没有什么能阻挡无限水的战士，前进！”亚漠斯扯着嗓子大喊，他响亮的声音引起不少汉子的跟哄。

人潮向山坡奔去，戴着盔的骑士中只有少数人没有动，包括康德和莫若旺。

莫若旺抖动着他的红胡子冷笑着：“在一天之内能穿过凶险的石堡的人我相信不在少数，不过那之后还有力气立刻挑战依亚武士的可就真的不多了。毕斯麦大人，我相信我来到了一个精于计算的国度呢。”

毕斯麦笑着的神情一点没有变化：“那么你害怕了吗，莫若旺先生？”

莫若旺的眼神变得凶狠：“我们走！”他拨转马带着他的三个儿子而去。

康德仍静静地停在那儿。

“不想进去看一看吗，我胆小的主人？”头颅在他背后问着。

落魄佣兵团的武士们也一边向石堡跑去一边回头望向康德。

阿里斯汀站在康德身边笑着：“嘿，小子，不用担心，我会跟在你身边的……”

忽然康德猛地一抖缰绳，里德只觉得风刮过他的脸，蓝色月光疾冲了出去，扫过奔跑的人群，像一只追逐在奔牛群中的快豹，根本不屑于捕捉身边的弱小，直追最前方的骑者们。他从莫若旺家族的身边掠过，又几乎扫倒了另几杆旗徽。

许多人站住脚惊讶地看着那奔驰的骑者，人群中不由响起一阵喝彩声。

武士们张大嘴看着康德猛地从他们身边驰过。

里德叹了一口气：“不得不说，他有时候发起愣来还是有点气势。”

“那是谁啊？”阿依古王在城头惊讶地看着那个尘烟中盔甲闪亮的骑士。

卡休理在阿依古的身边眯起了眼睛。

康德以一往无前的气势最先一个冲进了石堡的大门，连守堡的士兵都佩服得向他举手致意。

一进石堡，康德就大喊起来：“停下！破马！你要撞墙了，救命啊，我晕！放我下来！”

“主人，拜托你出息点，你要是有你骑的这匹马的一半强，我也会有些面子。”头颅在背包里感叹道。

蓝色月光奔过几道弯曲的甬道，在一面雕着塑像的石墙前扬蹄长嘶停了下来，康德一下从马屁股后摔了下去。

“没有人看见吧……”他晃晃悠悠站起来第一句话就这么问。

“奇怪，明明有那么多人跟着进来，现在却一个人也看不到，这石堡果然是个迷宫。”头颅说。

“这个石堡古怪啊，转几转刚才跟我们进来的那些人就走没影了……”另一处，里德说着。

“听见那些声音了吗？”里德说，“像是石头在移动。”

“是的，有人在控制它们，”西坦说，“这样他们就可以使道路随时变化，把人分开。”

“如果这样的话，他们甚至还能控制谁能出去谁不能是吗？只要把他们不喜欢的人引向凶险的地区，或者干脆让他们一辈子也转不出来……”西坦说。

“他们只需要让我们今天内转不出来就行了，明天比武就结束了。我们只能赶上鼓掌的份儿了。”里德说。

而亚漠斯什么也没说，他在猛推身边的石墙。石墙另一侧，已隐隐有惨叫声传来了。

礼天圣殿的大牧师卡休理大步走进城堡内宫中的一间大厅，不少法师和官员已在那儿等他。

“这是石堡顶的监视者们给我们报来的堡内人流最新分布，”一个官员手握一堆图纸，在桌上的巨大迷宫模型上摆着棋子，“一切都很顺利，名单上的人正被引向怪兽和高级魔法区。”

“所有可能突破到第三区的人都要被引向高级魔法区，要知道，真正的大威胁，往往会隐藏在那些不在名单中的人里，”卡休理说，“对了，有一个骑白马的银甲骑士，他现在在哪里？”

“对于这种引人注目的家伙，当然是先送去弓箭区啦。”

康德终于等到面前的石墙移开的时候，面前的地面上已经倒了一些被射得不成样子的尸身了。

“太可怕了，真是死亡的选拔，还没和魔军作战，就先死在自己的迷宫里了。”康德说。

“这都是一些各国不自量力的蠢夫亡命徒而已，死多少也不会有关系的，”头颅说，“也许我可能借机弄个身体……”

康德策马向前走去，头颅大喊：“等等！你想干吗？没看见那些家伙的死法吗？这里到处都是箭孔。”

“我无所谓，反正我命定是未来的圣骑士……”

“我有所谓！以后的历史里有我的名字吗？是不是我已被射死在这儿了？”头颅要哭出来了。

“好吧，怕了你了。”康德把头颅摘下来，想塞进盔甲里。

“这还差不多。”

“哦，太麻烦了。”康德塞半天塞不进去改变了主意，一甩手，把头颅扔向对面的石墙。

“啊——”头颅在空中飞旋着大叫起来，箭孔里无数箭射出来，在头颅四周掠过，“我会记得你的，圣骑士大人，等你成了名人，我会好好向人控诉你的真面目的！”

等头颅喊完这些话，也重重地撞在另一边的石墙上，石墙咯吱咯吱地移开了。

“我的脸肿了……浑蛋，我从来没有见过这种流氓、无赖……”头颅在地上打着转哭喊着。

就在这时，康德深吸一口气，一抖缰，蓝色月光立刻蹿了出去。

两面墙上万箭齐发，可全都射空了。

蓝色月光实在是太快了。箭钉到对面墙上的时候，康德已经立马在头颅边了。

“没有我，你和你的那匹火烧屁股的破马就会撞死在石门上，无赖……这种损招你也想得出来？”头颅仍然是骂个没完。

“再见。”康德向另一道门走去。

“哦，好吧，算了……兄弟，我只是开个玩笑，主人！”

第二十四章

蛇怪与闪电

“主人，我想问，你是不是真的啥也不怕？你真相信命运会把你推上圣骑士之位？”当头颅又安稳地待在他的背包里的时候，他问。

“命运……”康德冷笑着，心想自己被命运折腾得还不够吗？这种身体就算有再多的名利也无法享受，再美的女子也无法面对，一个心死的人，还会怕什么呢？

可是，自己为什么还要来闯关，他自己也不知道。

“好了，下面是什么？”

忽然又一面石墙移开了，几个人怪叫着浑身血污地跑了出来，把蓝色月光也吓退了几步。

里面会是什么呢？一股腥臭味传了出来。

在另一处，四武士正和一堆木傀儡作战。

“真是浪费我们的时间，这些东西怎么砍不完？”里德喊，“我相信在隔壁，有几百个木匠正在赶工中呢。”

“真想念我们的头儿，她在的话一个火焰魔法就解决所有了。”西坦喘着气边砍边说，“我的斧子都钝了。”

“这就是没有魔法师在身边的坏处了，下次我们该找机会请阿里斯汀吃顿饭。”里德怪笑着。

在与他们隔几面石墙的地方……

阿里斯汀正在一堆晃来晃去的大斧间跳闪着："我想想也许该用冰块先冻住它们，然后用火焰烧掉它们……不行……又不知迟缓术有没有用？哦……烦人的东西，开始想念那些四肢发达的家伙了，当初真该学个召唤同伴的法术……"

忽然一个胸肩上裹着简单薄铁甲的骑士冲了进来，直接就从斧子间奔了过去，把斧子撞得七零八落。

阿里斯汀怔怔看着他跑远，叹了一口气："学魔法果然是一点用也没有啊……"

康德走进了那间腥臭的石室。

对面的石门前，一堆软软的东西正在滑动着。

"像是条九头蛇，都城的武士训练堡中居然会有这种邪恶的东西……不过我现在真是找到一点骑士的感觉了。"康德从腰中抽出那把剑。

怪蛇的几个头缩回去，另几个却猛地喷出毒气。

"是九头蛇吗？很可爱的小家伙啊，我曾养过一条。比这条还大点。"头颅说。

"让开！"康德对怪蛇大喊着。

蛇看起来文化水平不高。对于康德的劝导没有反应。

"需要我帮忙就说一声。"头颅幸灾乐祸地说。

"嗯。"康德忽然把剑还回鞘中，跳下马向巨大的怪蛇走去。

"你要干吗？"头颅奇怪地问。

"我要用你塞住那条蛇的嘴！"

康德来到怪蛇的面前，和那九个头对视了一会儿："看起来没有传说中那么大。"

"等它妈妈来了你再说这话吧。"头颅说，"烦请你离它远点，别吓着它。"

"好了，宝贝，挪一挪。"康德上去就搬那怪蛇。

那九个头一下就把他给缠上了。

"天哪！你以为它是衣柜吗？"头颅骂道。

“哦，见鬼，它咬我了！”康德骂。

“没把你的手脚扯下来吗？它最喜欢一个头叼一块扯着玩啦。”

九头蛇嘎吱吱咬了半天，对于那坚硬的盔甲和康德不知痛苦的身体没有办法，烦恼地晃晃脑袋想把他丢到一边。

可康德伸手抱住了九头蛇的脖子们不放，他们像一个球一样在地面上滚起来。

当他们从石门边滚开，几个武士从康德的来处走了进来。

“哦，你看那儿，真可怕。”一个说。

“可怜的家伙，要断气了吧。”

“我们要不要救他？”

“笨，趁这机会快通过吧，不想成为未来的圣骑士吗？”

“那我们要不要把他的马牵走？”

“我们是有高尚道德的人！”

他们几个打开石门走了过去。

“哦，好了，我也该走了，放开我乖孩子。”康德说。

“你先放开我！”九头蛇说。

“天哪，九头蛇会说话？骑士小说里从来没有这样记载过！”康德叫起来。

“那是你看得太少，分不清蛇和蛇妖的区别。”头颅说，“女士，在这人族破坏一切的时代，一头蛇妖是多么难见啊。很荣幸在这个美丽的地方遇见您，我向您保证我的主人不是有意要非礼您的。”

“想我放开你们也行，答应我一件事——带我离开这个破地方。”九条蛇小姐说。

“这可难了，你太胖了，哦，对不起，我不该这样说，女士。”康德说。

“你忘了我是个蛇妖，我可以化成蛇纹附在你的盔甲上，如果你不是个亡灵族，又带着一位可亲的死亡系大师，我也不会向你提这些，别人我早忍不住吃了他了。另外，我的名字叫卡夫娜。”

“带上她吧，会有用的。”头颅说，“我跟你说过九头蛇会是很好的宠物。”

“放屁！”九头蛇忍不住放弃淑女状大骂。

如果是当年，我很难和这样一个邪恶的动物共处，可现在，一切又有什么所谓呢？康德想，我自身必定已充满了邪恶的气息，她才会向我提出这要求。

而头颅说得没错，九头蛇，而且是有黑暗魔法的九头蛇妖的确非常有用，它的震慑魔法和毒雾使康德能很容易地通过那怪兽的走廊。

“大家都是给我几分薄面的。”九头蛇得意地说，“可是前面是高级魔法区，里面有皇家法师们布下的许多强力法术，这也是我为什么要求助于你们的原因。”

“你看错人了，连九头蛇妖都害怕的魔法区我们还是掉头就走吧。”头颅说。

“你们敢走，我现在就啃了你们！”蛇妖在盔甲上狠狠地说。

石堡外，依亚十大骑士的比武已然完毕，阿华依站在场地中央，紧紧抓着他的矛。

一切只是过场，欢呼声对他全无意义，他的胜利早就由阿依古王内定，因为他是他最信任的卫队长骑士。

骑士古米达克和来自刚达城的阿优里尔都是强于他的人，但还是违心地摔倒在他长枪下，阿华依似乎能听见人群中的几声哄喊，虽淹没在嘈杂声中，也使他心惊。

黄昏将至，银月出现前若再没有人能从石堡里出来，阿依古就可以宣布他成为银月光华军的领袖了。

……

阿依古在城堡上张望着山坡上的动静，一切看起来仍非常安宁，没有一个人从石堡里出来。

卡休理站在宫内的厅中，一脸严肃地望着那桌上的迷宫盘，越来越多的棋子被拿出来，在一边堆积着，盘中的棋子越来越少，但仍有人在顽强地接近着那个出口。

……

忽然广场中的人群骚动了，远处山坡上，第一匹马奔了出来。

虽然看不清他的身影，人们还是开始欢呼。

……

“已经有三位骑士冲出迷宫了，”宫殿内，摆棋子的官员对卡休理说道，“他们是多斯维亚的缚狼者杰米拉达、亚加斯的都将、诺维斯那个举巨石的传奇少年路米尔加。”

“除了缚狼者杰米拉达，其他人都不足为惧，”卡休理摇摇头，“多斯维亚人的确是令人烦恼啊。”

“欢迎你，如有神佑的骑士，”比武场前的毕斯麦向奔在最前的杰米拉达伸出臂膀，“但是，你身后还有两位勇士紧随而来，优胜者阿华依不可能与你们车轮战，所以请先在你们三人中选出最强者吧。”

满脸疲惫的杰米拉达冷笑着：“我知道你们的诡计，可我会让你们见识我的力量，我不惧怕与任何人奋战到底！”他掉转马头向身后奔来的亚加斯国的都将骑士奔去，都将似乎立刻明白了这规则，在马上举起了长枪。可杰米拉达一枪刺在他的肩头，把他挑下马去。都将身后的路米尔加立刻用皮带投出他的飞石，但杰米拉达用长枪把它击得粉碎。当他们相遇时，杰米拉达和路米尔加都被对方的枪震落马下，他们爬起来又立刻角力在一起，肌肉咯咯作响几乎要把盔甲顶破，原本散开的人群又聚拢了来，大声地叫好。

阿华依远远看着，明白缚狼者名不虚传，若杰米拉达完好地保持着力气，自己绝不会是他的对手，于是心中更加羞愧，倒希望依亚有一个真正的英雄出现，好顶替自己的位置。

那一边杰米拉达终于获胜，把路米尔加举过头顶摔在泥土中，人们疯狂地喊着杰米拉达的名字，这位西北多维斯亚高原上猎人英雄的名字在中部的依亚仍然响亮。

杰米拉达大吼一声，转过头来翻身上马，向比武场奔来。

这时，迷宫内的凶险竞争仍在进行着。当出口越来越近，剩下的竞赛者开始在某种安排下相遇，于是他们互相的争斗也开始了，反正出去后也会成为对手，何不在此地就借机解决呢？

里德等四武士好不容易冲到了高级魔法区的门厅前，还没等到门开就先遇到了袭击。阴影中的斯图康达家族向他们冲来，在这个迷宫中难得的宽阔处，莫若旺与他的三个儿子阿蒂蒙、柯尔和乌依加若已解决了不少艰难到此的疲惫之士。

面对马上的骑士的攻击，四武士有些顾此失彼。“后面，掩护我的后面。”里德大叫着。“你的后面是墙，别瞎……喂喂！”亚漠斯一偏头的工夫，被莫若旺的二儿子柯尔一枪扫到墙角。而里德刚闪开阿蒂蒙的冲击，就又被另一头冲来的乌依加若刺伤。

“快把门打开，我们逃进去！”里德喊，他也顾不得里面是更凶险的魔法阵。

可莫若旺稳稳地立马在门前，没有人能接近他。

这时一个持刀的黑影从一条甬道中跳了出来，他穿着套头的黑袍，一纵就踩到了乌依加若的马屁股上。乌依加若挥手扫去，却落空了，那人已倒翻起在空中，刀光一挥，乌依加若的肩上中了一刀，摔倒在马下。

“好漂亮！”亚漠斯在墙角捂着脖子叫道。

阿蒂蒙转马向那持刀的黑袍者冲去，那黑袍者连退数步，一转身跳向墙壁，他像能在墙上行走一般闪开了阿蒂蒙猛力的一刺，那矛刺入石墙中，把石块崩得粉碎。

“我现在知道这帮家伙为什么能这么早到这儿啦。”里德说，“他们都是采石场出身的哩。”

黑袍者跳到另一侧，又受到柯尔的夹击，黑袍者的力量显然不如骑士们，柯尔放弃了长枪，挥动着一巨大的链锤，将他逼向墙角。

“是我们进攻的时候啦！”里德喊着，与西坦一齐向柯尔的背后冲去。

“不要跟这帮乌合之众纠缠了！”莫若旺喊，他打开了背后的石门，带着他的几个儿子冲进了魔法区。

“这位朋友，你来得正是时候，你的刀法我也很是佩服。”里德对黑袍人说。

但那黑袍人只是冷冷地看了他们一眼，就快步蹿入了石门。

“他的眼神让我想起了什么……”西坦挠着头说。

“还有他那奇怪的跳跃用刀的方式，总像以前在什么地方见过……”里德也觉得有些奇怪。

“是以前吗？也许……是以后？”里德好像想到了什么！

“是啊！”四人一起喊起来。

“是什么？”克里斯汀从一扇移开的石墙后走了出来，“看到你们还活着真是好啊，我还担心没有我你们怎么过呢！”

“呸！”四武士再一次达成默契。

“前面就是魔法区了。”亚漠斯不无担心地说，“想起来就让人厌烦的区域。”

“魔法？哈！魔法！”阿里斯汀一甩头，仰着脖子走进门去。

“跟着他。”四个武士交换了眼色一致快步跟上去。

他们进入门里的同时，魔法区另一处的石门也向康德打开了。

“但愿里面没有针对亡灵族的魔法。”头颅说。

“光是球状闪电，我们哪个都吃不消。”九头蛇妖卡夫娜说。

“那我们就一直站在这儿好了！”头颅喊。

康德有些焦躁起来，他的身体在马上顿了顿，蓝色月光似乎有些误解了他的意思，一下就冲了出去。

“等等！”头颅和蛇妖都紧张地大叫着。

一道闪电在康德眼前闪过，他紧闭上双眼。

“没打中！”他兴奋地刚喊出口，身子一麻就像被什么抓了起来，没有重量一般地摔在地上。

“哎哟哟……”头颅和蛇妖呻吟着，“你要害死……我们的老命……”

康德并没有什么痛苦感，亡灵族就是有这点好处，除了圣洁系或黑暗系的心灵攻击，没有什么能使死人叫痛。他试着想爬起来，却发现手脚全都像不属于自己了，作为亡灵族的一个不好之处就在于，你是否四肢骨头全碎了你没法知道。

“头儿，我们就这样一直趴在这儿吗？”头颅不安地问。

“他已经完蛋啦，我真后悔跟了你们，还以为能套着一身晶晶亮亮的家伙会有点本事。”卡夫娜抱怨着。

“圣骑士甲……圣骑士甲还是应该有点防御魔法的能力的，不然我们的主人就真烧焦啦，我看主要是你这家伙的邪恶气息招来了闪电。”头颅和蛇妖斗着嘴，对康德的轻蔑使他也不高兴。

“这匹破马站在这儿为什么一点事也没有？”蛇妖看着静静站在一旁等候的蓝色月光说。

“这说明魔法是有选择的，也许有人正控制着这个魔法阵。”头颅说。

这时几个骑士冲了进来，他们的马从康德的身体上跳了过去。

“哦，一个可怜人，被打趴下了。”

“这身盔甲还真不错啊，等会儿，看来我要换换装备了。”一个骑士跳下马来。

“这不是一开始那个第一个冲进大门的人吗？那时那么风光，现在，唉，还不是落得这样？”有人嘲笑着。

“一点救死扶伤的道德也没有，看来骑士之道真的在三百年前就随旧纪元埋葬了……”康德咬着牙嘟囔着。

“头儿，现在不是感怀世事的时候，你就要被扒光啦，赶快动动证明你还有气吧……”头颅小声说。

可这时又是闪电击了过来，正准备换装备的骑士们吓得跳上马狂奔而去。

“你刚才说这个魔法阵是有人控制的，也许我们可以和他们打个商量？”卡夫娜虽然是蛇，看起来却很熟悉人族的处世方法。

“嗨，亲爱的法师们，你们好，你们正在某处看着我们吗？你们现在所看到的死鱼一样趴在地上的家伙就是未来的圣骑士——魔族克星、人族救星、万年偶像康德先生，所以请高抬贵手放我们过去吧，顺便把圣骑士的旗徽给我们准备好……是这样说吗？”头颅撇嘴道。

宫廷的观察室内，卡休理正从他的水晶球中看着康德。

“我还以为这人会是个大威胁，特地加重了闪电，现在看来我过虑了啊。”卡休理心想，摸摸胡子冷笑起来。

“左手……动……右手……动动……唉，都不听话……”康德恼火着，“这闪电看来彻底把我和这个破躯壳打告别了……”

“至少你还能控制你的嘴。”头颅说，“要相信命运，你就算只剩一张嘴也能当上圣骑士的。”

“你这算是鼓励吗？”康德气闷着，“我爬也要爬到圣骑士的位置上去的！……如果我能爬的话……”

“头儿，我记得从前你和我吹嘘说每到危难之时就会有美女来救你的，这次会有可爱的姑娘出现吗？让我们期待吧！”头颅打气说。

“美女没有，美女蛇就有。”康德对蛇妖说，“现在是你贡献力量的时候啦，把我们拖到出口去吧，等我当上了圣骑士重重有赏！”

“门也没有！”卡夫娜意志坚决，“要是我能过卡休理的魔法阵我还不早跑了？和你们费什么话啊。”

第二十五章

走出来的人

就在未来的圣骑士一行无聊地斗着嘴时，比武场上的阿华依正面临他有生以来最可怕的挑战。

杰米拉达是个可怕的对手，多维斯亚战士敏捷勇敢的名声享誉大陆，因为国中多山多密林，巨兽极多，而多维斯亚人以战胜猛兽为荣。杰米拉达九岁时就独自用绳缚住了一条公狼，十四岁时，就已成为多斯维亚的第一勇者，在十年前与芬比斯亚的边界战争中，二十一岁的他率三百人在森林边突击芬比斯亚大军，击溃芬比斯亚人千人的前锋，射死芬比斯亚的著名骑士约克姆而成名。此后芬比斯亚军再也不敢和杰米拉达率领的军队正面交锋。

现在，阿华依和杰米拉达已经纵马交错了三回，虽然两人都还坐于马上，但可怜的阿华依开始恐惧，他想自己的力量正在耗尽，手臂开始酸麻，而杰米拉达却每次拨转马头时都大吼着，声势越来越高涨。阿华依想起那个传说，这个多维斯亚人能从每次交锋中获得倍增的力量，他的每一次打击都将越来越强。依亚年轻的骑士团长想，自己被震落长枪打下马也许就在下个回合了。

而更加致命的事发生了，阿华依忽然感到人群中有什么他熟悉的一闪。他侧目看去，看到人群中一个金发女孩正骑在高大的白马上，她穿着淡绿纱袍，神情高傲。那是阿华依心仪的姑娘，毕斯麦的女儿耶芙。他多次向她示好，而她的笑却总是难以捉摸。而现在，她正充满兴趣地望着他的对手杰米拉达。阿华依知道，这是个喜欢英雄与强者的女孩，如果自己在这一战中落马，爱情之神将会离他而去。以耶芙的个性，她一会儿也许还会主动上前去与杰米拉达交谈，那将使骑士阿华依高傲的心多么痛苦啊。

抱着最后一搏的希望，阿华依尽力握紧长枪，虽然这使他的手指发抖。他大喊一声冲向杰米拉达，他看见耶芙终于向他望了过来，他祈求着这眼神能给予他力量，向杰米拉达奋力刺出一枪。

但是胜利之神还是离开了他，阿华依刺出枪时便发觉自己用力过猛，但已来不及了。杰米拉达不会放过这个机会，在阿华依身子稍前倾的时候，他随势拨开了阿华依的枪，然后重重打在阿华依的腰上，把他击落马下。

人群中发出一阵叹声，不知是遗憾还是欢呼。

阿华依倒在地上，心痛压过了身体的痛苦，他几乎再也不想爬起来，希望被马踏入泥土中，好永远被人忘记。

杰米拉达的狂啸声却高昂地响彻全场，甚至压过了人群的喧嚣。

“哦阿华依，阿华依，他太让人失望了！”阿依古一阵风般冲进宫殿，扯下披风丢出老远，跺脚大叫起来，“早知道我还是宁愿用老毕斯麦，现在，我们能指望谁来挽回局面？”

“谁让您不喜欢毕斯麦大人呢？的确没有人能想到多斯维亚人那么强……”卡休理仍然看着这沙盘，“不过锦标还未决定主人呢，毕竟，石堡迷宫还有不少骑士，希望其中仍有忠于礼天教的骑士，来效忠陛下您。”

康德静静趴在那儿很久了。

“月亮……已经升起来了吗？”他忽然这样轻声无力地问，声音中充满绝望。

“不……也许，还没有……反正这儿也看不见……”头颅想安慰他。

前方迷宫中传来杂乱的人声，仿佛一场大戏剧的后台，人们正在为最后的结局忙碌，但一切，似乎已与康德无关了。也许只有他一个人看不到结局，那最后的英雄是谁？谁正狂喜地举着圣骑士的旗徽，谁接受着美女的如火目光，满怀幸福地畅想着未来的传奇？但一切，似乎已与康德无关了。

静静地躺在这儿，像早已到来的死亡。那么多人都倒在了路上，而康德比他们强的，不过是还将长久地清醒下去，看着自己的身体，一点点、慢慢地腐朽成尘土……

而这个时候，另一位被历史所忽视却又野心勃勃的年轻人，歌手罗恩出现在了精灵之森中。他的肩上，是翼精灵水晶。

作为游吟歌手，旧纪元最后一位圣骑士的传人，罗恩虽然未曾从明康恩处学得任何一项战斗的技能，但却学习到了作为一个四处寻访若星汉古卷的游吟者应有的种种谋生应变技巧，有些还是战士和魔法师都会羡慕的，比如，开启各种锁。当他和云迪、阿兹、水晶被山洪冲走时，他快速地解开了魔兵的捕猎网，并且救出了水晶。一旦给予他时间，解开脖上的刺项圈也就不是难事。

与康德、云迪、阿兹的失散，使他们沮丧了好一会儿，在毫无头绪的情况下，罗恩决定仍然向原目的地——精灵之森前进，一方面云迪、康德若能脱困，也会赶向那里，另一方面他本来就有着去精灵部落寻访若星汉古卷的使命。就这样，当康德向着依亚都城俄拉培德行进的时候，罗恩迈向了南方广袤无边的精灵之森。

于是，后来的人们把坎斯山通向俄拉培德的道路叫圣骑士之路，而通向精灵之森的那一条叫大法师之路。

但现在，我们的康德还无助地倒在俄拉培德的石堡迷宫中，圣骑士之路到了最后的几百尺，离比武场只有咫尺之遥，他却再也爬不过去了。

转机出现在他快要睡着之际，他面前的土忽然动了一下。

康德刚看见那熟悉的波纹，矮人中的败类阿兹的脸就伸到了他的面前。

“嘿！你怎么在这儿？”阿兹刚钻出来就吓了一跳，“不要把脸伸得和我这么近！”

“头儿，你认识这只土拨鼠？”头颅在康德背上问，他能借冥想通过康德之眼感知外面的一切。

“我曾以为在某处路上把他给丢掉了……”康德说，“我们截击魔军后你去了哪儿？我四处也没找着你。”

“我怎么知道那个笨农民把我扛去了哪儿？他慌不择路在山里迷路了，最后还跑回了我原来落水后曾到过的一个村子。那里有一个四处追捕矮人奴隶的笨头骑士叫华莱比斯，还有他的一个老对头，一个自称是真正矮人的土老帽儿柯格鲁，我们三个好好打了一架，先是我们一起跟那个华莱比斯打，然后是那个柯格鲁和我打，后来大家都累了，就约好一起来参加圣骑士比武，看谁最后混得最好。但是这次他们输给我了，这俩呆瓜应该还在迷宫里转悠呢，我就先用地行术来这里了。”

“正好，如果这样的话，用你的土系法术带我们出去吧，矮人大师。”头颅说。

“我记得你刚才叫我什么来着！我欠你们的吗？凭什么我就一定要帮你们忙？再说，只有从石堡大门出去才算通过，不然我为什么要从地下出来？”

“那你就先带我们到大门口再说！”九头蛇卡夫娜不耐烦地插嘴。

“谁？谁在说话？康德，你的盔甲里还藏了个女人？”阿兹大嚷着。九头蛇不得不显出一半形来对他礼貌地龇牙笑了一下，把阿兹吓翻在地。

“事实上……对不起，我该看着你的哪个头说话？事实上，地下也有魔法的封锁，所以我才不得不钻出来，我刚才还想着让你们带我一程呢。”

“这儿就没一个有点办法的吗？”头颅恼火地说。

这时一位骑士从石墙后转了出来，阿兹一看见他就大叫起来：“华莱比斯，大怪物！你怎么能到这儿来？”

那骑士似乎是阿兹的朋友，他的盔甲破损，皮肤却毫无伤口，似乎比甲胄更坚硬。“那些破箭斧和怪兽都伤不了我，只是迷宫让我非常头晕，我老是回到走过的地方，但就在刚才，突然迷宫变得好走起来了，我就来到这里了。”

“真是可恶！你这种笨家伙也能来到这里是对我们这些英雄的侮辱，操控迷宫的家伙一定打瞌睡了。”阿兹愤愤不平地骂着。

而华莱比斯没有工夫和他斗嘴，他策马向前走去，奇怪的是几道闪电晃过，都没有打中他。

“一定是哪里出了问题，”蛇妖说，“迷宫和魔法的难度降低了。”

“我想是因为圣骑士已经选出来了，再困着我们也没有意义了，所以开始放人了。”头颅闷闷不乐地说。

“哦！不！”华莱比斯听见这话，猛地打马向前冲去，撞在前面一堵来不及闪开的石墙上，把石墙撞出一个大洞。

“这种家伙也想当圣骑士？”阿兹恼火地看着他，“真是没有英雄，小鬼乱窜。咦？康德，你为啥还趴着？”

“废话，我要是能动……”

“头儿，果然这是真的，魔法阵已成了摆设，那我倒是有个办法让你动起来。”头颅说。

“是什么？”

“你可还记得我是制作和操纵傀儡人的行家？”

当阿里斯汀和里德等人在魔法区被闪电火球打得东躲西藏无处藏身时，魔法却像一下子失去准心了。

“嘿，魔法好像减弱了？”亚漠斯说。

“是魔法的准确性降低了，看起来吓人却打不中我们了……奇怪，也许出了什么问题。”阿里斯汀纳闷儿着。

“还说呢！你这破法师一点用也没有，还以为跟着你可以少挨点，结果……”

“谁告诉你法师就可以不挨魔法？你不知道战场上法师是最先受到打击的对象吗？这就是我们这一行的可悲命运了……再说，看不到对手全是魔法柱墙我怎么反击？”阿里斯汀唾沫横飞地回应。

“都离他远点。”里德提醒着。

“看哪！那个黑袍人。”西坦指着一个闪过去的黑影。

“你知道看见他的眼神我想到了什么？”里德说。

“那是在以后的战争中我们会经常遇见的可怖目光。”里德说。

“魔人！”众人不安地互相注视着。

候选圣骑士康德东倒西歪地在马上晃着，摇得浑身盔甲叮当作响。

“见鬼，你能不能稳一点？”康德骂道。

“你比那些木块石人难控制多了，我需要时间适应。”头颅说，“这可是个体力活儿！”然后他操纵康德的手抬起来给了脑袋一下。

“见鬼！”康德想暴跳起来给头颅一顿狠抽，可身体不由他。

“对不起，一个小失误，冷静，冷静……”头颅冒着汗说。

“光是上个马就用了半个钟头，这种样子还指望去参加比武？”蛇妖卡夫娜说。

“但是……哈哈哈哈……我都笑死了……一想到刚才他上马的样子……”阿兹在地上打着滚，“笑得连比武都不想去了。”

“本来也没矮人什么事。”康德没好气地说。

“是啊，那是属于长腿骑士们的，”阿兹反讥着，“可也没僵尸什么事！”

“嘿，那个头，帮我给他一脚！”

“哎呀，又栽下来了……叫你们不要乱动的……”一阵叮当乱响过后卡夫娜叫着。

比武场上，从石堡内奔出的骑士武者们一个个来到了杰米拉达面前。

“由于意外地有这么多勇士闯出了石堡，阿依古王决定将比武延长过今夜，明天太阳升起时仍站在比武场中心的人就将是银月光华军的领袖！”毕斯麦宣布了这条决定后叹了口气，他相信这又是卡休理的主意，对这位大圣徒而言骑士的信用是不重要的。

骑士们发出了欢呼声。

但仍然没有人是多斯维亚人的对手。现在他已打败了十几个各国的骑士，正骄傲地等待着下一个挑战者。

那个曾刺伤过莫若旺之子乌依加若的黑袍人正在人群中冷冷地注视着场上的杰米拉达，也许，他正在估算着他的实力。

发现了杰米拉达的力量不但没有耗尽，反而在战斗中不断增长着，众骑士相信他必然是拥有那种传说中可以取得所打败者的力量的奇迹之石，那是当年范克德尔王的骑士传说中著名的宝物，武士都想拥有的东西。据说当年风颜骑士带着它独闯过魔王的地狱火山，战到最后已经几乎无人能挡。虽然武士们也常佩戴着魔法师们所制作的人造品进行历险，但所能吸收被打败的敌人的力量的比例却是与神器无法相比的。

当发现眼前的多维斯亚人是越经历战斗越强之后，挑战者们反而不敢上前了，其中观望的就有莫若旺父子。

“乌依加若的伤很重，柯尔送他回去了，我们现在还等什么？等他变得更强？”长子阿蒂蒙问。

“所有的人都在等，若是没有足够强大的对手来一举击败他或是使他受伤大耗力气，我们都不是缚狼者的对手。”莫若旺说。

“可是谁愿意来当那个死拼的傻瓜呢？谁也没有把握一定能击败杰米拉达的。”

“会有的，相信我，这世界上什么样的人都有，只要你耐心等。”

这时人群发出了一阵叫好声，一位骑士打破了尴尬的平静，冲出了人群。

“好哇！好汉！”阿蒂蒙大力鼓掌喝彩着，然后转过头来问他的父亲，“那个傻瓜是谁？”

“没见过。”

冲出来的人穿着薄薄的护胸铁甲，却有着强壮如山岩的身体，正是那个在阿里斯汀面前毫不在乎地冲过大斧阵，被阿兹称作大怪物的华莱比斯。和他的精神奕奕相比，他的马却显出久经战斗后的疲惫不堪。

在冲刺了三个回合之后，杰米拉达看着华莱比斯：“朋友，你是个好样的，却戴了一副破盔，骑了一匹烂马。告诉我，是什么地方这么黑暗，而使钻石不能闪光？”

“我是依亚边境郁丁堡的骑兵队长，仅此而已。”华莱比斯老实地说。

人群中爆发出叹声，有的惊讶依亚的骑兵队长有如此的力量，有的则开始嘲笑依亚的皇家骑士们。毕斯麦在一边面色也有微红，国中有这样的人，却得不到提拔，这和卡休理向阿依古王所倡导的以对礼天教的信仰热诚度来提拔人才大有关系。阿华依就是一个虔诚的礼天教信徒，所以才会取代他而成为阿依古心目中的银月光华军首席骑士将官人选。

“毕斯麦大人，我希望你给这个小伙子一匹好马和一副好盔甲，我希望能和他好好地较量一场。”杰米拉达转过头来说。

“是的，把我的马给他，还有我的那套精炼龙血铜战盔。”毕斯麦说，将出现的一场新生年轻英雄间的较量使这位老骑士也热血涌动。

人群的声浪一阵高过一阵。盼望一场好斗的人们没有注意，一个骑在马上晃晃悠悠像在打瞌睡的银甲骑士从山上的石堡走了出来。

【第二卷（上）完】

典藏纪念版

ODYSSEY OF KANT

若星汉天空

今何在

作品

下

北京联合出版公司
Beijing United Publishing Co.,Ltd.

当命运无法改变时，你真的有勇气承担这一切吗？

十年之后，你还记得当初的承诺吗……

THE CONTENT

目录

第二卷　重返阳光之土(下)

终结卷　于绝望中诞生

THE CONTENT

目录

第二卷

重返阳光之土（下）

你可以选择放弃你的过去，但你的下半生都将孤独，因为没有一个种族会接纳你，你会饱尝被世界遗弃的痛苦，不论哪一位神，都不想拯救你。

第二十六章

飞龙的暴风

地下

一根高耸的石柱上，呼儿都娅和她的飞龙正站在上面，望着坐在石柱边的一个女子，那是云迪。

那时山崖前魔箭手正准备对云迪放出箭去，山谷中飓风骤起，一条飞龙扑打着翼从山崖下升了上来。飞龙上的呼儿都娅高举着一面魔族的令符。

“为什么把我带到这儿来？”云迪望着黑暗的深渊，风扬起她的褐金色长发，地心山谷中的强风，有着凛冽的深寒。

“有一个人想见你。”呼儿都娅正说着，远处，一条红色飞龙出现了。

……

“华优冰其斯就是这样的人，为了那些大事，就自己什么都不顾了，可是我就做不到，我们女人都做不到。”路华美亚笑着，倚在她的红龙上，无意识地把皮鞭在手上卷玩着。

云迪很惊奇，一个魔族的女人会这样和她谈话，好像不是在险峻的地下山谷，而是在阳光下庄园的芳草地上的野餐中。

“我从来不相信一个人能改变大地的命运，你不行，那个什么圣骑士也不行，所以我不怕你。”路华美亚笑嘻嘻地说，“可他就不行了，他还是在害怕，害怕他自己，他怕自己忘不掉过去那段日子，可我不喜欢看他这样，不想他毁掉自己的过去。”

她走到云迪面前，手扶上女法师的肩，那手是冰凉的，让云迪一颤。

“知道吗，你就是他的过去。当初，他在阳光下的时候，也许有过一段美好的回忆吧。那个时候，”路华美亚转身走向石柱的另一边，“他忘了自己是个依德尔人，忘了还有地下的战争，忘了血的腥味……只以为自己可以平静地去追求幸福。”

她站在石柱边，望向黑暗：“是我……是我把他拖了回来。本来，最该杀掉你的就是我。”她转过身来，盯着云迪。

云迪注视着魔女将的眼睛，那是黑暗中闪烁的晶莹微光，她忽然感到在大地深处有什么在律动着。

“但我要让你离开。你自以为知道未来，但你却没有看到最后的结局，”路华美亚走向她，“你应该回去，回到地面上，等着那地下巨大震荡的到来……”

路华美亚看着云迪的眼睛，忽然转过身去，对着远处的黑暗大声呼喊着：“哦……嗬……”

黑暗中传来了无数呼应声，忽然黑暗中出现无数亮点，像满天的星河突然出现在眼前，星光全是赤红跳跃的，原来是山谷中的无数巨石柱上，都站着魔军的飞龙骑士，把石柱上的巨大火把同时点亮。魔龙们也咆哮起来，声音来回震荡。忽然飞龙军们全部腾上了天空，那一刻火流狂舞，万翼扑动，山谷涌起巨大的暴风旋流，巨龙从她们的身边呼啸而过，云迪被冲得几乎站立不稳。

路华美亚立在大风中，昂首看着她：“你可以回去告诉你那位圣骑士，进军即将开始，大地，就要开始震颤了！如果他有胆，就来阻挡吧！”

俄拉培德宫廷城堡外也燃起了密密麻麻的火把。比武场四周燃起了八个大火堆，人越聚越多，看着这火光中的大战。

华莱比斯和杰米拉达早就从马上打到了马下，其实战技生疏的骑兵队长早在第四回合就被打下马了，但按骑士比武的规矩，落马者还可以使用步战兵器进行战斗，直到再次被打败。可是杰米拉达对华莱比斯的打击就像打在巨大的弹簧上一样，每一次都费尽力气，华莱比斯却总能迅速站起来。后来杰米拉达的马也累得摔倒在地，两人就在地面较起了力气。比武场上的土都被他们翻了过来，每当其中一个人被摔倒在地，地面就猛震一下，像是被巨人的大铁锤砸过。

毕斯麦看得出华莱比斯在战技上输给杰米拉达许多，他只是凭天生坚实的身体和力量在硬顶着，像一根铁棒，虽不凶险，但想要拗断却要用尽力气。这个愣小子只是在消耗杰米拉达的力气，毕斯麦可不希望有其他人渔翁得利，他已相信缚狼者杰米拉达会是好的统帅。何况他还有领导多斯维亚军胜利的耀眼历史，从统帅的角度来看，他也许比阿华依更强，但从阿依古想操纵这支军队的角度来说，毕斯麦不得不承认缚狼者是个大麻烦。更何况，听说他并不是礼天教的信徒。

这时人群中，阿里斯汀和里德等无限水成员们同康德碰头了。当他们来到比武场边的高坡上，这里虽远但至少不会被挡住，许多人已经如野营般在坡地上点起了篝火，三五成群地坐着，有的还唱歌喝酒，好像未来的命运不重要，谁是大英雄也不重要，只求当前的欢乐就行了。

康德忽然也希望成为那无忧无虑的人群中的一员，不知道未来的命运，也没有什么成为英雄去拯救大陆的破使命，虽然当年那是他的梦想，但现在他宁愿一觉醒来，还是那个健康的少年，躺在家乡绿草油油的山坡上。

“那个人使用魔人的刀，还有他作战的方法……我确信那就是未来我们会在战场上遇上的魔人。”西坦激烈地挥舞着手说。

“是的，我们打包票有一个魔人，不，也许有很多，所有黑袍蒙头的家伙都很可疑，也许一支魔人军队已经潜入了。”里德也喊着，但是周围太吵，人们都看着比武场上的比武，他们的谈话并没有引起旁人的注意。

“可现在天这么黑，我们找不到那个黑袍人。”亚漠斯说。

康德像木偶一样想摆摆头也不能自己完成，好在背上的头颅能用冥想术感知他的思想，不过却总是慢半拍，这让他烦恼不已。

“我说那个头……”康德心里想着。

“请叫我莫卧儿多斯卡，别老是那个头那个头的，没有礼貌！”操纵着康德的身体，死灵法师头颅口气也硬了许多。

“太长了……那个莫卧儿，能感到四周有魔人的存在吗？”

“我没空！”头颅不耐烦地举起康德的手猛挥了一下。

康德只好自己静静观察着，亡灵的体质能使他的眼睛在黑夜中更适应，但这对查找魔人没什么帮助。

忽然他发现自己的手催动了马匹，蓝色月光轻盈地向草地远处的幽暗树林奔去。

“嗨！这又是怎么回事？”他大喊着，觉得自己像一个摇晃着随时要摔碎的水瓶。

“别出声，头儿，我想我发现那家伙了。”莫卧儿说。

阿华依躲在城堡的阴影里，望着人群中火堆旁的耶芙，觉得自己像一根潮湿的烂木头，冰冷且没有点燃的希望。他这时希望得到她的鼓励，但当他落马时，他连向耶芙那边看的勇气都没有，像个逃兵一样地奔回了城堡，不顾后面的哄笑。他想如果不是耶芙在，他也许会有勇气向杰米拉达表示一下敬意，然后体面地上马离去。可是他没有勇气在耶芙的视线里停留一秒，仓皇奔逃的他终将成为全国的笑柄，或在英雄杰米拉达的新传奇里作为一个小丑的形象永远地流传下去。

但是耶芙没有来寻找他，她仍在观看着比武，也许她的眼睛从没离开过杰米拉达。阿华依想，自己的确没有杰米拉达那样的豪气与力量，从来不是个英雄的材料，就算阿依古想把自己强行推到众人之上，早晚也会像站在高处的石像一样摔碎。他忽然很想离开这个国家，去传说中危险的地方冒险，龙谷或是火焰森林那样的地方，像史诗中若星汉骑士们做的那样，去为心上人求得一朵鹰岩上的魔食花，甚至经历一场战争，让每个败在脚下的人去向爱人讲述自己的功迹。也许那将会把自己练成一个真正强大的战士，总之，他现在已经没有脸面再出现在这个国家。

正在骑士团长选择着去旅游冒险的地点时，比武场上却突然分出胜负来了。

华莱比斯发现杰米拉达再一次和自己撞在一起时，身体抖了一下，同时力量迅速地弱了下去，他想他终于等到了胜利的来临，大喊一声抱住杰米拉达的腰把他推倒在地。

人群中爆发出疯狂的呼声，坡地上坐着的人们也全部站了起来向比武场看来。

“谁赢了？谁赢了？”

“看不太清，像是……那个骑兵队长？”里德说。

“哈哈哈！拿钱来吧！我说什么来着？历史需要冷门，未来的圣骑士是骑兵队长啦，给钱给钱！”阿兹笑得合不拢嘴，把手伸向里德和阿里斯汀。

而比武场上的毕斯麦却猛地冲进了场里，一把拉开还不敢松手的华莱比斯，华莱比斯正用力按着杰米拉达，却似乎被毕斯麦轻松地提了起来丢在一边。毕斯麦扶起杰米拉达。缚狼者痛苦地闭着双眼，他的后腰上有一处伤口，一支用强弩发射的短铁箭射中了他。

“卫兵，点亮所有火堆火把，封锁全场！”毕斯麦大叫道。

骑兵冲进了场地，把人群分隔开，上百个大火堆点了起来，在广场上呈方格排布。人群中出现了不小的混乱，一些心怀不满或喝醉了的异国武士开始攻击依亚的士兵，用东西丢他们，或当骑兵奔过时用长棍把他们绊倒在地。还有人把火堆中燃烧的木头抽出来四处乱丢，广场上一时乱成一片。

“呜哇，太壮观了！”里德喊着，“我没有想到过我们银月光华军成立大典时是这个样子的。”

“据云迪说，如果不是她的到来使未来不可预测，我们入伍时本该是现在的五年后，那时银月光华军已经横扫西大陆，使各国加入联盟了。”西坦说。

“魔军真正从地下涌出来也是在那时候。”亚漠斯说，“或许现在，他们也在地下成立了他们的大军呢！”

“全体肃立！”地下，魔将官大喊着。万人方阵唰地立正。

呼儿都娅驾飞龙带云迪掠过巨大的坎图斯蒂城上空，一路上云迪看见无数个燃起火把的整齐方阵，正从城内各处向城外平原开进着。

“我们并不在乎让你看到这一切，”呼儿都娅说，“一切也都不是秘密了，大祭司现在应该已经发觉了，但想阻止我们也已来不及，战争的巨轮一旦发动就不会停下来，我们的下方，有着三百万的大军！”

在坎图斯蒂众多新开辟出的广场中的一个，魔军的战旗正升起来，那里的近万居民正在接受分发武器，刚穿上盔甲的新将官们在高声喊着早就分排好的号码，这一万人必须在一小时内分队编组完毕。

“第六阵，所有第六阵的到街西头去列队！”

“女人们，把多余的东西丢下，每人只许带一个包袱，领着你们的孩子，先往前走到广场中间坐下，不要跑动，所有队伍开拔时没有在阵中的人将被丢下，快点行动！”

“第三阵还缺十九个位置，这些浑蛋你们在哪儿？三分钟后第三阵就要出发，那之后不得再进入阵中！”

坎贝米斯，那个云迪曾见过的顽皮魔族少年现在已被任命为第十二区第三阵的旗领主将了，在这种所有人都被编入军队、军官奇缺的时刻，像他这样虽然只有十七岁，但因为受过正式训练而一跃成为千人旗领长甚至万人旗领长的少年太多了，小小年纪忽然要管理起上千人，他不由得有些激动又有些手忙脚乱。

“第三阵还缺两个人……第三九一一位的人哪儿去了？”坎贝米斯叫得嗓子都哑了，他扫了一眼名单，“阿比奇依诺，浑蛋，再不来就砍了你！”

少年阿比奇依诺正在远处的另一阵中，“好了，我要去了，”他甩开母亲和妹妹的手，“我们会再见的……”他后退着离开，绊了一下倒在地上，立刻爬起来头也不回地跑走。

“阿比奇……这些吃的你带去……”母亲在背后喊着他的小名。

“来不及了……”阿比奇依诺不回头地跑着，眼泪流下来也不敢擦，怕被母亲看出来他并不勇敢。他六岁的小妹妹接了装食物的包袱迈着小步追上去，却怎么也追不上他，急得在后面大哭大叫，被巡哨一把抱起带回妇孺的阵中去了。

在少年新军的方阵开拔的前一刻，阿比奇冲进了阵中。他望向远处，密密的人群中，已看不见母亲和妹妹了。

“时间到了！开拔！”坎贝米斯喊着。

又一个方阵向前开动了，阿比奇迈开了步，身边全是陌生的少年，他们将在未来面对漫长的战争，不知这一次开步走，到什么时候才能停下来。

这时天空，路华美亚的飞龙军漫天呼啸掠过，翼展相接蔽空，地面的少年们发出了欢呼声，挥舞着新发到的兵器。坎贝米斯也大声地吹着口哨。

“呼儿都娅，呼儿都娅你在吗？”他向天空大喊着暗恋着的女孩。

呼儿都娅听不到下面的呼喊，她随着天空中的飞龙们正掠向战场。魔军重返阳光之土的第一场战斗，将由飞龙军发起。她的下方，那庞大的黑色洪流，正向前涌去。

第二十七章

巨轮转动

新纪元的第三百一十一年，魔族历初火纪十四年六月十九日，魔族——依德尔人出地下的大远征开始了。

三百万坎图斯蒂人分三十二个方向从城四面涌出，一部分从城内周沿着烈火湖上空那被称为冲天龙道的巨大地下空柱下行，一部分从城外周向城外平原会聚，他们最终的方向，都是南方千里外的里姆可依入口。

路华美亚率飞龙军从这条洪流上掠过，看见万千火把行进在直径数十里的巨洞壁的缝隙中，像无数条向下流淌闪烁着金色的熔岩。这些火线下到烈火湖畔后向外伸展出去，队伍之长，无头无尾，前锋已到了百里之外，后队还在城中没有出发。

一路上都有鼓手敲着沉重的巨鼓，这是魔军进军的传统，为了振奋士气，也为了呼应各自方位，震荡地面的响声一声声向前推去。最前方是铁甲森严的魔军精锐——六翼神龙军团，方阵整齐，即使在崎岖路上也步伐齐整丝毫不乱。

中部漫长的队列是临时由少年军官和青壮年族民组建起来的中军——炼雷震军团。相比加上新军才达到十万之数的六翼神龙军团，炼雷震军团有四十万人之多，但大多数是刚得到武器的族人，因为盔甲不足，许多人都穿着自制的皮甲护肩。这些男子组成前后宽两侧薄的空心方阵，将妇孺老弱护在中间。

华优冰其斯站在山岭上，望着脚下这漫漫的长龙，那些牵着母亲的孩子，有多少能活到最后，看见太阳是什么样呢?

后方是同样由新军和从六翼神龙军团中分出的军官组成的墨苦城军团六万人，与炼雷震不同的是，这几万人早就被选出由杨特克里达在坎图斯蒂外的深谷中暗中进行了严酷的训练，怕死者、耐心不足者、不服纪律者均被剔除，但这支新军仍只能达到当初墨苦城军团三分之一的实力。作为后卫军，将面对铺天盖地而来的千万亡灵追兵掀起的血肉风暴，杨特克里达希望这些从未上过战场之人到时纵然腿软，仍能和昔日的墨苦城军人一样做到战死不退。

齐格扎里特站在守护神殿之中，这里燃了千年的烛光正在一点点熄灭，在最后的光明中心、魔王卡奇云德的字碑旁，依德尔族在黑暗中生存的火种正燃着，它就要被六翼神龙军护卫移出，全族人在黑暗的长路中，将向这火种所在行进。火光不灭，全族生存下去，重返阳光之土的希望也不会灭吧！重任使他热血沸腾。一路上前方无数险阻难关，都凭自己和这十万精锐开路，不知杀到最后还能剩几人。与其在这黑暗的地下发霉腐朽，不如让战刀磨出烈火！齐格扎里特希望自己变成一把巨剑劈向地层，撞出一个惊天动地的巨响。

“大将，该出发了。”魔将们站在飞龙旁等着。

齐格扎里特抽出战刀，伸入火中，那神奇的火种立刻在刀尖燃烧了起来。他缓缓举高长刀，转过身来。早有几名魔将上前，举着魔军的战旗，齐格扎里特将刀在旗上一点，火种在特制的旗头火炬上燃烧了起来。护旗将们立正转身，举旗而出。

齐格扎里特静静站着，背后的火光渐渐熄了下去，神殿上他的背影也晃动着暗淡了，消失了……

坎图斯蒂，魔族生存了几千年的都城，他们还会回到这儿来吗？未来，几年后，大地之上，会行走着依德尔人吗？

坎图斯蒂燃起了烈火，百里大都在熊熊燃烧，魔人点着了自己的房屋，以示永不回头。断后的魔军向城中的亡灵族发起了突袭，将他们砍杀于火中，不然等恶灵法师赶来操控，这些亡灵怪物就是最近的追兵。

殿外的火光照进来，齐格扎里特向重返阳光之土的字碑深深地弯下腰去。猛抬头转身大步走出，接过那火焰战旗跨上飞龙。“出发！”

飞龙长啸，龙骑士们向黑暗的长空而去。

按华优冰其斯的方案，四大将事先商定的计划，为争取时间，三百万人不分路，全部走磐乌山柱东侧路面宽阔易行的阿里坎道，而放弃险峻崎岖、年久失修的西侧苏华达道。阿里坎道中段有一片亡灵族的聚居巢，据情报约有三十万亡灵聚集于此。但四大将都没有把三十万亡灵当回事，因为没有恶灵法师的操控，没有头脑的亡灵不过是行尸走肉，即使有一些恶灵法师在，只要先用飞龙军击杀法师，再多的亡灵也会立刻崩散。魔军所惧，只有大祭司库里华基塔和他手下的三百名恶魂高等大法师而已。只要他们不赶到，魔军就自信能冲破任何阻挡。

于是，路华美亚的飞龙军为使恶魂大法师们不能及时前来阻止魔族远征，要先行向恶魂大法师们发动闪电战。

此刻，五千飞龙军正呼啸着飞向恶魂大法师的聚居地——枯法卡宫。

枯法卡宫其实并没有宫殿，而是一条地下山脉的山谷里由于熔岩冲刷和地震变得空穴众多，岩峰如牙的鬼怪般的山形。这里常年充满毒气，还时常因为小火山口喷发而发生爆炸，从山谷外看来就像青色云中不断发出雷电的巨大恶魔。恶魂们多喜欢聚集停留于此，是因为它们与生灵截然相反的习性，越是凶恶之地，就越是使它们感到力量充足。

“但愿此时那些恶魂还没有醒吧。”路华美亚和自己开着玩笑。她当然知道恶魂们从不睡眠，虽然它们可以化成各种东西，但它们的真实形体就像是飘着的一团稠雾。它们也有静止与活动两种状态，一般当没有大祭司的命令或外界干扰时，大部分恶魂都懒洋洋地休眠着。只要在它们清醒前冲入枯法卡宫，凭着抗魔法力强的飞龙，用带魔法的剑大开杀戒，是可能成功的。但一旦让恶魂们清醒过来，一个恶魂就够他们受了。

云迪正同呼儿都娅乘在同一飞龙上随大队前进着，忽然呼儿都娅一抖缰，她的飞龙向上穿出了队伍，在空中盘旋起来。

“为什么我们不跟大队去？”云迪问。

“我们不参加进攻，我们就在这儿等他们回来……”呼儿都娅望着飞龙群远去，忽然发起小姑娘脾气来，“就怪你啦！这一战我盼了多少天，结果现在要留在这儿照顾你，军团长自己都不怕，却不肯让你死，哼！”

“那我们就去啊！”云迪说，她不知道飞龙军将去应战谁，她只想找一个趁乱脱身的机会。她脖子上还戴着禁魔法的禁锁，若是没有外力帮助她是无法从呼儿都娅身边逃走的。她可不想坐在囚车里跟魔族出地面。

“不行，我不是违抗命令的人！”呼儿都娅坚决地说，可手里已暗暗催动飞龙打着旋儿向龙群前进的方向移去。云迪暗笑，看来这个看护者也是个未经历练的小女孩，她会有机会的。

一个雷鸣炸响，火光后，路华美亚的飞龙军已经冲入了枯法卡宫，分多路在巨洞孔中穿来穿去。

“一个都不要放走！杀！”路华美亚高喊着，魔军们向一路上所有看起来古怪的东西放出魔法火箭，尤其是那些稠密的雾团。整个枯法卡宫内瞬时流光飞影，万星攒射。飞龙军所到之处，连一块不同色的山石都没有放过，路上那些恶魂，未来得及凝聚成形便被魔法箭射中燃烧起来，发出尖厉的嘶叫，一时恐怖的死亡之声响遍整个山谷。

飞龙军快速向谷纵深处掠进，因为枯法卡宫中不仅有高等恶魂，还有成千上万的中等恶魂和正在生成的恶灵，越是低等的，就越是在洞浅层，刚才的箭雨，大多只是给了它们。真正恐怖的对手，还在洞的深处。但山谷太庞大，孔洞太多，飞龙军越向里就越分散，分许多路穿入不同的孔洞，路华美亚只能通过魔法传音与他们联系着。

“我们这儿路孔太多了，飞龙不够了！”

“前面越来越大了，天哪，这么多，求援，求援！”

“这里太黑了，我看不清，糟了，那是什么？不好！”

“前面是毒气云，闭气冲过去，不要用火箭……炸了……闪开……”

只能各自为战了，路华美亚想，她大喊着：“务必一直到底再回头，不要放过洞口，来不及进去的要射进魔爆箭，全靠你们自己了，完成攻击后回到谷外集合！”

不知道还有多少人能回到洞口。路华美亚想，就算有命冲到底，也难以再有力量回头冲过毒气。更不用说枯法卡宫的地形是无人知道的，许多人会永远迷失在其中，永远没有到底的可能。五千飞龙军，能换到一百恶魂大法师的命，已然是值得了。她觉得眼睛在痛，是毒气熏得她流泪，但她眨也没眨眼，一支支魔箭从手中射出，穿过毒云火爆，绝无失手。

“看！前方那个好大的深谷，天哪，这种雾……”路华美亚的副将乘龙在她的右翼喊起来。

阵阵黄雾，从前方深深的巨大地沟中涌出来，在空中狰狞变化着像巨大的怪兽。

越是凶恶的地方就越是有高级的恶魂，这里……

“众将，跟我下！”路华美亚一抖缰，飞龙俯冲下去。她身后的数十条飞龙跟随着一齐侧转掠向深谷之中。

呼儿都娅终于转到了枯法卡宫的上空，看着青雾中火光闪闪，她打着旋儿恨不得一头冲下去。

“我听说你是知道未来的？”她忽然转头问云迪。

云迪默认了。

“那么，我们的军团长这次一定不会有事了？”呼儿都娅急切地问。

云迪看着她，点了点头，又有点心事地低下头去。

“你怎么了？”呼儿都娅一直盯着她。

云迪看着下方叹了口气：“你不下去是对的，因为……”她抬头看着呼儿都娅的眼睛，“我知道，这一战，五千飞龙军没有几人能出来的……”

她的话音还未落，身体差一点被甩离了飞龙，呼儿都娅驾着飞龙急速几乎是直坠向下，云迪紧紧抓住龙鞍上的皮带喊着：“那雾有毒，小心！”

“还用你说？担心你自己吧！”呼儿都娅已穿入了青雾中。

第二十八章

黑衣人

俄拉培德

比武场上的大混乱好不容易才平息下来。阿依古气得双腿发抖，来自各国的战士们没有一点对依亚的敬意，甚至把这场本是神圣的建军当成一场好戏。

老帅毕斯麦凭着他的个人威信与能力总算制止了混乱。他明白由于阿依古的失信与偏私，各国赶来的武士已对这支未来的军队感到失望。而西陆各国的王公贵族不愿依亚借此成为西大陆的盟主，都不来捧场，许多优秀的骑士也没有来参加，而是在本国加紧训练防备依亚的军队。这次银月光华军的重建，由于各国的私心，遍选天下英雄已成为一句空话，虽然缚狼者杰米拉达表现出了服众的气势，却因为暗箭而受伤，若不能尽快找出破坏者，建军大典崩散在即。

作为皇家骑士团长，阿华依本该出现在制止混乱的现场，但这位心灵脆弱的青年却一心想着如何消失的事情。他应该如何写那封留给耶芙的信呢？“亲爱的耶芙，我受伤的心无法再面对你如阳光的笑容……”不，还是潇洒点，“亲爱的，也许你近期不会想见到我，我也将去进行一次远行，未来会有一位强大的骑士带着海外极地最美的玫瑰回到你的身边……”

阿华依正在构思，一匹快马冲到了他的身边，马上正是他想见又怕见的美丽的耶芙。

“懦夫，浑蛋！”阿华依刚一抬头，还没想到做出什么样的表情，耶芙的手套就已经砸到了他的脸上。阿华依被砸得愣住，不知是否该像个多情骑士那样对接住的带着女孩芳香的手套深深一吻，可看这丢来的劲头也不像是爱的信物。耶芙下马冲到阿华依的身边，脸庞气得通红："没想到你是这样的人！输了就认输，为什么要暗中射伤他？"

阿华依觉得一个霹雳打下来，浑身发麻："我，我哪有？"

"我父亲查看过了，那支箭难道不是皇家骑士的弩箭吗？我本来还不相信你会这么做，可是你真的像个贼似的躲在这里……"

"我……你居然认为我会这么做……"阿华依开始由震惊变得愤怒，"我……我的弩根本就没有带在身上。"

"当然，它就丢在你身旁的草丛里，你为什么不把它藏好一点？"

"啊！谁干的？"阿华依转头一看，立刻蹦了起来。

"好啊……真是个光明勇敢的骑士……你最好立刻从我面前消失，去东大陆也好，去海上也好，离我远远的，我不要再看见你这张虚伪的脸！"耶芙气得发抖，跺脚转身上马，一阵风般离去了。

"消失？"阿华依怔怔站在那里，刚才破裂出缝的心现在完全崩成两半了，"我是打算走，可她居然先叫我消失……"他手中捏着姑娘的白蕾丝边手套呆立着，"她先叫我消失……"

骑士低下头，举起耶芙的手套看着，先在战场失败，又在情场失败，一个男人所能受的打击在同一天让这个可怜人全部体会到了。他忽然想把手套按在脸上大哭一场，但那是不能让人看见的。阿华依忽然上马狂奔，他冲出了城市，穿过了平原，跨越了山谷，蹚过大海，跑到那传说中的极地冰原，才突然跪倒在冰上，痛痛快快地大哭了出来。天地间再没有其他人，他是冰荒天地中的一个小点，只有神听得到他的委屈。

当骑士哭完，身边的寒冰消去，他抬起头，发现自己还站在原地，从没踏上过什么冰原。甚至眼中连一点泪也没有，耶芙的背影尚在远处。

"是我心中的想象啊，"阿华依想，"居然如此逼真呢！"

"哭过之后是不是好一点了？"忽然一个老者浑厚的声音说。

阿华依猛回头，一个穿着朴素的褐布袍的老人正笑看着他，面容慈祥，眼神中有着容纳天空的博大。

“可是……我没有……我只是在心里……你怎么会知道我心里在哭泣？”阿华依摸摸脸，确信并没有一点泪流出来过。

“我是一个牧师，帮人们解除心中的负担，重新树立对神和生命的信仰是我的使命。所以有时候，我会帮助人进入一个梦境，使他释放自己内心的痛苦，去过一次极地后，你不会再想逃避了吧？”

“可是敬爱的老人，作为一个失败的骑士，我已经没有脸面再留在这里了，不死缠烂打，能知趣而不失风度地离开，也是一个骑士的素质之一。”

“可是你有没有注意到，那姑娘因为对你的误解而痛苦地颤抖，那不仅是失望，还有伤心，”老者转身看着耶芙远去的方向笑着，“如果她不是在心中如此重视着这个人，她又怎会在转身离去时泪流满面？”

“真的？您看见了？她真的转身后哭泣了？”

“我这么一大把年纪，阅过无数世人心，相信我吧！”老者笑着。

阿华依觉得身体重新热了起来，恨不得现在就追上去：“谢谢您，您真是一个值得尊敬的人，有着拯救人心的热忱力量，我现在真正从冰原上回来了。”

“呵呵，对了，阿华依又回来了，请记住时时警醒不要因为痛苦迷失了你的灵魂，要时刻向天主寻求智慧，你会得到力量。不过，你就打算这么去找她吗？”

“我的确还想先澄清我自己，不过……”

“我会帮助你，”老者说，“我一直注意看着这里发生的一切，我相信那个捣乱者就在那边的树林之中。”

“什么？在耶芙跑去的那片树林？”阿华依立刻跳上马疾驰而去。

老者看着骑士远去，开心地微笑着：“英雄救美！很好，世间的一切都在我手中运转。”

耶芙一个人偷偷奔入森林哭泣，却没有发现一个黑影悄悄来到了她背后。这个影子穿着黑袍，腰中挎着弯刀。

“呃……其实……你用不着太伤心。”黑影说。

“你是谁！”耶芙惊得拨转马头，但马猛地跳了一下，把她摔在地上。

黑影并没有上前扶她的意思：“这一切不过是个小恶作剧，我只不过是不喜欢地上人的集会开得太风光，他们乱成一团的样子才是我喜欢的。”

“地上人？你是谁？”耶芙痛得一时爬不起来。

“我当然就是你们害怕的称作魔人的那一种了，哈哈，我最喜欢你们听到这个名字时那吓得发抖的样子！”

黑影一下跳到耶芙身边：“怕了吧？发抖没？”他弯下腰看着，“唔，身材很好，是做标本的好材料……”

“救命啊！”耶芙扯开嗓子大叫。

这时一位骑士冲进了森林：“恶贼，光天化日……啊不，暗无天日之时，安敢欺辱少女？看我圣剑骑士的厉害！”

黑影和耶芙都吃惊地抬头看着这个高头大马上的骑士，奇怪的是他嘴上喊着骑士小说里的套词，手脚却在马上极不协调地乱晃，连腰里的剑柄都抓了几次抓不到。

“我的词说得不错吧，可你动作能不能配合点？”康德埋怨着背上的头颅莫卧儿。

“见鬼，我又看不见剑柄在哪儿！你就不能低头瞄瞄？”莫卧儿没好气地说。

“你能在那么老远看见有美女，就摸不到一个剑柄吗？喂，错了，浑蛋，那不是……松手……”

黑影好奇地看着马上这个演独角戏的骑士：“你刚才的说辞是来自《松林骑士团》中圣剑骑士林中救城堡主的女儿那一场吗？那下面我该说什么？对了……哈哈哈！什么人，也敢在太岁头上动土，俺是这森林之主，进了森林的一切都是属于我的！”

“咦，你也看过那小说？我是听来村里的吟游歌者讲过的，但没听过后半段，后来圣剑士有没有被毒公主害死啊？”

“唔……让我想想……他好像因为得到一个圣杯而百毒不侵……哦，不对，那是《海洋之王》……"

"你们是不是一伙的啊？"耶芙趴在地上忍着腰痛没好气地问。

"男人讨论小说时女人少插嘴！"黑影上前一脚踩在耶芙背上。

"天哪，亏你看过那么多骑士小说，这一脚你也踩得下去？"康德大骂。

"那又怎样？我是魔族哎，我不凶一点，小姐爱上我了，你们骑士还混什么？"黑影讥讽道。

"这油腔滑调好熟悉啊……看招！"康德终于争取时间抽出了他的剑，纵马向黑影奔去。

黑影轻松地闪到一边，举刀就刺向康德的腰间。

忽然他发现康德背后又伸出了几只长手来，抓住他后背一把甩了出去，撞在松树上。

"怪物……怪物啊……"黑影爬起来，摸着后背，发现还受了伤，像是那手上长了牙齿。

"他怎么了？"康德纳闷着。

"没啥，我刚才亲了他一下。"美女蛇妖卡夫娜咂巴着小嘴说。

"我好像中毒了……浑蛋……这种无赖骑士也被我遇到……走着瞧……虽然我最讨厌这句台词……"黑影听见林外又有马蹄声，一纵身消失在树林深处。

康德想下马对女孩进行亲切慰问，却忘了头颅还没有练习过下马。于是耶芙抬头看着这位骑士一下摔到马下，又手脚乱伸地爬起来，然后一扭一扭张牙舞爪地走向她。

"你没事吧？你受伤了……你看起来好吃力啊？"耶芙担心地说。

阿华依猛地冲进树林，却发现自己心爱的女孩已依偎在另一个骑士的怀里了。

看见他们坐在地上紧紧相依着，一点没有想站起来的样子，阿华依刚平复一些的心又不幸地再次被铁锤敲了一下。

"原来她跑到这树林里来，不是因为伤心，而是因为急着和情人相会……那个装腔作势的老浑蛋骗得我好惨，还说什么天主会拯救我的心灵，分明怕我死得不够快……”

阿华依爆发出狼被踩到尾巴似的绝望的号叫，向树林外冲去，这次不跑到极地冰原他可能是真的不会停下了。

“阿华依，等等……”耶芙喊着，“天哪，没良心的家伙，他就这样跑了？我们怎么办？谁扶我们站起来？”

“我不过是暂时手脚僵硬，女士，只要给我几分钟……我能爬起来的……”

阿华依在树林中不择方向地跑着，却冲入了一个池塘，他狂躁地打着马想冲过去，可是马蹄却深踏在泥里，骑士狼狈地摔在了水中。

“见鬼！今天所有的神都在看我的好戏，我这个可怜的不受上天宠爱的家伙，我做错了什么呢？一天之内就落到如此地步！”

“可怜的家伙，你不就是被多斯维亚猎人打落马下的倒霉骑士吗？”水池边开腔的是那个黑袍人，他从康德处逃开后竟然也来到了这里，“连你喜欢的小姑娘都误会了你，以为是你向人射出了暗箭。”

“天哪，我的事已经全大陆都知道了吗？为什么随便碰上一个人都能跟说戏一样？”

“不不，”黑袍人说，“我是为数不多了解你的清白的人之一，我正好知道是谁偷射了杰米拉达一箭，还把弩丢在你的旁边。我曾试图向小姑娘说明这一切，但那个可恶的射暗箭者冲过来打伤了我。现在他说不定正被你的小姑娘当成英雄抱着呢！”

“正是啊，这个浑蛋！原来是他想夺走我的一切！他是谁？我和他有什么恩怨呢？”

“去和他决斗！在你心爱的姑娘面前，像个勇敢的骑士那样，快去！”黑袍人说，“小心，他会使用一种奇怪的毒鞭，这种人简直就是骑士的耻辱，我坚信你一定能打败他！”

“失去爱，毋宁死！是的，进行一场决斗！”骑士长的心中燃起愤怒的火焰，“用骑士的方式，我绝不会让这件事在天亮后成为我的又一耻辱！谢谢你，神秘人，虽然我看不见你的脸，但你再一次给了我勇气……为什么要说再呢？哦……那该死的牧师，我第二个要找来算账的人就是他。”

看着阿华依拨马冲了回去，黑袍人嗤笑一声：“失去爱，毋宁死？哦，斯昂骑士们！真让我失望，等我们的将士们出现在地面的那一天，这帮人估计连一个像样的对手都找不出啊！”

第二十九章

枯法卡宫

在地下

路华美亚率领她的几十近卫龙骑士掠向巨大的毒云团之中，骑士们将飞龙冲下的速度驱到最高，在空中形成强劲的气流，路华美亚能感觉到耳边巨大的风吼。当他们冲入毒雾之时，龙身周的疾风就推开了毒雾，在黄色毒云中形成数十条弯曲交错向前疾进的轨迹。

虽然有风障的阻挡，可毒气还是会慢慢侵入，路华美亚明白这一点，速度是存亡的关键，必须在自己和飞龙支撑不住之前找到毒云中的恶魂法师们。黄雾中什么也看不见，她闭上了眼，静心地运用着体察术，渐渐地，前方东南远处几个巨大的阴影慢慢浮现了。

“前方东南，下！”她大声发令，这时觉得嗓中立刻刺痛，恐怕下次要再发出声来都难了。她开始担心自己的飞龙还能坚持多久。她的坐骑烈娇，是她当年不满意魔军收集的龙蛋，亲自走遍地下在数千野生龙穴中挑选出来幼龙，又亲自训练出来的，聪明又矫健。她不希望它远征的第一仗就死去，她还要靠它飞出枯法卡宫呢。

突然他们猛地穿出了一片毒雾，来到了两大块毒云之间，这里竟然是云清气朗，但是转过毒云团，一个巨大的影子从云团后显现了出来，它高高地悬在空中，飞龙与之相比也不过是山脚下的飞鸟。

这是恶魂们召唤出的幻影巨兽，路华美亚一眼就看了出来。但这幻影如此巨大，可见召唤它的法师魔力之强。巨兽怪吼着，掀起云间的旋风，毒云被扯卷出来，在风力下像一条条滚滚的巨蛇，向飞龙们卷了过来。

路华美亚并不怕这种幻影，但现在与它缠斗是愚蠢的，那操纵它的恶魂一定就躲在毒云中。路华美亚横下心来，猛吸一口气，身下的烈娇一个横滚，再次切入了毒云之中。

怪笑声在云中阵阵传来，忽东忽西，恶魂也许只有一个，也许有无数正在他们的四周。但恶魂法师的攻击也随即开始了，先是空中忽然出现了一道道坚盾，数只飞龙闪避不及撞了上去，同样的坚盾也出现在路华美亚面前，她挥剑就将它劈碎。紧接着云中又下起了箭的暴雨，几位骑士和他们的飞龙身上插满了箭矢，坠落下去，更多的骑士举起盾，虽然受伤但仍能飞行。忽然前方云中，也穿出了魔族的飞龙军，不同的是他们面无表情，举剑向路华美亚他们砍去。路华美亚甚至看见了对面自己的身影，是镜像法术，和自己作战是徒劳的，唯有避开，去寻找那云中的施法者。“甩开他们！”她大喊着向前飞去。

在与无数奇特危险的法术较量后，路华美亚冲入毒云的深处，她再也感知不到同伴的存在了，他们是还在与巨兽缠斗，还是在毒雾中遇到了危险？毒气阵阵袭来，连她身上的盔甲都开始锈蚀了，烈娇的身体上灼起了一个个水疱，让她心痛。

“这次回去，我要变成斑点龙了……”烈娇心中想着。小型飞龙与巨大的能说人言的神龙不同，它们不能与人沟通，但心思聪慧，也能用鸣声表达情感，但现在它可顾不上鸣叫了，毒雾使它的眼中充血，泪流不止，它顾不上眼睛可能变瞎，仍努力地看着前方，但仍是看不到主人要找的猎物。

路华美亚明白，再深入，只怕就没有力量回到毒云外了。可想到一个高等恶魂法师可以操纵十万以上亡灵军，消灭一个就可以为华优冰其斯他们进军减去一分阻力……“就拼死在这儿吧！”她心中高喊着，驾龙疾进。

忽然身旁什么东西从云中闪过，路华美亚反应快如闪电，反手就是一箭，那箭上带着她亲手附上的魔法弹，化成一道闪电射去，云中忽然爆出一声极尖锐的惨叫，那声音会撕碎普通人的身体和神经。路华美亚也觉得像有锯子在头脑中拉过，剧痛得几乎要栽下龙去。倒是烈娇发挥出了龙的强悍，当尖叫使毒云都震荡出波纹时，它仍奋身前冲，把波纹圈甩在后面。

但云中的笑声仍没有停下。

“这太好了，”路华美亚想，“不止一个是吗？我正愁不知下一箭给谁呢。”

忽然烈娇发出了尖鸣，有什么割伤了它的右翼，云中飞舞出无数飞旋的光剑，如蜂群一般围攻向路华美亚。路华美亚挥动长剑拨打着它们，但身上总冷不防被割伤，烈娇更是伤痕累累，它惨鸣着上下移飞，却摆脱不了魔法剑群的纠缠。

路华美亚举起剑，喊出咒语，一道光芒从她的身体中放射出来，变成一个光球，向外急推开去，把魔剑们击碎，并推开了毒雾。她再一发力，光球的边界猛地四散开去，在她的身周形成了一个直径半里的没有毒雾的空旷带，一个混沌的影子显露了出来。

一道箭光后，这个恶魂又永远地消失了。

“二十万了……”路华美亚欣喜地想着，“华优冰其斯会高兴的……”这时女魔将觉得天旋地转，刚才使用那样强的骑士守护技能耗尽了她已在毒雾中被摧残的体力，她一头栽下龙背，向深渊中落去。

烈娇一声急鸣，猛地向下穿去，追上路华美亚，叼住了她的腰带。可这时雾中，法术再一次发动了，恶魂法师们仍然存在着。烈娇冒着袭来的毒浪，躲过闪电，冲破魔墙，甩开幻兽，作为一条好样儿的飞龙，它在恶魂们的轮番攻击下，仍死死叼着自己的主人，寻找着冲出毒云的方向。

路华美亚感到巨大的痛苦，她发现自己正被缚在白骨纵横的深谷中，恶魂们狞笑着围绕着她，向她发出闪电与火焰，嗜血的怪兽们冲上来撕扯着她的身体，她痛苦地挣扎尖叫着却无法逃脱。

忽然一道冰凉的感觉贯入她的头顶，黑暗的天空中一道阳光射下，撕开了噩梦，恶魂和怪兽都消失了，虽然身体的痛苦仍在，但精神的恐惧已散去了。

她睁开眼，发现自己正躺在一峭壁的石洞中，面前站着的，是她的近卫呼儿都娅，而把冰凉的手指按在她额头的，是那个人族的女法师。

路华美亚猛跳了起来：“现在我在哪儿？进攻怎么样了？”

呼儿都娅扶住她：“烈娇把你叼到了这里，我们听到它的呼声才找到你，一路上我们看见许多骑士和飞龙的尸体，但还没有看见其他活着的人，也许，他们还在毒雾中奋战。”

“我要去把他们带出来！”路华美亚站起身来，“……烈娇！”

烈娇伏在洞口无力地嘶鸣着，毒气使它全身溃烂，闪电和火烧焦了它的长翼，它的眼睛已烂，流出脓血，它侧头等待着路华美亚的召唤再次飞起去杀敌，但它再也听不见了，恶魂的尖叫刺聋了它的耳朵。

“烈娇……烈娇再也不能飞了……”呼儿都娅哭起来，“它再也出不了这个恶谷了……”

路华美亚怔怔地站在那里，良久，她走到了烈娇身边，抚摸着它，烈娇感觉到主人的手，温柔地嘶鸣着，像在诉说自己的痛苦与愧疚。

路华美亚轻抚着烈娇，另一只手缓缓抽出长剑。

“不！”呼儿都娅扑了过来，“不要杀烈娇，我们能把它带出去的，它能治好的，它能再次和您一起飞的……”

烈娇感觉到剑出鞘的声音，它身子一抖，却没有挣扎，仍将头靠向路华美亚的身体，轻轻地厮磨着。

路华美亚手在颤抖，她已经历过无数血腥的战阵，可这一剑却是如何也刺不下去。

云迪叹息了一声，从背后走过来，按住了路华美亚的手。

她的手总是冰凉的，让路华美亚身体一颤。她能感觉到这个人族女子将来可能影响她的命运，也许是来自女人的特殊敏感，但她说不清，此刻对这个未来的敌人，她为何没有厌恶之情，反而有种相互理解的微妙情愫。

“这个人类法师原来还是很有用的，”呼儿都娅说，“我没想到人族光明系的法术在这种亡灵出没之地这么好用，她有一种法术可以使我们不受毒气的侵害，她的护体法术使一些低等恶魂根本不敢接近，也是她的治疗术在刚才救了你……”

“用圣洁力的法术为我医疗？”路华美亚眉头高挑，她看到女法师的颈上，魔法禁锁已被除下了，“这怎么可能？”

“我没有医治你的身体，”云迪低头轻声地说，“我只是用光明系的精神导引把你从恶灵法师的梦魇攻击中解救了出来，”她抬起头，两眼注视着路华美亚，“我们两族的体质固然截然不同，但是在灵魂上却是相同的……”她转头望向洞口飘过的青雾，“不来到这里，我也不会发现这些……”

“那又如何，相同的灵魂，也还是要为了不同的信仰而厮杀，”路华美亚说，“你显示了你的力量，这样下一次在战场上相见时，你会成为我第一个要消灭的目标。”

“那是天经地义的。”云迪仍是轻声地说，声音虽弱，却有着异样的高傲与冰冷。路华美亚看着这个望着洞口神情冷漠的女子，心中忽然又涌起一阵怜惜，因为同是女人，路华美亚能看到她内心的真实，其实是那样脆弱和渴望在温暖的怀抱中哭泣。因为发现和她太像，路华美亚瞬间有把这个如冰般的女子拥入怀中的冲动。

但路华美亚不会那样，她是火，在人前是性情热烈的女将，她永不会展示自己的脆弱面，尤其是在未来的敌人面前。她只哭过一次，那就是在雪山顶重逢了华优冰其斯，觉得重新找到了依靠。她也并非没察觉，当华优冰其斯和她走向雪山地下入口时，他仍回头望了一眼，她知道那里必有他所留恋的东西，直到见到了这个女子，她才知道那是什么。但她知道，这女子的心中却没有华优冰其斯，或许因为她的心中，也有着另一个挥之不去的影子。不知为何自己坚持要救她，不肯让她就那样死去，难道也是出于一种命运相近的恻隐相怜？

“不过，在我们未来的相遇之前，请允许我先为您医治您的飞龙，好带我们出这个气味难闻的山谷。”云迪说，她对路华美亚微笑了一下，难道是察觉出了女魔将心中的柔软吗？

“太好了，你一定能做到的，”呼儿都娅跳起来，“烈娇，你有救了！”

路华美亚看了一眼她的副将，眼光意味悠长，这些孩子太年轻了，小小年纪就被战争拖入了军队，还像个顽童不知未来将面临的挑战，如果自己和那些年长的将领不幸在远征中阵亡，这些少年，能不能挑起重担呢？

如果垂头丧气地走在中军的队伍里，作为军中新生代的骄子——黑暗之子，现在却要拄着双拐走在伤兵弱夫的行列里。他知道大将齐格扎里特不再信任自己，也知道了自己错传情报给大祭司以借口铸下的大错。他觉得自己被切成碎片也不为过，但只希望切完后还能把他拼回来，好让他有机会证明自己的忠诚。他的伤还痛着，但他坚持不用担架，赌气支着拐一路走得比战马还快，几次脱离本阵被外围的巡兵赶回来。但他一直在找一个脱离老弱残兵营，去赶超六翼神龙军团的机会。

唉，要是难道这家伙在就好了，他们的名字总是连在一起的，可那家伙却奇怪地失踪了，不然至少现在是两个支着拐还在互骂的笨蛋了。他想着，嘴边露出一丝笑意。

"第九十六营第七阵注意，请到路边坐下休息，给后面的少年军让道，请到路边坐下。"有人大喊着。

"又要让路了……"人群发出了烦躁的叹气声，懒洋洋地向路边挪去。如果厌恶地看着身边的这些老头、病夫，整天就会埋怨走得太快，一坐下就不想起来，阵形散漫经常阻住大队前进，也不管后面墨苦城军团是不是正准备为他们抵挡无数追兵，自己怎么会和这样一些人待在一起。

"不行，"他想，"我一定要离开！怎么也得走！"

一支旗甲整齐的少年军阵踏着响亮的脚步走了过来。如果看见这些和自己年龄相仿的少年一个个气派飞扬，心早就痒得不行。"为什么这支生力军要移上前去，莫非前面已经有战斗开始了？"想到这儿，如果恨不得立刻就扑上去抓住一个问一下。正巧这时他看见了阵边的一个步阵队长。

"坎贝米斯！大木瓜！大浑蛋！"

"哎呀，这……如果？你居然在这儿？我以为你被大将丢进熔岩湖去喂鱼了呢，咦？现在变成一普通兵了，哈哈，我是步阵队长了，快行礼！"

如果一个笔直的立正，行了个标准军礼，然后跳起来一脚把坎贝米斯踹飞。

"这是我给你的行礼，妈的！你就美吧。等我重新立了战功，升成黑骑士的时候，你就每天来向我行三千次礼吧！"

“战功？哈！就你现在这样？怎么坐地上了？脚痛了吧？哈哈，战功要等我先立了！知道我们为啥要调上前吗？前面要开战了，耶，擦亮我的军刀！前面号角飞扬！我一刀一个，两刀一双……”坎贝米斯得意地唱起了军歌。

“就要打了吗？小亡灵族动作还真快啊……喂……”如果一把搂过坎贝米斯小声地说，“把哥们儿捎上？”

“这个……”

“你这表情算是什么？犹豫吗？我掐死你……”

“好了好了，我怕了你了，”坎贝米斯左右一看，手一挥，“进去……”

“太好了！”如果高兴地拐也丢掉了就往阵里挤。

“那边怎么回事？谁敢私自换阵？”一个巡官走了过来。

“啊，这个……我们这儿需要这个人……”坎贝米斯挠着头说。

“乱阵者斩！你不知道吗？你是哪个部队的？叫什么名字？”

“去你的！”坎贝米斯一拳把这巡官打晕在地，作为黑暗之子的一员，纪律是重要的，但骄横是一定的。“我跟着大将当侍卫的时候，你小子在哪儿啊？”

其他巡兵忙上前拖走这巡官，但没人再管如果换阵的事，毕竟为了这事闹起来阻塞了大队前行才是真正严重的事。

但关于黑暗之子们不守纪律的报告很快就到了中军华优冰其斯手中。

“如果？”华优冰其斯皱皱眉头，“先由这小子去吧。记下来以后再处罚。”

他无暇顾及这些小事了，前方，大战的雷暴正在聚集着。

第三十章

骨龙

闪击枯法卡宫之战，魔军五千飞龙军损失殆尽，换来的是山谷中如雷暴般接连不断的火光与爆炸声。但因为从来没有人事先知道枯法卡谷内的地形，所以虽然射杀低中等恶灵无数，但深藏于迷宫深处毒云里的恶魂大法师却难以被找到。

大多数龙骑都带着威力强大的魔法弹，在他们的最后时刻，他们将这些光弹掷了出去，巨大的光球一个接一个地在谷中爆开，把附近来不及闪开的恶魂和自己都化为灰烬。有些光爆还燃着了谷中地下渗出的气体，使得枯法卡宫内火焰熊熊。

路华美亚骑着复明的烈娇悬停在山谷外，看着明灭闪耀的山谷，枯法卡宫的景色从来没有这样光明壮丽过。她想起了坎图斯蒂的大火，那建设了千年的宫阙城邦一瞬之间变成了一个巨大的火炬，仿佛几十代人的灵魂，只为在这一天变成漫空的火星飞舞向上，向着大地之巅而去。

“这么多的年代、这么多的人……我族必要重返阳光之下，不论要战斗到哪一天……”

她转头看着骑在呼儿都娅的飞龙后的云迪：“你应该明白，一切都不可被阻挡，不允许被阻挡！”

云迪低下了头，依德尔人的命运、斯昂人的命运、精灵的命运、矮人的命运……天空中大笑的究竟是谁的神灵？

魔法禁锁被重新套在了她的项上。当初，她表示愿帮呼儿都娅用魔法防护毒气以冲入枯法卡宫，这个小姑娘相信了她，为她解下了禁锁。但一飞入枯法卡宫，云迪便知道自己绝不可能在这种险境中逃脱，相反魔族的飞龙成了她生命的依靠。当她紧抱着呼儿都娅的腰以免被疾飞的龙甩下去时，这种和死敌的性命紧紧相连的感觉十分奇特。在未来她曾和无数魔军作战，却从不曾代入过对手的角度。她从来都认为魔族的勇悍，不过是出于嗜血的本性，但那一刻，她分明能感觉到所搂着的小姑娘在颤抖。她想如果自己不怂恿呼儿都娅进入枯法卡宫，也许路华美亚就将死在这儿，未来将少了一个强敌。即使是当呼儿都娅发现昏迷的路华美亚而惊呼的时候，她仍是有机会下手的，但一种力量阻止了她。

是因为将赔上自己的性命？或是路华美亚曾对她说过的话，使她感到这个魔女竟然是这因时间而显得陌生的大陆上，唯一亲近过她心灵的人？她没有抬起手，这就是命运吗？在未来，她需要为自己的这一犹豫付出什么代价呢？

路华美亚静静地等着，想看到其他龙骑的回归，但没有，谷里的迷宫太大，也许所有的骑士都选择了一直向内，直到再也无法飞行。

“军团长，我们……”呼儿都娅急切地看着她，在枯法卡宫外停留实在是太危险了，恶魂们随时可能冲出谷来。

路华美亚沉重地提起龙缰，她真想一直等下去，但是还有下一场战斗在等着她，她终于决心掉头离去了。

“看啊，那是什么？”呼儿都娅尖叫起来。

路华美亚也看见了，山谷的雾气中，忽然闪出了一条飞龙。

紧接着，还有第二条、第三条，越来越多……

“啊，是他们，他们回来了……”呼儿都娅兴奋地挥舞着手，“喂……喂……”

“呼儿都娅！不要喊了……”路华美亚忽然说，她注视着那些飞龙，脸上是震惊与悲凉。

“什么？为什么？”

“那些……是骨龙骑士……”

骨龙，骨龙骑士，亡灵族的法术，无数勇悍的血肉之躯，死后却被剥夺了灵魂，永远受邪恶的驱役。将进攻过自己的战士们的骨骸变成亡灵军去反攻对手，可以说是世上最卑劣的法术。

“不！”呼儿都娅凄厉地呼喊着，没有人能接受一刻前还谈笑着的同伴，一刻后突然变成了白骨向自己冲来。

“转头离开！走！”路华美亚命令着，看着呼儿都娅怔怔如木，她对副将的飞龙打了一声呼哨，双龙掉头疾飞。

飞龙上的呼儿都娅仍睁大双眼，不能从震撼惊恐中恢复。路华美亚心中暗叹，这个孩子还太年轻，再经过一年的战事，她就会从容得多，也麻木得多了。

骨龙的飞行速度本不如飞龙，但似乎有恶魂跟在骨龙骑士们的后面，向他们施加了加速的法术，而且路华美亚的烈娇受伤很重，眼看追兵越来越近了。

“军团长，你先走！我来殿后！”呼儿都娅说。

“别发疯！”路华美亚喝道，心中苦笑，这小姑娘只怕会冲到骨龙面前说：“请你们停下来，你们不记得我了吗？”可惜只有在童话里，白骨才会被感动。

骨龙军们越追越近了，没有肉翼，完全凭着驱役者的魔力飞行，带着一种骨龙特有的尖厉啸声，那不是来自口中，而是风掠过白骨的哨音。这种恐怖的尖啸越来越近了。

呼儿都娅取出魔法光弹，却犹豫着。

“丢出去！你的同伴们已经死了！现在后面的是亡灵军！”路华美亚喝着，“解脱他们的尸骨吧……”

呼儿都娅一闭眼，手中光弹向后甩去，在骨龙骑士的阵中炸响了，数十只骨龙被炸碎，但其他的迅速散开。

呼儿都娅再扔出几个，效果却都弱了。

骨龙骑士们追近了，呼儿都娅想闭上眼，不敢看到那些昔日战友变成白骨的脸。

忽然云迪惊呼：“小心！”呼儿都娅感到了来自侧上方的风声，驾龙一个横翻，躲过了上方扑来的一只骨龙。

可云迪却没能在这种翻转中骑稳龙背，她一下向下坠去，手还抓着呼儿都娅的腰带，一时呼儿都娅也差点被她拉下龙背，她的飞龙失去了平衡，向左栽去，那边，几只骨龙正冲了过来。

“呼儿都娅！”路华美亚惊叫着，连发几箭，她的箭强力而准，飞来的骨龙在啪啪几声中被击成碎片。

呼儿都娅想尽力稳住飞龙，无奈云迪还吊在飞龙下，她想腾出手拉住云迪，可是骨龙们又尖啸着飞来，呼儿都娅一手抓龙缰以免被云迪拉下去，一手举剑艰险地格挡着。

路华美亚想腾出手救援呼儿都娅，可她这一翼也有数十只骨龙扑来，箭矢已无法阻挡骨龙接近，路华美亚抽出剑与他们近身搏杀着。

呼儿都娅觉得死神就在自己的身边，她无法平衡自己的身体，只有死死拉住缰绳。飞龙被缰绳所制，苦叫着无法做出动作闪开飞来的骨龙，每一次骨龙骑士从她身前掠过，呼儿都娅都觉得这次可能要丧命，她握剑的手已经酸麻。

云迪坠在龙身下，手已快抓不住了。

这时一名骨龙骑士追了上来，向她投出了长枪。惊恐使云迪松开了手，长枪从她头发上擦过，刺进了呼儿都娅的飞龙的身体。

而云迪，直向黑暗的地下岩山中坠去。

“不好！”呼儿都娅惊叫，她驾飞龙向下疾追而去，但侧方又有骨龙飞来，在呼儿都娅将要追上云迪的那一刻，骨龙骑士呼啸着撞向她，她不得已一提龙缰又把飞龙拉了起来。这时背后的骨龙骑士向她射出箭，呼儿都娅的飞龙正被拉起再无法闪开，呼儿都娅举剑格挡了几支，但仍有数支重重地射在她和飞龙的身上。她吐出鲜血，长剑脱手，和飞龙一起坠落下去。

路华美亚发现了这一切，她向下掠去猛地击碎阻挡的两条骨龙，冲出龙阵。骨龙骑士们射出了箭，烈娇以小而快的闪移避过。路华美亚向呼儿都娅追去，终于抓住女副将把她提上了自己的龙背。

她这时最后一眼看向远处的云迪，仿佛还能看到这女孩不甘心的执着目光，那眼神越来越远……

年轻的女法师渐渐向下落去，变成了一个白衣飘动的小点。

缠斗了数刻后，路华美亚和呼儿都娅的身边已聚起上千骨龙翻飞着，远处看去，像一个庞大的白森森的球形鸟群。呼儿都娅紧伏在自己背上，独自一骑再无牵挂的路华美亚反而越战越勇，骨龙虽多，但近她者必然粉碎。

龙群外，那混沌的恶魂影子缓缓移来，仿佛看着笼中的玩具，发出得意的狞笑。

路华美亚忽然感到一种尖啸的笑声又撕裂着她的耳朵，仿佛自己的身体正从头部被撕开，血色涌上了眼睛，眼前的骨龙们变得白影模糊，她知道恶魂的精神攻击又开始了。魔族骑士没有人族圣骑士那样的光明信仰技能，她只能凭着凝聚意志的技能不断集中自己的精神，坚持着不被幻觉缠绕。但这个能操控上千骨龙的恶魂法师魔力的确极为强大，作为魔军大将的路华美亚也觉得难以抗衡，何况她在谷中已身受攻击，此时身边还有上千骨龙。

“那就再拼最后一次吧！”她想着，将剑抛向了空中。同时，她从龙背上摘下魔弓，凭高超的体察术没有完全转头，反身就是一箭。她的炽热力量在箭尖形成了极亮的火焰，火箭挟着强风从翻飞的骨龙群中穿出，正中那恶魂的身体。恶魂尖叫一声化为了臭气。

恶魂消失，骨龙却没有停止进攻，也许那驱役法术仍在发挥作用，但路华美亚精神已然清醒振奋。她接住落下的长剑，手一挥砍翻一只正冲来的骨龙，心想只需坚持到这法术的力量散去便可。

可是骨龙却似乎变得更加疯狂了，难道刚才的只是幻影？难道还有另一个恶魂存在？

它躲在哪儿？为何体察术完全没有办法发现？若是在极远处，它竟然有这样强的力量可以控制骨龙吗？

有另一种可能，它就化身于骨龙里的一只，在密密的骨龙阵中偷笑着。

路华美亚更加集中精神观察四周，但骨龙太多了，一面还要战斗，这几乎是不可能的。

也许只有等它再次发动法术攻击时，才能找到它。

但这个恶魂好像学乖了，看来它只想用骨龙杀死路华美亚。

已经击碎多少骨龙了？上百？路华美亚手臂已经酸痛，身上的伤口在增加。魔法护盾已经快没有力量使用了，若是护盾消失，成千上万支骨箭她可应付不了。

就在这时，又一种啸声响了起来，那是更壮观的、洪亮悠长的，在空中声声回应。

那是真正的龙啸。

远方龙翼招展，另外的五千飞龙军赶到了。

为首的是飞龙副军团长尤美士，他看见攻击军超过了预定时间不回，赶来接应。

看见密密围成一团的骨龙群，尤美士大吃一惊，手中长矛一指，五千飞龙军呼啸而下。

骨龙，失去了生命力与热量的脆弱骨质，永远不可能是真正的喷火飞龙的对手，在这强大的龙群攻击下，上千骨龙迅速溃散了。

路华美亚一直没有放弃暗中的观察，当她发现乱军阵中，无数飞龙间，突然有一只骨龙的影像闪了一下……

就是它了！

路华美亚来不及再取箭，手中长剑飞出，空中一道光痕。

空中一声惨叫，恶魂在瞬移到别处之前就被击中了。

空中，全部都是骨龙的碎片，如下雪一样纷扬。

“这些骨龙是哪儿来的？”尤美士惊问着。

路华美亚长叹了一声，望着空中的白色奇景，她知道她不会哭。

闪击枯法卡宫之战，魔族用五千飞龙军，换来了四十余恶魂大法师、近千中级恶灵法师、其余低等恶灵无数的战绩。但由于可投入力量的薄弱，远没有达到使亡灵族大伤元气的地步。那些被魔族各地村落的逃亡吸引走的恶魂，正向回聚集。不过，枯法卡宫被袭，为魔军突破失落荒原争取了时间。

这时，六翼神龙军团正以疯狂的疾行卷向那里。

魔族大远征，行进速度比预想的要慢，因为四大将心里想的都是不到最后一刻，不丢弃那些老弱者。这些人杂在人流中，拖慢了行军的速度。齐格扎里特眼看大军无法按预定时间到达失落荒原了，和华优冰其斯决定将中军里的新锐青少年军团前调成前卫军，而六翼神龙除留下两万新军协助护卫外，其余八万全部作为前锋超离大队，先行出击，在荒原上的亡灵族还没被聚集起来之前先行击溃他们。速度与闪电战是魔军的强项，六翼神龙更是此中的翘楚。“如惊雷而至，在敌人听到看到前，他们就已经被击碎！”关于六翼神龙军威的名言、诗句在各族史册上均有记载，因为在被人族称为神殿战争，而魔族称为睁开魔神之眼的千年大战中，这支军团从来都是魔族主力，几乎没有被打败过。如今虽然规模不如从前，但士兵仍是同样精锐。

失落荒原就在前方了，“走过此荒原，失落记忆与灵魂。”这荒原因当年依德尔族诗人的感叹而得名，它曾经生长着不需要阳光的地下草种，是魔族在地下的聚居地之一，后暴发大瘟疫，成为荒芜肃杀之地。

魔军已黑压压地齐列于荒原之前。

但前方，只有千里枯草与残墙在风中渐渐朽去。

亡灵族呢？也早化成灰被风吹散了吗？

前方的飞龙探骑回报了，草原中发现有两大灰色群落，像庞大密集的羊群一般，正从前方十三里线两侧向这里集中着。左翼群约有二十万，右翼群约有十五万，多为僵尸与骷髅。

来了。

齐格扎里特露出了笑容，那是大战前的傲与豪。

三十五万亡灵军。

八万魔军。

小菜一碟。所有的魔将都露出了这样的笑容。

路华美亚的飞龙军怎么还不到呢？有他们在进攻会更加顺利。枯法卡宫是险恶之地，齐格扎里特很为路华美亚担心。但按计划，即使路华美亚不能及时完成攻击，尤美士也应率另五千飞龙军赶到的。

“在亡灵军会合前先行突击吧。”身边魔将说。

“等一分钟，让飞龙军先上。”齐格扎里特稳稳地说。

“飞龙军？可是，他们在哪儿？”

这时天空中传来了巨大的呼啸声，有风从军阵的背后卷来了。纪律森严的魔军阵没有一人回头张望，但片刻间，他们就看见飞龙群掠过了他们头顶。

齐格扎里特微昂起头，这些准时赶来的飞龙骑士让他感到骄傲，他的信任没有错。

“真棒。”虽然有军纪，但是还是有魔兵抑制不住激动地望着天空小声说。

飞龙军来到亡灵军的上空，在两大集群之间投下火焰球，在荒原上形成了宽阔的火带，这回两股亡灵军无法会合了。

“发现恶魂法师们了吗？”路华美亚在龙背上大声问着。

“没有，也许隐藏在亡灵群中。”

“那就一同化成灰吧！”

飞龙军在亡灵军的上空盘旋飞掠，把所带的无数魔法弹全投了下去，荒原上巨大的火焰成片腾起。

“哇——哦——”随着阵前将官一抬头，战旗一摇，鼓声雷动，六翼神龙步兵全部放声欢呼起来。

士气高涨，是时候了。

“前进！”齐格扎里特挥刀前指。

巨大整齐的脚步声开始震荡荒原。

第三十一章

未来生于此刻

俄拉培德

阿华依骑士冲回了伤心地，斗志高涨，要把情敌砍成八瓣。可林中已经空空的了。

康德和耶芙并马立在比武场边。耶芙感激地看着这个银甲闪亮的骑士。

“谢谢你一路护送我来这里……咦，你的盔甲很漂亮，是名铸造师的盔甲吧？”

女孩闪亮的眼光让亡灵骑士心慌，一不小心就说了真话：“这是未来圣骑士的盔甲。”

“呵呵，”女孩笑起来，注视骑士的眼神中的光亮又多了一分，“你说得真好，幽默却又高傲的骑士，看来你自信必能得到这次的冠军？”

“理论上说……好像上天注定了就是我的。”康德索性牛到底。

“哦，那你准备什么时候上场呢？”女孩投来期待的眼神。

“呃……当然是该上场的时候……”康德心说，反正是命定的，不上场也许都行吧？

由于缚狼者杰米拉达被射伤后的混乱，比武暂停了许久。毕斯麦重新来到场中间的时候，天都快亮了。

“出现了可恶的破坏者，他一旦被擒获将被绞死，希望大家尊重骑士的道德精神，进行一场伟大的比武……”

人群中发出哄声，伟大的比武早在主办者定下苛刻的规则时就死掉了。

毕斯麦心中不快，阿依古和他那满嘴天主的大神官卡休理以狭隘的胸襟使依亚的骑士也一起跟着蒙羞。但作为场上的监场官，他还得尽力维持局面。

“杰米达拉暂时无法回来比武了，将由他的对手华莱比斯继续迎战后面的挑战者！”

人群再次发出喧哗，高兴和不满的同样多。

“杰米拉达太可惜了……”耶芙叹息道，“我真不希望一个比他更弱的人赢得这个位置。”

“最弱的人那就是我了，你还是向老天祈祷吧。”康德想。

耶芙转头认真地望着康德，微张着红润的嘴唇：“不知为何，我觉得你会是最后的胜者呢！嗬，这种感觉真奇怪……”

“是啊，如果允许我放蛇咬他们，或是摘下面罩来吓死他们的话……”亡灵骑士心里嘀咕。

皇家城堡上

卡休理在窗口望着外面的比武场，他的表情突然变得惊慌疑惧。

“有死亡的力量来到场中了……”

“你，你说什么？”阿依古问。

卡休理有些失礼地用厌烦的眼神瞟了一下这个没出息的依亚王，因为此刻他内心也正受着恐惧的侵袭。

“有一个巨大的死亡阴影，正笼罩着全场……”

“有亡灵力量来到场中了？”毕斯麦听到传信兵的消息也感到吃惊。他望着全场攒动的人头，但感应邪恶气息的所在并不是骑士的强项。

卡休理一直在窗口阴沉着脸望着广场，那人群、那火光、那噪声，一切都变得遥远模糊而不重要。他的神示之眼分明看见，一个巨大的恐怖的影子正压过浑然不觉的人们的头顶，在这个巨影下，人类和他们灯火辉煌的都城都是那么渺小……

阿华依在广场中气恼地纵马跑着，不顾被吓得闪开的人们的叫骂和士兵们的惊奇目光，那个骑士和耶芙可能正去某个地方欢度一宿的想法正灼烧他的心。他又跑上山坡，来回地寻找着耶芙的影子，但没有看见耶芙，却在山坡上又看见了那个老牧师。

"你……原来你在这儿！"骑士跳下马来，冲向那老者，"我的心灵并没有得到天主卡斯的拯救，相反它现在疯狂得像魔鬼卡米拉……"

"嘘……"老者伸出一只手阻止了他，正表情肃穆地望向天空。

不知为何，阿华依本有一腔怒气要发泄，但一看到这老人的面容，就不由自主变得平静和心存敬畏。

"你看见了吗？"老者的眼神有如深海。

"那是什么？"阿华依顺着他的眼神看着，前方的天空正是黎明前的深暗，没有一颗星，显得死气沉沉。

老者伸出手去，指向前方，像是指着城堡上方的天空，又像是指着广场上的无数人群。

"是恐惧。死亡星环把阴影压过大地，巨大的灾难就要来临了，所有的人却浑然不觉，癫狂舞蹈……"

"这句话很耳熟……"这是《若星汉史诗》中，当年姜牧师在预言千年战争将来临时说过的话。

"呵呵，孩子，你说得对。历史上的震荡，已经离我们太久了……"

"你是说，历史将重演吗？魔族真的将重回地面吗？"

老者转回头看着他，那目光中有如山的重压："我给你看一幅景象……"

银月光华军的军旗正在战场上燃烧，那是最后一面军旗，大地覆盖满尸身，天空阴暗赤红，雷电不断，仿佛大火从地面一直燃烧到天上。阿华依站在战场中心，被强风吹得摇摇欲倒，在远处的天际，天空像再无法承受乌云的重负终于崩塌了，如同黑色岩壁变红碎裂，无数如山大的火石从云的边缘滚滚而下，从地到天的火墙在暴风中漫卷而来，火中出现无数巨神般的怨灵恶魔。同时头顶的天穹被击破了，千年的战云裂开，巨大的流星冲坠下来，在空中划出千万道白光……

景象消失好久，阿华依还张着嘴呆呆地站在那里。

好久，他终于缓过神来。

“你是谁？我为什么能看到这些？这些是三百年前，还是……我们的未来？”

“是神谕，上天把它传入我的梦中，我再把它传给世人……”

“请随我一起去见依亚王吧……我保证，你不会像当年的法师姜那样被关进疯人院……”

“你提醒我了。”老者笑着说，“有大神官卡休理在，我还是不要在他面前谈什么神谕了，天主卡斯没有通过他就乱发神谕这会让大神官心理崩溃的……”

“可是，大神官也预见到了魔族的来临啊，所以他才要建立银月光华军……”

“所以他才要制造一场闹剧？”老者笑着，向前走去。阿华依诚惶诚恐地跟在后面。

“不，他和我预见到的完全不是同一样东西。当嗅到乱世的气息时，英雄拔剑而起，而小人只忙着隐藏黄金。如果人人只顾自己，就没人能阻止大陆的沉沦。以后你会明白一件事……”

“是什么？”

老者笑看着他，那眼神中有无数意味。

“圣骑士，绝不是人做的。”

华莱比斯站在场中，成为擂主使他兴奋莫名，顾不得想自己其实并未真正战胜杰米拉达。这会儿，他已经又打败了数位骑士，站在场中有些气喘吁吁。

“是时候了，”场中的老莫若旺对他的大儿子阿蒂蒙说，“你上场……”

人群中

“天就要亮了，你什么时候上场啊？”耶芙有些着急地望着康德。

未来的圣骑士有些坐不住了：“呃……哎呀肚子痛……我想，先失陪一下……”

“你……”耶芙看着一溜烟挤出人群的银甲骑士，完全无法理解这人的行为。

徒有体力却战技奇差的华莱比斯已经被阿蒂蒙打倒数次了，但他总能毫无悬念地爬起来。仿佛和杰米拉达的一幕又在重演。

人群中发出了哄声：

“天哪，又爬起来了……”

“换了我，被打倒这么多次，早羞得挖个洞钻进去啦。”

“下去，我们不要看摔木头表演！”

……

毕斯麦知道，虽然这是依亚本国的骑兵队长，体质也的确惊人，可无论是从资历、战技，还是……头脑……上来说，即使成了冠军，也无法服众，不可能被宣布为新纪元第一位圣骑士。当然，比武弄成现在这样，任何一个得了冠军也服不了众的。

康德又躲到了树林里，在马上烦躁地打着转儿，还不时用头撞树。

“头儿，对那些树好一点，人家是有生命的……”头颅莫卧儿说，“与其在这里撞树，不如鼓起勇气冲上场去，我看那些家伙也不怎么样……”

“浑蛋，是你在操纵我的身体！我只是跟你说我要发泄一下，你就让我撞树，还说风凉话。”

“我是看你这么窝囊，不如一头撞死算了。”头颅说着又让康德连撞了好几下。

“不可能的，没理由能赢的……天哪，告诉我怎么当上圣骑士吧！”

“有我帮你，还有卡夫娜，咱连黑骑士也差一点摆平了，我不信在这……”

“住口！一个骑士怎么能用这种方式赢得胜利？”

“嘿，现在的人，套个头盔就敢说自己是骑士啊，你不如说是一个农夫……一个四肢瘫痪的农夫怎么能用这种方式赢得胜利呢？”

“好吧，就算我放弃骑士的道德，但你以为广场上的人和监场官毕斯麦是傻子吗？用黑暗心灵攻击会不被对手告发？突然放蛇咬人别人看不见？”

“咦，我什么时候说过要帮你们咬人？”卡夫娜说，“我正准备向你们告别呢，只不过有点留恋你这个死男人身上迷人的气息。”

“直接说你喜欢臭味不就得了？想向未来的圣骑士告别？你真不懂投资学。”

“狗屁！一个亡灵要能当圣骑士，我就是天上的仙女龙了。他这种体质，怎么去教堂接受洗礼？怎么修习光明信仰技能？”

“一切老天自有安排，你操个鬼心啊？”

“我跟你打赌！他要能成为圣骑士，我就一辈子给他当宠物。哈哈，一个带着邪妖九头蛇满街跑的圣骑士，不一般哦！”

“你们都少吵两句！”康德暴跳起来，“你们觉得好玩是吗？在拿我当笑话，是不是？我是个很棒的丑角吧，一个以为自己能成为圣骑士的亡灵怪……”

“其实，你也不用这么说自己……至少我觉得你挺好……”卡夫娜动了点上千年来未动过的同情心。

“僵尸女和吸血妖也觉得他挺好，可惜人家只想当圣骑士不想当黑暗骑士……”头颅怪叹道，“我们这种邪灵，终究是人家要消灭来讨女士芳心的对象啊，还是趁早知趣离开得好。”

“让我坐下！”

康德忧郁地坐在了地上，低下头不再暴跳，像一个在森林里迷了路的无助小孩。

“你缺少一种力量。”

“是的，我没有力量。”

“你在怀疑自己，为什么？”

“我没有能力去完成我的命运……”

“你的命运？那是什么？”

“成为圣骑士。”

“哈哈哈……谁定的？”

“不知道，有人这么告诉我，许多人为了我而付出，他们围绕着我，为了我而厮杀，有的要杀我，有的要救我，有的爱我，有的恨我……”

“你是世界的中心，对吗？”

“有时候，我是这样觉得的。”

“可是你这个中心却无力把握世界的旋转。”

“是的……你说得对。”

“你以为你是谁？”

“不是我以为我是谁，是很多人都以为我是谁。”

“那你就告诉他们，你不是！你是谁要由你自己来决定。”

“是的……可是……我也想是……”

“你在为谁活着，为这个世界？”

“为这个世界，也是为我自己。”

“你以为你和这个世界是相协的？”

“虽然我不得不包在盔甲中，和世界隔离，虽然我的身体已被世界抛弃，但奇怪的是我从来没觉得自己离开过人们。”

“这是什么感觉？”

“什么感觉？”

“超离了人群，却又在人们中间，这是——神的感觉。”

“我不是神。”

“你可以成为神……”

“到底是谁在我脑袋里胡说？”康德大叫起来，“臭头，又是你吧？”

“我又怎么了？”莫卧儿叫起来，“别出了什么事就赖我，我正在和卡夫娜在意念中打牌呢。”

“我做证，他都输得只剩一条内裤了……”卡夫娜说。

“我怎么比得上你九个脑袋乱偷看牌？”

“呸！在意念中我分明是一个脑袋，胸前还有两个大包的人族美女，你非要我变成这个样子，还说你喜欢……”

“那刚才到底是谁跑到我脑袋里来胡诌一气，嫌我还不够烦？”

“是我。”

随着这声音，树林外走进一老者，他正是那个给阿华依以神示景象的老牧师。

“最讨厌这种神神道道在人头脑里说话的家伙，你又是哪儿冒出来的？”康德心里烦乱到了极点，见谁都没有好态度。

老者笑着打量着康德，康德感觉到他眼神中的奇妙力量，心里渐渐冷静，却又升起另一种不安。

“这会是未来的圣骑士吗？嗯，我很满意……”

“你满意，你说了算吗？”

“看起来你没有任何信仰。”

“我信仰光明的守护神……呵呵，没看过吧，是一本骑士小说，还有《暗黑的破坏神》《秩序的创造神》《无敌大战神》……写得好我就信。”

“可你就是不信自己。”

“给我一个能相信自己的理由吧！”

“你该知道人出生时是没有被决定未来的，每个人都可能是圣骑士。”

“别扯这些没用的，说说我现在怎么才能当上圣骑士。”

“我给你看一幅景象吧。”

银月光华军的军旗正在战场上燃烧，那是最后的一面军旗，大地覆盖满尸身，天空阴暗赤红，雷电不断，仿佛大火从地面一直燃烧到天上。康德站在战场中心，被强风吹得摇摇晃晃，在远处的天际，天空像再无法承受乌云的重负终于崩塌了，如同黑色岩壁变红碎裂，无数如山大的火石从云的边缘滚滚而下，从地到天的火墙在暴风中漫卷而来，火中出现无数巨神般的怨灵恶魔。同时头顶的天穹被击破了，千年的战云裂开，巨大的流星冲坠下来，在空中划出千万道白光……

“你看到了什么？”牧师问张大嘴站在那儿的康德。

“太棒了，再来一遍！”康德醒过神来就说出第一个要求。

牧师强撑着才没有被这个要求吓倒。

他仔细看向康德的眼睛，像是要钻入他的内心。

“你在掩藏自己的恐惧，你为什么要封闭自己的心灵呢？那里面有什么？”

“什么？”

牧师仔细地看着他：“那是力量……你一直封存着它、害怕着它，不让它涌出来，这种力量可以让你战胜一切，你却不懂得运用。”

“你支支吾吾到底想说什么？”

“你不再相信了？你不再相信世上的一切？”

“因为我被嘲弄得太多，我就像上天手中的一个玩物小丑，它剥夺了我的一切，然后告诉我要我成为圣骑士……”

康德的笑声忽然听起来很像哭。

“哦，是这样……的确很不公平，难道你不曾想这一切都需有报偿？”

“……”

“你没有想过有一天他人的命运全掌握于你手中？”

“这……有必要吗？”

“你有着天时地利，如果你得不到，只是因为你不想。”

“那什么才叫想啊？”

“你还没有突破你心中的阻碍，你的欲望在呐喊，但它却被限制住了。我教你如何释放你的意志，我能让你得到一切，只要……”

老者将手按在康德的额头上，他的眼中忽然射出神圣的光华，他的声音忽然变成洪钟响彻大地。

“只要将你的灵魂献给我，这世界之主。”

康德睁大双眼和嘴，木然如雕，这一次他真的被震撼到了，光芒中，他看到了另一幅景象。

难道，这才是未来的真相？

过了很久，又仿佛只是一瞬，老者放下了手。

他轻声问：“你信了吗？”

“我……”

“你现在已经是圣骑士了。”

“什……什么？”

“你信了吗？”

“我，还是有点……”

“你现在只需要去广场的中心大喊三声：‘我是圣骑士！’梦想便会实现了。”

“……开什么玩笑……”

“你信了吗？”

老者反复问着这个问题，他将头凑近康德：“你不信我没有关系，我会选择另外的人成为圣骑士。我说过，每个人都可能成为圣骑士，只要他信他们的主……

“并且你要记住，一旦你不再相信，你就将失去一切，连你现在有的也不能保有。”

康德不说话，只是愣愣地看着他。

“好了……”老者笑起来，“可怜的孩子，这样吧，忘记它，这一切只是个玩笑，你要忘记它吗？我走了，再见。”

他转身走向林中，很快地消失了。

好半天后，康德的嘴才合上。

“刚才怎么了，我好像突然经历了上百年。”

“你的脑袋里在唱大戏，可惜我无法窥见，那个人精神力太强，轻易就把我的意志屏蔽在外面。你刚才看见了啥？说说。”

“不……不能……”康德犹豫着，陷入沉默。

“你真的准备相信他吗？也许他是个老疯子。”

康德转头望向比武场，那里，人群正爆发出疯狂的喧嚣。

第三十二章

你就是圣骑士

骑兵队长华莱比斯终于击败了斯图康达家族的骑士阿蒂蒙。

之前，为了能结束这场无休止的争斗，在人群的支持下，毕斯麦宣布了一个新规则，在比武场中心画出一个圈，只要被击出圈外便为失败。

角力阿蒂蒙并不是华莱比斯的对手，当他一步步移向圈外，确切地说是被华莱比斯举过头顶一步步移向圈外时，着急的斯图康达骑士使出一个重影战技，使敌人变得眼花。这种小伎俩也只有对华莱比斯这样完全没有受过正式训练的莽汉有用，他眼前的地面突然出现两个圈。

骑兵队长疑惑了一会儿，然后把斯图康达骑士向比武场外远远地扔了出去。

所有人都抬起头看着阿蒂蒙大声咒骂着飞过他们的头顶。

“我知道我看起来有点笨拙，但那和笨不一样！”华莱比斯大声向斯图康达骑士坠落处挥着拳头。

人群开始大声地欢呼起来，斯图康达家族的名声看来并不好。

毕斯麦看着天空，太阳就要升起来了，是时候结束了，这个结局也许并不坏，虽然这个圣骑士有点笨……不，笨拙，但至少他属于依亚。

“好了，这位骑士请到城堡下来。”毕斯麦说，“让阿依古王看看你。”

看见圣骑士就将诞生，人群更加卖力地起哄，欢呼声、大骂声响成一片，许多乱七八糟的东西从人群中飞了出来。

“这位勇士，请报出你的骑士封号。”阿依古说。

“我……好像还没起过……”华莱比斯想了半天说。

“我曾册封过你吗？或是另外哪个国王？”阿依古皱起眉头。

“是郁丁堡的镇长，这重要吗？”

人群大笑起来。

阿依古把恼火的目光投向毕斯麦。

毕斯麦心中暗怒：这人是个人才，战术是可以训练的，骑士是可以封赐的，难道真要为了一个出身的虚名毁掉比武的结果吗？

“哈哈哈！”大笑的人是一瘸一拐走回来的阿蒂蒙，后面跟着他的父亲莫若旺。

“随便一个农夫也能参加这场庄严的比武，或者是强盗、小偷、酒鬼，随便什么都可以是依亚的圣骑士，是吗？”莫若旺大声问。

“他甚至还不信礼天教吧。”人群中有人大声喊，“他将向谁宣誓献上灵魂？”

“你可是礼天教的信徒？”毕斯麦向骑兵队长问出一个模棱两可的问题，如果这人够聪明，一切还不是不能挽救。

“哦，神父的确叫我去受洗来着，但我太懒了。”

人群中的哄笑连城堡都震动了。

毕斯麦低下头想：够了，让这个扶不起的笨蛋从我眼前消失，随便谁当圣骑士都行，让噩梦快点过去吧。

但真正笨拙的，难道不是这场闹剧的制造者吗？阿依古还一本正经地站在城头，面无表情，他也许睡着了吧。

卡休理那个一肚子主意的家伙，现在跑哪里去了呢？

“太阳升起来了！”人群中有人大喊。

阿蒂蒙骄傲地看了看四周，一扭一扭地走向前。

人群中的耶芙叹了一口气，真是一场烂戏，她该回家好好睡一觉了。

无限水的武士们也哄声四起，如果阿蒂蒙成了圣骑士，他们一定要去劝说十年前的自己不要参军。

阿兹早靠在火堆边鼾声大作了。

华莱比斯的对头矮人柯格鲁涨红了脸，使劲吹着口哨，为他的老对手愤愤不平。

黑袍人在水池边清洗着伤口，倾听着这喧天的闹声，喃喃说："又是谁赢了？反正都与我无关……唉，圣骑士康德必须死……这真是个永远也完不成的任务……"

阿华依在山坡上呆坐着，口中也反复念着："圣骑士，不是人做的……"

人群丢完了他们可以丢出的东西，正情绪难平地酝酿着又一场混乱。

就在这时，一声清亮的马嘶响起。

天空中第一道晨光出现，斜射在一位银甲骑士的身上，银甲上泛起红色，像圣光笼罩在他的身周。

黑夜中无人注意这位骑士，但天一亮，所有人都被他的威仪所震慑。

他策马昂首走过人们的眼前。

所有的人都停止了喧闹，静看着这位骑士走向比武场。

"头儿，你真准备到场中央去大喊三声'我是圣骑士'吗？"莫卧儿问。

"老子豁出去了，反正信不信都是死。"

"你会被群殴的……"

"那就请他们把我彻底打死算啦！"

银甲骑士来到了场中间，旁若无人地挡在了阿蒂蒙前面。

全场的人屏着呼吸、张着嘴看着他，远处山坡上烧烤的人群也被这突然寂静的气氛所慑住，纷纷站起望向城堡下第一束阳光照到的地方。

耶芙看着这骑士的出现满心欢喜，也许上天在这场大戏的演职员谢幕后，还准备了一个出人意料的结尾。

骑士深吸一口气，张开了嘴：

“我是圣骑士！”

“我是圣骑士！”

“我是圣骑士！”

他的声音在清晨的寂静中远远地传开去，整个俄拉培德早起的居民都听见了，还以为是教堂新版的晨钟。那些烧火的主妇、面包房的揉面师、拉着第一个客人的马车夫、向学堂赶去的孩童、苦力屋中的矮人，还有树上的群鸟，都在那一刻停止了活动，倾听着这个声音。

“头儿，你流眼泪了。”头颅说。

他心中感慨，这个人终于喊出了自己心里的声音。

“是啊，我太激动了，我终于成为圣骑士了……”康德泪流满面。

“我呸！那是你刚自个儿喊的。”

“不，在我喊出这三句话的那一刻，我突然领悟了……人生的最高境界，那就是从来就没有什么圣骑士，只要你以为你是、相信你是，你就已经是一个圣骑士了！”

“呕……你走火入魔了，如果我有胃，我一定吐你一身，我有吗？没有，所以我只能在意念中狂殴你！”

就这样，可怜的底层平民亡灵康德，在自己的长期被社会压抑迫害而产生的精神胜利大法中顺利登上了圣骑士的位置。

“喂！前面那个！”阿蒂蒙恼火地蹦着高喊，“躲开，一边儿发疯去，不要挡着我领奖！”

康德左右看着：“谁？谁在说话？为何我四顾无人，只听见蝼蚁在嘶喊？哈哈哈，渺小的意志企图在天主的圣光下发言。此刻万物寂静，尔等都需仔细聆听！”

“这家伙彻底疯了！我们在他被拽下马踩上一万只脚前快溜吧！”莫卧儿说。

“他好像在背戏文？”蛇妖卡夫娜说，“很有演员天赋。”

“……大地将颠转，风暴将来临，跟随我，你们才有出路！来吧，高扬起我的旗帜……”

康德想从身边掏出面旗，才发现身体不受控制。

“嘿，莫卧儿，弄面旗，随便拿块包袱布也行！”

“我没空，我正在把自己打包准备跑路，跟精神病人待在一起太危险了！”

“快点，我现在忽然觉得身体里充满热量，圣光在笼罩我的身体，我的脑中涌出了无数英雄形象和台词，我……我……我就要蒸发了！”

“别和炼药师谈化学，那叫升华！早和你说了亡灵族要少白天出来。”

话虽这么说，莫卧儿还是操纵着康德的手伸入马背上的包袱里摸着。

所有人都在张大嘴等着看康德会掏出什么圣物来。

忽然那手在包袱里摸到了一块感觉质地不错的布，那会是什么呢?

莫卧儿一咬牙就把它给抽了出来，高举向天，连自己也不敢看，但愿它不会是一条内裤。

“哇！”人群发出巨潮般的惊叹声。

康德手中高举着的，当然是一面旗。

银月光华军的旗帜。

在那古老的纪元中，曾在烈火中飘扬过，在疾风中飘扬过，在狂风中飘扬过。

漫长的战争中无数的战旗被毁去、燃尽、折断在沙场，但有一面留了下来。那圣骑士盔甲的主人，在魔王被封存吸入盔甲的那一刻，将这面旗抛向法术的光焰，想用它永远地镇住魔灵，也使它一直留存到今天。

真正的、唯一的银月光华旗。

“这东西怎么会在我包里？”康德也有些意外。

“你从来都不好好清点你的装备的，你忘了，你当初想用它改裤子来着。”

“这布太旧了，还破了两个洞，不过上面的银月亮是我喜欢的，蛮像面旗的。”

“那本来就是面旗！”

“看着！”康德高举着这旗大喊，“你们该信仰谁？”

“正义！”全场人齐声高答。

连他们自己都为这异口同声惊讶了。

因为这是所有人都知道的，从无数史书中见过、无数戏文传说中听过的，当年银月光华建军的宣誓词。

“你们该服从谁？”康德接着喊。

“光荣！”

“你们该跟随谁？”康德用尽全身的力气大吼。

“你！”人群也都发出了最大的声音。

声浪像一道狂潮，从广场向整个俄拉培德城横扫过去。扫过教堂的尖顶，大钟撞响了；扫过民居的瓦面，群鸽腾起了；扫过国都的城墙，旗帜烈烈鼓动了。

城墙上的士兵遥望内城的方向，赞叹着：“这真是个非凡的大典！”

教堂的神官向着声音传来的方向手按胸前行着赞礼：“天主终于选中他的捍卫者了。愿无上的光荣从此跟随他……”

毕斯麦立在马上微笑着，这个骑士出现得如此突兀，但又像是天经地义。作为一个忠贞的信徒，看到那面旗时，他就相信了神迹。

耶芙跟着人群高喊了所有的话，但还不过瘾，又跟着大家嗬嗬地欢呼着。她喊哑了嗓子，拍红了巴掌，激动得想哭。她不懂什么军政国事、战争人生，她来这里，就是希望看到一个英武的骑士，一个本来只有在史书传奇中才有的壮观盛景，她看到了，就行了。哪管这圣骑士将来会把人群带向何方呢！

落魄佣兵团更是在人群中制造出最响的噪声，他们搬来了一切可能敲打的东西。

黑袍人从树林里慢慢地走出来，躲在树边向场中间瞄了一眼，在黑夜中他没有看清那攻击他的骑士是谁，现在一看，立刻就吓了一跳：

“这……这是……魔王殿下？不……冷静……这还应该是那个叫康德的……天哪，他真的成为圣骑士了？”

黑袍人的眼中露出了兴奋的光芒：“太好了……我的任务……又有完成的机会了……”

康德看着人群的欢呼，觉得自己真是被头顶射下的金光照晕了，他感到热血又重新开始在自己身上流动，梦想在一瞬间成真的感觉是多么美好，而且原来竟只是喊三声这么简单。

“我真的成为圣骑士了啊，你看所有人都在向我欢呼！”

“你高烧38.9摄氏度，医生劝告你赶快躲到阴凉中去，他们全都在起哄，你没看出来吗？配合你一下是为了看好戏，你真的看不出来？”

“好吧，如果这是一场戏，我不要谢幕也不会卸妆，我要把它永远地演下去！”

“可是，你知道自己演的是英雄还是小丑吗？”

康德顾不得头颅的话，人群的欢呼铺天盖地，像波涛持续不断，像是所有人都一直在等待着这个时刻，像是早就预谋着这一次的狂欢。

充满失望、愤怒和不甘的人群就像一堆干柴，所需要的，只是一个小火星。

这个火星现在变成了熊熊大火，未来这火焰还将漫天席卷。

第三十三章

无法料到

“这究竟是怎么了？这个人是哪儿冒出来的？”阿依古王身子探得几乎都要从城墙上翻下去了。

“这是上天赐给我们的幸运！我相信！”卡休理满脸通红地喊，“在圣骑士的称号将被可笑的蛮人夺走的时候，天主派出了他的骑士来重新宣读他的意志，圣骑士必须从依亚产生！”

“这是真的？刚才天主联系你了？”阿依古王回头疑惑地望着。

卡休理哭笑不得：“不论我有没有接到神示，现在我们必须这样说。”

忽然所有人都静了下来。

所有的动作凝在半空。

所有的表情变成惊愕。

空气中静得能听见细而清楚的——“噗”一声。

“那是什么？”康德问。

“头儿，你好像被刺穿了……”

康德低下头，看见一个剑尖正从自己前心穿出来。

“我还以为……这圣骑士盔甲很硬……”康德说完，扑通一声栽到马下。

阿蒂蒙来到康德身边，他抽出康德腰上的圣骑士剑刺穿了他的甲。“可恶的疯子……”他唾了一口骂道，踩住康德的腰把那剑抽了出来，“这剑倒是不错的，算是我的战利品了。”

康德双眼大睁着，在地上抽搐，虽然他感觉不到肉体的痛苦，但身体仍在颤抖，仿佛在失去了健康、梦想后，他仅剩的高傲灵魂也将冲破这腐朽的牢笼而去。

“头儿，振作点……头儿，坚持住，你是圣骑士……”莫卧儿喊着，却能感觉到那曾激动的心在渐渐冷去，那刚被豪情照亮的殿堂又在一点点失去光芒……他集中精神，想使康德的身体站起，但康德体内的黑暗力量越来越弱，使他也在失去力量……

人群发出暴怒的呼声，一个骑士居然背后偷袭。“小人！这种人能是我们未来的圣骑士吗？”

“让那个人站起来，让他和你公平地决斗！”

“这个懦夫，他被那个银色骑士吓倒了……”

“杀人犯！”

“审判他！”

“处死他！”

“卑鄙！”

“卑鄙，卑鄙，卑鄙……”人群很快形成了一致的喊声。

“快去救活他！”耶芙含泪大叫着，“他就要死了……”

落魄佣兵团愤怒地冲出人群，踢倒了士兵们，冲向场上，但皇家骑士团的成员冲出阻挡着他们。

连黑袍人也愤怒地冲了出来：“浑蛋！谁让你杀他的？我要宰了你……”但跑了几步，就背部剧痛，不得不减速。

阿蒂蒙被人群的狂怒震惊，但看见卫兵正竭力阻止着冲上来的人后，又觉得不能示弱。

“吵什么！”他挥舞着那剑大喊着，“有本事就上来挑战我啊！”

说出这话可犯了他一生最大的错误。

呼啦啦一声，像神挥动手臂掀起暴风，广场上被激怒的数万人像狂潮一样喊着全向前涌来，把士兵冲得七零八落。

“冲上去砍了这破烂，再砸了依亚王的破城堡！”里德高举着刀在人群中煽风点火。

暴乱已然不可阻挡。

但人群又忽然全部刹住了。他们望着同一个地方。

康德已缩成一团，却艰难地拱起了身体，睁大双眼，双手在不停抖动着，足尖也在微颤，像一只被踩了一脚弓着的毛虫，仿佛还想竭力站起来。

“好，头儿，加油，你能做到……站起来，打败他……圣骑士就是你的了！”莫卧儿在冥想里大声喊着。

“我……我正在……”

“站起来，你可以！”莫卧儿和卡夫娜同声说道。头颅感到康德体内的黑暗气息又浓烈了起来，想到痛苦和受伤也许正会使这亡灵的力量增强，他不由得兴奋而又恐慌。

“我现在就去帮你咬他、勒死他，把他扯成碎片……”卡夫娜喊着。

“不……不行！我要……像个骑士一样打败他……”康德咬着牙，他的身体一点点地站了起来。

人群震惊地注视着，本准备上前抢救的士兵也愣愣地站在了原地。

康德终于直起身来，他慢慢转向阿蒂蒙，向他伸出手去：“把剑，还给我……”

人群一阵疯狂的喊好声，阿蒂蒙却呆在了那儿。

“还给他！”斯图康达族长莫若旺大声对自己的儿子喊，他明白，现在不是惹怒众人的时刻。

阿蒂蒙哼了一声，把剑丢了回去。

康德想伸出手去接住剑，但他笨拙不受控制的手却没能接住它，剑碰到他的手指落在了地上。

阿蒂蒙哼哼冷笑起来。康德双腿抖动着，想蹲下身去捡起那把剑，但人们都在怀疑他蹲下去后能不能再站起来。

康德渐渐弯下了身，手指抽搐着伸向那剑柄，试了好几次，可他无法弯曲自己的手指。

耶芙再也忍不住了，她一夹座下的白马，冲出人群，来到康德身边，跳下马为他捡起了那把剑。

耶芙觉得那剑沉甸甸的，剑柄冰凉。她用两手小心地托住剑刃，把它托到康德面前。

人们欢呼声、口哨声四起。

毕斯麦在一边皱眉看着自己的女儿，他不喜欢她这样冲动，但不得不承认，这是个可能被写入历史的动人场面。

“谢谢……你……”康德接过剑，他的声音变得苍老无比。

他慢慢转头，向阿蒂蒙看了一眼。

斯图康达骑士吓得退后了一步，刚才一个打不倒的华莱比斯就让他差点摔断了腰，这个杀不死的骑士说不定能把他剁成碎块。

而且他明白众人都等着这件事呢！

“让我向前走，莫卧儿。”康德说。

“别傻了，我们连站都站不稳呢。我用法术帮你……”

“不，我要靠我自己的力量，我坚信，我是天主选定的圣骑士，我一定能战胜他！”

“你的力量？你先用你自己的力量动动试试？”头颅对他的狂热报以冷笑。

康德试着移动自己的身体，发现它像山一样重，因为用力他全身都在微微地抖动，他挪不动自己，血液似乎早凝成了铁。他也许真的离圣骑士只差一步，但这一步却永远迈不出去。

但这一切已经足够。全场都为这骑士在被剑穿透后还能重新站起所震惊。毫无疑问这是天主所赐予的力量。所有人张大嘴沉默了，忽然欢呼再一次爆发在整个广场。这声浪就足以冲溃一切站在这银甲骑士面前的人了。

阿蒂蒙惊呆了，他不知所措，他眼前也许真是个受了神的祝福而无敌的骑士。

毕斯麦得到了城墙上传下的话，他会意地策马来到阿蒂蒙面前。

“你为什么要偷袭那个银色骑士呢？太让人失望了……这不是一个遵守骑士道德的人能做出来的。”

“可是……”阿蒂蒙有些惊慌，他回头望望自己的父亲，可莫若旺面无表情，他只好又回过头来辩解，“天、天已经亮了……太阳升起前我还站着……难道我不应该是……”

“够了！”他的父亲莫若旺怒声喊着，“我们走，离开这儿！”他深深明白现在这个局面，一切已毫无意义。

“好个公正的依亚王国，”他拨马离开前，瞪了毕斯麦一眼，“你们会为你们的丑行付出代价！”

毕斯麦叹了一口气，的确，激怒各国骑士的恶果即将来临了。

圣骑士终于诞生。他没有挥动一次剑，仅仅是喊了三句话，还有一次从地上重新站起。但一切不可阻挡地奔向那个命运，似乎像宿命的黑洞，吸走一切可能之光。

册封大典明日就要进行。康德先在王宫中受到了阿依古王与大主教的召见。因为教皇国远在大陆的东部、高高的夫斯山脉另一边，所以在西陆，八十九岁苍老而迷糊的圣衣大主教就是主的意志宣读者。但现在他不幸流着口水睡着了。所以接见仪式主要由阿依古王和神学士卡休理完成。

“骑士阁下，请摘下你的头盔，让我们看看你的面容……”阿依古说道。

“哦不，”康德想，“这是不可能的。当我朽坏的面孔露出，一切都会变成噩梦。”

落魄佣兵团也紧张地望着。

“我……”康德似乎听到他体内的魔王灵魂正在大笑，这一切是多么嘲弄人，一个亡灵圣骑士，只因为该死的不可更改的命运？

“我想我不行。”

“为……为什么？”阿依古王愣在那里。全场哗然了。众王公教士交头接耳。

“因为……”康德脑子飞转，“因为天主对我说不可露出你的真面目于人。”

忽然他感到胸中一阵剧烈的刺痛，他想起了那是百亚留在他身体中的吃心虫。只要他说谎，它就会吃掉他心脏的一部分。作为一个亡灵，他本已经不再有感觉，不能闻到香臭，不会觉得饥饿，也没有舒适与痛楚。可也许唯有那颗心脏还活着。

“这……”教士们惊讶地互望着，“的确有这样的传说的……天主的使节从不以真面目示人。”

“难道这人真是天上降下来的？”阿依古王紧张地抓住了神学士卡休理。

“那么，神秘的骑士，你愿意发誓效忠于依亚王朝，并宣布你所带来的主的旨意，由依亚来担任各国联军的领袖吗？”卡休理问。

“我……我不太明白……”

“我是说……得到天主感召的你，是否带来了主的旨意，证明依亚国才是天主选定的各国的领导者，阿依古王注定是带领各国联军击败魔族的人。”卡休理热切地问道，就差没有挤眼睛做鬼脸了。

“说‘是’……头儿。”莫卧儿在康德背后偷偷说，“这样他们就会毫不犹豫地把圣骑士的荣勋赐给你。”

“这意味着又一个谎言，”康德想，“是的，成为一位伟大的圣骑士是我的梦想，可我没想到这需要用一串谎言来实现。”

依亚需要他这样一个主的奇迹来证明它对于其他王国的超然地位，于是康德发现自己变成了一个舞台上的演员，所有的灯光都打在他的身上，所有的人都注视着他，是扮演英雄还是小丑，只看他自己了。

撒谎，得到地位与力量。抑或是诚实，接受失败的命运。

康德愣了很久，低下头说：“对不起，也许我不适合做一个圣骑士。”

他转过身，向门口走去。

可是士兵们上前拦住了他。

“站住。”卡休理冷冷地说，“你以为你可以嘲弄阿依古王和大主教？你以为你可以选择是或否？”

“我弄错了，”康德说，“我从小就以为圣骑士是荣誉与勇气的象征，我没想到为了成为他要陷入一个政治的骗局。”

“什么骗局？以主的名义，征召一支军队，去打败可怕的异教魔族。这难道不是伟大的功业？”

“可是我的确没有得到过任何天主的口信，关于依亚必须成为各国的领袖。我来之前也不知道圣骑士必须向人们去宣布这个谎言。”

“所有的人都相信你，他们看到了你的神迹，你被刺穿后还能安然地站起来，如果这不是主的力量，请解释这是为什么？”

“这是神对我的嘲弄。”康德想。他无法在这儿解释所有一切。他开始后悔自己居然对奇迹抱有幻想，以为自己可以拥有英雄的奇遇而避开命运的捉弄。现在一切证明，如果有一个金奶酪就在你面前的地上放光，那里八成有一个诱捕的陷阱。

“无论如何，你现在必须维护依亚王的声誉，你必须接受圣骑士的授勋，并发誓今后只效忠于阿依古王！”卡休理的声音让人觉得他似乎想要咬谁。

“如果，我拒绝呢？”

“无论如何，所有的人都看见了圣骑士的诞生，所以，你的决定不会影响圣骑士最终出现在册封大典上。”

“你是什么意思？”

“把他捉起来！”

士兵们冲向康德，扭住了他。而落魄佣兵团却还在宫外等候。

“现在，让我们看看你的真面目。”卡休理冷笑着。

当光亮的头盔被摘下，所有人都发出了惊叫。

忽然九头蛇卡夫娜从盔甲上显出了蛇身形体，叼住士兵们就把他们向四面甩去。

“康德，跑，快跑！”莫卧儿说。

康德在一片惊叫声中，向宫外冲去。

可是，围上来的士兵却越来越多。康德像一只惊慌的困兽，被围在了中间……

册封大典将在这片大地上最大的西和杜教堂举行。

现在无数金黄闪亮的旗帜树立在教堂前，人山人海围满了那里，看着那盔甲闪亮的骑士走上宽大的神圣之阶。

“骑士，你的行为已经证明了天主在你身上的神迹，你可愿高举神圣的旗帜指引这片大地上的所有骑士？”苍老的大主教竭声问道。

“是的。我将如此。”

“是否是主指导你来效忠于这大地的伟大之王——佛克·阿依古，辅佐他进行那保卫大地的伟业？”

“是的。正是如此。”

“圣骑士万岁！”远处，激动的耶芙不由得率先高喊，人们也随着欢呼起来。这其中，也夹杂着异国骑士们的哄声。

阿华依在那盔甲之下，清楚地听到了耶芙的喊声，却越发觉得寒冷。因为他将扮演另一个角色，一个伟大的英雄，却永不可以再露出自己的真面目了。遵照天主意旨永不露出面目来保护世人的圣骑士，正如这盔甲，光华之下掩盖着巨大的阴谋，真相永不可能再有重见天日的一天，直到他的死亡。他的爱人近在咫尺，爱慕着他所扮演的角色，他却和她永别了。

而此时，在路士林狱的最深暗的地下，一个面容朽腐的亡灵正被囚禁在这里。那是伟大而渺小的康德，内心囚禁着魔王的意志，穿着神圣的战甲，他曾经在那一瞬间可以把握世界的命运，但他放弃了，于是成为一个无足轻重的丑恶怪物，等待着被火烧为灰烬，而世界，不会注意到他的消失。

“我真是愚蠢的人。”

“当然。”他身体中另一个声音回答着，“你终于看见了你可笑的梦想的真相。”

“一切都是幻影吗？我的生存已经没有意义了。”

“力量与光荣从不靠别人赐予，人只该服从自己的心。而你背弃了你内心真正渴望的道路。”

“我内心真正渴望的？”

“你该明白你真正想去的地方。”

“是的……我想去的是……地下城，去救出云迪，但那是不理性的……是没有可能的，而且，我也不能把你——魔王的意志带去那里。”

“也许这不过是你胆怯的借口。英雄的壮举从来都是非理性的，他们不会用猜测去代替未知，你的头脑已被自己虚伪的借口所蒙蔽，你连亲眼去看到真实的勇气也没有。”

“够了，不要再说下去了！”康德抱住了自己的脑袋。

“你永远不配成为英雄，因为你总是在害怕。要明白，一千个被爱情或是理想冲昏头去冒险的人中，有九百九十九个成为路上的枯骨，只有一个会如愿以偿，站在高峰之巅，俯视走过的道路，成为后世的传奇。但是那些在山下犹豫，说‘这绝不可能’的家伙，是永远的可怜虫，只有老死在自己的床上，或是像你，在明天作为可怜的丑角而被处死。”

“这就是魔王的哲学？”

“是的，我为达到目的不顾一切，所有阻挡我的人将被踩在脚下。”

“哪怕我将与之战斗的是你的族人？”

“哈哈哈，我从来不害怕战斗，因为真正的勇者将在剑的碰撞时被检验，弱小者注定失败，历史的道路就是强者的道路。如果我的战士们不够强悍，他们就不配生存在这个世界上。”

“但我仍然不会使用不属于我的力量，哪怕它再强大。这是我对一个人的承诺。”

“宁愿看着另一个人死亡？”

“我，我不知道……”

魔王不再说话，一切陷入了极度的安静之中。黑暗中有什么慢慢地涨起，漫过了康德的脚面、膝盖、肩头。那是对死亡的恐惧。

“真奇怪，”他想，“当我发觉自己变成亡灵，不可能再享有人生的一切欢乐激情时，是那样渴望死亡。现在，当那终极的寂灭即将来临，我却是如此不安，身体静止不动，心中却有什么疯狂挣扎，如暴风雨中的船夫。也许我应该面对自己真实的渴望？我不希望就这样死去。也许我该唤醒魔王使用他的力量？可是却要坠入那邪恶的宿命……”

他开始对着上天祷问：“主啊，难道人所注定的命运不可更改？那么我是否也并不会就此死亡，而是终将走向那您为我定下的可怕结局？如果是这样，我愿意遵从我心中的真实渴望，勇敢地去地下城拯救我所爱的人，不论多么危险，也不论会给自己带来什么可怕的命运。但我绝不使用魔王的力量，只请你赐给我勇气与幸运。”

仿佛是即时得到了回答，噗一声，他身边的土破开了。

“阿兹？”

“嗨！臭东西，你这儿可真难找。快些，我已经救出了你那加起来十个头的宠物，里德他们正在狱外的树林里等着我们。”

那黑袍人来到路士林狱边上，想找地方潜入这重狱。走过那水塘边，却看见了一个人，是那曾指引康德的老牧师。

“你好吗？还在为了你某个可笑的使命奔波？哪怕已毫无意义？魔王不能复生，而圣骑士也换了人选，未来的景象已毫无意义，再没有人能预见未来！这很好……所有人都又得到了一次从神掌中逃离的机会，又一次捕猎的游戏开始了……”

“你……你是在跟我说话吗？”黑袍人摸着脑袋问。

“当然是你，难道还有谁？你已经失去了你的本质，你还在为谁而战呢？”

“难道……真的是我？那么……你……”黑袍人走近那老牧师，他看见那牧师的眼睛中有着无底的深渊，像要吸去他的灵魂。

“你……像是能看透我的内心。”

“你有沉重的心事，曾支持你的信仰已动摇，而你不愿正视它。你宁愿忘记这一切是吗？”

“你是谁？难道你是……”

“我是谁？你把我当成了谁……一个你已经背叛的主人？孩子，你想知道你未来的新命运吗？”牧师和蔼地笑着，眼神温暖。

黑袍人惊惧地站在那里，一种巨大的绝望使他完全动弹不得。他觉得自己的身体慢慢地升起来，意识在一点一点地离开自己的身体。

“你可以选择放弃你的过去，但你的下半生都将孤独，因为没有一个种族会接纳你，你会饱尝被世界遗弃的痛苦，不论哪一位神，都不想拯救你。”

老者离去良久，黑袍人还怔怔地站在那里。

第三十四章

初见与重逢

康德躺在了山坡的草地上。早晨的阳光柔和又温暖，草地正绿，鸟声啾啾，一切看起来是那么舒服，就这样躺在草地上吧，为什么还要去为这个或那个伟大的理想奔波？

可他明白，这种心情很快就会过去，一个亡灵不能久曝于阳光下，一个人的生命也无法久沉于安逸。

“那个老牧师给我看的是真的吗？当我终于有机会触摸自己的梦想，却发现它与想象是如此不同。”

“痛苦是你的力量。”

在那个老牧师第二次给他展示的梦境中，这句话回响着。

难道我还不够痛苦吗？亡灵这样想着。

“我不肯背弃自己的信条，还想以一个亡灵的身躯做一个真正的骑士，我恪守的骑士信条却让我成不了圣骑士，我的力量在哪里呢？我如何去拯救云迪呢？我应该永远地逃离人群、隐匿于黑暗中吗？”

这些问题逼得康德脑袋都要裂开了。

仿佛正、反两派神灵全涌到了可怜的康德脑中交战，一阵天翻地覆鼓乐交加，当他努力赶走这些家伙，睁开眼发现里德站在自己面前。

“命中注定的圣骑士大人，现在我们该怎么办？”

“你们都离开我吧，我要独自去一个地方。”

“嘿，你想甩开我们？你或许又是独自得到了什么秘密宝藏的消息？”

“呵呵，是的，是宝藏。但是那个地方，活人没有办法进入。”

“难道你要去……”

“是的，我要去地下城。”

那一年，无数银月光华旗在大陆各处飘扬了起来，各国的骑士带着怒气回国后，都成立了自己的银月光华军，并顺利地得到了国王的封号。忽然之间，若星汉天空下奔驰起上百个圣骑士来。

“他们都在污辱这个旗号！”依亚王阿依古发着怒，“他们甚至连天主也不信。依亚王朝才是礼天教的正统所在，其他诸国没有权力册封圣骑士。阿华依，去打败他们，让他们明白，谁的军队才是真正的圣骑士武装！”

杰米拉达躺在担架上被送回了多斯维亚，当他能下地后，第一件事就是召集他忠诚的旧部和兄弟，建成一支征讨军，向欺骗他并令他蒙羞的依亚兴师问罪。

终年以打猎为生的多斯维亚人以善战闻名，他们是“山上的飞鸟，马上的疾风”。神箭手之多，全大陆没有国家能比。这支猎人军驱着山地狼，头上盘旋着猎鹰，虽然他们只有三千人，但也很快攻入了依亚的边境。在横扫过边境数十个镇后，依亚的边境军只要一看见天上有飞鹰出现，就开始奔逃了。

听到西北多斯维亚人胜利的消息后，东北的阿吉亚，南部的亚加斯，还有亚加斯的一贯盟国华拉、路拉、古拉，都开始向老对头依亚进军，扬言要教训阿依古代天主说话的无礼，把自封的假冒的圣骑士拉下马活活拖死。

在魔族涌出大地之前，人族王国之间的战争先开始了，后来人们把这称为“圣骑士战争”。

在依亚腹地山围中的一个小村里，平静安宁。山坡上走着羊群，妇女们在木棚上晾晒着皮具，男人们捣着造屋用的泥坯。一匹快马的突然奔来吓了全村一跳，这可是不常有的可以记入村志的大事，骑兵停也不屑停下，把一羊皮纸卷丢在村口，就这样赶去下一站了。

人们全部围了过来低头看着这纸卷，仿佛它是从天外来的。

当一个稍认字的人艰难地半猜半读出了它的内容后，发觉不是城里戏剧布告的村民们一哄而散。战争那是个什么东西呢？能比要赶快晾出去的被子还重要？

黄沙吹过，地上的纸卷无奈地伸腰打着滚。这时有一只手把它捡了起来。

那裹着长袍的人把纸卷按在了胸前，仿佛怕风熄了他未泯灭的志愿。

“看哪，是那个从来不脱袍子不洗澡的怪人呢。”村人们又找到了关注的目标。

“我知道，他是会变魔术的人，上次我亲眼看见他在林子深处变出了一条九头蛇，还和它说话呢。”

“都别胡说了，离那个怪人远点……”母亲们把孩童拉走。

“地下城的入口究竟在哪儿呢？”康德叹息着。

不愿唤醒体内的魔王，康德只能独自寻找入口，在那些史上曾记载魔人涌出过的地域。可是目前为止，一无所获。

就在这时，村庄外传来了喊声。

“魔人！魔人出现了！”

康德感到心中像被一面重鼓猛击了一下，那体内的魔王意志立刻醒来了，自己的身体像是在狂风中不能自控。

村民们惊慌起来，妇女们拉着孩童躲入家中，男人们则拿起了木棍、铁器，冲向村外。

康德也紧裹着袍子，跟着他们冲了出去。他不知道这是自己想见到魔人们，还是他体内的魔王。

然而在村子几里外的森林边，小心翼翼准备随时转身就跑的村民们看到的不是铁甲森森的魔军，而是十几个和他们一样惊恐的异族平民。他们中间也有老人、幼童，衣衫残破，只有红色的眼眸显示着与对面人群的不同。

两个骤然相遇的种族就这样不安地对峙着，直到夜晚降临，人族军队赶来。

当士兵们企图接近魔人时，他们中有人发出了威胁的呼喝，挥舞起武器，把士兵们逼开了去。康德看见有士兵请示了军官些什么，然后走向队伍，命令弓箭手上前。

“那并不是军队……”康德惊讶地想，他看见第一次发射开始了，几个外围的魔人倒在地上，其余的人惊慌地向森林中跑去，康德听见了孩子惊慌的哭泣声。

军官大声喊了句什么，聚集的人群发出欢呼，向林中追去。

不，康德想，这会陷入一场愚蠢的杀戮。他也拖着腐朽的身躯跟随着人群奔向林子。

可他走得太慢了，他的腿已经不能有力地跑动，他开始后悔当初没有让莫卧儿给自己换一具什么鹿怪或豹人的身体。他走入暗黑的森林，向着喊声密集处走去，走到时发现已经又有几个魔人被围住了，多是女人与老弱，士兵们用枪逼刺着他们，有人点起火把，正准备把他们作为魔怪烧死。

康德极力奔跑着，用尽力气撞进了人群：“住手！你们不能在未宣布他们的罪行前就杀死他们。”

“罪行？”有军官笑起来，“对于魔族还需要审判吗？身为异族，就是他们一出生就背上的罪行了。”

“滚开！”“他也是魔族的一分子嘛！”“连他一起烧死！”疯狂的人群发出骂声。

“对不起。”康德深吸了一口气，“你们还做不到。”

九头蛇卡夫娜像是早就忍耐不住似的从他的身后蹿了出来，这段日子里它化成蛇纹附在康德的破袍子上觉得自己也快发霉了。

“邪恶的法师！”士兵和农夫们惊喊着奔逃而去。

“我真没想到我还要借助黑暗的力量来做好事。”康德叹息着说。

“是啊，你就是一只喷着黑墨水的好心章鱼，我有时真没法理解你那些信条。”莫卧儿说。

康德回过头来望着那些魔人："我相信你们不是士兵，来到地面上也不是为了杀戮，你们能否告诉我，你们为何走出地面？你们又是从哪里出来的？"

"头儿……你什么时候会说魔族的语言了？"莫卧儿惊讶地说。

康德这才发现自己正说着异族的语言，惊讶后他想到这是体内魔王的灵魂正与他的灵魂融合的缘故。也许他离地下城越近，这融合就越不可阻挡，但他必须冒险。

"你也是依德尔人？"有魔人问道，"你难道不知道我们全族从地下国度大迁移的消息？我们是分散逃出的村民，而坎图斯蒂的数百万人将在军队的护卫下集中进行远征。真希望他们能平安地看到阳光。"

"地面上并不安全，你们为什么要出来？"

"因为亡灵族想控制整个地下国度，他们的本质使他们要毁掉所有有血肉的东西，我们无法再待在地下了，我们要重返故乡。"

"故乡？"

"就是精灵之森背后无边的辽雷草原，当年我族的发源地，在和斯昂族争夺中部平原失败后，我们就和故土隔开了，直到被驱入地下，已经数百年了。"

"可是我现在需要去地下城，有人能告诉我入口吗？"

"你疯了，亡灵族遍布整个地下，见人就杀。而且，如果你不熟悉道路，很快就会迷失在无边的黑暗之中的。你为什么要去那里？"

"因为……一个渺茫的希望，但我的人生也只因为这个希望才有意义，不然我已经不知活下去还有什么理由。"

"是什么事？你要找一个人吗？"

"是的，一个人，一个对我很重要的人。"

"我明白了，"那个魔人说，"但是我该告诉你，回到地下就是送死。所有的人都在逃出来，那里很快就要变成亡灵族的世界了。他们不会思考，只会疯狂地杀死他们所遇见的一切活物。"

可是我不是活物。康德想。他苦笑着说："你们不必担心。难道真的没有人愿意给我指引道路吗？"

“我带你去！”忽然一个少女说，“我可以一直带你回到地下城。”

“你疯了，百亚！”有人扯着那个少女。

百亚？康德望着那少女呆住了。

……

那双银色的软靴，月光下初见的修长身影，漂亮的笑容，死在他怀里的女孩。十年后她是他的忠诚部属，为了他而死在冰河的地下河边。

这是宿命吗？

……

“为什么？为什么是你？”

“因为我也和你一样，没什么可怕的了。这些日子我一直逃亡，我失去了我的父母、朋友……终于来到了地面，可是这不过是另一个危机四伏的世界，我受够了，我不想就这样像猎物一样被斯昂人杀、被亡灵族杀。正如你说的，人需要活下去的理由，我的理由就是我愿意帮助你，这也是我的生命中唯一还有意义的事了。”

“不，那太危险，我不能让你去冒险。”

“所以你就把我留在地面上？这里和地下有什么区别？我对这里更加害怕，到处都是没有见过的奇异事物，树木看起来像怪物，随时会遇上奇怪的虫兽，还有世仇的异族……既然都是要死，我宁愿死在我出生长大的地方。”

“百亚！我答应你的父亲要照顾你……”一位年长的人说。

“不，坎蒂尔叔叔，你做不到，也许只有这个人，才能保护我。不知为什么，我相信他，愿意帮助他。”女孩脏脏的脸上却有着一双倔强的眼。

康德叹息了一声，命运是一个环，他却没有拒绝套上它的理由。没有百亚，他也许永远也无法到达地下城，更不用说找到云迪。

他们最终在那巨大的地下河边停了下来。头顶洞壁的凝水成片地滴下来，在地面上溅开。

“为什么？这一切是为什么呢？”他颤声问。

"不知道，我也不知道。"百亚露出惨淡的笑，"有些事我们都不知为什么，但我们……不能选择。"

因为莫名的事而断杀？因为虚缈的未来而杀人？

"康德，我无力拯救你……请你原谅我……"

"不要再说这些了。生与死对我已没有意义。"

"我……很冷啊……"

康德的身体也是冷的，他没有体温可以温暖她。

"我一直在想……是什么……使我们相遇……又是什么……使我们分离呢……"百亚忽然抓住了康德的手，"康德……你答应我……你不会……变成魔王。因为……那是，他的梦想。"

"他……"

"他就在你的身体中，也许你不了解他，但你不该忘记你的梦想，你曾想成为一位英雄的圣骑士。面对你身体中的魔王没有人能帮助你，只有你自己……战胜他……"

从梦中醒来，星光虫鸣，康德看着身边熟睡的女孩，她不知道她跟随的人有着怎样一副面孔。

为什么要相信我呢？如果从来就没有人相信过我，我也许可以不用为他们的命运承担痛苦，我为什么要去告诉人们未来呢？

少女百亚不知什么时候也醒了，她的眼睛清澈得像透明的星辰。

"告诉我，你要去找谁？是你所爱的人吗？"

这个人在未来也可能是你的敌人。康德想，你们想把我拉向不同的命运，但我却不能恨你们中的任何一个。

"是的。她对我很重要。"

"你为什么从不露出你的面目？"

"我……我的病让我不能见到阳光和风。"康德想，"这算谎言吗？"还好，胸中没有什么动静，吃心虫似乎并没有被惊醒。

为了不让百亚追问下去，他抢先问道：“你说魔……呃，你们全族都迁徙出地下国度，那么地下城中还有你们的族人吗？”

“不会有了……听说，坎图斯蒂的大火长久没有停息，人们烧毁了家园，立志永不回头。”

“那么，我去哪儿才能找到他们？”

“只有去追赶他们，我们可以抄小路，在地下的若德山谷寻找他们……如果，他们依然活着的话。”

第三十五章

死亡大潮

地下

失落荒原上焦土一片，魔军如烈火一般卷过了这里。

魔军自墨苦城被屠后对亡灵族的第一次大规模复仇战，八万魔军以数千人的代价，在一天之内轻易横扫了已被烈火围困又没有恶魂大法师保护的三十五万亡灵军。当六翼神龙军团隆隆而去时，地下国度里似乎还回荡着他们的欢啸，身后只留下无数亡灵的残块焦肢。

一鼓作气疾行下去，直袭里姆可依通道入口的温泉关！齐格扎里特这样想着，精心策划的战术成功了，亡灵族的确猝不及防。失落荒原战役中没有发现高等亡灵法师的踪迹，说明路华美亚对枯法卡宫的袭击的确杀伤了大量的恶魂，五千飞龙军的代价没有白白付出。如果能及时赶到温泉关，也许会有一个好的开始，会使魔族出地下的征程意外地顺利。进入里姆可依通道后，只要杨特克里达能坚守温泉关，六翼神龙军能突破里姆可依通道中的亡灵聚集区，中军便少了许多危险，魔族就可以避免在地下平原被围困消灭的危险。

可是路华美亚反对这一点："离温泉关还有两千里远，飞龙军一刻不停也要近两天才能飞到。步兵纵然以六翼神龙军团之疾行，也要至少十天，再快也快不过恶魂法师们的。最重要的是，魔军精锐全数疾行，和带着妇幼老弱的中军距离拉开，如果一支亡灵军从空隙中出现，如何救援？"

连善用飞龙闪电破袭著称的路华美亚都反对，齐格扎里特也许该慎思了。

可一早派出的飞龙探骑回来了，温泉关有近百万亡灵族正在聚集！但没有发现恶魂大法师的踪影。

只有一搏了。齐格扎里特重拳击在地图上："现在温泉关的状况如同失落荒原一样，只是一些小恶魂在先行驱动亡灵军聚集，难道要等这一百万亡灵军在恶魂大法师到达后，成为一道数十里厚带邪恶魔法的几乎无法冲破的骨墙，才发起进攻吗？早一天到达，也许就多一成希望，不是我太急躁，除了冒险我们没有别的选择。"

"我明白你的意思……"路华美亚低头沉吟着，又抬起头来，淡紫色头发飘扬着，"那么，要去，也是我先去！我会让温泉关的火一直烧到你赶到为止。"路华美亚说。

"就这样了，路华美亚！"齐格扎里特不愿多说感激的话。

在得到齐格扎里特的信件，知道六翼神龙军团正以一日近两百里的疾行离中军而去时，华优冰其斯不由得苦笑了起来。他当然明白齐格扎里特的急切，六翼神龙军如果失去机动的战略，威力就小了一半。坐等敌人本也不是他们最初的方案，且现在自己得到于斯蒂娜的帮助，黑暗力量已恢复，不能再把六翼神龙军团拖在身边。现在他只有希望在中军的附近，没有亡灵军在隐藏着。虽然派出去的探子都报两百里之内没有亡灵大军的踪迹，但那些骷髅怪尸是随时可以从他们脚下钻出来的。

此时，阔步走在中军前列的军阵中的依德尔少年们，却在急切地渴望着战斗。

"前面六翼神龙的阵怎么越走越急了？我们加快赶上去吧。"如果在阵中挑唆着，混进新军阵只是他的第一步，赶回到六翼神龙军中去才是他的最终希望。

"不知道了吧，六翼神龙主力昨夜早就疾行赶去温泉关了，前面的不过是五千留给我们中军的前哨营而已。"坎贝米斯说，"看样子，就连他们都觉得我们走得太慢了，可我们有屁办法，我们也要等后面的大部队啊。"

"什么？"如果心中急凉，"完了，完了……彻底被军团甩下了，打仗赶不上了，立功赎罪的机会没有了……”他真觉得胸中火焰烧得自己躁跳不止，恨不得现在就跳出阵飞追上去。

“你着急归着急，放开我的脖子！”坎贝米斯一肘捣在他腰上。

入夜，中军全体扎营，营地曼延方圆数百里，数十万个火堆，上千万分隔营阵的木栅上安放的警示火石，在天上巡视的飞龙眼中，就像是地上的庞大星河。

“亡灵军现在在做什么呢？”华优冰其斯站在高地上，望着这壮观的营地。骑巡军在营地内外穿梭奔驰着，像火海中的流岩。他明白这场面既壮观而又脆弱，现在这生机一片的茫茫火种，有多少会在巨大黑暗的来袭后继续闪亮呢？

少年新军的营地中，坎贝米斯觉得身边的人越来越少了。

“都睡觉去了吗？刚吃完饭才一会儿呢。”

一副将来到他身边，这家伙只有十五岁，满脸稚气，穿着不合身的盔甲。

“旗领……”

“什么事？”

“很多人都偷偷拨开栅栏，跑去内营找他们的父母了……我刚才……”

“浑蛋！”坎贝米斯立刻跳了起来，“立刻去把他们追回来！”完了，太大意了，巡兵派得不够，出了这样的差错。让这么多人私出营地，是要被砍头的，坎贝米斯不由得冷汗直冒。

阿比奇依诺，那个当初差一点被军阵甩下的少年，现在也偷偷走在了营与营间黑暗的缝隙中。

但初入军伍的他显然低估了魔军纪律的威严。

“啪！”还没来得及反应，一道皮鞭就抽在了他背上，把他抽出老远，身上就像要裂开一样的痛。

“哪个军阵的？”火把亮了起来，一个马上的巡军出现在黑暗中。他们的骑术加上特制的包马蹄的皮革，在黑暗中疾驰也没有声音。

可这时另一边也传来了喝声，其他的离阵者也被发现了。

“立刻滚回阵去，否则立刻就砍了你！”那骑军听声音不过也是个十八九岁的青年，声音凶狠但不沉浑，他赶去了另一边，非常时候的确顾不得一个个地查问姓名。

阿比奇痛得几乎不想起来，可又怕巡骑回来后会真的砍了他，他忍痛站起来，知道去找母亲和妹妹是无望了。本来这么多营圈，他又哪里能找得到。母亲也不能知道他被抽了一鞭，从此以后，多少苦痛，都只有自己一个人承担了。少年不由得在黑暗中无声地哭泣起来。

但另一个人却没有那么容易被逮回去。

那自然就是如果。虽然腿还有伤，但躲过巡骑对他来说还是小事一桩。巡骑的眼睛在黑暗中能视物，但他能看得更远，巡骑在黑暗中可以无声奔驰，他却能感到那地面的震动，不然怎么叫黑暗之子。

他可不是向着内营去的，他直接就奔向了离主营圈一段距离、最外围的六翼神龙前哨营。也许那儿能有他的老熟人，也许他能借他一匹快马。

他在主营与前哨营之间的数里黑暗空地上奔跑着，一边随时注意巡骑的动静。

前方的灯火越来越近了。

但此时他听到了另一种声音。

窸窸窣窣，像是细雨洒在地面，像是无数条蛇在地面爬行。

他看见他的前面，他与前营灯火之间，无数个干枯身影站了起来——骷髅兵！

那一刻一种恐惧从他全身的毛孔钻了进去，使他战栗，使他狂喊，因为他的身边，无数个土包正在耸起。

“亡灵军！”如果全身抖动，用了最大的力气喊着。

远处的巡骑听见了这喊声，可来不及了，他的身上已中了数十支骨箭，连人带马栽倒。

远处的六翼神龙前哨营似乎立刻做出了反应，攻击也在这一刻发起了。空中忽然火蛇狂舞，寒风呼啸，双方瞬间互射出了上万支箭，魔族的火箭与亡灵的骨箭在空中交织，把空气都划碎了。

仿佛突然就从黑夜里冒出来的亡灵军们已形成了黑压压的一片，向火光闪亮的六翼神龙前哨营围去。

如果拔刀疯狂地向他四周爬出的骷髅们砍去，可那些骷髅却如完全看不到他一般，只顾向前聚涌。

从魔军营中射出的火箭在如果身边飞过，一支骑兵从营中冲了出来，在后面射手的掩护下，想冲破围困，但他们立刻被骷髅兵的大海围住了。营中的士兵眼看着他们瞬间消失在这片白骨之海，只有恐惧地将箭雨泼射过去。

魔军的投石机抛出了火球，落在地面滚动着划出条条火道，投石机向不同方向抛射，火道在地面形成交错的火网，但这些普通火焰对骷髅兵没什么效用，无数骨爪从火上踏了过去。

如果还在一路劈杀着，但却是向与亡灵军相反的方向冲去。他背后亡灵军已聚成密层层的骨阵，没有办法再和六翼神龙军会合。他只有再快些杀回到新军大营中去，那些孩子没有经过战阵，只怕会被一冲而溃。

这时他忽然看见，空中，一个灰白的影子正悬浮着，没有光，它就是光，但它却又吸收着光，这可怕的影子正慢慢地张开双翼般的臂。

恶魂大法师！一个可怕的死亡魔法即将被发动。

不！他回头看向在重围中拼杀的六翼神龙军们。

忽然一个巨大的黑环向营中罩去，所有的火光都在那一瞬间一抖。

那黑光是一片环状的烟雾，烟中无数可怕的影子尖啸着，向魔军们刮去。

黑光扫过之处，魔军成片地倒了下去，白骨群立刻踏过了他们的身体，战圈缩小着。

如果向那法师冲去，可它像是永远浮在远处，他永远也到达不了法师的面前。

新军营中

少年们已列成了战阵，紧握着手中的刀，等待着迎接他们第一战的冲击。

与急袭六翼神龙营不同的是，他们的营前，白骨结成了阵列，长长雪白的一道线，不见两端，正齐齐地推进过来。

依德尔少年们的手心出了汗，他们想听到冲锋的命令，因为看着死亡一点点逼近，要比主动冲向死亡更可怕。

坎贝米斯现在却连一滴汗都流不出来，他觉得自己的身体因为紧张而僵硬，抬手动头都需要千钧的力气。这样的一场大仗，现在居然要由他一个人来指挥。

应该下令冲锋，还是坚守，抑或是放箭？步兵是不是该排在箭手前面？

他不知道，他宁愿现在只有他一个人。

华优冰其斯站在高地上，看着下方火光的变乱，听着飞龙骑士不断传来的信息。

不需要地图，他心中前面如同白昼。

至少有二十万亡灵军出现在连营各缝隙中，作为地下奇袭，相信亡灵法师们已把隐匿术用到了极限。在魔军营里有地下的探针，所以营间的缝隙才成了他们涌出的地点。

假如他手中是一支真正的军队，他现在就可以回帐中去睡一觉，天明来听听战果就行。

因为在他布下的营阵中间出现就是找死，不用说步阵的夹击变阵、骑兵的分流突击、盾手枪兵的整营移动……光营和营之间的箭瀑就能射死所有敢冒头的东西。

如果他面前的是真有百万大军的连营，他就有信心横扫地下，又何必远征离弃家园。

但魔军那样的规模，只有在千年战争时才出现过，在人族的银月光华军初建之时，所有未来的圣骑士都曾在魔军的黑色大潮前发抖过。

可惜现在脚下，只有一片妇幼的哭喊之声，震天不绝。卫兵用长枪向里扎住营栅，禁止人群的逃乱，营寨变成了囚笼，战时为了群体的生存，所有的个人尊严已毫不重要。

在连营的边缘，恶战正在进行着，无数个死亡魔法在那里升腾，惨叫声中如同炼狱。

华优冰其斯想立刻跨上飞龙冲到那里去，但不行。

他明白，黑暗中，可怕的邪灵正在等待着。

但他们不会永远等下去。

……

忽然间天空中就出现了无数黑翼之鸟，它们收起翅膀向下急坠，在一旗高时忽然展开，盘旋于人群之上，忽地就穿入一个人的身体，那人便厉声叫着被夺去了灵魂，化为一堆灰尘。

尖叫、哭喊、自相践踏，火堆被踢散，大混乱在营中蔓延。

恶魂在空中狂笑，得意于所制造的恐怖。但他的笑声只有那一瞬。

普通的剑杀不死恶魂，但华优冰其斯的剑可以。华优冰其斯的剑高举向天空，地层中开始聚集起云气，隆隆滚动，孕育光亮。当闪电直贯而下时，恶魂灰飞烟灭。

疯狂的进攻向他发起了，十数里至少有上百个中等亡灵法师、三个大法师。

华优冰其斯脚下的土地开始崩裂，眼前的景象开始变幻。大地张开血盆大口，将人群吸了下去。黑夜被撕开，火焰中巨大的幻兽冲了出来。死信鸟像黑云似的围绕着他，像箭雨一样向他穿来。骨墙从他四周升起，错结盘绕。

各种诅咒围绕着他，动摇他的精神、损害他的身体、迷乱他的眼神、减弱他的力量。

但华优冰其斯还站着，即使他周边的岩石全崩溃，他脚下的土壤依然坚实。

死信鸟像撞到山上一样爆成黑灰，幻兽被利剑的光芒搅成夜中的一团光彩。

诅咒之中，闪电却还在不停地击下，一击、两击……所有的恶魂法师都在怀疑诅咒是否都回到了自己身上，因为他们正陷入噩梦。所有的恶魂法师都在希望自己会祝福术祈祷闪电不要落到自己头上，因为每一声雷都使他们颤抖。

他们向后退开，隐入黑暗中，蓄积下一次的死亡风暴。

没有人知道华优冰其斯还有多少力量，一百道闪电过后，他还能支持下去吗?

他虽然强悍，但并非神。他的盔甲已经破碎，脸上血痕累累。

他脚下的土地燃着烈火，若不移动就将忍受煎熬。

死信鸟也许并非都被粉碎了，有多少已侵入了他的灵魂？

“华优冰其斯还站着！”传令兵高喊着将这句话在连营中传递，营中的老幼向高地上看去，他们看见了那个如磐石的影子，渐渐地平静了下来。

“华优冰其斯还站着，我们怕什么呢。”母亲安慰她的孩子们说。

这些孩子后来长大了，他们看见了阳光，漫长的战争中，每当面临绝望之境，他们都会说：“怕什么呢，山之巅，华优冰其斯还站着。”

最初战斗爆发处的六翼神龙前哨营，现在早已灯火全无，在亡灵海中变成了一座死墓。

除了在营寨间各处冒出，亡灵军在外围更成片涌来。从高处远远看去，在魔寨主墙外围，如同蒙了一圈灰雾，正疯狂啃噬着粗木和石块垒成的寨墙。

地下所谓的木材，其实多数是一种半石半植物的生长缓慢的物种，称为岩木，几百年才长一小截，但却遍布地下，数量惊人。也有其他一些无须阳光也可生长的植物，但相比之下稀少多了。岩木十分沉重，却坚硬无比，由于内部半木质化，在用高温火焰灼烤后会像木炭一样缓慢地燃烧，从灰褐色烧成灰白。现在的魔寨主墙便是这样，被战火烧成红彤彤的，长长一线在风中明灭着，像一道壮观奇景。但它们却仍然坚硬得足够撞碎每个猛扑上来的骷髅兵。

魔族士兵第一线用长枪从岩木寨墙后刺出去，弓箭手站在二线的木台上向外放箭，再后面是大小各型的投石机，向外扔出火球或巨石。飞出的大石块在寨墙前堆积着，阻碍着亡灵军的冲击，魔军丢出的魔藤种子也迅速在石块间生长起来。亡灵军看来很不习惯在这些假山藤条中散步，常常稀里哗啦地被绊倒一地，骷髅兵的脑袋乱滚，僵尸也找不着手脚。而接下来急速飞来的碎石则把他们彻底砸碎。

但即使这样仍然有无数的亡灵军拥到了寨墙前，他们摞成小山一般向高高的墙头攀去，很多被墙间穿出的长枪刺下来，在寨墙上冒头的也多被一箭射落。有一些翻落进来的落在长枪兵的背后，立刻被魔军盾锤兵冲上去砸碎。依靠坚固的寨墙，魔族的主寨一时还没有被冲垮。

魔军们最害怕的，还是那些悬浮在空中，飘忽而至的亡灵法师。它们出现在哪儿，哪里就出现死亡的巨手，扫倒大片的魔军。当后线的预备营看见哪里有亡灵的灰色身影一闪时，就知道要准备补防去那里了。

没有人知道亡灵族有多少万，也没有人知道要苦守到什么时候，地下是没有昼夜的，也许他们的新的一天永远都不会来。

直到天空传来了龙啸声。

直到一支光箭穿过了恶魂法师的身体。

魔军们仰起头，倾听着群龙的呼啸。

飞龙军回来了！

路华美亚驾着烈娇掠过空中，下方是无边的亡灵灰色大海正向前涌去。

至少有百万亡灵军在连营四周包围着。可飞龙军的目标不是他们，除了扔下魔火弹，他们分头直扑空中的亡灵法师们。

亡灵法师们立刻召唤出死信鸟、幻兽，还有夜影武士来抵御。但飞龙快速地冲过它们，向亡灵法师们射去魔箭。

或是害怕强大的飞龙，或是被路华美亚在枯法卡宫的声威吓怕，亡灵法师们向黑夜中隐去了。

路华美亚知道，还不是松一口气的时候，亡灵法师们随时可能偷袭。她率飞龙军在空中来回巡视着，随时准备向寻找到的恶魂射出利箭。

但对于下方的百万亡灵大军来说，五千飞龙军能起的作用便有限了，魔爆弹制作工艺复杂，只有特定的龙骑士才能携带，不是想扔多少就可以有多少的。何况低飞的龙骑，还要提防泥土下穿射出的骨刺矛，这些约两人高的巨矛由魔法驱动，可以射到近百米的高空，即便是飞龙，挨一矛也是致命的。

使亡灵军震撼的，是他们背后远方传来的战鼓声。

战鼓声忽然被暴风雨般的骑兵奔驰声掩盖，亡灵军的背后黑潮突击，六翼神龙军团杀回来了。

两万骑兵冲入亡灵之海，灰潮被撕裂了。

亡灵军虽有百万之多，但都分布在百里连营的四周，单一战线上的亡灵根本抵不住魔骑兵的冲击。

六翼神龙军分成两股，向营寨两翼卷去，对于防御力低下的亡灵军来说，在平地骑兵就是他们的噩梦。

可地下忽然耸起了骨墙，骨刺在骑兵中间穿出，把战马连骑士一起刺翻。

飞龙军及时来到了骑兵的上空，用强弓向泥土中射下魔箭，泥土被魔爆拱起，再没有亡灵法师敢拦在魔骑兵的前面。

六翼神龙旗所到之处，营寨中欢声雷动。华优冰其斯明白，是时候了。

六翼神龙骑兵冲到之处，寨门放下，魔军涌出，反击立刻开始。

六翼神龙军和飞龙军没有可能是赶回来的，因为这时警讯本该不及传到，只有一种理由，就是他们并没有离开过！向温泉关隆隆而去的，不过是一支疑兵。

但即使援军来到，亡灵军也没有撤离的意思，开始放弃进攻寨墙，向六翼神龙军反卷袭来，骑兵面前的亡灵海是越杀越庞大，很快他们就将被吞没其中。

各营的反击军从亡灵们的背后冲杀出来，掩杀着他们的后路。

亡灵法师的魔法虽然可怕，但他们好像并没有上过战争学院，战术不是亡灵军的所长，何况法师们都被杀得七零八落了。亡灵军是被操纵的傀儡军，在法师不足的情况下，往往没有分阵协护，顾前不顾后，就任凭反击军在后面乱砍一气，好半天，才有一部分回过头来抵挡。但这几万人猛一转头之整齐，就好像是一个人的无数影子一样，足以把一些未经过大仗的新兵吓倒。

混战又进行了近一天，几乎依德尔族的所有男人都冲出去战斗了，年轻的女人和十四岁以上的孩子开始被要求去守卫寨墙。

不知是什么时候，杀得眼睛血红的魔人们发现身边的亡灵开始稀落了。

亡灵军渐渐往远处的黑暗中退了下去。

这一次死亡的大潮终于暂时落了。

地面不知什么时候变得那样凹凸不平，那是无数的尸骨残躯。

这一场大战，魔族保住了大寨，几十万族人齐上阵，歼灭了约四十万亡灵军，但自己也伤亡了数万精壮，地下偷袭内营的亡灵军和法师们也杀死了两万余老少族人。

相比失落荒原之战的顺利，这一战才真正让魔族看到了亡灵军的可怕之处。

死亡之潮，曾是地面上的人族用来形容魔军的，但那时，亡灵军和魔军是同盟。

现在，魔人自己体会到了这种大潮下的恐惧。

但真正可怕的，还是你根本不知道死亡之巨浪什么时候会再次卷来。

由于预感到亡灵军可能正在周围隐藏，却又无法察觉出亡灵所在，四大将想出了由六翼神龙军佯装奔袭温泉关，诱亡灵军出现的策略。但却没有人想到，他们周围隐藏的亡灵军竟已有这么多！最谨慎的杨特克里达也曾认为，隐伏的亡灵最多只有二十万而已。

难道他们是从魔族出城后就一直跟在他们四周的吗？

现在至少还有五十万亡灵军隐藏在大寨四周的黑暗山野和地下，但也许因为恶魂法师被杀伤太多，暂时还不敢发动下一轮进攻。

魔族是该坚守还是拔营呢？若在行军途中再遇上亡灵军的突袭，是真可能引起大崩溃的。

但坚守，就意味着等待地下的亡灵全聚到这里来，那时纵然魔王出现，也冲不出去了。

四大将并没有议论太久，魔族再一次拔营出发了。

前进，有一万种可能的结局，但害怕和迟疑，就只有一个结局。

行进中的依德尔族人，总有一种幻听，能听到远处一种隆隆的，像山石流，又像是百万大军脚步的声音。

第三十六章

相见在亡灵山谷

这个时候，康德与百亚正在黑暗的地下宿营。

“真是幸运，我们走了半个月，居然都没有遇见亡灵族。”百亚说，“也许是这地下太大了，他们没有注意到这条路。”

“亡灵族有什么可怕？”卡夫娜说，“也许他们见到我们的头儿会感到亲切。”

“你闭上你其中几张嘴不行吗？不要再胡扯了！我一点也不想见到你的那些朋友！”

“我还不想见到你呢！你明天早上一醒，就再也不会看见我了！”

“卡夫娜，这话你说了三百遍了，你就不能想出一些有新意的威胁吗？”莫卧儿说。

“臭头，我咬你啊！”

对于骑士和他的装备行李们吵架，百亚这些天已经见得太多了，小女孩打个了呵欠，蜷在地上睡去了。

康德阻止了多嘴的蛇妖和头颅，轻轻把那面银月光华旗——他们唯一可盖的东西披在了小女孩的身上。

火光摇曳，也许亡灵今晚并不会来，但未来注定充满恐惧与凶险，能有时间做一个甜美的梦是多么可贵。

“云迪……”康德看着那女孩，却怔怔地念出了另一个名字，“我来到黑暗之中，做得是错还是对？”

“不！”云迪在噩梦中惊醒了，一身冷汗，口里还喃喃念着，“康德，不要放弃……不要……”

多可怕的噩梦，康德挂在悬崖边挣扎，她死死拉住他的手。

“云迪，我坚持不住了……我太累了……你能原谅我做出的决定吗……”

那张脸仰起来看着她，在痛苦的折磨下，当意志终于崩溃，那年轻英俊的面孔正迅速干枯下去，只有眼睛中还闪着光亮。

他的声音越来越遥远：“忘记圣骑士吧，黑暗正召唤着我，放开我，让我去那没有痛苦之乡……”

“不，康德，不要放弃……康德……”眼泪滴入深渊，手紧紧握着的，却渐渐变成虚无，康德双眼的闪光，正离她越来越遥远。他慢慢地向黑暗中沉去，那深渊中，流火像巨大的神怪正狂笑着。

“康德！”

她惊醒了过来，铁链正锁着她的身体，在深渊中的不是康德，而是她自己。没有窗，也没有光亮，她已成为恶魂永远的奴隶。

惨叫声从遥远的地层中传来，那是血肉之灵正在受着恶魂的折磨，他们将被夺去意志，只留下极度痛苦后的仇恨与怨气，变成恶魔的奴仆。

很快，这折磨就将降临到她的头上。她不能拯救康德，谁又能来拯救她呢?

“你们听见什么声音了吗？”黑暗的地下，莫卧儿问。

像是洞壁上石块的剥落声，又像是白骨与地面的相击声。

“是他们！他们来了……”百亚惊恐地喊。

不知什么时候，他们的身边、头顶，白骨与僵尸们抓附着洞壁爬了过来。

“白骨们自己不会这样有组织地行动，一定有人在操纵着他们。”莫卧儿说，开始冥念起一个咒语。不一会儿，黑暗之中，有什么隐隐约约地出现了。

百亚更加害怕地紧靠着康德，康德想，如果这少女知道自己依靠着的也不过是一个亡灵，她会如何呢?

那黑暗中的雾状魂灵发出了含糊的声音，他没有嘴，声音是利用魔法直接送到人的脑海中的。

“似乎是有着黑暗气息的同族，带着一个有血肉的少女，我喜欢她的身体，可以制成很好的怨妖。”

“头儿，不要惹恼他，”莫卧儿也用感应魔法在康德的头脑中说，“他比我们可都强得多，你看他可以操纵这么多亡灵。你最好还是不要说话，让我来回答他。”

于是莫卧儿回应说：“是啊，这女孩是我最好的猎物，我们正要赶回到我的地宫中去。”

“把这个女孩留下，作为你们经过我地头的礼物。我已经好几天没有捕到生灵了。”

“别这样，我还想和你做个朋友呢。”

“亡灵没有朋友。你真让我怀疑！”

“头儿，也许我们该先顺着他。”莫卧儿悄悄问康德道，“亡灵法师们收集活人，也许会有云迪的下落。”

“好吧，”他对那恶魂法师说，“不过我也要跟到你的地宫去，我想学习你的制作过程。”

“很好。跟我来。”恶魂法师的话总是少之又少的。

地下　亡灵山谷中

这是一个地下的魔狱，无数怨灵正在这里惨呼，恶魔的影子在石墙上闪过，血从石缝里渗出来，有血肉的人在这里被制造成恶魔。

亡灵法师兹古在他的灵魂实验室里狞笑着，他在他的每一个受刑者耳边说着一句话：“痛苦，即是力量。”这仿佛是一句咒语，能让人在巨大的痛苦中不失去生命，只变成充满仇恨与嗜血的恶魔。

“请你们欣赏吧，我即将制作一个得意的作品。”他对康德和莫卧儿说，

“这是我的藏品之一。”

两个僵尸怪走进一间魔火封锁的狱室，用铁链拖出了一个人类的女子，将她扯向走廊的尽头——那惨叫声发出的地方。

看着那个女子被拖进来，他更加得意地闪烁着青光。“这是一个人类的法师，她的圣洁法术有很高的水准，年轻的身体中有着充沛的圣华力，这样，她在受刑时就会更痛苦，最后的成品也就更好。”

为了认真地完成他的痛苦的艺术，兹古凝聚起他的身体，从一团青雾变成了一个飘浮的人形，来到了女法师的身边。

“你为何不运用魔法反抗呢？我就站在你的面前，用你的魔法攻击我吧。”兹古说，他希望激发出这个灵基的最大圣华力，以便用黑暗与光明的碰撞使痛苦达到顶峰。

云迪抬起头来，她形容瘦削，虚弱而憔悴，唯有眼神还闪着光芒。生命之火仍在她身体中燃着。

“承蒙你的照顾，我天天在噩梦中生存……昨天，我做了生命中最恐怖的一个梦，梦见我生命的支柱折断了，他终于坠入黑暗之中，世界失去希望，再无生机与意义……这也是你想摧毁我意志的恶毒把戏吧……可你不该，不该在梦里伤害他，不该用这样一个梦来激怒我！”

女法师身上的圣洁力量忽然高涨，那只有亡灵才能看见的生命力的圣光将兹古也逼退开去，她的手猛地抬起，发出一道强大的闪电，击中了亡灵。兹古惨叫着冒出青烟，面容因痛苦扭曲成恶魔与怪兽，而旁边的两个僵尸怪，仅仅因为闪电经过他们的身边，就变成了燃烧的木炭。

云迪奋力地扯着铁链，她知道在这魔狱之中无法逃脱，所以毫不退却，向亡灵法师发出了一道又一道的魔法，亡灵在斗室中左躲右闪，好几次被击中发出惨叫。

但惨叫声渐渐变成狞笑，兹古看着因为魔力耗尽而喘息着的女法师：“很好，现在你的圣华力正是最高峰的时候，我等待的时机来到了。”

云迪忽然看见那铁链自动向前飞去，将她拖上了刑台，烈火在她的身下燃烧起来，头顶之上，炼狱之门正在打开，无数恶魔狂喊着扑出来，扯咬着她的身体……

忽然兹古眼前一黑，莫卧儿向他发动了魔法攻击，卡夫娜也扑向了刑台，想将云迪拖下来。

但是这一切都徒劳了，兹古比他们强大得多，卡夫娜很快被拥起的骨墙困在了中间，尖利的骨刺扎破了它的身体，而莫卧儿被兹古的灵魂法术击打得都不知自己姓什么了。

兹古逼向康德："怎么样，外来者？我知道你想夺取我的收藏，这在恶魂法师之间太常见了。可惜你居然自不量力来挑战我。现在，连你都将变成我的奴仆。"

康德叹了一口气："你错了。"

他只说了这三个字，这亡灵山谷突然变成了一片火海。

大火中，一个人影静静走来，他所到的地方，火焰驯服地退开。他轻轻地把云迪放在他的脚下，身边是卡夫娜和百亚。

"这个人是谁？"百亚问。

"她是未来要杀死我的人。"

"我不明白……而且，我没想到你有这么强的力量。"

"这力量不属于我，我，也再不属于我了。"

这个人心中明白，当他运用一次这力量，魔王的意志就侵入他体内一分。他能感到自己正在改变，心像一块正在凝结的铁，也许，终将变得冰冷，再没有感情。

原来人即使明知宿命，却也别无选择。

水流，流过那湿漉漉生出黑霉的石墙，半掩入土中的雕像举着早已堆满土的烛台，沉入地下城堡中。有人踏了进来，他走过那穹顶被尖石穿破的石廊，蹚过有巨大水生植物爬上吊灯的积水塘，城堡里荡漾着潮闷的生命气息，总有奇怪的声音在墙后低吼。这是一座地下的城市，在魔族弃之而去后，邪恶的生机却一日也没有停止滋长，溢满整个地底空间。

"你还在犹豫什么？变成魔王吧。"卡夫娜说，"多么让人激动，你会成为改变世界的人，多少人一听到你的名字就会恐惧。"一路走，它的九张嘴轮换着说了一路。

“可那不是我，也不会再有任何的快乐。全世界都是你的敌人。”

“得了吧，抱着你那些所谓要坚持的东西，你连活也活不下去。你救出了你的美人儿，可是你能带着她走出地下吗？”莫卧儿冷笑着说。

康德看了看昏迷的云迪。自她被从刑台上救下来后就一直在昏睡与梦魇中挣扎，没有神志清醒的时候，恶魂的法术也毁去了她的面容，使她变得干皱枯萎，像将风干的果实。

百亚却从别处走了过来，举着一个找来的破铜杯：“给她喝点水吧。也许会好些。”

“你不恨她是一个人族吗？”

“仇恨？在这样一个地方？在我们几个之间？不。”百亚笑了，“不要再有仇恨了，我看到太多了……呃，我再去看看能找到些什么，现在多了一个人，干粮要不够了。”

“百亚并不知道关于魔王的秘密。不然，她也会恨的。”康德想，“即使我该走向我的宿命，作为邪恶的恶魔被打败，她也不该。她有这么纯真的笑容，她应该永远这么笑下去。”

然而，卡夫娜和莫卧儿在他头脑中的唠叨还没有停止。

“嘿，我等不及要成为魔王跟随者了。你不是已经放弃了成为圣骑士的理想了吗？那么，你还怕什么？一个亡灵骑士指挥一支魔兽的大军，不是天经地义的吗？”

“等一等，”背包里的头颅说，“谁说了他可以指挥这些魔兽？他还不会任何黑暗系的操纵术和驱兽术，离成为一个真正的亡灵骑士还差得远呢。不过我们还有时间，只要给我三个月，我会是很好的老师的……”

“好了，够了！先生们，女士们！我也许会去拍拍一只梦魇兽的头，但是我绝不想去学习一个黑暗或是死亡系的魔法、技能，什么都不！我从出生活到现在，从来都没有想过会去当一个亡灵法师或是骑士什么的。去控制什么魔兽，那是我最厌恶的……”

“最厌恶的？包括九头蛇卡夫娜是吗？”卡夫娜被激怒了，“是的……你的理想是成为一个圣骑士，去救出被魔王抓去的公主，然后生一大堆小圣骑士……可是……哪一个公主会看上你呢？除了一颗伟大无比的心哪儿都发臭的家伙？”

“别管他，让他去死，”头颅愤怒地说，“我们冒着危险一直跟随着他，他以为我们要推他进地狱呢。好吧，康德先生，你交友不慎，我们在一直引导你入黑暗，那么你还等什么呢？离开我们！走开，走得越远越好，去寻找你的美丽姑娘吧，何必和十个丑脑袋待在一起？”

“十个丑脑袋？在哪儿？我只看见了一个！”九头蛇笑着向包袱顶去，头颅立刻向它求饶了。

“哦，也许……”康德叹了一口气，“我是不属于你们的世界……”

“是你的心还在抗拒，你的身体早就够格了！”头颅说。

“谁让我曾经生在一个普通的城镇，曾经是一个听着骑士们的故事长大，充满幻想的人族？我若是像你们一样从来就生活于黑暗中，我就不会有一点儿不适应了。”

三个人都沉默了，他们静静地立于黑暗中，听着那无处不在的魔兽嘶鸣和魔藤生长的声音。

“我想，你不再需要我们了。”终于，卡夫娜有点黯然地开了口，“你以后准备去哪儿呢？”

“我想……去精灵之森，听说那里的精灵法师有高明的医术，也许能救治我和云迪的身体。”

“祝福你，那么再见吧，那正是我们不能去的地方，落到精灵法师手里我和卡夫娜都会死得很惨。”头颅莫卧儿说。

“那你们……难道就这样待在这儿？”

“这儿才是我们的归宿不是吗？我们也许就在这儿一辈子待下去，希望永远没有人这种东西来打扰。再见吧，祝你顺风，早日复原你的身体，真的。”卡夫娜也说。

又是一阵长久的沉默，康德终于把背包放在了地上，解开。

“卡夫娜，好好照顾这颗破头，别再老把他顶来顶去……”

“别玩伤感，你一走我立刻就能找到一个足够好的身体……”莫卧儿大叫，“对了，你真的不想让我帮助你换一个身体？带翅膀的，或是能跳上大树的……”

“不了……我想我不会习惯其他的身体……就这样吧，再见。”

“有机会你会来看我们吗？”卡夫娜问，十八只眼睛闪着留恋的光。

“我想……”

“不必，再不要来！一旦你恢复了人的身体，重新有了血的气息，你一到这儿就会被撕成碎片，卡夫娜那时也会忍不住扑向你，不是因为欢迎……所以，永远别再回来……明白了吗？”头颅说。

“臭头，你和你原来长在上面的那个主人不一样，真的。”

“你以为我会哭吗？滚蛋……妈的，别让我再看见你……”头颅骂着。

“好吧，再见了，兄弟们。”康德转身向土坡上爬去。

九头蛇和莫卧儿看着这个亡灵，或是这个人走远。

“真是一个难以理解的家伙啊……真奇怪，我们居然会变得这么多愁善感。”卡夫娜说。

“所以说，以后要少和人类待在一起，尤其是这种人！”莫卧儿在地上打了个滚，一蹦一蹦地走开了，“没有他我可以过得更自在……哎！”

“待在那沟里吧，我不会救你的。”卡夫娜用一个头看了看他，其余八个还看向康德的方向，“以后，在地下会很无聊了……”

康德背着云迪，去寻找久久不归的百亚。

他找了很久，才看见百亚一个人独自坐在这废城的一角，呆呆不动。

“你怎么了？”康德放下云迪，来到了她背后。

“没什么。”百亚站起来，擦了擦眼泪，“只是突然觉得……这地下太安静了，人们都不知道去哪儿了。我迷路了……觉得世界上就剩下我一个人了。”

“是的。百亚，我也害怕这种感觉，可惜我也无法让我的朋友们和我在一起，我不知道什么时候就会伤害他们。”

“康德……你不会离我而去吧？”

“我……我不是个可以依靠的人。”

“可是我再没有别人了。”

地上的云迪发出了轻呓：“康德……”

“你还是幸福的，至少这个世界上有人会在梦中呼唤你的名字……”百亚低着头。

“一切并不是像你想象的那样，我们只不过是被命运之河推送到一起，难以分开的树叶。”

这地下太安静了，静得让人疯狂。

忽然，远处传来了人的声音。百亚一跃而起，向前跑去。

康德紧追上去，他们奔出一扇门，眼前突然开阔了。他们居然站在一块地下山壁的突出岩石上，就像是一个露台。这里原来是这座地下城的出口之一，就在山下，一群人正奔向这里，他们穿着杂乱的衣服，是一群魔族平民。在他们身后，一些男子举着兵器，断后护卫着。在半里外的地方，可怕的情景出现了，一道灰白的线正像潮水般涌了过来，那是白骨组成的大军！

“康德……”百亚回过头，焦急得快要哭出来了，“请你帮助他们！”

“不，我不能使用那力量……那会使我……”

“你不会看着他们死，对吗？”

“可是……你的族人冲上地面的那一天，就是大地上战争开始的那一天。”

百亚吃惊地退后着：“那么，你希望我们全部死在地下是吗？好吧……”她回过头，“谢谢你照顾了我这么久……我现在就要回到他们中间去了，如你所愿，你可以看着你的敌人如何被杀死。”

康德不再说话，他不知自己还能做什么。为什么这些事该由他来决定？体内的两个灵魂正在交战，为什么会有不可选择的选择？他觉得自己快要窒息了，好像有什么涌上来扼住了他的咽喉，虽然其实他早已没有了呼吸。

“不！不！我不想承担这一切，我承担不了！”

百亚惊讶地看着他的声音变得像野兽的吼叫，痛苦正在吞噬他的内心。这可怜人跌跌撞撞地向城市深处奔去。百亚想追上去，他却像被黑暗裹去一样消失了。

九头蛇妖卡夫娜正在无聊地欺侮头颅取乐，用九个头把他顶来顶去，却看见康德狂奔了回来。

“啊，不……我没有顶他玩儿，我会对他好的……”卡夫娜有点做坏事被发现后的惊慌。

康德站住了：“莫卧儿，你知道控制亡灵的方法，对吗？”

“方法？”莫卧儿天旋地转地说，“我连自己是什么都不记得了。”

这时那群依德尔人背靠着山壁，只有少数人爬上了那斜峭的山崖，而背后的亡灵大军已经逼近。他们能看见那黑洞洞的骷髅眼眶，孩子们开始放声大哭，男人们怒吼着冲上前去，做绝望的搏斗。但是忽然一切都停止了，那白骨阵巨大的咔咔的脚步声忽然消失了，骷髅停了下来，呆立在那里。

他们头顶上传来了一个女孩欣喜的喊声：“不动了！康德，你做到了，你做到了！”

百亚回头，想扑上去抱住康德。可康德却忽然转身，向来处跑去。

他不知跑了多远，觉得天旋地转，倒在地上。

邪恶正在吞噬自己吗？这是使用魔王力量的代价吗？他现在只想毁掉一切。所有的，让他痛苦的一切。

痛苦即是力量。

痛苦即是力量……

康德在昏昏沉沉之际，一直在念着这句话。当他觉得自己的灵魂将再一次飘散而去时，他唯有死死苦念这句话，来维系他那微弱的精神。

这是当初那个老牧师在他耳边说的，他并不是很明白这句话的意思，但每当他身心都陷入地狱的折磨之时，他便会不自觉地念出这句话。

亡灵不会感知肉体的痛苦，康德的痛苦是特别的，也许是只属于他一人的，那是感觉到黑暗正攫走自己的灵魂，灵魂正在被从身体中撕扯出去的痛苦。正常人不会感受到这些，因为肉体的痛苦之后，灵魂便不再属于自己，或归于天堂，或沉沦地狱，可康德却不同，他能时时感受到两种力量在争夺着自己，那种撕心裂肺的感觉比肉体上的痛苦更重千倍。只要有一瞬间的放弃，便将永坠黑暗。在昏迷的噩梦中，他能清楚地看见他脚下的地狱正张开烈火的大口，巨雷在抽打着他的身体，他只有死死地抓住一样什么，像是虚无中的一只手。

康德渐渐看清了，那只手属于谁，是谁在悬崖边缘奋力地拉住他。

……

康德睁开了眼睛，痛楚正退去，他再一次留在了这个世界上。

每一次的死亡痛苦都会让他更清醒、更坚决。

他睁开眼，面前，在一棵巨大的枝干一直顶入上方泥土的魔树旁，康德发现了一个熟悉的老头儿。

老牧师好像腿受伤了，他靠在巨大的树根旁，笑看着康德，笑容仍是那么温厚无邪。

“你到底是谁？神灵吗？可你总是欺骗我，你又骗了许多人给他看未来的景象，然后让他去做未来的圣骑士了吧。”

“怎么办呢？”老牧师笑着，“我先前的一条鱼脱钩了，我总得再钓一条。”

“你究竟是什么人？”

“也许，你可以把我看作是一个占星者，一个歌剧作家。我喜欢指引人的命运。”

“我的命运会是如何？我将变成魔王吗？”

“我会帮助你，我帮你压制体内的魔王，但是，作为你对我的报偿，我要你回去。”

“回去？”

“是的，回到你逃离的宿命中去，去做那个圣骑士。”

“一个黑暗的、腐朽的，连面目都不能露出的圣骑士？”

“你还幼稚地以为你可以逃开？不，你要去决定别人的命运。当你握住了他们的命运时，你才握住了你自己的。你总是逃离，你太懦弱了。魔族即将冲出地面，你要抓紧时间，凝结起大地上的力量。”

“你认为我该使用那力量？”

“不，我会给你新的力量，使你可以战胜一切。这能帮你克制体内的魔王意志。”

“是什么？一支天使组成的神军？”

“不……你的身体无法指挥任何光明的战士，只有一种军队你可以使用，就是和你一样的他们。”

“不！我不会使用邪恶的军队。”

“邪恶？”老占卜师凑近他，“只有一种方法能证明你的正直，那就是……消灭魔族。如果魔族被消灭，魔王的意志自然就会崩溃。而为了达到这个目的，你不论使用什么手段，都是正义的，得到主的允许的，你永远是——英雄的圣骑士。”

第三十七章

没有选择

漫长的跋涉后，依德尔族终于来到了里姆可依出口的温泉关下，所花去的时间不是十天，而是四个月。这四个月里，魔族无数次遭到亡灵军的袭击，有近十万人死去，三十万族人掉队不知所终，他们的命运也许将比死去的人更悲惨。

除了不时出现的亡灵族袭扰，魔族的背后，一支更浩大的亡灵大军出现了。这才是真正毁灭魔族的力量，它正被近百强大的恶魂法师驱动着，也许，还有恐怖的灵主、大祭司。

而魔族前方的温泉关，有近六十万的亡灵军排开了阵势，在关内通道中，不知道还隐藏有多少。温泉关建在形如高阶的神步山上，越近关口，山阶越是高陡，每一级对魔族来说都是峭壁，当年进军而开出的小道早已风蚀并挤满了亡灵士兵。冲上这样几十层的悬崖山阶，几乎是不可能完成的使命。

背后的青色云层越升越高，那是死亡风暴来临的预兆。魔族两百余万人挤在三百里长的狭长地带，两边被隐匿的亡灵军所威胁着。生存的空间，正在一点点被压缩着。

齐格扎里特站在那儿死死地盯住对面平原后直顶上层大地、云烟围绕的神步山，进攻已经快一天了。

冲锋已经进行了八次，关下堆积起数万的魔军尸体，还有上千的飞龙。但亡灵军一批粉碎了，又一批就出来填满，恶魂法师们布下的死亡诅咒如震碎灵魂的吟歌牢牢地围绕在山周。

副将们不时走上山来，像是想对齐格扎里特说什么，但他只是死死地看着对面的巨山。

在距温泉关战场两百里处，墨苦城军团列开了战线。

杨特克里达在阵前，抬头凝望着那前方隆隆而来的青色风暴云。

“会是大祭司亲自来吗？这次至少有一百万亡灵军。”

他转头，看了看他身边这六万战士。他们紧握着盾牌和战刀，望着前方，连眼睛也不敢眨一下。

远处灰白色的潮水线出现了，无边无际，越来越近。

亡灵军大潮的呼啸声可以听见了，上空是低压着的巨云滚滚而来，雷声訇然而近。

杨特克里达拔刀长啸，如巨龙的吼声。

军阵战刀齐举，连吼三声：“出战！出战！出战！”

“方阵变线阵！向前！”杨特克里达战刀前指。

大地震荡，魔军方阵向前迈进了。

温泉关下

六翼神龙军团的进攻已达到十九次，近四万魔军阵亡。

齐格扎里特看了看他的诸将：“这一次，我要亲自出战！”

“大将……”看着郑重望向前方的齐格扎里特，副将们咽回了想劝阻的话，只握起了拳，“我们誓死跟随你。”

如果从中军阵中奔了过来，跑得上气不接下气，当他终于冲进六翼神龙的大营，营中却连一个人也看不到了。

营中只有军旗还猎猎地飘着。

锅中的饭还冒着热气，没有人来得及吃。

风掀起帐篷的布，哗啦啦作响，寨中的无数火把明暗着，火星漫天飘舞。

如果奔到营口，看见那黑色的军阵，正向神步山移去，两万人的军阵，在巨大的山峰下却显得那么渺小。

六翼神龙军团第二十次冲锋，已是孤注一掷。

……

如果大吼一声，拔出战刀，向前狂奔而去。

……

几如绝壁的山岩下，骨箭和石块如瀑而下，魔军举着盾尽量靠在山壁上，仍然被成片砸倒。

如果抬起头，看见了一种奇景，天空，无数白点在飘着，像雪舞一般，那是巨石因为山太陡太高，从高处扔下的石块在空中要落上很久。但落到头顶的大石却已挟了极强的势头，发出呜呜的巨响，在地上砸出巨大的深坑。这雪片之间，还杂着无数雨丝，那是亡灵的骨箭，有些可以穿过魔军的盾，将魔军从头到脚贯穿，然后没入地中。常见一个魔军在刺的一声厉响后就倒下去，却连箭也看不到。

而魔军所做的，只有搭起人梯，或用手抓住山岩，向上攀登。唯一的梯路，早就堆满了死尸，再不能行走。

这样的地势下，就算是钢铁之军，又如何能取胜呢?

飞龙军早已无法靠近山峰，因为箭雨太密，狂风卷雪般射来，几乎避无可避，在坠下近两千飞龙军后，只有远远地放出魔火弹。而魔火弹用尽后，也只有望而兴叹了。

可魔神将齐格扎里特的咆哮声响起在神步峰上，他从飞龙上跃向山峰，落在几十巨阶的高崖之上，战刀狂挥，身周的亡灵军像雪崩一样被扫下山峰。

飞龙军立刻向这箭雨稍弱处发起了冲刺，龙翼挟着疾风俯冲而下。但四周的箭立刻补了过来，像流水被划开一道后，立刻又复合。飞龙骑又纷纷坠下，几只飞龙撞上山头，也早已浑身插满骨箭。

高处亡灵法师们的魔法向齐格扎里特所在聚来，不顾四周亡灵军的死活，把齐格扎里特笼在一片光焰之中。上百个强大的魔法使山体也碎裂崩塌，四周的空气都燃烧了起来，齐格扎里特的四周形成了一片几里宽的火球云。

但就在这火云之中，烟尘里，一个巨大的影子腾空而起！

山下的魔军全部高呼起来。

六翼神龙！

《若星汉史诗》黑雪篇中这样记载：

六翼的神龙接受了魔王的命令／飞上了天空/无边的风暴从它的翼中涌出／一对翼是毒雨的箭／一对翼是火焰／还有一对翼鼓出让人窒息的黑雪／魔族战士看见了它／发出狂热的呐喊／连东方骑士也挡不住他们的冲击／凡奥里斯城被一片黑色所吞没／日月无光／只有六翼神龙在天空狂啸

几百年后，六翼神龙再一次出现了。

那是魔神将齐格扎里特用他的全部灵魂力召唤出的神兽，此刻他正立于山岩之上，默然不动，全神贯注地将所有力量映射于神龙的身上。

巨龙狂吼起来，它飞舞到亡灵法师阵前，那巨翼掀起的狂风使法师们在空中摇摆着，口中喷出炽热的火焰，把来不及逃开的法师们化为灰烬。

它长啸着用爪击向山峰，刨起了巨石滚滚，把下方的亡灵军一路吞没。

魔军狂喊起来，气势高涨，仿佛战神也被神龙的力量所震慑，终于站到了魔族一边，神步山脚的峭壁崩开了一个大口子，巨石滚下后出现了一个巨大的斜坡，魔军战旗高举，从这斜坡狂涌而上。

亡灵军冲下来阻击，魔军终于得到了和亡灵军肉搏的机会，人人使出十二分的力量。山坡之上，亡灵军的肢体乱飞，魔军像砍割枯林一般向前推进着。

……

但亡灵法师们只被消灭了一小部分，他们躲开神龙，围向了齐格扎里特。齐格扎里特默默忍受着强大魔法的攻击，驱动巨龙追逐着亡灵法师们。

因为齐格扎里特全力凝聚着神龙，亡灵军也小心翼翼地接近了他，但亡灵军不敢走进他百步之内，只是远远地围成一个圈，用强弩向他射出骨箭，掷出骨矛。

忽然一个开启地狱之门的强大法术发动了，齐格扎里特脚下的地裂开，露出了滚滚的熔岩，齐格扎里特向下落入翻滚的金红色岩浆之中，亡灵军一拥而上，后阵推前阵，把许多骷髅兵也挤了下去。

一声巨响，如魔神怒吼，熔岩飞溅，赤火流光之中，齐格扎里特一跃而出。他的力量挟带起无数带火的巨石，如流星之狱的魔法般落在亡灵军的头上，顿时又是几千亡灵粉碎，火石沿巨阶峭壁一级一级滚下去，形成条条火瀑，远远望去，神步峰上流下长长的赤金绶带，壮美无比。

但齐格扎里特这一跃，天空中的神龙已然消散了。

召唤神龙需要极强的生命力支撑，当年一些懂得此魔法的神将一生也只能用一次，往往在神龙消失后，生命也就走到了尽头。齐格扎里特纵然强大，却再也支撑不住，大喊一声，向峰下直坠下去。

魔军正在第一级神阶上血战，却见天空中的神龙消失，大将坠下山峰，惊呼一声，再无心恋战，顿时又溃退了下来。

如果第一个冲到了齐格扎里特的面前，扶起他的身躯，魔神将的身体如火般滚烫。

“大将！”如果高喊着。

齐格扎里特缓缓睁眼，猛地一把将如果推了出去。

“你站在这里干什么？冲上去！”

如果爬起身来，高喊：“我知道了！”转身眼泪已下，向退下来的魔军高喊，“大将有令，冲上峰去！”

六翼神龙军看见如果的背后，齐格扎里特如神人一般慢慢站起，浑身火焰流淌，双眼如电。当下齐声高喊，转眼又向峰上杀去。

亡灵军刚冲下山准备掩杀，魔军却猛地返杀而来，真是连转身也来不及，转眼又被砍了个七零八落。

魔军纵然勇猛，然而也只剩下四五千人而已。

于是，这四五千人狂怒呐喊追砍着几十万亡灵军，向神步峰直冲而去。他们，再也不可能回来。

如果向前猛冲了几步，忽然又回过了头。

齐格扎里特身上的光焰，正在渐渐弱下去。

“大……”他想回去，却又不肯在齐格扎里特的目光下退后。想冲上前，却又不忍离开。

“如果……”齐格扎里特开口了，“我记得你已不是六翼神龙军！”

“我是！”如果狂喊，“我当然是！”

“你是吗？”齐格扎里特注视着如果，他忽然笑了。

“六翼神龙军随我一生崇尚死战，这次营中竟然连一个伤员也没有，我若死了，天下就再无六翼神龙了……”

“大将……”

“你滚！”

“大将，你还是不肯原谅我？”

“你不需要我的原谅，我要你一生都带着这负罪征战下去，直到六翼神龙旗重新飘扬在若星汉天空下的那一天！”

如果怔怔地望着齐格扎里特，忽然拄刀单膝跪倒在地。

“有我在一日，六翼神龙军便一日不亡。”

齐格扎里特仰天大笑。

……

两百里后的墨苦城战线

亡灵军的冲锋进行了十二次，墨苦城阵前，白骨断肢如雪积了厚厚一层。

墨苦城军团一步未退。但六万战士，已阵亡三万二千。

杨特克里达拄刀立于阵中高岩之上，那死亡巨云已移至他们的头顶，雷电一直不断劈下，电光直直扯入阵中，士兵不断倒下。

而杨特克里达知道，真正的风暴还没有到来。

这时，头顶的巨云开始旋动了。

暴风将起，也许整支大军都将被吸入暴风眼中。强风吹起杨特克里达的须发，他深吸一口气，举长刀向天，默立不动。

风暴越来越强，地面亡灵的尸骨被纷纷卷起，漫天飞舞，那是犹如世界末日一般的景象。

白骨断肢扫过魔族军阵，撞在盾上甲上噼啪作响。

在白骨圈的外围，是一个更大的黄沙圈，已经直达百里之高的地穹，阻挡了所有视线，仿佛整个世界已被卷走。

但魔军却能如山石矗立不动，因为杨特克里达的力量，暴风撼不动他的剑，也就撼不动墨苦城。

雷电在空中撞击，飓风旋中光电闪闪，闪电密如植林般伸下，强光耀得魔军睁不开眼，强风也卷不走地层间的炽热。

然而杨特克里达不动，墨苦城便不动。

连他的战甲都在飞沙走石中变形了，他的须发似乎都要被强风拔去了。

沙石划破了魔军的脸，每个人脸上道道血痕。

忽然杨特克里达看见，天空中，一条六翼神龙的幻影正闪着火焰，飞扬而去。

他一口鲜血喷了出来。

魔军大营里

躺着的齐格扎里特终于叹了一口气，转过了头。

华优冰其斯、路华美亚、杨特克里达都站在他面前。

齐格扎里特看着他们，沉重地向前迈了几步，缓缓开口："请原谅我想了这么久，这个决定实在是太难做了。"

三大将看着他都没有说话。

齐格扎里特慢慢地闭上了眼睛。

好久，三大将才缓缓转过身，互相望了一眼，慢慢走出帐去。

一个时辰后，魔族全军开拔，向右翼的黑暗丘陵地带全力冲击。

温泉关的亡灵军看着他们右侧的百里黑暗中火光闪闪，杀声不断，却连动也没有动。

只要守住里姆可依口，魔军纵然在地下左冲右突，又能逃到哪里去呢？

很快，另一侧夹击的亡灵军形成几十里长的散线，向魔军的后路卷去。

温泉关下，一场数百万人的战争场景画正被展开着。

两天激战后，魔族突破了亡灵军的右翼战线，越过连绵丘陵，冲进了无边的黑暗莽荒之中。

战场上留下的，是近七十万的魔族尸体，以及三十多万的亡灵碎片。

当那后方巨大的青色云团移来时，恐怖的一幕出现了，那战场上的几十万尸身中，白骨破开血肉而出。

又一支庞大的骷髅军向魔族的后路涌去。

未能突破温泉关，失去了出口的魔族还能去哪儿呢？等待他们的，将是在地下永远地被追逐，直到死亡吗？

一个月后，齐格扎里特重伤不治而死。

一年零六个月后，杨特克里达战死在长暗谷。

依德尔人——魔族，没有想到过，他们重返阳光之土的道路将是这么长……

这时，地面上，西部的山原中，出现了一支队伍，如果说他们和那些农民义勇军有什么不同的话，那就是他们打着一面褪色的银月光华旗。

一个永不摘下面具的骑士举着它，有人说他就是比武场上那个神奇的圣骑士，但他本人却好像十分讨厌这个称呼，因为他的盔甲上刻着一条九头蛇，所以，他被人们叫作蛇徽骑士。

蛇徽骑士与其他骑士的不同，不仅在于他永不摘下的头盔和那邪恶不雅的徽章，还在于他带着一支由半兽人、蛇怪、人面鹰和铁傀儡所组成的部队。听说，他还随时会在黑夜召唤恶魂与骨兵，恶风在他的军队周围盘旋，四方的魔怪和匪盗像是受了神秘的吸引涌向这支军队，蛇徽和破碎的银月，像是成了这支军队邪恶本质的象征，但所有见过这支军队的人都明白：他们，真的很强大。

第三十八章

到达

五年过去了……

五年的时间，可以让一头雄狮老去，可以让一个女孩长成美女，可以让一个富翁变成乞丐，可以更换几个国王，可以打赢一场战争，可以毁掉一个民族……可以发生太多的事。

康德再一次站在了俄拉培德皇城前。

不同的是，这次他是面向广场。数十面巨大的银月光华军旗在他背后招展着。他正作为依亚的护国联军首席骑士，接受着各国的降书。

被他所打败的骑士一个个走上来，向他鞠躬行礼。

银色骑士的头也没有点一下，只由身边的落魄佣兵团上前接过降书。

每个低头退开的骑士眼中都闪过一丝不服，因为他们谁也没有和这个声威满天下的银色骑士真正动过手，每一个人都是败在了他那漫山涌来的魔兽军前。

各国骑士退去后，康德慢慢地转回了马头，来到城堡前，武士里德把几十份降书一齐向城堡上扔去，在空中纷纷扬扬。广场上的民众欢声雷动，他们终于打赢了漫长的战争。依亚再一次成为西陆的盟主。

阿依古却有点笑不出来的样子，看了看身边的卡休理。

卡休理叹了一口气，来到城堡前，清清嗓子："康德骑士，我，卡休理大神官，以天主卡斯之名，以依亚王之名，将无上的荣光之剑与徽赐予你……从今后，持此剑者，佩此徽者，将担起捍卫大地与信仰的神圣使命，你所率之军队被正式赐名为——新银月光华军，你将是……新纪元第一位圣骑士！”

广场上的人全部静默无声，没有梦想中的欢呼，没有激情与热泪。

一位驱赶着邪恶的魔兽，率领着恶匪与群盗打赢战争的骑士，与传说中那些圣洁忠诚、光环笼罩的圣骑士是如何的不同啊。

银色骑士低下头，在无声地颤抖着，没有人能看见他的面庞，但所有人都看得出，他不是在痛哭，而是在冷笑。

圣剑和圣徽递到了骑士的面前，那剑看起来没有他五年前卖掉的那把好。

骑士仰面向天，身体继续狂颤着，这时“哈”的一声从他的胸中爆出，他终于放声大笑起来，笑声那样狂傲又凄凉。

“哈哈哈哈……哈哈哈哈哈……”

他把那剑与徽甩向天空，拨转马头，当剑与徽落在泥土里，他从它们上面踏了过去。

与此同时，雪山上

蓝天是那样碧透纯净，万里广阔，没有一丝阴影。

几个矮人族的孩子正在踏雪玩耍着，笑声震落了岩上的雪块。

雪块落在雪原上，忽然被什么顶开了。

一个黑甲的战士钻了出来，他的盔甲破成一块一块，手足上全缠着血污的布，瘦削得不成样子，举着战刀，呆呆地望着天空。

阳光，竟是那样刺眼，他的眼泪一下子全都涌了出来，阳光灼伤他的眼睛，但他仍不肯闭上。

“阳光？……阳光……我看见了，我们回来啦！”

他声嘶力竭地大喊着，虽然他已再不能看见，他的眼泪无休止地流着，尖厉的喊声震荡了茫茫雪山，随着这喊声，他的四周，雪山四野，无数身躯正破雪而出……

人与魔，斯昂与依德尔，两世仇之族三百年后的第一战，就在明天。

【第二卷完】

终结卷

于绝望中诞生

如果他们不降予众生他们的怜悯，那么就让他们自己去怜悯自己吧，你不要再坠入深渊，你要站在高峰之巅，你要让大地上的众生看到，你的父母没有坠入黑暗，他们这一生都光明而正直！

第三十九章

冷酷的心

依冰柯骑士站在巴斯诺城外的山坡上，看着自己的军团溃败下来，黑压压散遍了山野，他长叹了一声。

人族军队在巴斯诺又被魔军击败，华优冰其斯的炼雷震军团势不可当，依冰柯骑士率领的西部军第四军团继续溃败，巴斯诺防线即将崩溃。战报传到了基洛岗。

西部军统帅爱丁国王西法斯进入内城大殿时，有卫士官忽然迎了上来：

“圣骑士的特使已经在城堡里等着您了。”

“要在这时候治依冰柯罪吗？”听完特使的话，西法斯十分震惊，可以看出他的手指在不安地颤抖着。依冰柯是他的爱将，没有了依冰柯和第四军团，他的军队就几乎从西部王国联军中抹去了。

“派人去代替他！”特使用毫不犹豫的口气下了令，“圣骑士大人认为，平达骑士可以胜任。”

“在这个时候？没有依冰柯，巴斯诺城立刻就会失守的。”西法斯想做最后的争取。

特使不再说话，手指在腰间的佩剑上敲打着，像是已不再看着他。西法斯想到那遥远的基洛岗圣骑士头盔下的阴影中的表情，觉得冷汗从后背渗了出来。

“我明白了……”他说，转身走出大厅。这时他觉得自己已经老了，需要有人搀扶。

平达在家中赋闲已经很久了，他把精力一直放在修整被战火毁去的家园上，魔军几乎要到达目的地，攻入精灵之森，却被阻不得不挥师北上，战线几乎一度退回诺丁山出口，这是他没有想到的。虽然他一直坚持，魔军的意图绝不是什么重返阳光之土只想回到圣地，而是重新寻找根据地继而吞并整个大陆，并为此而丢了将军的位置，但魔军攻入精灵之森的时候，他还是希望这支黑色洪流就这样消失在森林的背后。如今人魔两族重新在巴斯诺僵持，他也不知道这是福是祸。

就像今天下午送来的委任书一样，西部军终于决定重新起用他了，但他却已没有战斗的雄心了。他不知道在经历了一年多的和儿女在一起的平静生活之后，他这把老骨头还能不能再承受漫长而艰苦的战争。

看着那皮卷上的签字——康德，平达皱了皱眉，西法斯看来也老了。那位永不露出面目的圣骑士、礼天教的护教英雄统领整个人族联军的日子不远了。

里德和凤齐带着一支军队进入了巴斯诺，向依冰柯宣布了关于西部军的命令。

“平达元帅已经到达本城了，现在请你跟我们走吧。”里德说。

“我想和平达元帅见一面，我必须和他交接，并向他报告战场的局面。”

“没有必要！你立即跟我们走。”里德大声说。

“我被逮捕了吗？”依冰柯冷笑说。

“你将回基洛岗受审。”凤齐说。

“基洛岗？为什么不是丁法？”依冰柯愤怒地说，“我只回我的国家的首都受审，别想把我带往依亚！”

“你有选择吗？”里德冷冷地说。

“那我宁愿战死在这里。”

“这也不失为一个好办法，请便吧。”里德说。

依冰柯命令打开城门的时候，所有的将官都闻讯聚集了过来。

“您要在这个时候出城作战吗，将军？”他们围住了他的马头。

“我要去完成一件我早就该做的事。”依冰柯扶了扶头盔，“像我这样的人，是早就应该战死在沙场上的。军团长官的职位，不是我所能承受的重担。”

平达的旗帜在内城中升起，召集众将的号角声一遍遍地响起来。

“我明白了，”有将领说，“但请让我随你一起出战吧。”

“不，我只希望里瓦尔和汗丁与我一起出战，你们会同意吧？”依冰柯看向这二人。

这两员他的心腹爱将对视了一眼，汗丁勇敢地跨了出来，里瓦尔却退缩了。

“懦夫！我们当年追捕过康德，你以为你留在城中就能活着吗？”汗丁怒斥着他。

“不必说了！”依冰柯阻止了汗丁，“就我们两个，再没有其他人。”

城门打开，吊桥缓缓放下，依德尔族黑压压的大营在远处显现。

“你说将来我们会被记入《若星汉史诗》吗？”汗丁问。

“别傻了，那是礼天教的人写的。”依冰柯望着远方，阳光聚在他的眉间。

“华优冰其斯是魔族的名将，今天真是幸运，天气也很好。”

接到报告，华优冰其斯惊异地放下了酒杯，来到阵前，看着那曾与他挥兵在无数地点上演争夺战的老对手只带了一员副将骑马而来。

“华优冰其斯，你的末日就要到了！”依冰柯大声喊着，“平达元帅重新被起用了，你的那点微末战术在他面前根本不值一提，我不再是第四军团的军团长了，我来是想作为一个骑士，了结我的一桩心愿！”

依冰柯回头对汗丁说：“知道我为什么带你来吗？我给你的最后命令就是，把我的尸体带回去给我女儿……”

魔军列开了方阵，那骑着高大魔种战马的骑士从方阵中走了出来。

依冰柯又看见了华优冰其斯，这是他的老对手了，但这一次，也许是他们的最后一次交锋了。

阳光下，黑压压的军阵，沙地上耀眼的光，一切像是在哪里发生过。战阵的双方，不由得又回想起两大族在雪山下第一次相遇时的情景。

雪山　魔军初现于大地之日

华优冰其斯望着山下的尘烟。人族的战阵排开了几十里，人喧马嘶的响声几乎连雪山都能听到。

他没有下达任何军事命令，竟然望着这阳光下的大地和云天，有些愣愣地出神了。

终于来到地面上了吗？在坎图斯蒂，四大将激情谋划时，原以为可以只用半年时间，冲出里姆可依口，可是温泉关下，连六翼神龙军团都望着几乎是亡灵身体砌成的山峰痛苦长叹了。面临后方日近的追兵，魔族不得不改向逃入地下的荒原群山，从此就是漫长的五年。

五年噩梦一般的时光，几百万族人丧命在途中，最后能出地面的，不过八万余人而已。

他身边站着的是八万余远征后疲惫不堪的魔军，无不血污满脸、衣甲破烂，在阳光下连眼睛一时都难以睁开。

但这八万人，却已再没有一个老弱，再没有一个胆怯，再没有一个刀不快，再没有一个意志不坚，再没有一个不是响当当的战士。五年的炼狱里，只有最强、最坚韧、最机敏的人可以活下来。他们就是所有仅剩的魔族，而这全族就是一支可怕的击碎过地狱的军队！

此刻，将指挥这样两大世仇之族三百年后第一战的，只有他一个人。路华美亚还在地下阻击着亡灵军的追击。华优冰其斯希望她能及时地撤出来，亡灵军的大潮虽就在后方，但对于畏惧阳光的亡灵来说，没有魔王制造的极夜巨幕的掩护，亡灵是不敢出现于地面的。

所以，必须在太阳落山之前击溃人族军队，这样路华美亚才能撤上来，否则一入夜，雪山上的魔军仍可能被夜中张开的亡灵巨口吞掉。

华优冰其斯抬头看了看天色，龙神在保佑他们，现在正是中午。

还有时间。华优冰其斯下令：“全军雪山下列阵。”

八万魔军列阵于雪山之下，黑色的方阵与茫茫雪色对比着，形成一种肃杀的风景。

华优冰其斯策马来到了阵前，所有的魔军刚刚适应这强烈的光线，但望着华优冰其斯时，每双眼睛都映出血色的神采。

华优冰其斯看了看他的军队，他的族人。

“我知道你们刚刚哭过，因为什么？阳光太刺眼了吗？我通知过你们出地面时不准看天空，可你们还是忍不住看了……很多人在终于出地面这一刻，双眼却瞎了……真不应该……可他们会永远记住太阳！他们的一生中，只看过这一次！却永远也不会忘！”

“是的！”魔阵中许多再也无法睁开眼的士兵大吼，眼泪又一次流了出来。

“可是你们记住，我们出地面来，不是只为看一次太阳的！我们的祖先曾世世代代生活在阳光之下，我们的后人，也要世世代代在阳光下生活！所以你们终于走出来了……但仗打完了吗？没有，前面有一支二十万的人族大军！当年是他们把我们驱入地下，我们和他们争战了一千年！你们在五年的地狱生活中活了下来，但还是有人会死在这太阳下的第一战，在这一战中死去的人，请去告诉齐格扎里特大将、杨特克里达大将，所有倒在地下的族人：你们看见过太阳了！而且，我们依德尔人的子孙，还会世世代代地看下去！”

“乌拉！乌拉！乌拉！”魔军挥舞战刀狂喊，气势如虹。

华优冰其斯明白时候到了，他只轻轻说了最后一句话：

“现在，去杀了他们。”

魔人从雪山地下涌出的时候，人族的联军已经在山下的平原等候了。

听探兵报告说，在不安地等待了这么多年后，出现的只是这样一支魔族军队，人族骑士们不由得有些失望了。

此刻的人族军队，在里法尔平原上聚集了二十万的大军，那是在圣骑士康德的命令下组建起来的各国联军。这些骑士在银月光华联盟建立前，还是互相厮杀的对手，但他们几乎都败在了同一个人手下，那就是康德。没有骑士心服于失败，因为他们认为康德使用的是邪恶的力量，但此刻，所有的人都在期待着杀光这支出现于地面的魔军，好重新赢得声誉与光荣。

“看，魔军冲下来了！”有人喊。

联军西部军统帅依冰柯眯起了眼睛，雪山的光芒太刺眼，但他能看见那片黑色搅起了漫天的狂雪，涌动而来。

“迎战！”

二十万大军排开的数里宽的战阵开始拉开，前方的十几个五千人的步兵方阵开始整齐前移并拉出空隙，露出了步兵线后嘶鸣的战马，那是两万等待冲击的骑兵。

“敌人好像完全没有骑兵……也没有魔兽……全是步兵……”副将凑近依冰柯说。

“这就是我们所期待的黑暗怒潮吗？”依冰柯冷笑了起来，“圣骑士康德一直鼓吹着魔族将重回地面，将有多么可怕的灾难，不过只是为他控制联军造势罢了。”

他催动了战马，想上前看清魔军的溃败：“打完这一仗，我们再回去对付康德！”

很多年后，依冰柯想起当年的第一战，身体还会微微颤抖。

几乎没有人可以说出人族的大军是怎么败的，也许只有一个逃出来的骑士的回忆可以形容：“我看到他们了，他们冲过来，我们垮了……”

依冰柯看着联军两万骑兵冲入了那片黑色之中，竟然瞬间就消失了。

只有地面上多了无数的模糊血肉，黑色狂潮踏过战马的碎骨，几乎毫不被阻滞地继续推进着。

“长弓手！”

巨盾兵列成一线猛地蹲下，后方十几个方阵列成弧形，每个方阵五排的长弓手现了出来。这种一人高的长弓要由两个人来发射，一人扶住一端插在地面的巨弓和长箭，一人几乎像拔河一般双脚蹬地，双手拉开弓弦。

魔军还有半里的时候，第一排箭就发了出去。

划破空气的哨声中，最前列的魔军被长长的箭穿过，纷纷栽倒。但后方的士兵跳过他们继续前进。

魔人冲击的速度实在太快了，箭只发射了三轮，魔兵狂怒的脸就可以看见了。

这时前面的魔人们狂喊着把手里的弯刀甩了出去，联军方阵中像风扫落叶一样人头乱飞。

弓手飞速奔向后阵，盾兵放下巨盾拔出战刀，联军步兵呐喊着冲了上去。

与此同时，两翼的骑兵和七八个步兵方阵也包抄了过来。

高塔上的魔法师向魔军阵中攻击了，魔军冲锋的密集处火焰升腾、电光不断，迟滞和失明的诅咒黑雾也涌向魔人们。

但魔军阵中有专门对付魔法师的神射手，他们单膝跪地，弯弓搭箭，利箭穿过高塔上护卫盾间的缝隙，将脆弱的魔法师射倒。还有一种魔箭，在半空中忽然展开了翅膀，像是黑蝙蝠一样绕过盾墙，扎进魔法师的咽喉。

肉搏已经展开，联军奔涌不断地冲向黑色军团，却像陷入黑沼中不断被吞没了。

只有近在咫尺的面对魔军的士兵才知道其中的恐怖。

“他们像恶魔一样扑向你，你只看见他们的刀一挥，你的手和刀就一齐飞上了天空，然后是你身体的其他部分……他们的力量也许只有巨熊可以抵御，没有武器，他们用手和牙齿照样能撕开你……那不是军队，我们在和地狱中的魔兽作战，他们血红的眼睛，咆哮的声音，士兵们仅仅是注视着他们凶恶的面孔就会胆碎……”

一小时，仅仅一个小时，太阳刚在天空中移过了一点，人族军队便已经溃败。

两小时后，战场上再也看不见一个站着的人族士兵了。

八万杀红了眼的魔兵还在提刀四处奔跑，想找一个砍杀的对象，最后只有怒气冲冲地向天狂吼。

这一战后，地面的人族才明白，为什么圣骑士康德一直把“地狱将来”挂在嘴边。

“来吧，华优冰其斯，接受一个老骑士的挑战吧，骑士的血，必然应该洒在他所捍卫的土地上！”依冰柯大喊着，脚下的战马因为不安而一直跳动不止。

华优冰其斯仰起头，看了前方的对手一会儿，忽然猛地催动了战马。

依冰柯战死的消息传到了丁法。

“唉。”康德把战报揉成一团，“宁愿死在魔人手里，也不愿死在我手里。”

“换了我也一样。”里德说，看着圣骑士向他投来的目光，他龇牙一笑，自己也说不清这算恭维还是讽刺。

“魔军现在应该已经进入巴斯诺城了吧，我真希望他们很快来到基洛岗。”康德站起身来。

基洛岗城的清晨，街头静谧，白色的雾气在石板道上飘过。

战甲碰撞声响起来，那是康德带着无限水武士们迈步出了城堡，要去城头上察看。

康德的马正行过一条窄街，忽然一扇木门打开了，一个穿旧灰袍的女子举着匕首，愤怒地喊叫着向他的马头冲了过来。

康德转头有些奇怪地看着那个女人，一点也没有闪避的意思。旁边里德和西坦立刻迎了上去。那女人一脚踢在西坦的小腿上，他大叫了一声，而里德一把抓住了女人举刀的手，她回身很熟练地手臂一转甩开了里德的手，然后举刀向他刺去。西坦大喊一声，从背后抱住她的腰使她双脚离地，里德冲上前捉住了她乱蹬的双腿。这时护在康德马前的士兵才冲了上去，把女人捆绑起来。

康德看着这个被带到马前还在愤怒挣扎着的女人，她罩头的袍帽甩落了，露出了一头金发和一张还很年轻的脸，但怒火使她的双眼通红，那眼神中只有仇恨。

“我曾经见过你吗？”康德在马上挺起腰问。

“你杀死了我的父亲！畜生！你必须偿命！”

康德终于明白了似的点了点头：“依冰柯的女儿？我们曾在舞会上见过吗？对不起，因为我而丧命的人很多，所以我得问问。”他看向里德，“把她押去路士林狱！”

“可是骑士……”

里德看着骑士的背影，对着西坦叹息了一声。

“他的心中真的已经没有任何同情了吗？”

午后，康德回到了内城城堡，一个女人正在那里等他。

“看见你真让我意外，来到这战场上是因为思念吗？”看到那个女人从桌前站起来，康德用他那永远冰冷的声调说。

“我的父亲七天后就将被皇家法庭审判，他可能被绞死。”耶芙看着冷血的骑士，像在极力压制着某些情绪。

“哦，为什么要来告诉我？”康德摘下佩剑甩在桌上，就要向内室走去。

“你一封书信就可以救他，俄拉培德没有人敢和你作对！”耶芙跟上去。

康德回过身来冷冷看着她：“不，我还不想急着这么做。”

“你还是不肯原谅他？他已经老了，活下来也对你没有任何威胁，给他一条生路吧……”耶芙捂住脸哭起来，“哦，上帝为什么要这么惩罚我，让我向一块石头企求怜悯……”

“我知道……我知道……”好半天她终于聚起力量重新抬起头来看着康德，“我居然还曾经向你表白……我早就该明白，你根本就不是人，你没有感情，你那亮光闪闪的面甲后面是……”

“是什么？”骑士冷冷地说。

耶芙鼓起莫大的勇气说出后面的话：“是一颗早已冷透了的心！”

骑士却丝毫没有发怒：“是的，你说得对，你……你看，你无法激怒我，我不再有快乐与悲伤，也不再有同情与仇恨，我只是像铁铸的机器一样在做我该做的事情。”

他走进去，重重地关上门，再无声息。

耶芙颤抖着爬起来，心力交瘁，倒在椅上，眼泪默默地流淌。

不知过了多久，圣骑士突然“砰”地打开门走过她身边，径直把一封信交到门口侍卫官的手中：“把这封信用雪鹰送去给俄拉培德，绕开魔军兵营再放飞！”

他走回来看到耶芙正望向他，对她点点头：“走吧，你自由了。”

耶芙离去了很久，康德仍一个人静静地坐在厅中，基洛岗城的下午阴冷沉寂，城堡的大厅中连蜡烛也没有点起，侍卫知道圣骑士不喜欢光亮。

此刻康德靠在椅上不动已经很久了，像是又沉入了睡梦中。

……

“你想成为英雄？你想捍卫基洛岗？你想保护你所爱的人？但你也该知道以这样的身体使用黑暗力量的代价是什么。”

“我需要付出什么？”

“你所付出的代价就是你每使用一次这力量，身体就将朽坏一分。还有你的心灵，将日渐被这力量中的冷酷无情所左右……你所有的力量，都只能从痛苦中得到。你的所作所为不会让你成为英雄，只会换来人们对你的仇恨，你使用这力量越多，你失去的就越多。”

“对于一个一无所有的人来说，他还有什么怕失去的呢？”

“一无所有？不，我不会嫉恨一个和我一样一无所有的人。”

“我还有什么？”

“我要剪断在深渊前拉着你的每一根绳索，就像……”那声音低沉了，“就像当年他们对我做的那样……”

雷鸣般的声音远去，基洛岗的城堡里，圣骑士康德从梦中醒来了。

“原来命运终究是来临了……”

他想起了那只在悬崖边拉住他的手。

“我到底还是没能逃出宿命……云迪……”

第四十章

世上最美的女子

从南方海洋吹来的里米娜季风越过无边的森林，掀起千里一线的层层绿色波涛。庞大的飞鸟群从巨树顶端越过，追逐着这浪线向前，一路鸣唱。云在天际变幻，金色光带时隐时现地飘移，森林明暗着，像女神的脉搏，起伏着，像大地的呼吸，就这样在时间的变迁中由风雨云光不停地润泽，怀抱亿万生命。

这就是精灵之森，若星汉西南部数百万平方英里面积的广袤森林，精灵们的聚居地，数千个大小精灵部落生活在这里，若星汉三大古文明源头之一。在森林与沼泽的深处，层层根系与枝蔓间，沉埋着巨大的石塔，有时，地下的树木会顶着古老的指环长出地面……没有人知道它们是在何时，由什么人所建造，没有人能看懂上面奇怪的文字。所有古文明的秘密，都已在数百年前的大震荡中沉沦。历史的长河被斩断了，人们失去了过去的记忆，只有在故事与歌谣中追寻往昔的光荣与沧桑。精灵族人相信，那些神秘的文字之上，必然有着无尽的力量。历代的精灵学者们，都把读懂古文明遗痕作为终生的使命……

这一天，又一位古文明的追寻者来到了这里。

圣骑士康德骑着他的蓝色月光立在银徽大旗下，他的全身都罩在银光闪闪的圣装战甲之中，连脸也不露出来，只有一双眼睛，在护面甲后闪着冷峻的光芒。那是在黑暗中也能看清世间的洞察之眼，据说没有敌人能逃过这双眼中闪过的死亡的信息。这么多年的圣骑士战争后，在大地上已然没有骑士敢于挑战他的尊严。

他的身后，是随他东征西讨建立银月光华盟军的优秀战士们。金色长发，永远带着俏皮笑容的里德·克莱基尔；方脸庞、吊眉头的里德·优达克；黑矮汉子，常被取笑有矮人血统的西坦·莫华斯；个头巨大能把战马挟在腋下，扛着一根包铁大树的亚漠斯·齐曼；还有同样金色长发，面容比里德要俊秀得多，却略显消瘦的法师阿里斯汀。

男士的阵容背后，银铃叮当，女战士们策马走了出来，魔箭手琼娜穿着小巧的红色鹿皮靴，有着阳光下肤色良好的修长的腿，皮短裙系着红色的丝带挂着镶铜飞鸟纹的箭壶，然后上面是短箭士装所无法遮盖的曲线与柔韧的腰部，很显然她有着南方某个善射的部族的血统。

她的身旁，娇小的女剑士百亚在阳光下闪耀得像一块多棱的冰雪。她和圣骑士康德一样，也是一身银色战甲，也许是太崇拜那英雄的统帅，所以才不在乎同伴们取笑这是情侣套装。她这一套却小巧轻盈得多，一点也不会掩盖她的曼妙身姿，她也没有戴面甲，自然是不舍得让战甲挡住她的可爱面容，那是连敌人也舍不得去终止的灿烂微笑啊。

滑舌的里德正卖力地向她搭讪，百亚被逗得咯咯乱笑，可是她那弯月般的眼睛，却总是看向前方圣骑士那沉默的背影。

这支队伍只有几十人，名满天下的银月光华军来到这里看来并不想打仗。或许，这只是一次休闲的狩猎之旅？圣骑士康德走在队伍的最前方，他所到之处，树木藤枝自动地伏下去，难道是因为他的威严？不过据说那是圣骑士所骑的宝马蓝色月光的神奇力量。只有百年以上的大树，才敢高傲地立着，但当骑士经过身边时，也不禁枝叶颤抖。

但在一个地方，树木却终止了圣骑士的脚步。那里的每一棵树都笔直不弯，枝叶保持着精确的距离，它们看似一模一样却又绝不相同，排成美妙的圆圈。像是有一位同时精通数学与园林的大师安排过它们的生长，叶子放射着蓝色的光芒，远远看去像森林的阴影中跳跃着星辰的烛台。

这精灵祭台的中心，一位美丽的精灵族女子向骑士躬身深深行礼：

“闪耀光辉的骑士啊，你使我的草木朋友们也不由得惊伏颤抖呢，你的脚步声我远远就能听见，所以特意赶到这里来恭迎你。我是迪卡兰部落的女医祭将将丽斯，向声名远扬的康德阁下致意。能否请远方来的骑士们到我们的部落去，饮上一杯露水做成的酒呢？”

她抬起头来，眼神像森林的风一般柔和，神情和倒映蓝天的湖水一样静美。

金发里德忽地吹了一声口哨，百亚笑着在马上偏身捶了他一拳。

“我听说，精灵族美女如云，今天看来，果然是这样……”武士西坦似乎看见了美味佳肴，在马上的身子仿佛一下变高了。

“听说……精灵族都是女子酿酒，从少女时代就开始采集花叶、晨露，用胸怀将它暖以醇香……到那一天，美女们亲手把自己酿的酒敬给她心慕的男子……男子若接受，就喝个大醉，然后那一晚就……”阿里斯汀大睁着双眼愣愣地看着那精灵女子。

“哦，天哪，那我们还等什么……”金发里德就要酥倒于马下了。

“咦，这美丽女医祭说请我们的圣骑士阁下去喝露水酒，难道是？哦……”里德张大嘴说。

“哼，这个就便宜他了，精灵族美女还怕少吗？”亚漠斯擦了擦嘴上的口水。

对于银月光华战士们的戏谑无礼，女医祭显然没有思想准备，有些愣在那里，脸上涌起微红。

但康德的声音却冷静得像铁：

“迪卡兰？是那个有名的精灵大部落。我还以为你们的居所在森林更深处，没想到这么快就见到你们了，将将丽斯，很高兴你来迎接我，那么我们走吧。”

圣骑士的话有着盖过他部下的粗野流气的威严，将将丽斯的微笑重新回到了脸上，她上前轻轻为骑士牵起了马缰。

里德不由得又要为骑士的艳福大吹口哨，可这次刚吸气，百亚的马鞭就顶在了他的腰上，于是大家都听到了金发剑士的一声怪叫。

入夜，星辰漫天闪亮，还有许多小星在游弋着，拖着细碎的星辉一会儿滑向东，一会儿又折向北，原来是无数小小的翼精灵。作为妖精一族，她们在森林中同类人精灵们和睦相处着。

一团魔法光芒流转于巨树下，精灵族的盛宴正在进行着，精灵族的少女们在柔软的落叶上起舞，轻踏、曼转、巧挪、飞旋，发上系着的银铃跳跃着，撩动人族战士们的心。

精灵族姑娘们的目光总是投向席中坐着的那个银甲骑士，这个骑士的传说即使在森林深处也流传甚广，精灵们传说着他的冷酷、他的毅力，他在战斗中毫不畏惧死亡。他是天神赐福的骑士，每次重伤后他都能奇迹般地站起，仰天大笑。

这一刻，冷峻的骑士也正是她们所讨论的唯一话题。

迪卡兰族长老格德却有些不悦了，不论他如何笑容可掬地相敬，圣骑士康德就是不肯喝一杯酒，甚至连面甲也不肯掀开。

看到族长的脸色，一边的精灵侍卫们也握紧了矛，但侧席上银月光华的武士们却浑然不觉地大笑痛饮着。

“难道是迪卡兰的露水酒酿得不好？或是这歌舞让骑士觉得厌烦？”老格德不快地说，“为何在这欢聚的夜晚，你却总是顶着你的沉重盔甲，一言不发呢？”

“只因我心中再容不下一点快乐，”骑士说，“黑夜占据着我的心灵，我曾发誓，笼罩大地的阴影一日不消去，我便一日不除下我的战甲，以示我时刻愿为若星汉而战死。”

格德长出一口气，脸上重露出了笑颜。树后的姑娘们目光中不由得也加了一分爱意。

“我常疑惑，圣骑士那勇气与力量的来源，今日终于得到解答，”格德举杯，“那么，我老格德为骑士的信念先饮尽这杯酒。”

骑士微点点头，仿佛对精灵族长的热情并不在意。

“我这次来，只有一个目的，魔族重回地面的消息格德族长已经知道了吧？”

“是的……西方飞来的鸟儿的惊慌已告诉我一切。”

“那么，族长知道，魔人的目的地是哪里吗？”

“难道魔人的目的，不是为了报复当年的战败，与斯昂人重新争夺大地？”

“这次出关的依德尔魔军，不过八万人而已……”骑士举着酒杯在手中把玩着，“没有根据地的他们，无论如何都不可能和数千万人口的斯昂人争夺大陆……”他转过头，面甲后阴影中的光芒逼向老格德，“他们的进军目标只有一个地方——精灵之森。”

“这是为什么呢？”老格德急切地问，“在精灵的手中有他们想要的什么？”

“他们想要的，是精灵之森背后的，更广大浩瀚的——辽雷草原。”

格德向后坐正了身体，舞乐声他已听不见，忧思占据了他的心灵：“我明白了，那里是肥沃而又无人烟的万里草原，漫长的年岁里，因为精灵之森、星辰湖、龙谷的阻隔，几乎没有人能迁徙到那里，而精灵又只迷恋森林……大草原，正是魔族骑士所最爱的驰骋之地吧，一旦到了那里，就如狮子踏上平川，没有人再能在那里打败他们了。”

“所以，我这次来，是劝精灵诸部落，一旦魔军来到此地，千万不要阻拦，以免森林淌出鲜血，躲进密林之中，让魔军过去吧。”

老格德缓缓抬起头：“难道，斯昂人也是打算这样做吗？”

康德冷笑了：“斯昂和依德尔是千年的世仇，同一天空之下，怎么也无法共容。这次依德尔人重回地面，是人族的事情，矮人们已经退缩到雪山之顶去了，精灵们也请旁观吧。要是银月光华军也未能阻住魔军，我不幸死于战场，精灵就不必再和魔族死拼，让魔族到辽雷草原之上，繁衍生息，驯养魔兽，多年后重回与斯昂人决战，那时也请精灵族让开通道，会有新的斯昂英雄为我复仇。”

老格德看了圣骑士一会儿，大笑起来：“康德阁下，如果你在讥笑精灵族的胆怯懦弱，就请绕道而行，骑士的胸怀应该像天空一样开阔，精灵的灵魂也像星辰一样高傲，我族的战士也许比不上骑士的强悍，但有人若想侵入我们世代生活的家园，不论他是谁，都必然覆灭于生长之神的愤怒之下。”

骑士没有他期待中的借势喝彩，却叹息了起来：“我说出真话，可是老族长不肯信啊。”

“当年千年战争之时，斯昂人被魔军灭了国家，全族落入依德尔人的统治，只有范克德尔的一支数千人的银月光华军在苦苦游击转战，”格德说，“是魔族贪心不足，还想侵入精灵之森，才在我们精灵族的血战下大伤元气，在密林丢下近百万尸身，给范克德尔的银月光华军以命运的转折，直到他建起银月王朝。这次只有八万魔军，难道康德阁下会认为他们能通过精灵之森吗？”

骑士在面甲后无声地冷笑：“历史……以相同的场景开始，却未必以相同的场景结束呢。”

他直了直腰，把手肘支到了桌案上，托住那沉重的头盔：“那么精灵族就准备坐等魔军的到来？”

老格德终于明白了骑士的意思。

“尊敬的骑士，精灵热爱和平安逸的生活就像热爱我们的故乡，精灵一旦离开森林就如大树离开了土壤，没有生长之神的庇护，精灵就失去了力量，所以如果你想要求精灵族离开森林去中土和你们一起抵御魔军，那是我们所无法承担的。”

骑士点点头：“这是我早就料到的。现在，人族联军应该已经在里法尔崩溃了吧……”他谈论着战争像在谈论一片落叶，“那么，族长就请静静等待魔军的到来吧……记住，我所说要求精灵族躲开避祸的话，可是诚心的……”

他转过头去看歌舞，不再说话。格德心中暗暗感叹，这个高傲的骑士啊，若是他能有几分恳求之意，说服精灵部盟派出一支军队也并非不可能。

银月光华的武士们似乎没有察觉正席上的僵冷气氛，还在和身边的精灵族谈笑风生，炫耀着击败诸国骑士的经历。

这时树林之中，忽然响起了一曲琴声。

于是所有的歌舞忽然都静歇了，因为没有哪首舞曲比得上这琴声悦耳动听。

音波流转之中，人们仿佛看见一串银色的音符在树林中盘绕飞舞，升上天空，和星辰共舞。

银月光华武士们猛眨着眼，可那幻觉仍在，银色的音符真的如蝴蝶在翻飞着，引来了无数翼精灵，撒下金尘。

如果在战场之上听到这琴声，每个人都会厌恶手中的刀；如果在恐惧黑暗之中听到这琴声，婴孩也会甜美入梦。它洗涤人心，使莽汉懂得敬惜，使恶徒学会赞美。

这乐曲，把迷雾的森林变成了幻中天国。

所有人都在静听，只要音乐不停，没有人肯去打断。

不知过了多久，琴声渐停，人们甚至没有察觉它是什么时候结束的，还都静默无语。

当银色音符消隐在星空中，一个精灵女子从林中迷雾里走了出来。

她走进了巨树冠下。当精灵族人向她致意时，银月光华男性武士的酒杯全掉在了地上。

从此之后，如果再有人敢怀疑精灵少女的美貌，这些武士立刻就会拔出他们的剑，为捍卫这样的美丽，生命与鲜血似乎都不再可惜，如果两族会为一个女子而争战不休，那这美貌就是无法抗拒的理由。

那个少女笑盈盈地站着，手中捧着一把状如弯月的六弦琴，银色头发扎成一束在脑后轻摇，发上和身上撒着银尘，像是刚才的弹奏中，笼在银色光符间撒落的，在轻纱衣上，挥之不去。

当人们在林中看见将将丽斯时，以为她是碧绿绒上的美玉，但眼前这少女放在一百块这样的美玉之中，依然盖过她们所有的光芒。

老格德笑起来："米米尤里亚……我的孩子，你终于肯来了吗？就是父亲，能听到你的琴声也真很难啊。"

米米尤里亚，银瓶公主？

所有的人族武士都在天国中不愿醒来，他们感谢着自己的幸运，精灵族第一美女、若星汉大陆的传说之一，今天终于见到了。

米米尤里亚向她的父亲躬身行礼，然后笑盈盈地望着骑士。

"我听说，远道而来的骑士是银月光华的传人，举着古老的旗帜，指引人们重追往日光荣的岁月。我深爱当年的那段历史，也热爱那些传奇的圣骑士，我曾为他们写下歌曲，可惜他们再也无法听见。今天，终于又有一位圣骑士来到了我的面前，我怎么能不来与之相见呢？"

除了骑士，周围的武士没有人微笑，他们还全怔怔地看着银瓶公主。

米米尤里亚笑着注视着骑士，走到他的面前。

“我听说骑士所举着的，是银月光华旗，腰上所佩的，是银月光华之剑，身上披着银月光华的战甲，就连所乘的战马，也叫作蓝色月光……可是，这套华贵的装备中，似乎还少了点什么。”

她低头看着自己所捧的月牙琴，伸出纤细的手指在上面轻轻一抚，一串乐声如水滴弹出，让两边发呆的武士都不由得身体一颤。

“我这把琴……”她抬起头来笑看着骑士，“也有一个名字，叫银月光华之琴呢。”

“哦！”两席的武士惊叹起来，原来世间真是有这样一把琴的。握着银月光华剑的骑士遇上捧着银月光华琴的女子，看来一个美妙的传说又要诞生了。

米米尤里亚把琴捧到了骑士面前：“不知骑士握剑的手，能不能拨动纤细的琴弦呢？”

女剑士百亚紧盯着精灵公主，她用同样的女孩的心听出了那弦外之音，这算是暗示吗？

骑士伸出手去，他连铁护手套也没有摘下，当包在布中的手指碰上那琴弦，他仍觉得一股冰凉的感觉从指尖一直流遍了全身。他大惊，向后一退，碰翻了桌上的酒杯。

武士们全都一惊，百亚已经站了起来，手按上剑柄，但琼娜笑着拉住了紧张的少女剑士。

米米尤里亚的笑声如琴音一样晶莹闪亮：“你感觉到了这琴的月光之寒？这不是什么人都能体会到的。尊敬的骑士，你果然不是普通的俗人啊。”

看着她的美目中越来越浓的欢悦情感，百亚想有什么她不愿看到的事要发生了。

银瓶公主伸手拿起了桌案上的木酒壶，为骑士重新倒上了一杯酒，笑着举到齐眉处：“康德骑士，能允许我为您献上一杯酒吗？”

不仅桌前的人族武士，连精灵族人都惊叹了。

能得到高傲的银瓶公主的爱慕是多么不容易的事啊。

老格德大笑起来："我这个丫头，从小听着骑士们的传说长大，这些年来，她一直缠着远游归来的歌手讲关于你的故事。周围多少精灵族的好男儿她都不爱，却偏偏喜欢苍天上远方飞来的雄鹰。康德骑士，这杯酒我看你是一定得喝了……"

众精灵族人都大笑起来。

康德接过那杯酒，握在手中，握了很久很久。

握到银瓶公主脸上的笑容也渐渐消失了，美丽的女孩儿咬起了嘴唇，垂下了睫毛。

那可怜的神情，让每一个有血肉的男儿都恨不得上去痛饮了那杯酒，哪怕酒里有断肠的剧毒也心甘。

长久的沉默后，骑士冷笑了一声，终于把酒杯放回桌上。

"我不会改变我的誓言。银瓶公主，你的酒该敬给真正敬惜你的人。"

老格德大惊失色，所有的精灵战士都想立刻冲上前杀了这骑士，银月光华男武士们也发誓这次绝不帮他，就连百亚，也为那女孩感到可怜了。

银瓶公主当场呆在那里，泪珠在眼眶中转动，终于流到面颊上。

她抬手拭去泪珠，轻轻握起那酒杯，忽然把酒猛地泼在了骑士脸上！

酒洒进骑士的面甲，发出"刺"的一声，骑士大喊一声痛苦得捂住了脸，立起身来向后退去，撞在树藤编成的屏风上。

银月光华武士们全都拔剑而起，精灵族战士也立刻举矛抢上前来护住公主和族长。

没想到骑士会有这样痛苦的反应，银瓶公主愣了一下，但羞辱带来的仇恨很快又回到了她的脸上，她想说什么又没能说出来，愤愤转身冲入林中。

立刻有许多精灵族人追了上去。而更多的精灵战士从林中涌出来围住了酒宴之地，巨树冠中，也伸出无数箭矢。

"看来，精灵族是早有准备的！"琼娜也早搭箭瞄准了老格德，冷冷地说。

"我不知道会发生这种事！"老格德愤怒地大喊，"这些人本来是用来保护你们的。”

“不就是一群精灵族吗？各国联军也打败了，我们会怕一群森林野人？”里德大骂。

“都住口！”忽然骑士的喊声安静了四座，他已经重新站直，看来并没有什么大碍。百亚上前想帮他擦拭脸上的酒，被他推开了。

骑士转头看向老格德，笑了起来：“看来这不是一场愉快的聚会，不过这无所谓，我不需要朋友，只要你们明白，你们该听从谁的意志！我们在森林中还要待上一段时间，做些其他的事情，无聊的酒宴，就请不必再办了。”

他走下座席，喝令着：“我们走！”率先大步向林中走去。武士们张弓搭箭，慢慢护在骑士身后，退出了宴席地。

老格德看着这个和他的盔甲一样冰冷坚硬的骑士，惊怒未平地呼吸起伏着。

精灵族聚居地的边缘，银月光华军的营地扎了起来。

康德坐在远离火堆的地方，愣愣地看着自己抚过琴的手指出神。

感觉？刺骨的冰凉，那是久违了的事。

百亚轻轻地坐在他的旁边，低着头，也拨弄着自己的手指，像一只小鸟落在大鹰之畔整理着羽毛。

“为了一杯酒，而不惜和整个精灵族翻脸，值得吗？”

……

“你的脸，没有事吧？是眼睛被溅痛了吗？”

骑士仿佛没有听见她的话，还在怔怔地想着什么。

女剑士轻叹了一声，离开了他，过了一会儿，她欢快的笑声从火堆边传来了。

骑士就那样一个人孤独地坐在黑暗中，仿佛永远不愿人来打扰。

精灵的营地中，少有火堆，却光华笼罩。无数飘浮在空中的星游花，长在藤上的灯笼果，还有洒上了魔水而发光的树叶，飞舞的各类小妖精，把这里变成童话之境。

闪亮的还有银瓶公主脸上的泪痕，她把自己一个人关在木楼里，整个晚上都在哭泣。高傲的公主从来没有受到过这样的伤害，她不明白传说里骑士与公主的梦幻在现实中为何如剑兰草一样割人。

他为什么不肯饮她的酒，难道是她还不够美丽？难道是她的琴声还不够动听？无数精灵族人爱慕着她，愿为她的一个微笑而死，可这骑士却连面目也不愿让她看到……银瓶公主怔怔地看着木楼外的星辉，把手中的花瓣撕了又撕。

将将丽斯一只脚跨入蘑菇屋的门，还转头气恼地和同族声讨着那骑士。

“发生了什么事？”屋中一个年轻男子的声音问。

那是一个颇为英气的人族男子，有着褐金色的长发、蓝宝石般的双眼，穿着简单却整洁的粗布短衣，腰带上小铜环闪亮着，手指修长，正在削着一把木琴，看来，他是一个游吟歌手。

“罗恩，真是气人，今天，那个大名鼎鼎的圣骑士康德来到了我们这儿，本来大家都很高兴，终于可以一睹他的面目，可是他不仅无礼地连面罩都不摘下，还不肯饮老格德族长敬给他的酒。这都不算，后来，我们的银瓶公主走了进来，她把他当成她所期待的英雄，向他敬上一杯美酒，这是多么大的盛情啊，这个……这个家伙居然就冷冷地把酒杯往桌上一放，连喝都不肯喝！当时全族差点就和他们打起来了，这种气，精灵族才不会受！我刚才正和一些族人商量着，今夜去人族的营地好好地整治他们……”

“康德……”叫罗恩的歌者念着这个名字，“圣骑士康德……”他冷笑了起来，“我听说那是一个冰冷的怪物，在人族的国家便没有人不怕他，以前母亲吓孩子时说，‘你再不听话，便让魔王把你捉去……’现在改成，‘你再不听话，圣骑士便要来捉你进路士林狱……’比魔王有效得多。”

“你五年没有回你的国度了，这些却还知道得这么清楚啊……”将将丽斯坐到了罗恩身边，“我们银瓶公主真是看错了人……”

听到银瓶公主的名字，歌手削木的手慢慢地停下了。

将将丽斯忙着为银瓶公主而愤懑，似乎没有注意歌手的忧郁眼神。

……

那夜罗恩不能入睡，窗外射入的银辉在屋顶流动着，像银瓶公主的琴韵。

……

银瓶公主哭得昏昏沉沉，正将睡去，却听到林中传来一阵琴声。

像是从她自己心中流出，那琴声忧郁低缓，如泉水在冰冷的石面流过，打着旋儿，不忍离开故乡。

“神秘的人啊！”她叹着，“曾有无数人来我的窗外抚琴歌唱，可是我总能立刻听出你的琴声，还有你心中的话语。可是为何，你终不肯出来与我相见呢？”

无人应答，只有琴声在说话。

她伏在了栏边：“这么多年，我早已把你当成了我的一个老朋友，你的琴声陪我度过了很多星光寂寞的夜晚，今天，你也知道我受的羞辱了吗？我以为可以见到一个我梦想中的骑士，可是……他却是那样冷酷无情……”

她痴痴地望着天边的月亮，眼泪映出银辉，又从她颊边流过。

那琴声也有些怨愤急切了，泉水撞上石壁，无奈地撞击着，粉碎着自己。

“他的心里，究竟在想什么？他的手指触到我的琴弦，分明是会颤抖的，颤动的是他的心，可他却不肯在脸上流露一分，不惜刺伤我……难道，真的是因为他的誓言，害怕他会战死于沙场？”少女仍喃喃自语着，“可是……他若真是我心中的英雄，我不会在乎是一天还是一辈子……”

泉水突然穿出了石壁，前方现出万丈悬崖，银花溅满了天空！

琴声在这个强音后停下了。

少女察觉出了那琴音中的痛苦，她不由得也叹了一声，慢慢走回自己的楼中，放下了藤帘。

第二天清晨，精灵族的营地忽然震动了起来。

叶哨吹起，林间传响着，信鸟来回飞着，精灵族战士们提矛背弓涌出营来。

银瓶公主也惊醒了，冲到木楼栏边向外张望，不知发生了何事。

迪卡兰英雄、投矛手乌第斯拿站上了巨木桩台，看着向他奔来的精灵探兵。

“看见了，就在他们营地边上！他们把将将丽斯，还有其他一些精灵族人吊在大树上，有看守发现了我，还大喊着叫老格德族长亲自去领人！”

周围聚起的几百精灵战士全部大骂起来。

“浑蛋！就知道这些斯昂人来这里，绝没有好意！”乌第斯拿骂着，“我们这就冲过去，把他们乱箭射死，救出族人们！阿卡，去叫醒巫祭师们！”

第四十一章

女神之泪

上千的精灵族战士围住了银月光华军的营地。箭手们隐伏在树上，随时准备将人族的整个营地射穿。

女医祭将将丽斯和一些精灵族人被缚起吊在营地旁的大树上，却并没有人看守着他们，所有的银月光华战士都在争抢着早饭，还大呼小叫地争夺着果子。康德仍是静静地坐在火堆外的石边，想着自己的心事，仿佛周围的一片沙沙声并不存在。

一些精灵战士偷偷地摸了过来，他们披着用变色叶编成的战衣，当他们停在树边或是落叶中时，几乎没有人能发现他们的存在，只有在他们向前移动时，你才会发现似乎森林的空气有所扭曲，有如自己的幻觉。

当这些战士摸到树下，远处的神箭手就会射断吊着将将丽斯他们的绳子，下面的人接住他们抢回本阵，接下来就可以无所顾忌地向人族发起进攻。

可就在这时，将将丽斯却发出了尖声的大喊："不要过来！"

精灵战士们愣住了，进也不是，退也不是。

大个子亚漠斯叹了一声："我还以为今早可以有红烧精灵吃呢。"

里德嘴里塞满了肉块转过头来："嗯……真可惜啊！阿里斯汀，他们离你布的火魔法阵只有两步。"

"呸！"阿里斯汀嗤笑，"我只要愿意，现在也可以把树上那些披柴火的家伙全点着。"

武士们的嘲笑惹怒了精灵英雄乌第斯拿，他向他们投出了第一支矛。

里德大喊一声闪开，银月武士们刚跳起来，矛便挟着强劲的风击中了火堆，带火的石块在巨响中飞炸开，打在武士们的衣甲上，把他们击倒在地。

里德倒在地上，好像被弄得噎住了，不住地捶着胸口狂喷食渣。

百亚的银甲上被砸出许多黑炭斑，看起来好像一只小白毛斑鹿。

亚漠斯更惨，一块火石击中了他正大张着的嘴巴，他狂吐着唾沫大骂。

阿里斯汀被炭渣眯了眼，流着眼泪把脸抹得像黑蛮族。

精灵族大笑起来，喊起了嗬哟的号子。

西坦跳过来大骂着："明明是没有投中，还好意思叫好！"

他话还没有说完，忽然强风扑面，一支矛已经紧贴他的肩头穿透了肩甲，把他拎飞了起来，挂在几米远的树上。

精灵族又是一阵哄笑尖哨。

骑士康德竟也交握着双手冷笑了："有两下子。"

乌第斯拿正要对准圣骑士投出他的第三支矛，忽然听到了老格德的大叫："停下！"

老族长气喘吁吁地冲到了精灵战士们的面前："这儿到底发生了什么事？"

乌第斯拿愤怒地对着吊在树上的族人一指。

老族长向前走了两步："尊敬的骑士，可是我的这些族人有什么地方冒犯了您吗？"

百亚生气地站起来："还问，就是你的这些族人昨晚想偷袭我们的营地，还弄一些放蛇引蜂的小把戏。把他们吊在这儿，就是想请族长来看看这些人你认不认识。"

老格德望向被吊在空中的将将丽斯，她羞愧地转过头去。

族长叹了一口气："这是孩子们太不懂事，他们还没学会敬畏骑士的威严，请把他们交给我来处置吧。"

百亚还想说什么，康德挥了挥手："就这样吧，放他们下来。"

当将将丽斯他们被精灵们接回阵中，乌第斯拿走到族长身边："老族长，现在只要您下命令，我们就把他们全捣成浆！”

老格德狠狠瞪了乌第斯拿一眼，转身便向部落走去。

乌第斯拿不甘心地跟在后面：“族长……”

“你以为你带的这几百人，和当年反依亚各国的联军比怎么样？”

“可现在他们才几十人……”

老格德狠狠地跺脚：“你知不知道什么叫圣骑士？”

乌第斯拿不再说话，他没有看见过圣骑士的力量，但他听说过范克德尔王和他的十八个圣骑士击败数百万魔军，把魔王封入盔甲的传说。

月上中天，外出采药的罗恩回到了精灵迪卡兰的部落。

一只翼精灵向他疾飞了过来：“罗恩，快去看看吧，将将丽斯因为带人袭击康德的营地，被族长用族刑责打了！”

罗恩飞奔到了那巨菇的小屋，美丽的女医祭正趴在草叶上，此刻她需要别人的医治，几个精灵女孩围在她的身边，用草药和魔法抚慰着她满背的伤痕。

“发生了什么事，将将丽斯？”罗恩奔到了她的身边。

将将丽斯一把抓住罗恩的手，不知是因为痛楚还是伤心，立刻大哭起来。

“哎呀，她终于哭出来了，”一个女医祭说，“刚才我们还担心，她老这么一声不吭，会把自己的舌头咬碎呢。”

“那么，我们也应该离开了，”一个女医祭向同伴们挤了挤眼睛，“魔法和草药在十二小时内都有效用的。”女孩们起身走出了蘑菇屋。

将将丽斯哭个不停，罗恩握着她的手，这时却不由自主地想起了米米尤里亚的眼泪。

“族长把你丢进了长满狼牙草的坑里？”罗恩问，这是精灵族惩罚族人的严厉刑罚之一，那些长长的狼牙草会疯狂地抽打碰向它们的一切东西。

“我的脸……我的脸是不是完了？”将将丽斯抽泣着问，“我除了死死捂住自己的脸什么也不能做……”

罗恩轻轻地托起她的脸，那面容除了额上、耳边的几道血痕外，依然清丽动人。

“真傻，我以为你们昨天只是说说而已，为什么要真的去惹那个圣骑士呢？他敢轻慢族长，难道会害怕你们吗？”

“你……”将将丽斯委屈地抽泣着，“你昨天一听银瓶公主受了委屈，满心就想着她了，哪还会在乎我的死活？”

哦，原来女孩子的心都是这样敏感而脆弱。如果不是感觉到了罗恩的魂不守舍，将将丽斯也许不会一气之下做出傻事。

罗恩羞愧地扶起将将丽斯，轻轻搂着她，呼唤着她的小名：“丽路儿，我会守护着你，我就快要拥有力量了，那时我不会再让任何人欺辱你。”

“别轻立誓言……”将将丽斯柔声说，“我虽然救过你，但从来不指望什么报答，我需要的也不是报答……”

她依在罗恩的怀中，眼波闪亮：“对了，你一直念叨着那力量，这么多年我耳朵都听出茧来了，那到底是什么？”

罗恩又沉默了。

康德大步走出营来，面对久违的老友，他并没有伸开双臂。

“我以为你死在什么地方了……五年了……罗恩……可你终于还是出现了。”

“是的，这五年发生了很多事。”游吟歌手罗恩说。

“发生了很多事……”康德点点头，“也许我们都变了。”

“是魔军把我们冲散了，我从魔人那儿逃出来，就看不到你了，原来你去当你的圣骑士了。”

“圣骑士……”康德冷笑着，“我倒宁愿可以像你那样，躲在精灵姑娘的木屋里。”

罗恩一惊，难道这骑士早就知道他的行踪？他望向骑士的双眼，可面甲后只有不可捉摸的阴影。

罗恩忽然凑近了康德，小声说：“我是知道你那面甲后秘密的最后一个人吗？”

圣骑士沉默下来，荫翳的云色立刻就笼罩在营地。

罗恩看着那面甲阴影中的双眼，接着说：“你以为我不知道你来精灵之森是为了什么？”

骑士冷冷地看着他：“是什么呢？”

罗恩微笑了：“难道不是为了姑娘的眼泪？”

骑士对这话饶有兴致地偏了偏头。

“你想重新恢复你的身体，也许只有精灵医祭们的奇药能救你……那可以使死人也复生的传奇药物——女神之泪，所以你才来到精灵之森。”

“我只是听说过，在传奇故事里……”

“可我知道，它真的存在……”

入夜，帐篷中，罗恩和骑士仍在畅谈。

“其实女神之泪这种药一天就能制好，之所以它只在传说中出现，是因为它所需要的其中一种原料……”

“是什么呢？”

“世上最美女子的眼泪。”

骑士连声地冷笑起来：“这也不是什么难事。”

“对于圣骑士大人当然不是什么难事，一天前你只轻轻一声冷笑，就得到它了。”

“你说银瓶公主？”

“我还以为你是故意弄哭她的呢，这对于全天下无数人来说都是做梦也得不到的东西，可是你只需要一句话，谁让她深爱着你呢。”

“她爱的只是她心中的梦幻。”骑士说，“我没有必要去扮演一个她所喜欢的英雄。”

罗恩握紧了他的酒杯，可他不能让骑士察觉到他的怒火。

没有什么能比看到自己最珍爱的东西，被别人轻蔑地踩在脚下更让人愤怒的了。

可罗恩不能表露，是否因为他的心中，也有比银瓶公主更重要的东西？

“可是我得到了那眼泪。”罗恩说。

骑士并没有表露出惊奇。

“我知道你这样做，是因为你被黑暗魔法感染后腐朽的身体，再无法露于人前，只要你的身体恢复，以你的地位、力量和容貌，又何必终日躲在那盔甲中？”

骑士沉默着，只注视着噼啪的火堆。

“那夜我与银瓶公主的侍女商量好，我在林中弹着悲伤的曲调，趁她终夜痛哭，得到了她的眼泪。”罗恩从袋中取出一个水晶的小瓶，“只有几滴，全大陆的黄金也买不到。”

“有了它，我就可以制出女神之泪？”

“是的，随便找一个高级医祭，有这原料他就能制成那神奇的药水。”

“罗恩，那你需要什么呢？”

“我做这一切，只是因为我是你的朋友。”罗恩说，“我不信这世上没有完美的人，当你恢复了你的容貌，骑士，你的勇气、你的品德、你的神采，将盖过传说中所有英雄的光辉……那是云迪的心愿……”

骑士抬头看向罗恩，游吟歌手的眼中流露的全是诚恳。

“那么……谢谢你，罗恩。”

“啊，我该去姑娘的窗下弹我的琴了，这小帐篷里太阴沉，不宜久待呢。”歌手笑着站起来，“有空的话，来精灵的营地听吧。放心，沉浸在乐声中的精灵们没空用箭射你。”

歌手走出了帐篷，骑士托着那小瓶，看它在火光前映射出七彩光芒。

“云迪……”他喃喃地念着这个名字。

第四十二章

仇恨的起源

林中的夜弥漫着草木的潮湿香气，星辰在水泽的气息中朦胧着。百亚托着下巴坐在林中小湖边，有些走神。这样宁静优美的夜，虫鸣不兴，战争与恐惧都是遥远的事。

“什么时候我也能成为强大的剑士……那时候骑士才不会把我当成小孩。”想到平时骑士总是像对孩子一般对她特别关照，以至于引起同伴的嘲笑。银月光华武士中年纪最小的百亚开始憧憬起将来有一天，她的名字会始终和骑士挂在一起，她能一直骄傲地立在骑士马右第一个位置。而现在，她每次想抢这个位置，都会被里德或是亚漠斯挤到一边。

她曾偷偷问里德：“你见到过骑士摘下他的面甲吗？”他笑着点点头，这叫小百亚十分嫉妒，决心十天不理他们，可她一秒钟后就忍不住问，“那他长得英俊吗？”

里德挠了挠头，好半天才说：“那时候，在酒馆里，他带着一张被人打得满是伤痕的脸，急切地向人们请求去救一个姑娘，可是大家都嘲笑他，以为他在讲梦话……当然，我不得不承认……如果他的脸那时不是那么青肿，还是个比较英俊的家伙的，只比我稍差那么一点点。”

于是可怜的百亚之后许多个夜就在揪心与幻想中度过，原来骑士也有着过去，他不是从来就冷冰冰的，也不是一生下来就戴着这面甲，那么将来也必有一天会摘下，如果，是为了她……可她难过的是似乎里德他们都知道骑士的过去，她嫉妒人们回忆初见骑士时的神情，他们看过他的笑，知道他年轻开朗的当年。她也想有那样一种回忆，一张脸、一个笑容。

“他变了……”里德说，“自从他重新穿上这身闪亮的圣骑士盔甲。真的是因为责任太重了吗？他把自己关在面甲后我就再也没有听他笑过……他变得冷酷，对待敌人毫不留情，也不再需要朋友。可是，我总觉得这不仅仅是地位的原因，却像是那盔甲后根本……根本就是另外一个人，一想起这个，我就害怕……”

百亚没有里德这样的烦恼，她知道骑士如果还有关心过一个人，那就是她，战斗的时候，他总是会先嘱咐：“你们看好百亚。”或是让百亚跟在他的身边不要乱跑。那是百亚最快乐的时候，她像一只小兔跟在雄狮的后面，哪怕是在乱军阵中也毫不害怕。她甚至总是在做一个梦，有一天美丽的城外草地上，骑士身上的盔甲在太阳下像冰一样融化了，一个宽厚肩膀的男人对她笑着。

这些天里德交给了她一个任务：拿着一个水晶小瓶，去找密林深处的一位老精灵医祭师，请他配制“女神之泪”。

当她终于在迷宫般的森林里找到这位老医祭时，他愣愣地看了那个小瓶半天，才叫她在外面等候，这一等就是一天。

百亚站起来无聊地在湖边踱着步，把所有可以踢的东西踢进湖里，有一次还踢飞了一条打瞌睡的铁皮鳄。老医祭终于从树屋里走出来时，百亚已经把湖里的鳄鱼蛇怪全部拖出来挂到了树上。

“终于成功了，我不知道你们从哪儿弄来的那最重要的原料，但是现在这药水还不能用，请转告你的主人，制成的女神之泪只有一滴，而且施用时要配合一个古老的咒语，叫作‘斯坎拿之咒’，但是我不懂这个咒语，请去别处寻访吧。”

百亚重新握着那个水晶小瓶，看不出它和从前有了什么区别，但只要是骑士认为重要的东西，她都会用生命去保护。她小心地把小瓶藏入怀中，肌肤能感到那瓶上透来的深深凉意。

百亚急切地骑马踏上了回路，但不久之后，她忽然发现她好像迷路了。

森林里不知何时起了一层褐金色的雾气，雾后所有的树影都变得虚幻不可信。

虽然是银月光华武士中等级最低的一个，百亚也能察觉到这雾气的奇异。

“谁在施法？出来！”她抽出剑，大喊着。但森林中只有她的声音在回荡。

但那回音却变成了一个女声低低的吟唱，随着这吟唱雾气开始快速地飞旋了。

百亚想自己也许遇上了森林中的女妖，她闭上眼睛，不受幻雾的影响，但歌声却更分明地钻入她的耳中，令她渐失触觉，剑一会儿握在自己的手上，一会儿又像是消失了。

忽然急速的风声，像是一条蛇向她猛弹了过来。

百亚迎着响声来处挥出剑去，“啪”，什么东西缠在她的剑上，随即手腕也被冰凉的东西绕住。

她只觉得有股力量将她向一侧猛地拉去，她猛一抖剑，削断了缠剑的索，但自己也摔下马来，地面上立刻有无数分不清是蛇还是长藤的绿色生物蹿了出来，缠上她的身体，百亚惊叫起来。

那些魔藤将百亚死死地缚在地上，像一块长满树根的白石。雾渐渐散去，一个精灵女子从雾里走了出来。

“将将丽斯？”百亚喊出了她的名字。

“银月光华的女剑士，”将将丽斯脸上没有微笑，“你的骑士为什么要你来制女神之泪？难道他不惜触怒精灵族，就是为了银瓶公主的眼泪？”

“这与你有什么相干！”百亚愤怒地说，“我也不知道这药和你们的银瓶公主有什么关系！”

“因为他给我们精灵族和我带来了羞辱！”将将丽斯大声说，“我不会让你们用银瓶公主的眼泪来做药，把它交出来。”

“你怎么知道这些？”

“你们以为找一个远在几百里外其他部落的老医祭就能瞒过我们？有人要制女神之泪这样的大事，精灵信鸟早就传遍了所有医祭的窗口！”将将丽斯逼上前，“交出来！”

“没有！我早就用信鸟送回去了。”

将将丽斯冷笑着：“你以为你能骗过我？”她念起了咒语，魔藤猛地向两边收去，拉开百亚的双手。将将丽斯上前，从百亚身上搜出了那个小瓶。

“这神药永远只能属于精灵族所有！”女医祭握紧那水晶瓶，一脚踢开百亚的长剑。再次念动咒语，忽然树上有长藤垂下，缚住了百亚的双脚，把她倒挂了起来。

“当初你们把我吊在树上的耻辱，今天也让你尝一尝。希望你的骑士找到你时，你还没有被吸血蝶吸干或是被巨蚊咬成猪头！”将将丽斯转身离去。

“笨蛋！”百亚暗骂着，她看着地上的长剑，一挥手，那剑忽然自己跳了起来，飞回了她的手中。那是一个二十级以上剑士都会用的基本收剑技能，从小未出过精灵之森的将将丽斯完全不具备对付剑士的经验，才会把长剑留在地上。百亚再收腰用剑向上一划，割断魔藤，一个翻身落下地来。

将将丽斯听到声音回头，银光一闪百亚已纵到了她身边，一手扭住她的手腕，另一手将剑架到了她的脖子上。

将将丽斯的手腕被百亚扭住痛得直叫，再也念不出一个咒语。百亚脚下一扫把她绊倒在地，扯过树藤将她绑了起来。一边用剑顶着女医祭的咽喉，一边从她手上抢回了那水晶瓶。

“你完了……”百亚晃着那个小瓶，得意地说，“但愿你的族人找到你之前，你还没有被怪兽吞掉或是被巨蚂蚁抬走……而且，这是你第二次袭击银月光华武士了，我回去一定让骑士踩平你的部落！”

“这完全是我自己做的事！和我的部落无关！”将将丽斯在地上挣扎叫着，但百亚的剑尖在她眼前晃动，使她不敢再念出咒语。

百亚想了想，决定将女医祭带给骑士处理，她把将将丽斯搭上马背，向前奔去。

然而她忘了问将将丽斯是怎么在这么短时间内来到这儿的。

天空的绿翼大鸟打了一个旋儿，向精灵族部落飞去。

营帐中，火堆熊熊地烧着。骑士举着那瓶晶莹的女神之泪，怔怔出神。

“斯坎拿之咒？这似乎是记载在古卷上的一个咒语。”他忽然站了起来，“也许我需要去一趟精灵部落，寻找罗恩。”

“我刚和精灵族的女医祭动过手，他们似乎因为一些莫名的理由而仇视我们。”百亚说。

“可以理解。他们认为我用米米尤里亚公主的眼泪来制药是一种侮辱，但现在我顾不得那么多了，我必须去找到罗恩。”

“不，你不必去，太冒险了。我和里德可以偷偷地潜入，把罗恩叫出来。”

此时的精灵部落，族人们拥着哭泣的将将丽斯回来，愤怒地向木屋中的人们大喊着。

“到底发生了什么事？”罗恩冲上去问将将丽斯。

“是因为我收到了优爱湖边老医祭的传信，说人族武士带了银瓶公主的眼泪去要求制成‘女神之泪’，我一气就冲去抢……可他们……太可气了！”将将丽斯抓着罗恩的手臂哭成泪人。

“拿起武器吧，为了我们美丽的米米尤里亚的名誉，为了精灵族的尊严，我们不能容许人族用羞辱我们的圣洁公主所带来的眼泪来制药！”精灵们愤怒地喊着。

“他们制成那药水了……”罗恩想，“所以，他们还会来找我的。”

百亚和里德偷偷潜进精灵的部落，想寻找机会给罗恩传信。精灵部落却像是都在午睡一般，分外安静。

“他们去哪儿了？”百亚轻声问。

“我觉得有点不对劲。”里德说。

“怎么？”

“就像……”里德忽然发出一声大喊向天空飞去，一根魔藤缠住了他的双脚把他倒吊在空中。另外的魔藤像蛇般跳起来，裹住了百亚将她拉倒。

里德飞向空中的同时看见了树间箭弩机关的发动，他收弯身体，挥剑砍断藤条摔落下来，箭矢从他耳边掠过。可他落下的地方，一棵不起眼的小灌木忽然张大了顶上的叶苞，像一张大嘴一口把他吞了进去。

这时林外，接应的西坦和阿里斯汀、亚漠斯冲了进来。西坦砍断绑着百亚双脚的藤条，拖了她就跑。而笨重的亚漠斯很快就被地上纷纷射来的藤条挂住了，凭着他的体重，他大喊一声像拔河似的拖动藤条，将它们从地面连根拔起。

可怕的事情出现了，随着魔藤从地下被翻出，一个巨大无比的树妖像是从泥中苏醒一般拱了出来。它挥舞着数百根藤条，上面有可怕的食人花苞，也有带刺的藤索，还发出像水汽从缝隙中冲出一般的可怕叫声。

里德就在那空中飞舞的许多食人苞中的一个里，被晃得头晕眼花。好不容易割开厚厚的叶苞，挤出来摔在地上，身上满是黏液。西坦甩出一根断藤，缠住他的胳膊拉了他就跑。可其他藤拉住了里德的脚，于是可怜的里德被拉得悬在了空中，气得大叫。

忽然连续数箭飞来射断了里德腿上的藤条，那边一断，里德像一枚弹出的炮弹一样撞向西坦，他们一起摔翻在地。人们看到一个金发的精灵箭手跳向树妖，面对漫天飞舞的藤条，沉稳地拉弓，每一箭飞出，就穿透一根藤端，带着它扎到后面的树上。他脚下步伐跳动，一边这样射出了数十箭，那树妖变成了一张钉在林间的藤网，咆哮着却无法动弹了。

“好箭法，每箭都能穿过藤尖，还要正好钉在后面的树上，这眼力和计算太惊人了！”西坦张大嘴说。

“亚漠斯，快过去砍倒它！”里德恼怒地大骂。

亚漠斯挥动巨剑就要冲上前，可那精灵箭手一箭飞去，正贴着亚漠斯的大肚皮划过，射断了他的腰带。亚漠斯一低头，忙丢了剑去提裤子。

“你怎么回事？”里德对那精灵箭手大喊着。

那箭手走向他们，他的脸很年轻，眼睛中却有一种奇异的凌人光芒，也许是多年锻炼眼力的缘故，他看你一眼，你就仿佛被射穿了。

“我们不容许杀死树木，即使是食人的树妖。我阻止它只不过是不想我还没有动手你们就被吃掉。”他举起了弓箭，“而你们，外来者，才是我真正要对付的敌人。”

“哈，他要挑战我们！”里德冷笑着，“就凭一张弓？”

箭手换上了另一种箭，没有铁箭头，箭杆前端只是简单地削尖了，但却像是浸过药水，有一些泛蓝。“我不想射死你们，这种箭只会让你们麻痹。”

“嘀，我看你能有多快！”里德一副不屑的样子，忽然弹起来，“大家一起冲啊！”

他最先大腿一麻倒了下去，看见西坦正冲过他身边，可被一箭射中了胸前。百亚掷出一把短刀，精灵箭手翻滚躲避时她已经跳到他近前，可精灵箭手甩出一根细丝钩，钉在一边的高树上，一下把自己拉上了高高的树梢，百亚刚抬头，箭已经射中了她的肩头。

阿里斯汀举手念诵一个咒文，可还没念完箭已经射中了他举着的手臂。“就差三个音节了……”他倒下去时很不甘心地说。

他倒下去的时候仰面看着后面的亚漠斯，他还举着一块大石头，站在后面傻傻发愣。

骑士策马走进了精灵族部落，满林都是箭头的寒光闪耀着。

“骑士康德你终于来了。”那精灵箭手从大树上枝叶间的木板上走了出来，他身材像猿猴一样修长，眼睛像猎鹰一般放射着光芒，手中握着一把镶着无数细小绿宝石的魔弓，“久闻你有一颗冷酷铁铸的心，你是精灵之森所不欢迎的人。”

“你是那位传奇的射手辛其格林？”骑士抬起头看着他，“我的部下们在哪里？”

“他们已经被丢进了魔食花的地穴，很快就会变成巨花口中的脓血了！”

骑士握紧了双拳。

“我们并无意与精灵族为敌。我也没有带来军队。冒犯米米尤里亚公主，不是我的本意。”

“可被你们杀死的精灵们的血已流遍了森林！”辛其格林举弓搭箭，“我这箭誓要射穿你的咽喉。”

“有人被杀了？可我没有这样做过！”

辛其格林怒吼着：“幸存者亲眼看到人族的兵士洗劫了他们的村落。”

“我想我们都陷入了一个阴谋之中。”康德的声音沉了下来。

回答他的只有咯咯绷紧的弓弦声。

在精灵们的箭发出的那一瞬，康德骑的蓝色月光已向前射了出去。那是一匹神奇的马，转眼消失在精灵们的眼前，它的前方枝叶纷纷迸开，像是被它所鼓起的强风激走。那一刻两旁枝叶中无数箭支飞出，却全落在了马后。

辛其格林被这马的迅疾惊住，但他急忙转身，这箭手的目光能穿过枝叶的阻隔，他向着密林中枝叶翻飞的尘烟尽头，射出了手中的箭。

尽管骑士早奔出了一般箭的射程，但这箭比所有精灵能射出的都要远，它穿过重重缝隙，直向骑士的后心追去。

忽然骑士的背后像是伸出一只手来，呼的一下把那箭收了去。

“嗯，咬住了！差点撞掉我的门牙。”九头蛇卡夫娜说，它重又化回了盔上的蛇纹，箭“当”的一声落在地下。

“好啊！我得救了……”康德背上包袱中的头颅莫卧儿冷汗直流地欢呼，“头儿，说过很多次了，下次你逃跑的时候能不能不把我背在后面？”

康德无心与他们搭腔，他闭上双眼，这亡灵的体察力也许不能听到百亚他们的呼救，却能让他感受到魔食花的腥毒气息，正是凭着对黑暗力量的感应，他才总能在巨大的森林中找着对手的所在。

骑士拨马向林中一侧冲去，没跑半里，蓝色月光被一根长藤绊住，顿时前方的泥土塌陷变成陷阱，骑士落了下去，树上缚着的上百弓箭被触发了，漫天弦响，乱箭齐下。

康德举起马上的盾，箭打在银亮的钢盾上当当直响。蓝色月光从坑中一跃而出，它的大腿上中了一箭，陷阱中的尖刃也割伤了马蹄，奔跑起来吃力多了，但仍把精灵的追兵甩在身后。

康德终于冲到了魔食花的所在地，这里的树林看起来没有任何异常，但骑士能感觉到地下大片的魔食花正在涌动着。

他跳下马想寻找入口，突然树林里又有长矛掷了出来，康德举盾抵挡着，但还是被一支矛击中了后心，好在没有穿透他的盔甲。

守护这里的精灵们跳了出来。康德奋力挥舞着剑，把围着他的数个精灵砍倒在地，等他转回头去，后面的一片精灵也倒下了，好像是因为蛇伤。

“是我的黑暗诅咒帮了你。”莫卧儿讨好地说。

骑士蹿入精灵们跳出的树丛，想寻找地穴的入口，忽然脚下一滑，这回他不用找了，一头摔进了深深的地穴之中。

浓烈的黑暗气息在地穴中涌动着，巨大的魔食花在四周向康德喷出腥臭的气息。但它们并不准备攻击这个亡灵，康德一挥手，它们便向四周退开了。

他没发现百亚和里德他们的身影，难道他们已经被魔食花吞噬？康德心急地一路寻找了下去。

隔着重重魔食花，远处传来了喊声，康德奔跑过去，拨开淌着口水一般黏液的巨花，他看见了一块空地，里德和百亚他们正躺在那里，手脚被缚住。见到骑士，银月武士们都欢呼起来。

“我知道我们一定会得救的！”里德喊，“骑士，你已经踏平那些精灵族了吗？”

“看来那些花觉得你们不好吃！”康德边割断他们的绳索边说，“它们全都离你们远远的。”

“多亏了亚漠斯狐臭的味道，它们才不敢靠近……”

“屁！那是阿里斯汀那些药剂瓶子打翻的味道！”亚漠斯大骂道，“我们好不容易才挪到这里，西坦差一点就被吞了，是我用牙把他拉出来的！”

“还说，咬哪儿不行咬住耳朵，现在它是不是和兔子的一样长？”西坦哭丧着脸。

“骑士你见到那个可怕的弓箭手了吗？”亚漠斯说，“我们都被他射伤了，现在想走路都困难了。”

“是啊，我的腿好痛……”百亚的眼泪滴滴答答地掉下来。

“刚才还装坚强，一看到骑士来就哭鼻子了，哼哼……”里德嘲笑着，“想让骑士背你吗？”

“骑士你似乎是能驱使黑暗系的生物的，你能不能让这些魔食花爬出去咬那些精灵呢？”西坦问。

"驱使它们可用黑暗系的力量，但让它们生长却是自然系大师的事。"骑士说。

这时一阵哨音在洞外响了起来，在魔食花扭动的哗哗声中，似乎又添了一种别的沙沙声。

"这是蛇笛！"里德惊叫着，"这些精灵族担心我们死得不够快呢。"

"放蛇？他们不怕魔食花吃掉这些蛇吗？"百亚问。

"能让魔食花倒胃口的药粉，在精灵族也不是什么稀罕的东西吧。"法师阿里斯汀说，"可惜我的魔力被他们用一种怪藤吸干了，一时恢复不了，不然我就烧了这个洞！"

"你少来吧，"武士们叫着，"我们还不想变菜梗烧剑士！"

在巨花的根部，许多细长的蛇影出现了。

"把地上有药粉的土抹在身上，往洞内退，跟紧我！"骑士说，扶起了百亚。其他银月武士哼哼唧唧着站起，互相搀扶着向洞内移去。

"骑士你不能控制这些蛇吗？"百亚问。

"对自然系的生物我没有办法。"康德紧张地注视着周围喷出黏液的巨花，"就算是这些魔食花，我也不敢肯定它们能给我足够的面子。"

在两边魔食花的试探与撕扯下，一行人紧张地向洞深处退去，那蛇的咝咝声一直在后面追踪着。

退出几百米后，岔路出现了，康德闭眼体察着前方，带领着众人往向地下倾斜的那条路走去。

这条通道中果然没有魔食花了，但走出一段，康德就看见洞口的蛇群也跟了进来，离他们不过几十米远。

"谁还有燃烧药瓶？阿里斯汀？"康德问。

"我的药粉瓶都摔碎了……有些是我配制了几个月才获得的……"阿里斯汀顿时被触动了伤心事，捶胸顿足。

"啊！"西坦忽然脚下一滑。

"前面的路越来越湿了，小心脚下。"里德说，"太黑了。"

百亚立刻趁机依紧了康德，这小女孩只怕是唯一不希望有灯的一个。

“哎呀！”大叫后是“扑通”一声。

“谁掉进水里了？”

“是我！”亚漠斯的声音。

“恭喜恭喜。”银月武士一致表达出遗憾之情。

“前面没有路了，好像是很大的一个潭啊……”亚漠斯在水里游着。

“小心！这种潭里可能有……”康德喊起来。

“哇哦！”骑士的话还没说完，亚漠斯就惊叫一声被什么拖进了水里。

“会有什么呢？”阿里斯汀探着头问。

“别向前推我，天这么黑还挤什么挤，没看见有人落水吗？”里德大骂。

“没有什么黑暗气息，我想，是怪水草或铁皮鳄之类的东西。”康德说。

“哦——”众人长出了一口气，“那我们坐下来休息一会儿等亚漠斯吧。”里德怪笑着说。

“为节省时间你去帮帮他！”康德一脚把里德踢下水去，“西坦、里德，你们拦住后面的蛇！”

好半天，大个子才怪叫一声浮上水面。

“妈的，下面一群好大的乌龟，一通乱咬，这还不算，还有一个水鬼死死缠住我不放，我好不容易才打晕它浮上来！”

里德也大叫着露出头来：“哇，下面有一群怪水蛇，这些都不怕，可是有一个大螃蟹用它的钳子一直敲我……”

“你说谁是大螃蟹？”亚漠斯怒目而视。

“蛇太多了，砍不完啊！小心，有溜过去的了。里德，看住我的背后！”后面西坦的声音也传来。

“毒烟，有毒烟从洞口进来了。”里德喊，“这帮精灵什么毒招都用上了！”

忽然一个身影从黑暗中走了出来：“我来给你们指路吧。”

“罗恩，你怎么会在这儿？”

“洞口那使魔食花不能靠近的药粉是我撒的，我一直想偷偷帮助你们。”

“罗恩，谢谢你了。”

“你为什么又来到精灵部落？”

“是这样，我需要你的帮助。我需要一个咒语，叫斯坎拿之咒。我知道这个咒语是记载在若星汉古卷之上的，但是古卷是用古精灵语写成的。罗恩，这世上只有你和你老师明康恩是懂古精灵语的人了……”

“古卷？可是，那么珍贵的失传古卷，它在哪儿？”

“这些年来，我利用我的圣骑士地位，一直在大地上苦苦收集着它们。”康德取出了一个卷轴，“这是其中的一部分。”

“这能有多少？”

“这是一个魔法卷，它所记载的东西是无穷的。”

罗恩展开那卷轴，那魔法卷像是通人性一般，卷上的文字随着人的心意流动或浮现着。他想看看后面的内容，心思一动，大片字符便如奔涌的洪水流过卷面，像是无穷无尽。

“天哪！”他惊叹着，“这里面有多少？”

“有三百多卷，近千万字，但是有很多部分散失不全，希望斯坎拿之咒能在里面。”

“你收集这些古卷，必然是想寻找到其中那最著名的失传魔法‘封’，就是当年把魔王灵魂封入圣骑士盔甲的那一个。”

“是的……我需要这个法术来解救自己，但是，我不能确定，这个法术会不会连我的灵魂也一块儿封存。但至少，它们能救另外一个人。”

“是谁？”

“云迪。我制女神之泪，是为了治疗她。”

“她在哪儿？她怎么了？”

“她被魔人抓入地下，又落到亡灵巫师手中，黑暗魔法侵蚀了她的身体，使她形容焦枯，日夜生活在噩梦之中，无法清醒。现在只有你能去救她了，她在我的营地的小木屋中。带着这卷轴，还有这瓶女神之泪，去找到她，好好译读，她的重生，就靠你了。”

“好的，好的。”罗恩握紧那卷轴，心中无比激动，他一生寻找收集的若星汉古卷，现在终于就这样握在手中了，“我会去的。那么……康德，你怎么办？”

“我不能和你一起走，那会给你带来危险，如果我能出去，再去城堡和你会合吧。下水！”康德回头对部下喊。

背囊中的莫卧儿大声抗议：“我讨厌水！冷水影响皮肤，还会洗掉我身上的防腐剂！”

康德把背囊丢给百亚，拍拍身上的蛇徽：“卡夫娜。”

“知道了！”一个大黑影“呼”的一声从康德身上分离出来，跃进水中。

众人跳下水，抱住卡夫娜的头，向对岸游去。

罗恩看了看水中的痕迹：“康德，你可不要死在这儿。你不是未来的魔王吗？我还要亲自用‘封’的法术打败你呢。没有魔王，伟大的拯救世界的法术又有何用呢？”

他没入了黑暗之中。

第四十三章

希望与绝望

水中的怪物们向康德他们围涌而来，但九头蛇迅速地避开了，蛇妖的生灵恐惧力量也使水怪们不敢接近。

可就在这时，一个精灵的身影跃到了水边。那是箭手辛其格林，他鼻上抹的药剂使魔食花和毒烟不能伤害他，望着水中的纹路他抽出了箭。

“啪”，一支箭穿破了水面，卡夫娜的一只长颈顿时涌出了血雾，无力地垂了下去。

“卡夫娜，潜下去！”康德大喊。

九头蛇向水里沉去，但黑暗的深潭似乎也不能影响辛其格林的准确，深水中又是一道白痕闪过，箭穿过了卡夫娜另一个头，紧接着又是第三道，里德挥手想拨开这一箭，但手刚挥起，那箭已射在了他肩上。

听见箭穿入水面的啸声，卡夫娜这时猛一甩头，把众人从它的身上甩了出去，箭一支接一支地扎在它的六个头颅上，卡夫娜发出一声惨叫，沉向潭底，众水怪纷纷向血腥处聚去……

辛其格林站在岸边，水中数百只水怪搅起的纷乱水流和泥沙使他再辨不清康德他们的所在。也许水怪已经把他们扯成碎片了，他想，圣骑士并不像想象中那么可怕。

可他仍握紧了弓。

长久的等待后，水中所有的乱流都已散去，每一丝血痕都被水怪们吸干……辛其格林终于确信圣骑士已不再存于这个世上，他转身离去了。

可是每个人都知道，康德还不到死的时候……不，应该说，死人不会再死第二次。

洞中深处的一个小水潭中，突然水花翻涌，九头蛇卡夫娜冲出水面，重重地摔倒在地上，紧接着里德被什么推了出来，然后是亚漠斯、阿里斯汀、西坦、里德……

最后，亡灵骑士康德也慢慢地爬了上来，他拖着他的部下们在水怪们所挖出的水底暗洞里走了近两里，终于找到了出口。

武士们都奄奄一息，不过康德知道，以他们的体质，要淹死可不太容易，一会儿便会缓过来的。

可卡夫娜的八个头都在向外涌着血，身上也有无数被水怪咬出的伤口，在水下时，重伤的它仍在和水怪们搏斗着。

康德捧起了它仅活着的那一个头，蛇眼还在眨着。

“对，就这样，抱着我，让我吸吸你的黑暗力量……”卡夫娜咝咝地说。

康德把手伸向它，卡夫娜毫不客气地一口咬住。

好半天，它才像口渴的人终于喝饱了水一样，抬起头来。

“体内有这样强大的黑暗魔力，却不去使用，是怎样才能忍住的呢？我一直不明白……”

“只需要一颗冷酷的心，能够看着身边的人流血、被杀而不动容……对不起，卡夫娜……”

“对不起？知道吗……我和莫卧儿为什么一直跟随着你，其实我们早就商量了无数方案要咬死你、瓜分你的魔力，只是因为在分成上一直没达成一致，我自己的九个头都争个没完……别相信天下真有那么好的蛇……”

“如果你想吸干我，现在还有机会……”康德说。

“算了……”卡夫娜说，“九头蛇只要有一个头死了，其他的头都活不长的……有时觉得九个头吵吵闹闹什么都要抢真烦，可现在只剩一个了，又觉得好孤独啊……见鬼……我怎么会用人类的词儿，是我在你身边无数次听了你心中这个词的缘故吗？”

“亡灵，是不该害怕孤独的。”

“别总说你是亡灵，你分明是人，总有一天你会恢复你的健康身体，那时，你就该讨厌我们在你身边了，所以，现在还是离开的好。”

“别死，我会找到办法救活你！”

“我说了你不是亡灵了，人类才把生死看得那么重要，好了，既然你这么说，我试试看啦……呜……再让我吸两口……你要是从前对我都这么慷慨就好了……”

“吸太多黑暗力量，你会变得邪恶的……”

“呸呸呸呸……你是不是想说从前我一直是条善良的九头蛇，嗯，我吸得正欢，别倒我胃口！”

云迪看到头顶的枝叶在一瞬间凝冻成冰雪，又在一瞬间崩散，月亮一下溶化在蓝耀耀的天幕。她能看见那滴泪直落到身体深处的黑暗中，忽地迸发出狂热的火焰，焚烧着她的全身。她看见自己的身躯在烧化，片片残枯随风飘散后，只剩下一颗柔软的心脏，在烈火狂风中跳动……

当她再次醒来的时候，她能感觉到体内那圣洁力量的流动，心灵如同被光华洗过的殿堂，所有的噩梦都远去，仿佛散去在星宇的尽头。

她静静地坐着，星光，晚风，树叶沙沙作响，世界无限生机，一切恐惧与险恶似乎都消失了。心中如同婴儿之初般柔软，没有痛苦的印痕，又像阅尽世间的神，再不受欲望之扰。

溪边石块上，云迪就这样坐了很久，眼中带着纯净。

难道，她连记忆也被洗去了吗？

这是林中树根下一间小小的树洞屋，放射出暖暖的灯光。

罗恩走进了小木屋，静静地坐了下来。他的身边，一个女子正浸躺在药气蒸腾的木盆中，那是云迪，她被黑暗所摧残的容貌正在恢复，脸上重新现起血色，长发也有了光泽。

罗恩轻轻捧起她的手，为她剪去残断的指甲，那手指正在变得白皙润滑，浴中的女子，正被这精灵的灵药重焕光华，她其实是那么美丽。罗恩的手沿着她的手臂轻抚上去，不禁又伸向她的脸庞……

云迪睁开了眼睛，灵动的光芒重新回到了她的眼中。

“云迪，你感觉好些了吗？”

“是你……罗恩？”从幻觉中醒来，她恍如隔世。

罗恩注视着云迪的眼睛，她很少这样看着他，在从前的日子，她的心中只有康德，全心劳碌只为了那未来的骑士，而从没好好看过这随行的歌手一眼，尽管他也爱慕过她的美丽。

“我拿来了精灵族那些最珍贵的滋润生命的草药，是医祭们几百年来的收藏，幸好它们对你有用……”罗恩欣喜地说。

云迪慢慢抽回了她的手，脸上有了一丝红晕。

那神色让罗恩迷醉，他相信康德也未曾见过云迪这样娇羞的一面。当年自己在队伍中像一个小配角，康德包在那破布中一句话不说，却依然是全队关切议论的中心，只因为那个该死的圣骑士的未来。作为世上最后一个圣骑士的真正传人，罗恩无数次诅咒过这未来，任何能使未来发生改变的事，都使他兴奋莫名。今天，当精灵族在辛其格林的带领下突袭银月光华军时，他趁乱运用他的神速抢来了昏迷的云迪，他不知道是什么在驱动着自己，也许，只要是康德拥有的，他全都想抢走。

“罗恩……没有想到会在这里见到你……”云迪的目光在水汽中又蒙眬了，她似乎正在回忆什么，“我好像记得，我重新见到了康德……那难道是我的又一个梦吗？”

哦，不！罗恩心中大喊着。他所做的努力，仅仅就换来了一秒钟。然后她的心就又回到了康德那儿，即使他现在还在千里之外，即使他还生死未明。罗恩真想给她喝下洗去记忆的魔药，他想他也许真的会那样做，如果接下来他的努力失败的话。

“你也许还是不要回到康德身边的好……”罗恩低下头，沉重地说。

“为什么？”云迪急切地问。

“你知道他带人杀害精灵族的事吗？”罗恩叹了一口气，“他来到这里，想使精灵部落臣服于他……我想，现在的康德，已经完全接受了那黑暗的力量！”

“那我就更需要回到他的身边去！”云迪喊道，几乎想立刻就站起身来，罗恩一把按住她的手。

“不，那太危险，你现在只会成为他的障碍，相信他已经与魔王达成了盟约，共享若星汉古卷中的力量……”

“为什么？你怎么知道这些？”云迪惊疑地看着罗恩，眼中全是深深的迷惘。

“每个精灵都知道，全大陆的人族也知道，这个圣骑士在使用黑暗的力量，他还召唤邪恶的魔兽，甚至亡灵，他用黑暗的诅咒攻击对手，有人说他背后可以长出蛇头……他现在所做的一切，不过是为自己疯狂地谋取权力，他想控制一切！现在魔族已经出现在地面，二十万人族联军已经被击败，可他却在这里，却在这儿与精灵们争斗，我不知道在你的未来，一切是不是这样……”

云迪睁大眼怔怔地看着罗恩，那眼中的惶惑与痛苦连歌手也感到心痛。

“不！现在已经是什么日子了？”云迪突然紧抓住罗恩的手。

“新纪元第三百一十六年四月二十七日……魔军在十七天前出现在雪山……”

罗恩能感受到云迪的手重变得冰凉，她像是被抽去了血液，无力地向后靠去。

“宿命无法挽回了吗……”她痴痴地念着，“我的梦是真的……他真的已陷入了黑暗？我来晚了……五年……五年了……五年地狱的折磨，五年我苦苦地忍受一切，只有一个信念要活下去……这就是我所等到的吗？不……不！”

她嘶喊着，揪住自己的头发，罗恩上前紧紧抓住她的手，想让她镇定。他能感到云迪在剧烈地颤抖，那是绝望在撕裂她的心，五年的地狱刑罚没有摧垮她，但如今的现实却可能要了她的命。罗恩不由得有些后悔了，他不该一下把话说得这么狠，他这是拿刀子一下子捅进了这女子的心。他只能尽力地搂住她，感受着她冰凉的身体，想安慰她。

云迪不再挣扎了，她在罗恩的怀中痛哭着……

精灵之森的夜，月光悄然。忽然那溪水涌出的石洞里，冒出了几个身影。那是互相搀扶的银月光华军们。

康德把庞大的九头蛇背在背上，吃力地行走着，卡夫娜几个死去的头在地上拖着，血已流干了。

可就是它仅剩下的一张嘴，还是在不断地和康德说话。

“有人说像我们这样的魔怪在得到一种神奇的魔法后是能进化的。传说有一条九头蛇得到了仙女的法术，被丢进火中后，就变成了一只凤凰，康德你也把我丢到火里面去试试吧，不用再背着我了！”

“九头蛇丢进火里能变凤凰，一头蛇最多就变只野鸭！”莫卧儿赶快搭腔，他不想放过这最后的和卡夫娜吵嘴的机会。

“康德你为什么总是不说话啊，我好累啊，从前有九张嘴可以轮流吵，现在少了八个，臭头就欺负我啊……骑士快和我说说话吧……”

可康德一言不发。

“前面有人……”忽然里德警告说。

所有的人都握紧了剑，但他们不知道有没有力量把它从鞘里拔出来。这时若再遇上精灵战士，恐怕就只有死路一条了。

林中的月光暗淡而冰冷，小溪的岸边传来轻轻的脚步声。

康德注视着前方，那脚步声竟让他充满了期待。

那白衣的女子出现在月光下，她的眼睛如泉水般晶莹，她的神情如月色般清丽。

康德怔怔地注视着她。这是多少年来一直在他梦中出现的影子啊。

云迪已恢复了当年的美丽，那种高傲沉静的气质，也重回到了她的身上。

“云迪……”康德喃喃地说，“你又回来了……”

“有人用草药治疗了我的身体……”看着背负着邪恶魔怪的康德，云迪眼中的泪似乎已经结成了冰，“我该怎样称呼你呢？圣骑士康德？或是又一个黑暗骑士……”

“云迪……你能救救她吗？”康德放下了九头蛇。

“我曾希望你拥有力量，但不是让你与邪灵为伍！”云迪失声喊着。

“对我来说……黑暗与光明，已没有界限。”骑士缓缓地说。

云迪慢慢走向他：“你的灵魂中难道已没有一丝抗拒？你现在浑身散发着黑暗的气息，据说你的阴影已让全大陆慑服！我该颂扬你的功绩吗，骑士？”

这责问让骑士感到心中刺痛，他一直为她而追求着力量，但现在却使他们离得更远。

“是的！”康德抬起了头，“我一直自责当你坠入黑暗时我救不了你……我无法承担起一个光明神圣的理想，我不再是你的未来中那个坚强伟岸的圣骑士康德，我只是一个想在这乱世中保有一点尊严地活下去的腐朽亡灵！很可笑不是吗？一个腐坏之物，却还想像人一样活着，我本来就不该是某些人心目中的英雄！”

云迪心如刀割，她看到这个骑士的体内，曾炽热的情感已消散，黑暗与冷酷正侵入他的身心，将他变成一块铁石。她相信他不想刺伤自己，可是他却已经再不懂说一句温暖哪怕是欺骗她的话语。

“该内疚与深深痛悔的是我……”云迪的声音变得颤抖而柔弱，“该一直自责当心爱的人坠入黑暗中无力相救的人也是我，这五年来我没有能够陪在你的身边……我本该用我的全身心来守护你，用双手护卫你心中那如烛火一般微弱的爱恋……但我却离开了你！”

她猛地上前抓住康德的双手：“再给我最后一次机会，离开你的魔兽！离开那些用邪恶引诱你的人……只要我们在一起，只要我还有一分生命与热量，我就把它给你，你不要绝望……我不会离开你！”

感到那温暖的生命力涌入他的身体，康德惊讶地抬起头，他看到本年轻美丽的云迪面容正在变得苍白，银白悄悄爬上发际。他想到自己体内的黑暗是一切美好生命无底的深渊，猛地挥手把她甩了出去。

“离开我，女士！”骑士冰冷地说，“谁也不能动摇我的铁石心肠，你可曾见过亡灵需要温暖？和我的魔兽们在一起会让我更加安心，不要再试图改变我的人生。”

云迪怔怔地坐在溪水中，虽然早已知道不该有希望，但绝望真的来临，她只觉得自己被抛弃在虚无之中，世上的一切光线声音都粉碎远去，也失去了一切感觉，连心痛都已感觉不到。

“我为什么要来到这个世界，我为什么还要留在这个世界？”

里德、西坦他们蹒跚着走到云迪身前，像孩子一样不知该怎么安慰她。

过了很久，云迪木然地站起身来，将手按上武士们的胸口，放出蓝色光华，用她的魔法力为他们疗伤。她忽然看见小百亚楚楚可怜的纯真面容，心猛地抽动了一下，当年那魔使百亚的邪傲笑声又映在她的记忆里。

“她……她……”云迪惊讶地后退着，“这就是你的选择……哈哈……”她开始悲怆地冷笑，“我真傻，为什么还要来找你？就是为了给自己一个绝望？”

她转头飞奔而去。

康德却像铁像般站在原地。

“头儿，追啊！”里德着急地喊。

“不，我不需要，我不需要任何人为我而痛苦。我也不会再为任何人而痛苦。”康德的声音中没有一丝情感的颤动，仿佛连最后一丝温暖也凝冻了。

第四十四章

另一滴眼泪

云迪呆呆地坐着。

不知什么时候，罗恩来到了她的身边。

看见云迪的纯净眼神，歌手的心却猛地沉了下去。他在女法师身边坐下，捧起她的手，感觉到她体内缓缓流动的生命源流。

“罗恩，我已不再被这世界需要……无论如何努力挽回，终是一场空，以后，我将过着没有任何意义的生活了……”

“不！云迪！”罗恩急切地呼喊着，“你怎么能把你的生命全奉献给一人，他抛弃了你，但你的生命却刚刚开始，此刻你的身体拥有着像整个精灵之森一样广博的活力……”他握着云迪的手，声音柔缓恳切，“和我一起去学习自然系的魔法，我们还可以一起去寻找若星汉古卷的秘密……还记得我们当初的行程吗？我是圣骑士明康恩的传人，相信我，我也终会拥有强大的力量，我们仍然可以阻止魔族的入侵！”

云迪默默地看着罗恩，良久，她笑着摇了摇头：

“最初的时候，我也以为我所做的一切，苦苦地努力，不过是为了拯救大陆的命运，可今天，当他终于弃我而去……我忽然觉得，这世间的一切，谁胜谁败，于我都已没有了意义……”

“云迪……”罗恩看着那女子。她说这些话时，眼中已没有了眼泪。纵然得到了女神那样广博的心，却还是只容得下一个名字，愁苦从来不曾散去一分，只是从湖郁积成大海。

游吟歌手知道她的眼中没有自己，他不知道如果有一天没有了康德，她会怎样。

“终有一天你会正视我，”罗恩想着，“那是我成为伟大的法师，打败这黑暗的骑士康德的一天！你可以无视曾珍惜你的人，但你不能无视执掌你们命运的人！”

“罗恩，你是用什么救了我？什么药能如此神奇地解救被黑暗侵蚀的人？”

“女神之泪。那是用世上最美丽女子的眼泪加上精灵族的奇药，再使用《若星汉史诗》中伟大的斯坎拿之咒……我是多么艰难才得到那失传的古卷并破译它……”

“把那个咒文告诉我好吗，罗恩？”

夜　精灵部落

银瓶公主感到了颈上那短剑的冰凉，她连呼吸也屏住了，看着眼前这位褐金色长发的女法师。

云迪带着一丝冷傲的微笑，打量着这位精灵公主：“你就是这世上最美丽的女子？听说你的哭泣和微笑同样让人心醉。”

银瓶公主的美貌能使无数女孩不愿与她同处一地，但她现在却知道自己无法压倒这持剑女子的容光，那是完全不同的一种美，如果说银瓶公主是让人不忍触碰的冰晶花朵，那云迪就是风雨也无法摧去光芒的星辰。

这容颜间的辉光相映甚至淡去了短剑在项上的凉意，女孩间用眼光传递寒冷，对公主来说，一个高傲的眼神比一把匕首更刺人心。

“你是谁？你想得到什么？”

云迪微笑着说：“我只想看看你哭。”

罗恩在银瓶公主的楼外树下心神不安地站着，本来没有人会注意他，但对于爱人的眼来说那是另一回事。他并不知道楼里发生了什么，只是得到若星汉古卷的喜悦，使他又想来吹奏笛子。

“咦，罗恩，你怎么会在这里？”将将丽斯欢喜得一下跳过来，吓得罗恩手里的笛子也飞了出去。

“啊，你是想学那些精灵小伙儿，到银瓶公主的楼下弹琴歌唱吗？可惜从来没有人能在银瓶公主的琴技下不羞愧，也没有人能跟上她那繁复无双的音律节拍，你认为你能吗？”将将丽斯生气地说，“银瓶公主一直爱慕的是那个能应和她琴声的神秘人，可我不曾听过你有那样的乐技。”

“我……所以我才不敢……”罗恩做出困窘的样子，“能在音乐上向银瓶公主学习是我的愿望，但我又知道她不会有时间理我……”

将将丽斯叹了一口气，这半真半假的话也许经不起推敲，可也许她内心也害怕罗恩说出其他的理由吧。“傻瓜，我和银瓶公主是那样好的朋友，你想向她学习琴技，为什么不向我说呢，我会帮你的。”

我真的愿意帮他和银瓶公主坐在一棵树下吗？女医祭心里暗问着自己。

银瓶公主在屋中抽泣着，不是因为害怕，而是一半来自被另一个美丽女孩欺负的委屈，一半来自云迪伸到她鼻前的辛辣植物。

她的眼泪滴进了云迪举着的小瓶中，云迪的短剑架在她耳边，使她不敢抬头，哭泣还得保持姿势，世上没有比这更难受的哭法了。

但听见楼外将将丽斯的声音，银瓶公主开始计划反击。

她抬头假装抹去眼泪，云迪伸手便去拦她：“别擦。”

一道银光，那是银瓶公主手上银镯的闪光，她扬起手来反握住云迪的手腕，那护身银镯的光芒流上云迪的手。女法师觉得手上一下没了力量，银瓶公主的手一挥，碰落了她的短剑。

可这反使云迪腾出了手来，力量对于一个战士至关重要，可对于一个法师来说，刀剑才是累赘。云迪伸手一点银瓶公主的身体，精灵公主只觉得半边身体都要被冰冻了，慌张中大喊了起来。

听到银瓶公主的喊声，将将丽斯冲上小楼，只见一个陌生女子从门口走出，将将丽斯刚想催动魔法，可哪比得上云迪发动魔法的速度，被云迪一道电光击中了胸口，打翻下楼去。树下传来了罗恩的一声惊呼。

精灵族被惊动了，云迪紧握那装着银瓶公主泪水的小瓶，向树林中奔去。

银瓶公主从楼上冲出来，念动咒语，恳请森林的万物来帮助她。云迪在森林中疾奔着，树林在她的耳边啸叫，无数植物枝叶像要扑向她，精灵公主虽然能催动起遍野的魔藤与毒蜂，但这些低级生物仿佛都敬畏于某种力量，不敢接近圣光护体的女法师。

精灵战士们纷纷涌了出来，在将将丽斯的指引下，敏捷地向林中搜捕而去。

他们互相用叶哨传递着信号，惊动了林中的无数暗哨，树梢指引着林中的每处可疑动静，驯养的猎狐和黑背枭在林中如无声的幽灵，射向它们的猎物。

林中深处闪起电光，击破这些喧嚣，那是某个暗哨被打下枝头，或是一只猎枭被击得羽毛四散，女法师虽然奔跑的速度不如精灵们，但接近她身边的人必遭到魔法的惩罚。

这时神箭手辛其格林走出了部落，肩上停着他的白翼猎鹰。

“去吧，雪梭，去为我指引方向。”

随着猎鹰啸叫腾起，辛其格林如飞而去。

云迪奔到了银月光华军的营地，可这里已空无一人。

女法师明白，自己早该想到康德他们受伤后不会留在这里，但她还是习惯性地奔来了。

她四下望着，黑夜中没有踪迹可辨认。林中传来无数声响，精灵们在逼近，一声怪啸，一只白翼鹰出现在她的上空，像是为死神引路的丧歌。

森林的另一处，密林间不知何时出现了一座魔藤遮掩下的古堡。

康德大步走进了这堡中，一位银徽骑士迎了上来。

“赫立丹骑士，这里准备得怎么样了？”

“康德阁下，照您的指示，我们秘密修建了这座城堡，没有惊动精灵族。按照这里的气候与物种，我们精心选择了七种魔兽正在培育繁殖，它们是可在地下伸展的蛇藤，当它在地下生长展开，很多魔怪可在它的根基上接种，比如贪食者，比如可射出魔箭的细腰魔眼树，还有空中的夜枭，可装在毒窠中投掷的毒蚊云……”

“都是些精灵族惯用的东西……驯养的同时，尽快找出克制它们的方法。”康德命令着，“我们需要在这里休整一段时间，你们要做好准备，抵御精灵族的进攻。”

“放心，骑士，所有的魔兽一产生出来，我们就将它们送上岗位。”

骑士点了点头，带着受伤的武士们走向城堡深处。

这城堡一直通向地下，在无数巨甲虫和巨工蚁的挖掘下，短短几十天这地下已有了庞大的结构。一行人走过巨大的石墙边，听着地下的怪吼声，魔兽升级室里，无数魔兽互相厮杀着，更高级的魔兽正从血泥中脱颖而出。控制这些怪物并不是容易的事，但康德能听到自己的身体里，有一个巨大的声音正在和这些魔兽共鸣着，他走到哪里，哪里的吼啸声就狂热起来。

魔王的力量正在他体内涌动欲出。

他很害怕听到这些声音，那使他感到身体内黑暗力量的海洋在咆哮，他的灵魂便如这海上的一只孤船，苦苦支撑，但没有了魔兽，他又有什么力量去立足于这个世上。他不知道一旦黑暗力量涌出，自己会变成什么样，一个狂笑的嗜血的魔灵吗？成为所有战士法师历险的最终目标，最后成就某位英雄的传奇？不，他不想变成那样，他不想失去他的朋友们，尽管现在，越来越多的人只是为他召唤魔兽的能力而敬畏他。

他又念起了云迪的名字，这个女孩为他而来到这里，付出了那么多，改变了他的一生，他也为她而献出了太多，这之间，真的只是为了拯救世界的宏愿？如果这样两个命运相系的人也变成仇敌，他还能剩下什么？

又一支箭呼啸而来，云迪被弓箭逼得再无路可退，靠在了大树上。

辛其格林带着精灵箭手们围了上来。

“又一个想得到女神之泪的人，人族是怎么了？”辛其格林皱紧了眉头，“银瓶公主是天神赐给森林的礼物，是绿叶与星辰的造化，你们竟敢欺辱她，把她当成药材！”

“我只是好奇，若星汉最美丽的女子长得是什么样？”云迪此刻却露出了笑容，“的确很美，我都不忍伤害她，但女神之泪我一定要拥有。什么泪水那么珍贵，要使你们用箭指向人族的骑士们！”

“你再敢说这些羞辱我们的话语，我就把你钉在这树上，那时你所流的就不只是眼泪！”辛其格林拉满了弓，这样的距离下没有人逃得过他的箭。“有人在魔食花洞中撒下了药粉，使你们的人得以脱逃，那是谁做的？他们现在在哪里？”

云迪知道撒下药粉的那个人就是罗恩，她笑着说：“那撒药的人便是我了，可给我药粉的人却是你们精灵族的重要人物……”辛其格林果然被她的话所吸引，不自觉又上前两步：“你说的是谁？”

见辛其格林已进入闪电术的范围，云迪猛一抬手，可是法术还未施出，辛其格林反应却奇快，一箭已射到，云迪的右手立时被钉在树上！她惨叫起来。

辛其格林笑着走上前：“一个不过中阶的魔法师，也想和我对抗。你好像没有问过你的同伙们，我初见他们时，是不是叫他们莫要在我面前动弹，他们动哪只手，我便射哪只！为何还有人敢在我面前抬手呢？”

他走到云迪面前，伸手拭去云迪痛出的眼泪：“你也很美丽，但不知你的眼泪，能不能治好你的伤口呢？”

云迪痛得身体颤抖，还是冷笑出声：“这是我的不对，强求了，只不过有的秘密，我只能藏在心底……”

“秘密？那是什么？”

“难道你不知道……不是所有的法师施法术时都要抬手？”

“腾”的一声，火焰在辛其格林身上爆燃了起来，这位精灵神射手过于自信，走得离女法师太近了，云迪在敌人毫无察觉时完成了施法。辛其格林惨叫一声跳了开去，滚倒在地。

一边的精灵们立刻射出了箭，云迪一只手被钉在树上，无法躲闪，但她另一只手挥起，一个气旋在她面前产生，把箭支卷飞。同时地上的落叶忽如飞蝗袭向精灵，正是那天乌第斯拿所尝到的空气法术中的叶刃风。精灵们惨叫着被割开皮肉，丢下弓矛逃去。

云迪忍痛拔出了右手的箭，那剧痛使她跪倒在地，几乎晕了过去。好在她本职是医师，左手一指，用冰冻住了伤口，疼痛减弱了。看着仍在林间冲撞惨呼的辛其格林，她抬左手又补上一道闪电，把精灵打飞出老远。但远处哨声又响起了，云迪转身没入林中。

第四十五章

火浴

在地下走了不知有多深，走过无数迷宫般尚未修整完全、爬满巨蚁的甬道，在一间石室外，康德听到一个女孩清脆的喊杀声。

他走进那石室，看见中心陷下的角斗场中，一位女剑士正在和巨足昆虫们奋力拼杀着。她纤细的身材，手中细长的银剑，和那些被魔法与药剂催大的巨虫不成比例，几次看她被裹入巨钳之下，但银光闪处，钳飞足断，那小小身影有着巨虫无法奈何的力量。

在石室的一边，巨工蚁们正忙着把那些堆成小山的各种魔兽尸体清理搬走。

骑士皱眉摇了摇头："百亚，你练得这么疯狂。"

"圣骑士阁下！"一声欢呼，那个女孩已跃出夹击，来到康德面前，坑中巨虫们还在为失去目标发着愣。

"你不带我在身边，我只好拼命锻炼，这段时间我想我的技能又提升了，若回剑士行会，能评为金徽剑士吧。那样以后我就能保护你，不会再有人敢靠近你！"

"保护我？"康德轻叹一声，如果我将来和魔族作战呢？

"最后一剑……百亚，只愿你刺入的不是我的胸口。"骑士心中暗暗说。

此时在堡中黑暗的另一处，赫立丹正和一个阴影谈着话。

"康德来到这里了？"

"是的，什么时候开始我们的计划呢？"

"耐心，机会一定会来临。圣骑士必须死，毕斯麦大人要靠我们拯救依亚！"

“这已经是第二次有人来求我制女神之泪了。”那湖边木屋中的老医祭说，同时偷眼望了一下窗边的信鸟。

云迪却在一边怔怔出神。圣水的力量使她现在充满了青春的光焰，可是却掩不住眼神中的沧桑。

“但女神之泪需要制很长的时间……”

“所以……”云迪上前用短刀逼住了老医祭，“这次你带上药材和我走吧。”

……

又一天过去了，在湖后林子的深处，云迪紧紧握住手中圣洁的药水，女法师想这是她最后的机会了，如果失败，她的生命将毫无意义。

骑士醒来，他发现自己已开始分不清梦里梦外，同样是在无边的黑夜里行走，前方只有若隐若现的点点星辰。梦里自己是孤身一人，梦外虽然有着武士部下们的守护，可一旦自己失去这圣骑士的外壳，他们还有多少人肯留在自己身边？

所有人都钦慕那战甲上的光辉与力量，他们远远地站在台阶下仰视着，触及不了他真实的身体。康德想起，自己的手，竟然许多年没有触碰过他人了。

落魄佣兵团被送去疗伤，人们又把九头蛇放入魔力的泥沼。看着卡夫娜慢慢地沉入泥中，康德不知道下次还能不能见到它。

骑士独自来到地下的最深处，为自己预留的居室里。这里没有家具，空空四壁，如同坟墓，的确是一个最适合亡灵待的地方。骑士静坐在室中心的土台上，听着大地深处的寂寞之声，久久不动。

过了很久，他开始解下自己那圣骑士战甲。

据云迪说，在未来的那个康德，因为体内存在魔王的灵魂，也因为背负着圣骑士的重任，所以不敢脱下那重甲。现在一切似乎已不同，魔王离开了他的身体，但一切似乎又未改变，只要他还想背负着那救世骑士的重任。

康德轻轻抚着那闪亮的甲胄，他看见自己缠满绷带的手在精美的暗纹上滑过，抚过火鸟、圣泉和星座。人们相信这些银纹是神秘的力量来源，而康德知道，因为离开了这盔甲中的黑暗力量，身体中朽灭的沙漏又开始流动，即便在阴冷的地下，腐臭也开始逸出。如果他离开这战甲睡上一觉，也许人们再找到他时，只能看到一堆白骨了。

可他是多么希望抛开这沉重的外壳，抛弃一切的重量。他能感到自己的身体渴望扑向大地，渴望散化成沙，融入泥土，消失无痕。那时世上再没有康德，这世界的存亡、人心的爱恨，再与他无关。

是这战甲，这战甲阻隔着他！把他与呼唤他的大地隔开。

他能听见他内心的声音，如地心巨龙的沉吟，呼喊着，冲破这坚硬的囚笼，要融入大地！要融入黑暗！

如果一个人被锁入一个人形的铁箱，无法动弹，却又不会窒息死去，那么也许不出一刻，他便会发疯；二刻后，他将仇视这世上所有的人；三刻后，他便会诅咒这世界与他一起毁灭。

而康德的灵魂在这铁箱中关了五年了。

他对所有的人都漠然，他冷酷无情，他不在乎身边人的生死，战场的尸骨也不会使他动容。他知道没有人比他更理解魔王，因为任何人在这样的铁箱里被锁，都会变成魔王！

无数次在人前，不论是皇宫，还是广场，他都有着疯狂的欲望，要掀开这光华闪闪的甲壳，以腐朽之躯疯狂大笑，在人群中奔跑，让民众尖叫，然后倒在长矛与火焰之下。

但人们所看到的，只是圣骑士冷峻地走过。

内心的痛苦使他扭曲着身体，他听见自己的骨头在咯咯作响，发出碎裂的声音，却又不知疼痛。

他的尖枯手指握紧，又极力地张着，抖动着，像是在与一种力对抗。

他听见那黑暗的声音在地心大笑了。

“云迪……”看着自己的手，骑士又想起了这个名字。

她改变了他的生命，她投入了自己的全部。如果有一天她发现，未来无法被改变，她剩下的是否只有仇恨。她所做的一切，是否只是为了十年后的那个人、那个自己的影子。

她是这世界上唯一知道他的秘密还愿亲近他的女子，也可能是最想毁灭他的仇敌。

如果他还有欲望握住一个人的手向她倾吐心中的沉郁，那就是她。

康德开始后悔那天那样伤害了她，他也许该与她静静相处，告诉她自己所有的苦痛——如果他能战胜自己在她面前的不安与自卑的话。

可这时，骑士听到了敲门声。有人喊着："骑士，有一个女子来找你。"

……

云迪就这样站在他的面前，呼吸急促，头发散乱，衣衫划破了，只有两眼发出欢欣的光芒，慢慢举起手，那里，一个小水晶瓶闪亮着。

"请再给我一次希望……"

泪水滴在康德头顶的那一刻，他仿佛看见了自己透明的心中世界。他的灵魂被无数风火的神兽裹挟着，从天空扑向大地，那魔王巨影站立的黑暗森林。

这是在心灵中的战斗。意志的战争终将决定历史的走向。

魔王挥动手臂，巨大的影子笼罩着光芒，飞近的神兽被横卷出去，像火球一样撞入林中，碎成无数的火块。魔王卡奇云德每一次挥手，森林中就如流火喷溅。

猎神的箭如火流星冲击着大地，卡奇云德在火光爆鸣中飞掠，光线不能接近他的四周，忽而猛地折回，带着狂风卷过天空，把神将的影子也冲得如跳动的烛焰。

这场追逐是如此地漫长，骑士觉得背后那神的巨大光影压迫着自己，使他不能停下，只有向前，向着可怕的魔王冲去。他看到魔王力量扫过之处，巨木伏倒，而当神力推涌着向自己奔来时，它们燃腾起光焰，化为灰烬。背后巨大的神的光影在压迫着这可怜的人，他不知自己这虚弱的身躯能不能经受起如此强大的力量。双方以飓风挟火般狂速推进着，康德觉得自己的身体就要在这力量与光压下粉碎，他没有吐出鲜血，只是因为血液早已枯竭。

使用女神之泪使他备受苦痛，这种至纯的圣洁力量是亡灵的身体无法承受的。神力不仅压迫着他的身体，还烧灼着他的精神，使他感受到所有的苦痛。一个畏惧阳光的亡灵如何在这神之火焰下生存?

他还能坚持多久？一旦支撑不住时，神灵将隐去，黑暗重新笼罩森林，从此再没有力量可以阻止魔王。但追逐持续下去，他的身体将在炽白的光热中化去。

“不知这腐朽的身躯灼化后，我的灵魂可不可以随神一同飞去天堂。”康德这样想着，意识已开始陷入恍惚，一种不自然的狂喜从他的内心升起，身体忽然间没有了痛苦与重量，耳边的狂风变成诸神的歌唱。他知道那是神的意志在侵入他的身体，而当他陷入阴暗的灵魂完全被消去，丑恶的身躯被熔化，他的圣骑士甲就会在光焰中四散开来。然后，落在尘泥中，等待新的主人，也许是个精灵，也许是个半兽人，他拾起圣骑士甲的碎片，重新开始宿命。

他忽然开始放声大笑，嘲笑这所谓天赐的荣光，嘲笑这离奇的命运，他为什么要勇往直前，为什么不能停下，为什么要忍受折磨，他以个人独有的尊严，向背后的天神发出狂吼，像深邃的大海开始翻滚，巨大的神翼从深渊中升起，向着天空的雷鸣与闪电，长啸而去。天地黑白交错，海天失去界限，众灵战栗吟唱，神与魔的交战已经开始，那是骑士身体里隐藏的巨大黑暗，魔王真正的力量，在神焰光华的压迫下，冲垮他灵魂的堤坝，喷薄而出。康德内心之眼睁开，看到这渺小躯壳里的世界，正容纳着众生众灵的命运。魔王化身为巨龙，和持圣剑的光影交战，大海被狂风推向四周，中心凹下千里，边缘的巨浪冲上高天，与云山暴雨相接，天地苍茫一片，那最高傲的与最卑微的、最耀眼的与最深厚的、最神圣的与最疯狂的，一时全搅于混沌。

什么必须敬仰？什么必须遵从？什么必须爱？什么必须恨？似乎一切灵魂的囚笼都被打破，生命可以重新开始选择，亡灵康德仿佛回到了自己诞生前的迷蒙世界，冲过风雷，便可重新开始一次人生。他的灵魂如风中渺小的翅膀，穿过天使与魔龙的巨翼，寻找着云旋间的缝隙，那之外必有阳光与安详的大地。

卡奇云德注视着骑士的巨变，黑暗的旋风从他体内冲出，卷向那召唤而来的神族。魔王卡奇云德知道那最后时刻已来临，圣骑士体内的黑暗正吞没康德的灵魂，那神的镜影绝不足以阻止这海啸般的力量，信仰的坚岸正在被吞没。卡奇云德知道必须在这时夺回自己的力量，不然当康德的灵魂完全被黑暗左右，新的魔王就将诞生，而且可能是真正邪恶无比的。

骑士康德跃过空中，像黑翼的大鹰扑向猎物。但他所要捕食的却是化身巨龙的魔王卡奇云德，只见骑士发出震荡森林的怪吼，挥起长剑，风火向卡奇云德扑面而来。卡奇云德向一侧急掠闪开，那烈风仍然撕破了他的身体，血涌出来，立刻像熔岩一般燃烧着。

卡奇云德落下身躯，把大地掀卷起来，狂沙和巨石扫向骑士，地面碎裂，将康德掀倒。卡奇云德立刻飞纵而去，火光中手臂的巨影伸出，扼向康德的咽喉。康德挥剑斩断这影子，卡奇云德的身躯已逼入灼热的剑中光芒。

康德能看见那对手的面孔在光与暗争夺的空间中扭动，他仿佛看见了自己邪恶的脸，看到那双眼睛中，圣骑士如纸被烧灼朽去，如同他早已怀疑的信仰。康德想自己正输掉这场战争，也输掉仅有的自我，这时意志被体内的风暴卷成碎片，狂暴占据了他的心灵。他猛地扑向魔王卡奇云德，这两个光明与黑暗下的相同影子，身周的光影正在粉碎交错，力量中心的他们像两只狮子一样搏斗着。

魔王卡奇云德感觉到就要输在自己的力量之下，他很惊异自己无法将康德体内失控的黑暗力量召回自己的身上，那骑士仿佛一个无底的暴风眼，把光明与黑暗一齐吸入。这只有一种可能，这个亡灵的身躯比他更有潜质拥有黑暗力，但他已经没有后退的选择，即使力量也背弃了他。这些日子他在精灵之森的深处等待魔军的到来，和罗恩交换所知的古卷，使他得到了许多关于旧纪元魔族本永不会知晓的秘密，现在正是该回到他的族人中去、复苏自己真正身体的时候，魔王绝不肯在这个时刻失败！当他看到骑士高举起他的剑时，他也伸手击向骑士的胸膛，他相信在同归于尽的那一刻，力量会做出选择，归附于自己的身上，并带来更强大形体的复生。

圣骑士康德醒了过来，看见了云迪美丽的面容。

“真高兴，从我的噩梦中醒来，就可以看见你。”

云迪对他微笑着，眼里却有泪光。

看着星光下，女法师的甜美笑容，康德发现，虽然身体没有感觉，但心灵还是能感到幸福的。

不对，身体明明也是有感觉的，云迪柔软的身体，温暖的体温，分明是那么真实呢。

脸上有着凉凉的感觉，那是她的眼泪吗？伸手去摸，却摸到自己的脸，骑士吓了一跳。

沉重的圣骑士甲已经被脱下来了，零落地散在旁边。

“我的身体……”

“你战胜了魔王的意志，你的身体已经复原了……”

康德猛地跳了起来，看着自己重新变得健康红润的身体，血液正重新流淌着，把活力与热量带回来。

这个人抬起头来，想对天狂喊，喊到一半，已变成了号啕的哭泣。他紧紧地抱住了云迪，云迪不由得双颊绯红，她感受着这个温暖强壮的身体，这么多年来为了这个人的命运而生存，从隐藏身份相伴在他的身边，看到他成为魔王前的那一面，到成为他的朋友，看到他为寻找自己而一次次地苦苦努力，不知不觉中，她早已经从为了消灭魔王而活变成了为了拯救康德而活。把自己的所有寄托在一个人身上，这是怎样一种感情，如今一切都好了，一切都会好起来的……

歌手罗恩醒了过来，魔王恐怖的影子还未从他心中散去，正不知身在何处，便看见一个老者笑嘻嘻地站在他身旁。

“你是谁？”

“你……想看关于未来的景象吗？”

罗恩看到了那一切……可怕的一切。

“那，为什么……为什么会是这样！”他吃惊地张大了嘴。

“因为你的杰出表现，你制成了女神之泪，当康德体内的魔王的灵魂被打败，魔族和人族及精灵相拼耗尽最后一滴血，未来就将是属于亡灵的了。”

“哦不，”罗恩想，“因为嫉妒，我给了云迪错误的咒语，魔王……也许并未被打败……”

第四十六章

在黎明前

阳光升起，若星汉又一天新的清晨已来到了。天空中群鸟飞起，白雾带着草木淡淡的湿香，蓝天明朗无瑕，露水爬过新生的绿叶。

落魄佣兵团的剑士们怀着复杂的情绪看着骑士拉着云迪的手走来，两人脸上有着奇异的幸福表情。

百亚也好奇地问：“他们怎么了？”

“你没发现圣骑士和昨天有什么不同吗？”

“圣骑士？谁？那个男人是圣骑士吗？啊！我看到他的脸啦，我看到他啦！天哪天哪……我要写信告诉我妈妈……”

“可是……”她停下来，眼泪涌出眼眶，“我没想到……他身边那个人不是我……”

看着流泪的百亚，阿里斯汀又叹了一口气。

勇者终于打败了魔王，骑士就要踏上新的征程，一切看起来像是个不错的结局。

如果一切真能到这里结束就好了。

那一夜星月隐去，空气凝滞而沉闷，连虫儿也不愿鸣叫，让人疑心森林已睡去，让人疑心风暴在某处孕育。

康德与云迪在城堡中的火炉边，静静而坐，沉默了已很久，两人的眼神中，都隐藏着阅历磨出的光辉，是否经过太多事的人，相见时反而会不懂得如何诉说？

“我一直在想，如果你不曾出现在我的身边，现在会是如何呢？”终于康德开口了，“但是，我却是不后悔的。”

云迪看向康德，微笑了，她挽住康德的胳膊，靠在他肩上。

“我也没有想过，我会和魔王紧紧相依。”

康德心中却掠过一丝阴影：“可我似乎也不会再像宿命中那样可以使用魔王的力量了……我不会再强大了……”

云迪抬起头来注视着他：“这不要紧……只要你不再痛苦，我相信终会有其他的英雄出现拯救我们，将所有的事情压在你一个人身上，这不公平……”

她的头发轻柔，她的手指纤细，康德度过了无数噩梦般的日子，直到今天才重新领略到感觉的美好，这幸福让他身体颤抖，不由得又把云迪拥入怀中……

百亚和里德在远处站着岗，心中郁闷的百亚扁着嘴坐着，手中不停，把身边所有抓得到的东西折断，树叶、草茎……里德知趣地和她保持五十米坐着。

可百亚连身边的石头都丢完了，一转身看到远处的里德。

里德两股战战，几欲先走。

“不要过来……你想干什么……救命啊……”

“站住！不许跑！还跑？对，站好，头抬高……让我踹两脚就没事了。”

骑士的帐中，两人拥在一起，即将沉入梦乡。

那曾天天折磨康德的噩梦今天终于不再出现了，他拥抱着美丽的云迪，尽情体味着生活的美好。未来也许战争会到来，也许还有离乱辛酸，但至少这一刻，他正紧紧拥抱着属于他的一切，没有人能夺走。

康德不由得轻轻地哼起歌谣来：

穿过黑暗的泥土

穿过黑暗的泥土

穿过黑暗的泥土，像经受考验
百合花试探她洁白的脚，毫不颤抖
她的信念，不知畏惧
从此以后，在草地上
摇晃她绿宝石的铃铛
泥土中的生活，此刻，全都遗忘
在幽谷中，欣喜若狂……

“你这唱的是什么啊，很好听呢……”云迪将柔软的脸庞在康德的胸上摩挲着。

“当年我在山村里的时候，学的儿歌啊，不知为什么，现在突然记起来了，而且一个字也不差呢……”

“很好听，可是很多都不押韵呢。”

“哦，原来这歌是用另一种语言唱的，可我老记不住，后来那老头没办法，只好把它翻译成斯昂文让我们唱。”

“另一种语言？他说的是精灵语吗？我可是什么语言都学过的啊，你说几个音节我就知道了。”

“那么拗口的音，我哪还记得啊……唔……”

云迪抚摩着康德的背：“我也唱歌给你听啊……”

她轻轻吟唱着：

你莫开言啊，我的心！宇宙听不到你的声音。

你莫开口啊，我的心！哀号者听不见你的声音。

我的心呀，你莫作声！夜下的人影不会留心你的低声细语，黑暗组成的大军不会冲击你的美梦……

我的心呀，你莫作声！且莫说话，直到黎明。

耐心等待曙光的人，定会迎来清晨；

得到光明喜欢的人，必然热爱光明……

吟唱中，康德渐渐平静了下来。这歌声轻缓却有刚毅的力量，像是暴风中不折的细草。

“很好的歌啊，”他说着，“似乎是某个歌剧的一段？”

“对了，”云迪说，“就是《云盾武士的钻石》里，第十三场《从黑夜到黎明》，艾里娜期盼情人从战场胜利归来时所唱的歌啊。”

“我也听过，去镇上听游吟歌者们唱过。”康德喃喃着说，他忽然想到了什么，“罗恩得到了《若星汉史诗》的古卷，他一定能从中整理出更多的失传歌谣吧。”

“若星汉古卷？”云迪大声惊喊，“它为什么会在罗恩那里？”

“因为当我利用圣骑士的权势从四处收集来它们，我是想从其中找到那失传的克制魔王的魔法，而且为制成女神之泪所需要的咒语也记录在若星汉古卷中，可惜它是古精灵语写成的，只有当年最后一位圣骑士明康恩和他的弟子罗恩才能读懂它，所以我把古卷交给了罗恩，让他用女神之泪和斯坎拿之咒去救当时被黑暗噩梦缠绕的你。”

“天哪……是这样……”云迪怔怔地说，“罗恩当时可没有和我提到这些……”她忽然一把抓住了康德的手，“可你要知道，在未来，罗恩就是用若星汉古卷中的魔法杀死你的人，你却自己把古卷交给了他？”

“是啊，但那时他也是为打败我身体中的魔王才那么做的不是吗？而现在魔王的意志不是被消除了吗？”

“我不敢肯定……我总觉得这里面有什么不对……你不该这样轻易地交出如此重要的东西……”

“即使罗恩是未来的救世主？”

“如果你不再是魔王，他也许就不再可能成为救世主，所有人的结局都可能改变。”

“也许……我已经太累了，我不想再承担什么，也不想再要什么改变世界的力量，我太害怕这些了，我只想做一个普通人……”

康德沉吟着，似乎有什么千钧的话在口中难以说出……

云迪看着他，忽然有一些不好的预感。

“云迪，如果康德不再是可以危及世界的人，只是一个普通的平民，你还有什么理由留在我的身边呢？”

云迪想说很多话，却忽然一句也说不出口，只有怔怔地看着他，眼泪毫无理由地就涌在眼眶中。

“现在历史已改变了，我将成为某个默默无闻的名字了，也许是倒在战场上的士兵之一，也许会老死在有阳光的山坡之上……我身边所有的人都会离去，在最后……云迪，你还会跟着我吗？”

女法师怔怔不能发一言，她发现她无法回答，在诺言与欺骗之间，她愿意陪着他，用她的一生，但是那是因为爱，还是因为她的生命已无所寄托？而他，需要一个不爱他的人陪伴着他终老吗？那是他的幸福还是痛苦？

“那……康德，你爱我吗……”女法师颤抖着问。

是的，康德想，我当然爱你，因为在我漫长的孤寂之中，你的名字是我痛苦中念着的唯一。可这一切是因为你改变了我的生活，你使我变得不平凡，也使我历尽痛苦，今天你想用你的一切来偿还我，我是否应该接受？

于是康德说：“对于爱，我从来不知道这个字的含义。你知道，一个从亡灵的黑暗世界走来的人，爱字对他已没有意义。”

“这不可能！”云迪喊着，泪水流了满面，“你会懂得，即使你现在不了解，你不必担心我会责怪你欺骗，但请你不要把你的心对我封闭，说这些冷冷的话语来折磨我……”

康德想了很久，他认为女法师的痛苦是因为她把所有的一切都寄托在他身上，但那是使命，不是爱，即使是爱，那也是对另一个康德的，死去的康德、坚毅的康德、强大的康德、冰冷如铁的康德，圣骑士康德，他永远无法打败的情敌，他失去了力量，不再会变成魔王，她还有什么理由与他在一起？这念头使他内心痛苦，烦躁在他心中升起，他忽然觉得那内心深处，本平静的土地上又裂开了缝隙，黑暗在那里冷冷注视着他，等待着他内心一旦失去平衡，就疯狂地破土而出。这恐惧抓住了他的心灵，使他狂躁不安起来，看着眼前的女法师，他忽然再感觉不到一丝柔情，一个声音对他呼喊着：离开吧，离开他们，离开所有的人群，因为他们只会毁灭你！

他的声音重又变得冰冷生硬："看来我错了，幸福并没有开始，一个失去力量的人在这乱世中能得到什么，能捍卫什么呢？有资格拥有什么呢？"

云迪惊愕地注视着康德，她能感到什么可怕的变化在发生，他想抛开自己吗？他不需要自己？

这念头粉碎着云迪的心灵，她以为她的一生都为他而生存，这些年月里除了康德她心中再没有别的名字，可现在一切都破碎了。她从未如此绝望，即使是在黑暗的地狱，在烈火与毒咒中。现在她的使命已经完成，她也就没有了生存下去的必要，她其实应该在他被解救的那一刻就消失在这个世界上！

骑士忽然发觉有蒸汽从泥壁中渗了出来，一种沉闷的轰鸣正响着。

有人急切地敲响了密室的铁门。百亚清脆的声音喊着："骑士！快出来啊，你的房间被火包围了！"

康德听见这声音，漠然地静了一会儿，开始慢慢地重套上盔甲，像是从来没有听见那句话，像是每一件甲胄，都重似千斤。

"不！"云迪扑上去，"康德，你不需要重新进入这套战甲里，离开这个宿命吧，你不再是需要去拯救大地的骑士了。"

"你错了……云迪，"盔甲里的那个声音缓缓地说，"我从来都不可能摆脱这命运，我使用的力量伤害了太多的人，这一切都在等待着偿还。或者成为魔王，或者死于愤怒的剑下，我没有选择的……我的部下，我的使命，都使我不能离弃……"

"你是说，你丢弃了魔王的力量，却仍然决定承担这圣骑士的职责？"

康德不再理会云迪，他打开门，百亚像一只被烫伤的小鹿一下蹿了进来，火焰瞬间掩住了门口。女剑士撞入骑士的怀中，她的盔甲滚烫无比，脸色通红，刚才她一直在奋力为骑士阻挡着扑向门口的火焰。

“完了，火把门封住了！”百亚汗如雨下，身上冒出白汽。她退到墙壁上，艰难地呼吸着，“魔兽不受控制了，它们叛乱了，火也烧起来了！”

“想杀死我的人已经等不及了……”骑士冷笑着，“百亚，你照顾好这个女人。”

云迪撞上了百亚的目光，这使她一抖，这个小女孩……当初的那个乖张而冷酷的魔使?

地下城堡已经燃起了熊熊大火，火中四处传来魔兽的啸声，它们来到通向外层的吊桥前，对面洞壁上却射来了弓箭。这果然是一场叛乱。

吊桥上已燃起熊熊火焰，难以通行了。背后的魔兽们在火焰紧逼下狂吼着，也许很快就会疯狂地奔踏过来。

可是当魔兽们奔到康德的近前，却惊伏着不敢靠近了，任凭背后的火焰灼烤，却绝不敢再向前一步。

云迪惊讶地看着这圣骑士盔甲中沉默的人。

忽然，他举起手，在他的脚下，无数巨大的魔藤破土而出。

“不……这不可能……康德，你为什么还有魔王的力量……”

云迪和百亚被魔藤卷住送向了对岸，大量飞行魔兽飞过康德的头顶冲向对岸，击溃了那面的叛军。

“康德！”云迪和百亚在空中喊着。

可她们看着那个影子慢慢地转过身，在魔兽们让出的道路中，向火焰中走去，就那么消失在浓烟之中。

火中，黑影慢慢行走着，在魔兽的簇拥下，吟诵着古卷的诗谣：

我听见众生的恐惧之音……

我看见大地匍匐在我脚下，

白骨围绕着上帝的花园，

儿童们手拿骷髅好奇耍玩。

天上飘下雪花，落满田间谷地，白色殓衣裹住了百合花那僵直的躯体。

沉寂时代面前，坟墓成行，那里既无人轻歌曼舞，也无人祈祷下跪。

骷髅堆成的山丘，那里只能听到风声，听不见人的欢笑。

我所看到的全是痛苦和忧伤，世人为何沉醉不醒？

第四十七章

罗恩所得到的

这个清晨，歌手罗恩醒来，抬头看向天空，蓝天远处，有风暴的残痕，长空异常明朗，太阳却绕着三色环晕，他忽然觉得，自己的新生命开始了。

这时，他吓了一跳，云迪就那样静静地坐在他门前的树下，仿佛自己是隐身的。

他奔了过去："你怎么到这里来的？一会儿被别人看见你，就糟糕了。"

可云迪怔怔的，不发一言。

"云迪，出了什么事？"罗恩摇晃着她。

"罗恩……宿命真的不可改变吗？"云迪慢慢抬起头，"为什么……为什么女神之泪救不了康德……"

为什么？罗恩想，因为世上本没有东西可以救康德，如果康德自己战胜了魔王，那未来就将完全改观，未来将成为康德的未来，而不是罗恩的。他好不容易得到了若星汉古卷，细心研究其中的记载，发现可能涉及古代失传魔法、宝物、配方、力量秘密的部分有上千处，这其中只要有百分之一是真实的，自己就将是若星汉最强大的人……

"女神之泪……"他迟疑着。

"怎么？那药有什么不对？"云迪何等敏锐，立刻有了不好的预感。

"那药……谁也不能保证真的能救一个亡灵……"

"你说什么？你是说……他体内的黑暗并没有被除去？可是我……我不是完

全康复了吗？”

“你和他不一样，你虽然受到黑暗力量的折磨，但你的身体仍是活的，可是他……”

云迪怔怔地退后了两步，好半天，才说：

“你早就知道了这点是吗，罗恩？”

她的声音冰冷，这使罗恩怒火中烧：“我……我不能确定……我一开始以为能救他的……可是将将丽斯对我说……那不行……”罗恩继续说着谎，可他怀疑自己的声调已经出卖了自己，他并非不善谎言，可一切将握于手的兴奋使他内心再不想伪装。这五年这些想法已经在他心中烧得够久了，他现在不需要再过这种日子！

云迪的表情越来越复杂和震惊，她向后退着，仿佛罗恩是个冰风暴的中心。

“你……你知道他现在怎么样了是吗？”

“我想不幸的事情发生了，黑暗力量吞噬了康德，他现在即使不死，将来你再看到他时，也是又一个魔鬼了……”

云迪呆立在那里，她没有听出罗恩语调中的异样，因为已经完全被这个真相所震愕。

罗恩走到她的身边，看她仍呆看着前方，叹了一口气。

“云迪，未来不会没有希望，我们会有新的英雄出现，魔族还是一样会被打败，就像三百年前一样，你相信我，你相信我吗？云迪……”

他把手放上云迪的肩膀：“若星汉的古卷里有无数秘密，你愿和我一起去找寻吗？”

云迪忽然向前走去，罗恩的手落了下来。

“你要去哪儿？”

“我要去寻找康德……”

“那太危险了……而且也……几乎不会有希望……”

“罗恩，你要帮助我，我们必须去寻找到康德。”

“寻找康德？”罗恩心中冷冷地想，“怎么一轮围绕康德的探险又要开始了吗？不，我受够扮演这种角色了。”

“如果永远找不到康德了呢？”他忽然说。

“为什么？不，这不可能！”云迪惊讶地喊。

“为什么不可能？因为他会是未来的主角？”罗恩看着云迪，“可是，也许他的宿命就是被打败……”

“我不准你这样说！”云迪愤怒地站起来。

“云迪……如果……如果康德变成了魔王，你还会……还会这样对他吗？他应该是你的敌人。”

“不……我不能……”

“为什么不能！”罗恩也喊起来，“你们女人总是凭感觉来行事的吗？这当然很有可能！你不愿看到它发生，可你不能连想也不去想！”

云迪再不答话，独自向林中走去。

罗恩一个人低头站在那里，怨气也充满着他的心，即使拥有了可以掌握天下的力量又怎样，他身边的女子还是照样离开他，连一句再见也不肯说。

康德、康德……康德有什么好？他不就是比我先得到那圣骑士盔甲吗？我才是大陆最后一个圣骑士的真正传人啊。

罗恩忽然很希望看到康德变成魔王，这样他就可以有理由毁掉他！他很希望看到那时云迪该如何做出选择。

忽然云迪转身向他走了回来，罗恩注视着她。

“把那古卷还给我……”云迪伸出了手。

“为什么？”罗恩大叫起来。

“那是属于康德的……我想有了它，一定会找出拯救康德的方法的……”

“可是你不懂其中的文字……”罗恩笑着说，“只有我懂……”他拿出那古卷，看着云迪渴求的目光，像是想诱她扑到自己怀中来。

云迪的目光从古卷上移向罗恩，那迷惘困惑是他从前难以在这女子身上看到的。罗恩心中不禁又涌起了他那歌手天生的柔情。

“好吧，云迪……这样吧，我和你一起去找康德……我们一起去找他，好吗？”

云迪慢慢收回了手，低着头，忧郁的眼神仿佛在说着这女子已被命运折磨得失去了勇气。

罗恩上前拉起了云迪的手，她怔怔地想着心事，也没有抽回。

“康德，如果我们有再见面的一天，你会发现云迪的眼中只有我。”罗恩这样暗中发下他的誓言。

魔人如果这会儿正在纵马狂奔，他带着他的骑兵部队一路冲过华拉国，从东边境一直跑到西边境，竟然一支人族军队也没看到。路过的村庄也都空空如也。这让他大失所望。

他的骑兵已进入南部大国亚加斯了，沿波将金斯山一路冲去，一千四百里外是亚加斯首都丁法城，是否人族大军正等在那里呢？

丁法城中，诸骑士正焦急地等着西陆盟军统帅——圣骑士康德的命令。

“圣骑士从精灵之森回来了吗？”看到一个情报将官奔进，亚加斯公爵、老将平达急切地问。

“听说……圣骑士在精灵之森建筑地下防线时遭遇了火灾和魔兽失控，圣骑士也许葬身于他自己培养的那些魔兽口中了……”那将官说。

平达坐回椅上沉思起来，这个用暴力强行建立起的联军，让各国骑士恐惧又忌恨的康德圣骑士的失踪，也许是个好消息。这样一来，他就可以不必执行康德把魔族放入精灵之森再狙击的命令，而在丁法城下与魔军决战了。他手上有近三十万联军的力量，让他不战而放弃自己的国家，那是平达无法忍受的。

“魔军已进入边境。华拉的三万军队已经撤入亚加斯了。”

“来得太快了……这一路魔族根本不攻占城镇，只抢掠给养后就急行军，难道他们真是要赶去辽雷草原？”平达想着，“如果是这样……更证明了魔族心中也在害怕，他们没有力量与我们真正决战……所以我们更不能放他们进入辽雷草原，不然在草原上，就没有人能打败魔军了。”

决心已下，他站了起来：“好了！诸位，圣骑士没有消息，我只好暂时代理联军指挥权。我想，我们需要重新修订我们的战略计划，我们不再分散撤离，我们就待在这里！打一场——丁法保卫战！”

“哇哦！”骑士们举臂振奋高喊起来。

在精灵之森中，罗恩看着金色光球在自己手上汇聚，他不知道这魔力掷出去能带来多大的破坏，他开始渴望一次战斗来证明自己的实力。通过如饥似渴地阅读古卷，他对古代魔法已达到了渐通的境界，发现旧纪元的法师们讲究借助自然与环境的力量，而不是仅靠个人的魔法力，这样所发出的魔法力量是惊人的，而且新纪元魔法需要的是长期痛苦的修炼对魔力的积蓄，但旧纪元魔法却更看重天分，只要你的心灵能达到与环境的共通，一个孩子也能释放出巨大的力量。这也许就是在当年战争到后期，人族英雄可以越战越多，强者辈出，而重力量轻魔法的魔族却后继无人的原因吧。

而罗恩，正是这样一个天分出众的人，即使是明康恩在，他所能从古卷中发现的也未必有罗恩多。

想到新的战争长卷正在展开，而自己就在这时得到了力量的源头奥秘，罗恩的心中欢喜无比，看来上天是公平的，聪明的人终会得到好运，五年在精灵之森耐心地等待，他的每一步都是冒险，却都是在自己的计划中。与康德的茫然被命运推动相比，自己难道不更该是那支配力量的人吗？

只需要再多一点时间，让他融会这力量，他就能成为若星汉最让人惊奇的年轻法师了。

他身边的云迪翻了一个身，发出梦中的呻吟。

罗恩轻轻将手抚上云迪的发际，这几天她疯了一样地在森林中寻找康德，罗恩只是一直默默地跟着她，在她疲累饥渴的时候，他总是能笑着递上食物和水，他知道她无法拒绝，就像有一天，当她绝望、孤独时，也会无法拒绝他一样。不知为何罗恩一点也不担心云迪会找到康德，或许他在心中已经认定康德会万劫不复了。自从那天那老者让他看到未来，罗恩相信，自己才是上天所选定的人，传奇的主角、风云会聚的中心点。

这个时候

“华优冰其斯大将要我停止前进？”如果对飞龙上的骑兵大声叫着，“我们为什么要停下来？人族全部吓跑了！我是六翼神龙军团的，炼雷震军团长管不着我，对！我才不怕你去告诉他……最好你再和路华美亚大将说一声，请她带飞龙军来帮我，我这五千人会在丁法城里等她……喂……你就这么走了？好了好了，我跟你开个玩笑，我会遵守命令，不过请华优冰其斯大将快一点好吗？”

远处的山头后，斯昂的探骑露出了头来。

“魔军停下了……立刻去通知伏击圈的骑士们。”

第四十八章

伏击

魔将如果接受了来自华优冰其斯的命令后，却没有让他的骑兵停下，对于他而言，让他静止只会给他带来不安。于是如果命令他的五千骑兵缓缓行进以等候大军团赶上。但这个时候，人族西陆联军的三万军队正从周围的丘陵密林中向魔军包围过来。

大队左前方四里处，一位魔族探骑勒住了马，警惕地听着密林中传来的异样声音，这时一支弩箭穿过了他的喉咙。

又过了半小时，如果的骑兵营来到了他的探骑曾倒下的地方。

“我们有几个探骑没有准时回来……”副将向他报告着。

如果皱起眉头，随后冷笑一声，回头对着部下大声喊：“准备作战。”

月光下，一片抽刀出鞘声，无数的长刀寒光闪耀起来。

这命令如同也是下给密林中的联军一样，两边丘陵上涌出了数百弓箭手，空中箭矢的啸声响起。

“向前冲！冲出这片山头。”如果举刀大喊。骑兵向前狂涌而去，魔军把火把扔向林中，火光照亮树木旁的人影，骑射手们在马上向两边弓箭手还击，弓箭在两军间穿梭着。

预想中的阻击来到了，前方忽然有几个火魔法阵发动，魔骑们燃烧着从火中穿出，不少火影仍奔跑了数百米才倒下。

但火爆过去后，地面燃烧的火带就不足以阻止魔骑军的推进了。地下本没有马，当年魔族被驱入地下时才将马匹带去，经过数千年的演化，地下的马种更加高大、强壮，而且蹄部坚硬，能奔驰在熔岩地形，不足的是害怕地面上白日的强光，所以魔骑军在白日都尽量避免面对太阳的方向作战。但现在是夜晚，魔骑眼中的红光像猛兽一样让人胆寒，当看到这无数的红瞳奔来，最有经验的老兵也会心惊的。

在火带之后二百米，斯昂士兵拉动绳索，一排排尖木栅从土中立了起来，没有亡灵族的骨刺魔法，也没有精灵的魔藤，人族也只有依靠机关的力量。弓箭手奔到栅栏后，开始放箭。但这些栅栏对魔骑军来说太脆弱了，魔骑兵挥动长斧，加上高大的魔马的势头，这层层木栅在烟尘中迸碎了。后面的弓箭手还没来得及射出几支箭就要开始奔逃了，许多腿慢的箭手被砍翻在地，有一些索性拔出刀准备死战，但魔骑兵轻易地将他们扫倒在地。

魔骑军没有轻重骑兵之分，魔骑们的甲胄未必有人族重骑兵的甲胄厚重，但他们的士兵与坐骑强壮的体质弥补了这一点，所以斯昂士兵像看见了一支有着轻骑速度的重骑部队一样惊诧，几乎所有的步兵都退到小山上，没有人愿意站在魔骑兵冲来的路上被碾碎，连指挥官都不再高喊着冲下去，因为那明显是自杀。

但魔军刚冲出半里，又是一阵巨响尘烟，一些地陷法术发动了，看来人族军队中有着不少的法师。魔军不敢冲上丘陵树林中去作战，只有不断地向林中发射火箭，一路冲来之处，两边火光熊熊。

这次的地陷把道路破坏得很严重，骑兵难以通过了。如果不得已命令部下分两路冲上丘陵，于是真正惨烈的战斗开始了。

林中的阴影里隐藏着无数的人族士兵，当魔骑一冲上山坡，就陷入了箭雨与枪阵，还有林中密处飞来的魔光球。林中树木成片倒下，不知是魔军为开路砍倒的，还是人族为阻挡魔军而放倒的，林中还有着无数的绊索，马匹摔倒的惊嘶响成一片，魔军挥动长刀大斧，在林中四下奔突，纷乱杀喊中，身边的骑者就渐渐稀了下去。

当魔骑军终于绕过地陷区，重新冲回大路上，已损失了六七百骑。喘息未定的魔骑兵看见前面的开阔地上，月光下，一支庞大的军团已阵容严整地排开了。

这支混编军团的统将，是来自路拉公国的乌克枫兰骑士，在圣骑士战争期间，华拉路拉古拉三公国欲组成反依亚联军，小小的路拉国无将可用，王公的侄子、年轻的乌克枫兰自告奋勇组建了一支军队。后来他的精明勇敢使他成为三国联军的统帅，在圣骑士战争结束后，乌克枫兰向天主与圣骑士康德宣布效忠，也得以继续统领这支近三万人的军队。今天，也正是他发现魔军的前锋与主力脱节，率这支三国联军在奉命撤向丁法城的途中返回阻截魔军，在数百里外的丁法城，统帅平达甚至不知道这边已开战的消息。

但对于一路上冲来的魔将如果来说，他不会做进攻之外的其他选择。战刀前指，魔骑军甚至连队形也没有重整，就呐喊着冲杀而来。

熟悉火焰与地陷的法师们都用在丘陵中了，乌克枫兰最终只选择了几位法师留在两万人的大队中，他们所擅长的是——流沙。

忽然看见前方的地面起了奇异的变化，像是眼花一般扭转起来，如果心中恼火，法师是魔军最恨的东西，虽然魔族也有祭祷士一类的职业，不过大多是使用一些进攻魔法和进行士气与力量的鼓舞，像人族这样乱七八糟的奇技淫巧，魔军也只是在史书中看到过。现在的魔族杀出地面已是九死一生，也没时间进行对抗人族魔法的训练。所以每当新的法术出现，魔族往往就措手不及，以至于有些士兵说只要人族中没有法师，数十万军队也不会怕，可一旦看见法师的影子，心中就先开始慌了。

如果及时勒住了马，可已有数十骑踏入了流沙之中，同时他们脚下的地面也开始松动了，魔马惊慌地跳跃着，掀起成片沙土，魔军互相冲突，乱成一片，全部被裹进尘土中，连方向也难辨清。

乌克枫兰微微冷笑，一挥手，一千弩手跨步上前，从容地向烟尘中放起箭来。

但中级法师们的力量有限，不可能造出大片的流沙域，两侧还有两千多的魔骑没有陷入魔法阵中。他们毫不退缩，继续向前冲刺，这次箭雨和火带都没能阻挡他们，两翼的魔骑军很快冲入了三国联军的阵中，一场混战开始了。

这时魔军的背后，树林中的斯昂步兵冲了出来，向陷入流沙里的魔骑放出箭与魔法，有的甚至扔出石块，像是尽情欺负一头锁住了的狮子。当看见烟尘渐渐散去，地面又开始板结，他们哄一声又逃回树林去了。

当如果终于从烟尘中挣扎出来，吐着嘴里的土，抬头一看，前面已杀得天下大乱，看看身边，还剩下近千魔骑。他振奋精神，大吼一声，带着这些浑身是土、一肚子是气的魔骑军冲了过去。

大阵中乌克枫兰本来已经运用精巧的调度将魔骑军围在了中间，但顾前顾不了后，用来狙击流沙中魔骑的数千长枪兵就看见一阵尘暴滚来，然后前面无数枪杆和脑袋飞上了天去，吓得转身就跑。乌克枫兰就刚刚来得及转个头的工夫，如果就冲到他百米之外了。

黑暗之子一声大吼，乌克枫兰看见长刀飞旋而来，他一后仰避开了它，再抬起身来如果离他只有五十米了。乌克枫兰后仰的时候手中已经拿起了弓箭，一箭射去，如果一偏头便闪开了它，伸手从旁边的人族士兵手中夺过一支长枪，见乌克枫兰拔剑冲来，将那长枪狠狠掷了出去，乌克枫兰挥剑将枪劈断，如果已经搭起了弓箭，此时二马已接近交错，这样近距离的一箭，乌克枫兰再难躲过，翻身摔到马下。

如果跳下马来，拔出腰间匕首就来割头颅，几个斯昂兵冲上来，被他挥手刺翻，可乌克枫兰却又翻身跳了起来，刚才他为了避箭落下马去，并未丢弃手中的剑。两人搏斗在一处。

天空中传来了飞龙的啸声，魔族最恐怖的军队终于出现了。

在地面上，龙是很罕见的生物，而且多半是体形巨大的长寿高智慧生灵，在深山大湖之中，难以被找到，驯服更是休想，再强大的骑士或法师，多半也只能将龙杀死。所以人族也许有召唤神龙的法术，却没有龙骑军这一兵种。正像魔族头疼于没见过地面人族那么多杂的法术，魔军所乘小型快速的飞龙，也让斯昂人瞪大了眼睛。在没有强大的法师或飞行兵种出现之前，飞龙军几乎是无法抗衡的力量。

当飞龙呼啸而来，人族士兵的信心开始崩溃。火焰很快蔓延了阵地，魔骑兵狂叫着奔驰。乌克枫兰见势不妙，丢出一个魔法瓶，一阵强光之后如果再睁开眼，乌克枫兰已经用口哨召来了他的马，跳上去逃走了。

如果也气得打了一个呼哨，这次他召来的是一条飞龙。

“这不是我们的准黑骑士如果吗？”呼儿都娅在飞龙背上笑着，“不谢谢我的及时赶到？”

“你吓跑了我的战功！我升黑骑士就靠它了！”如果跳上飞龙，把呼儿都娅挤到了身后，“嘚儿，驾！咦？它为啥不动弹？”

“躲开！让我坐前面！”呼儿都娅生气地推着他。

“我怎么能坐在女生的后面？坐稳啦！”如果终于想起了驱役飞龙的方法，一提缰那战龙猛地扬了起来，呼儿都娅差点倒栽下去，只好抓住了如果的腰带，一边大声责怪着。如果提缰的力道太猛，飞龙又是一阵负痛的猛晃，这次呼儿都娅只好抱住了他的腰。他们的飞龙向前面奔逃的斯昂军队疾追而去。

在丁法城等待华拉三国联军到来的平达却听到了乌克枫兰的军队溃散入亚加斯东部密林的消息，这给满怀斗志要和魔军决战一场的联军骑士头上泼下冷水。原来准备留给他们的防区又要分兵派人去守了，平达看着那丁法防卫图，久久没有出声。

“派人去找到乌克枫兰，要他重整他的军队！”平达突然对副将喊着，“魔军不会费时间去彻底搜剿他们，必要时，他仍可以起很决定性的作用。”

丁法城下

十万斯昂大军在夜色中静默地立着。衣甲反射着月光，看起来像一条静止的大河。

远处，魔军行进的鼓声，已经可以听见了。

士兵合唱声随风而来，似乎正是那首依德尔的战歌——《重返阳光之土》。

第四十九章

魔种

罗恩和云迪在森林漫游已经十几天了。

这些日子里，罗恩不断地练习着引导和使用自然的力量，他确信强大的力量之源已被自己开启，只不过还缺乏一些使用它们的技巧，如果他像云迪那样有过专门的魔法修炼，他就可以不必怕这森林中的任何人与怪兽了。

精灵之森中常有奇怪的魔兽出没，它们本不该属于这里，这是康德的地下城堡被破坏带来的恶果。一路上所遇的精灵族都在诅咒着这位骑士，云迪对此感到非常气愤，而罗恩因为懂得精灵语还有迪卡兰部落的项饰，所以还不至于让精灵把他们看成敌人。

云迪的身体越来越虚弱，似乎病魔缠住了她，但她不肯接受罗恩的劝告留在精灵的部落中医治，她不喜欢精灵们，因为他们对骑士的态度。

终于那一天云迪摔倒在路上，再无力站起来。罗恩握住她的手，发现她体内有一种奇异的力量在滋长。他不是医术师，不能肯定那是什么，可从古卷中得来的感知却让他有一种很可怕的预感。这让他想起了从魔王的力量下挽救他的那个老牧师让他看到的未来景象。

他把云迪带去找精灵部落的一位知名老医祭，那近三百岁的老医祭有着古树一样缓慢的动作，他把手轻轻在云迪的身上悬空抚过，深井一般的眼中却看不出任何情绪。

“魔神正在她的体内滋长。”很久之后，他才说了这一句话。

“发生了什么事？”罗恩惊问。

“我不确信现在是不是还有力量杀死它，也许只有大法师才能做到……我不明白这一切是怎么发生的，这位女子是否受过某种强大邪恶力量的侵扰？”

“她当年在地下曾经有亡灵法师想控制她的灵魂，但我以为女神之泪已经治好她了。”

“女神之泪？原来这就是那位给人族和精灵带来仇恨的女子。不，你们不知道真正的女神之泪是什么，事实上，这种神药的效力没有人能预见，这和那位献出眼泪的女子有关，她是女神还是凡人，身体是健康还是病弱，心地是善良还是恶毒，当时是为爱而流泪还是因为恨……最后所制成的药都是不同的。”

“你是说，她体内的黑暗并没完全被除去？”

“不，很奇怪，如果女神之泪能使她恢复健康，那说明这药有效，没有复发的道理。而且，现在她体内的力量，并不是来自亡灵的死亡系……”

“那是什么？”

古树医祭停了很久，才缓慢地说：“那是血……像熔浆一样，燃烧与滚动着，一种无比强烈的欲望，可以照亮大地，也可以摧毁一切。”

“你所说的是……”

“她可曾接触过魔王？”

…………

罗恩呆呆地站在夜中，整个夜晚都站在那里，他知道有一个可怕的答案，却一直不愿让它进入他的脑海。

第二天的黎明来临了，绯金色的剑刺破树幕，天际流着大片华丽的云霞。

据说这样的天象，是混乱时代的征兆。

如果一会儿森林后升起的太阳有一层燃烧的金晕，那么，这个早晨将和一千年前卡奇云德带魔军破土时的一模一样。

罗恩忽然后悔为什么要从古卷中学习到如何预见世事。

当他终于转回屋中，老古树医祭正看着他。

“你是否已做出决定？”

“是的。我一定要阻止这一切的发生。”

老医祭举起一杯药：“给她服下，但我不确定被杀死的是她腹中的魔神之子，还是她自己。”

罗恩举起那杯药，一直注视着。

老医祭起身走了出去。

云迪醒来了，无力地睁开双眼。她看向罗恩。

“我快要死了，是吗？”

“不，不会。”罗恩说，“你不会有事的，我不会容许这种事发生。”

“将来……如果你找到康德……把古卷交还给他……驱除他心中的黑暗，告诉他，我从来也不想离开他。他并不是孤独的，请他不要再伤害他自己，伤害爱着他的人。”

罗恩默然不语。

过了很久，他开口说：“康德……在未来难道不是投靠黑暗的人吗？”

“所以我的使命，就是不让他沦入黑暗。”

“命运是可以抗拒的吗？也许，一切该发生的都会发生。”

云迪闭上眼睛，不再说话，像是很疲劳了。

“云迪，你是否……”罗恩感觉到他的牙齿每一颗都像巨石般沉重，“是否可能怀上了一个孩子？”

云迪惊愕地睁开眼：“发生了什么事？医祭他说了些什么？”

“我不该问她这些，”罗恩想，“这只会让她抗拒。”可是想知道答案的心情噬咬着他的心。

“一个黑暗的种子已布在了你体内……我不知道……也许他来自康德……”他无比痛苦地说，“但是，那确实是黑暗且邪恶的，这或许意味着，康德体内的魔王力量也没有被驱除……”虽然康德已经深浸于黑暗是他早知道的事实，可是歌手却没有想到云迪也被这锁链牵住了，她已不再纯洁，如果这个孩子出生，她甚至可能成为未来人们所憎恨诅咒的人。

可云迪的心却完全不在自己身上，她支撑着起身：“我要去寻找他，他现在究竟怎么样？为何没有人知道他的消息？”

罗恩紧按住云迪的肩，大声喊着：“你清醒一点，现在你很危险，黑暗力量在你体内就将破壳而出，他也许生长得很快，我们必须尽快采取行动！”

云迪直直地注视着罗恩：“你要做什么呢？杀死我吗？杀死这个孩子？”

罗恩转过头去回避女法师的目光：“不……我不……不确定。”

云迪沉下双目，出了一会儿神：“你先出去好吗？我想静一会儿。”

罗恩在屋外树下坐着，烦乱使他无心进行对古卷中法术的修习。这些天他一直处在得到力量的兴奋之中，白天随云迪在森林中寻找康德，晚上在她睡后独自修炼钻研古卷魔法，虽然有一种魔法可以帮人驱除疲劳，但那需要魔力的支撑。在郁闷的心情下，罗恩终于感到了疲倦，他沉沉睡去。

当他被闹声惊醒，发现一群精灵战士已经围住了他。

“那女人在哪里？”一个战士首领问。

“你们想做什么？”

“那是魔神的女人，必须被杀死。”

罗恩冷笑着：“这是你们可以决定的吗？”

“把她交出来！”矛尖逼上了他的咽喉。

心中掠过一丝不安，罗恩想起一个空气法术，他默念咒文，精灵战士们忽然发现自己脚下掠起旋风，随后每个人都被一阵旋风卷了进去。罗恩一挥手，这些旋风就带着他们飞远了。

待罗恩冲进木屋，发现云迪已不在了。

一个褐金色头发女子跌跌撞撞地奔走在大森林中，她不想让别人来决定她和她的孩子的命运。也许当她选择和康德在一起时，也就选择了背叛世人，一世孤独。

丁法城下，大战开始了。

看着魔军的闪亮铁甲层层涌来，每个听说过雪山阻击战之惨败的斯昂士兵都手心出汗，而当魔军的喊号声也能听见时，许多人就连汗也出不来了。

为了抵挡魔军立刻进行山洪般的冲击，有军官一声喊号，法师们点燃了一道又一道火墙。火光后敌人的影子模糊了，但依德尔人山呼般的喊号声却一浪高过一浪，能听出敌人的气势正在涌向最高峰。那呼声像是要冲熄两军阵之间的火焰一般。

为了压制这声势，联军代统帅平达马上挺起身，抽出长刀高举，四下环顾着。

长号声立刻响起来，各方阵士兵在本阵军官的鼓舞下开始大吼，虽然不如依德尔那样整齐，但随着士兵们把战前的恐惧与兴奋一齐化成喊声，这声音越来越响，越来越持久，从东到西，从前阵到城头，二十余万人，近百个方阵的喊声一波未平一波又起，连绵不绝。士兵们听见周围数里之内呼应不断，感到了己军人数上的巨大优势，情绪更加高涨，开始抖动兵器，喊声也从单音节的呼喝变成了嗬哟嗬哟的野性长音。

但依德尔人那头，始终保持着喊号声的速率，像是不论外面狂风骤雨如何，不论敌人气势怯弱还是骇人，这喊声也绝不会动摇丝毫。斯昂族老军官们都暗暗叹服魔军的纪律军容，不知在地下如何的环境下，能训练出这样一支军队！

为对付魔族的飞龙军，联军在阵中准备了许多超大强弩和空气魔法师，可天空中月亮高挂，却看不到飞龙的身影，联军将领心中暗暗不安。

火墙燃起的频率明显减慢了，双方的心理准备都已做好，法师们在控制着血战的大幕，当最后一堵火墙熄灭，白刃血战就要开场了。

可是依德尔人的战前准备似乎才刚开始。

随着第一道巨大的闪电击到联军中，城下的平达和城头的军官们全部抖了一下。

接着是第二道、第三道，联军的方阵开始颤抖，被击中的方阵中冒着浓烟，号声一片，人群四下涌动，几近崩溃。

“我们面前的是炼雷震军团？”平达震惊地想，斯昂人并不知道魔军四军团在地下伤亡过大不得不混编。从之前对战局的猜测，根据魔军的旗号（如果的前锋军一直打着六翼神龙军旗）和推进速度，人族将领们还以为这支魔军会是六翼神龙，一直头痛着如何对抗飞龙军，对出现这样远距离的巨型闪电攻击几乎毫无防备。

无法有效地克制闪电，军阵陷入了惊恐，现在只有抢先发起冲击。

平达军刀前指，城头长号响起急促的高音，前军各方阵军官挥刀喊喝，军旗手冲了出去，接着数个方阵涌了出去。

本来人族准备采取守势，利用法师众多的优势，以前军挡住魔军冲击，后阵法师使用火墙地陷诅咒等众多魔法打击魔军，然后由侧翼骑兵包抄。但现在被迫转为冲击，法师只有跟在步兵的背后冲上去，稳定的阵形无法保持，看似主动进攻，战略上已落为被动。

当步兵踏着还燃着小股火苗的滚烫地面冲向前时，魔军前方的步兵阵开始向左右移开，冲在前面的斯昂士兵心中一惊，因为他们看见了那强悍的黑甲魔骑兵。

法师们气喘吁吁地追近步兵，只看见前方大乱，他们又跑近数百米，开始准备放魔法，可是这时魔骑兵已和步兵绞杀在一起。斯昂步兵借助人多的气势，围住魔骑兵一阵乱砍，但随着魔骑三路冲进，步兵阵很快被切割成长条，腹背受敌，四下全是震耳的马蹄声。

法师们看见魔骑兵已从步兵阵尾冲出，围着人族步兵砍杀，心中恐惧，不少人转头就跑。有一支专门负责击杀法师的骑射手绕过步兵阵冲了过来，弓弦声声，法师们连连栽倒，只恨没有多带回城卷轴。虽然法师们密集使用法术也能造成不小的威力，但被骑兵分散包抄，箭从四面飞来，这些从各地召来的法师没有那样的胆气。

背后掩护法师们的人族步弓手冲上前，可骑兵快捷忽突，又已追近法师们，弓箭的掩护效用不大。魔骑兵射杀了将近一半的法师，在步弓手的眼皮底下呼啸着奔回去截杀步兵去了。

见阵营脱节得如此厉害，平达命令骑兵提前发起进攻。

一支光箭从城头射起，两边山坡的树林中，隆隆的烟尘扬起，人族的骑兵开始投入战斗。

居高临下冲击，两翼各一万的骑兵很快冲到了魔军主阵前，魔族使用密集步兵阵和箭阵硬碰硬地阻击。因为魔军阵形密集，人族骑兵甲胄力量也相对不足，所以一时大队骑兵拥在了魔军阵前，竟冲不进去。

后面的马匹挤不过去，无奈地转旋着，头顶上利箭破风而来，骑手不断倒地。

如能用骑兵压迫住魔军成为密集阵，外围使用法师，也能取得不错的效果。但现在魔军的骑兵游奔在外围，没有法师可以靠近。平达只得再次下达命令：“后阵中的骑兵预备队冲锋，驱逐外围的魔骑兵。”

于是在魔军步兵方阵的外围，一层人族骑兵，一层魔族骑兵，再一层人族骑兵，无数马匹冲突绞杀，交错缠绕，战场成了骑兵的舞台，战役的天平也将由骑兵的角逐来决定。魔骑兵虽少，不到五千，但马速快、战力强，在近三万人族骑兵间冲杀，以喊喝声来四下呼应，像穿梭的恶鬼身影，从人族骑兵群中穿过，翻起血光一片，烟尘扬卷遮蔽了月光。

如果这样缠杀下去，那是人族所希望的，光城外就有十万斯昂士兵投入了战斗，被丘陵树木切开的狭小战场使魔军无法使用奇袭、绞杀战，魔军没有这么多的血可以流。外围的人族各国军队还在不断接近中。

但是，魔军的飞龙军在哪里呢？平达身上一阵阵发冷。

这时城中传来了纷乱之声，城头的士兵一起回过头去，指向天空发出惊呼。平达不用回头也知道，飞龙军终于来了，他们在天空绕了一大圈，出现在了城后。

路华美亚率近千飞龙军掠过城市，她低头俯看着，那些房顶上射来的软弱箭支，以及法师们中级的空气法术，在曾从枯法卡宫杀出的飞龙军面前显得太可笑了。路华美亚在寻找一个看起来强大一点的敌人，好一箭射穿他的咽喉，但她失望了。

随着飞龙骑手们不断投下火焰弹，丁法城很快变成了一片火海，城头旗帜纷乱一片。平达知道，当那些战场上厮杀着的士兵回头看到这火光，他们的心理将面临崩溃。

俄拉培德

“联军已经在丁法溃散了，各国军队都担心魔军下一个目标是自己的国家，他们的骑士们带兵回国，而且国王们拒绝再派兵来俄拉培德……战争将结束了……”宫殿中，毕斯麦叹息着，“魔军如果北上，将没有人能守卫俄拉培德。”

“康德呢？康德在哪里？”阿依古王大喊着。

毕斯麦摇摇头：“陛下，你忘了吗？因为你不喜欢康德掌握着联军而威胁到你的权威，你吩咐我制订一个计划去除掉他。现在，他也许死在精灵之森中了。”

“现在怎么办呢？十几万的联军居然会失败？谁来守卫俄拉培德？”

“也许，我们应该考虑与魔军和谈，我的陛下。只要他们不侵犯俄拉培德，我们也不再阻拦他们进入精灵之森……”

忽然外面传来了喧哗声，一个卫士惊慌地冲了进来：“是他，他回来了。”

所有人都望向门口，那黑影沉重的脚步声正叩响大殿。

第五十章

守护

在精灵之森的中心，有十二棵参天巨树，它们的身躯之伟岸，你在几百里外就可以看到。普通人从树底爬上树顶，需要一天的时间，它们的生命就像大山一样久远，也许在神灵之前，它们就已经注视着大地了。

这十二棵古树被精灵族称为森林生命守护之神，它们的荣枯象征着森林与大地的命运。在树下，精灵族各部落的联盟大会正在举行着。

“丁法城之战失败了，魔族通向精灵之森的道路打开了！精灵们，我们将如何选择？是战死，还是避让？”

“没有人可以侵入我们的家园，我们会誓死守卫我们的生息之地！联合起来吧，当年魔族也被我们阻挡，今天他们一样会溃败在这里！”站上高梢大声呼喊的是欧优加部的族长之子风索兰曼。

“可是当年精灵之森几乎被焚为焦土，精灵族战死了十分之九，我们的血成就了人族圣骑士们的功业，在精灵之森血战之前，那些家伙不过是四处流窜的马匪……现在，人族又想把战火推向我们，他们有着几千万的人口，却不做抵抗，故意把魔族推向我们，我们不能再愚蠢地被人利用了！”一个老者，阿米达部的长老之一的罗苏说。

“是啊，精灵之森经不起再一次的战火了。”有人附和着。

“我们的孩子也不应被推向屠刀！”母亲们喊着。

“精灵族不是为战争而生的，只要能保住森林，我们应该和魔族谈判……”

“年轻人，不要热血上涌就把全族引向危险和灭亡！”长老们挥动着木杖。

“和魔族谈判？你们居然认为能相信他们？”风索兰曼着急地呼喊，他望着他的伙伴、苏其克部的族长之子克鲁武和申加部的族长之子寒莫。这些年轻人曾约好要勇敢地对抗魔军。可是老人们的反对让他们焦躁了。

“先把使者派出去吧，表明我们不想战争，无论结果如何。”罗苏喊。

“好的。”“同意。”传来许多支持声。

“难道你们想放魔族进入精灵之森？这不行！”风索兰曼大声反对。

“如果他们同意放下武器，我们就允许他们通过。”佛卢曼部落长老将克喊。

“你疯了？你这是在投降魔族！”风索兰曼喊。

“不要对长者无礼！”欧优加部的族长、风索兰曼的父亲老哥达罗克怒斥着他的儿子。

“派出使者是我们的耻辱，魔族只有区区八万，我们全族有上百万人口，他们进入精灵之森就像小甲虫掉进了大湖，必定要覆灭的。”克鲁武喊。

“他们已经横扫了西陆全境，连人族都不敢和他们对抗！”罗苏胡须乱颤，“年轻人退下去，这是长老们的会议！收起你们的妄想，别以为凭几副弓箭就能成为英雄，你们太幼稚了！”

“你们也没有见过战争。年迈使你们的勇气像枯叶一样落光了！”寒莫反唇相讥。

最后这些年轻的主战派在老人们的怒骂声中被驱逐出了会场。

风索兰曼正在古树的浓荫下激愤地和他的伙伴们交谈着，忽然有人来向他报告了什么。

“怀着魔神胎儿的女人？天哪！”风索兰曼抽出了剑，“危险已经进入森林了，让我们找到她，用那魔种的血祭我们的箭尖！”

“孩子，你即将出生……你将选择何种的人生道路……是否有神灵带你走向那光华生命之处，把问题在你耳边询问？……当只能实现你的一个愿望，你会选择力量？……或是爱情？”

在精灵之森的最深暗处，传来这喃喃虚缈之声。黑沼泽边，倒着那白衣的女子。

云迪陷入了迷乱的幻觉中，眼前的黑暗之森在动荡扭曲，像是无数的魂灵在舞蹈。她的身体滚烫，能感觉到腹中有一团火越来越炽热。这是魔神之子吗？昏沉中她无意识地反复吟咏着那祝福诗篇，像是无数女神赶来她的身边，想感化这个可能将世界带入烈火的魔婴。但那烈火只是越燃越旺，烧灼得她发狂。她不记得自己什么时候在巨树下颤抖，什么时候又在黑暗中狂奔，树枝划破了她的肌肤，她觉得每一处破口流出的血见风就燃烧了起来，自己带着金色的火焰，像苍白的妖灵踩在风上，在森林中奔跑，奔跑……无止无休，直到燃尽的那一刻，一个恐怖的影子将在她的灰烬上啸吼而出，他的光芒将直刺天国神殿。

罗恩花了十天的工夫才初步修习出从古卷中所背诵下的感应术，但这已使他受益极多，虽然还只是初级，他已经可以隐隐听到森林的声音。他虽还不太能辨别那含义，却能感到周围草木安宁、愤怒或是惊恐的情绪。在静默中，他终于体察到一股强大的黑暗在森林的深处孕育。运用起他飞快的速度，他向那里疾奔而去。想到云迪还带走了若星汉古卷，一旦她落入邪灵的控制……罗恩的心都要停止跳动了。

在森林深处，云迪感觉到那力量将吞没自己，没有孕育的喜悦，只有惊慌与恐惧。她能感到那胎儿灵魂的不安与躁动，出于母性她试图安抚他，让他相信自己。而理智却又告诉她，必须消灭这个灵魂。在神志稍为清醒的时间里，她翻阅若星汉的古卷试图找到什么方法，可是，古精灵文字却是她所不能认识的。

可再后来，当她在昏昏沉沉之中，却总是梦见自己在阅读那古卷，之上的每个字符她都无比熟悉。猛然惊醒后，她想到了一件可怕的事情，那不是梦，那是她体内新的魔神在借她的身体阅读那古卷，因为没有文字是可以难倒魔王的。

这种恐慌使她试图把古卷藏起，但没有用，一陷入昏迷，她就眼睁睁看着那古卷上的字在她眼前流动。她知道她的体内新的灵魂即将完成，她必须快些做出决定。

在清醒时，她努力回忆那古卷的内容，试图从中找到压制魔神力量的方法，可是古卷太浩大了，她所能从梦中记住的只有极少而混乱的部分。每天在迷乱与幻觉中度过，她觉得渐渐就要失去自己了，这种痛苦当年在地下受亡灵巫师折磨时也承受过，但亡灵巫师是试图以恐惧拘禁她的灵魂，代之以虚无，而现在，她却能越来越明显地感觉到另一个灵魂的存在，这是比亡灵巫师的灵魂拘锁更可怕的事。她终于体验到了康德的痛苦，这的确让人痛不欲生，却连杀死自己的力量都没有了。

终于在那一夜，她听见了一个声音响起在她的内心深处。

“哦啊……”

那声音悠远得像没有源头，缥缈却又无比真切，因为它就响在心中。那像是一个孩童的声音，极幼小的孩童，还无法分辨是男是女。

那魔灵感受到了云迪的震颤，沉默了一会儿，他说了第二句话：“你是谁？你为什么惊恐呢？”

“你又是谁？”云迪不想与他交谈，却又分明听见自己的心在问。

“我……我……”魔灵显然还没有记忆，他的心中空白一片，“我是谁？”

云迪听见这叹息，忽然涌起了人性的力量，她凭着母亲的本能在迷觉中引导这个灵魂：“你是一个婴儿，一个孩子。”

“孩子？”

“你是新生的，你是一片空白，过去的一切都无法影响到你，你将自己选择你的生命。”

“生命，那是什么？”

“生命，是……是很多的日子，这些日子里你会体验到许多的感情……欢乐、痛苦、失望、梦想……也许还有仇恨。”

“感情……”

“是的，你是有感情的，你……你将会信仰一些事，你会相信一些人，你会……你会愿意……愿意奉献你的一生为你所爱的……所爱的人，一切……”

“一切……”

“以后你会明白的。如果一个生命没有热爱，他就不配有灵魂，他就体尝不到欢乐和痛苦，他的一生都将空虚无趣……”

“你是谁？”

“也许你出生时我就会消失，也许你不可能见到我……如果，如果可能……我愿意把你看作我的孩子……我和他的孩子……我们会保护你……如果你愿意，我们会爱你，让你成长……当你长大后，你也会像我们一样，去保护你所爱的人……”

“你是谁？”

“我是……你的母亲……”云迪在梦中流下了眼泪，“我当然是你的母亲……你要记住……我是爱你的……你是我的孩子……”

“你会保护我吗？”

云迪几乎没有犹豫：“是的，我会。”在梦中她抑制不住自己的感情，她向魔灵做出了许诺，因为他是她的孩子，哪怕他一出世就将成为全世界仇恨的目标，她也会保护他。

“……我也会保护你，”沉默了一会儿，魔灵说，“妈妈。”

于是云迪看见了他，他是那样幼小，在光华之中，如柔软的水晶，周边保护他的赤红火焰渐渐熄了，他向他所遇到的第一个生命、他的母亲袒露了自己，不再设防，把生命交与她。

云迪向他伸出手去，可她看不见自己的手，她只知道自己正和这婴儿融为一体，真正地融为一体，孕育，才刚刚开始。

当魔灵收去他自我保护的力量，云迪的身体和精神都开始恢复。她知道那婴儿相信了她，不再抗拒她的身体。他在她的腹中安然沉睡，开始凝聚他的实体。几乎很长时间，云迪都感觉不到他的动静。她试图在梦中呼唤他，但他好像真的睡着了。

为了让这婴儿不受打扰地出生，云迪步入黑暗沼泽，走入这巨大森林的最深处。这里古树藤枝密密，盖住了所有的天空，终年黑暗，沉重的雾气郁积着，甚至无法看见自己的双手，只能隐隐看见脚下的一点距离。

罗恩就要接近他的目标了，却感到那邪恶力量突然消失了，树木们也不再恐慌尖鸣，森林中一下平静得像太古之初。他失去了方向，只好漫无目的地寻找着。

这时，天空出现了宽翼飞鸟的影迹，那是驾巨鸟的精灵们，也正在搜索着这魔婴的下落。

第五十一章

遥远的辽雷草原

圣骑士终于回到了俄拉培德，同时也传出了毕斯麦再次下野和国王决心与魔族议和的消息。惊恐的人群认为这是个好主意，只要魔族不北上依亚，他们可以暂时放弃和精灵的同盟。

而骑士开始越发地封闭自己，他把自己关在那套盔甲中，锁进城堡地下的最深处，极少再有人能与他交谈。

一个传言从精灵之森来到了俄拉培德，骑士在精灵之森期间已经把灵魂献给了魔王，现在圣骑士那盔甲下的，是一张魔鬼的面孔。这一切可以解释为什么十几万联军会溃败和国王被迫与魔族议和。

而骑士只是默默地待在自己的城堡里，不辩解，不说话。所有试图抗议与魔军议和决定的人都被国王的军队投入了大狱，阿华依骑士解释说这是为了维护圣骑士的权威。于是黑暗冷酷的圣骑士更加被民间传说为恶魔的化身了。

“我要离开了……”这天，百亚这样说着。女孩静静地坐在圣骑士殿外广场的阳光下，望着远方。

“为什么？”里德惊讶地问。

“像我这样的一个魔族待在骑士的身边，不正成为圣骑士将灵魂献给魔王的证据吗？不论骑士现在心里想着什么，我不想看到他因此而受责难。我也无法面对任何一个民族的失败，不论是骑士的民族，还是我的。”

“可是这也是个秘密，你化装得很好，没有人能看出来。”

“早晚会有这么一天的不是吗？”

里德怔怔地看着百亚：“也许，你是对的。我们都不知道我们最后的命运是什么。骑士他也许预感到了，什么正来临。”

百亚离开了俄拉培德城，来到当年她初遇康德时的那个小村庄外的树林中。在当年她还是个小女孩时曾坐过的木桩上，默默坐了很久很久。村民们看见这个美丽而沉静的银色少女，惊疑地以为是天使降临。

然而再没有人来牵她的手。

这一天，魔军终于进入了精灵之森。

精灵的使者向魔军提出了放下武器通过精灵之森的要求。但一路血战过来的魔族绝不肯放下手中的刀，华优冰其斯驱逐了使者，说只要精灵族不出现在魔军的视野中，魔军就不会与精灵族开战。事实上，魔军也害怕陷入丛林的混战，毕竟现在的魔族是为了生存而远征，而不是霸业。

为防精灵族利用树林伏击，把魔族诱入森林后包围，华优冰其斯命令魔军在森林外扎营，先派出的一万人在精灵之森中开出一道宽三里的空白地带，等道路贯通后再一举通过。这样虽然减少了行军困难，避免了陷入埋伏战的危险，却大大减慢了行进的速度。过去了两个月，道路才开出二百里，还不到精灵之森直径的五分之一。

工程进度慢的原因是精灵之森的草木不同于普通大地的木种，它们生长得极为迅速，今天刚砍平，第二天立刻又长满了，地下的树根盘根错节，无法除去，而火烧斧砍都不能让它们停止生长。

华优冰其斯向抓来的居住在森林边缘的人族居民询问，发现是因为森林中央的女神镜湖据说有使万物复苏的灵力，而湖边的十二棵巨树则是精灵之森的万木之祖，生机的源头，巨树不死，森林是永远也毁不去的。听了这话，华优冰其斯开始沉思了。

毁坏巨树无疑将与精灵族开战，那是比开不出道路更不应发生的事，但是这样下去，也许只有呈分散队形钻过迷宫一般的森林一途了，而一旦精灵族中途进攻，那将致全族于毁灭，这个险是华优冰其斯绝不敢冒的。

这魔族大将夜不能眠，登上高台，望着那几百里外的神木影子长长叹息。

“看啊，飞龙军！”神木梢上，观望哨喊着。

顿时精灵族惊动起来，战士驾数百巨鸟腾空而起，护住神木盘旋。

只见高空中一只飞龙矫捷而下，独自落入巨鸟阵中，在无数箭尖的瞄准下，路华美亚面露高傲笑意，在鸟群中呼啸穿过，甩开众精灵羽骑手穿入森林，呼啦啦巨鸟群也随追穿下，地面又有许多巨翼升空。路华美亚驾烈娇在羽翼与树梢间穿行，连一片树叶也不碰下，漫天翻飞的羽骑竟阻不住她。

一声龙嘶，路华美亚跳上最高神木“天老”的中部巨枝，那枝早被铺上木板，如一条宽敞大道。在迎来的众多箭手的逼对下，她笑着走向树间的大平台，那是精灵族最高长老议事之地。

“请问各位，到底如何才能在精灵之森中开出一条路来呢？”没有闲话，路华美亚向惊愕的众长老微微笑着。

“万物皆有生命，精灵族轻易不动一根草木，你们这样大砍树木，林中早充满怨气，再这样下去，大地之神必怒，你们还是停手吧！”一个长老说。

路华美亚不是来辩论的，她把目光投向了那唯一还坐着的、最年长的老人，近三百岁的贤者古拉安迪。

古拉安迪慢慢地开腔：“精灵之森有大地之灵为强大的源头，是不可能开出荒地来的，这件事情，我们帮不了你们了。”

“大地之灵？依德尔族也是信仰大地的，只不过我们的大地是强悍的男性神，而你们的大地却是女神。我们的大地不仅养育众灵，还孕育风、火和热血，我们的神劈开高山，划出大河。依德尔人不喜欢乞求别人的帮助，我们相信自己开拓的力量，你们不帮助，我们也有办法开出通道，只不过，我想知道，有没有比填平女神镜湖、砍倒十二神木更简便一些的方法。”

长老全部惊愤而起，路华美亚按剑而立，笑容依旧，烈娇扇起的狂风鼓动着她的长发。

古拉安迪长叹一声：“我们崇敬开山造河的力量，但有些东西失去了便无法再复回，像是枯干的树木，像是失去的生命。没有什么比生命更珍贵，这是精灵们的信条，我们不想去剥夺别人的生命，但是若有人想毁去精灵们的生命之源，那么精灵们的血也是会燃烧的。”

路华美亚叹了一口气，她嘲笑刚才那些面容失色的人，却敬重眼前这位老人。

“那么，长老是否可许诺，魔族通过森林之时，精灵族绝不攻击，退开百里之外。如果这样，依德尔人也绝不再砍倒一棵大树。”

古拉安迪点点头：“正该如此。这是我族的承诺。”

精灵族最高贤者发话，是精灵族以名誉做的保证。路华美亚深鞠一躬，退出木屋，上飞龙而去。

得知与魔族相约的事，风索兰曼愤怒地拔剑砍入大树，呼喊着：“我们放魔族进入辽雷草原，将来魔族生息养成，精灵之森必遭火焚啊。”

他找到他的同伴克鲁武、寒莫，还有自己的妹妹索华娅，商议着冒死偷袭魔族。

云迪在沼泽深处，点起火种，烤煮着野菌来维生。她体内的生灵，竟然数月悄无声息，以至于她都有些怀疑之前的一切都是高烧时的幻觉。这有着魔神力量的婴儿，为何比正常的婴儿成长还要缓慢？

但这天在梦中，她终于又听到了他的声音。

“我睡了很久……好安静啊……我能感受到自己的形体了……他长得很慢……也许……要几年才能长大，我要好好塑造自己，我要把自己塑成和妈妈一样的世上最美丽的人。”

“你能看见我？”

“我在梦中看见的……”

“傻孩子……梦中的怎么能当真呢？你真的要那么久才出世？”

“要长得快也可以……但是，会伤害妈妈的身体的……而且，顾不上调整形体，生出来就不知是美是丑了。”

“在森林里很危险，你还是快些长吧……相貌的美丑，并不是最重要的啊。”

婴儿不再说话，那之后，云迪开始能感到腹中的灼热感了，同时她的饭量也增大了，每天的时间都花在寻找蘑菇和沼泽中的小鱼上了，好在这里是精灵之森灵气汇集之地，菇类、小鱼、野果都极有营养，所以那魔灵越长越快，云迪只是觉得疲累，却也没有消瘦。

但那魔灵显然还觉得这样不足，云迪常在梦中，觉得自己在吸收整个周边的生气，一觉醒来，周围的草叶都枯黄了。

魔灵的加快生长，也使在林中的罗恩重新感觉到了他的存在。

"妈妈我读完了你带的那本卷轴，那上面的故事我很多不明白。"

"你太小了，等你出生长大，很多事才能懂。"

"什么是魔王？什么是封……"

云迪沉默了好久。可是那魔婴已经在她的记忆中搜索到了一切。

"妈妈，你在害怕我吗？你想找到封的魔法来封存我吗？"

"我……"云迪知道对于魔灵，自己是透明的，"是的……我曾经想过……"

"为什么不想了呢？"

"因为我不想失去你。"

"把我封起来，就会失去我吗？我不明白。"

"你不能理解被封存的痛苦。"

"我已经被封了无数年了，我并不觉得痛苦。"

"那是因为你没有记忆，没有尝到过欢乐。"

"什么是欢乐？"

"欢乐就是……"云迪望着黑暗的穹顶，目光像是已看见了天上的星座，"就是当你一回忆起来的时候，就会……"

"就会哭吗？你的眼泪落下来了。妈妈一生中最欢乐的时候是什么时候？"

"这个……等你长大了再告诉你。"云迪羞红了脸说。

"妈妈，男人和女人在一起时是怎么样的？"

"小孩子哪那么多为什么，烦不烦！睡觉去！"云迪终究还是和所有母亲没有区别，哪怕这个婴儿有点太聪明。

“好的，”魔婴听话地说，“等我找到了‘封’的秘密，我就告诉妈妈。”

“为什么要告诉我？”云迪惊问。

可魔婴不再说话，他又陷入沉睡了。

“当我知道了‘封’的秘密，我真的会封存他吗？”

这个问题，云迪在心中问了自己一万遍。

魔军放弃了开辟大路，而向密密层层的森林开始进军了。

这对魔军战士们来说是一次苦不堪言的进军。他们宁愿从十万军队中冲杀过去，也不愿牵着马走在藤蔓丛生、沼泽密布的丛林里。尽管有前锋在不停地开拓道路，但对于近八万人来说那太慢了，大部分人还是不得不在密林间穿行，枝叶密得看不见周围的人，只能听见哗哗的树叶响。为了不使士兵掉队，魔军每过一阵都吹响一次号角。这号角声悠长地响在魔境森林中，打破了这里几百年来长久的宁静。

如果是个急性子的人，作为前锋他不得不用他的战刀与一些硬木顽藤搏斗，他从来没有感觉到这么无望过。周围一片啪啪砍树的声音，然而进展还是太慢了。如果非常心痛自己的刀，他没有想到精灵之森的老疙瘩树藤们这么硬，而且盘根错节，很多时候让你恨不得自己是一条蛇。

害怕森林起火烧着全军，华优冰其斯连夜晚也禁止点燃火把。好在魔族有在黑暗中炯炯有神的双眼。但黑夜中各类怪兽的出没明显多了起来，有时一晚上传来上百起被怪兽咬伤的报告。这自然有康德那个地堡的功劳，如果这个圣骑士的计划能够成功，魔兽被控制在人族的手中，可以想象现在魔军会有多狼狈。

可是是谁破坏了魔堡，毁去了圣骑士的计划呢？

魔军们默默地忍受着，不顾一切地向前。在黑夜里他们唱起歌，四下呼应，远远听来，就像森林中的妖灵在合唱。

毕竟，辽雷草原，那个梦想之地，那个不惜一切代价要归去的地方，阳光下一望无际的广袤草原，就在这森林的后面。

然而，梦想有时候比想象中遥远得多。当魔军以为胜利就在眼前时，便忽略了脚下正在松动的土地。

那一夜，疲惫的魔军正休息着，魔族的哨兵警惕地扫视着四周，黑夜对他们来说比白天更能看清事物，一切移动的东西都难以逃过他们的眼睛。

这个晚上似乎起了一些风，但缺乏丛林战斗经验的魔军哨兵没有注意到这点。

华优冰其斯忽然醒了过来。事实上这段日子他睡得都极少，他只想把这魔族仅剩的近八万人带到辽雷草原，然后好好倒在草地上哪怕就此长睡不起。

他是那样期待以至于一进入梦中，他就看见了那大草原，洒满阳光，没有仇敌，可以不停地奔跑。

可今天他却莫名地醒了。没有任何的惊扰，一切都那么安静。

他忽然警觉，就是因为太安静了。

这个时候，就在几里外，一个魔哨兵正被一支箭射中了咽喉！

他们纵然有黑暗中闪亮的眼睛，却无法看到在风中披着伪装衣随着枝叶摇动而移动的精灵战士们。

精灵们的目的并不只是用箭杀死几个魔族士兵，他们解决了外围的哨兵后，迅速切入内线，一时间地面和树梢到处都是闪动的身体。风越发急了，枝叶狂摇。在连营中心的华优冰其斯感觉到了这风的异样，准备喝令士兵起身警戒。就在这时，他看见丛林中什么闪了一下。

那是火箭。

事实上精灵之森的树木并不容易燃烧，但是有谁比精灵族更熟悉他们的领地呢？这些火箭上附有特制的油剂，在射到树干上后便爆出一大团火光，顿时整棵树便变成了一个大火把。随着丛林中四面八方火箭像流星雨一样地射来，魔军很快陷入了惊慌之中。

这样一支军队，在面对百万亡灵军时没有慌乱过，在初出地面面对雪山上早已列阵好的人族庞大军团时没有慌乱过，然而现在，就在离最后的目的地只有一步的时候却慌乱了。魔军们愤怒地吼着，挥舞着刀剑，却无法找到敌人的所在。

当他们向火箭来处射去弩箭时，精灵们却早已跳到另一棵树上去了。这些精灵射手在树梢间行走如履平地，他们不射魔军，只把火焰播撒到四方，方圆几十里迅速燃成了一个大火带。

“向风的方向冲，逆风冲出去！”华优冰其斯大喊着。

可这不是用刀剑就可以冲开的战阵，魔军的面前是密密层层的树木。而且精灵族早已推算好了天气，他们为这一天准备已久。魔军们没跑几步，面前就似乎出现了一道树墙。他们没有注意到这些天那个方向后层的树木生长异常迅速，那是精灵们偷偷洒下了催生的药水。大队的魔军被阻在了树墙下，他们狂怒地砍着那些巨大的树木和长藤。但是树墙的背后，密集的箭雨射来。而树墙的上方落下了无数的毒虫。他们的脚下，魔藤不知何时长了出来，将魔人一个个拉倒在地。就算有挤过重重树墙的魔军，也大多死在了树间的机关陷阱中。偶有冲到树阵外的，却只听到四面传来的嘲笑声，他们还没有看清敌人在哪儿就被乱箭攒射而死。

华优冰其斯站在中心，四面是火光与喊声。他从来没有感到这样害怕过，甚至有一丝绝望。当年在地下，被地下涌出的几十万亡灵军偷袭时，他镇定无比，自信能取得最后的胜利。因为那时他面对的是无生命的枯骨，而现在，他却要与伟大的自然作战，与无数年来长成的巨大森林作战。那时有几百万的族人与他同在，有勇猛的齐格扎里特、沉智的杨特克里达，可是现在，他独自站在混乱的中心，魔军们等待着指挥，他却第一次不知道该怎么做。

“如果魔族毁在这场大火中，我怎么对得起战死的齐格扎里特和杨特克里达，怎么对得起魔王卡奇云德？怎么对得起跟随我们一同出征却倒在了路上的数百万人？”

华优冰其斯终于明白了他恐惧的来源。从来魔族都好勇嗜血，战斗中讲求不惜生命，纵然全部战死，也要毁灭敌人。可是现在，求生的欲望却贯注在他们的心灵，在离故乡只有一步之遥的地方，在最接近梦想的地方，所有的人都是那么渴望生存，渴望活着亲吻故乡的草地。也正是因为全军被这急切的心情所笼罩，所以才不顾一切地冒险，以精灵族会遵守信誉为赌，抢越精灵之森。

然而最坏的情况终于发生了，精灵族发起了进攻。这并不是预想不到的事。但是相比等上也许是一年也许是遥遥无期的时间从精灵之森中开路或是几乎不存在可能的彻底消灭精灵族，谁都会选择冒险。魔族自从决定开始重返阳光之土的远征起就一直在冒险，除了冒险他们别无选择，整个远征就是一场巨大的赌博，可是……竟要输在这最后的时刻吗?

不，一瞬的痛苦与犹疑后，战斗的信念重新回到了华优冰其斯身上。决不会，他决不会让这样的事情发生，伟大的依德尔族也决不会就这样灭亡。他拔出剑，发出了怒吼。听见他的喊声，魔军全部长吼起来。这声音惊天动地，让正在惊慌中的士兵们明白他们还有着巨大的力量，在树墙前的士兵们也呐喊起来，更加不顾一切地扑向前去，疯狂地砍伐着那树墙。而精灵族法师们在树墙后施出了魔法，那巨大的树干被砍伤又迅速复合，毒气毒虫如雾般缠绕着他们，许多魔军挥着刀便吐血摔倒了下去。

大军的四周，火带开始合围了。

魔军似乎是在做徒劳的最后一战。

天空传来龙的长嘶，飞龙军们飞上天空，他们向精灵族的圣地女神镜湖而去，准备发起复仇式的攻击。谁也不知道他们回来的时候，还能不能看到自己的族人。

路华美亚在烈娇背上向下喊着："华优冰其斯，我们最后会胜利的！"

她没有再说更多的话，飞龙消失在天际。

华优冰其斯拔剑冲向树墙，巨树在他的面前倒了下去。看到他亲自上阵，魔军欢呼起来，树后的魔法弓箭向他射来，但他像一头巨兽一样冲上前，把大树推倒在地。同时他将巨大的闪电布向树后，一些精灵惊慌地从树丛间逃了出来。精灵们干脆在树墙间也布起了火网，巨大的火焰腾起在魔军的面前。华优冰其斯和一些高等级的将领大喊着将大树向前推倒，在火墙中压出暂时的狭路，魔军就踏着树干向前涌去。许多魔人掉入了火中，许多人试图直接从火带中冲过，却在火中化为灰烬。

路华美亚从天空回望，黑暗的大地上一大片红彤彤的火点，让她想起了当年坎图斯蒂的大火。依德尔人烧毁了自己的地下都城以表示誓不回头的决心。难道这场浩大的远征，以一场火开始，又要以一场火结束吗？

黑夜中没有人看到她的眼眶湿润了，但她想：当明天太阳重新照亮森林的时候，不论看到哪一个结局，她都会忍不住泪水奔流。

第五十二章

诅咒与祈祷

女神镜湖，十二神木畔

望见了远处血红的天际，精灵贤者古拉安迪长叹一声：

“恶魔终于是被留在了精灵之森。此后我族将为此付出无穷的牺牲。”

天空传来龙啸，远处密密层层的黑影出现了。

“而这牺牲，就从我开始吧……”

龙影尖啸而下，火光在神木间腾了起来。千年的巨木被火光映得像魔影变幻的神柱，密集的箭雨从树间射出，许多法术也开始发动，然而相对亡灵法师会集的枯法卡宫，精灵们的力量还不足以让飞龙军惊恐。魔军的目标是精灵的生命之源——十二神木。他们将魔火弹掷向巨树，这曾焚灭亡灵军的熊熊地火此刻在森林中开始燃烧，精灵族善用的水系法术也许能制伏普通的火焰，但对于这地狱魔火也毫无办法，滚滚火焰舔舐着树木，葱绿了百年的不落树叶开始焦朽。

但依靠着女神镜湖的力量，精灵法师们还是给飞龙军造成了很大的威胁。他们用魔法联合驱动出了巨大的水元素精灵。它们从湖中升起，向飞龙军们压去，所甩出的无数冰箭把飞龙战士射落下龙身。而飞龙军的火焰和弩箭对这些巨大的水元素精灵无效。

这个时候唯有路华美亚举剑迎向了巨灵，她驾烈娇穿入水元素的体内，用她的力量将它们震成碎片，重新像暴雨一样落回湖面。水沾在路华美亚的身上，被她升腾的热量蒸成白烟，人们看见一只带着长长白翼的火鸟，将一个又一个水元素劈得粉碎。

罗恩在森林中看见了森林南部和中心两处光亮的升起，他明白魔军和精灵们的战斗开始了。是继续寻找云迪和魔婴，还是回去做点什么？他终于回头向神木的方向赶去。他本来就拥有极快的速度，而对古卷的修习使他更加轻盈，几乎是脚不沾地，他像一阵风向那森林中心的高高火炬而去。

这个晚上云迪的心情忽然焦躁不安，像是预感到什么将要来临。在暗夜沼泽中的她看不到远处的大火，却能听见无数的鸟儿惊叫着飞过天空。而腹中的炽热感越来越强，魔婴又加快了生长。云迪想：也许自己所体验到的，正是魔婴的不安心情。

黎明

火焰仍没有停息，精灵之森之南腾起巨大的浓烟，盖住了半个天空。

风索兰曼和他的兄弟们兴奋得要发狂，他们相信自己已经击溃了魔军。虽然魔军最后突破了树墙，但是精灵们在树墙后又点起了一道又一道的火带。魔军的冲击力终于在这些火墙前消耗殆尽。

直到最后，火墙处再也没有人影闪动，火场中也难再看见活着的魔人身影。无数焦黑的魔人尸身倒在战场上，同树木烧结在一起，这里变成一个黑色的巨大墓场。

就在风索兰曼要和索华娅、克鲁武、寒莫及众精灵战士舞蹈狂欢的时刻，有人喊道：“看哪！”

他们回头，震惊地看见神木方向的冲天黑烟。

“天哪……”克鲁武的眼泪当时就涌了出来，谁都能想象到发生了什么。精灵战士们不顾一切地往回奔去。

当他们花了近一天的时间奔跑了几百里来到神木下时，他们看到的，只是变成黑色焦体的十二神木，像十二个可怖的墓碑直指天空。

本来只要有女神镜湖的水神木就不会死，可是当他们向镜湖看去时，却发现湖水变成了黑色，鼓沸着气泡，一些地方还燃烧着邪恶的淡淡火焰。

女神镜湖也死了。

忽然风索兰曼不顾一切地向最中心的荷坎神木上攀去，树上的暗火灼伤了他的手，他也毫不顾惜，焦枝折断了，他滑落下来，用匕首插入树干再爬上去。一直爬到曾经是元老木殿的地方。

在一片焦黑间，他看见了被剑钉在树干上的古拉安迪。

这精灵王子号哭着冲了上去："贤者！我做了什么？我做了什么？"

古拉安迪缓缓睁开了眼睛。

"孩子……不要哭泣。我没有理由可责怪你……在魔人面前，选择战斗无可非议。我只希望你明白一点……当你拔出剑召唤来战神的那一刻，你就要准备用你所有的一切去祭祀他，也许是你的亲族、你的至爱、你自己的生命……你所有的一切，都要准备被祭献入这场战争之火。当它在精灵之森燃起，也许要用数百年、几代人，才能将之平息……孩子，你点燃了这火焰，你就要为扑灭它而奋战下去，永不放弃……"

"贤者……我会……我此生誓杀尽魔族！"风索兰曼用匕首割破手指，将血涂在脸上来发誓。

"我的血……已经渗入了神木……我的生命……也早和神木融为一体，只要神木不死，我就还能活着……但是……"古拉安迪的目光投向远方，"它们的时间，也不多了。"

"女神镜湖……女神镜湖为什么会变黑了？"

"来自魔神将的诅咒，她将毒龙的血加入无边的仇恨滴进了女神镜湖，这仇怨一天不消除，女神镜湖便一天不会变清，而精灵之森也将日渐枯萎，最终变成沙漠。"

"不！"风索兰曼哭号着，现在他终于明白了战争的代价。

索华娅气喘吁吁地跑着，她没能跟上她哥哥的步伐，但远远地也望见了那烧焦的神木，一边跑一边流泪不止。

忽然一声龙啸，林中竟然有一条受伤的飞龙受惊腾起，向她扑来。她惊叫一声，一箭射去，箭尖没入龙的厚皮，却更加激怒了龙，它吐着火舌龙爪已到了面前。

巨大的阴影下索华娅绝望地尖叫起来，忽然一道电光缠绕住了飞龙，那龙在电的包裹下狂嘶挣扎着，接着一个身影纵身跳上了龙背，将手中的木杖在龙头顶上一击，一道金光贯通了龙的全身，它重重地摔倒在地。

那人向索华娅奔来，扶起了她："你没事吧？"

索华娅看见这男子有一张英俊秀气的脸，眼中有着一种女孩子都会喜欢的关切与温柔。

"当然，我很好……"想起刚才他舍身推开自己而被龙撞倒，她打量着他，"你……也没有事吧？"

"当然，我很好。"罗恩说。

"你……真是个勇敢的人，而且，你能这么快地击倒飞龙，这力量真让我惊奇！"

只不过侥幸是这条龙快死了而已，罗恩心中想着，脸上仍保持有风度的微笑："也许是因为处于险境的美丽女孩所赐予我的力量。"

"这个人可真会说话啊。"索华娅低头想，脸有些红了。

可当她再抬头重看到那焦枯的神木，眼中又充满了忧郁。

"走吧，让我们去那里。"罗恩说。

他们奔跑了起来，没几步，罗恩又停了下来。

"你这样太慢了，如果……你允许，我可以带着你快一些到达。"

索华娅又低下了头，脸红着蹉了蹉脚跟，慢慢走近了罗恩。

罗恩将她轻轻抱起，快速向神木脚下奔去。

罗恩抱着精灵美女索华娅一路奔到十二神木下，眼前的场景使他震惊，而索华娅跳下地冲到神木前大哭起来，那里已经跪倒了从四面赶来的无数精灵。

忽然一个人跳上了巨大的树根，那是风索兰曼："抬起头来，不要再哭了，拿起你们的弓箭，拿出精灵们的勇气，我们誓要杀尽魔族！"

“杀尽魔族！”所有的精灵都狂吼着，大树下立刻变成了臂膀挥动的海洋。

“杀人不能换回生命，你们忘记了精灵的信条了吗？你们放弃了精灵尊重生命的原则，才会遭到这灾殃的。”有精灵长老喊着，这声音却淹没在愤怒的声浪中。

罗恩漫步到了女神镜湖畔，那方圆百里满湖滚动着泥沼黑泡的景象再坚强的人看了也会绝望。湖面魔焰烧灼出的气味让人难以接近。

“就算是旧纪的魔族与精灵之战，也没有造成这种局面……”罗恩蹲下身，抓了一把湖边腐黑的泥土，“当年魔族也和精灵长老达成过契约，都不以毁灭精灵之森的方式来赢得战争，卡奇云德一直遵守着这条契约，直至魔军承认无法在精灵之森中战胜精灵，也没有毁去女神镜湖。而精灵族也始终没有使用过火烧森林的方法来消灭对手。”

这就是古卷中所记载的历史之一。

“又将是没有胜利者的战争吗？这样的历程将是多么令人沉痛啊。”

罗恩正想着，忽然听见有精灵在背后喊：“嘿！快回来，不要靠近湖边，有毒！”

罗恩走了回来，一群精灵奇怪地打量着他。

“这人居然能在湖边待那么久？”

“普通人吸入一点那毒气就倒下了吧。”

罗恩想那是对古卷的学习使自己的抗毒体质大大增强了，而自己却还没有察觉。

风索兰曼向他走来：“是你从飞龙的手中救出了我的妹妹？伟大的法师，请接受我们欧优加部族的谢意。”

伟大的法师？罗恩抑制住自己的笑意，这样的一个称谓他已经期待了很久。也许不久以后，他就可以回到老师明康恩那儿去，向他证明自己才真正是圣骑士的人选。

“毒气开始蔓延了，请离开这里吧。”有人喊着。

密林的最深处，那个魔灵在云迪的体内低吟着：

“我感到这里已经被死亡所笼罩，我不再喜欢这里了。妈妈我们离开吧。”

是的……云迪想，但是孩子，我们能去哪里呢？你没有意识到你将来的命运吗？

精灵全族出动，在森林中搜寻着那可能重新出现的魔族的踪迹。

罗恩走在风索兰曼和索华娅的搜索小队中，他已经享有了精灵们对他长老般的尊敬，但这次行动仍使他感到深深的不安。

那森林深处的黑暗力量，也许不是魔族。

他必须抢在精灵族的前面，找到云迪。

在黑沼深处，云迪再次陷入高烧与迷幻之中，似乎生命的精华被吸去，连灵魂都难以自持。

体内的婴儿不再在她的心灵中絮语，也许是被精灵之森的巨变惊扰，也许是被魔族在森林中的绝望呐喊催醒，他加速了自己的生长。

这时，精灵族的巨鸟探骑和信蜂驯蛇们，也正进入黑沼，这精灵之森中最阴暗绝密之地。它们在天空盘旋，在树叶间穿行，在沼地上游走，向那黑暗之力的来源而去。

那天，云迪忽然从幻觉中清醒了过来。

四周一片寂静，腹中的胎儿也奇特地悄无声息。

她预感到有什么就要来临了。

云迪撑起虚弱的身子，向沼泽的深处走去。

可是一种声音从后面追了上来，像是驯兽的吼声。

精灵战士们正驱动着游蛇、群蜂、毒牙猎犬向这里奔来。

云迪挣扎着向沼泽的最阴暗处奔去，泥水越来越深了，她几乎是在泥中滚爬着，忽然脚下一绊，摔倒在泥水中。

当云迪挣扎着站起身来，环望四周，却有了一种奇异的感觉。

这里几乎没有一点光线，声音也消失了，她站在一片深沼的中央，似乎有一种力量环绕在她的四周，告诉她这儿就是世界的尽头，要她站在这儿，再也不要去别处。也许直到永远，等待命运之神的判决来临。

几个月前，这精灵之森的最深处，也站过两个人，两个站在若星汉命运天平两端的人：康德与卡奇云德。

也许是魔婴感觉到了父亲的气息，他决定把这里作为他的出生地了。

云迪就这么静静地站着，心中却意外地没有不安，她知道那个时刻就要来临，却只是默默地期待。

这时她的听觉似乎变得异常灵敏，她听见了沼底最深处，那巨大的自然魂灵的游动，听见了整个精灵之森在苍老地吞吐着气息。她也听见了，在自己的体内，一个呼吸声越来越大，和周围共振着、混杂着，越来越洪大，像是要引导天地间的一切声律似的。

忽然一个不和谐的声音出现了，那是一个外人的脚步声。

魔婴抗拒着那脚步，在四周布下恐惧的屏障，但那人仍然轻巧地穿了过来。

他就是命运天平的第三极：罗恩。

“云迪，我终于找到你了。”

“离开这儿吧，罗恩。”云迪平静地望着他，“不要来试图改变什么，我已准备好接受命运。”

“什么命运？谁来主宰的命运？我不会容许这些事的发生，你不可以生下魔王的孩子。”

“罗恩，那是康德的孩子。”

“只有你才这么想！谁都知道康德与魔王力量是一体的。你没能改变历史，你只是把自己也葬送在历史的旋流中了。”

“如果那是我的命运，我接受，至少我与他同在。”

“不，你做不到！”罗恩吼着，“你以为可以和他同命运？当他在天主与魔王间徘徊，渺小的身躯随时可能被神之力撕成两半，这时你试图过去从神的巨手下救出他，结果就是把自己撞得粉碎！”

“是的……但我准备接受。那就是我要做的。”

“为了什么，云迪？为了什么？”罗恩露出痛苦的神情，“是什么把你和那个人系在一起？为什么你不肯放弃，宁愿赔上自己的一生呢？”

“你不明白，罗恩。一个人总要为什么而活着，我的一生已经和他系在一起，再也无法割断。”

“可是当你现在面临绝境，他在哪儿呢？现在在你面前的只有我。”

“不，罗恩，”云迪露出了微笑，“他现在就站在我的面前，而你无比遥远。”

仿佛感到骑士巨大的影子从自己的背后升起，将他压得无比渺小，罗恩不能理解这一切，不能理解为什么他拥有血统、智慧、才华、力量，但是却永远要站在那个总是彷徨、总是弱小的康德的阴影之下。他觉得这黑沼深处密不透风的沉郁气息就要使他发疯了。他想燃起一团光焰，毁掉这里，冲开这让人窒息的一切。

“云迪，听着。”他向前逼去，“你体内的将是新的魔王，他的黑暗力量已经惊动了整个精灵之森，如果他降生，我们之前所做的一切都将白费了，大陆将重陷黑暗。云迪，清醒过来，拾回你的理智！康德把你派回到这里，不是为了让你造出新的魔王！”

“不要再逼我了，我要疯了。”云迪颤抖着向后退去，“我做不到……要我毁灭他就是毁灭我自己，我没有这样的勇气，我也不想看到你们毁掉他，他只是个孩子！他不是魔王！”她失控地大喊起来。

“云迪！镇定。也许……不一定要毁掉他，但是，他的力量必须被封存。你带走的若星汉古卷呢？那里面可有关于封的记载？告诉我……我来帮助你。”

云迪突然凝望着罗恩，那眼神像冰箭穿透了歌手的身体，罗恩发觉了自己心中的欲望，他不由得有些羞愧。

“可我是为了拯救这世界，我追求力量有什么错呢？”他想着，“我是能控制这力量的，我不会像康德面对力量时那样无力。我是真正的强者，我不必惧怕心中对力量的渴望，因为我的每一分力量，都要靠我自己努力得来，是真正属于我、服从我的。”

“封……不……没有封……”云迪突然喃喃地说。

“你在说什么？”罗恩震惊了，心像颠倒了过来，所有高涨的情绪都跌入深渊，一切突然变得毫无意义。如果那个伟大的“封”的传说不过是个谎言，那什么是可以相信的？什么是值得追求的？什么是应该信仰的？什么是必须守护的？原本坚守的一切忽然崩溃了，所有的问题都没有了答案。

“但是……但是魔王的被封存，总不是谎言。”他听见自己的嘴在说。

“我已经看完了所有的古卷，没有封……并没有……”

“你？你是谁？云迪？你在用谁的声音说话？”

“‘封’真的存在于古卷之中，但是……”云迪像是被某个灵魂控制似的，眼光虚无，“它像一扇门，你看见它在那儿，却没有钥匙。”

“也许我能明白，告诉我！告诉我那门的所在，在第几卷第几页？”

“封……一个悲惨的故事，我不喜欢……”云迪喃喃地说，“你看得见门……却没有钥匙……你看得见门……却没有钥匙……不！我不喜欢这个故事，我不要被封住！妈妈！不要封住我，不要把我封在没有钥匙的门里！”

云迪眼中仿佛恢复了自我，她清醒过来：“不，我不会让你们封存我的孩子！不会！”

她转身往沼泽深处逃去。

“云迪，不要去！”罗恩想追上去，却失足深踏入泥中，这泥深处像无数双手紧紧拉住了他。

云迪几乎是在泥水中游着，好半天，她拉住一根树根，爬上了湿岸，倚在沼泽中一棵无比巨大的古树下。这树的须根从上空伸下，像树林般插入沼泽，无穷无尽地伸展开去，这无边的沼泽，千万枝干交错成的密不透风的树穹，竟然全是一棵树吗？

如果说女神镜湖是精灵之森的母亲，十二神木是十二个伟岸的儿子，那这里便像是苍老的父亲身躯的所在，精灵之森真正的物种源头。

云迪觉得自己也在变成一棵树，脚生长入泥中，身躯正和树融为一体，她想这也许是幻觉，但这感觉又如此真切，她的身体似乎正在与大地融合，也许只有大地，才能真正地孕育出超凡的生命。

这时树穹的外面，精灵法师却惊异地体察到了巨大的变化。

“这力量正在从大地之根渗透向整个森林！他就在那儿，快阻止他！”

巨鸟扑开厚厚的树穹直掠而下，在树枝间穿行。同时无数的驯兽也放开了链子，狂吠着向巨树根下奔去。精灵战士们也迈开了大步。

云迪仍静静地靠在树边，像是太疲倦而沉入了梦境。但远处，树墙后，那猎手的声音渐渐地近了。

可是，除了巨鸟游蛇和毒蜂，大部分驯兽都陷入了大地之根周围那最浓稠的千年沼泽中，连敏捷的精灵战士也不能跨越。

渐渐地，巨鸟们也在越来越密的树墙间撞枝折翅，纷飞的羽毛落在沼泽里，到后来，连游蛇也无法在沼泽中游动，而毒蜂被沼泽中的瘴气所熏落。

只有一些最杰出的法师与战士，才得以接近大地之根。其中包括风索兰曼，还有罗恩。

“云迪……”罗恩急切地呼喊着。

云迪的腹中开始剧烈地疼痛了，她觉得身体正在被撕碎、拉伸，融入整个大地，痛苦使她高声喊叫，手无助地伸向天空，却什么也握不住。

为什么这个时候，她的周围，全世界都是她的敌人。她付出了那么多的爱，那么多热切的希望，最后却换来这样旷世的孤独。

“孩子，如果你能出生……愿你不再承受你父母这样的命运，我用我的生命向众神祈祷，请收去我的生命，但留下这孩子，让他成长，让他幸福、健康，不受厄运的吞噬……让他向世人证明，他的父母始终守护着信念，双手紧紧相牵，不曾沦入黑暗……神啊，你赐给我一生流离与孤独，在这一刻，请听一个女子最后的希望，收去我的生命，保佑这孩子的出生吧！”

但是，罗恩拨开巨大软藤组成的环绕巨根的墙出现了。

“云迪！放弃那孩子！你不可能生下他的。”他一步步地走了过来，所踩的地方，脚下的沼泽立刻凝固成一个脚印，显然，黑夜沼泽已在他的法力下屈服，这未来的大法师，他将是连天空和大地都要敬畏的人。

“罗恩……”云迪脸上已再没有一丝血色，汗湿了全身，她像个暗夜的幽灵，用眼睛中最后的光芒望过来。

“放过我……放过这个孩子……”

罗恩低下了头，心中无数个声音在碰撞。

“放过她，放过这个孩子……我不能……不……是的，我可以做到……我有这个力量……但是我为什么要这样做？我会失去整个精灵族，我会失去我辛苦得来的一切，失去众人的期望……我会名誉扫地……我会放出魔王，使大地陷入黑暗……我会放出我一生最可怕的敌人，有他的存在我将付出一生的安宁……只为了一个女子的请求，我就要背弃整个世界？去成全她和康德？不……不！”

他慢慢抬起头，眼中放出不可动摇的光。

“不，云迪，我不能。”

在这一刻，罗恩才真正成为未来的那个罗恩，众生的守护者，伟大的法师罗恩·布莱达，他不是康德，面对力量，他总是上前一步，而康德却总是退后一步。

“为什么呢？”云迪闭上双眼，“为什么要逼我呢？为了你们除掉魔王的伟大梦想吗？那么，你们将成功了……”

泪水从她的眼中流了下来。

她再次睁开眼，伸出手，抓住树根，挣扎着向树边那最黑暗的无底深沼中爬去。

“康德，对不起……我不知道这个孩子是不是魔王……我也没有机会去证明我的纯洁……我只能做到的是，此生与他同在……”

罗恩怔怔地看着向泥沼深处陷去的云迪，仿佛脑中空白一片。

“云迪……回来！”他终于想起做点什么，大步走上前去，可没走几步，竟然也陷入泥中，这最古老的泥泽竟然似乎是可以吸收一切法力的，他只有死死地抓住一支树根。

泥流中像是伸出了无数双手，古老的灵魂们推涌着云迪，渐渐沉向泥沼的中央。她来到这个世界，穿着美丽的蓝袍，高傲而纯真，她改变了无数人的命运，可是却不能预测到自己的未来。

罗恩忽然想起了什么：“云迪，如果你决定了这样做，在最后的时刻，你能不能告诉我，‘封’到底在史诗哪一卷的哪一章？”

没有回答……云迪的眼睛痴痴地望着天空，虽然那里看不到一丝光明。

“孩子……如果你能出生……不要再承受你父母一样的命运！把所有的神踩在脚下吧，为了他们给你父母降下的痛苦，”在沉沦中、黑暗中，云迪发出了痛苦的诅咒，“如果他们不降予众生他们的怜悯，那么就让他们自己去怜悯自己吧，你不要再坠入深渊，你要站在高峰之巅，你要让大地上的众生看到，你的父母没有坠入黑暗，他们这一生都光明而正直！”

第五十三章

胜利者

精灵之森的黎明来临了。金线在晨雾中转动着，空气分外纯净，绿叶摇曳，就连被火烧过的战场，也开始长出新绿，难道一切这么容易被沉埋？历史被酒熏醉，死者化为泥土，凄厉的呼声从此不再重现于大地？

一只飞龙在天空中久久地嘶鸣着，盘旋不去。下方是墓园般的黑土，看不到活着的生命的踪迹。

几百里外的另一处，风索兰曼抬头看着漫天变枯黄的树叶，风一吹，林中黄叶就如雪而下。

“森林正在死去。即使用我们的血也无法灌溉她。”

“如果能救森林，精灵族愿意以全族的灵魂来作为报偿的啊，”索华娅擦拭着眼泪，“可是……为什么神灵听不见我们的呼唤呢？为什么他不降下天使来拯救这大地和带领我们呢？”

而罗恩沉默着，他在心中研究着若星汉古卷的秘密。

“也许……”这歌手说，“我能救这森林。”

精灵们慢慢把头转向了他，露出惊疑而期盼的目光。

“但是……我个人的力量是不足的，我想我知道方法，但是，我需要更多的力量。”

“只要你能救这森林，精灵族的力量就是你的力量！”风索兰曼站起来，

“我们愿意去做任何事！”

“我需要你们把族中所有强大的法师召集起来，我需要得到他们力量的支持。”

“你确信吗，年轻人？”风索兰曼摇着罗恩的肩膀。

“作为一个游吟歌手，我有幸阅读过一些古精灵语写的诗篇，那里面似乎蕴藏着无尽的魔力之源。我想我们应该试一试！而且，我需要借助森林的生命力，所以越早开始越好，等森林消亡下去，所能利用的力量将越来越弱了。”

“我这就去办！”风索兰曼立刻奔下去组织族人去了。

索华娅还是惊疑地望着罗恩：“你……你真的有把握？”

“我想是的。”罗恩坚决地点点头，事实上他早就胸有成竹，若星汉古卷的好处之一就是让他了解了魔法的源力，而不是像某些法师一辈子都在修习魔法，却不知为什么要念这样的咒语。“只要你们能集来足够的力量，我有十足的把握！”

“哎呀！”索华娅激动地冲进他的怀中，抱住了罗恩，“太好了，这太好了……”

虽然在精灵族待过多年，对精灵女子的天性无拘早已见惯，但这次罗恩的脸还是有些红了。

“如果银瓶公主在这儿就好了……只要我能救活精灵之森，她就一定会注视我，那双美丽无伦的眼中，不会再只有那个圣骑士了。”罗恩心想。

法师们被聚集了起来，当他们得知要把所有的力量传递给一个游吟歌手时，都不由得犹疑了起来。

“你们不肯试一试吗？这或许是最后的机会了。”罗恩看着他们，“如果我不成功，你们可以惩罚我。”

“那时你拥有了强大的力量，谁还能制伏你？”有法师说。

“罗恩？”一个精灵女子冲出了人群，那是将将丽斯，“你在这里？我还以为你被魔王杀了……”女孩的眼泪流了下来，“你活着就太好了。”

“我活着，而且更强大了。”罗恩上前拍着她的肩膀，“魔王不能杀死我，连他的力量也奈何不了我。”

“好了，不要再犹豫了，我信得过这个年轻人，我能感觉到他将是女神赐予我们的奇迹。”风索兰曼喊着，“我们也没有理由放弃这唯一的机会。现在就开始吧，森林正在死去，没有人能担起贻误的罪责！”

“告诉我们该如何做，孩子。”一位白须飘飘的精灵长老说，“我能看出你体内拥有不可思议的力量，就像无尽的水，可以生长与创造一切。”

“好的，请集中意志聚集你们的力量，注意要含入对生长的渴望，摒弃仇恨，让你们的力量纯洁而无害，然后将它施用到我的身上。”

“你能支持得住吗，年轻人？你知道数百位精灵大法师的力量意味着什么吗？”

“我明白，我当然有这个信心。”

“罗恩，小心啊！”女孩子的声音响起来，却是将将丽斯和索华娅同时开口。

歌手转头冲她们露出了微笑：“我会好好的，就像精灵之森也终会重现生机。”

数百位白衣法师背对焦黑的十二神木，面向大湖，罗恩站在最前面。当精灵们发出了欢呼，一个几乎前所未有的伟大的魔法开始了。

精灵法师们开始集中意念，他们惊奇地发现体内带出生长欲望的力量不用输送，便开始自动源源不断地流出。同时，具有智慧之眼的法师们能看到这大地上所有的生物中，每个人、每棵草木中都有力量流过，像绿色的泉水，在空中轻盈飘荡，汇入那年轻人的身体。那歌手像一棵树，他的手和上身像树的枝叶一样汇集生命源力，而同时他的脚像根系一样把大地中黑色的诅咒吸入身体，这两股力量在他的体内汇集、相交，却没有发生惊天动地的碰撞，而是像水一样融合着。

奇迹，奇迹果然发生了，每个见证这一切的法师都兴奋莫名，不仅为了精灵之森的重生，也为了见证了一个伟大的魔法时刻。

他们明白这极其危险，两股力一旦不平衡结果将是毁灭性的。所以法师们都在毫不保留地输送出自己的力量，把自己的源力挖掘到极致，每一分每一毫都输送出去。

没人发现这段时间精灵之森静到了极点，没有鸟叫，没有虫鸣，没有风声，连云都静止了。这样奇妙的时刻千百年没有出现过，以后也可能成为绝唱。

而静默中，江河般的两股力量正在碰撞、粉碎、交融，这两大力量任一种都可以惊天动地，而它们集中在一个点激荡时，却是这样无声无息。

不知时间过去了多久，罗恩闭着的眼睛睁开了，他的眼前，女神镜湖已重新洁净纯清，波光浩渺。

他回过头去，向十二神木猛地一挥手，体内最后一股源力向神木泼去，一个足以让魔法界兴奋一千年的奇观出现了，仿佛被一阵风吹过，枯枝一晃，忽然像爆发一样漫天盖地地喷出了绿色，如一位伟大的画家一挥手，一幅色彩丰艳的巨画就在白布上喷薄而出！

“哇！”巨大的欢呼声在那一瞬同时响遍了大地，声音、色彩、生命、希望，一切的一切，重新回到了人间。所有的精灵眼泪狂涌，狂跃欢舞，互相拥抱，巨大的幸福淹没了整个森林。

罗恩长长吐出了一口气，平静地望着眼前的一切。

“老师，我终于成功了。你看见了吗？”

忽然无数精灵向他拥来，把他裹入狂欢的核心。

那一夜，精灵之森彻夜未眠。

罗恩醉了，他不记得自己喝了多少酒，被拉入了多少个舞圈，多少姑娘的笑声在他身边萦绕，多少精灵长老来说了多少感激的话。他只觉得自己在旋转、旋转，从精灵之森的这一头一直舞到那一头，所到之处，鲜花开放，美丽缥缈。

人生，真是一个伟大的魔法。歌手这样想着。

不，他清醒了起来，虽然没有得到“封”的秘密，但他相信自己的法力已足够对付不肯使用黑暗力量的康德。他还需要去做一件事，让他赢得世界的最后一件事——打败魔王。

第五十四章

背叛与失去

魔族败亡的消息传到了俄拉培德，立刻引发了风暴。而这风暴的中心来自另一个人带来的可怕传闻。这个人是来自精灵之森的神奇法师罗恩。

这天里德静静地坐在空荡荡的殿中，正想着如何去寻找真正的康德，忽然一个士兵冲了进来。

“箭士队长，快去看看吧，有人在城中广场宣读圣骑士康德的十大罪恶，要求审判他。”

喷泉旁已经聚集了无数的民众。

“公民们，是时候了！”一个市民跳上广场的喷泉石台大喊，“圣骑士康德的暴政我们再也不能忍受，他用铁甲兵和魔兽人统治着我们，所有不服从者就被投入大牢。最重要的是，他驱逐了伟大的耿直的神学家卡休理，并撕毁了我们信仰的史书，捣毁了教堂中天主的像，还要按魔鬼的版本修订我们的《圣经》，这是对所有受洗者的侮辱！”

“他根本就是魔鬼的化身！”

“他早把灵魂献给魔王了。”

“是的，你们受骗了！男子们把生命献给了康德的银月军以为可以跟着他们去抵抗魔族，老人们省出自己的口粮去供养他们，而女孩子迷恋着那些标着银徽的人，以为他们是天主的神圣战士，向他们献出纯洁的贞操与爱！可这一切都是骗局，康德早把灵魂卖给了魔王，他在城中制造了混乱，赶走了忠诚的毕斯麦公爵，而面对魔族，他却一退再退，致使我们接连地惨败！在里法尔，在丁法，无数将士倒在了魔族的铁蹄下，他却和魔军签订了合约。我们全都被欺骗了！”

越来越多的人跳出来说话，广场陷入巨大的哗声之中。

黑暗的城堡地下，最深处，那骑士孤独地坐着，像是思考着的铁壳。

一串快速的脚步声敲碎了这里的寂静，那个急促的身影来到了骑士的面前。

“我不知道你是谁，康德还是魔王？但你为什么躲在这里，任凭他们在上面制造谣言？阿依古和毕斯麦要把所有的错都推到你的身上，他们要用你的死来平息民众的愤怒。”

“百亚……你为什么又回来了……你难道也是来迎接你的宿命的吗？”

那盔甲里传出了嘶哑的声音。

“康德……还是你……”百亚像是长出了一口气，“不知为什么，当我知道你还在，我就感到欣慰和有依靠，我宁愿那盔甲中的不是魔王。我失去了族人，我不知道还能去哪儿，他们没能与人族共存于阳光之下，而现在那已无用的和谈约定将毁掉你。去告诉人们真相，说你只是执行国王的授意。可为何你总是不发一言？”

“不，阿依古只是一时懦弱，我可以反驳他的决定。但是我没有。”骑士沉默了很久，“与魔王的契约……的确存在。我不想再看到任何人死去了，是我允诺让依德尔族在阳光下重建国家，作为交换大家结束这漫长的仇视与战争。这不会改变。”

“可是现在依德尔族已经不存在了……一切都成为空谈了……”百亚的眼泪流了下来，“也许我是最后一个依德尔族人，你没有必要再对谁信守这承诺。而你不必再为难了，如果我的死能改变你的命运，我愿意去做。”

“不，该到来的都会到来，如何努力也改变不了我的命运，云迪为我而牺牲了一生，我不能再失去你。”

“为什么？你似乎知道未来将发生的一切？这使你放弃了所有的努力。可我不相信，真的有什么宿命吗？”

“百亚，离开这里吧。好好地生活下去，时代将随着我的死去而终结。在未来的岁月中，人们忘记我的名字，也就忘记了恐惧与黑暗。”

“是的……也许我应该离开……是时候离开了……”百亚喃喃地说，她转身，缓缓地离开。当走到长廊的尽头，将走出大门的那一刻，她突然回过头来。

“告诉我！如果我与云迪同时站在你的面前，你会选择谁？”

“为什么要问我这样的问题……你知道这……”

“这对我很重要！”百亚大声地喊着。

康德想，我心中有答案吗？也许是有的，但是我不肯说，他想说些什么安慰这女孩，可是心却猛地刺痛了，那是吃心虫在啮咬着他。

“百亚……离开我吧……”

“我明白了……”她抬起头，深吸了一口气，打开的门在身后重重地关上了。

骑士忽然紧紧按着胸口，倒在了地上，痛苦地挣扎着。

百亚走出圣骑士殿堂，擦擦眼中的泪，抽出剑喊着：“骑兵，跟我来，去逮捕那些编造谎言的煽动者！”

骑兵冲向广场，人群不安地退开了。

“住口！你们根本就不知道真相。”百亚喊着。

“你想要阻止人们的愤怒吗？这是不可能的！”那个演说者大声喊着。

“我见过你……你是毕斯麦的侍卫官……”百亚瞪大了眼睛。

这时人群中忽然冲出了许多执着兵器的人，他们护送着那些演讲者向城门口跑去。

百亚带着骑兵队追逐着，就在反抗者要被百亚的骑兵队合围的时刻，一个法术在他们的身边发动了，一股灰色烟圈凭空冒了出来。

“罗恩！”市民发出了欢呼，“法师罗恩来了！”

城头上出现了一个身影。他挥动双手，灰色烟圈裹起了骑兵，把他们抛向天空。

“弓箭手！”指挥着骑兵的百亚高喊着。

箭向天空射去，它们穿透了罗恩，他的身体不知何时已经变成了幻影。

法师突然出现在了百亚的身后，快速地发动一个魔法，一道水柱从地下冲出，百亚连人带马被推上半空，重重地摔下来。

骑兵溃散了，百亚试图挣扎着站起来，却发现那些国王派来的煽动者和愤怒的市民已经围了上来。

“看哪……她是个魔族……”一个刚才挥着武器的人指着百亚盔中散落出的紫色头发喊。

“杀了她！”“烧死她！”人群围了上来，他们的眼睛血红，像是沉迷于战争的感觉。

“康德……我也许又做了一件错事，你不会生我的气吧……”在最后，百亚想着。

第五十五章

没有什么结局是注定的

康德赶到广场时，他看见广场上竖起了一根高杆，而……女孩的尸体被吊挂在上面。

突然，那巨大的愤怒与哀伤从他的内心里喷发出来，冲破了心胸。

骑士的狂吼震荡在全场，许多人惊慌得摔倒在地。

骑士向前走去，从人群自动让出来的道路中，来到木杆前，解下了女孩，将她抱在手中。

得知骑士出现的消息，国王的士兵们开始从各处冒了出来。

但他们只是远远地围着，不敢靠近。

“百亚，你真傻……我们回去吧……”康德觉得自己的血也要凝结了，不停地颤抖着。忽然觉得生命已经没有了意义，当所有爱着你的人都离去的时候。

骑士抱着女孩，一步步地走回到自己的城堡。大门重新关闭了。

“围住城堡，召来所有的法师，准备火把！”当再看不见康德后，毕斯麦终于又恢复了他的统率力。

城堡中，康德一个人在黑暗中静静坐着。

曾几何时，他一直是这样孤独地坐在黑暗中，逃避人群，逃避朋友，逃避爱着他的人。可是现在，当他终于恢复了生命的活力，有了重新面对人群的勇气时，身边的人却一个个地离他而去了。

百亚的身体静伏在那里，已是冰凉僵硬。

她两次来到他的身边，每次都执着地完成了她的宿命——为他而死……

回忆是那样美好，笑意和泪水同时出现在康德的脸上。

“百亚，我以为我说了实话，可是我的心却被啮咬了，我终将带着一颗残缺的心生存在世界上……而你们都要离开我了吗？云迪……百亚……如果你们从来就没有遇上我，那样……你们现在还快乐地生活在某个地方。如果这是宿命，就让我一个人承受吧，不要……不要伤害我身边的人！那混账的神灵！”

他忽然愤怒地跳了起来，拔出了他的剑，那不是圣骑士的光辉之剑，只是一把锈钝的铁片，但他依然将它刺向天空，发出野兽受伤般的嘶喊。

忽然他听见自己的喊声里，有一个洪大的怒吼正在共振着，像是一头雄狮正同时长啸。这声音震荡了整个俄拉培德的天空，人们畏惧地伏下身去。

康德震惊地看着自己手里的剑，像是燃烧的血喷涌入剑体，一种赤红的光瞬间从内向外将剑充满，并溅出狂暴的火星，这把剑变得光华四射。

他曾在什么时候，也握有这样的一把剑？

他专注地望着手中的剑，光焰把他的脸映得如神灵，眼中跳动着剑的辉芒。

这时一个声音在他的背后响了起来：“恭喜你，卡奇云德，你终于回来了。”

“你胡说什么？”他猛地回过头去，却发现自己的声音有如沉雷。

“世界迎来了新魔王的诞生，现在你终于得到了依德尔的力量，当你理解了被压抑在地下千年的感觉，当你面对几乎不可战胜的敌人，当你终于理解了人为什么需要力量，你才拔出了这把剑。”

“我想我知道你是谁了。”

“我是谁已不再重要，我是你的引导者，现在拿着这把剑，去做你应该做的事吧，去让所有伤害过你的人颤抖战栗，让他们在你的脚下哭喊哀求，为他们所犯下的罪而永沦地狱！”

“地狱……”他望着手中的剑，沉吟着。

“是的，你手中握着的，就是驱驭万千灵魂的地火之鞭。”

“我是谁？”他问道。

“你就是魔王。”

“其实让任何人承担了仇恨，他都会变成魔王是吗？”

“是的，还记得我的话吗？痛苦即力量，这力量是有生命的，它会选择它的主人，在他需要的时候，当痛苦达到极致，力量就会喷薄而出。”

康德把剑横托在手中，那光焰炽热，却不能灼伤他分毫。

“使用这力量，去统治万灵吧。改变这世界成为你所想的样子！”黑暗中的呼唤有不可抗拒的力量，就像黑夜的必然到来。

“可我记得……我曾经有个名字……”

“你看，你都已经想不起来了，你很快会摆脱旧的一切，躯壳及灵魂，这力量会给你全新的一切。”

“我记得……我曾经有个名字……”他凝神在记忆中搜寻着，可记忆已经如暴风中的大海，他看见呐喊冲杀的漫野军队，看见天际的火光，看见雷鸣电闪下的战斗，一个浪头过去，一个浪头又起，历史在他的脑海中掀卷，无数呐喊哭泣在他耳边汇成风暴。这样的天地中，王朝的更替、种族的兴亡、大陆的浮沉都是过眼云烟，一个小小的名字算得了什么！

他感到绝望了，他就要在狂怒的大海中丢失那根细缆绳，他过去所有的悲伤欢笑原来都无足轻重，这力量正清洗他的一切，旧的渺小的自己就要沉沦于大海，而一个不可战胜的巨人就要在波涛中升起！

可他忽然听见了那微弱的声音，在生命的最后时刻，她们曾呼唤过他，在冰冷的万年地下深洞，在地狱亡灵的折磨中，在燃烧城堡旗帜折倒的那一刹那，她们呼唤过一个名字，付出了自己的生命只为阻止他的沉沦。这个名字是：

“康德！”

康德猛然惊醒，漫天的火焰被一道蓝芒裂开，他看见了自己的小小身影站在大地之上，虽渺小却又真切，带着平凡人的梦想，想得到爱并去爱着别人，而不是成为没有自己，只会毁灭一切的神！

他垂下了手中的剑，那光芒渐渐弱了。

“真可惜啊……”良久，黑暗中那声音哀叹着，随后变成了狂怒的暴吼，

“你又拒绝了这一切！你拒绝了这力量，你就将被这力量所毁灭！我痛恨你！为什么我不能控制你，即使我把全世界都放到你手中？”

“你能给我什么？”康德冷笑着，“你什么也给不了我，你只有可怜的毁灭力，可你什么也创造不了，连一滴水、一朵花都造不出来，除了毁掉一切你什么也不能做，你这个可怜虫！你嫉恨我们，嫉恨精灵，嫉恨矮人，嫉恨魔人们，因为他们都有血，会哭会感动，而你什么也感觉不到，你这个渺小卑微的亡灵，于是你想毁掉这一切，却又没有力量，只好借用这个大地上的仇恨。你化身成占卜的老者，一次次给人看那些他们所希望的未来，引诱他们内心的欲望，把那些被引诱的人变成魔鬼！但即使是魔王也已经认清了你，同样是对手，我对他的尊敬比对你的多！如果他放弃了力量，那也是为了维护他的族人，可这是你永远做不到的。”

“难道你和魔王有了什么契约？为什么你们不曾同归于尽？”

“是的，是契约，是对云迪的，对百亚的，也是对魔族的，那是用灵魂签下的契约。我可以承担痛苦，也可以付出生命，你不会理解，因为你一无所有，不会失去什么，也不会得到什么。你从来就不知道什么是需要守护的，也从来不会从你的努力中得到快乐，因为你根本就没有所爱的东西！必有一种力量是你所无法超越的，否则你不必把你的本身隐在深深的地下，恶毒地诅咒着这个世界，企图破坏一切信仰、理想和热情。”

“是的，魔族也好，人族也好，都有着一种叫信仰的东西，这是我所永远没有的。我时常感到空虚啊，永恒的意志真是没有乐趣，当看见渺小如蚂蚁的们在为那些无谓的东西而厮杀，在黑与白的两面，我开始寻找到自得其乐的方法。我拨弄这些蚂蚁，看他们是否随我的引诱走入冰河与火焰，或者也给他们一点糖，看着他们手舞足蹈的样子。我使人的命运坎坷不平，使幸福永远短暂易逝，我摧折强者的豪情，让小丑登上王位。那时我的力量无处不在，我是这世界的主人！你会看到我为你准备的命运的。而你无法违抗！”

那声音消失在黑暗中，可恐怖的颤音还长久萦绕。

康德望着手中的剑，它已渐渐冷却，就要重新变成一块钝铁了。

忽然有军官冲了进来，叫道："圣骑士大人，我们找到她了！"

光芒重新在骑士的眼中闪耀起来。

年轻的女修习生云迪惊异地看着眼前的一切，落入黑暗的魔掌使她心乱如麻。火光在铜壁上跳动着，那些邪恶的雕刻仿佛正跳起癫狂的舞蹈。

她被带入黑暗殿堂的最深处，最深处的最阴冷的角落里，蜷缩着邪恶的康德。

几十尺高的大门在她身后訇然关闭了，世界陷入了一片漆黑。云迪恐惧地向后退缩，倚在冰冷的铜门上。她觉得全身的血都要冻结了，僵直着连手指也不敢晃动。

黑暗中，渐渐有什么显现了出来。

那是一个人影，是魔王的影子？却又不像，那像一个着甲的骑士，那微光，正是从这甲胄上散发出来的，却在黑暗中惊心动魄得刺眼，像是一个闪光的幽灵。

云迪没有想到恶魔出现是这样的，没有气势逼人的宝座，只有一把再简陋不过的木椅，邪恶的康德坐在椅子上，头深深地伏下去，抱紧双臂像是很冷似的。

声音从那着甲者深处传出。

"你还好吗？"

云迪更加用力地抵住了门，像是恨不得和背后的浮雕融为一体。

"和我说话的是谁？"

"你不必害怕……你不知道这一切，因为未来还未来临，但一切已不再重要，结局即将来到，骑士终将和魔王一齐消失。有人会救出你，一切都会过去……但是……"

"但是什么……"

"结局终会来到……但是，却没有一个结局，是注定的……云迪，只有你能帮助我。"

"帮助你？我能做什么？"

"没有一个结局，是注定的……"黑影只喃喃地重复着这一句话。

然后黑暗中一片静默，过了许久，都没有听到声音。

外面人声喧嚣，火光重新燃起了。

“百亚、云迪……结局就要到来了，可我并不是最后的胜利者。宿命真的不可改变吗？”

铁门巨响着打开，“烧死恶魔！”的喊声像狂风扑了过来。

门外聚集着的士兵与市民有数万人，忽然他们全部静了下来，看着眼前出现的这个人。

康德扫视着城堡高阶下密密麻麻的人头，心中已经没有了恐惧。

这个世界在康德面前突然变得无比清晰，他能看见场中每一个人这时候的表情，那个鼻尖出汗的弓箭手，那个紧皱眉头的军官，那个眼露惶惑的市民……还有俄拉培德的每一扇窗后，躲着的迷惘而充满欲望的灵魂。

他也看到了那个站在远处山坡上的人——罗恩。

“云迪呢？她在哪里？”

“你不要再企图找到她了，她的生命终将和你毫无关系。她为你付出了一切，却也没能挽救你的堕落。”

没有喊声，沉默中两个人都分明听到了对方在说什么。

“不，我虽然不是胜利者，但我并不是魔王！”

“但我们需要魔王，”那山坡上的救世主冷笑了，“来成就英雄。”

没有人听见他们的对话。历史在每双眼中折射成不同的场景，但有太多东西是看不见的，也永远不会被记录下来。

…………

那个终极的法术出现了，赤红天空镜子般粉碎裂开，金色光线从裂缝中涌出，在晦色大地上映出网般的光痕。树木、城堡、人脸，世界像是由无数碎片拼起来的。

人们敬畏地退开，退到那邪恶者百米之外，神怒将汇聚的地方。

而那伟大的施法者，有史以来最年轻的大法师，古卷系法术的开创者——罗恩，正站在远处的山头，高举着他的神杖，来完成这最后的壮举。各地来的骑士与法师在山冈下抬头仰望，看奇迹如何发生。

远处，把心献给魔灵的圣骑士却仍大笑着，当遍布大地的光芒向他猛地全部聚去的时候……

被风卷起的树叶忽然失去依托，在空中一定，然后漫天飘散而下。

云迪坐在石上，在火焰灼烧过的焦土中心，仰头看见森林上空的灿烂星光，是一个好天气。

森林中变得静谧安详，仿佛战争、死亡、重任，一切都已远去……一切都可以被忘记……

如果她从此忘记了康德，这个骑士是否真的来过世上，未留下一点痕迹？

圣骑士会去天堂，还是地狱？

……

那极暗之殿倒塌了下去，腾起紫色的烟雾。

一个女孩站到了罗恩的身边。

"魔王终于被打败了。世界将获得安宁了是吗？"

罗恩看着这个年轻的女孩，他的脸色却突然变了。

"你，你是……"

"你好，我是魔法学院的修习生，我叫云迪。你的魔法真不可思议，不是吗？"

可罗恩只是惊慌地后退着。

忽然有人喊着："罗恩大法师，这儿有一样东西，请你来看一看。"

……

在极暗之殿倒下去的废墟里，那红色的光环正在闪耀着，喷出炽热的光。

"这是……"大法师罗恩的表情变得很奇怪，仿佛寒风一下子吹僵了他的脸，"……一个时空门。"

"它通向哪里？"那女孩走来，惊异地问。

"其中必然有一个可怕的阴谋。"罗恩转头望向那女孩，"不论它通向哪里，也许战争还没有结束。魔王康德可能重新归来。"

"我真想进去看一看。"

"不，云迪，你不能进去，只要你不进去，命运就不会被改变。"

“你……为什么知道我的名字？”

……

黑暗重新包裹了这里，所有的人开始疑惑与恐惧。

尾声

夫斯山脉

这里是若星汉西大陆与东大陆的交界处，那连绵无尽的雪山，像是亘古以来就没有变过。有谁能知道，它不过是在几百年前才刚刚由隆起的炽热岩流冷却成的呢?

在这雪山分支塔法利山的边缘，一间小木屋孤零零地在山间立着。桌上的羊皮纸蒙满了灰尘。

忽然门开了，一阵风扬起那些纸卷，一个长长的人影被斜阳铺在了桌上。

罗恩回到了那雪山脚下，他老师的小木屋。

当看着云迪在沼泽中一点点沉没下去，罗恩觉得心也如被厚厚的泥浆包裹了，沉重郁闷。这不是他想象中的结局，自己做错了什么吗？如果他答应保护云迪和她的孩子，她就不会死。但那之后，他们将一起面对全世界的敌意，那样他的人生就会彻底地改变。或许，他能最终赢得云迪的爱，但他不确定自己能否做到承受世上所有人的恨，何况那个魔婴是可能威胁到世界的。

罗恩一再对自己说着：你没有做错，错的是云迪，她太执着于自己的感情了，不是你将她推入泥泽，而是她自己选择了背弃这个世界。可他还是心中沉重，在部落里沉默了几天后，罗恩终于发现，自己已经不再是那个浪漫的多情歌手了，原来当一个人手中握有的力量越多，他能握住的感情就越少。这就是要成为一个大法师而必须付出的代价吗？而拥有这奇异的力量，他却反而更加日夜不安，所学到的越多，所能做的越多，对法力的渴求也就越发没有止境了。尤其是——在心中怀有莫名的愧疚与孤独时，就渴望用力量来填补。

他忽然很想知道，老师有没有保留他所不知道的若星汉古卷中的秘密。告别了精灵族，他赶回了雪山。

万里的路程只需一天，法术的力量果然是妙不可言。

但小屋里竟也空无一人，老师明康恩去哪里了？看着眼前的尘灰破败，背后太阳正一点点地落入山中，紫红色光线暗下来，罗恩忽然感觉到一种从未有过的苍凉与孤寂。

这是否意味着，过去都已消逝。当黑暗吞没桌上歌手罗恩的影子，世界上将少了一个若星汉的传唱者，因为罗恩将把这些秘密全都深埋入心底。随着知道历史的人一个个地消失，今夜的若星汉的天空，那些古老的星辰将全部隐去。一个沉寂漫长的黑夜后，当新的星图出现在天穹，将没有人再记得这片土地上曾搏杀过哪些英雄。

精灵之森的南部，那片焦土或许永远也长不出草木了。

一只小甲虫爬过那焦枝和伸向天空的残手，那曾席卷大地与地下的火焰之族，就这样灭亡了吗？

甲虫向泥土中钻去，那看似毫无生机的土地上，却忙碌着无数的蚂蚁。

蚂蚁们在地下建起了它们庞大的都市，几千万只工蚁在不断挖掘扩展着它们的领地。

一只工蚁正在这城市的边缘小心地探着路，忽然它面前的泥土崩塌下来，一只比它大几万倍的巨钳甲虫出现了。

这虫子有一只食蚁兽那么大，然后泥土不断地崩陷，越来越多的巨虫侵入了蚂蚁的领地。这些虫子密密麻麻，像一支大军，它们的背后，是被开拓出的地下空间，相比之下，蚁国不过是大海中的一滴水珠。

一只甲虫飞起来，向这地下空间的核心飞去，它飞过满壁满谷的同类，飞出这巨穴，飞过地下的大河，飞过地下平原上一片又一片浩大的被驱赶的魔兽阵，飞过满布于地下峡谷两侧的魔兽窠，穿过空中火焰鸟群，飞向那地下的庞大城堡。

甲虫飞进一个窗口，落在一只大手上，那同样披着甲壳的半兽人辨别着这甲虫带回的信息，转头对正在望着墙上的巨大地图的魔将说道：“华优冰其斯大人，我们已经重回地面了。”

华优冰其斯转身出门，大步走入一条通向极暗处的长廊，在那黑暗的极深处，他向一个影子躬下身去。

“魔王殿下，请引导我们吧。”

一切的缘由要回到那个时刻，在精灵之森的地下城堡中，康德用魔藤把云迪与百亚送向吊桥的对面。自己回过头，走向火焰之中……

在地下，骑士静静伫立在火中。

“你想这样和我同归于尽吗？”他的体内，魔王的声音问道，“这么多年，你也一直能感觉到那力量的存在吧，当你入睡时，你难道没有听见巨龙在你身边呼吸的声音？你害怕着那力量，不敢融入它，是因为你怕被力量吸入黑暗之中……所以，直到今天，你还是做一个毫无力量的圣骑士，你不敢摘下你的面甲，因为人们会认出你是一个亡灵，你腐朽的面容会毁去所有人族的信仰，你只有默默忍受，靠着身外的力量骗着世人的敬畏。”

“是的，如果不是意外的遭遇使我成为亡灵一族，你也不会迅速侵入我的意志。你留下的力量无时无刻不在影响着我，我就像一个将渴死的人看着面前的大湖却不能饮一口，因为我知道湖水是剧毒的……你不是一直希望我使用那力量吗，那样你就可以消灭我的意志，重新启封你的威力。”

“你说得对……如果没有你的意志的守护，我可以轻易地取出我的魔力，你的灵魂就是这魔神牢笼上的锁，所以我很敬佩你……你已经两次使用过这力量，这使你的心变得冷酷如铁，但是仍然差那么一点……”

“你一直在等待机会……”

“因为你还没有真的不再有感情。你内心深处的一些力量迫使你冒险，一次又一次地接近我。有时候你不是也感到自己的无力吗？你不是常因为你无法改变的事而痛恨自己吗？”魔王冷笑着，“我一直在黑暗中注视着你，看你能坚持到什么时候。”

“现在……我已经没有了更好的选择。命运嘲弄我，神药只是修复了我的身体，却没能洗涤我的灵魂。”

“可是如果我们的灵魂就这样一同消亡，在地面上，战争就会疯狂地进行下去，像滚下山的巨石，直到毁灭所有，黑夜长存，亡灵和怨魂占据着大地。”

“你想说什么？”

“我们签订一个契约吧，只有我们两人，可以阻止战争的继续。但是，我的族人要重新生活在大地之上，你也要保证他们不再受到敌视与围攻。”

“你真的愿意这样做？”

“这些年来，还有谁能比我们更加了解对方。我们的意志争斗了这么久，终于明白，想打败对手都是不可能的。”

“但是……你却无法离开我的身体。”

“你虽然得到了女神之泪，你的朋友却吟诵了一个错误的咒语，但这世上并不是只有一个人懂古精灵语，也不是只有一个人才懂得若星汉古卷中隐藏的秘密。你相信着你的朋友，却该发现有时你的敌人才是诚实的。”

“你是说……你知道正确的斯坎拿之咒？但你不可能用它来毁灭你自己……”

“它的功效不过是使身体重获生机，那不光是你的，也可以是我的。在你是亡灵时，你的身体是灵魂的囚笼，使你难以被杀死，也封锁着我的灵魂。但现在你的身躯复苏了，你不再是不死的，灵魂也就可以脱离你的身体。借助女神之泪的力量，我可以用你重新流淌的血再造出一个新的身躯，你的身体再无法成为我的囚笼。”

“不论我愿不愿意，你的复生都将成为必然。”

“不……这还是需要你的合作……我需要你部分的血与肉……所以……选择吧，是同归于尽，还是接受我的契约，在这块大地上共存下去。”

“如果我接受了你的契约，我也许将无法避免被世人抛弃仇恨的悲惨结局了。”

“那与我无关，你只需要做出选择。让两族战争下去，还是独自承担一切误解与敌视？”

骑士长久地沉默了。

……

如果神可以实现你的一个愿望，那会是什么呢？冥冥中有一个声音问康德。

成为拯救大陆的英雄？得到世上最美丽的女子？或是成为掌握恐怖力量的魔王？

我想……骑士拍拍脑袋，那愿望该是——恢复原来的我自己。

我会拿起我的木剑，去一点点地锻炼我自己。

我会找到我最爱的姑娘，用最深切的爱意对她好，哪怕她都烦我了。

看到美丽的公主，我会希望她幸福，而不是成为我的又一个老婆。

当英雄的骑士驰过，我不会嫉恨他，因为他拥有的未必有我多。

"……可惜，这个世间，也许是没有神的。"骑士叹着。

"既然没有神，那么也就没有宿命？"那个声音说。

当魔族大军重新涌出地面的时候，魔王卡奇云德叹息着："如果那个圣骑士还活着，我是该遵守与他的契约的，但是……他此刻在哪儿呢？"

在那个晚上，那个命运还未决定的夜，康德拥着云迪，轻轻地唱和。那是他们最快乐的晚上。虽然那一生只拥有那一晚，但漫长岁月里，为了幸福的那一刻，谁又不是愿意付出所有呢？

你莫出声，我的心！宇宙听不到你的声音。

你莫出声，我的心！哀号者听不到你的声音。

我的心啊，你莫要出声！夜下的人影不会留心你的低声细语。黑暗组成的大军不会冲击你的美梦。

我的心啊，你莫要出声！且莫说话，直到黎明。耐心等待曙光的人，定会迎来清晨；得到光明喜欢的人，必然热爱光明！

【全剧终】

注：部分歌谣引自欧洲古典诗集

番外

人生不过也是匆匆划过天空的一支箭，而无数人奔向他们终点的历程，就汇成了恢宏壮观的奇景。

莫富里山，康德骑士学院

“明天周末耶，去华斯特山找美女吗，苏雾达？”学院生彼科夫轻松地吹着口哨，斜靠在廊边，夕阳从学院高墙上照进来，他的身上黄铜战甲发出刺眼的光亮。

“走开，你这明斯克熊，后天我有剑技十六级考试。”银发少年苏雾达恼火地说，“还有，你可不可以不要整天穿着你们北明斯克人这种恶俗的屎壳郎战甲？”

“可里美说这战甲神气！”彼科夫的心早飞去了另一座山头上的华斯特山魔法大学院。

“你们俩真是一对，品位同样独特。”

神经大条、反应稳重的彼科夫照常没有听出这话的意思，自顾自地说：“你听说了吗？我们的学院就要改名了。”

“当然，因为康德被宣布为恶魔的使者。”

“真可怕不是吗？联军居然一直被他统治着。而且没有人见过他的脸，听说那天他终于露出真面目，原来是一只喷火的毒龙。”

“哼，也只有你信，我看这不过是权力的争斗。这牌子摘下来，说不定哪天又会挂上去。再说，不论别处如何，在骑士学院里谈论康德的坏处仍是违禁的，别忘了里德的鞭子！”

“哇，有美女！”彼科夫眼睛一亮，立刻忘了刚才的话题，“我们骑士学院真的开始招女生了？”

苏雾达顺着彼科夫的目光瞟去，一个身材修美的女子正穿着短小的皮甲，背着一把红弓走来。“那年纪可有二十多了，不是骑士生，恐怕是新来的训导官吧。”

“训导官？教箭法课吗？我去申请报名……”彼科夫就要上前，可那女子快步走入回廊的阴影中，向骑士生的禁地，通过学院后部的尊者长廊走去了。

“这女人有些奇怪。”苏雾达皱起眉头。

“你怎么能看出来？”

“她的表情！还有不想被人注意的样子！你这头熊！”

“越来越不对劲了。骑士学院里出现美女，就像天上出现月食一样，一定有什么事要发生了。”苏雾达托着下巴。

这时钟声响了起来。

“是战术课，哦，又到了看骑士小说的时间了。”

“啊，我昨天的那本《最后一个圣骑士》忘了换了，但愿第二卷还没有被借走！”

两个人不跑向课堂，却先向图书馆奔去。

他们回到课堂的时候，教科官里米斯亚皱了皱眉看着他们手中的小说：“还真厚，这个下午看不完吧。”

“没关系，明天还有您的课。”

虽然知道彼科夫说话向来不经过大脑，但苏雾达还是没有预料到他能有这么坦白，他很想装作不认识眼前这个人。

“彼科夫！”里米斯亚大喊。

“有！”

“到地图前面来，现在我们的第三团正被魔军两个方阵夹击，地形兵力配置如下，告诉我你会如何部署战斗！”

“这魔军是从哪儿来的？他们不是已经被大火消灭在精灵之森了吗？”错把演习当成了战报的彼科夫大惊地凑近地图。

“难道那传说是真的，所有的明斯克人都是用石头做的心吗？”里米斯亚绝望地喊，“那么就算他们突然又从地下冲出来了好不好。”

……

精灵之森火光冲天。从地下涌出的魔军与兽人正扫荡着一切。

“有人喜欢火，就还他们以火！黑暗祭师们，让风暴来得更猛一点！”华优冰其斯骑在火翼的狮鹫上，挥剑前指，巨大的风暴从背后涌来，而前方，火线一直向北推去，留下无边的焦土，浓烟形成数里高、几十里长的黑幕，把天空隔成生与死、明与暗的两个世界。

而在基洛岗，各镇的骑士团都聚集了过来。因为有数千人看见天上有一群魔族的飞龙飞过，没入基洛岗外的魔境森林中。有人说飞龙有数百，有人说有几十，也有人声称他看到了无数。但一支邪恶的力量就潜藏在城外的森林中，这已成为压在市民心中巨石般的事实。

……

几千里之外，骑士学院的天空阳光依然明朗，下午的课堂相当寂静。里米斯亚在讲着那千年前的战例，学院生们在下面翻看着讲述千年前那场战争的小说。

“太无趣了，你发现了吗？”彼科夫偷偷对苏雾达说，“千年前的战争几乎没有一场经典的战役，那时打仗也无战略战术可言，就是大家摆开阵势对砍……”

“嗯，相比之下，还是范克德尔王如何带着十八个圣骑士被九十二魔将追得东奔西窜的故事比较吸引人……”苏雾达翻着手中的小说。

“你在看哪一本？《若星汉之燃情岁月》？这本我怎么没看过。”彼科夫伸手就要抢。

“这是我从对面华斯特山魔法学院弄来的，很棒，里面说当年那帮圣骑士还是一帮愣头小子的时候怎么为了女孩子打架，怎么和魔军赛马，那时候那些大魔将柯柯尔特、齐格扎里特和杨特克里达也还都是小兵呢！哈哈，原来这些人当年也有举着木棍打架的时候，笑死我了！”

“哇，看完跟我换！”

“不行，我明天就要还回去了，书主人可一直叫我不要再给别人看。”

“你借哪个小姑娘的？瞧这爱护的……哇，书上居然还喷了香水……喂，这不是一本花上大半部来陈列那些骑士又臭又长情诗的书吧，女孩子就爱看那种。”

“嗯……的确，这书不像其他书那样上来就写大战魔王怪兽，不过看看他们平常的生活也很有意思，这样我才觉得圣骑士也是人，原来也是会说脏话骂人，会为了没饭吃而发愁的。”

“咦，重大发现，居然有人在听讲做笔记啊。”彼科夫的话题总是跳跃的。

苏雾达抬头看去，果然最后排坐着一个男子，当四周的人都在低头看书、睡觉时，他专注听着战例解说，显得十分引人注目。

“你说他？我一进门就看见了，你的反应还不是一般的慢啊，或许是哪个小城新来的财主之子或是破落门第的后代。”

“你怎么看出来的？”

“第一，一看这个人的样子就知道不聪明，不会是从贵族子弟中选拔来的，很可能花了点钱；第二，他年纪不小了，有二十四五岁的样子，或许是因为托人写了信卖了情面才进的学院，指望被授封个骑士提升他们家族的地位吧。”

“可是在这个时候……学院还不知能不能办下去，他来得可真不巧。”

“不过……”苏雾达注视着那个男子，“有些不对。”

“又不对？你今天怎么看什么都不对？”

“不知道为什么，就好像……你不会害怕一个人，却会害怕他的影子，这不是很奇怪的感觉吗？”苏雾达凝望着，“这个人就给我这样的感觉，看着他时觉得他毫无力量，可是却又让人有种奇怪的不安感。”

钟声又响起，课程结束了，学院生们欢跃而起，向晚饭大厅奔去。

“我去先帮你占个位置！”彼科夫转身就往外冲。

苏雾达却走向了这新面孔的学院生。

“你好，我叫苏雾达，第九分阵的。以前从未见过你？”

“呃……你好，我叫康德。”

莫富里山对面的华斯特山，皇家魔法大学院

皇家魔法大学院的殿堂与骑士学院相对而望，是若星汉魔法师们的圣地，当传统的影响使男子们以成为强壮的骑士为荣时，学习魔法的则更多是女孩了。

“我们的学院有三百年的历史……不，从旧纪元算起应该更久，有一千五百年的历史……”一间课堂里，白胡子讲师迈若米正说着。

“可是这一千年来，魔法没有进步反而倒退了……”台下一个穿着银亮学生袍的女孩说。

“星达，不要插嘴。”白胡子吹动着。

“没错啊，听说了吗？”这叫星达的女孩向她的同学们转过头去，“在精灵之森，一个叫罗恩的歌手使被魔族诅咒的森林复活了，整个森林在一瞬间重新变绿，那是多么激动人心的魔法啊！真想能亲眼看到那个时刻……据说他掌握了若星汉古卷中的那些神奇魔法，我们应该请他来教我们！”

“是啊，这些老掉牙的魔法我们才不要学……”

“听说那个罗恩非常年轻，还相当英俊哩。”

“哇，那么请罗恩来当院长！”

少女们开始起哄，老好人教授白胡子迈若米拿这帮丫头可没办法。

喧哗中，只有一个女孩静静望着窗外，教室下方就是高崖；远方，白头群山立在蓝天之下，被夕阳染成橙色。黄昏温和的阳光也拂上了少女沉静晶亮的双眼和褐金色的长发。

迈若米注意到了这个女孩，他注视她很久了，叹了一口气：“云迪，能告诉我们你在想什么吗？”

莫富里山，康德骑士学院

“嘿，给你们介绍一下，这人和我们的圣骑士大人同名。”苏雾达在巨大饭厅中大声地向周围的人喊着。

“你说什么？”在一片排队敲碗的吵闹声中，他身边的彼科夫都没听清他的话。

“这家伙叫康德，呵呵。”

“哦，和那个魔鬼同名？”

“是三头恶龙吧。”

“他不是变成一个火怪飞走了吗？”

周围的人开始跑题。

“嘿，你去战士行会测评过吗？你是几级战士？”

“我……”康德挠挠头，“十……十二级吧。”

“哇！”周围爆出喝彩声。

一个高个子伸出大拇指：“好，不一般，我才四十二级。”

“巴路姆，不要欺负新生。你刚入院也才评了个三十级。”

“学院里力量可以提升得这么快吗？”康德兴奋地说。

“苦啊。”大家一致大叫起来，“疯子里德制造的人间地狱。”

“每周一次魔兽实战训练，那都是七十多级的魔兽啊。”

“追得我们满街跑，还不如叫逃生实用技能训练。”

“还有一周四次的马术训练。”

“那也叫马？野猪还差不多。”

“每天要从山北的峭壁爬上爬下一次。”

“爬不回来的就铁定赶不上晚饭了。”

“还有一天三次的抢饭大考验。”

“这才是最恐怖的啊，三千个人才给五百个人的饭。”

“抢不到的就只好晚上到山腰的怪森古洞里去打喷火猪、双头巨蛇和弹果花妖吃。”

“它们也每天拿好了刀叉系上餐巾等我们去。”

“我们都是在这么残酷的环境下锻炼出来的啊。”

“我们大家都盼着魔军打回来，我们好有机会逃离这恶魔城堡。”

“别说傻话了，”康德说，“魔军比这要恐怖一百倍。”

“切，听厌了，还能有康德恐怖？”

“是啊，听说这教学大纲是他亲自制定的。”

“听说他写大纲那天晚上，有人听见他一边写一边狞笑。”

“呵呵！”康德笑起来。

“所以后来有人说他是魔鬼的化身，我立刻就信了。”巴路姆说。

康德的笑容消失了。

苏雾达立刻察觉了这一表情变化。

“我说你不会是他家的某个亲族吧？”

“亲族是最多同姓，哪里会同名。”康德笑着说。

“康德！”忽然有人在门口大叫了一声。

饭厅里立刻几千个碗掉了一地，所有的人笔直立正。

“见鬼，又是谁？老开这种玩笑，逮住有他好看。”苏雾达看看四周，骂着。

里德教官出现在门口，表情严肃。

“对不起……好像是在叫我……”康德笑着，在几千个肃立的人的注视下挤向门口。

所有的人怒目而视。

“下次再有谁敢起康德这个名来吓人，一律踩死。”学院生们私下议论着。

他们来到室外山顶花园，里德左右看看，才开了口。

“圣骑士阁下，云迪就在对面的魔法学院中，但是……她不是从未来来的那一个，而只是一个完全不知情的少女。而且，罗恩即将主宰魔法学院了，如果让他发现你并没有死，那是可怕的事。”

“不要再叫我圣骑士了，”康德望着对面女孩所在的那座山峰，峰顶上聚集的浓云在夕阳下燃烧着，“真希望这个时代的云迪能不再被卷入这可怕的命运，但一切似乎已经不可能了……无论如何，我和罗恩的战斗，才刚刚开始……”

此刻的少女云迪，正浑然不知未来她将经历什么……这片大地上，战争正如火燎地图一般延展开来：魔族在为生存疯狂地行军；精灵们向树顶的苍天祈祷；沼泽中，一个顽强的生命等待着冲破污泥；基洛岗城外，飞龙军的百千火芒飞划过天空，人们能看见它们在空中飞行的轨迹。

人生不过也是匆匆划过天空的一支箭，而无数人奔向他们终点的历程，就汇成了恢宏壮观的奇景。